Hermann
LENZ
NEUE
ZEIT Roman

Mit einem Anhang:
Briefe von Hermann und
Hanne Lenz 1937-1945

Ausgewählt von Peter Hamm

Insel Verlag

Erste Auflage dieser Ausgabe 2013
© Insel Verlag 1976, 2013
Alle Rechte vorbehalten, insbesondere das der Übersetzung,
des öffentlichen Vortrags sowie der Übertragung
durch Rundfunk und Fernsehen, auch einzelner Teile.
Kein Teil des Werkes darf in irgendeiner Form
(durch Fotografie, Mikrofilm oder andere Verfahren)
ohne schriftliche Genehmigung des Verlages reproduziert
oder unter Verwendung elektronischer Systeme verarbeitet,
vervielfältigt oder verbreitet werden.
Satz: Hümmer GmbH, Waldbüttelbrunn
Druck: CPI – Ebner & Spiegel, Ulm
Printed in Germany
ISBN 978-3-458-17567-4

ERSTER TEIL

Die Stadt wiedersehen, wo das Siegestor im Nebel näherrückte, das Siegestor, dessen Erzmedaillons die Marmorflanken schwärzten, weil über sie der Regen hundert Jahre lang herabgeflossen war. Dahinter regten sich die gelben Pappeln, schon fast ausgekämmt.

Wie früher umstanden Staketenzäune die Vorgärten der Schackstraße rechter und linker Hand, und immer noch war die Schackstraße kaum belebt, weshalb er dachte: bilde dir ein, man schriebe das Jahr neunzehnhundertsieben ... obwohl vor dreißig Jahren jener Sessel bei Baronesse Vellberg nicht so abgewetzt wie heut gewesen wäre, sein Sammet aber schon zu jener Zeit die Farbe von trockenen Gräsern gehabt hätte; denn er entsann sich nun, als er wieder nach München kam, des Sessels, hoffte, daß er wieder in das Zimmer jener Baronesse einziehen könne, das im Hause Nummer sechs gelegen war, wo, ebenfalls wie vor drei Jahren, eine Tafel mit der Aufschrift ›Zimmer zu vermieten‹ hinterm Gitter der Haustüre und oben im dritten Stock am Fenster steckte; die Aufschrift hatte gotische Buchstaben.

Er ging hinauf und hörte, nachdem er geläutet hatte, die schnell hackenden Schritte der Baronesse und wie die Messingklappe hinterm gläsernen Türauge klickte, bevor sie öffnete, und er bemerkte, daß auch ihre runzelige Oberlippe noch dieselbe war. Es dehnte sich der dunkle Flur mit hohen Schränken, und sie sagte: »Sie haben doch schon mal bei mir gewohnt.« – »Dann kennen Sie mich also noch?« »Natürlich«, antwortete sie, als wundere sie sich, und führte ihn zur Glaswand mit der nachgiebigen Klinke an der gedämpft klirrenden Türe, hinter der, wie früher, ein kindlicher Engel aus Raffaels Sixtinischer

Madonna auf einem Pastellbild schwärmerisch nach oben blickte und der Schreibsekretär wie ehemals am Fenster stand.

Es fehlte nur der Sessel, und er sagte: »Ich vermisse Ihren Sessel. Sie hatten damals einen mit hellgrünem Plüsch; der war so breit; der hat mir so gefallen.«

Sie sagte, daß er im anderen Zimmer stehe, und später trug er ihn hinüber, weil der Mieter des anderen Zimmers damit einverstanden war. Sein eiserner Ofen rauchte, wurde aber schon am nächsten Vormittag geputzt; weshalb ihm nichts mehr fehlte, weil sogar der Klosettdeckel, ein bequemer und aus Eschenholz, sich nicht verändert hatte; sauber und ein bißchen rauh gescheuert, erwartete er ihn in dieser alten Wohnung. Und auch im Café Stefanie war es noch derselbe, wo alle dunklen Marmortische weiß geädert waren und die Kellnerin, die große mit dem dichten Haar, in dessen Blond sich ein paar helle Fäden eingewoben hatten, noch so elegant zerstreut wie früher aussah; wobei er wieder dachte, vielleicht habe sie ihre zerstreute Eleganz bei einem Maler als Modell gelernt.

Im Speiselokal ›Ceres‹ wußte die ältere Dame immer noch, was er gern aß (einen Gemüsescheiterhaufen für fünfundvierzig Pfennig), und ihr Gesicht war ebenso pferdähnlich und ein bißchen bärtig wie vor Zeiten, freilich bloß in den Mundwinkeln, wo weiße Härchen kaum auffielen. Als er zu ihr sagte: »Ja, ich war drei Jahre weg«, wunderte sie sich, weil das nun auch schon wieder lange her war.

Verschoben aber hatte es sich trotzdem, auch wenn die Marmortischchen im Café, die Möbel der Baronesse Vellberg, die Türklinken, die Trottoirs, ja auch die Häuser dieselben geblieben waren, in der Universität immer noch zwei gefesselte Sklaven aus Gips ihre muskulösen Schultern reckten und hinter ihnen das Messingschloß so laut aufschnappte wie zuvor. Und er ging hinein und wurde angemeldet beim Professor, einem schweren Mann, der aus den Augenwinkeln guckte, ein blinzelnder Eberkopf. – »Ich weiß ja nicht, wie Sie arbeiten ...« sagte der. Und nach einer Schweigepause: »In Heidelberg muß es im Seminar unerfreulich gewesen sein.« – »Jawohl.« Mehr darfst du nicht erzählen, und Schweigen fällt dir sowieso nicht schwer ... Und er erinnerte sich an die Unterschrift dieses Professors, deren tz tief nach unten zuckte (du kannst dir daran die Hand blutig reißen); und der Hakenkreuzwimpel am Volkswagen des Professors war so rot wie jeder andere. Trotzdem sprach er im Kolleg öfter über seinen Lehrer Adolf Goldschmidt, einen Juden; weshalb es nicht sein konnte, daß der meinte ... Und also war der Wimpel mit dem Hakenkreuz für den Professor nur ... Ja, was denn eigentlich?

Du weißt es nicht und kennst dich in dem Mann nicht aus, der dich immerhin aufgenommen hat ins Seminar, und du kannst froh sein ... Und wieder saß er, während er von dem Professor wegging, gedankenweise im Café Schafheutle zu Heidelberg, wo Wieland, sein Freund und ein Student wie er, lächelnd, ein Zuckerstück in seinen Kaffee hatte fallen lassen, bevor er ihm mitteilte, Eugens Professor sei entlassen worden. Und später hatte der Professor (Grauerbach war sein Name) in der Hauptstraße zu ihm gesagt: »Jetzt müssen Sie sich einen andern Doktor-Vater suchen.« Lang und hager stand er da, nickte und war am Ende gar ein bißchen froh, daß er so glimpflich weggekommen war als ein älterer Herr, der noch zwei unmündige Kinder hatte; vielleicht, daß seine Frau und ihn die beiden unmündigen Kinder schützten, denn ohne Kinder mit einer Jüdin verheiratet zu sein, dürfte sich düsterer auswirken ... Und du gedenkst der beiden Kinder, eines Mädchens, eines Buben, wie sie vor dir stehen, nachdem du Grauerbachs Mantel mit dem Pelz nach außen angezogen und einen Wattebart umgehängt hattest, in seine Skistiefel geschlüpft warst, und heute noch kommt's dir so vor, als ob du den Weihnachtsmann damals allzu schwäbisch, allzu räß und mürrisch gespielt hättest ... Das Mädchen, die Manon, war nah am Weinen, während der Bub hernach zu seinem Vater gesagt hatte, er glaube, daß der Weihnachtsmann Herr Rapp gewesen sei.

Dich hinter deine Arbeit klemmen; sonst gilt hier nichts. Und weil er über die Apollodarstellungen Albrecht Dürers eine Arbeit machen mußte, wälzte er das dicke Buch eines Experten namens Flechsig um, bemühte sich, das dicht gewobene Gedankengespinst dieses Flechsig aufzudröseln, und meinte, daß ihm dies niemals gelingen werde. Zwischendurch kam es ihm freilich vor, als schriebe Flechsig lediglich von Dürers Art, nackte Männer mit Schraffuren und mit Häkchen darzustellen, was verdienstvoll war, weil dasselbe Häkchen- und Schraffurenmuster auf Dürers Porträtzeichnungen vorkam, die der Meister ums Jahr fünfzehnhundertfünfzehn gemacht hatte; weshalb behauptet werden durfte, diese Apollodarstellungen, auf denen Gott Apollo einmal eine Kugel, dann wieder eine Sonne mit stacheligen Strahlen in der ausgestreckten Hand hielt, seien ebenfalls um fünfzehnhundertzehn gemacht worden. Die Proportionen des menschlichen Körpers, falls derselbe harmonisch gebildet war, hatten Dürer damals auch interessiert, während Eugen Rapp, wenn er in Flechsigs Buch las, oft nach hinten horchte, wo ein Mädchen namens Treutlein am Fenster saß; oder sie kam nach dem Kolleg unter den anderen herein, flüsterte bayerisch mit einer rotbackigen blonden Schwäbin, war aber selbst schwarzhaarig und hatte große Augen.

Dann wieder diese Einsamkeit in München, von der er sich einredete, sie passe zu Novembernebeln und zu seiner Arbeit über die Apollodarstellungen Dürers.

Um ein Uhr nachmittags, wiederum das Café Stefanie, wenn es beinahe leer war und ihm die Kellnerin mit dem grau durchwobenem Haar nahezu wohlgestaltet vorkam, denn sie gehörte zum alten Café. Gerade noch stand das alte Café, als ob es warte, und auf was? Gerade noch paßte es zu den Menschen, obwohl es aus einer andern Welt als Überbleibsel in die Gegenwart hereinsah und sich als ein Überbleibsel fühlte. Doch so geziemte es sich fürs Café, dessen Kellnerin er ums Adreßbuch bat, weil er jetzt wissen wollte, ob darin die Eltern jenes Fräuleins Treutlein standen, die in der Mannheimer Straße Nummer fünf zu Hause war; er wußte dies aus einer Liste, die im Seminar gelegen hatte. Es paßte auch zum nassen Schnee am Nachmittag, daß er hinter breiten Scheiben saß und die Straße überschauen konnte. Vielleicht sah ihn hier einmal Fräulein Treutlein im Vorübergehen; und er stellte sich vor, wie sie dann mit erfrischtem Gesicht in der Winterkälte lächeln würde, die großen Augen unter dichten und über der Nasenwurzel einander berührenden Brauen, anders als die andern.

Er verließ das Café Stefanie, nachdem er aus dem Adreßbuch erfahren hatte, daß ihr Vater Professor war und ihre Mutter Marie Edith mit Vornamen hieß, ging über das benäßte Trottoir der Ludwigstraße am Odeonsplatz, wo neben ihm ein Fotograf seine Leica klicken ließ und sagte: »Einen Moment, der Herr!« Er gab ihm zwei Mark und bekam eine Karte mit der Adresse dieses Fotografen, wartete drei Wochen lang auf die Fotografie, jetzt schon neugierig oder ungeduldig, weil er allein lebte und im Zimmer bei Baronesse Vellberg immer wieder auf rote Blechdächer schaute, die im Regen glänzten. Und weil er seit vier Jahren den Zettel mit dem Namen und der Adresse einer namens Julie Geldmacher im Geldbeutel bei sich hatte, einen Zettel, auf dem ›Leopoldstraße 76/IV‹ stand und wo sich zwischen den Schriftzügen eine römische Münze patinagrün abgebildet hatte, fiel ihm ein, daß er nach der Geldmacher fragen könnte.

Es regnete, er nahm den Schirm, ging zwischen Pfützen neben vom Wind ausgekämmten Pappelbäumen hinterm Siegestor, dachte an Fräulein Treutleins Adresse (Mannheimer Straße fünf) und nahm sich vor, die Straße jetzt zu suchen; fand auch in einer Gegend, von der er meinte, früher hätten sich dort Schrebergärten ausgestreckt, nicht weit von einer Gaslampe Reihenhäuser und eines davon mit der Nummer fünf. Die Straße war hier leer und still. Gute Gegend, weil abseits; an der Haustür zu läuten, durfte er sich nicht erlauben, denn was hätte er antworten sollen, wenn ihn jemand gefragt hätte, weshalb er Fräulein Treutlein sprechen wolle?

Umkehren. Die Wohnung der Julie Geldmacher suchen.

Er kam zu einem hohen Haus, stieg hinauf und hörte Mädchenlachen hinter einer Tür; läutete, erfuhr von einer, die so biegsam aussah, wie er meinte, daß die Geldmacher gewesen wäre, hier wohne keine Dame dieses Namens. Ihre Lippen zuckten, und sie schaute ihn eine Sekundenlänge an, wobei es war, als ob er sich von ferne sähe, nun in seinem Mantel mit dem nassen Schirm im kahlen Flur wahrscheinlich eine komische Figur, weil er nach einer gefragt hatte, die hier unbekannt war. (Die dort hinter ihrer Türe denkt jetzt: den hat eine angeschmiert.)

Gutes Alleinsein; und noch eine ganze Weile hältst du es so aus ... Doch wollte er jetzt die Fotografie besitzen, die er bezahlt hatte, war neugierig darauf, sich wieder einmal selbst zu sehen, nicht bloß im Spiegel der Baronesse Vellberg, sondern wie er wirklich aussah, weil er gern erfahren hätte, ob er sich neben der Treutlein Hanni sehen lassen konnte (spinne nicht).

So fuhr er denn nach Nymphenburg hinaus, wo ein Kanal sich herbstglatt und schwarz streckte und belegt mit Nebel war; dazu beschnittene Boskette eines Parks mit Pavillons und einem wie aus Bein gebauten Schloß, bevor er die gerade Seitenstraße in einer öden Gegend und den Fotografen in einem kalten Zimmer, einer tristen Bude fand, wo neben einem Tisch mit speiserestverklebtem Teller Tüten auf dem Fenstergesims lagen, die Luft abgestanden roch und der Fotograf im schmutzigen Wollhemd und mit Knickerbockerhosen, die Füße in zerrissenen Hausschuhen, saß, mürrisch und drohend oder so wie einer dreinsah, der etwas erzählen wollte (aber lasse dich nicht mit ihm ein). Seltsamerweise hatte er auch das Bild fertig und übergab es Herrn Rapp, der wieder wegging; im Freien aufatmete, noch in der Straßenbahn sein Bild betrachtete und sich auf ihm verhungert vorkam (kein Wunder, wenn du nur für fünfundvierzig Pfennig zu Mittag ißt und abends eine Tasse Tee zu ein paar Feigen trinkst), sich aber deshalb interessant erschien und meinte, vielleicht könne er für Fräulein Treutlein doch in Frage kommen (Esel). Und wieder dachte er an die Apollodarstellungen Albrecht Dürers, über die er sich Material beschaffte; und er war fleißig und gehörte zu den täglichen Besuchern des kunsthistorischen Seminars.

Eine eiserne Wendeltreppe führte dort zur Galerie hinauf und war so schmal, daß auf ihr niemand dem andern ausweichen konnte. Also wartete der junge Rapp, bis Fräulein Treutlein von oben herunterkam, wo sie neben vollgestopften Bücherbrettern ihren Mantel aufzuhängen pflegte, der mit einem schwarzen Samtkragen verziert war. Der schwarze Samt und ihr bleiches Gesicht, der schwere Mund und daß sie so gekleidet war, als ob sie eine Lehrerstochter wäre (obwohl sie doch ganz anders aussieht, wenn du genau hinschaust), dies alles erinnerte ihn ... Aber woran es ihn erinnern sollte, fiel ihm jetzt nicht ein; weshalb er dachte: wahrscheinlich an deine Wünsche.

Er setzte sich im Kolleg neben sie, damit er ihre Handschrift sehen konnte; und da schrieb sie also fast so klein wie er. Noch niemals hatte er bei einem Mädchen eine derart kleine Schrift gesehen; weshalb vermutet werden durfte, daß sie in sich hineinschaute und empfindlich war (du bist es auch). Erfreulich, daß es sogar heute jemand gab, von dem er sich vorstellen konnte, er werde sich mit ihm verstehen. Und dieser Jemand war ein Mädchen, sapperlot! So daß er abends, als er sich am Schreibsekretär wieder mit Kritzeln beschäftigte und hinunterglitt, wegrutschte ins eingebildete Wien, den Namen ›Treutlein‹ siebenmal untereinanderschrieb. Bald aber wird es schwierig werden, warte nur ... Bis ihr euch aneinander gewöhnt habt. Und am liebsten würdest du es nicht darauf ankommen lassen. Du mußt arbeiten, und sie muß arbeiten. Das andere aber lenkt ab. Und was die Zeit betrifft: Schleckhafen wird es keiner sein.

Zunächst jedoch mußte ergründet werden, wie es hier mit dem Politischen bestellt war: Vor wem mußt du dich in acht nehmen, wem kannst du (sozusagen) trauen? Im Kolleg saß die Schwäbin mit den roten Backen neben ihm und trennte ihn von Fräulein Treutlein, welche außen saß. Bevor es im Saal dunkel wurde und die Wachstuchvorhänge an den Fenstern schmatzend niedergingen, hörte er die Schwäbin sagen: »Toll gepflegte Fingernägel ... fast a bißle z'arg.« Dann machst du also mindestens auf diese Schwäbin Eindruck ... Und vielleicht lohnte es sich doch, wenn er zu Hause sogar das Hemd wechselte und in einen alten Anzug schlüpfte, damit er für ›die Welt‹ im Seminar und im Kolleg korrekt daherkam.

Aber du bist über deine Verhältnisse elegant; du weißt allmählich selber, wie es sich mit dir verhält ... Und er ging nach dem Kolleg im Seminar die Wendeltreppe, die, weil sie aus Eisen war, ihn immer an ein altes Dampfschiff auf dem Bodensee erinnerte, hinter Fräulein Treutlein zur Galerie hinauf, holte seinen Mantel, der neben ihrem hing, und redete mit ihr und war schon mittendrin im Gespräch über Hofmannsthal und Wien, als von unten, wo Fleißige an breiten Tischen saßen, gescharrt und gezischt wurde. Fräulein Treutlein legte eine Zeigefingerspitze an die Lippen und deutete hinab.

Er begleitete sie zur Trambahnhaltestelle und beneidete sie ihrer schwarzen Reitstiefel wegen, weil sie mit denen so bequem über die Schneehaufen vor dem Marmorbrunnen steigen konnte. Dabei sah sie sich nach dem Auto des Professors um und sagte: »Also ist er noch nicht abgefahren.« Eugen überlegte, ob er etwas über den Hakenkreuzwimpel sagen sollte, doch schwieg er dann; denn, immerhin, Fräulein Treutlein hatte Reitstiefel an ... Aber es konnte doch nicht sein, daß diese etwas anderes bedeuteten, als daß sie entweder Reitstunden nahm oder Reitstunden absolviert hatte und die Stiefel des sulzigen Schneewetters wegen trug. Denn Hofmannsthal und Wien (»Jawohl, man sollte einmal nach Wien fahren, aber man kommt ja nicht hinüber«, hatte sie zuvor gesagt), die schlossen jedenfalls alles andere aus; es war da irgendeine Ähnlichkeit; ach, Unsinn, bilde dir nichts ein ... Ganz spinnig brauchst du nicht zu werden ... Sie hatte Schneeflocken auf dem Sammetkragen ihres Mantels, und ihr Gesicht war rötlich von der Winterluft, ein Hauch auf der Teetassenhaut; dazu die großen Augen, die grau waren und gelbliche Einsprengsel hatten.

»Jetzt kommt meine Drei.«
»Sind Sie heut abend beim Vortrag von Strzygowski?«
»Ja.«

Schneegedämpft rumpelte die Linie drei heran. Fräulein Treutlein stieg ein. Sie schaute sogar noch einmal zurück; oder hatte er sich dies nur eingebildet? Sehr wahrscheinlich ... Aber, daß sie einen allzu weiten Abstand hielt, wenn er neben ihr ging, das war nicht wegzuleugnen; vielleicht ein erfreuliches Zeichen, obwohl du so gut (oder so schlecht) wie gar keine Erfahrung hast ... Trotzdem wirst du das Gefühl nicht los, sie sei vielleicht mit Hofmannsthal verwandt. Und jetzt spinnst du schon wieder; aber ob sie eine Großmutter gehabt hat, von der sie nichts mehr weiß? Also, davon ... Doch, wenn es darauf ankommt, und sie sagt, so sei es nicht, wie du dir's denkst (und dabei so ein bißchen nervös von oben her lacht), dann läßt du dich davon abbringen.

Neben ihm saß Fräulein Treutlein, und auf dem Katheder redete Strzygowski, ein breiter Mann aus Wien; nur bleichte der halt neben Fräulein Treutlein aus, weshalb sein Vortrag rasch verflog. Hernach gingen ein Reederssohn aus Hamburg und eine Schweizerin vor ihnen durch die schwarz spiegelnde Straße, wo Gaslicht über Trottoirplatten gelblich war, ein zitronenfarbener Schein, an den er immer wieder zurückdachte, auch als am andern Tag die rotbackige Schwäbin zu ihm sagte: »Herr Rapp, ich möcht Sie bloß darauf aufmerksam machen, daß Fräulein Treutlein Halbjüdin ist. Ich glaub, man sieht es ihr auch an. Also, damit Sie es wissen ... Das ist ja heute nicht ganz einfach.«

Seltsam, daß es stimmte, was er vermutet hatte. Und freuen tut's dich arg. Sapperlot, wie freut's dich ... Daß es schwierig werden wird, das hast du dir gedacht. Aber es macht nichts. Jedenfalls weißt du jetzt, daß du offen mit ihr reden kannst ... Und er sah Treutlein Hannis dichte schwarze Augenbrauen an, die sich berührten über ihrer Nasenwurzel und über die sie bemerkte, das bedeute einen schwierigen Charakter. Denn bald nach dem Gespräch mit jener Schwäbin saßen sie im Café ›Annast‹ und schauten über den Odeonsplatz zur Theatinerkirche. Die schwarz uniformierte Wachablösung fürs Ehrenmal neben der Feldherrnhalle marschierte vorbei, und Eugen sagte: »Dann gehen Sie also auch immer durchs Viscardigäßchen.«

Sie nickte, es genügte, daß sie nickte, und er freute sich. Das Viscardigäßchen hinterm Palais Preysing hieß auch Drückebergergäßchen, weil man sich dort vom Arm-Hochheben vor dem Mahnmal drücken konnte. Fräulein Treutlein sagte: »Ich habe einen ... Mit mir ist etwas ...« und stockte schon, als ob sie sich verschluckte. – »Ja«, sagte er, »ich weiß es ...« Und leiser: »Ihre Mutter ...« – »Ja, meine Mutter ... die ist Jüdin. Sie hat die falsche Religion, wissen Sie. ›Falschreligiös‹ sagen die Juden heute.« Und Fräulein Treutlein sah erschrokken aus.

Sie lud ihn zu sich ein. Er verriet nicht, daß er vorige Woche nachts und bei Regenwetter in ihrer Straße gegangen war und an ihrem Haus Lichtritzen in einer Jalousie gesehen hatte, die ihm wieder einfielen, als er am Samstag bei ihr läutete und ein langes Dienstmädchen mit kantigem Gesicht die Tür aufmachte. In einem engen Vorplatz stand ein Tischchen mit hohem Fuß; seine Platte war nicht größer als ein dickes Buch; darüber hing ein Biedermeierspiegel, dessen Glas in den Ecken wie mit Spinnweben hinterlegt oder durchwoben aussah; daneben eine steile Treppe, und oben wieder ein Vorplätzchen, wo eine Causeuse zerschlissene rote Seidenpolster hatte und ein Sandsteinrelief das Profil eines Mannes wie auf einer Münze zeigte: einen schmallippigen Kopf, die Nasenflügel gespannt, die Stirne hart (fast wie ein Kaiser); weshalb du dich ein wenig vor ihm fürchtest, obwohl du (sozusagen) Bewunderung hegst... Und dann noch einmal über eine Treppe, bis das Dienstmädchen an einer weißen, in eine Nische gebauten Türe klopfte, Eugen einen Schritt ins Zimmer machte, neben einem Bücherregal stand, das bis zur Decke reichte, und Fräulein Treutlein am Fenster von einem Mahagoni-Schreibsekretär aufstand (die hat es also schön). Er sagte: »Bei Ihnen ist's wie in der alten Zeit«, denn hier waren das Sofa mit geschweifter und geschnitzter Lehne, der grüne Teppich unterm Louis-Seize-Tisch, goldumränderte Tassen und eine Kanne, die aufgemalte Blumen hatte, wichtiger als alles andere; dazu das Bild einer Bäuerin in durchsichtiger Haube, eine Kohlezeichnung, die ihre Mutter so gemacht hatte, als ob darauf Licht festgehalten würde. Er dachte, hoffentlich sei Fräulein Treutlein froh, weil sie es heut so habe, und wieder ging es im Gespräch um diese Gegenwart, die draußen als Raubkatze hockte: »Doch hier sind wir in Sicherheit.«

Im Seminar las er in Flechsigs dickem Werk, saß vorne, wo die Tür aufschnappte und die hohen Bände des Wiener Jahrbuchs standen, wußte, daß diesen Platz jeder haben konnte, weil hier im vorderen Teil des Seminars die Gäste saßen, die Novizen und Adepten, die nicht zum engen Kreis gehörten; denn dieser fing erst in der mittleren Abteilung an, während hinten bei den

Fenstern Doktoranden als Erlesene und Auserwählte beinahe wie besoldet oder angestellt zu Hause waren.

Später auf dem Weg durch breite Korridore winterliche Dunkelheit in dem mächtigen Universitätsgewölbe, wo an langen Stangen Lampen hingen, ein Innenhof hinter Porphyrsäulen einen Mosaikfußboden hatte und steinerne Männer in weißen Gewändern wie römische Kaiser auf Sockeln bei der Treppe lagerten. Und er ging links an Porphyrsäulen weiter, als einer auf ihn zutrat, ein massiger Kerl, den er gegen das Dämmerlicht des Innenhofes sah; der sagte: »Sie sind Herr Rapp. Sie verkehren mit Fräulein Treutlein. Fräulein Treutlein gehört zu einem engen Kreis. Und wer sich da eindrängen will, den werfen wir, wenn es sein muß, handgreiflich hinaus.«

»Was wollen Sie? Ich kenne Sie nicht. Gehen Sie doch weg.«

»Das werden'S noch einmal bereuen!«

Eugen trat nahe zu ihm, sagte, vielleicht bilde er sich manches ein, und lachte; griff in der Manteltasche nach dem Schlüssel der Baronesse Vellbergschen Wohnung und dachte: du konterst mit dem Schlüssel, wenn er zuschlägt ... als der andre grinste und bemerkte, daß Herr Rapp wahrscheinlich Fräulein Treutlein mehr als er selbst bieten könne, der aus einfachen Verhältnissen ...

Eugen ging weg und erfuhr kaum eine halbe Stunde später, daß der junge Mann Hackl heiße und ein Bäckersohn aus der Altstadt sei. Denn bald danach saß er zwischen Fräulein Treutlein und der rotbackigen Schwäbin in seiner Stube, trank Tee und aß Knäckebrot mit Honig und mit Butter. Es öffnete sich die Vergangenheit des Fräuleins Treutlein, in der Hackl als der Primus ihrer Klasse lebte, der in allen Fächern, also auch im Turnen, ›vorzüglich‹, ›hervorragend‹ oder ›mit Auszeichnung‹ gehabt, im übrigen aber Fräulein Treutlein, langsam auf dem Rad nebenherfahrend und ihre Mappe an die Lenkstange gehängt, nach Haus begleitet hatte, auch Anno dreiunddreißig der Tanzstunde ihrer Klasse ferngeblieben war, weil alle andern sich von ihr zurückgezogen und vergessen hatten, Fräulein Treutlein, die damals ›die Treutlein‹ oder ›Treutlein Hanni‹ genannt wurde, als ›Halbjüdin‹ dazu einzuladen.

»Er hat zu mir gesagt: ›Ich bin im Studentenbund‹ und so durchblicken lassen« – jetzt machte Fräulein Treutlein eine Schlangenbewegung mit der Hand –, »daß er genau weiß, wie es um ihn steht.« Sie deutete auf Eugen. – »Ach, wie soll's denn um ihn stehen? Außer, daß er halt nirgends dabei ist«, sagte die Schwäbin, welche Stina hieß und schließlich von einem Studienkollegen zu erzählen anfing, den sie manchmal in ihre Bude »über der Garasch« einlud, der aber gestern seine »stinkige Pfeif'« mitgebracht hatte. Stina hatte deshalb zu ihm gesagt: »Was stellst du dir eigentlich vor?!« Und sie verriet, wie sie ihr Essen machte: Da kochte sie sich morgens einen Topf voll Reis und stellte ihn ins Bett. Wenn sie vom Kolleg heimkam, war er fertig.

»Am Samstag kommt zu mir der Hackl. Denkt also, bitte, an mich. Der wird mir einen argen Krach hinpflanzen«, sagte Treutlein Hanni.

»So?!« Die Schwäbin schaute von Eugen zur Treutlein Hanni, schmunzelte und fügte nach einer Weile hinzu: »Und ihr zwei Hübschen?!«

Stina sagte also: »Ihr zwei Hübschen« und meinte wohl, daß sie du zueinander sagen sollten; aber das Du war für sie beide ein schwieriges Wort, obwohl er später meinte, daß sie's sagen müßten. Vielleicht machte das Du das Schmerzhafte erträglich, also sagen wir mal: wie eine Schicht Salbe. Mühsam freilich blieb das Leben trotzdem (das hast du im Gefühl). Und wenn er ehrlich war, dann mußte er sich sagen, daß regennasse Novembernachmittage, an denen er auf spiegelndem Trottoir um Mittag zum Café Stefanie ging und eine Stunde lang am runden Marmortischchen saß und hinter hohen Scheiben auf die Straße schaute, ihn wieder ins Lot brachten oder einpendelten (gewissermaßen); der Rauch seiner Zigarette, der gehörte auch dazu; und sehr erfreulich, daß kaum jemand auf den Trottoirs ging, selten eine Trambahn fuhr, ab und zu jemand schräg gegenüber in die Trambahn einstieg.

Sie hatten ausgemacht, daß sie du zueinander sagen wollten; und sie gebrauchten dieses Du, und ein Kuß, vorsichtig probiert, gehörte auch dazu.

Sie schaute ängstlich her und sprach mit ihm über diese ›Veränderung‹: »Daß alles jetzt auch außen anders ist; daß man nicht mehr so entfernt ist wie vorher, zum Beispiel in der Trambahn. Ich meine: von den andern Leuten ist man jetzt nicht mehr entfernt.« Und er dachte: du merkst, daß sie alles so wie du empfindet.

Sie standen oben auf der Brüstung, unter sich den tiefen und weiten Innenhof der Universität mit seinem Glasdach. Grau ruhte er dort unten, und sein Boden hatte Mosaik. Die beiden Männer aus Marmor in langen Togen saßen immer noch neben der Treppe und erschienen kleiner, waren aber lang und weiß gestreckt. Da sagte er zur Treutlein Hanni, daß es vielleicht doch besser wäre, wenn ... Worauf sie hervorbrachte: »Dann willst du also, daß wir nicht mehr ...« und es drückte ihr im Mund die Worte ab. – »Neinnein«, brachte er schnell heraus und wunderte sich, weil er so erleichtert war, es los zu sein, und weil sie jetzt du zueinander sagen konnten, sie, die gekrümmt wurden von der Zeit; und eigentlich hätte man es leichter nehmen sollen; jawohl, *eigentlich*.

Wenn Stina dabei war, hatte sich die Spannung verflüchtigt. Deshalb war diese Schwäbin das richtige Ferment für solch eine Beziehung oder auch Bekanntschaft, denn ›Verhältnis‹ konnte man nicht sagen.

Stina ging mit ihm des Abends zur Mannheimer Straße und schaute neben ihm bei nächtlich nassem Wetter von einem Hauseingang in diese kurze Straße, wo im ersten Stock des Hauses Treutlein und wieder hinter dem Rolladen ein Licht brannte, das nicht ausging. Wäre es doch endlich ausgegangen, weil dann der Hackl hätte herabkommen und auf seinem Fahrrad entschwinden müssen, das bei der Haustür lehnte; sie wären dann hineingegangen. Doch Hackl blieb sehr lang im Haus und ging nicht fort, und Stina sagte: »Der schwätzt die ganze Nacht. Abwarten können wir das nicht. Die arme Treutlein Hanni ... Wo sie doch jetzt auch ein Referat machen muß.« Und sie gingen weg, und Eugen dachte: abbringen läßt du dich natürlich nicht, und dieser Hackl macht dich bickelhart. Eigentlich seltsam, und du hättest's nicht von dir erwartet.

Als andern Tages Treutlein Hanni bei der Stina ›über der Garasch‹ (denn so redete Stina, die in einem Junggesellenheim über Garagen wohnte) vom Abend mit Hackl erzählte, wurde ihm dies klar; oder er hatte es schon vorher gewußt, freilich indirekt. Hackl aber mußte sich im Hause Treutlein derart wild aufgeführt haben, daß Treutlein Hanni ihn hatte hinunterführen müssen ins väterliche Zimmer, wo er gebrüllt hatte. – »Zum Glück ist mein Vater bei seinem Stammtisch in der Schwabinger Brauerei gewesen, aber meine Mutter hat trotzdem nicht schlafen können. Der Hackl hat sich auf den Schreibtisch g'hockt und die Fäuste geschüttelt; und gebrüllt hat der ... Ich hab gedacht: wenn sich nur nicht die Nachbarschaft beschwert ... ›Meine Sekundanten habe ich schon beieinander! Ich habe mich übers Duell bei einem General erkundigt! Und ich habe Beziehungen, die's dem Rapp eintränken werden! Dem mit seinem teuflischen Gesicht!‹ Ja, so ist das gegangen, ihr macht euch kein Bild.« Stina sagte, das sei ja saumäßig, »und komm, Hanni, iß noch was!«, obwohl die Stina sonst nicht arg freigebig war. Sie sah Fräulein Treutlein von der Seite an, sagte: »Jetzt ist's bald nimmer schön«, und meinte ihre Figur, denn sie war abgemagert. – »So? Ja weißt, das kommt davon ... Ich reg mich furchtbar auf.« Stina aber meinte, daß es sich eines Rabauken wie des Hackl wegen nicht verlohne, ›wie ein Fädchen gar‹ zu werden.

Als es gestern halb zwölf gewesen war und Hackl gebrüllt hatte: »Du hast mich schwer beleidigt! Auch den Rosenkrantz hast du brüskiert!«, denn Rosenkrantz hieß ein anderer Schulkamerad der Treutlein Hanni, da war ihre Mutter herabgekommen, um zu sagen: »So, jetzt gehen Sie, Herr Hackl. Mein Mann kann jeden Augenblick heimkommen. Und wenn Sie Hannele so arg gern haben, wie Sie sagen, würden Sie sie nicht so laut anschreien. Gute Nacht.«

»Rutscht Ihnen das Zäpfle jetzt nicht 'nunter?« fragte Stina Eugen Rapp, und er antwortete: »A bißle vielleicht schon ...« Und Stina sagte, also dagegen müsse er sich schützen. »Ich geb Ihnen meine Pistol, verstanden? Ich hab nämlich eine Pistol, weil wir in Heilbronn so weit draußen wohnen.« Und sie machte ihre Kommodenschublade auf, griff zwischen Schlüpfer und Strümpfe und hatte die Pistole in der Hand: »So ... Damit Sie wissen, wie man's macht.« Und sie ließ das Magazin aus dem Griff rutschen, den Lauf zurückschnappen und die Kugel herausspringen; dann steckte sie's wieder hinein: »Jetzt ist eine im Lauf. Und jetzt ist g'sichert ... Und so wird die Pistol' entsichert. Machen Sie's mal nach.«

Er konnte es, Stina war zufrieden, und er schob das Ding in seinen Anzug. Spannend eigentlich, für dich aber bloß komisch (der Kampf zweier Rivalen, sozusagen). Wenn du dir daraus etwas machen könntest, wär es vielleicht amüsant ... Denn ihm war es am liebsten, wenn überhaupt nichts geschah und er am Schreibsekretär in der Stube der Baronesse Vellberg bei der Lampe sitzen durfte, seine Feder kratzte und der mit Blumen bemalte Paravent neben der Waschkommode stand. Doch vielleicht paßte solch eine Pistolensache in den Januar des militärischen Jahrs neunzehnhundertachtunddreißig.

Stina erzählte von ihrem Freund und sagte: »Der meinige ist ein Mann, der gute Anzüge mit Elan tragen kann«, denn dies genügte ihr. Sie machte eine Doktorarbeit über den heiligen Veit und hatte herausbekommen, weshalb zu dem heiligen Veit als Attribut der Hahn gehörte; immer war auf einem Bilde des heiligen Veit, der auch als Beschützer von Bettnässern verehrt wurde, ein krähender Hahn zu sehen, was sie so erklärte: »Der Hahn muß halt den Bettnässer aufwecken: ›Los, raus aus der Flohkist!‹ ruft er ihm zu. Das ist doch logisch.«

Es gab etwas zu lachen bei der Stina; für die war alles einfach. Ein prächtiges Weib, und eigentlich beneidenswert, obwohl dir halt die Treutlein Hanni trotzdem lieber ist ... Und Stina sagte, das Geld fürs Essen und für ihre Miete habe sie schon auf der hohen Kante liegen, alles andre aber hänge sie an ihren sündigen Leib hin.

Durch die Schackstraße gehen und Stinas Pistole in der Tasche haben; oder die Leopoldstraße aufwärts, weil hinter jeder Pappel Hackl lauern und sich auf ihn stürzen konnte. Dann müßtest du ihm vielleicht eine putzen, tust es aber nie ... Und er vergaß diese Pistole, spürte aber manchmal etwas Hartes, Schweres an der rechten Hinterbacke, wenn er sein Sacktuch aus der Tasche nahm.

»Ehrlich gesagt, ich hätte nicht gedacht, daß du so bist. Der wird sich leise weinend vor dem Hackl auf die Seite schleichen, hab ich von dir 'dacht ... Und jetzt tust du so, als gäbe es den einfach nicht«, sagte Treutlein Hanni, denn es spitzte sich schon wieder zu, und Hackl drohte immer noch mit dem Duell. Doch schließlich meinte sogar Stina, das sei nicht leichtzunehmen, und er müsse unbedingt zum Dekan gehen, um zu fragen, was zu tun sei. Die zwang ihn fast, und Treutlein Hanni stand auf Stinas Seite. Aber was sollte ihm dieser Dekan denn auch schon raten ... Und er stand steif im kahlen Vorzimmer, als der Dekan schon nach dem Mantel griff und ausrief: »Was?! Ein Duell?! Sind Sie denn überhaupt Student?!« Der sah ihn von oben bis unten an. »Dann gehen Sie zu Ihrem Fachschaftsführer.«

Das auch noch; der Fachschaftsführer hätte sich bloß eines

gegrinst, und Treutlein Hanni sagte: »Ja, was das dann wäre! Also, wenn man sich's bloß vorstellt ... Das käme doch im ganzen Seminar herum.« Gut, daß sie so dachte, jetzt durfte es ihm jedenfalls gleichgültig sein; und er sagte zu ihr: »Weißt, ich find's halt lächerlich. Und lache doch jetzt, bitte, auch einmal.«

Sie redeten über die Altstadt, in der sie heute nachmittag herumschlampen würden, am Gasthaus zu den Drei Rosen in der Sendlinger Straße vorbei, wo vor elf Jahren Herr von Hofmannsthal im hinteren Saal unter einem ausgestopften Bussard, einem Hirschgeweih und einer Jägerzielscheibe mit altmodischen Herren sich getroffen hatte, bis wieder einmal die Stuhllehnen gekracht hatten und die Biergläser vollgeschenkt worden waren; denn so gemütlich war es damals noch gewesen. Und er schlug Treutlein Hanni vor, sie sollten lieber an so etwas als an diesen Hackl denken, der es doch bloß darauf anlege, daß sie beide in Angst schwebten wie in einem Schundroman. »Die Freud aber machen wir dem nicht. Und mir steht sowieso ganz anderes bevor, mit Schießen und so weiter, warte nur.«

»Ach, hör doch damit auf!«

Sie hatte recht. Kümmere dich um das nächste, dachte er und traf Wieland wieder, den er aus Heidelberg kannte und der auch von dort weggegangen war. – »Da haben die uns also unsre Professoren weggenommen«, sagte Eugen, und sie erinnerten sich an die vergangene Zeit. Erstaunlich war es nicht, daß sie sich nur mit ›jüdisch versippten‹ Professoren verstanden hatten (so hieß das jetzt); und weil die entlassen worden waren, hatten sie sich also hierher aufgemacht. Wieland lächelte auf seine ironische Weise und bemerkte: »Es heißt, daß du hier eine Freundin habest ... Eine, die im Kolleg immer so weit drunten sitzt, grad als rutsche sie unter die Bank.« Und Wieland fügte hinzu, die sei doch wahrscheinlich kein so besonders auffallendes Mädchen, wie? »Nach dem Kolleg geht ihr immer zusammen die Leopoldstraße aufwärts, schaut in einen

Buch- und dann in einen Blumenladen. Stimmt's?« – »Ja, du hast recht. Und so etwas interessiert die Außenstehenden ... Sag, mehr hast du über mich noch nicht herausgebracht?«

Mehr brauchten andre Leute ja auch nicht von ihm zu wissen; und sonderbar, daß nun auch Wieland für ihn zu den ›andern Leuten‹ zählte. Weshalb aber war es so? Weil du anders geworden bist, der Treutlein Hanni wegen? Oder weil du nur das Hämische an Wieland nicht mehr magst? Und an dir selber magst du's auch nicht ... Aber es hatte keinen Sinn, darüber nachzugrübeln, weil er seine Arbeit machen und die Geschichte mit dem Hackl übersehen mußte. Wozu der Wirbel, und auch die Treutlein Hanni wollte ihre Ruhe haben. Und er erinnerte sich, daß sie gesagt hatte, jetzt sei alles gräuslich durcheinandrig, vorher aber... Denn all dies wühlte etwas auf, das viel lieber geschlafen hätte und unten geblieben wäre, weil solch ein Geschehnis kein Schleckhafen war (die Liebe nämlich). Und sie stapften in der kalten Stadt herum und redeten von Wien und daß an der Villa Thomas Manns, drüben hinterm Englischen Garten, ein Schild mit der Aufschrift ›Lebensborn e.V.‹ festgemacht sei. Du aber hast eine gefunden, die für Wien und gegen diese Zeit ist... was heutzutage nicht hoch genug einzuschätzen ist.

Sonntags darauf saß er am Mittagstisch im Hause Treutlein, wo ihr Vater die Lippen zusammenkniff; der redete nicht viel. Du weißt von ihm, daß er schon Anno vierunddreißig aus dem Dienst entlassen worden ist; nicht bloß seiner jüdischen Frau wegen, sondern auch weil er die Hand beim Deutschlandlied nicht hochgestreckt hat; eine Professorenintrige halt ... Jetzt aber redete auch er vom Hackl, sagte, daß er den schon immer geschätzt habe, weil er strebsam sei und sich mit Nachhilfestunden Geld verdiene; außerdem sei er Maximilianeer. Nur die Begabtesten des Landes Bayern bekämen dieses Stipendium (du kannst dich also neben dem bloß schämen). Und wie ein Kaiser saß Professor Treutlein hier am Tisch.

Hannis Mutter brachte die Suppe. Das Dienstmädchen trug das Essen auf. So gemütlich wie in Stuttgart war's hier nicht (du spürst gewissermaßen eine Spannung). Und wieder wurde vom Hackl geredet, und Eugen sagte: »Daß der so grob zu Ihrer Tochter ist, das kann ich nicht verstehen. Schließlich ist doch Ihre Tochter ein differenzierter Mensch. Sie ist auch viel zu mager g'worden; weil sie sich halt arg aufgeregt hat in der letzten Zeit.« (Jetzt ist es dir herausgefahren.)

Der Professor sah ihn an; sah seine Tochter an. Und schmunzelte. Jawohl, ein spitzbübisches Bauernlächeln machte sein Gesicht auf einmal unerwartet schlau. Immer noch schaute er von seiner Tochter zu Herrn Eugen Rapp; dann sah er aufs Kompott: »Ach, soo verhält sich das! Ach soo ...«

Beendete Tafel, aufgehobene Tafel, und die beiden jungen Leute gingen in Hannis Zimmer, um Kaffee zu trinken. Frau Treutlein setzte sich dazu und erzählte von Victoria, die ihr vor dreißig Jahren draußen in Dachau bei den Malern den Haushalt geführt habe und Hanneles Patin sei. Und sie brachte eine Fotografie herbei, auf der bärtige Männer im Blätterlicht eines Auwäldchens beim Picknick saßen und Frau Treutlein als schlanke Marie Edith Cohen (»damals hat meine Mutter Schneiderg'wicht gehabt«) einen Lackgürtel um die schmale Taille, im langen weißen Rock und mit gebauschtem Haar Teller und Tassen aus einem Korbe nahm. Es öffnete sich der Bezirk des längst Versunkenen aus dem Jahre neunzehnhundertfünf, als Großvater Cohen noch gelebt hatte, dieser Mann mit dem weißen Backenbart, der sich auf einer anderen Fotografie in einem Park bei Nizza, während schräges Licht hereinfiel und seine Frau neben ihm in einem Korbsessel lehnte, neben seiner Tochter auf einen Stock stützte. »Mein Vater hat in Manchester gelebt, und dort bin ich auch auf die Welt gekommen. Er ist in Afrika gewesen. Mit fünfzig ist er nach Hamburg gezogen, in den Harvestehuder Weg«, sagte Frau Treutlein

Sie schauten Bilder an, als gingen sie hinein in eine Villa, ein

Eßzimmer mit einem geschweiften, plüschgepolsterten Kanapee, und Eugen fragte: »Dann sind die Möbel hier also auch von dort?« – »Nur Hanneles Schreibsekretär. Der stand in der Dienstbotenkammer. Die andern hab ich seinerzeit gekauft.« Sie wunderten sich, daß auch die Großeltern damals neue Möbel gekauft hatten, obwohl die alten doch schöner gewesen waren; aber vielleicht gehörte es sich so für jeden, der frisch anfangen wollte, unbelastet von ›altem Graffel‹, wie's in München hieß. Und Großvater Cohen war nach seinem fünfzigsten Geburtstag nur noch auf die Börse gegangen. Auch die Verwandtschaft in Holland und in Dänemark hatte es nun, zu Ende des vergangenen Jahrhunderts, weit gebracht, war wohlsituiert oder ›betucht‹ geworden, wie es in Hamburg hieß; und Onkel Mose, ein Junggeselle, der, wie Eugen sagte, auf der Fotografie ›abgewendet‹ und so aussehe, als ob er alles wisse, was es hier zu wissen gebe, hatte Melchior geheißen und war Bankier des Königs in Kopenhagen gewesen. Zwei Stereoskopbilder zeigten Damen in Krinolinenröcken, die auf hellem Rasen (denn immer wieder fiel auf diesen Bildern Licht herein, das alles wie durchscheinend machte) Krocket spielten. Onkel Moses Haus war weiträumig gewesen, eine langgestreckte Villa, wo er ein Dachzimmer mit eisernem Bett hatte; das übrige war für die Gäste dagewesen; und einmal hatte er seine Schuhe ausgezogen und sie einem Bettler geschenkt.

Jawohl, gewissermaßen Reichtum ... nur hatte Großvater Gustav Gabriel Cohen nicht an die Dauer dieses Glücks geglaubt; weshalb er geschrieben und auch hatte drucken lassen, daß die Juden jetzt nur in einer vorübergehend windstillen Zeit leben dürften; sie sollten sich daran erinnern, daß in Rußland immer noch Pogrome ... Undsoweiter. Weshalb es nötig sei, daß alle Juden einen Staat bekämen, und zwar in Palästina. Aber da lachten viele, und einer sagte, als Gustav Gabriel Cohen in die Hamburger Börse ging: »Da schau, das ist der Mann, der will, daß alle Juden wieder in das Heilige Land ziehen sollen.«

Gläubig war er nicht gewesen; er hatte seine Töchter ohne Religion aufwachsen lassen; später, wenn sie erwachsen waren, sollten sie selbst wählen, was sie wollten. Weshalb seine Tochter Marie Edith sich hatte taufen lassen und katholisch geworden war.

Ihre Schwestern hatten sie als Kind einmal in die Synagoge mitgenommen, damit sie von der Empore aus zusehen konnte, wie die da unten sich verbeugten, wie sie nickten und mit den Köpfen wackelten; das war ihr merkwürdig erschienen, eigentlich befremdend. Ob sie sich deshalb jetzt für Psychophysisches interessierte, zuweilen ›in Trance ging‹ und Karten schlug? Und sie erzählte von einem Manne namens Kemmerich, der hier in München wie Doktor Faustus gewohnt und behauptet hatte, er habe seinen Feind durch Gedanken getötet. »Vor dem hat es mich oft geschaudert«, gestand sie, und Eugen sagte, er wisse schon, wen der jetzt mit Gedanken kaputtmachen sollte; das wäre dann ein gutes Werk.

Beiseite schauen und keinen Grund zum Lachen haben; und wissen, welcher Herr damit gemeint war ... Das Zeitgefühl wirkte sich aus. Und um sich abzulenken, redeten sie wieder über Hackl, der fröhlich weiterleben sollte; der brauchte nicht kaputtgemacht zu werden, auch nicht mit finsteren Gedanken. Und Treutlein Hanni sagte, daß der Hackl immer wüst gegessen habe, einen Arm unter den Tisch gehängt. »Du tust das nicht. Du ißt so schön. Das hat mir gleich gefallen.«

»Da bin ich aber froh. Also wenigstens beim Essen bin ich deinem Hackl überlegen. Du, das freut mich.« – »Jetzt bist du wieder einmal spöttisch, oder nicht?« – »Kein Wunder, weil ich mich halt wacklig fühl.«

Wackelig: Jawohl, das stimmte. Leider stehst du nicht so breitbeinig wie dein Vater da ... Und er las einen Brief der Mutter, die ihm schrieb, daß Tante Mariele in Friedrichshafen den Großvater aus Dürrmenz pflege. Der war jetzt siebenundachtzig Jahre alt, und der Arzt sagte, es handle sich bei ihm um ein ›Nachlassen der Natur‹, dagegen könne man nichts tun. Die Mutter war mit seiner Schwester Margret zu ihm gefahren, und Margret hatte eine Aufnahme vom Großvater gemacht, der langen Gesichts, ein Uralter, mit glasigen Augen im Lehnsessel saß und geradeaus schaute. Eine Woche später war er tot.

Darauf lief es hinaus; etwas anderes gab es nicht. Auch Schriftsteller kamen in ihren Büchern hinterm Tod nicht weiter, wahrscheinlich weil sie dachten, das sei der ehrlichste Abschluß.

Wer lebte – und du lebst jetzt schon beinahe fünfundzwanzig Jahre lang –, der mußte mit einem wie Hackl zurechtkommen, auch wenn's ihm nicht danach zumute war. Doch schien die Angelegenheit sich auszugleichen, und Treutlein Hanni sagte, kürzlich habe sie Hackl getroffen, der anscheinend merke, daß es nicht viel nütze, wenn er sich so rabiat gebärde: »Er hat gesagt, er will uns helfen.«

Eugen lernte auch Rosenkrantz kennen, einen Kleinen mit magerem, ja altem Gesicht, der farbige Karikaturen zeichnete und den Treutlein Hanni von der Schule kannte. Weshalb sich der mit so etwas und zu seiner Erholung abgab? Sah er die Menschen nur verzerrt, haßte er sie? Dabei las er Marcel Proust, und Treutlein Hanni sagte, er sei krank; der komme nie fürs Militär in Frage; aber welche Krankheit ihn davon befreie, das verrate er ihr nie.

In seinem Zimmer bei Baronesse Vellberg fand Eugen einen Zettel auf dem Schreibsekretär: »Dagewesen ohne besonderen Grund. Herzlichen Gruß Herbert.« Von Wieland also, und dies freute ihn. Einen Augenblick lang sah er Wieland wieder so wie vor fünf Jahren, als er ihm zum ersten Mal begegnet war. Er stand vor der dunkelgrünen Tür beim Standbild eines der gipsernen Sklaven drüben in der Universität. Und in seine Gedanken mischten sich die Gesichter der anderen Leute, welche er hier kannte, solcher, von denen er meinte, die seien ihm wohlgesinnt (was dich immer verwundert). Nur eine lange blonde Dame, die mit einem SS-Mann ging, war dem Eugen widerwärtig; zu denen gehörte eine Rheinländerin (recht elegant), von der es hieß, daß sie ein Spitzel sei. Er wußte dies von jenem Langen mit magerem Kopf, der in Holland an einem Gehirntumor glücklich operiert worden war und seitdem eine Silberplatte unter der Kopfhaut trug. Einer mit vorragender Unterlippe, der meinte, daß er mit den Habsburgern illegitim verwandt sei, sowie ein dritter, der sich ab und an ein Monokel ins Auge klemmte: Mit all denen verstand er sich gut.

Dann sein Geburtstag. Er war bei Treutlein Hanni, saß auf dem Biedermeiersofa. In einem römischen Glas stand ein Veilchensträußchen (du wirst's in einer Zigarettenschachtel aufbewahren), dazu fünf Oktavbändchen aus dem Jahre achtzehnhundertdreiundfünfzig: Platens Gesammelte Werke. Also lauter Dinge, die dir's wohnlich machen. Vielleicht war's eine Einbildung, und alle Menschen sahen in Wirklichkeit so aus, wie Rosenkrantz sie zeichnete. Trotzdem war es ihm recht, daß ihm in diesem Augenblick die Dinge und die Menschen sauberer erschienen oder schön. Jawohl, sag ruhig: schön ... Und er sah Treutlein Hanni an, die schwarzes Haar und große Augen mit grauen Pupillen und gelblichen Einsprengseln hatte.

»Leider hast du die guten Zeiten des Hauses Treutlein nicht mehr erlebt«, sagte sie, denn früher hatte man doch auf dem Ammersee gesegelt. Als ein Sportsegler erster Klasse gehörte Vater Treutlein zum akademischen Segelverein. Bei jedem Fest gab es dort arge Eifersuchtstragödien. Ältere Damen sagten zur Treutlein Hanni: »Du kriegst nie einen Mann«, und sie antwortete, das sei dann auch kein Unglück. Was sie bemerkte, zu Ohr und Gesicht bekam, das machte sie halt zurückhaltend. Und eigentlich war das wahrscheinlich falsch. – »Sei froh, daß du es falsch gemacht hast«, sagte Eugen, und sie erzählte von den kräftigen Gebissen und Rundköpfen schwäbischer Bier-

brauerssöhne, deren Väter immer am reichsten gewesen waren.
»Und eigentlich ist alles beinah unerträglich g'wesen, außer diesem Segeln. Am schönsten, wenn ich auf dem Wasser g'legen bin (im Boot natürlich), und kein Fetzen Wind war da.« Auf dem Boot, und wenn das Wasser so gespiegelt hatte, war sie von der Sonne schwarzbraun gemacht worden. »Auf dem Foto lehne ich am Mast. Malerisch, wos?« – »Nein, enorm appetitlich.« – »Wahrscheinlich ist der weiße Segelanzug schuld.« – »Wenn ich euch da gesehen hätt', wärt' ihr mir wie ganz reiche Leute vorgekommen. Die haben's leicht, die haben's gut, hätt' ich gedacht.«

»Ja, so was stellt man sich zuweilen vor.«

»Und weiter zurück: Wie hast du denn damals gelebt? Ich meine jetzt: in Freising... Dort seid ihr doch vorher gewesen?« fragte er. – »Nach der Schule sind wir durch den Friedhof 'gangen und haben Leichen angeschaut. Das war aufregend.«

Sie lachte, und das Vergangene glitt wieder her. Hinterm Dom waren verfallene und verwilderte Gärten mit den Häusern der Dompröpste, die sonntags in lila Talaren im Dom saßen. Am besten aber kannte sie sich in der Zickelgasse und im Graben aus. In der Zickelgasse gab es Fischer, die hatten ihre Kästen ausgehängt. Und sie spürte heute noch das glatte, von vielen Händen abgewetzte Geländer vor diesen Fischkästen. Samstags fischte der Vater in der Mosach und machte ihr einen Flitzbogen, mit dem sie schoß; der Wiesenboden dieser Mosach-Auen war so moosig, so nachgiebig und so weich gewesen. Sie streckte die Hand aus und machte ihre Fußsohle auf dem federnden Wiesenboden nach. Einmal hatte der Vater einen Hecht gefangen, der war so lang, daß er ihr an die Hüfte reichte. Und da war die Fotografie mit diesem Hecht und Treutlein Hanni, die einen alten Fischerschlapphut ihres Vaters trug. An der Kaserne vorbei ging es zur Wieskirche, und sie stand mit dem Scharnagel Mariele wieder dort neben dem Kapuzinerkloster. Beim Tor hing eine Glocke, an der man ziehen mußte. Und Treutlein Hanni zog; es läutete, es klang. Durch ein Fensterchen sah ein Mönch mit langem Bart heraus. – »Zwei arme Kinder bitten um ein bißerl wos zu essen«, sagten sie und bekamen einen Teller Suppe und ein Stückl Brot. So hatte ihr dann später gar nichts mehr geschmeckt ... Weiter draußen und in der anderen Richtung, also ganz woanders, lag das verlassene Dorf Oberberghausen; seine Leute waren alle an der Pest gestorben, damals vor dreihundert Jahren; und jetzt stand nur noch das Kircherl da. Aber dorthin fand man schwer, denn auch die Treutlein Hanni und ihr Vater hatten sich zweimal im dichten Wald verlaufen, der bei Oberberghausen lag und den sie immer vor sich sah, wenn sie von einem dichten Wald las; also beispielsweise in Grimms Märchen. Jeden Tag war sie in die Kirch' gegangen, also in den Dom, und Pfarrer Kreisl hatte zu ihrer Mutter gesagt, sie sei ein Kind nach dem Herzen Gottes; das tat ihr heut noch gut (in trüben Stunden halt). Und der Pfarrer Kreisl war gestorben, sie hatten ihn in der Gottesackerkirche aufgebahrt, einer kleinen gotischen Kapelle; dort lag er im dunkeln Chor unter vielen Blumen; er hatte ein verklärtes Gesicht gehabt. Einmal aber war sie mit dem Vater in die Felder gekommen, und dort lagen tote Ratten, jede mit einem blutigen Schwanz; als ob sich die hier eine Schlacht geliefert hätten.

»Da schau: Bin ich vielleicht kein nettes Kind gewesen?« Sie hatte dicke schwarze Zöpfe, fast bis zu den Knien, und stand im karierten Kleid vor einer dämmerigen Wand. Das Bild hatte der Fotograf Werkmeister gemacht, der mit seiner Samtjacke und der Lavallière-Krawatte wie ein Künstler ausgesehen hatte. Fotograf Werkmeister war hinter ein schwarzes Tuch gekrochen, sein Fotografenkasten hatte sie großäugig angeschaut, und eine bleiche Hand war aus dem schwarzen Tuch herausgekrochen, um eine Gummiblase an einem Schlauch zu fassen und zu drücken; die Gummiblase war mit Leukoplast geflickt gewesen. Und einen Sommer lang war ihr Bild im Fotografenkasten ausgehängt gewesen, nicht weit von der Wirtschaft ›Zum Alten Geld‹. Doch wenn sie im karierten Kleid durch Freising ging, schrien die Kinder hinter ihr: »Bei der sieht mer da Orsch!«, weshalb ihr dann die Mutter den Rock länger gemacht hatte.

Verklärter Geburtstag; nein, nicht verklärt, denn so war er gewesen; oder so verklärt kam ihm, während sie erzählte, dieser Geburtstag vor, obwohl es draußen regnerisch und kalt gewesen war. Auch schon wieder Vergangenheit ... Und Treutlein Hanni meinte, er solle sich ein Zimmer in der Nähe suchen, obwohl er doch bei der Baronin trotz dem kurzen und harten Bett gut schlief. Aber, wenn sie es so wollte ... Nun, es pressierte nicht. Ihm fiel der Wald ein, von dem sie erzählt hatte (bei Oberberghausen) und wo es viele Himbeeren gegeben hatte; und er wäre gern der Einsiedel in der Wieskirche gewesen (weil der nicht umzuziehen brauchte, denn immer kam was Schlechteres dabei heraus). Eine aus der Freisinger Volksschule war die Tochter einer ledigen Kellnerin gewesen, und ihre Mutter hatte trotzdem bei der Hochzeit ein weißes Kleid getragen; wie hatte Treutlein Hanni damals die Höpfl Anna beneidet!

Jetzt rumpelte es nachts unter ihm in der Kaulbachstraße von Militärwägen, die Kanonen zogen, alle Österreich zu, und später hörte er den Lautsprecher im Zimmer der Baronesse Branca; die wohnte neben ihm, eine in schwarzem Schlafrock und uralt. Im Lautsprecher schrie eine Volksmenge, und die Baronin Branca sagte: »Es ist Jubel in Wien!«, denn ihr gefiel der Jubel.

Mit Treutlein Hanni traf er sich im Café Annast, und sie saßen vorne in der Ecke, wo das Licht hereinfiel. Dem war es also wieder mal geglückt. Und wo jetzt Schuschnigg war? Vielleicht schon im KaZet. – »Also, die Wiener Illustrierte brauchen wir uns jetzt nicht mehr zu kaufen«, sagte er, und Treutlein Hanni schaute auf die Straße.

Seine Mutter schrieb, ob er eine Möglichkeit sehe, ihr seine Ansichten und die Meinungen seiner Münchener Freunde über die Ereignisse der letzten Tage mitzuteilen. Nein, keine Möglichkeit. Er hätte ja nur schreiben können: ›Dem ist es also wieder mal geglückt.‹

Und dir? Glückt dir etwas? Jawohl, dir glückt die Sache mit der Treutlein Hanni; die war am wichtigsten. Wieland erzählte, wie Hitler aus der Glyptothek gekommen und über den Königlichen Platz gegangen war (früher hieß der Königsplatz); dabei habe ihn das Volk jubelnd umschwärmt: Immer vorne rum und hinter ihm vorbei und wiederum nach vorne; und sie schrieen alle, während er nur finster geradeaus schaute und die Hand über der Schulter bog, als würfe er was weg. Die Leute aber waren so um ihn herumgelaufen, daß sie wie ein Klumpen aus Bienen ausgesehen hatten, der an der Königin hing. Und Wieland hatte ihn aus der Nähe fotografiert und sagte: »Leicht hätt' ich ihn umlegen können, leicht ...« – »Ja, daran denken tun wir schon ...« Und Eugen lächelte ein bißchen.

Er ging mit Treutlein Hanni unter den Pappeln der Ludwigstraße, und sie sagte: »Tu deinen Kopf raus!« Er wußte schon, daß er nicht aufrecht genug einherschritt, wie es sich für einen freien Mann geziemte; du ziehst das Genick ein; gewissermaßen kaum verwunderlich ... Auch mußte er bei Baronesse Vellberg der Treutlein Hanni zuliebe auszuziehen. Und er suchte sich ein Zimmer, fand in der Unertlstraße eines, bei dieser Witwe Sury, wo im Gang hinter der Tür eine Fotografie des Hitler grinste, der im Auto mit dem Mann der Sury an der Windschutzscheibe stand. Treutlein Hanni meinte, er solle darunter hindurchsehen, weil das Bild überm Querbalken hing; und so bemühte er sich denn, schnell aus dem Vorplatz wegzukommen, obwohl die Sury oft allerlei mitzuteilen oder an ihm auszusetzen hatte, beispielsweise, daß etwas für ihn gekommen sei, das sie nicht habe im Gang stehenlassen können; es sei so breit und so schwerfällig. Sie spreizte die Finger, als ob's ihr eklig wäre, bloß daran zu denken.

Es war sein Wäschekorb; der stand in der Durchfahrt zum Hof des Mietsblocks. Wie er den jetzt hereinschaffen wollte? Mit der Treutlein Hanni? Doch Frau Sury sagte weinerlich: »Jetzt redet der Herr Rapp auch noch von einer Dame!«, griff sich in die hellen Locken, sah verzweifelt aus, fragte aber bald danach: »Meinen Sie die Dame, mit der Sie heut beim Silberbauer g'standen sind? Also die können Sie mitbringen!« Nur wollte Treutlein Hanni danach nicht mehr kommen, übrigens nur der Sury wegen, was kein Wunder war. Blieb also noch die Frage ungelöst: Wie bringst du deinen Wäschekorb ins Zimmer? Mit dem schläfrigen Sohn der Sury, der gestern nachmittag bei offener Tür im linken Ehebett des Schlafgemachs gelegen hatte und von der Mama als Trottel bezeichnet worden war; nein, Witwe Sury hatte ihn einen Schlurf genannt, weil sie aus Wien stammte, was Eugen naheging; denn daß solch eine Frau Wienerin war, das wäre für seine Wien-Sympathie schädlich gewesen, hätte er sich Wien nicht immer nur so vorgestellt, wie es um neunzehnhundertzehn gewesen war. Damals hatte es dort solche Frauen wie die außen frische, innen aber aufgewühlte Sury auch gegeben, nur paßte sie halt nicht ganz in sein Arsenal; aber studieren tust du sie genau... Und er paßte auf, als sie zu ihm sagte: »Es kommt natürlich nicht in Frage, daß ich Ihnen Ihre Schuhe putze, außer Sie geben mir fünfzig Pfennig täglich. Ich lasse jedenfalls an meine Schuhe niemand anderen heran.«

Wieder spreizte sie die Finger und streckte ihre Hände aus, doch half's ihm nichts, weil immer noch sein Wäschekorb draußen in der Durchfahrt stand. Weshalb er Sury junior fragte, ob er ihm helfen wolle, und der sagte: »Ja.« Sauer verzogenen Mundes schaute seine Mutter zu und dirigierte den Transport: »Paßt mir ja auf! Verstanden? Also, daß ihr nicht an meine Schuhkommode stoßt! Wenn ihr mir mit dem dicken Ding da das Fournier beschädigt, muß es Herr Rapp bezahlen ...«, rückte die Schuhkommode im Vorplatz beiseite, rief: »Die Tapete! Er zerkratzt mir die Tapete!«

Treutlein Hanni sagte, vielleicht kriege sie's bei ihren Eltern hin, daß er ins Haus einziehen dürfe, weil das Dachzimmer frei werde. Und Wieland sagte: »Ein grausiges Weib, die Sury. Und eine Wienerin, nicht wahr?« Er grinste, Eugen nickte und sagte später zu Frau Sury, leider müsse er am einunddreißigsten ausziehen (eine wie die Sury findest du jedenfalls immer noch). Sie überhörte es und wollte am anderen Morgen, als er sich rasierte, ins Bad gehen, klopfte und jammerte, weil er so lange drin sei, und kam hernach zu ihm, um ihm zu sagen: »Für den nächsten Monat suchen Sie sich dann ein andres Zimmer.« Sie bewegte den Kopf in der Tür (sonst sah er nichts von ihr) und ließ im Gang zu ihrem Sohn verlauten, für Herrn Rapp sei es am besten, wenn er eine Bude mit Waschkrug und Waschschüssel und nicht ein derart elegantes Zimmer wie bei ihr bewohne, wo er sich im Bade waschen dürfe. Worauf er sich (für eine Mark) ein Bad bei ihr bestellte, den Gasofen abgedreht und in der Wanne eine lauwarme Bodendecke Wassers fand, so daß er sich drin wälzen mußte, um rings herum naß zu werden.

»Aber du hättest dich doch bei uns duschen können«, sagte Treutlein Hanni.

Die Witwe Sury machte ihn zum fleißigen Studenten, weil er sich bei ihr nicht wohl fühlte. Wieland, der in der Ansprengerstraße bei zwei ›weiblichen Ruinen‹ hauste, begegnete Eugen und Treutlein Hanni auf der Treppe der Alten Pinakothek. Er lächelte und nickte, zeigte mit dem Kopf auf Eugen Rapp und sagte: »Ihm fehlt noch viel, nicht wahr?«. Treutlein Hanni antwortete mit »Ja«, und so wurde offenkundig, daß er ein zurückgebliebener Student war; mit der Zeit jedoch werde er vielleicht trotzdem noch irgendwie hochkommen. Und was das Schwebende zwischen ihm und Treutlein Hanni anging, so entsann er sich jener Affäre mit dem Hackl Franz, die eine Zeitlang nahezu drohend gelodert hatte, und spürte wieder Stinas geladene Pistole in der Hosentasche, obwohl all dies zum Glück weit in der Ferne lag, denn Hackl hatte sich besänftigt.

Er berührte ihre Hand, als sie auf einer Bank hinter der Alten Pinakothek saßen und Sonne nebenan kahles Gebüsch beschien. Treutlein Hanni sah auf ihre Hand und sagte: »Ach, das ist doch nichts ... Das nützt doch nichts ... Das geht doch nicht ... Und führt zu nichts.«

Gewissermaßen also war es recht gedämpft; doch es genügt auch so.

Von heut auf morgen wurde dann Frau Sury, diese blonde Witwe, freundlich, ein wunderlicher Gefühlswandel. Sie sagte: »Es ist doch gescheiter, wenn wir hier ausziehen, nicht wahr, Herr Rapp? Die hohe Miete zahlen müssen ...« Und er stimmte zu, überlegte, wo er sein Haupt betten würde, und erinnerte sich der Baronesse Vellberg, die zu ihm gesagt hatte, für sie sei jeder Wechsel schrecklich; ach, daß er jetzt fortgehe, und sie hätte ihm doch gerne seinen Tee gekocht; aber dann sei auch noch eine Frau dazugekommen ... Und Frau von Vellberg hatte den Kopf geschüttelt.

Treutlein Hanni erzählte ihrem Vater, daß Herr Rapp mit der Sury einen argen Wirbel habe, und wo solle der jetzt wohnen? »Geht's nicht bei uns, droben unterm Dach?« Da sah der Vater vor sich nieder. »Er hat so etwas Brütendes, weißt du, und meine Mutter meint, es sei der Steinbock; weil er doch unterm Steinbock auf die Welt gekommen ist. Und wenn er finster vor sich hinschaut oder grantig wird, sagt sie, das sei der Steinbock. Ich find' das praktisch. So regt sie sich wenigstens nicht über ihn auf, weil es für sie der Steinbock ist ... Der Vater aber hat geschmunzelt und mich von unten her angeschaut: ›Der Herr Rapp ist doch mit uns befreundet. Und wenn er uns dann Geld bezahlen muß – Also, das geht nicht. Aber, wenn ihr wollt, daß er hereinkommt, wenn ihr meint, es geht?«« Jetzt grinste er.

So durfte er nun also bei der Treutlein Hanni wohnen, in der Mannheimer Straße, einer stillen Gegend, nicht weit von der Witwe Sury; und der Umzug würde wenig kosten: sehr erfreulich ... Wieder einmal hast du sozusagen Glück gehabt. Und jetzt freu' dich ein bißchen ... denn Treutlein Hanni meinte, daß er sich nie richtig freuen könne, was, genau besehen, stimmte (immer siehst du die Kehrseite hindurchschimmern); und gemütlich war es trotz allem nicht so ganz, weil er dazugehörte. Sobald du nicht dazugehörst (wie beispielsweise bei Baronesse Vellberg), kannst du für dich bleiben. Dort aber ... Doch vielleicht würde es trotzdem gehen, denn schließlich mußte er arbeiten; essen würde er im ›Ceres‹ wie bisher ... Der schwierigste Stand war der Ehestand, doch so weit brauchst du dich jetzt noch nicht vorzuwagen ... Und er entsann sich gewisser Gesetze und dachte, daß die Gegend hier heraußen anno drei- und vierunddreißig Schrebergärten gehabt hatte, ein grünes Areal mit Gartenhäuschen (und wie gerne würdest du in einem solchen wohnen). Am liebsten wäre ihm ein Turm gewesen zwischen Hagnau und Meersburg, du erinnerst dich; auch an einer moosigen Stadtmauer wäre er am Platz gewesen, beispielsweise wie in Dinkelsbühl. Dort hast du doch mit Professor Grauerbach im Zwielicht auf Gärten und Fachwerkgiebel g'schaut, und ein Stall ist erhellt gewesen ... Der Professor hatte gesagt: »Ja, das verschlafene Deutschland vor achtzehnhundertsechsundsechzig ... Wissen Sie, ich bin zwar Preuße, aber mir ist die Kleinstaaterei auch lieber. Da nehme ich sogar das Muffige in Kauf ... Dagegen das mächtige Deutschland Bismarcks: Sie sehen, was daraus geworden ist.« Und sie sprachen über Spitzweg, der dieses kleinstaatliche Deutschland verklärt hatte, und Eugen sagte, so lasse er sich sogar auch das Militär gefallen, er meine: wie beim Spitzweg. Rentner, die hinter Kanonen aus dem achtzehnten Jahrhundert Wache schieben und mit roten Nasen zwischen den Zinnen herausgucken; und um alle Befestigungen wuchere der Efeu ... Und er überlegte, wie lange es schon her war, seit er in Dinkelsbühl mit Grauerbach von der Stadtmauer auf die Dächer geschaut hatte, kam auf den Sommer vor drei Jahren und dachte, verglichen mit heute, habe sich das Leben damals beinah harmlos angelassen.

Er traf Wieland beim Antiquar Vetter (dem mit dem schwarzen Kinnbart). Eugen holte sich eine bibelot-Ausgabe des Gil Blas von 1783 aus dem Bücherkasten, fünf Bändchen für sechs Mark. Wieland sagte: »Du willst dir dort in Schwabing draußen so ein Tusculum einrichten, wie?« Und Eugen dachte, da sehe ihn also der Wieland sozusagen als umfriedeten Einsiedler zwischen Schrebergärten.

Gar nicht schlecht, nur leider ein bißchen verklärt gedacht von diesem Wieland.

Im Treppenhaus hing eine geschnitzte Uhr, auf die das Datum ›22. Mai 1912‹ gemalt war. Damals hatten die Eltern der Treutlein Hanni geheiratet (ein Jahr nach deinen Eltern). Vater Treutlein war einunddreißig Jahre alt gewesen, und seine Frau einundvierzig. Anno Fünfzehn war Treutlein Hanni auf die Welt gekommen. Als Pionier hatte der Vater seine Tochter auf den Arm genommen, das Gesicht bis zu den Augen sonnverbrannt, denn seine Stirn war unterm Mützenschild weiß geblieben. Treutlein Hanni zeigte Eugen die Fotografie.

Ging Eugen gegen neun ins Bad, so schob sich Mutter Treutlein aus der Türe ihres Zimmers und sagte: »Herr Rapp, ich bin so bange, mein Mann kommt ins Bad.« Da beeilte er sich denn, meinte, es wäre klüger, wenn er sich am Waschtisch der Mansarde seine Backen schabe, und tat es von dieser Stunde an. Doch auch, wenn er sich duschte, war Mutter Treutlein bange. Ihrem Mann schnitt sie das Frühstücksbrot zu kleinen Stücken und trug es ihm ans Bett, wo er es rasch vertilgte.

Vater Treutlein schaute meistens finster drein. Ihm gefiel sein Vorname Konrad nicht, und deshalb nannte er sich Kurt. Er hatte einen eindrucksvollen Schädel, dazu breite Hände, die Handrücken waren behaart. Mit Farbentopf und Pinsel ging er durch das Haus, schaute nach, wo etwas zu streichen sei, und putzte sein Auto geradezu mit Leidenschaft; er fuhr vorsichtig, strapazierte niemals den Motor, und weil das Verdeck zurückgeklappt werden konnte, saß es sich im Wagen bei hellem Sommerwetter luftig.

Auch dies eine idyllische Gelegenheit und ein, für Eugens Verhältnisse, staunenswerter Besitz. Freilich ergab es sich recht selten, daß er das Autofahren mitgenießen durfte, vielleicht, weil er so gut wie nichts genießen konnte. (Dazu fehlt dir das Talent.) Und Vater Treutlein hatte eine Aura, die so gut wie immer dunkel eingefärbt war und von der Mißtrauen ausstrahlte; Mißtrauen gegenüber diesem jungen Rapp, der so gut wie überhaupt nicht aktiv war, und dem er zutraute, daß er im Seminar bloß herumschwätzte und seine Tochter von der Arbeit abhielt; um von anderem zu schweigen. Aber was dieses ›Andere‹ (mit seiner Tochter) anging, so hatte Treutlein Konrad wenig Kummer, weil dieser Rapp jetzt bereits einen Monat lang im Hause wohnte, ohne daß etwas ›passiert‹ war. In dieser Hinsicht hielt er ihn also wahrscheinlich für harmlos oder ärgerte sich über diese Art Harmlosigkeit und sagte zu sich selber: wäre der weniger harmlos, dann hätte er mehr Mumm im Ranzen. Womit er dann vielleicht auch recht hätte.

Du gibst Vater Treutlein in Gedanken recht, damit die Harmonie im Hause nicht gefährdet wird. Eine verständnisvolle Haltung. Frau Treutlein aber mochte Eugen Rapp und sagte: »Sie geben also bitte Hannele Ihr Geld fürs Zimmer. Hannele hat immer dieses Geld bekommen. Ich habe ein schlechtes Gewissen, wenn ich Geld von Ihnen nehme«, worauf sie zu dritt lachten.

Frau Treutlein gab jedem Bettler Geld; Blinden kaufte sie Bürsten ab. Die alten Möbel hier im Hause stammten von ihr; und wer alte Möbel liebte, der war ein verletzter Mensch (da darfst du auch ein bißchen an dich selber denken).

Ihr Mann wirkte, als ob er in sich etwas unterdrücken müsse, beispielsweise einen starken Haß. Und du bist so naiv, daß du dies nur mit solchen Wörtern denken kannst ... Vielleicht steckte in Vater Treutlein auch etwas Dämonisches, und deshalb hatte er es sogar als der fünfte Sohn des Schullehrers aus Dießen am Ammersee zum Hochschulprofessor gebracht. Von ihm geht etwas aus, dem du gern ausweichst ... Vielleicht war der ein Menschenbildner (du läßt dich von ihm nicht ummodeln, du mit deinem schwäbischen Dickkopf) und konnte auf andere Macht ausüben (auf dich kann er es nicht); denn für Frauen war er ein bewundernswerter Mann; und gut, daß er gegen alles Gegenwärtige eine Abneigung hatte: Darin verstand er sich mit diesem jungen Rapp, der ihm am Vormittag im obern Flur begegnete. Im Schlafanzug und mit Schlappschuhen, die ihm an den nackten Fersen klatschten, ging Professor Treutlein ins Bad und sah an ihm vorbei. Schmallippig sah der Mann geradeaus und reagierte nicht auf Eugens Gruß (vor ihm bist du devot); oder er hockte eine Treppe tiefer bei offener Tür am Schreibtisch, drückte ein Ohr an einen schuhschachtelgroßen Lautsprecher, der scharf krächzte, und sah über die schwarz umränderte Hornbrille, während er im Schweizer Sender Herrn von Salis hörte.

Allerlei Momente: Nur aus solchen setzte sich's also zusammen; häufte sich an, lagerte sich ab, sammelte sich an ... Und was wirst du in dreißig Jahren davon wissen? Hoffentlich alles bis in jede Einzelheit ... Denn solche Einzelheiten schärften das Gemüt; auf die kam es ihm an.

Schon lange schrieb er nichts mehr in sein Tagebuch und dachte: weil so viel eindringt und weil du dazugehörst und nicht mehr nur zuschauen kannst ... Und er hoffte, daß in ihm ein andrer säße, der trotzdem alles registrierte, was es hier an Neuem und Anderem gab. Auch mit der Arbeit geht's dir eng zusammen ... Barbarisch früh (morgens um acht) begann das Seminar des archäologischen Professors, von dem es hieß, daß er sich für das Boxen interessiere; wahrscheinlich meinte er, heutzutage sei das Boxen der angemessene Sport. Und Eugen entsann sich dieses Wortes: »Anno neunzehnhundertdreiunddreißig ist die Türe hinterm neunzehnten Jahrhundert zugeschlagen worden«, das ein gewisser Doktor Weller gesagt hatte, der Assistent des kunsthistorischen Professors war. Und Eugen Rapp ging in der Frühe die Leopoldstraße abwärts, während Pappeln sich im Licht des Juni regten, einem hellgelben, grünlichen Licht, das die Straße weitete und reinigte, nun, in der Frühe, da wenige Wägen fuhren und das Trottoir bis weit hinunter sich ausdehnte, dorthin, wo der Block des Siegestores schräg erhellt war. Saubere Luft an der Stirn haben, das war erfreulich.

Beim Siegestor wollte er über die Straße, doch näherte sich ein Auto, ein schwarzer, offener Wagen, und er wartete. So langsam fuhr das Auto. Und nun sah er den neben dem Fahrer sitzen, einen kellergesichtigen Menschen, dessen Schirmmütze mit braunem Samtband und Silberkordel überm Lackschild, tief ins Gesicht geschoben war, einen, dessen Oberlippe ein viereckiges Bärtchen schwärzte. Ja, er war's, du erkennst ihn, eine Unterarmlänge von dir entfernt, und finster schaut er mit bläulichem Blick zu dir herauf, geduckt neben dem Fahrer; und der Ärmelstoff seiner senfgelben Jacke hat einen Wulst unter der Schulter, denn der dort preßte den Arm an die Tür. Du siehst ihn, schau ihn genau an und guck so finster wie er; wenn seine Begleiter dich anschreien, sagst du: ›Je ne comprends rien du tout, messieurs.‹

Das Auto schlich vorbei. Eugen ging über die Straße, dicht an den Bögen dieses Siegestores vorbei, und dann auf der anderen Seite weiter. Das Auto machte drüben eine Kehre, schlich wieder her, und der Geduckte, Kellerbleiche mit der braunen Feldwebelmütze sah ihn wieder an, nun vor dem Haus des Deutschen Rechts, das dort stand, wo früher eine Anlage mit schnörkelig verziertem, gußeisernem Pissoir gewartet hatte. Schade um das Pissoir, weil doch aus diesem Pissoir vor zwanzig oder dreißig Jahren jener Dichter Rilke, übrigens im dunkelblauen Anzug und mit weißen Gamaschen (sogenannten Hundedeckchen) herausgekommen war und Treutlein Hannis Mutter ihn damals gesehen hatte. Du aber siehst heute den Hitler an derselben Stelle.

Er schaute sich nicht um, ging vor der Ludwigskirche in der Schattenkühle, sah Helligkeit, als läge sie weitab, erinnerte sich an seine Arbeit und daß er in das archäologische Institut zu gehen hatte, dessen kahle und geschwärzte Front auf im Morgenlicht glänzende Büsche schaute. Er zögerte, bevor er eintrat und hinaufstieg in das Institut, wo er vor einem gipsernen Standbild, dem der Kopf fehlte und das lange parallele Gewandfalten wie staubiges Wellblech sehen ließ, dem Archäologen Rede und Antwort stehen mußte, während andere zuschauten und zuhörten. Der Professor hatte ein Wollhemd und eine härene Jacke an, sein Hemdkragen war über dem stämmigen Hals offen; der mit seinem geschorenen Rundschädel und dem bauernschlauen Schmunzeln ... Wenigstens sagte der nach Eugens Referat nicht: ›Also, was haben wir jetzt gehört? Baren Unsinn ...‹ und es tat ihm wohl, als Wieland späterhin bemerkte: »Ich hab gehört, du seist sehr genau informiert gewesen.«

Beim Professor für Kunstgeschichte, dem mit dem scharf nach unten zuckenden tz in der Unterschrift, war es härter, weil der eine Übung über Farbe abhielt, wozu man in die Alte Pinakothek ging und Eugen als der erste referieren mußte, obwohl er keine Ahnung hatte, wie er es machen sollte. Auch Treutlein Hanni konnte ihm nichts raten. Weshalb er nur die Farben auf dem alten Bild beschrieb, und das war schlecht. Dir mangelt's an Begriffen, und du findest die Begriffe nicht ... Wo waren bloß diese Begriffe hingekommen? Doch nachher, beim beklommenen Hinuntergehen über die pompöse Treppe der Pinakothek, wurde ihm deutlich, was er hätte sagen sollen. Doch war es längst zu spät. Und wieder folgte dieses stumme und gespannte, dieses festgewachsene Herumstehen vor riesengroßen Bildern, und der Unmut des Professors war wie eine Mauer. Auf den Bildern aus der Zeit um fünfzehnhundert hatte die Farbe lediglich eine die Form abgrenzende Funktion; oder, simpler gesagt: Alle Figuren waren halt nur angestrichen. Daß aber hier die Farbe noch etwas bedeutete, das er nicht benennen konnte, spürte er leider nur. Gescheite junge Leute wußten es, beneidenswerte Herren, die elegant und fröhlich waren. Beispielsweise wußte ein junger Freiherr, daß auf Dürers Bildern die Symbolkraft der Farbe intensiv gesteigert war, von Tizian gar nicht zu reden, bei dem sie auch noch etwas Seelisches bedeutete. Auf den Bildern des siebzehnten Jahrhunderts aber steigerten sich die Farben zum Kulminationspunkt ihrer Intensität, bis endlich bei Rembrandt das Licht zu Farbe wurde. Vor einem Bild des Botticelli aber – oder war es Luca della Robbia? – stand er verdutzt, als der Professor mit dickem Zeigefinger auf ihn deutete und fragte, wie es heiße, wenn die gleichen Farben hier und dort und rechts und links beisammenstünden? Er aber stand neben der Treutlein Hanni und hatte Sand im Kopf.

»Das nennt man paarweises Auftreten«, sagte der Professor, als ob er das paarweise Beieinanderstehen Eugen Rapps und Treutlein Hannis vor den Augen der Versammelten im Saal mit Oberlichtfenster und grünen Samtfauteuils so deutlich wie nur möglich herausstellen wollte. Auf die Samtfauteuils durfte sich während dieser Übung niemand setzen.

Das mit der formabgrenzenden Funktion der Farbe wirst du wie den dicken Zeigefinger des Professors, der auf deine Brust zeigt, nie vergessen ...

Es lockerte sich dann ein bißchen, die Verpflichtungen wurden leichter. Allerdings, daß er einmal eine Doktorarbeit machen müsse, das saß in ihm, als ob er im Magen eine Kugel trüge; die war hineingeschossen worden und blieb unverdaulich, weil er nicht wußte, worüber er die Arbeit machen sollte, denn Biedermeierzeit und Jugendstil, für die er sich interessierte, waren ja verpönt. Treutlein Hanni aber, die war in der Wissenschaft viel weiter und gescheiter und geübter; übrigens kein Wunder, weil sie schlau genug war, um sich nicht aufs Schreiben von Erzählungen oder Gedichten einzulassen, was ein Laster war, von dem er nicht lassen mochte.

Da war es gut, mit Treutlein Hanni auf dem Rade durch den Englischen Garten zu fahren; sie hatte ein altes, knackendes, dafür aber vom Vater frisch lackiertes Rad, auf dem sie sich recht mühsam vorwärts kurbelte. Und Wieland fotografierte beide im Zimmer mit den Biedermeiermöbeln beim Kaffee aus alten Tassen, denn Wieland war jetzt wieder recht zutraulich, aber nicht nur der alten Tassen und des guten Kaffees wegen. Und als Eugen hernach mit ihm über die Mannheimer Straße zum anderen Trottoir ging und auf ein hohes Mietshaus schaute, sagte Wieland: »Ich geh in den Studentenbund. Das da bleibt.« Er meinte die Zeitstimmung, die politische Situation und so weiter, worauf Eugen bemerkte: »Nein. Nein ... das kann ich nicht.« – »Nun ja, bei dir ist das ein klarer Fall. Ich bin immer für klare Fälle«, sagte Wieland. – »Ein Krieg wird kommen, und –« – »Aber so hör doch endlich mit dem Krieg auf! Vorausberechnen kannst du's auch nicht.«

Da hatte der zwar recht, aber du hast es trotzdem im Gefühl. Wieland meinte, was helfe das denn schon, so etwas im Gefühl zu haben. Und da hatte er nochmals recht, obwohl du's trotzdem im Gefühl behältst; freilich in keinem frohen; und

Wieland hatte es behaglicher ohne dieses Gefühl; der mit seinem hochstirnigen Kopf und dem süffisanten Lächeln; der mit seinen entlarvenden Gedanken oder Fragen; denn jetzt fragte er: »Fühlst du dich eigentlich in dem Haus wohl?« Ob der sich auch mal selbst entlarvte? Dir darf's gleichgültig sein; und in dem Haus fühlst du dich jedenfalls viel wohler als in deiner Zeit; obwohl die Zeit gerade hier in dieses Haus hereinreicht; ja, die mit ihrem langen Arm.

An Pfingsten wollte er mit Treutlein Hanni hinaus nach Schäftlarn gehen und nachschauen, ob dort alles noch beim alten war. Er erinnerte sich an den Wald dieses Gebirgsbachtales, der bis zum Fluß heruntersteig, an das Rumpeln der grauen Brückenbohlen, wenn ein Auto drüberfuhr (den Motor hörst du nicht), und freute sich auf die fliegenden Samenflocken zwischen Weidenbüschen, auf den weißen Sand, obwohl er nicht ganz weiß war; mit schwarzen und gelblichen Körnchen durchsetzt, also gesprenkelt. Ja, so ungefähr.

Und, in der Tat, es war alles wie früher; auch das Bohlenrumpeln auf der Brücke hörte sich wie einstmals an. – »Da wollen wir also die Zeit anhalten«, sagte Treutlein Hanni. – »Aus Angst vor der Zukunft halt«, sagte er und schaute auf den Sand zwischen den Weidenzweigen. In der Badehose und im Badeanzug lagen sie nebeneinander, und drüben hatte sich ein anderes Paar ausgestreckt, als wäre es ihr Spiegelbild. Das Mädchen lächelte herüber. Vielleicht wär's denen recht gewesen, wenn sie mit ihnen gesprochen hätten, oder wäre es bloß dem Mädchen recht gewesen, denn der andere junge Mann schaute nicht her. Also lieber nicht. Paare für sich war immer besser. Und er fragte Treutlein Hanni, ob man ihn auf eine Distanz von, sagen wir: zehn Meter, hier erkenne. – »Freilich. Das ist der Mann aus dem kunsthistorischen Seminar, denken die Leute.«

Das war ihm unbehaglich. Wenigstens hier sollte ihn kein Mensch erkennen. Und er lag in der Sonne, rutschte zwischendurch ins scharf kältende Wasser, streckte sich von neuem aus; sah, daß die Treutlein Hanni überraschend nett gewölbt war. Warum die so was sonst nie sehen ließ? Ach, darum halt; und sie sollte es so machen, wie sie wollte.

Später saßen sie im Wald, wo es ihm für einen Augenblick taumelig im Kopf wurde, vielleicht von dieser starken Sonne draußen auf dem Sand. Treutlein Hanni hatte große Augen, sagte: »Setz dich hin ... So, und jetzt wartest du ein bißchen«, obwohl das überflüssig war; aber ihre Sorge hast du im Gefühl, und das Gefühl fühlt sich erfreulich an. Und sie fanden Erdbeeren und stießen mit diesen Erdbeeren an, und eins sagte zum andern: »Auf dein Wohl.«

Also war es zum Aushalten; nein, mehr als das. Auf schwäbisch aber hieß es, wenn es schön war, halt bloß: ›Es ist zum Aushalten.‹ Und gar net schlecht, das Schwäbische ... Treutlein Hanni hielt ihn am Ellenbogen fest, als er, den Kopf sonneglühend, in die Straßenbahn einstieg. Sie fürchtete noch immer, daß ihm zum zweiten Mal taumelig werden könnte, und sagte es sogar zum Trambahnschaffner, als sie nach Schwabing hinausfuhren.

Später sagte Treutlein Hanni: »Erzähl mir einen Schwank aus deinem Leben.« Sie lag auf der Couch. Er hatte sich auf ihrem Biedermeiersofa ausgestreckt, und nun stand der Tisch zwischen ihnen. Aber, was sollte er erzählen; es lohnte sich doch nicht ... Und sie wollte erfahren, wie's bei ihm zu Hause zuging oder zugegangen war. – »Du weißt doch alles«, sagte er, als ihm die Löwenköpfe an der glasierten Suppenschüssel seiner Mutter in den Sinn kamen und er von diesen Löwenköpfen sprach; die Henkel der weißen Suppenschüssel waren also Löwenköpfe, und an ihnen hielt die Mutter diese Suppenschüssel fest, wenn sie sie mit Maultaschen in der Brühe oder ›Gaisburger Marsch‹, einer Suppe, in der Spätzle und Kartoffeln schwammen, auf den Tisch stellte. Der Vater legte Pfeife und

Zeitung beiseite und erhob sich aus dem Ledersessel, in dessen Sitzpolster eine gebrochene Feder grollte. Ihres Sohnes wegen waren seine Eltern arg bekümmert, aber seine Schwester Margret, die packte alles richtig an; die war jetzt Sekretärin bei einem Vertreter für Maschinen. »Ich meine, der hat Molkereimaschinen, weiß es aber nicht genau. Mußt dich halt bei ihr selbst erkundigen, wenn du mal zu uns kommst. Dann schaust du dir alles in Ruhe an.«

Langweilig ... dachte er. Für Treutlein Hanni mußte so etwas doch arg langweilig sein. Und er meinte, vielleicht interessiere sie die Sache mit Professor Grauerbach, der, wie Jaspers, seiner jüdischen Frau wegen, im letzten Sommer entlassen worden war. Und er beschrieb das Haus in Heidelberg, in dem Grauerbach wohnte, am Neckarufer; eines mit Schieferdach, und eine elegante Wohnung, in der früher Gundolf gewohnt hatte, die Zimmer in Enfilade hintereinander, also nach französischem Geschmack. Als der Student Rapp den Professor an einem klaren Sonntagvormittag besuchte, weil er zum Essen eingeladen war, lag Grauerbach im Liegestuhl im Garten und las in einem hellgrün broschierten Roman von Anatole France, übrigens ›bloß als Vibrationsmassage‹, wie er sagte. Dann gab es Huhn mit Reis, und Eugen erzählte von einem Amtswalter-Ballett, das er im Kopf habe. – »Aha, weil die immer so dick sind«, sagte Frau Grauerbach, und sie stellten sich vor, wie die Amtswalter, Leibriemen um die Bäuche, als Goldfasanen auf der Bühne sich bewegen würden; es erleichterte sie, weil es die Illusion verstärkte, man habe damit dem Zeitgeist eines ausgewischt; sie atmeten auf und redeten über den Abend mit den anderen Studenten aus dem Seminar, denn Grauerbachs hatten vor einer Woche außer Eugen Rapp und Herbert Wieland die Herren Feddersen, Hornschuh und Lüders, Fräulein Doktor Spengler, die Filmkritiken für die Heidelberger Zeitung schrieb, und ein sommersprossiges Mädchen eingeladen. Feddersen war ein kurioser Kerl, der ab und zu ein Monokel vor das Auge klemmte, viel Schnaps trank und von zwei Damen zu berichten wußte, die er zu sich einlud (»Da bekommt die Freundin meiner Meta dann auch etwas ab«), im übrigen bei einem SA-Reitersturm Dienst machte, dem auch der Gärtner angehörte, der kürzlich hier den Garten umgegraben und zum Professor gesagt hatte, Feddersen sei ein prächtiger Kamerad. Doch Feddersen bekam kein Geld mehr von zu Hause und war deshalb vom Gärtner als Hilfskraft aufgenommen worden, wahrscheinlich für die leichteren Arbeiten. Hornschuh und Lüders kamen später als die andern, und beide atmeten Biergeruch aus, zwei stämmige und große Kerle, während Feddersen schmal und brav auf der Couch saß. Auch Wieland war dabei, den Treutlein Hanni nun auch kannte. Die beiden Bierduftenden aber spannten die Stimmung in der Professorenwohnung sozusagen an, weil sie sich breit hinsetzten, zu erkennen gaben, daß sie nicht drauf angewiesen seien, bei Grauerbach als wohlerzogen zu erscheinen, sondern es sich leisten konnten, nahezu ruppig zu sein, und weshalb? Weil sie zu dem anderen Professor, dem mit Spitzbart und rollendem Gaumen-R gehörten, der diesen hier wegboxen wollte und der in der Partei war. Ein Teller mit belegten Brötchen ging reihum. Als er leer war, zeigten sich auf ihm hebräische Schriftzeichen und ein Datum aus der Biedermeierzeit. – »Mein Großvater hat ihn zu seiner Bar Mizwah bekommen. Das ist das jüdische Konfirmationsfest«, sagte Frau Grauerbach. Und ihr Mann entrollte eine grünlich getönte Radierung, auf der ein nackter Kerl vor einer Mauer ging und eine Kugel in der Hand hielt, eine Kugel mit Flaschenmund, aus dem es herausrauchte. Das Ganze hieß ›Das Attentat‹, und Grauerbach schlug vor, jeder der Anwesenden solle einen Spruch oder ein Verschen auf dieses Bild machen; seine Frau verteilte Zettel und Bleistifte; für die treffendste oder geistreichste Bemerkung sollte es einen Preis geben.

Schweigen und Staunen. Sie saßen über ihren Zetteln und drehten die Bleistifte. Eugen sagte, ihm falle gar nichts ein, und deshalb schreibe er: ›Nach langem vergeblichem Nachdenken: Eugen Rapp‹ aufs Blatt, auch wenn das nicht von ihm sei; denn so habe sich vor Zeiten einmal Jakob Wassermann in einem Gästebuch aus der Klemme geholfen. – »Daß Sie das aber auch noch sagen ...« wunderte sich Grauerbach, nachdem die andern gelacht hatten. Feddersen bibberte neben Wieland und bat ihn, er solle ihm doch wenigstens eine Andeutung machen, in welcher Richtung ihm etwas einfallen könne, aber Wieland schwieg und kritzelte auf seinen Zettel. Von ihm stammte das Wort: ›Der Mensch und die Zeit‹, für das ihm der Professor eine Karte von Hofmannsthal als Preis hinüberreichte. – »›Der Mensch und die Zeit‹ – das ist ja richtig tief; darüber kann man rätseln«, sagte Frau Grauerbach, und erst beim Heimgehen fielen Eugen Verse auf den Bombenleger ein: ›Ich beneide diesen nackten Mann / Weil er eine Bombe werfen kann. / Hätte Bomben öfters gern geschmissen, / Habe aber drauf verzichten müssen‹, doch da war es längst zu spät. – »Ich bin ein Mann von Treppenwitzen«, sagte er zu Treutlein Hanni. »Mir fällt das, was ich hätte sagen sollen, immer erst nachher ein, wenn ich die Trepp' hinuntergehe.«

»In unsre Zeit passen die Verse aber schon. Oder meinst du nicht?«

»Ha, freilich. Und der Wieland und ich haben mal in Stuttgart ein Plakat gesehen: Ein Mädchen, so mit schweinchenglatter Haut, die sitzt im Badanzug auf einer Wiese; und drunter steht dann ›Bleyle-Badanzüge‹ oder so was ... Der Wieland sagt: ›Aha, das Fleisch der Zeit.‹ Ich frag ihn, ob er damit das Fleisch der neuen Zeit oder der Gegenwart meint, und er sagt: ›... der Zeit. Sonst nichts. Es gibt doch weder eine neue noch eine alte Zeit. Es gibt nur Zeit. Und ob sie's gibt, ist auch nicht sicher.‹ – ›Aber du meinst doch, eine solche Haut wie die auf dem Plakat, die passe nur zu dieser Zeit, in der wir leben?‹ – ›So ungefähr.‹ – ›Dann muß unsere Zeit also doch anders sein als jede frühere?‹ frag ich ihn und sage, wahrscheinlich sei es eine gewaltige Zeit; eine voll Gewalt und mit viel Fleisch, und nicht nur auf Plakaten: ›Ein Zeitgeschmack voll Fleisch ... meinst du es so?‹ Worauf er fragt, weshalb ich es denn immer genau wissen wolle, weil schliesslich alles, was man denke, nichts anderes sei als ein Gefühl ... Und recht hat er natürlich auch. Er reagiert immer verärgert, wenn ich so ernüchternd daherschwätze, wahrscheinlich weil's ihn quält. Seine Gemütsruhe ist ihm halt lieber; und mir übrigens auch, nur hab ich sie so selten ... Und weisst du, warum? Weil ich mir eine Zukunft überhaupt nicht denken kann. Mir graut es doch bloss vor der.«

»Ich meine auch, es sei nicht sicher, ob es so schlimm kommen wird, wie du dir's ausdenkst.«

»Um so besser. Aber du hast einen Schwank aus meinem Leben hören wollen, also paß auf.« Und er erzählte ihr, daß seine Eltern jeden Abend nach den Radio-Nachrichten um zehn Uhr zu Bett gingen. Vorher suche jeder noch einmal das Häuschen auf. Seine Mutter gehe als erste ins Häusle, und der Vater rufe ihr nach: ›Mäusle, ziag net! I komm au no!‹

Er meinte aber, daß für ihn nun eine neue Zeit begonnen habe, die nämlich mit der Treutlein Hanni (und darüber bist du froh); obwohl er dann über das Stadthaus in Innsbruck referieren sollte, weil dorthin eine Exkursion anberaumt worden war, und er sagte zur Treutlein Hanni: »Du, mir graut's. Was ist denn das: Ein Stadthaus?« – »Ach, ein Rathaus halt, und du schaffst's leicht.« Da reckten sich also Rathäuser in fernen Ländern auf und drohten: Wehe, wenn du nichts über mich weisst ... und deshalb sagte er: »Ich geh nicht mit nach Innsbruck.« – »Das kannst du nicht. Sei froh, daß dich der Doktor Weller auf die Liste g'setzt hat.« – »Der Doktor Weller ... Du, bei dem verliert man fast die Angst vor dieser Wissenschaft.« Und sie erinnerten sich der faltigen und überm Hintern zipfeligen Jacke des Assistenten Doktor Harald Weller, der an einer

Tasche Tintenflecke hatte, hörten ihn, mit Schlüsseln klappernd, aus seinem Zimmer kommen und loslegen im Gespräch, denn der redete gern, während der Professor fast nur im Kolleg den Mund aufmachte.

Es hieß, daß Mister Beekas niemand im Auto mitnehme, doch glaubte Eugen nicht daran; denn Beekas war doch aus Amerika, schrieb sich Bachus, war ein grauhaariger Mann mit markigem Kinn, der lebenslang Geld verdient hatte, immer schmunzelte und im alten Deutschland über irgend etwas Altes eine Doktorarbeit machen wollte. – »Der sehnt sich nach moosigen Mauern, weil er drüben lauter blanke sieht«, sagte Eugen und war froh, als es mit Mister Bachus klappte, weil's ohne den und sein Auto für ihn viel zu kostspielig geworden wäre. Und so fuhren sie mit Bachus, neben dem eine geschminkte Zwanzigjährige im Auto saß, eine, die dem Alten übers Haar strich, ihn mit »Monsieur le Roi« betitelte und erzählte, daß sie Schauspielerin sei. Beim Hinunterfahren auf der sich in das Tal bohrenden Serpentinenstraße, wo Innsbruck wie verstreuter Schutt auftauchte und im Ohr ein Knacken und Knistern spürbar wurde, sang Herr Bachus immer wieder ›The good old summertime‹, indes das bis ins Innerste mürrische Wetter Nebelfäden wob.

Ach, wie dumm war's, daß Eugen sein schwarzes Hemd angezogen hatte; doch Treutlein Hanni zeigte sich jetzt fasziniert von diesem schwarzen Hemd, einem Geschenk seiner Mutter; sie meinte, so etwas hebe ihn heraus. – »Weißt du noch, wie ich damit in der Staatsbibliothek gesessen bin und du zu mir gesagt hast: ›Nein, neben dich setz' ich mich nicht. Du siehst wie ein Artist aus, der sich bildet?‹« – »Ja, schon ... Aber ich hab mich jetzt zu deinem schwarzen Hemd bekehrt oder durchgerungen.« – »Wenn bloß nicht Mussolini ganz dasselbe trüge...« Und er erzählte, daß ihm neulich im ›Ceres‹ ein Italiener zugelächelt habe. »Wie ich mich da geschämt hab, das kannst du dir vielleicht denken.« Und sie konnte es, ihr fiel es leicht, denn Treutlein Hanni hatte die Struktur seines Innenlebens sozusagen im Gefühl, weil sie sich nun schon furchtbar lange kannten: ein ganzes halbes Jahr ...

Ein Nachtquartier suchen. Treutlein Hanni meinte, daß sie keines mehr bekämen, und dann gab es trotzdem zwei Zimmer, drüben in einem hohen Kasten namens ›Hotel Stein‹. Er nahm die Bude unterm Blechdach, während sie drei Stockwerke unter ihm einlogiert war. Und weil er immer noch vor dem Stadthaus Angst hatte, obwohl er den Grundriß doch auswendig wußte, gingen sie zu diesem Stadthaus, standen davor und verglichen seinen Grundriß mit der Fassade, wie es sich für Fachleute gehörte. Sie konnte die Fassade elegant beschreiben, er merkte sich ihre Worte und hätte sie am liebsten aufgeschrieben. Beim Abendessen kaufte er ein Lotterielos, gewann zehn Mark und nahm es als gutes Zeichen für den nächsten Tag. – »Jetzt laß doch endlich dieses Stadthaus weg«, sagte die Treutlein Hanni.

Später trafen sie den Herrn Professor und den Doktor Weller und die andern; da tranken sie dann alle Wein im ›Goldenen Dachl‹. Der Professor fragte, ob sich Eugen und Treutlein Hanni schon etwas angesehen hätten, und Eugen sagte: »Ja, das Stadthaus.« – »Ach so, das Stadthaus ...« wiederholte der Professor und sagte, daß man hier noch gut einkaufen könne; er hatte sich mit mehreren Fünfundzwanziger-Packungen ›Dritte Sorte‹ eingedeckt, einer milden Zigarette, die auch Eugen rauchte. Und im Verlauf der Unterhaltung (sie drückte sich ein bißchen mühsam weiter) fingen die anderen an, Gesichter zu datieren. Treutlein Hanni wurde ihrer großen dunklen Augen und ihres bleichen Gesichts wegen mit einem Porträt aus dem Fayum (Nordafrika, späthellenistisch, ungefähr zweites Jahrhundert nach Christus) verglichen, und alle stimmten bei. – »Ja, aber auch Franz von Stuck ›Die Sünde‹« sagte Doktor Weller, worauf ein paar lachten, wahrscheinlich weil sie wußten, daß sich Treutlein Hanni und Rapp Eugen in einem

Hotel einlogiert hatten, während die anderen in der Jugendherberge wohnten.

Einer gestand, daß er ›Niels Lyhne‹ lese und von diesem Werk fasziniert sei. Eugen freute sich; also hatte wenigstens einer den gleichen Geschmack wie er; und eigentlich wunderte es ihn, daß heute noch ein junger Mensch (der andere ist höchstens zwanzig, und du bist fünfundzwanzig, also viel älter) etwas mochte, das sozusagen mit vielerlei Seelenfäden durchwoben war; denn heutzutage wollte man es doch gröber haben. Und schon schüttelte Herr Rußwurm den hagern Kopf (er trug Schaftstiefel) und sagte, ›Niels Lyhne‹ sei eine lahme Geschichte, die mache einen ja bloß schlaff. Worauf Eugen bemerkte, Rußwurm stehe wahrscheinlich fest auf dem Boden unsrer neuen Wirklichkeit und Weltanschauung, sozusagen... Der Professor zog die Augenbrauen hoch und setzte sich an einen anderen Tisch.

Kluger Mann, der auswich, wenn es zum politischen Gespräch nicht mehr weit war. Und im Politischen, jetzt, Anno achtunddreißig und in Österreich... Also, bitt schön. Du merkst so gut wie nichts davon, daß du in Österreich bist... Aber vielleicht war alles, was er sich von Österreich dachte, Einbildung. Dein Österreich gibt es nirgends mehr; falls es das überhaupt jemals gegeben haben sollte... Und er redete mit Treutlein Hanni und der Schwäbin Stina über diese österreichischen Offiziere in ihren grauen Pelerinen, schlanke Herren, die noch Kappen trugen wie unterm Kaiser Franz Joseph dem Ersten und in einer Gasse mit Erkern oder unter Laubengängen nicht weit vom ›Goldenen Dachl‹ etwas hereinbrachten, das an die alte Zeit erinnerte. Erst vor drei Wochen war Stina in Wien gewesen und sagte laut: »Dort ist jetzt auch schon der Schick von der Straße weg.«

Doktor Weller wischte sich über den Mund, reckte den Kopf, winkte der Kellnerin (der wäre fast geplatzt); aber Stina konnte sich so etwas leisten; von ihr hörte es sich lustig an. Und Eugen dachte kummervoll ans Stadthaus, über das er dann am nächsten Tage nicht ausgefragt wurde, entweder weil es vergessen worden war oder weil ihn Doktor Weller schonen wollte; der ging darüber weg, las aber vor, was Treutlein Hanni aufs Kärtchen gekritzelt hatte, wahrscheinlich, weil er wußte, daß sie besser Bescheid wußte als Herr Rapp.

Es bleibt im Hintergrund, die wissen trotzdem alle, daß du jetzt zur Treutlein Hanni g'hörst. Man respektiert's und wispert drüber. Und einmal erzählte Fräulein Kapferer, die anderen hätten gesagt, die Treutlein und der Rapp hätten im Seminar ... »Als ob Sie sich dafür nicht einen andern Platz aussuchen könnten, wie?« Und sie lächelten zusammen, aber das gehörte dazu. Es wunderte ihn nur, daß der Klatsch über ihn und Treutlein Hanni nicht ins Politische abrutschte und seine Beziehung zu Treutlein Hanni nicht als Rassenschande angeprangert wurde; grad, als wärest du gefeit ... Oder, wie gesagt, sie waren so anständig, es zu respektieren, weshalb er eigentlich hätte vergnügt sein können, aber das ist leicht gesagt. Denn immer noch war's so, als balancierte er auf Balken, zwischen denen Wasser durchdrang, wie im Traum. Und was die andern anging, so schaute er beiseite oder zwischendurch; traumwandlerisch und lächelnd, auch als Ernstle Ricker zu ihm sagte: »Fräulein Treutlein ist also krank ... Hat sie denn Bauchweh?« – »Nein, eine Angina. Übrigens keine leichte. Die hat sie sich in Innsbruck g'holt.«

Es kam ihm vor, als ob der andere verwundert oder enttäuscht wäre, oder als ob er es ihm nicht glaube. Sonderbar ... Und was der mit ›Bauchweh‹ meinte? Der spielte also auf Innsbruck an, weil er und Treutlein Hanni dort im selben Hotel geschlafen hatten. Merkwürdig, und sozusagen fast verständlich. Wie die sich das vorstellten, ach, du liebe Zeit ... Nein, so war's zum Glück nicht. Da blieb nur Sorge übrig und vielleicht Zärtlichkeit. Sorge, daß der Treutlein Hanni nichts von dieser Angina zurückblieb, die der Doktor Amesmeier mit starken Mitteln anging; denn schließlich hatte sich auch Gelenkrheumatismus eingestellt. – »Da muß ich rote Farbe schlukken«, sagte sie mit einer hell umkippenden Stimme (der Tonfall war zu hoch). »Und wie scharf grün der Garten ist.« Das Gartengrün erschien ihr glasig, und sie meinte, es sehe verwunschen aus, als ob es bloß ein Firnis wäre oder Haut. Und sie hustete, trocken und hohl. – »Du mußt den Amesmeier nach dem Husten fragen«, sagte er. – »Hab ich doch schon, und es bedeutet nichts.« Er aber wollte, daß sie sich durchleuchten lasse, und sie sagte: »Spinn jetzt nicht.« Trotzdem ließ sie es dann machen. Doktor Amesmeier war verärgert und hatte recht mit seinem Ärger, denn unter der Aufnahme stand zum Glück nur: »Kein Befund.«

Einmal, als sie im Bett gelegen hatte, war ihr Vater hereingekommen, einen weißen Farbtopf in der Hand; der wollte jetzt den Balkon streichen und übersah, daß Eugen sich vorneigte, um seiner Tochter einen Kuß zu geben.

Großmütiger Mann. Eventuell war er sogar froh darüber. Denn irgendwann einmal würde seine Tochter auch mit einem Mann zusammenkommen müssen, und dafür war ihm der schüchterne Schwabe Rapp vielleicht ganz recht. Halt zum Einüben, mochte Vater Treutlein denken, und Eugen war im stillen mit ihm einer Meinung. Denn ob du den Krieg überstehst, und was überhaupt später sein wird, daran denkst du nicht ... Weil's schien, als ob die Zukunft eine Wand aus Milchglas sei.

Ansonsten mußte er an seine Doktorarbeit denken. Was du bei Grauerbach gemacht hast, will der hiesige Professor nicht; über Illustrationen zu Goethes Werken darfst du bei ihm nicht schreiben, weil es ihm zu literarisch ist ... Weshalb sich Eugen des Schlosses Ludwigsburg entsann (Doktor Fleischhauer vom Stuttgarter Schloßmuseum hat es dir empfohlen), aus der Staatsbibliothek ein dünnes, in harte Pappe gebundenes Heft mit einunddreißig im Lauf der letzten fünfzig Jahre bräunlich gewordenen Blättern holte, es dem Professor zeigte und erfuhr: »Wenn es darüber nicht mehr gibt, dann können Sie es machen. Das da ist ganz ungenügend.« Eugen schaute in die Augen dieses schweren Mannes und hatte das Gefühl, als ob ihm der freundlich gesinnt sei. Vielleicht war der nicht so beängstigend, wie er wirkte; ein schwerlebiger Mann, der sich auf seinen eigenen Bezirk beschränkte. Weißt aber du, was dein Bezirk ist? Am liebsten kümmertest du dich nur um dich selbst; dann wird's dir nie langweilig, und du lockerst dich, wie wenn du mit der Treutlein Hanni an der Isar liegst... Doch das galt leider nichts.

Obwohl es sich nicht lohnte, vor einem Krieg etwas anzufangen, mußte er die Doktorarbeit machen. Und er wurde das Gefühl nicht los, sich in eine Bodenkammer oder einen Stall hineinzwängen zu müssen, der vollgestopft war mit Gerümpel, sperrigem Zeug aus Blech, Holz und zerbrochenen Marmorplatten, aufeinander geschichtet und von Hitze gebläht, eine Ansammlung stickigen Mobiliars, das wertlos war und nichts erzählen konnte. Du aber willst dir was erzählen lassen, das sich aufzuschreiben lohnt. Wann lohnt es sich? Wenn dich das Aufschreiben in einen Raum führt, wo du atmen kannst. Dein Professor hat ihn längst gefunden (kein Wunder, wenn man fünfundfünfzig ist) und kennt sich darin aus. Und ihm fiel ein, daß der Professor gesagt hatte: »Nach dem Krieg... Da hatte ich also vier Jahre lang in Dreck und Speck gelegen und hernach gemeint, ich könnte nicht mehr dozieren.« Vielleicht, daß er damit Eugen hatte ermuntern wollen.

Also hatte sogar dieser Mann auch einmal Angst gehabt.

Danach fingen die Ferien an. Er gab Stina die Pistole zurück, fuhr nach Stuttgart, wo die Erde braunrot war vom feinsandigen Keuper. Sah er ins Tal, so hatte die Stadt einen Schleier. Hier schien mehr Blau ins Blättergrün gemischt zu sein, während in München das Grün heller war. Jetzt fiel es ihm auf.

Die Mutter hatte große Augen unter dünnen Brauen und war eine kleine Frau. Der Vater hatte wieder einmal etwas falsch gemacht und sagte: »Wo i bin, ist nix. Ond überall ka i net sei.« Er hatte sich damit abgefunden und stellte im Garten eine Hacke an die Wand. Die Pfeife rauchte (Armatha-Feinschnitt zu fünfzig Pfennig aus dem ›Konsum‹), und er erzählte von Emil Reiser, dem Sohn des Bäckermeisters vorne an der Kurve; den hatte er vor der Garage beim Ständle getroffen, und der war so fein gewesen in seinem eleganten Hut. Der Vater machte nach, wie dem der Hut gestanden hatte, und legte Daumen und Zeigefinger aufeinander: »Also, pico bello, sag i dir!«

Margret lachte und erzählte, daß sie jetzt maschineschreiben könne und auch schon eine Stellung habe, vorne an der großen Kurve beim Kaufmann Jetter, der eine Vertretung für landwirtschaftliche Maschinen hatte und seiner Frau von jeder Geschäftsreise ein Veilchensträußchen mit nach Hause brachte. – »Das tust du doch bloß, weil du vor ihr ein schlechtes Gewissen hast. Du bist halt ein Scheißkerle ... sag ich zu dem. Er sagt zu mir Gretele, und ich sag zu ihm Adolf. Ja, do gibt's nex ... Mädle, du hast a Gosch wia a Bettelmensch, sagt er zu mir.« Und ihre Arbeit bei Herrn Jetter nannte sie eine »verstandesmäßige Geschichte«, die sie abmache, denn ihr falle das leicht. Wenn er fort sei, setze sie sich ans Fenster in die Sonne und stricke an einem Pullover weiter.

Gesunde Verhältnisse, sozusagen. Du bist froh, hier zu sein ... Margret hatte das Konservatorium aufgegeben: »Ich hab g'merkt, daß ich dort net weiterkomm«, und jetzt konnte sie Buchführung und Schreibmaschineschreiben. Das durfte sich sehen lassen (und du kannst nix). Sie bekam im Monat fünfzig Mark und hatte sich schon einen Liegestuhl gekauft. Mit Emil Reiser fuhr sie oft im Auto weg, demselben Emil Reiser, der nun drüben das Café betrieb und endlich auch daheim sein konnte, weil sein Vater tot war. Ein arger Kerl mußte dieser Vater gewesen sein, weil er zuletzt bloß noch getrunken hatte. Seinetwegen hatte sich Emil Reiser an einem Wäschehaken unterm Dach aufhängen wollen, damals, als er noch ein Bub gewesen war.

Du hörst deiner Schwester zu und beneidest Emil Reiser um sein Bäckerhandwerk; das brachte sogar noch etwas ein. Du selber aber wirst es zum Soldaten bringen, warte nur. Und du beneidest und bewunderst deine Schwester, weil sie etwas Rechtes schafft.

»Der Hecht ist grau: Recht hat die Frau. Grau ist der Hecht: Die Frau hat Recht«, sagte der Vater, weil die Mutter behauptet hatte, er habe damals Siegfried Bareis aufgefordert, in die Partei hineinzugehen. »Der Siegfried hat doch selber g'wollt. Der ist doch stolz darauf gewesen, daß er überhaupt hineingedurft hat ... Und schließlich gehört's heut einfach dazu, wenn man Beamter ist.«

Das waren die Meinungen der Leute. Und am besten ist's, wenn du dich nicht hineinmischst. Es kann dir allerdings passieren, daß du hineingemischt wirst, auch wenn du es nicht willst. Im Krieg wird's dir passieren, warte nur ... Aber wenn dann seine Stirn eine dicke Mauer war, die nichts durchdringen konnte, blieb er vielleicht hinter seiner Stirn für sich. Angefaßt oder behandelt aber wurde er wie jeder andere, darüber machte er sich fast nichts vor; ein bißchen aber hoffst du trotzdem, daß du durchkommst. Und wieder einmal wurde ihm klar, daß er durch alles hindurchstolpern oder -taumeln würde, wenn es einmal soweit war.

Voraussehen konnte er natürlich nichts. Und weil er sich daran erinnerte, zu Wieland gesagt zu haben: »Wenn du einen Schuß durch beide Augen kriegst oder deine Lunge stückchenweise herauskotzt ...«, sah er das Haus, in dem er jetzt noch daheim war, so an, als ob er es verlassen müsse, wie aus einem Abstand. Er dachte an den Gang, durch den er sich als Kind davongestohlen hatte, sah moosige Mauern wie hinter der Scheune dort in Künzelsau, wenn er am Gefängnis vorbeigegangen war, und wieder wurde es recht dunkel, in der Ferne aber weiß von Licht. Ein Viereck, nicht größer als ein Brief, war drüben hell gewesen, und er hatte diese Helligkeit erreichen müssen, aber nie erreicht. Beschützt von der steinernen Höhlung, wo es dämmerig gewesen ist, hast du damals ausweichen können; heute aber geht das nicht mehr.

Im Badezimmer sah er den Klavierstuhl aus der Mädchenstube seiner Mutter stehen, einen, dessen Fuß verschnörkelt war und der elegante Wülste hatte. Die Bühnentreppe knarrte unter seinen Schuhen, er spürte das Holzgeländer an den Händen und dachte, er habe es mit seinen Fingern glatt gemacht. Das Geländer am Freisinger Fischkasten, von dem Treutlein Hanni gesagt hatte, es sei von den vielen Händen derart glatt gewesen, daß sie etwas gespürt habe, also wie durch die Jahrhunderte hindurch ... das fiel ihm jetzt auch wieder ein. Und er ging am Schrank vorbei, in dem er seine Kleider hängen hatte, einem ›einfachen Schrank‹, wie die Mutter sagte. Dann ächzte seine Stubentür, und es war gut, daß sie so ächzte; einölen wirst du sie nie ... Der Schreibtisch sah ihn wieder an; auf ihm stand jetzt das Schreibzeug mit der Jahreszahl 1837. Fünf Mark hatte es gekostet; und schlau von dir, daß du's gekauft hast; weil Mörike doch achtzehnhundertsiebenunddreißig schon in Cleversulzbach g'wesen ist; weshalb es Mörike damals auch hätte kaufen können ... Der eiserne Schirm mit den aufgemalten Blumen stand zwischen dem Regal und dem Kanonenöfchen; und das Regal war früher ein Schrank für Dienstbotenkleider gewesen; später hatte man die Bretter eingefügt. Das Regal war mit Gerümpel vollgestopft gewesen, aber sag nichts gegen Gerümpel. Alles ist für dich erst interessant, wenn es Gerümpel ist ... Und ihm fiel ein, wie er dieses Regal heraufgetragen und mit seinen Büchern gefüllt hatte; sechzehn bist du damals g'wesen.

Er saß am Schreibtisch. Wind rührte an den Vorhang, der

schon in Künzelsau gehangen war. Er schrieb an Treutlein Hanni, ob sie jetzt nicht kommen wolle.

Ein Brief von ihr, in dem stand: »Ich komm gern«, und er erinnerte sich, wie ihre Mutter gesagt hatte, sie sei viel herzlicher geworden, seitdem ... Und seine Mutter und die Schwester sagten jetzt zu ihm dasselbe: »Du bist nicht mehr so abweisend wie früher.« Er wußte schon, weshalb. Und seit wann war es so? Seit der Treutlein Hanni halt. Die hatte zwar gelacht, als er an einem föhnig geschliffenen Tage in der Münchener Ludwigstraße zu ihr gesagt hatte: »Weißt du, wenn ich mit meinem Vater daherkomm', denken die Leut: da gehen ein Student und ein Buchbinder ... oder sonst etwas in dieser Richtung.« Aber befremdet hatte es sie trotzdem (du merkst's, weil sie aufs Trottoir schaut). Und ihm kam's vor, als ob sie jetzt wieder dort seien, wo weit drunten der Odeonsplatz silberig spiegelte, als wäre er das Ende jenes dunklen Ganges aus der Kindheit.

Aber da war er schon im Bahnhof. Zeit hast du noch. Der Zug kommt ja erst siebenunddreißig, dachte er, bis es dann beinahe zu spät war und der Bahnsteig von der Lokomotive zitterte, während er auf den Perron hinauslief.

Als sie zusammen zur Straßenbahn gingen, sagte Treutlein Hanni: »Da sind wir mit dem Auto mal ganz in der Nähe g'wesen, und mein Vater hat gesagt: ›Wir sollten uns doch auch noch Stuttgart anschaun.‹ Ich aber hab gesagt, da kämen wir immer noch hin.« – »Ja, du kannst vorausschauen. Und was glaubst, daß meine Mutter zum Vater g'sagt hat? ›Zieh deinen bessern Kittel an, weil jetzt das Fräulein Treutlein kommt.‹ – ›Ach, was, ich bin schön g'nug‹, hat er ihr geantwortet. Ich aber glaub', der hat sich trotzdem umgezogen, wart' nur. Der kennt dich nämlich von den Bildern, die der Wieland g'macht hat.« – »Aber die sind doch geschmeichelt.« – »Davon verstehst du nichts.«

Und der Vater hatte sich tatsächlich umgezogen und ließ seine Pfeife qualmen. Margret gab Treutlein Hanni die Hand und sagte: »Margarete Rapp.« Der Vater machte es leschärer, und die Mutter war ganz einfach da und sagte bloß: »Grüß Gott.«

Eugen trug den Koffer der Treutlein Hanni in das Zimmer, das vermietet wurde, jetzt aber frei war; und sie lachten, als er sagte: »Du wohnst bei uns, wie ich bei euch wohn', aber leider bloß für eine Woch'.«

Noch nicht recht eingewöhnt war Treutlein Hanni; das merkte er, als sie sich dann oben in seiner Stube schweigend umsah. – »G'fällt dir's net« – »Doch schon ...« Und nach einer Weile: »Wie bei einem Knecht auf dem Land.« Das war bitter für ihn, aber sie hatte recht. Und er sagte: »Ich bin ja auch nicht mehr. Macht es dich traurig?« Sie nickte. – »Ja, weißt, bei einem Schulmeistersbuben ist's halt so.« – »Wenn du wenigstens einen Teppich hättest ...« Und er entsann sich eines Teppichs, eines abgetretenen, drunten im Souterrain, denn einen andern gab's hier nicht. Auch daß der Lampenschirm mitten im Zimmer überm Tischchen nackt war, bekümmerte die Treutlein Hanni, und er konnte das nicht recht verstehen. Warum sollte er's auch eleganter haben, wenn er nichts verdiente? Also mir macht das nichts aus. – »Weißt, für mich ist die Hauptsach', daß ich's hier ruhig hab. Und ist das alte Schreibzeug mit dem Sandstreuer und den Löchern für die Federkiele nicht ganz nett? Ein Jahr vor Mörikes Gedichten ist es gemacht worden.«

Trotzdem hatte er das Gefühl, als schnitte er mit seinem Zimmer bei der Treutlein Hanni beinahe schlecht ab; was sich nicht ändern ließ. Und sie sagte: »Ich habe mir's halt anders vorgestellt; nach der Erzählung, die du da geschrieben hast.«

Vielleicht, daß sie jetzt merkte, daß er eine andre Heimat, dort, in Wien, um neunzehnhundert, brauchte, eine eingebildete. In der Erzählung war sein Vater Konsul und die Mutter eine Dame wie aus einem Bild. Feine Leute halt ... Und so ein bißchen Ekel vor der Zeit, in der du leben mußt, der hat dir auch die Feder g'führt. Aber du weißt, daß du dir etwas vormachst und nach rückwärts fliehst (was bleibt dir schon anderes übrig). Und er sagte: »Ich bin auch nicht so, wie ich gerne wäre. Was willst da machen? Ich mach' deshalb eine Geschichte, die in Wien spielt.« Weshalb sie dann wieder auf die Geschichte kamen, die ihr gut gefallen hatte; die müsse er abtippen und fortschicken, sagte sie. – »Also, wenn du da drei Viertel wegläßt und bloß die Kindheit... Das genügt.« – »Fehlt also nur noch eine Schreibmaschine.« – »Das laß mich machen. Ich sage deiner Mutter, sie soll dir eine schenken.« – »Prima Idee!«

Ja: prima... Es kam ihm vor, als hätte Treutlein Hanni etwas gegen ›prima‹; und er korrigierte sich und sagte, es sei pfundig, denn gegen etwas Pfundiges hatte auch Treutlein Hanni nichts, weil man am Max-Gymnasium in München, wo der Hackl Franz Primus und die Treutlein Hanni Prima gewesen waren, ›pfundig‹ gesagt hatte.

Er lernte also, wie er sich an einen anderen gewöhnen mußte, und sie gingen miteinander in die Stadt; sie sahen von der Panoramastraße über Gärten auf die Hügel. Unter der Kronenstaffel war die Alleenstraße, und Eugen sagte: »Dort hat mein Vater als Student beim Schlappschuhflaschner g'wohnt. Nebenan ist ein königlicher Hofkutscher einlogiert gewesen.« Und vom Hofkutscher kam er auf die Wirtschaft zum ›Goldenen Hasen‹ drüben in Gablenberg, die sein Großvater gehabt hatte, und wo einmal drei königliche Hofkutscher gesessen waren, solche in Livree. – »Der König hat dort die neue Kirche eingeweiht, und meine Großmutter hat die drei Kutscher g'fragt: ›Wie wär's mit einem warmen Zwiebelkuchen?‹ Worauf sich die vor Sehnsucht nach dem Zwiebelkuchen auf ihren Stühlen richtig gewunden und schließlich gestanden haben: ›s'geht halt net. Weil man's doch nachher riecht.‹«

In der Goethestraße standen Villen der Jahrhundertwende,

und Tante Emilie hatte dort als Frau eines Konsulatsdieners gewohnt. Wie wär's, wenn du der Treutlein Hanni sagtest, sie sei die Frau eines Konsuls g'wesen? Aber das wäre nicht gut angekommen, weil Treutlein Hanni von seinem kargen Zimmer eingeschüchtert war und in seinem Elternhaus nirgends wertvolle Möbel standen. Die Alleenstraße und die Goethestraße aber, die konnten sich sehen lassen.

Und Treutlein Hanni war von Stuttgart angetan, was Eugen verwunderte. – »Also, ich weiß nicht, was du hast: Das ist doch eine schöne Stadt«, sagte sie zu ihm, worauf er Stuttgart zum ersten Mal wie ein Fremder sah. Er sah das Alte, und es war wie das Mobiliar in Treutlein Hannis Münchener Zimmer. So diese Gasse hinterm Innenministerium, wo linker Hand ein eisernes Geländer war und Häuser neben einem gepflasterten Pfad einen halben Meter tiefer hockten; oder die Bäume, und der Vierröhrenbrunnen auf dem Charlottenplatz, wo das Wilhelmspalais hereinsah und der Zigarrenkiosk stand; lauter abgelegene Winkel, die an einem Sonntagvormittag, wenn es geregnet hatte, mit zugezogenen Vorhängen hinter schmalen Fenstern sich menschenleer ineinanderfügten, als sähe er sie auf altmodischen Fotografien; und er dachte: gerade noch ... und wußte, daß er dies ›gerade noch‹ Treutlein Hanni nicht sagen durfte. – »Was du immer mit deinem ›gerade noch‹ hast; jedenfalls ist es jetzt da«, hätte sie ihm geantwortet (und eigentlich hat sie ja recht). Wenn's kam, kam's sowieso, und alle machten sie es so, daß es sowieso kam (eigentlich schade). Wär zur Abwechslung mal nett gewesen, es so zu machen, daß es später freundlich kam; doch daran schienen sie entweder nicht zu denken, oder es verhielt sich so, daß es nur deshalb böse kam, weil es zuvor freundlich gewesen war und niemand etwas davon gemerkt hatte.

»Übrigens dort ... Das Haus mit den drei zipfeligen Erkern; das kommt im ›Stuttgarter Hutzelmännlein‹ vor. Mörike hat keinen schlechten G'schmack gehabt, net wahr?«

Gewöhne dir nicht dieses ›net wahr‹ an ... Und er fragte Treutlein Hanni, ob es ihr aufgefallen sei, daß er oft ›net wahr‹ sage. Sie schüttelte den Kopf. – »Sonst etwas? Komm, sag's ehrlich.« Und sie meinte dann, es falle ihr nichts ein. – »Da bin ich aber froh. Und bin trotzdem ein bißchen skeptisch«, sagte er. Sie lächelte nach der Seite und fragte, ob er seiner Doktorarbeit wegen schon mal im Archiv gewesen sei. Aber das hatte er sich doch für diese trübselige Zeit nach ihrem Besuch aufgespart, damit er leichter drüber hinwegkomme. – »Da bin dann *ich* recht skeptisch«, sagte sie. Und er erzählte vom Freund seines Vaters, einem Zeichenlehrer namens Rudolph Winter, draußen in Ludwigsburg; der sage nach jedem Satz ›net wahr‹, was sich sonderbar anhöre, fast ein bißchen spinnig. – »Nein, so weit ist's bei dir noch nicht. Und der Herr Winter ist dir also aus schlechtem Gewissen eingefallen?« – »Wahrscheinlich; denn diese Angewohnheit mit ›net wahr ...‹« – »Nein, deshalb nicht. Ich meine: Wegen Ludwigsburg. Weil du doch übers Ludwigsburger Schloß arbeiten willst.« – »Da legst du deine Faust in meine offene Wunde«, sagte er und zeigte ihr die Straßenbahnwagen der Linie drei, die in der Heusteigstraße noch wie unterm König waren.

Abends spielte die Mutter Klavier. Treutlein Hanni sagte, Eugen habe bei Schäftlarn im Wald manchmal gesungen: ›Dort drunten in der Mühle‹ oder ›Am Brunnen vor dem Tore‹ – »Das tut er bei uns nie«, sagte Margret. Der Vater zeigte Holzschnitte und Radierungen. – »Ja«, sagte er, »wir sind eine künstlerische Familie«, verzog den Mund und schaute Eugen an.

»Der hat sauer 'guckt. Hast du's gemerkt?« fragte er Treutlein Hanni, als sie wieder draußen waren, doch sie nickte bloß.

Margret spielte andern Tags mit Emil Reiser, dem Konditormeister, Ziehharmonika, und Treutlein Hanni ging mit Eugen zum Schriftsteller Bitter, der unter der Tür stand, eine Sportsmütze aufgesetzt hatte und seine Pfeife anzündete; er zog den

Rauch ein, löschte das Streichholz, schaute über seine Brillenränder nach den Wolken und wollte auf die Wiese hinausgehen, als Eugen und die Treutlein Hanni herankamen. Da waren seine Augen für einen Moment dunkel und scharf, wurden aber milder, vielleicht, weil er bemerkte, daß Treutlein Hanni scheu war. Und er erzählte von einem Jungen, der mit rotem Hemd in einer blühenden Wiese gesessen war und gemalt hatte, als habe er's zum ersten Mal gesehen.

Sie gingen auf der Straße nach dem Waldheim im Akazienwäldchen. Dort waren hinter einem Drahtzaun ein Fasan und ein Pfau. Sie betrachteten das rötliche Gelb im Federkleid des Fasans und wie langsam er ging, und wie der Pfau sein Rad ausfächerte. Bitter rauchte Pfeife und sah zu, holte Brennesseln und Löwenzahnblätter, steckte sie durchs Gitter und mußte eine Weile warten, bis sie der Fasan wegzupfte; als hätte sich der überlegt, ob er's annehmen könne.

»Diese Tiere«, sagte Bitter, »die sind da. Erklären kann man sie allerdings nicht.« Und er lächelte ein bißchen, und seine Lippen stachen auf der linken Seite in die Backe.

Treutlein Hanni sagte später, der könne nur mit einer Gesichtshälfte lächeln, und fragte Eugen, ob er ein Mädchen kenne, das Anke Jeß heiße. Er sagte: »Ja«, erinnerte sich, daß die einmal bei Bitters gewesen war, eine nette Person. »Ich hab' ihr die Hand gegeben. Und später ist sie in der Straßenbahn an mir vorbeigefahren, dort drüben an der Ecke beim Lauginger, dem Metzger«; worauf Treutlein Hanni erzählte, daß Frau Bitter zu ihr gesagt habe: »›Oh, der Eugen und die Anke Jeß!‹ Dabei hat sie das Kinn hochgereckt.«

Er lachte. Treutlein Hanni flüsterte: »Komm, tu deinen Kopf 'raus!«, was er befolgte. Aufrecht ging er neben ihr zur Haltestelle und trug ihren Koffer, weil sie wieder wegfuhr.

Sie hatte ihm erzählt von ihrer Tante, die Charlotte van Herwerden hieß, was in seinen Ohren vornehm klang. Sie besuchte jetzt die Tante in Utrecht, und der Vater hatte ihr noch auf der Treppe vor dem Hause nachgerufen: »Alles Gute für die Niederlande!«

Eugen überlegte, ob Treutlein Hanni im Zimmer, wo die Großmutter gestorben war, schlecht geschlafen habe, obwohl's dort am ruhigsten war; die Stube ging ja nach dem Garten.

Alleinsein und ins Archiv gehen, um nach den Baurechnungen für das Ludwigsburger Schloß zu fragen; du hast ihr doch versprochen, daß du's tun wirst, wenn sie weggefahren ist ... Und er hoffte, dabei etwas zu entdecken, das zwar nicht dazugehörte, aber wunderbar war; also beispielsweise einen Liebesbrief des Hofkapellmeisters an eine Kammerzofe, der zufällig in die Baurechnungen hineingerutscht war. Freilich, ein Brief Mörikes wär mehr als wunderbar gewesen, aber dafür hätte das Schloß Ludwigsburg hundertzwanzig Jahre später gebaut werden müssen; und diese Zeit um achtzehnhundertdreißig hätte dir besser gefallen. Nur war, was ihm gefiel, heutzutage nicht gefragt. Das Alleinsein jedoch, hier oben, wo das Julilicht sein Dachzimmer hell machte und der Boden von Platanenblätterschatten belebt wurde, als säße er in einem Wald: dies gehörte zu ihm.

Dann ging er ins Archiv, dessen geschnitzte Schränke und wulstige Tischfüße ihn in der Stille nach dem Garten unberührt anmuteten (die Zeit drang nicht herein). Dies ist für dich am wichtigsten, wenn du hier sitzt. Doch war dann der Archivdirektor schon im Gehen, ein kleiner Herr mit kurz geschnittenem Haar, der flüchtig lächelte und rasch wieder steif wurde. Vielleicht pressierte es dem nur nach Hause. Wenn dich dieser Archivrat wenigstens nicht so arg schnell hätte loswerden wollen, wäre es gewissermaßen nett gewesen; der aber sagte: »Die Baurechnungen liegen jedenfalls in Ludwigsburg.« Und mit gestrecktem Arme deutete er an, wie hoch die Baurechnungen draußen in Ludwigsburg lägen, also mannshoch vom Boden auf, mindestens so hoch wie ein Grabstein; aber doch vielleicht nicht so hoch wie der Grabstein Julius Krumms draußen im Gablenberger Friedhof war. Und du kapitulierst vor diesen aufgetürmten Baurechnungen, die du wahrscheinlich nicht mal lesen kannst. Das ist der unsichtbare Grenzstein am Eingang ins düstere Gebiet der Wissenschaft. Und ob du dieses je durchmessen wirst?

Er ging fort aus dem Archiv (du fliehst es schleunigst), ging schlafwandlerisch, unter den Sohlen einen Zentimeter Luft und drum leichtfüßig in die Calwer Straße, und seine Füße und sein Leib waren ihm zugemessen (in denen bist du heimisch, und deshalb atmest du jetzt auf). Er erinnerte sich des Archivrats mit dem schwarzen Bärtchen auf der Oberlippe, und wie er gesagt hatte, über Ludwigsburg sei sehr viel gearbeitet worden (auch Aktennummern hat er dir genannt). Kein Wunder, daß der spürte, wie wenig es ihm um Forschung zu tun war und daß er nicht von innen her mit ihm geredet hatte. Du erinnerst dich der Tage mit der Treutlein Hanni, spürst ihren Leib durchs Kleid und denkst: eigentlich aufregend ... Weshalb es für dich besser wäre, allein zu bleiben, denn du hast kein Geld. Nur wer Geld hatte, konnte bei einer Erfahrung wie der mit Treutlein Hanni leichten Sinnes in die Zukunft schauen. ›Geld haben, auf die Menschen pfeifen können‹, darauf kam es an, und der Mann, der dieses Wort geschrieben hatte, war ein Menschenkenner und schon tot. Übrigens hatte der es auch nur in einen Roman hineingeschrieben.

Er besuchte Hermann Levi in der Calwer Straße, einen langen und hageren Mann, der tat, als wäre alles unverändert und es ließe sich noch übersehen (eigentlich bewundernswert). Das hohe Zimmer seiner Buchhandlung war bis zur Decke vollgestopft mit Büchern; dahinter das Kontor unter staubigem Glasdach, wo der frischbackige kleine Plessing, Levis Associé, von einem Stehpult unter tief hängender Lampe herkam und fragte, was Eugen haben wolle (seit vierzehn Jahren kennst du den) und ihm ein dickes Buch mit Bildern und Faksimiles (alle von

Dichtern) brachte. Der und Herr Levi waren liebenswerter als jener Archivrat. Und Thomas Manns Handschrift glich der des Eugen Rapp. Weshalb du meinst, daß du wenigstens in dem Buch da Freunde hast. Dies genügt, und wieder pendelt es sich ein ... Und er war froh, daß es sich bei ihm immer wieder so einpendelte, als er ins Café hinter dem Kunstgebäude ging, in dieses leere, wo er Brunnenplätschern hören konnte, während er in einer Nische linker Hand saß, im Freien zwar und trotzdem ein Dach über sich. Sein Stuhl war weiß lackiert. Eine Hand auf der glatten, kühlen Lehne, blätterte er in dem Buch, las das vertraute, sah in den Kaffeehausgarten, hinter dem Kastanien ihre lockern Blätterwände regten, und fühlte sich abseits ; dich abseits fühlen, ist dir angemessen.

Doch dann zur Landesbibliothek, dem mächtigen Gebäude mit trockener Stille, wo seine Hilflosigkeit sich in Sand zwischen Hemd und Haut verwandelte, weil das Wissensgebirge in den vollgepfropften Büchersälen mächtig trotzte.

Dort traf er einen, den er von der Schule her kannte, der von einer Übung als Reserveoffizier sonnengebräunt war und der sagte: »Ich will in die Diplomatie. Und jetzt polier' ich meine Doktorarbeit über Nachkriegsdiplomatie noch ein bißchen auf.« Er lachte, fand's richtig, mitzumachen, und letztlich hatte er natürlich recht. Eugen erinnerte sich, wie der andere vor vielen Jahren einmal gemeint hatte, wenn er vom Skifahren komme und gebräunt sei, dann sehe er richtig fesch aus. Und jetzt sagte er lächelnd zu Eugen Rapp: »Dann hast du also noch nicht promoviert« und hob die Nase. Du hast dich an erhobene Nasen gewöhnt.

Wenig später, am Freitag, dem zwölften August neunzehnhundertachtunddreißig, dachte er, es gebe keinen Gott, es existiere nur der Glaube an denselben; weil jetzt viele Synagogen zerstört wurden und tags zuvor, also am elften August neunzehnhundertachtunddreißig die Nürnberger Synagoge abgerissen worden war; Julius Streicher, ein Gauleiter und früherer

Volksschullehrer, hatte eine Rede bei einer von ihm inszenierten Kundgebung gehalten.

Dann dunkelte es früher, und man spürte schon die Nacht. Treutlein Hanni hatte ihm eine Erzählung auf der Schreibmaschine abgeschrieben und gesagt, hinter Seite 97 müsse er Schluß machen, denn nur bis dahin sei es gut. Wahrscheinlich, weil für sie und ihn nur die Kindheit abgeschlossen war. Und er schickte es an eine Zeitschrift, und es sollte gedruckt werden. Dann wurde er nach München zum Militär einberufen, meldete sich in der Münchener Dom-Pedro-Schule hinterm Nymphenburger Schloß, weil jetzt schon Schulen zu Kasernen gemacht wurden, was dazugehörte. Und er überlegte nicht, ob es jetzt kommen werde (ein Krieg zum Beispiel), weil er allmählich merkte, daß es nichts half, etwas vorauszuwissen. Und darum hatte er eine hängende Uniform am Leib, dieses schlappende Zeug, das er am Samstag im Schulhofe wusch und bürstete, nun in der Leere, in der Stille unter milchigem Himmel als der einzige, wie es ihm schien. Denn ihm eilte es nicht, hinauszukommen, wozu auch, eine Stunde Verspätung war nicht viel, weil doch der Hof menschenleer war, eine sandige gelbliche Fläche, von einer Mauer eingegrenzt, darüber Bäume. Kein Kommando, keine Offiziere vor der Mauer, wo sie jeden Morgen beieinanderstanden, manche mit Brillen und Mützen über Brillen wie auf Fotos seines Vaters aus dem verblichenen Krieg. Und sie griffen an die Mützenschilder, sie verbeugten sich und salutierten wieder, gaben sich die Hände und verbeugten sich ein zweites Mal. Dort drüben bei dem andern Wasserhahn im Hof hatte ihn vor kurzem einer angesprochen; es war kein Offizier. »Dich kenn' ich doch vom Sehen. Du bist auf der Uni; und du hast um den Mund schon diesen angestrengten Zug, beinahe alt.«

Er schoß recht gut und hatte als einer der ersten, seines guten Schießens wegen, die Dom-Pedro-Schule am Samstag verlassen dürfen. In der Woche hatte am Abend Treutlein Hanni unten auf der Treppe neben ihm gesessen, zwischen andern Frauen und Soldaten; und Loder, ein Trambahnschaffner, hatte oben im Klassenzimmer, wo jetzt Kasernenbetten standen, gemeint: »Oh, der Rapp, der hat etwas ganz Feines!« Streckfuß aber, Austräger in einem Warenhaus, der immer so schief daherschlampte, wie gebückt, keine militärisch korrekte Figur (weshalb er dir einer der liebsten ist), der machte sich den Spaß und drückte seine Zigarette in den ausgewischten Aschenbecher, als der Rapp Eugen Zimmerdienst hatte und dem Unteroffizier Sippl Meldung machte: »Stube sauber!«. Da lag dann Streckfuß' Zigarettenstummel im gläsernen Aschenbecher, und Sippl schrie: »Falschmeldung! Sie kommen vor das Kriegsgericht!«. Dann stellte sich Sippl aufs Katheder, stützte sich aufs Pult und sagte: »So viele Weiber, wie ich durchgezogen habe, hast du niemals durchgezogen. Aber schlau mußt sein, denn haust du einer den Kaas eini, dann muaßt den Vater machen! Vastehst mi?« Und Rapp Eugen verstand den Sippl, der früher Bauernknecht gewesen und dessen Spezialität das Kommando ›Fliegerdeckung!‹ war, draußen auf dem Oberwiesenfeld, wo es zu den Bäumen weit war und Eugen sich bei »Fliegerdekkung!« einmal unter einen Heuwender gekuschelt hatte (au net schlecht).

Firmlinger war Bauarbeiter und schwätzte vor dem Einschlafen lang darüber, wie schwer halt alles sei, so ein Kampf. Aber wenn das Lamperl auf dem Nachtkastl so brenne und das Madel im Bett liege, dann sei ihr Haar so lind; also das sei am schönsten. Kretschmaier hatte reichere Erfahrungen als Firmlinger und erzählte von einer, bei der man umsonst habe fahren können, und wie sie dann Abschied gefeiert hätten, oh! Neben der Tür schlief Unteroffizier Jüngel, der Kellner gewesen war und von sich sagte: »Der meine hat zu viele g'habt und will nicht mehr so recht.« Unter Eugen hatte sich Hartl eingenistet, ein Schlafwagenkellner, der in der Mittagspause bei einer Tasse

Kaffee und einer Zigarette so ›grübig‹ auf seinem Bett hockte, daß Eugen ihn beneidete; denn ›grübig‹ war's ihm hier eigentlich nie zumut, obwohl er jetzt oft eine Tafel Schokolade aß und eine Flasche Limonade dazu trank. – »Sonderbare Gusto kriegt man hier herinnen, wos?« sagte Loder, und alle bewunderten Katzer, weil der immer so adrett und sauber war. Seine Uniform schlappte nie, aber vielleicht strebte der den Offizier an. Katzer mußte die kaufmännischen Bücher des Braunen Hauses (also der obersten Parteikanzlei) führen und erzählte, im Großen Kontrollbuch müsse alles wie gestochen geschrieben sein und niemals dürfe radiert werden. Verheiratet war Mayer Johann (sonst hatte das bis jetzt keiner geschafft) und besaß zwei Kinder; einer, der erschöpft ausschaute, fast als wäre er schon abgewelkt. Und Loder sagte vor dem Einschlafen am Sonntagabend, er glaube, daß er heute ein Kind gemacht habe. Und es wurde gelacht, und dies und jenes kam heraus (wie man es machen müsse, damit's nicht hinhaue wie beim Loder). Mayer Josef aber sagte: »Das Schönste auf der Welt, dös is mei Geld.«

Einer, der Schlayer hieß, war Reisender, und den mochten sie nicht. So ein Rotschopfiger aus Nürnberg. Aber diesem Schlayer brauchte Eugen nicht auszuweichen, weil der ihm auch nicht in die Quere kam; es hätte ja auch keinen Sinn gehabt, sich hier mit einem andern anzulegen. Obwohl es sonderbar mit Schlayer stand, weil von dem etwas ausging (jetzt merkst du es, vielleicht wirst du auch beeinflußt von den andern). Vielleicht, daß Schlayer eingebildet war (sie sagten, der sei ein Angeber); aber so etwas störte Eugen nicht. Freilich, Schlayer redete zuweilen nach der Schrift und putzte die Nägel seiner knotigen Finger; und sein sommersprossiges Gesicht mit Knollennase, das dünne Haar, das die Schädelhaut sehen ließ ... Aber das gab es doch auch sonst. Er wusch sich wie die andern und schwitzte trotzdem etwas Widriges aus; ja, das schon. Als ob der Schlayer alle andern haßte (auch dich demnach) und sich für etwas rächen wollte; das also schwitzte Schlayer aus.

Wozu dahinterkommen wollen, wenn du nie dahinterkommst? Es lag nur in der Luft der Stube und konzentrierte sich auf Schlayer, diesen dunklen Brennpunkt. Du mußt aber auskommen mit den andern, und eigentlich fällt es dir leicht ... Wahrscheinlich, weil es ihm vorkam, als ob sie ihn gern hätten. Von denen hier war jedenfalls keiner ehrgeizig, außer vielleicht Schlayer; oder aber Schlayer boxte im geheimen alle andern auf die Seite, erledigte sie hinter seiner Stirn, weil er es in Wirklichkeit nicht konnte; dies alles spürten sie. Gut möglich, daß es sich so verhielt, obwohl für ihn der Schlayer bloß ein blinder Fleck war; wie ausgewaschen oder ausgebleicht kam der ihm vor.

Es kam auch vor, daß Hitler Benesch wegen des Sudetenlandes im Radio mit Wörtern angriff und Mayer Johann dann nach einer Schießübung »Wenn statt der Scheibe dieser Benesch draußen g'legen wär, dann hätt ich genau hingehalten« sagte; denn für gewöhnlich schoß Mayer Johann schlecht. Im Schulhof unten rief ein Oberleutnant, der zu Hause Volksschullehrer war, er sei gegen den Krieg, weil er den früheren mitgemacht habe. Doch lieber einmal so richtig vom Leder ziehen, damit dann endlich Schluß sei.

Eine kraftvolle Ansprache, bei der die Männerstimme hier im Schulhof hallte, und ein dreifaches »Sieg Heil!« gehörten auch dazu. Auf dem Oberwiesenfeld, das weit und in der Ferne schleierdunstig unterm Septemberhimmel ruhte, sagte Unteroffizier Jüngel: »Ihr seid die ersten, die hinauskommen, wenn's losgeht.« Und in der Stube, im oberen Klassenzimmer der Dom-Pedro-Schule, meinte der Schlafwagenkellner, sie seien doch alle bloß alte Hüte, und was wolle man mit solchen alten Hüten an der Front? Fünfundzwanzig Jahre alt ... »Also, da bist doch nimmer so gut beieinander wie mit achtzehn. No olsdann.«

Man war sich einig, nur Schlayer grinste auf seiner weiß und blau gewürfelten Bettstatt, dieser ›Falle‹; er hatte sich mit den Stiefeln hineingelegt. Und das Wetter zog sich regnerisch zusammen, tröpfelte aber noch nicht. Am Nachmittag mußten sie einen Kilometer lang im Laufschritt traben, und alle Gewehrschlösser schepperten an die Gasmaskenbüchsen, während bei der leeren Villenstraße der Kanal des Nymphenburger Schlosses sich bleiern bis zum weißen Schlosse streckte, und Eugen hinterdrein lief, als letzter. Laufschritt fiel ihm schwer, Laufschritt war nicht seine Sache, und wenn es später einmal darauf ankäme, würden ihn die Russen fangen. In der Stube aber sagten sie zu ihm: »Dir ist's heut hart okemma, wos?«, und einer nahm ihm den Schrubber aus der Hand: »'s putzen liegt dir aa net. I ko's net oschaun, wos do mochst. Bist halt a Bleistiftspitzer.« Der andre lächelte und hatte einen Goldknopf im Ohrläppchen; einer von der Müllabfuhr, einer mit kantigem Profil. Also dir sind die Leut net zuwider, und am liebsten wärest du einer von denen. Aber du gehörst halt leider nicht dazu. Und gut, daß jetzt die Tschechenkrise halb verdeckt wird von den Burschen hier beim Barras ... Und dieses Wort Barras hörst du zum ersten Mal.

Später erzählte Treutlein Hanni unten hinterm Eingang auf der Treppe, vorhin sei einer erschienen, ein dicker, aufgeblähter blonder Kerl; der habe sich finster umgeschaut und geschrieen: »Daß oan d'Weiber, die Mistviecher, net in Ruah lossn kennan!« Das mußte der wampete Rapp vom ersten Zug gewesen sein; der hieß wie er, mit dem hatten sie ihn verwechselt; ein Bierführer, der auf dem Schießplatz gesagt hatte, das nächste Mal bringe er seine Munition mit, denn die hier tauge nichts. Er hatte schlecht geschossen.

Tschechenkrise. Denen auf der Stube gefiels, wenn Hitler gegen Benesch tobte, und sie hörten sonntags daheim auf dem Sofa zu. – »I hob's gern, wann der so dischkuriert. So wos ge-

geneinander: dös is sauber! Dös haut hin!« sagte Mayer Johann, aber mancher schwieg; zum Beispiel der Schlafwagenkellner. Und Eugen hoffte auf die Schweiger.

Zu den Ausbildern, alle Gefreiten der aktiven Truppe, mußte jeder »Herr Abrichter« sagen; die sollten die Unteroffiziere entlasten, pfiffen auf den Gängen oder schrieen: »Äßn fossn!«. Und vor dem Einrücken befahlen sie: »Bajonett aufpflanzen!« und jagten die Kompanie über das Feld. Eugen lief mit gefälltem Gewehr auf einen Herrn Abrichter zu, schwenkte zur Seite und wurde vom Herrn Abrichter an der Schulter festgehalten: »Was hat denn das bedeuten sollen? Was fällt Ihnen denn ein«! Die auf der Stube aber sagten später, Eugen solle sich beschweren, weil es denen doch verboten sei, einen von ihnen anzufassen. Eugen aber warf die Hand beiseite und sagte: »A wa!« Von da an hießen sie ihn den Awa.

Du wunderst dich, weil du gut durchkommst. Du arrangierst dich halt. Daß es ganz scheißlich ist, versteht sich sowieso von selbst ... Und als er neben Treutlein Hanni an einem Sonntagnachmittag (jetzt war das Ausgehverbot da, ebenfalls wegen der Tschechenkrise) im Souterrain auf einem eisernen Gartenstuhl hockte, stand der Rußwurm vor ihm, einer aus dem kunsthistorischen Seminar, ein Langer, der SS-Stiefel zum Zivilanzug anhatte und so auf ihn herunterlächelte, daß Eugen merkte: der gönnt es dir, daß du beim Barras bist ... Und Rußwurm redete vom Ledergeruch, der in jeder Kaserne herrsche, und von den impulsiven Reaktionen der einfachen Leute. Ein gescheiter Mann.

Die Uniform nannte er ›Führers Rock‹ oder sein ›grünes Ehrenkleid‹, allerdings nur vor Treutlein Hanni, in deren Biedermeierzimmer er ein dickes Kuchenstück verschlang. Wieland, der dabeisaß, sagte: »Aha, der Kuchenhunger des Schützen Rapp macht sich bemerkbar.« Später überredeten sie ihn, mit in den Englischen Garten zu gehen, obwohl er eigentlich über Sonntag zu Hause bleiben und Zivilkleider anbehalten wollte; draußen mußte er in Uniform immer wieder zusammenzucken und aufstehen, wenn einer mit Litzen oder Schulterstücken daherkam. Denn das war ihm unbequem, und als Spaß konnte er es leider nicht nehmen.

Sie schlenderten zusammen, schauten auf das Wasser des Kleinhesseloher Sees mit dem Entengewimmel, und wenn Eugen den Kopf recken, Blickwendung machen und salutieren mußte, spürte er, daß Wieland neben ihm aufmerksam wurde, wie damals in Heidelberg, sobald Ursula und Feli zu sehen gewesen waren; aber auch Treutlein Hanni guckte. Und auf einem Brücklein sagte Wieland: »Stell dich dort hin«, und Eugen mußte sich an das Geländer lehnen, damit ihn Wieland knipsen konnte. Auf solch ein Bild als Musketier kannst du verzichten, dachte Eugen. Wieland aber war der Meinung, gerade dies müsse jetzt festgehalten werden.

In der Montagmorgenfrühe dann wieder herumgejagt werden auf dem Oberwiesenfeld, beim sogenannten Großen Wekken; und einer sagte, das machten die nur, um jede Erinnerung an gestern, wo sie daheimgewesen seien, auszulöschen; was töricht war, weil Eugen jeder Uniformknopf, jedes Gefühl von Eisen widerwärtig war und er die zurückliegenden Stunden klar und nahe sah, als hole er sie mit einem Fernrohr herbei. Denn in Gedanken schaust du immer zurück ... das ist die Freiheit des Gefangenen. Es bildet sich deine Abwesenheit nur deutlicher heraus; und daß du dich als einer fühlst, der sich selbst zuschaut, wenn er läuft und sich zu Boden wirft. Aber das mußt du vor den anderen verstecken ... Und wieder sah er den Grasboden des Oberwiesenfeldes, in der Ferne waren dunstig verhüllte Häuser, und es kam ihm vor, als wäre er nicht hier.

Nachher – einige Tage waren schon wieder vorbei – bewegte sich ein weißes Flugzeug in der Höhe und sank tiefer. Die andern sagten, es bringe Engländer und Franzosen in die ›Hauptstadt der Bewegung‹, und die Tschechenkrise werde beigelegt. Dann sagte Treutlein Hanni, Daladier und Chamberlain seien umjubelt worden, weshalb Hitler einen Wutanfall bekommen habe; vielleicht, daß er mit Jubel sparsamer als diese beiden bedacht worden war und gedacht hatte: die jubeln ja vor jedem ... Oder es war ihm verhaßt, daß die Leute Frieden haben wollten, und er verachtete sie ihrer Friedensliebe wegen. Und die Zeitstimmung änderte sich merklich, als ob eine Erschlaffung fühlbar werde. Aber alles war doch nur hinausgeschoben worden.

Klare warme Tage im Oktober. Die Abrichter wurden umgänglich und mild. Treutlein Hanni brachte ihm die Druckfahnen seiner Erzählung in die Dom-Pedro-Schule. – »Da mußt du einen freien Nachmittag 'rausschinden. Das ist doch wichtig jetzt. Dann merken die auch, wer du bist. Sag, daß du deine Korrekturen nur zu Hause machen kannst.«

Dir leuchtet's ein. In der Tat, das war eine ganz gute Gelegenheit. Aber bei dem Hauptmann darum betteln müssen: »Also, ehrlich gesagt, das ist mir wie Spitzgras.« Trotzdem rafft du dich, Treutlein Hannis wegen, dazu auf ... Und der Hauptmann kommt dir, als du es ihm vorträgst, fast verlegen vor: »Jawohl ... Und selbstverständlich, und es geht natürlich. Morgen nachmittag haben Sie dienstfrei. Sagen Sie es Ihrem Unteroffizier.«

Treutlein Hanni forderte ihn auf, sich zu freuen, denn das sei doch schließlich was; »das kann nicht jeder.« – »Ja, ich weiß schon: Es gibt mir einen Hintergrund ... Und wenn ich Geld dafür kriege, lade ich dich und den Wieland zu einem Schriftsteller-Essen ins ›Schwarzwälder‹ ein.«

Danach die Nachtübung, ein kleines Manöver bei Fürstenfeldbruck, wobei er keine einzige Platzpatrone verschoß; wozu auch, dann mußt du nachher bloß dein Gewehr wieder putzen ... Und sie lagerten vor der Klosterkirche auf dem Rasen. Katzer, der im Braunen Haus als Kontorist angestellt war, sagte, solch eine Fassade könne man auch heut noch bauen. Nein, sagte Straßenbahnschaffner Loder, dafür seien wir heute zu grob, denn etwas, das so fein sei wie die Klosterkirche, das habe es bloß damals gegeben, als die Leut noch etwas geglaubt hätten; heut aber glaube doch keiner mehr irgendwas. Und ein anderer sagte – der war vom Land – er glaube, daß nach dem Tod gar nichts sei.

Draußen in den Wiesen, wo's kühl wurde, waren Zelte aufgespannt, und Eugen kroch zu den andern in eines hinein. Kerzen wurden angezündet, und man saß auf Stroh eng beieinander. Zwei Bauernmädchen kamen und gingen von Hand zu Hand; dann saß die eine vorn beim Stingl und die andre hinten, wo Eugen sich ausgestreckt hatte. – »Annerl, schaug auf d'Achselklappen, daß d' nocha d'Nummer woaßt, wann's um den Vaddern fürs Kind geht!« rief die vorn beim Stingl, doch kam es nicht so weit. Und nachher sagte Loder: »Naa, dös is nix ... Do is bei aner solchen doch 's Löcherl noch so kloa.«

Es fehlte noch der versöhnliche Abschluß ihrer Militärzeit, und auch der sollte sich einstellen. Eugen war jeder Krach und jede Zerferei unerträglich, besonders weil man doch jetzt bald das grüne Ehrenkleid ausziehen durfte; aber vielleicht waren jetzt die Nerven von zehn Wochen Militärdienst und von dieser Tschechenkrise strapaziert, und es entlud sich, indem man einen aus der Bude warf, daß die Treppe unter seinem Leib krachte. Gewöhn dich daran; die Zeit ist grob, und vielleicht wird es nach dem Hitler anders; obwohl der nun gestärkt oben hockte und, wie Treutlein Hanni erzählt hatte, neben seinem Achsenpartner Mussolini wie ein ausgestopfter Popanz mit bläulichen Augen unbewegt im Auto gesessen hatte, ein kaltes Bleichgesicht, während die Leute Hälse und Arme gereckt und gejubelt hatten. Wie etwas von unten rauf war es ihr vorgekommen, wie ein Götzendienst und grausig. Zum Wegschauen, aber du mußt es anschauen, die Zeit kennenlernen, weil du nicht gefragt wirst, ob du lieber eine andre kennenlernen willst. Eine, in der Deutschland keine Macht hat und für sich dahinträumt, wäre besser; aber eine solche lag weitab. Das unwirkliche Deutschland: Du bist gut ... Das hat's bloß einmal in der Kunst gegeben. Und eigentlich gehörst du gar nicht mehr hierher. Ein unerwünschter Typ wie du ... Und er fuhr zusammen, hörte seinen Hauptmann auf dem Exerzierplatz rufen: »Rapp, auch Sie müssen im Gleichschritt gehen! So berühmt sind Sie noch nicht!«

Allerdings kannst du gut schießen. Das solltest du ausnützen; zumindest hier ... Und als sie wiederum auf den Schießständen waren, zwischen Erdaufwürfen, Böschungen, wo Wegwarten noch blau waren und gebleichte Schneckenhäuser glänzten, wo sie in der Sonne hockten und Katzer zu ihm sagte, also er, Eugen, habe doch alle Chancen, einer mit Abitur und Studium, er könne doch leicht Offizier werden ... doch Eugen wehrte ab: »A wa!« Sie lachten, dann wurde er zum Schießen aufgerufen. Jetzt ging's um die Preise. Und er schoß; es war ein Zwölfer und zwei Elfer. Da johlten sie: »Bravo, Awa!« – obwohl er nicht der Beste war; nur der zweitbeste. Und Katzer hatte einen schlechten Tag, weil jetzt der Rapp Eugen besser war als er und keinen Wert drauf legte, besser als Katzer zu sein, während es Katzer darauf angekommen wäre, besser als der Rapp ... »Aber du bist sowieso viel besser als ich. Ich kann halt bloß gut schießen«, sagte Eugen. Und wieder hieß es: »Rapp zur Ehrenscheibe!«, denn der Hauptmann hatte eine gemalte Scheibe mit einem röhrenden Hirsch gestiftet, den aber Eugen dann beim Schießen, freihändig und im Stehen, gar nicht richtig sah. Wieder schoß er recht nachlässig, weil es ihm gleichgültig war. Denn übermorgen wirst du jedenfalls entlassen, und es kommt nicht mehr drauf an. Doch dann hatte er wieder einen Zwölfer.

Danach ging er herum, sah hinaus zu den Pappeln in der Ferne und war froh, in der klaren Luft sich so zu fühlen, als wäre er gar nicht da. Und er bemerkte, daß die andern nichts von der Luft merkten und daß ihnen auch das Licht gleichgültig war. Einer fragte, wer die Ehrenscheibe des Hauptmanns herausgeschossen habe, und es hieß: »Der mit die Augenglaseln ... der mit sei'm G'schau.« Und Unteroffizier Sippl, der Bauernknecht gewesen war, kam zu Eugen und sagte: »Du, ich bin doch sieben Jahr beim Barras, und jetzt hätt ich beinah die Ehrenscheib gewonnen, aber du schießt sie mir weg.« Denn Sippl sagte jetzt du zu ihm und griff ihm an die Schulter. »Dann nimmst du sie halt trotzdem. Die kannst du gerne haben«, meinte Eugen, »was tu ich schon mit einer Ehrenscheib.« Für Sippl war es wichtig, daß er sowas hatte; der hängte sich die Ehrenscheibe in seine Kasernenstube, damit die andern Kapos staunten.

Abends war in der Turnhalle dann Schlußfeier mit viel Bier. Auf einem Gabentisch lagen die Preise. Zuerst wurde ein anderer herausgerufen, der Hauptmann beglückwünschte ihn, und er nahm sich einen bunt verzierten Maßkrug mit gleißendem Deckel. Dann hieß es: »Rapp Eugen!« Der Hauptmann gab ihm die Hand und deutete auf den Gabentisch: »Sie haben die Wahl.« Da sah er einen Soldatenkopf mit Stahlhelm, einen nackten Diskuswerfer in Bronze, und nahm eine Brieftasche aus feinem geschmeidigem Leder; gar net schlecht, und niemand würde deren Herkunft vom Barras merken. Da schrien sie drüben bei der Tür im Chor: »A wa! A wa! A wa!«, und Kretschmaier, der den Chor dirigierte, sagte: »Und jetzt schaugt der A wa so aus, als hätt man ihm was weggenommen.« Sie lachten laut. Einer, der Geologie studierte, flüsterte ihm zu, bei den Unteroffizieren hätten sie den Sippl gefragt, weshalb denn er die Ehrenscheibe kriege, wenn sie der Rapp herausgeschossen habe. – »Aber ich hab sie ihm doch g'schenkt.« Und er stellte sich vor, wie Treutlein Hannis Vater schmunzeln würde, wenn er mit einer solchen Ehrenscheibe ins Haus käme. Aber Eindruck hätt es ihm halt trotzdem g'macht. Seile mit eisernen Ringen hingen von der Decke, auf dem Podium waren lederbezogene Barren zusammengeschoben worden. Vor ihm machte sein Maßkrug einen nassen Ring auf das Papiertischtuch. – »Das ist doch nix, so a Briaftoschn«, sagte einer und deutete auf sein Bierkrügel mit einem Männerkopf im Stahlhelm: »Dees loß i mir g'folln. Do hob i ane Erinnerung an meine Zeit beim Barras.«

Angewiesen auf ein Erinnerungsstück an deine Militärzeit bist du nicht ... Und als er andern Tags im Anzug in der Stube stand, sagte Loder, da sehe man es also, so kämen sie in Zivil heraus, die feinen Herren! »Und wir ham gor nix davon g'wußt!«
Schlayer ging auf und ab und sagte, daß er am Montag wieder mal ins Rheinland fahre, nachschaun, wie es dort sei. Denn Schlayer wollte Vertreter sein und ließ durchblicken, daß er viel Geld verdiene. Trotzdem hatte er nach einem Löhnungsappell, bei dem jedem für eine Woche Militärdienst ein Fünfmarkstück in die Hand gedrückt worden war, dieses Fünfmarkstück immer wieder in die Höh geworfen, es aufgefangen und dazu eine Art Freudentanz vollführt, was Eugen sonderbar erschienen war. Wenn einer so viel Geld wie der verdiente, dann brauchte ihn doch ein Fünfmarkstück nicht so arg zu entzükken. Das paßte nicht zusammen. Bei ihm, dem Schulmeisterssohn, wär ein Freudentanz verständlicher gewesen, weil für ihn fünf Mark immer noch beachtenswürdig waren. Und er dachte daran, wie Treutlein Hanni ihm vorgeschlagen hatte, jedes dieser Fünfmarkstücke aufzusparen, was er befolgte. Jeden Samstag hatte er seinen klingenden Militärverdienst bei Treutlein Hanni abgeliefert, so daß nun also fünzig Mark beisammen waren. Er freute sich auf den Augenblick, da sie ihm das Geld aus ihrem Schreibsekretär holen würde, legte seine Sachen in den Koffer, fand eine Kleiderbürste, die sie ihm mitgegeben und die er niemals benutzt hatte, weil sie für das grobe grüne Ehrenkleid zu fein gewesen war.

Appell im Schulhof, jetzt glücklicherweise in Zivil. Die Unteroffiziere und Abrichter gingen durch die Reihen und gaben jedem die Hand. Eugen schnitt und putzte seine Fingernägel, und einer sagte: »Laß das doch. Wir sind doch alle noch Soldaten, alle gleich.«

Dann ging er weg. Und schon auf dem Perron der Straßenbahn war keiner mehr aus der Dom-Pedro-Schule sichtbar, dafür allerdings einiges andere. Scherben von Schaufensterscheiben beispielsweise, eingeschlagene Türen und geplünderte Läden. Vor einem Laden eine neue Handtasche auf dem Trottoir. Wenigstens nahm niemand diese Handtasche weg. Eine Frau im Schürzenkleid wich vor ihr aus.

Sie hatten alle jüdischen Geschäfte plündern lassen; ohnmächtig sein und gelähmt bleiben, darauf läuft's für dich hinaus.

Am zehnten November kam er in das Haus Mannheimer Straße fünf. Treutlein Hanni deutete auf die Mäntel, die in der Garderobe bei dem Biedermeiertischchen und dem Spiegel mit Flecken wie Spinnweben unter Glas übereinandergehängt waren, und sagte, Onkel Georg sei mit seiner Frau droben bei den Eltern. »Die überlegen sich, was sie tun sollen. Ich glaub', er geht nach Südamerika. Ich hab dir ja auch schon von Edgar und Fanja in Berlin erzählt. Der Gustav hat's halt doch am g'scheitesten gemacht.«

Gustav war ihr Vetter; der war schon dreiunddreißig nach England gegangen, weil er auf einer schwarzen Liste gestanden hatte. Und was würde sonst noch alles auf sie zukommen?

Sie sprachen von Onkel Georg. Einmal waren sie ihm in der Ludwigstraße begegnet. Sie war zu ihm hingegangen, während er bei der Kunsthandlung Littauer gewartet hatte. Er hatte sich auf einen Stock gestützt und auf seinen Fuß gedeutet, den er gebrochen hatte. Onkel Georg war in Langemarck dabeigewesen und später Offizier geworden; auch Hitler war er begegnet, der Bataillonsmelder gewesen war. Vor dem Krieg hatte der

Onkel eine Doktorarbeit über antike Sandalen machen wollen und sich dann freiwillig für den Krieg gemeldet; nachher hatte er als Bankkaufmann angefangen und es rasch zum Direktor gebracht; dann hatte er das Gestüt des Rennstalls Riem verwaltet, und jetzt wollte er nach Südamerika, wo er wiederum etwas Neues anfangen mußte, weil er noch zwei kleine Buben hatte.

Vetter Edgar war von Berlin nach Palästina ausgewandert; er hatte viele Bücher und den Schreibtisch seines Vaters mitgenommen. Im Berliner Zoo hatte er jeden Wärter und jedes Tier gekannt; als Arzt hatte er Artisten und Arbeiter behandelt. Einmal war eine Frau zu ihm gekommen, die Untermann in einer Artistengruppe war; ihr stellten sich die Männer auf die Schultern. Edgars Frau war Kinderärztin und stammte aus Lettland; und beide hatten sie viel Geld gehabt. Das war jetzt alles weggeflossen.

Später ging er mit Treutlein Hanni die Ludwigstraße hinab. Der Tag war eisenfarbig. Durchs Viscardigäßchen kamen sie in die Theatinerstraße und setzten sich in ein Café, das ein langer Gang in einem alten Haus war. Jemand, den er aus Heidelberg kannte und den er damals Doktor Wachstuch genannt hatte, kam dazu und fragte, ob es gestattet sei, bei ihnen Platz zu nehmen. Zurückgelehnt saß er dann neben ihnen, nahm die Hornbrille von seinen umflorten Augen, rieb sie und sagte zur Treutlein Hanni ›gnädiges Fräulein‹, erzählte, daß in Österreich die Offiziersanwärter mit Mädchen auf den Wällen alter Städte flanierten, bewegte die Hand, um das Flanieren dieser Offiziersanwärter möglichst lässig herauszubringen, und war recht melancholisch nuanciert.

»Hat dir der net g'fallen? Spricht er nicht ein gutes Österreichisch? Stell dir vor, der ist aus Worms«, sagte Eugen, als sie von ihm weggegangen waren. Und Treutlein Hanni sagte: »Also nein ... Nein, der ist so ... Wenn ich ehrlich sein darf: da spür ich, daß er's darauf anlegt. Das ist so einer, der es weiß, wie man es machen muß. Aber, wenn ich's merk', dann wird's mir ganz schnell anders.«

Sie merkte es, und er hätte ihr's fast nicht zugetraut, daß sie es merkte. Denn der Wachstuch war doch so geschmeidig. Und eigentlich hast du erwartet, daß dieses Geschmeidige auf sie Eindruck macht. Und Wachstuch hatte bei der Treutlein Hanni einen geschmeidigen Eindruck hinterlassen, freilich einen negativen (was dich freut).

Sie spürte bei den Menschen dasselbe wie er. Und er ging neben ihr im graurauchigen München dort hinunter, wo es gotisch und verwinkelt wurde, in den Unteranger und ins Tal. – »Da guck: unser Haus mit den zwei Ohren.« Und sie stellten sich vor, wie sie in diesen beiden Zimmern wohnten, sich über einen weiten Dachboden hinweg besuchten, einen mit knarrenden Dielen, wo altes G'raffel stand: eine Kommode, ein Sessel mit geplatztem Polster und zwei Puppenstuben; durch die sah man hinein ins Leben verblichener Zeiten. Stell dir's vor, bilde dir ein, ihr könntet euch so weit beiseitedrücken, daß euch niemand erwischt, keiner vom Wehrbezirkskommando, keiner von der Gestapo, kein Amtswalter, Blockwart undsoweiter.

»Aber es geht nicht. Ja, es geht natürlich nicht. Und ist auch früher nicht gegangen. Wir sind zwei, die sich wegstehlen wollen. Und drüben hat also der Spitzweg g'wohnt.« – »Der hat sich aber noch wegstehlen können?« – »Der freilich schon. Wahrscheinlich, weil das Sich-Wegstehlen damals noch modern gewesen ist.«

Ihr macht euch also wenigstens nichts vor.

ZWEITER TEIL

Manchmal überlegte sich Frau Rapp, ob ihr Sohn Eugen meine, er könne halt so weitertappen, ohne zu wissen wohin. Aber das tat doch jeder.

Ihr kam es vor, als gliche er den Leuten, die er in seiner Erzählung beschrieben hatte. Die war nun gedruckt worden (und ihretwegen spürst du fast etwas wie Stolz). Und wieder sagte sie: »Ich glaub an meinen Eugen«, während ihr Mann behauptete, aus dem werde sein Lebtag nichts, der sei viel zu verträumt. Wie aber war er wirklich?

Sie dachte: wie in der Geschichte, die er g'schrieben hat... Zwar spielte die in Wien, doch kam vieles darin vor, was er als Kind wahrgenommen hatte; also beispielsweise seine von Krankheit verfeinerte Großmutter und seine klavierspielende Mutter. Empfindlich war der jedenfalls. (Du weißt es, seit er auf der Welt ist.)

Merkwürdig, ja beinah unheimlich kam es ihr vor, daß er die Geschichte in einer Zeit spielen ließ, die längst dahin war, also unterm alten Kaiser Franz Joseph in Wien (damals bist du noch jung gewesen). Ob er seine Jugend für zu finster hielt und sie deshalb verändert beschrieben hatte? Möglich war das schon. Oder er hatte das Gefühl, er müsse sich in eine Gegend zurückziehen, von der er meinte, sie sei freundlich und hell. Lebensuntauglich waren die Leute, von denen er erzählte, und sie taten so gut wie nichts; die schauten doch bloß in sich selbst hinein, erinnerten sich an das entschwundene Licht. Vielleicht aber versuchte Eugen, der Vergangenheit näherzukommen, um daraus etwas über diese sogenannte Gegenwart und diese sogenannte Zukunft zu erfahren, wie er einmal zu ihr gesagt hatte, nur konnte sie sich darunter fast nichts vorstellen.

Jedenfalls liest du den Namen deines Sohns in einer Zeitschrift mit grauem Umschlag ... Darin standen außer seiner Geschichte lauter gescheite Aufsätze. Kühn oder bedeutend würde wohl sehr wenig sein, das heutzutage gedruckt dastand; und zum Bedeutenden oder gar Kühnen gehörte auch diese Geschichte ihres Sohnes nicht; denn aus ihr spürte sie nur Angst heraus, Angst und verletzte Fingerspitzen.

Doktor Eduard Martz kam mit seiner Frau Klärchen aus Ludwigsburg zum Triospielen. Als Frau Rapp das Heft mit Eugens Erzählung auf den Tisch legte, sagte Klärchen: »Do guck na. Der macht sein Weg!«

Dein Mann verzieht den Mund, als schmecke er bloß Bitteres. Dann wischte er sich schnell ein Lächeln weg. Du aber freust dich und fühlst dich gestärkt. Jawohl, dein Eugen wird seinen Weg machen. Einen Weg mit vielen Steinen. Was er schon seit langem selber weiß.

Sie hoffte, er habe beim Schriftsteller Bitter sehen können, wie mühsam diese sogenannte Freiheit eines Künstlers war; bei einem solchen Leben kam's doch darauf an, geschmeidig, wendig und auch recht rücksichtslos zu sein, alles in einer gewissen raffinierten Mischung, für die es kein Rezept gab; obwohl allerdings dieser Bitter die Pension eines Studienrats als Rückhalt oder festen Boden hatte. Sonst hätte der nicht so dastehen können.

Daß Eugen jetzt bei Treutlein Hanni war, gefiel ihr; heiter freilich sah der immer noch nicht aus; der war so abwesend wie früher, und ihr kam's vor, als hätten sich die Falten um seine Lippen in den letzten Monaten verschärft. Nun, daran konnte auch die Militärzeit schuld sein, die er jetzt hinter sich gebracht hatte; aber für wie lange wohl? Er sagte, das sei alles bloß verschoben worden, und in einem Jahr fange der Krieg an. – »Das Fräulein Treutlein ärgert sich«, (der sagte also immer noch ›das Fräulein Treutlein‹), »wenn ich davon anfang.

Die meint, das könne man nicht wissen. Ich weiß es leider trotzdem.«

Wenn sie fragte: »Woher weißt du's?«, zuckte er mit den Schultern und sah geradeaus oder schaute auf seine Fingernägel; denn nach dem Militärdienst war er für acht Tage heimgekommen, wohl um einen Zwischenraum (er sagte: ›einen Prellbock‹) zu haben zwischen den Tagen in Uniform und denen, die in München auf ihn warteten. Das eine war für ihn Dienst mit der Waffe in ›Führers Rock‹ oder im ›grünen Ehrenkleid‹, und die Studentenarbeit an der Universität Dienst mit dem Kopf. »Mein Gehirndienst fürs spätere Leben ist halt leider immer noch nicht abgeschlossen. Und später werde ich rostige Schlüssel in einem Museum ordnen; oder ramponierte Schränke fürs Restaurieren aussuchen – falls es damit getan ist.« Und er fügte hinzu, wenn seine Tätigkeit einmal so friedlich sei, wie er sie sich ausmale, könne er beruhigt sein.

Der war immer ein bißchen ironisch, und es graute ihm vor dem Beruf und vor dem Studium und vor der Doktorarbeit. Jetzt ging er mit dem Vater und mit Emil Reiser in das altmodische Schwimmbad, das ›die Schwimmbüx‹ genannt wurde und in maurischem Stil gebaut war (daß es maurischer Stil ist, hast du jetzt von deinem Sohn gelernt). Und der Vater tauchte aus dem grünlich schimmernden Wasser, das desinfiziert roch, schnaubend hervor und lachte; und das Wasser brannte ihm in der Nase. Und Eugen erzählte ihr von München, wo Frau Treutlein jeden Morgen zu ihm sagte: »Herr Rapp, ich bin so bange, mein Mann kommt ins Bad.« Die Frau mußte ihm wohlgesinnt sein, denn er redete nur freundlich über sie, erzählte, daß sie eine englische Flagge auf einem Kästchen mit zierlichen Schubladen stehen habe, weil sie in Manchester geboren worden war; vielleicht, daß sie sich an diese englische Flagge halten wollte, um vor der deutschen Flagge mit dem Hakenkreuz geschützt zu sein. Sie kannte sich in Spiritismus und parapsychologischen Phänomenen aus. Das habt ihr in Künzelsau auch gemacht; du erinnerst dich ans Glas, das ihr befragt habt, und das zu Buchstaben gerutscht ist, aus denen Sätze g'worden sind. Dies gab Frau Treutlein das Gefühl, daß irgendwo ein andrer Bezirk existierte als jener, der hier um sie herum war und in dem so etwas geschehen konnte wie das Niederbrennen jüdischer Gotteshäuser und die Zerstörung jüdischer Geschäfte und daß die Juden verjagt wurden und daß sie selbst auch eine Jüdin... Und Frau Rapp wurde von ihrem Haß auf die Zeit, in der all das geschehen konnte, heimgesucht. Aus einer Mappe holte sie Zeitungsausschnitte, und hatte dann das Niedrige ganz nahe vor sich.

Du kannst nichts ausrichten gegen die Herrschenden; machtlos sein ist ein zu simples Wort. Sie fand den Ausschnitt mit Eugens Bild wieder. Darauf stand er vor dem Schuhgeschäft Stein in der Königstraße, und darunter war zu lesen: »Dieser fesche junge Mann hat soeben beim Juden gekauft.« Seitdem hatte er ein Paar Romanus-Schuhe, etwas besonders Elegantes, das ihn freilich drückte, weil in dem Laden seine Schuhgröße ausgegangen war. Und sie hörte ihn erzählen, wie der weißhaarige Herr Stein »Da haben Sie etwas besonders Feines« zu ihm gesagt und den Zeigefinger in die Höhe gestreckt hatte. Doch als er auf die Straße kam, hörte er: »Stehenbleiben!« und stand vor drei SA-Leuten, von denen einer ihn fotografierte. Am nächsten Tag war das Bild im ›NS-Kurier‹ zu sehen, und er sagte: »Das da bin ich. Und ich hab schon gedacht: jetzt wirst du verhaftet.«

Nichts dagegen tun können... O doch, man konnte schon etwas dagegen tun, zumindest anonym; das reizte, ärgerte die Herren, zum Beispiel damals bei der Wahl im Frühjahr. »Bist du mit der am 13. März 1938 vollzogenen Wiedervereinigung Österreichs mit dem Deutschen Reich einverstanden, und stimmst du für die Liste unseres Führers Adolf Hitler?« hatte auf dem Wahlzettel gestanden, und darunter waren zwei Kreise, ein großer und ein kleiner, zu sehen gewesen. Über dem großen stand »Ja«, über dem kleinen »Nein«. Und ihr seid miteinander zum Wahllokal gegangen, drüben in der Kunstgewerbeschule, am Sonntagvormittag, als es fast leer gewesen ist (ein Glücksfall). Dein Sohn tritt in die Koje; und dann kommt er wieder heraus, weil ihm der Bleistift abgebrochen ist. Er geht in die andre Koje, streicht den Zettel durch, kreuzt das ›Nein‹ an und schreibt auch noch ›Nein‹ groß daneben. Du hast nur ein Kreuz in den kleinen Kreis gemacht. – »Jedenfalls kann mein Wahlzettel nicht für ›Ja‹ gelten; das wenigstens, weiß ich. Aber vielleicht haben sie ihn gerade deshalb als ›Ja‹ gezählt. Auch wurscht.«

So ihr Sohn, der wieder mal behauptete, es gäbe nur Vergangenheit, die Zukunft aber sei ein leerer Nebel. Andere waren der Meinung, daß alles, was geschehe, nur für die Zukunft getan werde (weshalb es dir, wie deinem Eugen, vor der Zukunft graust). Und sie erinnerte sich einer Ortsgruppenversammlung nach der Wahl, auf der dieser Ortsgruppenleiter gebrüllt hatte: »Ich habe vierzehn Schweine in meiner Ortsgruppe! Diese vierzehn Schweine haben mit ›Nein‹ gestimmt!« Und Eugen sagte: »Also wären's ohne uns bloß zwölf gewesen.«

Genützt hatte es nichts, und nichts war dadurch anders geworden. Sie hatten jetzt nur das Gefühl, es denen schwarz auf weiß gesagt oder gezeigt zu haben. Und der Ortsgruppenleiter hatte sich geärgert.

Lauter Gedanken, die nichts halfen oder nichts anders machten, obwohl man trotzdem hoffte, daß es etwas helfen könnte. Und mit der trübsinnigen Wahrheit, es gebe nur Vergangenheit, die Zukunft aber sei ein leerer Nebel, kam man auch nicht weiter; oder man kam nur so weiter, wie man früher (ohne eine solche trübsinnige Wahrheit) auch weitergekommen war, weil man sich hatte weiterschieben lassen; denn selber weitergehen in der Zeit, erhobenen Kopfes und geradeaus als ein ganz und gar unbeirrter Mensch, gelang so gut wie niemandem; vielleicht war es auch gut, daß es niemandem gelang.

In Gedanken sah sie ihren Sohn, denn so hatte er's ihr erzählt, wie er sich in München an einer langen Tischreihe vorbeidrückte und zu einem Studenten hinterm Tisch sagte: »Ich bin nirgends dabei.« So entsprach's der Wahrheit. Widerliche Prozedur vor diesen Kerlen, die herschauten, als ob sie ihn verhören dürften, obwohl von denen vielleicht der eine oder andere ihn beneidete, weil er es sich erlaubte, nirgendwo dabeizusein. Daß ihm die Knie wackelten, blieb unter seinen Hosen unsichtbar, und wenn er leise und mit unbewegtem Gesicht redete, mochte der andere hinterm Tisch denken, er sei seiner Sache sicher. Und weil er in Wirklichkeit wackelige Knie und ein klopfendes Herz hatte, wunderte es ihn nicht, daß sein Vater meinte, er sei ein untauglicher Mensch. Denn nicht einmal beim Militär hatte er's bis zum Unterführer-Anwärter gebracht, wie jener kaufmännische Angestellte, der im Braunen Haus die Bücher mit gestochener Schrift führte, und dem die Uniform wie maßgeschneidert auf dem kleinen Leib saß.

Deine Tochter Margarethe aber weiß, wie man im Leben sein muß: handfest und ganz hiesig. Nicht in irgendeinem Traumversteck, auch wenn dies Traumversteck so etwas wie die alte Stadt Wien und der Kaiser Franz Joseph der Erste waren. Da würde die Margret also einmal Emil Reiser zum Mann haben, einen Konditor, einen Bäckermeister oder einen Beck, wie man hier sagte. Und Frau Rapp merkte, daß es ihr lieber gewesen wäre, wenn sie einen Studienrat als Schwiegersohn bekommen hätte, obwohl es freilich nichts ausmachte, weil ihre Tochter einen nehmen mußte, der ihr selbst gefiel. (Und dir gefällt der Emil schließlich auch ...) Margret meinte also, bei einem Geschäftsmann komme es nicht auf jede Mark an und sie könne mit ihm großzügiger leben, als wenn er Beamter wäre; was vielleicht möglich war, obwohl ... Und wieder einmal kam ihr das ›Obwohl‹ dazwischen, das sie gar nicht leiden mochte, auf das sie aber Rücksicht nehmen mußte; denn mit der Zeit mischte sich immer auch etwas wie Sorge und Verzicht hinein. Margretle brauchte davon noch nichts zu spüren; die sollte auch mal meinen, daß es ein Vergnügen sei zu leben. Als Sekretärin beim gemütlichen Herrn Jetter, der oft auf Reisen war, konnte sie sich ans Fenster setzen und in der Morgensonne an ihrem Pullover weiterstricken. Sah die Frau ihres Chefs herein, dann ließ sie den Pullover in der Schublade verschwinden, klapperte auf der Schreibmaschine, machte die Stirn faltig und zog Luft durch die Zähne, als brüte sie über einem wichtigen Brief voll kniffliger Probleme. Ab und zu fuhr unten der Emil vorbei und ließ das Boschhorn seines Lieferwagens tuten. Am freien Nachmittag jedoch oder am Wochenende setzte sie sich neben Emil in den Opel-Wagen und fuhr im offenen Auto am liebsten ins Hohenloher Land; nach Morsbach, Kocherstetten, Künzelsau. Merkwürdig, daß sie schon als Fünfundzwanzigjährige die Gegend ihrer Kindheit wiedersehen wollte (von deinem Eugen könntest du dir's eher denken). Und sie war froh, daß jetzt, im Frühling neununddreißig, da der Hitler die neue Gemeinheit eines Reichsprotektorates Böhmen-Mähren gemacht hatte, ihre Tochter sozusagen verlobt war. Da nahm dieser Hitler den Tschechen ihr Land weg; der Vater aber sagte, vom militärischen Standpunkt aus sei diese Sache großartig geplant gewesen, denn schließlich schauten ja die andern, die Engländer und Franzosen also, dem Hitler wieder einmal bloß von außen zu und täten nichts.

Für dich und deinen Sohn ist das gewissermaßen deprimierend. Der Margret aber machte es nichts aus. Beneidenswert, wenn einem alles, was draußen vonstatten ging, gleichgültig war und wenn man nur den Fahrtwind im offenen Auto spürte oder sich über die Sonne freute, die bräunte. Frisch gewaschen sein, ins Bad gehen, sich ausstrecken und schwimmen dürfen, wissen, daß die Qualität der Sonne und des Frühlings sogar unterm Hitler dieselbe geblieben war wie unterm Brüning oder unterm König, das genügte ihrer Tochter. Dir und deinem Buben aber kommt es vor, als ob sogar das Unkraut hinterm Haus nicht mehr so wuchere wie früher. Es wartete doch alles nur darauf, daß mal wer zuschlug. Aber wer? Du weißt schon, wer... Den haben sie doch allesamt vergessen. Der Hitler nannte ihn ›Die Vorsehung‹. Bis jetzt hatte die Vorsehung dem Hitler recht gegeben.

Doch es scheint nur so zu sein. Du glaubst, daß es den anderen nur so erscheint, und bist der Meinung, daß sich einer wie dein Mann zum Beispiel, blenden lasse; anders kannst du es dir nicht vorstellen ... Und sie las im Brief ihres Sohnes, daß sich ›unser Oberster‹ in München nicht weit von der Feldherrnhalle eine Art Triumphzelt in Blau und Gold habe errichten lassen, in dem er, auf seidebezogenem Stuhl sitzend, den Vorbeimarsch seiner Getreuen abnehmen werde. Er, Eugen aber, gehe mit Treutlein Hanni am Ersten Mai ins Isartal, »halt wieder nach Schäftlarn. Der kriegt ja sicher wiederum – also sagen wir mal: Kaiserwetter ...« Und seltsam war es schon, daß auch das Wetter immerzu mitmachte. Wenn diesem Hitler doch wenigstens mal ein dauerhafter Landregen das Konzept verderben würde ... Dann aber saß der in einem wasserdichten Zelt mit Blau und Gold. Auf daß dir's weit nei graust.

Übrigens: Wie rasch es nun auf einmal ging; rascher als früher, das auf jeden Fall; denn ums Numgucken war es wieder Sommer. Eugen kam heim, weil die Vakanz begonnen hatte. Im August fuhr er auf dem Rad nach Wolfegg, wo Treutlein Hanni im Schloß alte Grundrisse abpauste, weil sie eine Doktorarbeit über einen Architekten machte, der im Schloß Wolfegg die Kapelle für den Fürsten gebaut hatte. Und dort in Wolfegg wäre auch Frau Rapp gerne einmal gewesen. Sie stellte es sich wie Ludwigsburg vor, nur kleiner, während sie mit ihrem Mann nach Bodman fuhr, das im Winkel des Überlinger Sees gelegen war und wo sie von einem Bauern hörte, hier wohne ›dem Hitler sein Dichter‹; und das war kein anderer als Gerhard Schöllkopf; derselbe Gerhard Schöllkopf, der sich schon als Sohn des Lehrers Schöllkopf, damals in Künzelsau, recht hitzig und energisch gezeigt hatte, später als Student dann natürlich auch. Jetzt aber war der auf der Ruhmesleiter bis oben hinaufgeklettert. Also, wenn dir einer widerwärtig ist, dann der da ... Und auch der Vater wischte sich den Mund, wenn er am Haus von Hitlers Dichter mit zusammengerolltem Handtuch unterm Arm zum Baden ging, freilich nur, weil Schöllkopf kein Examen gemacht hatte; das war doch unsolide und gewissermaßen eine Schweinerei. – »Da mußt du dich als Schulmeister abdackeln, und so einer wird Staatsrat, bloß weil er ...« – »... dem Hitler Rotz um d'Backe schmiert«, führte sie seinen Satz zu Ende und war froh, weil sie sich mit ihm endlich wieder mal verstand.

So etwas war viel wert, so etwas freute sie. Wenn nur nichts Schlimmes kam, obwohl jetzt jeden Tag Schlimmes erwartet wurde, dieses Mal, weil der Hitler Polen haben wollte. Doch da stimmte dann ihr Mann dem Hitler bei, denn es sei untragbar für Deutschland, daß Ostpreußen durch so etwas wie diesen Korridor vom Reiche abgeschnitten sei; was doch von ihrem Mann arg dumm gedacht war, weil deutsche Züge bisher immer ungehindert nach Ostpreußen hatten fahren können. Er schwätzt halt bloß das nach, was er mal in der Zeitung g'lesen hat, dachte sie, als sie mit ihm zum Mittagessen ging. Und weshalb geht dir all das immerzu im Kopf herum; es ist doch dumm.

Dann stiegen Eugen und Treutlein Hanni vor ihnen von den Rädern und waren beide sonnverbrannt.

So etwas lenkte ab. Junge Leute waren halt erfreulich, wenn man zweiundfünfzig Jahre alt war. Außerdem hatte ihr Sohn ein Mädchen bei sich, das sie bewundern mußte; wie die aussah mit dem schwarzen Haar und diesen großen Augen, in denen helle Einsprengsel mit dunklen wechselten, je nach dem, wie das Licht hereinfiel. Eugen hatte ein hellblaues Hemd an, wie vor sechs Jahren auf der Reichenau, als die Arztfrau zu ihr gesagt hatte: »Wie sieht er wieder einmal lecker aus!« Seltsam, daß man nichts mehr davon bemerkte, wenn die Kinder älter wurden.

Sie gingen in ein Café. Eugen und Treutlein Hanni erzählten, wie's auf Schloß Wolfegg gewesen war, und ihr kam's vor, als wäre sie dabei. Da kletterten die Buben des Grafen auf dem großen Maybach-Auto im Hof herum, hatten Lederhosen an und drückten hinterm Steuer auf die Hupe. Mittags aber hatten beide gescheiteltes Haar, steckten in frischen Anzügen und gingen mit den Eltern zwischen Dienern in Livree durch den Korridor zum großen Saal hinunter; und abends trugen diese Diener silberne Kerzenleuchter mit flackernden Flämmchen. Im dicken runden Turm hatte der Archivar, der auch Hofkaplan war, sein Arbeitszimmer und sah von seinem Schreibtisch auf Baumkronen, die sich wie ein beweglicher Boden dehnten; dahinter war das Land ganz weit, als ob der Park nicht enden wolle. Treutlein Hanni hatte von dem Archivar zunächst nur wenige Pläne und Baurechnungen in die Hand bekommen; aber je öfter sie sich mit ihm unterhielt, desto mehr alte Manuskripte brachte er herbei. – »Ich hab da manchmal so etwas durchschimmern lassen, wissen Sie ... Damit er gemerkt hat, wie ich darüber denke, also beispielsweise über das Protektorat und so; oder über das, was der jetzt mit den Polen macht ...« Und Eugen sagte: »Also, jetzt beginnt der Krieg.« Treutlein Hanni zuckte mit den Augenbrauen, die über der Nasenwurzel zusammengewachsen waren, was ihr gut stand. Die sah halt anders als die andern aus, weil sie auch anders als die andern war; aber das spürte man nur so, und sagen, was es sei, das hätte sie nicht können. – »Und der Wein, den der Archivrat hervorgeholt hat, als ich am letzten Abend dann gekommen bin: Also, ich sag' euch!«

Ihr Sohn lächelte und erzählte wieder mit abwesendem Gesicht. Die lange Abfahrt zum Bodensee, vorgestern an einem heißen Tag, als sie auf ihren Rädern eingetaucht waren ins Wäldergrün und den Geruch der Bäume gespürt hatten, diesen kühlen Hauch: das hatte sich gelohnt. – »Ich bin aber am See von einem Polizisten angehalten worden. Ich hab's halt mit den Polizisten. Und zwei Mark Strafe hat's gekostet.« Über Konstanz waren sie nach Allensbach gefahren, und im Gasthof hatte ihnen die Wirtin Blaufelchen gemacht. Das sei beinah wie ein Abschied gewesen: die Blaufelchen, und dann natürlich dieser Wein im Turm des Schlosses Wolfegg beim Archivrat. »Ich glaub nämlich, daß man mich bald wieder zum Barras holt. Diesmal aber nicht mit Platzpatronen.«

Wieder zuckte Treutlein Hanni mit den Augenbrauen. Ja, die konnte es nicht leiden, wenn er finster von der Zukunft sprach. Sie selbst, Irene Rapp aus Gablenberg, konnte es verstehen, wenn er die Zukunft dunkel sah; freilich wußte man nichts Genaues und ahnte alles bloß. Und für die Treutlein Hanni war es wichtig, so etwas von sich wegzuschieben. Die mußte das doch tun (gewissermaßen verlangt's ihre Seele), denn für sie, als Halbjüdin, sah's finster aus. Für deinen Sohn allerdings auch, weil er doch in den Krieg muß und auch noch als Infanterist. Und wieder einmal merkst du, daß du gar nichts über andre sagen kannst. Es reagiert doch jeder anders. Und deshalb ist auch jeder wahrscheinlich allein.

Doch jetzt saß man beisammen. Eine Windstille, in der jeder horchte. Wenn sie daran dachte, wie die jetzt nebeneinanderhockten, droben in Berlin in dem pompösen Haus, das sich Hitler hatte bauen lassen (mit glitzernden Wandleuchtern und Kronleuchtern, mit spiegelnden Marmorplatten, während zu den Ansichten der leeren Korridore, Säle, Kabinette Wagnermusik gespielt wurde ... So kennst du's aus der Wochenschau), wenn die sich also dort zusammenfanden, um Düsteres auszubrüten gegen Polen, weil sie meinten, danach hätten sie die Macht in Händen (oder etwas Ähnliches), dann schwitzten die, und dem Hitler klebte die schwarze Haarsträhne an der Stirn.

Treutlein Hanni sagte, wieder einmal sei der Eugen in der Zeitung gewesen, also auf einer Fotografie: »Ich mach in Allensbach beim Morgenkaffee das Konstanzer Blattl auf und seh ihn, wie er auf dem Rad sitzt. ›Radfahrer mißachtet Verkehrsregeln‹ steht darunter.« – »Ach, ein arg verwischtes Bild. Man hat mich kaum erkennen können. Und mir ist nachher eingefallen, daß mich da ein junger Kerl geknipst hat. Wie damals in der Königstraße der SA-Mann.«

Beide fuhren wieder weg: Die Treutlein Hanni mit dem Zug, und er auf seinem Fahrrad. Was waren das für Geschehnisse: alles bloß ein Hauch. Und schon längst wieder vorbei, obwohl sie sich vor einer halben Stunde erst ereignet hatten. Jetzt schaust du ihnen nach, als ob der See gerade noch ein bißchen spiegele... Und eine Woche später, als Frau Rapp wieder in Stuttgart war und Eugen fragte, wie es ihm auf der Rückfahrt ergangen sei, kam es ihr vor, als wären die Ereignisse von früher wieder dicht vor ihr, freilich nicht zum Greifen; nur in der Art einer Fotografie, wie festgeklebt und unerreichbar hinter einer dünnen Haut.

Sie sah Altshausen mit dem weiten Schloßhof, hinter dem in einer Villa Herzog Albrecht wohnte, der König geworden wäre, wenn es glücklicher hätte kommen dürfen, als es tatsächlich gekommen war. – »Dann gäbe es auch diesen Hitler nicht«, sagte Eugen und erzählte von dem Gasthof dicht beim Schloß, wo er ein Zimmer mit geschweiftem Sessel gehabt hatte, Sitz, Rückenlehne und Armstützen mit abgewetztem Samt gepolstert, dessen Farbe ihn an helles Heu erinnerte. Diesen Sessel wünschte er sich jetzt in seine Stube, und der Vater sagte: »Wenn du dem Wirt zwanzig Mark dafür geboten hättest, wär der froh gewesen, das alte G'lump los zu sein.« Aber dann hätten ihm doch diese zwanzig Mark für seine Bücher gefehlt; denn Bücher waren ihm immer noch wichtiger als Möbel. Und Frau Rapp freute sich, weil er den Sessel hatte kaufen wollen; dann war es ihm also doch nicht so ernst mit seiner Prophezeiung, nach dem Kriege werde er zu einem Kameraden sagen: »Hier ungefähr wird wohl mein Elternhaus gestanden sein.« Und sie sagte zu ihm: »Ganz ohne Hoffnung, daß du Glück hast, bist du also trotzdem nicht?« – »Ja«, antwortete er, »ich möchte übrigbleiben ... Aber du hast recht. Wie kann ich mir bloß einen alten Sessel wünschen, wenn ich fürchte, nach dem Krieg finde ich unser Haus nicht mehr.«

Wo früher der verlassene Steinbruch gewesen war, hinter den Feldern des alten Gutshofes und hinter der Straße, die ›Am Kochenhof‹ hieß, hatten sie ein weites Gebiet zu einem Park gemacht. Du gehst an einem See vorbei und siehst rötliche Felsen, Blumen, und hörst Musik aus einem neuen Restaurant ... Dort tanzte man am Nachmittag. Leute stiegen aus Omnibussen und gingen zwischen Blumen, als bliebe es noch lange so. Und sie selbst, Frau Irene Rapp, saß zwischen ihren Kindern auf einem Hügel dieses Gartenschaugeländes der Reichsgartenschau. Eugen schrieb eine Postkarte an die Treutlein Hanni, und Margret erzählte, Emil Reisers Mutter sage: »Der Führer holt bloß seinen Korridor, dann ist diese ganze Sache erledigt.« Sie lachte, und ihr Lachen hörte sich rauh an. Eugen stimmte in ihr Lachen ein und zeigte die Karte, die er geschrieben hatte: »Hoffnungsfrohe Grüße, weil unser heißgeliebter Führer sich mit Rußland verbündet hat. Es wird uns künftig nichts mehr mangeln.« Und wieder lachte Margret so, als ob sie ein Mann wäre, erzählte, daß die Leute sagten, solang der Kriegsstern derart dunkelrot zu sehen sei, werde die G'schicht net anders; denn es kam auch noch der glühende Mars dazu und äugte nachts über die Pappel vor Wegenasts Haus schräg gegenüber. In der Wochenschau ging der kleine Molotow durch eine hohe Tür in Hitlers Palast hinein, wandte sich zur Seite, lächelte und hob den Zeigefinger. Dann wechselte das Bild: Durch eine dicke gebogene Röhre rieselte russischer Weizen in einen deutschen Güterwagen, und ein Russe schaute aus einem Lokomotivenfenster; er hob die Hand, als deute er ein schüchternes ›Heil Hitler‹ an. Stalin hatte seinen Uniformrock ohne Rangabzeichen zugeknöpft, saß an einem Tisch und las in einem Papier, während hinter ihm Herr Ribbentrop, das goldene Parteiabzeichen am Revers und die Arme vor der Brust verschränkt, geradeaus sah.

Nachts dann das Telegramm für ihren Mann: »Einrücken zur Standortkommandantur Calw.« Seine Soldatenjacke, in der er Anno achtzehn heimgekommen war, hatte er sich verändern lassen, und die zog er jetzt an, obwohl sie ihm um den Bauch spannte und auch der Kragen zu hoch war. Er sagte: »Ha jo, jetzt wird der Westwall b'setzt«, und sie traute ihm zu, daß er sich freute; zumindest war er neugierig auf das, was kommen würde, animiert, weil sich jetzt schon etwas ereignet hatte.

Die Fahrt bei Nacht im Taxi zum Bahnhof (so arg hätte es nicht pressiert, aber es pressierte ihrem Mann); der leere Bahnsteig, wo der Bummelzug hinausfuhr, indes ihr Mann in Uniform am Fenster stand und militärisch grüßte, weil er sich (in Uniform) nicht mehr zu winken traute: dies alles kam ihr kurz danach wie etwas aus der Zeit zwischen vierzehn und achtzehn vor, also wie vor fünfundzwanzig Jahren. Es war, als habe sich nichts geändert und man müsse mitmachen.

Was bleibt dir schon anderes übrig. Sie ließ es weitergehen, wie es weitergehen sollte, auch wenn sie sich arg ärgerte, was immer wie ein ätzendes Gefühl im Magen war. Hitler fing den Krieg mit Polen an – daß diesmal Deutschland den Krieg angefangen hat, das weißt du jetzt –, und im Ladenstübchen des Cafés breitete ein dicker Mann, eine Karte auf dem Marmortischchen aus und erklärte Emil Reisers Mutter und Tante, wie der Feldzug ablief, wischte mit gekrümmter Hand über das Blatt, um anzudeuten, was der Führer da für Deutschland holte und einheimste, während ostwärts bis dicht hinter Lemberg Russen (»unsere Verbündeten«) den anderen Teil Polens übernehmen oder einkassieren durften. Und Margret schmunzelte und meinte, der Herr schule halt die beiden Frauen im Sinne unsres Führers.

Jetzt mußt du wieder Feldpostpäckchen machen und Feldpostbriefe schreiben. Und sie schrieb ihrem Mann, wie sie immer geschrieben hatte, und der Brief fing an mit »Lieber« und hörte mit »Dein« auf. Seine Karten hatten oben das Wort »Liebste«, unten aber einen Schnörkel, der als »Trl« zu lesen war und eine Abkürzung des Wortes ›treulieb‹ war; also fast dasselbe wie Treutlein, was ›lieber Freund‹ bedeutete.

Sie war froh, weil Eugen noch nicht eingezogen wurde. Am Rhein zeigten die Franzosen Plakate, auf denen »Kameraden, nicht schießen! Wir schießen auch nicht!« stand, und das gefiel ihr nicht; obwohl es klug war, wenn beide Seiten einander gegenüberlagen und nichts taten, mißfiel es Irene Rapp, weil sie wußte, daß die Deutschen alles taten, was der Hitler ihnen sagte; sofort und gleich taten sie es. Und die Offiziere waren von den militärischen Erfolgen wie betrunken; betrunken und geblendet, liefen die dorthin, wo es ihr Hitler wollte. Auf daß dir's weit 'nei graust. Und unterm Kaiser war's genauso. Und ob die jetzt von einem Hitler oder einem Kaiser fortgetrieben wurden, war ihnen wurscht. Sie danken's ihm, daß er sie in den Abgrund treibt.

Daß du so düster in die Zukunft schaust, ist deiner Seele nicht bekömmlich; du wünschest aber, daß der Krieg verloren wird. Dein Sohn wünscht sich dasselbe. Und sie beobachtete ihren Sohn, bis dann im Handumdrehen Polen besiegt worden war und die Engländer und Franzosen gar nichts getan hatten, was den Polen hätte helfen können. Sie sah Bilder der polnischen Regierung in der Zeitung, unter denen stand: »Sie ließen ihr Volk im Stich und flohen feige ins Ausland.« Eugen sagte, so sähen also ›Untermenschen‹ aus, und zuckte mit den Lippen. Auch Abbildungen von gefangenen Offizieren und Frauen in Uniform (alle elegant) waren zu sehen, und Eugen bemerkte:

»Aha, dekadente Oberklasse«; und wenn er solchen als Soldat gehorchen müßte, täte er es gern; aber die gebe es ja bei uns nicht. »Die mit ihren Schulmeisterköpfen ...«, fuhr es ihm heraus, und Frau Rapp dachte an das Foto, das sich ihr Mann für seinen Wehrpaß hatte machen lassen; darauf hatte er einen Bürstenhaarschnitt überm quadratischen Kopf; und daß er sich auch noch dieses Parteiabzeichen an den Jackenaufschlag gesteckt hatte ... »Also, ich kann mir nicht helfen, aber ich sympathisiere mit der dekadenten polnischen Oberklasse«, sagte Eugen.

Du freust dich, weil er so denkt. Sie strich mit der Hand über die Fotografien in der Zeitung und erzählte, daß der Nachbar dagewesen sei und mit zitternder Stimme zu ihr gesagt habe: »Frau Rapp, jetzt bin ich siebenundvierzig Jahre alt und am Westwall in vorderster Linie.« – »Und dabei ist der früher immer so beschwingt in seiner Uniform dahergekommen.« – »Und jetzt weint er mir was vor. Aber, weißt, ich denk: der soll nur merken, wie es ist.« – »Du kannst versichert sein, er merkt es nie.« Und Eugen erinnerte sie daran, wie animiert der Vater aus Calw gekommen war (»In Uniform sieht er was gleich, das geb ich zu«) und gesagt hatte, den französischen Flieger, den sie bei Ludwigsburg abgeschossen hätten, den habe wahrscheinlich der Rudolf heruntergeholt, weil der doch dort die Flakbatterie befehlige. Und sie sah wieder ihren Mann übers ganze Gesicht strahlen, als ob er sechsundzwanzig wäre; während sein sechsundzwanzigjähriger Sohn auf seine Fingernägel schaute, nickte und ans Fenster ging. Er deutete auf den Asternstrauch mit den augengroßen hellblauen Blüten, über denen Bienen brausten: »Das da bleibt immer.«

Er sagte es, als müßte er sich selbst daran erinnern, es sich vorsagen, damit er's nicht vergesse, oder es sich wie ein Narkotikum einträufele, damit es ihn besänftige, ihm etwas vorgaukle und nach Wien entführe; ins kaiserliche Wien, versteht sich, nicht ins heutige. Der brauchte eine ungestörte Stube, und das kaiserliche Wien war für ihn eine solche, obwohl ... Der ging also (freilich nur in Gedanken, anders war's unmöglich, und schon dachte auch sie: leider ...) zurück in ihre Jugendtage, ungefähr dorthin, wo Anna Sutter, Sängerin am königlichen Hoftheater, von einem Offizier erschossen worden war, eine mit zwei Buben, von denen sie zu sagen pflegte: »Neugierig bin ich schon, wie sich mein Kaufmannsbüble mit meinem Barönle mal vertragen wird«; denn ihren Jüngsten verdankte sie dem Baron von Entreß-Fürsteneck. Am Vormittag, als ein Extrablatt verteilt worden war, hatten sich um den Königsbau die Leute in Gruppen zusammengefunden und nur von dieser Sängerin gesprochen.

Frau Rapp spürte die Luft der vergangenen Zeit und wie es sie, dieses Mordes wegen, damals geschaudert hatte; als ob sich ein Verhängnis angekündigt hätte, das erst später ... Und es kam ihr vor, als habe man sich mit der Zeit an so etwas wie Verhängnis gewöhnt, weshalb der Mord einer Sängerin nebensächlich war (deswegen drehte man sich heute nicht mehr um). Und sie hörte ihren Mann erzählen, wie jene Anna Sutter in Donizettis ›Regimentstochter‹ einen Trommelwirbel auf der Bühne geschlagen hatte: »Also, einfach kolossal!« Auch Eugen erinnerte sich des Wortes »kolossal« aus dem Mund seines Vaters und sagte: »Das hat er noch von früher. Ein Casino-Wort. Und jetzt kann er es auch wieder gebrauchen.«

Als wäre seitdem mindestens der Wortschatz von Reserveoffizieren gleichgeblieben. Ansonsten freilich war ihr Mann ein arg optimistischer Mensch; und sehr beneidenswert ... Dem gefiel's, Ortskommandant zu sein (jetzt in Karlsruhe). Der freute sich, weil er nun neue Leute kennenlernte und nichts mehr zu denken brauchte, wie er selber sagte. Kein Wunder, wenn man sein Lebtag nur Schulmeister um sich gehabt hatte und in Zeichensälen vom einen zum anderen Schüler gegangen war. Doch als Major (er war befördert worden) bewegte man sich abends jovial und liebenswürdig in den Weinstuben, weil jetzt noch nichts geschah; man lebte heutzutage und dachte nicht an später. Deinem Mann kommt es nur auf das Heutzutage an.

Sich vorstellen, was später sein wird? Gescheiter wäre, wenn du das nicht tätest.

Sie konnte es freilich nicht und hörte Eugen sagen: »Weil's dir nicht gemäß ist.« Der war wieder in München bei der Treutlein Hanni, und sie hatte sich die Antwort also eingebildet; denn in Gedanken redete sie ab und zu mit ihrem Sohn. Sie verstanden sich, was das Politische betraf, und das war heutzutage doch am wichtigsten. Wenn er sein Studium nicht fertigmachen wollte, konnte sie ihn auch verstehen; denn wer drauf wartete, zum Kriegsdienst weggeholt zu werden, konnte seinen Kopf nicht bei den Büchern haben.

Emil Reiser war als Unteroffizier nach Stammheim eingezogen worden und erzählte, daß er dort ›das schönste Leben‹ habe. Sie waren in der Jugendherberge einquartiert, lagen in Feldbetten, während die Mannschaft sich unten auf Stroh im Massenquartier eingerichtet hatte. Emil war bei der Nachrichtenabteilung, und es gefiel ihm, daß sie nur zuweilen eine Leitung legen mußten, sonst aber nichts taten. Und sie überlegte, weshalb es für den also ›das schönste Leben‹ war. Nun, wenn er sich wohl fühlte ... Und sie dachte an ihren Sohn, der als junger Mann Hände wie ein Fünfzigjähriger hatte, und erinnerte sich, daß die Frau des Schriftstellers Bitter gesagt hatte, daß es nervöse Hände seien, doch war das bei einem wie ihm wohl nicht verwunderlich; bei einem mit zu dünner Haut; und sie sah Emil Reisers Hände an und bemerkte, daß sie denen ihres Sohnes glichen.

So veränderte sich jeder Mensch, sobald er eine Uniform anzog; oder er paßte sich an, weil es nichts nützte, als Soldat empfindlich zu sein. Deinem Sohn kann es nicht schaden, wenn er weniger empfindlich wird; ein bißchen gleichgültiger werden gegen alles, was von außen kommt, das muß schließlich jeder lernen ... Und sie hörte Frau Reiser sagen, ihr könne es bloß recht sein, wenn sie nur Magermilch trinken dürfe, dann werde sie schon nicht so dick.

Mit solchen also konnte man anfangen, was man wollte; einer wie der Hitler hat's mit denen leicht. Ihre Tochter Margret machte im Café Büroarbeit und ärgerte sich oft; oder sie staunte, weil ihr solche Menschen bisher noch nicht vorgekommen waren, obwohl es sich dabei um Leute handelte, die es häufig gab. Doch war es interessant, zu hören, daß es zwischen Frau Reiser und dem dicken Mann im Ladenstübchen oft recht munter zuging, und einmal war Frau Reiser mit einer dick überpuderten Bißwunde am Hals erschienen. Der Vater aber verstand sich mit solchen, biß in einen Wurstwecken und hatte am Kinn ein bißchen Butter; trank stehend sein Bierglas leer und wischte sich über den Mund, nachdem sie zu ihm gesagt hatte, daß dort was hänge.

»Mäusle, jetzt ist man wieder ganz Soldat ... Und die rasche Erledigung der Polen: Also, das hat unsern Feinden zu denken gegeben«, sagte er und erzählte von seiner Arbeit als Ortskommandant: »Was wir da geschwitzt haben in der ersten Zeit! Da ist man mager g'worden.« Zwei lange Straßen hatte er zu Einbahnstraßen erklären lassen, und seitdem klappte der Verkehr. »So, also adieu, ich muß jetzt wieder heim!« Und als sie »Ja, heim ...« wiederholte, sagte er: »Freilich, das ist jetzt meine Heimat, dort hab ich jetzt mein G'schäft!«

Auf einen solchen Mann konnte sich unser heißgeliebter Führer jederzeit verlassen. Die Stimmung im Volk war ausgezeichnet. Und als sie bald danach durch die Stadt ging, hörte sie vor einem Kino einen dicken Mann zu einem Offizier sagen: »Wir warten jetzt schon drauf, bis wir den Sekt zum Sieg trinken können.«

In solchen Vorkommnissen zeigte sich das sozusagen unsterbliche Herz des Volkes sozusagen nackt. Dir graut's davor (die Dummheit, ach, die unsterbliche Dummheit), und wenn du dich daran erinnerst, wie Frau Reiser nach jeder Erfolgsmeldung im Radio gesagt hat: »So ist's recht! No druff auf die Polen!«, drückst du dich beiseite.

Ob es sich einmal ändern würde? Nicht so bald, weil die Erfolge den Leuten gefielen. So etwas war seit neunzehnhundertvierzehn nicht mehr vorgekommen; und damals hatte man ja auch gestaunt. Damals hast auch du etwas wie Stolz gefühlt, bloß ist dein Stolz arg eingeschrumpft, als dann dein Mann mit einem Bauchschuß im Luxemburger Hotel Brasseur g'legen ist; und du hast früh gemerkt, worauf alles hinausläuft... Heute aber quälten sie diese Erfolge, weil sie dem Hitler zugute kamen. Wenn ihr Mann sagte, die Franzosen hätten bei Pirmasens mit zwei Divisionen angegriffen, seien aber ›abgeschmiert‹ worden, dann blieb sie still und schaute auf die Seite.

Dem gefiel das Militärische, der war jetzt wieder einmal ›ganz Soldat‹. Wenn er erzählte, daß er seinen Offizieren gesagt habe: »Meine Herren, selbstverständlich essen wir dasselbe wie die Mannschaft«, und mit seinen Kerlen im selben Gasthofzimmer sitze, gefiel auch ihr das. Einmal kam er mit seinem Fahrer und einem Sanitäter hierher, und sie aßen zu dritt drüben beim ›Weißenhofbäck‹. Hernach aber sagte Margret: »Die Leute... wie scheu die dagesessen sind und gar nichts geschwätzt haben. Da sieht man doch, daß es denen nicht wohl ist, weil sie Abstand haben wollen.« Und sie fragte, wie sich der Vater drüben benommen habe, und erfuhr: »Ha, sehr volkstümlich!«

Einer, der es schaffte, einer, dem es leichtfiel; der kam im Handumdrehen mit seiner Zeit zurecht. Und er gehörte immer noch zum ›Volk‹. Vielleicht war's schlecht, daß sie nicht zum ›Volk‹ gehören wollte (obwohl du weißt, daß du trotzdem dazugehörst); nein, nicht mehr ganz... Und ihr fiel ein, was ihre Putzfrau gesagt hatte: »Daß der alte Mann, der Chamberlain, keine Gewissensbisse kriegt ... Den Engländer sollte man halt zwingen können, daß er zurückweicht.« Die hatte auch das ›Plakat der Woche‹ mit der Fotografie der in Blomberg erschossenen Deutschen gesehen, die breit wie eine Mauer aufgeklebt war, und unter der mit roten Buchstaben, deren Farbe auszufließen und herabzutropfen schien, die Worte »Chamberlains Werk« hingepinselt waren.

Propaganda und Erfolge: Das machte Eindruck ... Und Frau Rapp richtete das Wäschekörbchen ihres Sohnes, legte es mit frischer Wäsche aus und schob einen Kuchen zwischen Hemden und Unterhosen. Ihr fiel ein, daß jemand diesen Wäschekorb, der mit einer durchgezogenen Stange und einem Maderschloß gesichert wurde, ›das Heimwehkörble‹ genannt hatte, dachte an ihre Zeit im Pensionat, damals vor dreißig Jahren in der französischen Schweiz, und beschloß, wieder einmal Lene Silber anzurufen, die Hebamme und Säuglingsschwester war. Mit ihr bist du ein ganzes Leben lang befreundet. Sie ist die Patin deines Sohns, der auch gerne zu Tante Lene ging, die im Dachstock eines Krankenhauses wohnte, wo an der Wand der engen Stube eine Gitarre über einem Myrthenkränzchen hing; wenn sie Geburtstag hatte, sangen Lernschwestern im Gang Volkslieder, und die schwere Arbeit schien danach leichter zu sein. Die Lene Silber brauchte das; dir aber kommt's manchmal ein bißchen verkrampft fröhlich vor.

Dein Eugen ist glücklicherweise noch nicht eingezogen worden. Die holten zunächst alte Soldaten aus dem ersten Krieg und solche, die zwei Jahre gedient hatten, wie Emil Reiser. Auch ein Kollege ihres Mannes, der Sommer hieß, war eingezogen worden und stand bei der Flak in Ludwigsburg. Er schickte eine Karte, auf der stand: »Mein Lieber! Ich nehme an, daß Du wie ich den feldgrauen Rock trägst.« Aber der Rock war doch jetzt nicht mehr feldgrau, sondern grün. Und Rudi fragte auf der Karte: »Wie lange?«, erwähnte, daß es ihm gut gehe, nur tue zur Zeit das Wetter absolut nicht mit. »Wir sind in einer Mordsschmiere« und »Der Tatendrang ist bei uns groß, leider hatten wir aber bis jetzt noch keine Gelegenheit, uns zu betätigen«, ließ Rudi wissen und schloß »mit kameradschaftl. Gruß«.

Also lauter alte Kameraden, die es zwar kernig und rechtschaffen meinten, ihr aber beschränkt erschienen. Freilich, jeder Mensch lebte in den Tag hinein, und du tust auch nichts anderes; weil du nicht weißt, was dir sonst übrigbliebe. Letztlich hatte sie nur diesen Bibelspruch, an den sie jetzt oft dachte: »Werfet euer Vertrauen nicht weg.« Also Vertrauen, daß es zuletzt doch wieder ins reine kommen würde? Vielleicht, obwohl das Reine ... Du kannst dir nicht vorstellen, daß hernach das Reine übrigbleibt; dann war doch alles nur zerstört, zerschunden und beschmutzt. Eine schreckliche Schande bahnt sich an ... Vorstellen konnte sie es sich trotzdem nicht recht; es blieb nur ein trübes Gefühl, und daß es lange dauern werde. »Wie lange?« hatte der Rudi auf seiner Postkarte gefragt, und hernach von einer ›Mordsschmiere‹ geschrieben, weil solch ein Krieg tatsächlich nur eine Mords-Schmiere war.

Wie festigte man sich dagegen? Schon wieder dachte sie ein altmodisches Wort; freilich konnte es möglich sein, daß das Altmodische gewissermaßen eine Illusion von Festigkeit verlieh; weshalb du deiner Tochter raten wirst, daß sie heiraten soll ... Weil Krieg war, mußte geheiratet werden, denn die Heirat festigte doch irgendwie; nur war das Irgendwie entweder nichts oder bloß ein Gefühl. In einem Kriege aber gaben nur Gefühle einen Halt, oder so etwas wie der ›Halt‹ war letztlich auch nur ein Gefühl. Auch im ›normalen‹ Leben breiteten sich nur Gefühle aus, Empfindungen, die vorgaukelten, daß man sich mit den anderen verstand ... Das darfst du deiner Tochter niemals eingestehen, denn sonst entscheidet sie sich nicht zur Heirat. Dein Sohn kann nicht heiraten, weil er nichts ist und Treutlein Hanni eine jüdische Mutter hat. Das durfte überhaupt nicht bekanntwerden. Und er mußte Glück haben, weil er im elterlichen Haus der Treutlein Hanni wohnte, was im kunsthistorischen Institut sogar der Fachschaftsleiter wußte. Ober wußte der's aus irgendeinem zufälligen Glücksfall nicht? So etwas kam zuweilen vor, und hoffentlich war's auch in München vorgekommen.

Vielleicht, daß ihr Sohn nur für einen abwesenden Träumer galt, den sie entweder nicht ernst nahmen oder duldeten, weil er sich mit niemand verfeindet hatte; oder es war einfach so, daß im kunsthistorischen Institut die meisten jungen Leute für diese Mords-Schmiere, die seit dreiunddreißig herrschte, gar nichts übrig hatten.

Margret aber sollte heiraten. Das stand fest.

Fest steht allerdings gar nichts. Trotzdem wirst du so tun, als stünde wenigstens die Heirat fest; und die jungen Leute werden es dir glauben.

Sie wunderte sich trotzdem, daß ihre Tochter leicht zu überzeugen war, wahrscheinlich ihrer fünfundzwanzig Jahre wegen; die meinte nämlich, fünfundzwanzig Jahre seien für eine wie sie zuviel, weil sie sonst überständig werde. Auch handelte es sich um die Bilanz einer nüchternen Überlegung, wenn Frau Rapp zu ihr sagte: »Wer weiß, ob wir dann später noch für eine Aussteuer Geld haben werden.«

So festigte also der Krieg den Entschluß für eine Verbindung, vor der nur Emil Reiser zögerte; denn er bemerkte nebenbei und rasch (so war es seine Art), es sei doch alles unsicher in einer solchen Zeit, also im Krieg; denn, ob er zurückkomme...

Sie konnte nichts dagegen sagen und überhörte deshalb seine Worte. Oder hätte sie erwidern sollen, zu zweit überlebe es sich leichter, weil... Doch was sie hätte sagen können, war nur das Gefühl, daß es so sei, wie sie es sagte. Und weil sie schon die Kataloge für die Möbel bereit hatte, konnte sie Emil ablenken, der – »Also, ich meine: Wenn es schon sein *muß*« – die Möbel lieber von einem Architekten entwerfen lassen wollte, als »so etwas« zu kaufen, wobei er auf den Katalog wies.

Gut; auch wenn's dann teurer wurde, war sie einverstanden; und daß Emil etwas Solides haben wollte, das gefiel ihr. Sie erinnerte die beiden an Professor Schneck, der vor achtundzwanzig Jahren ihre Möbel gezeichnet hatte; und die könne man auch heute noch anschauen. Schneck war damals nur ein kleiner Architekt gewesen; heute, als Professor an der Technischen Hochschule, würde er für eine solche Arbeit wahrscheinlich viel mehr verlangen; weil aber Krieg war, sollte es ihr recht sein.

Demnach begann Margret ihr Eheleben mit einem, des Krieges wegen, nur selten anwesenden Mann, und Frau Rapp hatte das Gefühl, als ob es ihrer Tochter grause. Für die gab's kein glückliches Lächeln unterm lang wehenden Schleier, obwohl auch sie ein weißes Kleid anhatte. Und Emil kniete nicht im grünen Ehrenkleide am Altar. Er hatte sich doch zum schwarzen Rock entschlossen, vielleicht, weil du (als Schwiegermutter) ihn dazu überredet hast; denn so ein bißchen stolz auf seine Silberlitzen war der Emil schon, obwohl er keine sogenannte Ausgeh-Uniform mit lackiertem Lederriemen hatte. Wenn du zurückdenkst an die Friedenszeit, damals im Jahre elf, als du, wie heute deine Tochter, vor dem Fotografen g'standen bist ... dann weißt du, daß sich die Kostüme und die Ehrenkleider kaum verändert haben. Ansonsten freilich ... Also unbehaglich ist es dir auch damals g'wesen, nur hast du nicht so nüchtern in die Zukunft g'schaut wie deine Tochter. Kein Wunder, damals in der königlichen Zeit, obwohl du dich an keine Illusion von Anno dazumal erinnerst; vielleicht, daß auch du keine Illusion gehabt hast. Weil dein Vater seit einem Jahr tot war und deine Mutter bald danach ins Krankenhaus nach Ludwigsburg gekommen ist, sind deine Hochgefühle bei der Hochzeit schwach gewesen.

Siegfried Bareis, Vaters Freund, hielt eine Rede und hatte seine Orden oder Distinktionen aus dem ersten Krieg als Sternchen und Kreuzchen an einem Kettchen unterhalb des Knopflochs am Rockaufschlag hängen; er fand beim Reden den richtigen Ton (herzlich und fest). Frau Rapp blieb der Satz in Erinnerung: »Ich kann es nur bedauern, daß ich selbst heute nicht mehr bei diesem großen Geschehen, das sich anbahnt, mitwirken kann«, und sie dachte: der spricht kernig.

Ihr Mann war, wie es sich geziemte, in Majorsuniform gegenwärtig; auch er fand aufmunternde Sätze. Seine neuen Schulterstücke, diese glitzernden, wie zuckriges Gebäck gewirkten, an Brezeln erinnernden Rangabzeichen paßten zum Wein und zum Essen im Café, das, dieser Familienfeier wegen, geschlossen war und mit seiner gläsern verkleideten Säule auch dazugehörte; denn ihre Tochter hatte in ein Geschäftshaus geheiratet und meinte, als Geschäftsfrau brauche sie nicht so zu sparen wie als Gattin eines Studienrats; und das war vielleicht eine Hochzeits-Illusion.

Die Möbel hatte Professor Schneck entworfen. Das junge Paar wohnte im ersten Stock überm Café. Und wie bald war der nächste Frühling da. Jetzt hatte Eugen seinen Gestellungsbefehl nach Neuburg an der Donau erhalten, war bald danach im alten Schloß, einem imposanten Bauwerk mit Wendeltreppen und Ecktürmen, einquartiert und schrieb, er komme sich hier wie im Künzelsauer Seminar vor, das auch in einem Schloß... Sein Hauptmann war Volksschullehrer und erklärte bei einer Nachtübung den Sternenhimmel. »Wie seinen Kindern«, sagte ein Münchener Schneider, denn jetzt war er mit einem Schneider namens Linner, dem Metzger Sölch, der sich als ›Kuttelwascher‹ bezeichnete, einem Kürschner, der Pongratz hieß, und dem Zimmermann Michel Zoglauer zusammen, als ob sie alle mitten in derselben Kleinstadt aufgewachsen wären. Oder schrieb er all dies nur, damit sie sich von keinen Kümmernissen bedrängt fühlen sollte?

Zuzutrauen war's ihm schon, obwohl sie dann in Trossingen bemerkte, daß er frisch aussah, gebräunt war und jünger geworden schien; denn Anfang Mai fuhr sie mit Margret nach Trossingen, wo Eugens Kompanie jetzt in Reserve lag; so hieß man das, obwohl Rapp Eugen wie viele andere Soldaten, beispielsweise der Zoglauer Michel, dieser Zimmermann, Sölch Sepp, der Metzger oder Kuttelwascher, und Pongratz Rudi, der von Beruf Kürschner war, nur nachts zum Liegen kamen. Eugen wohnte bei einem Eisenbahner, hatte dort eine Dachstube in der Siedlung, die gerade noch fertig geworden war und deren Gärten kahl und ohne Zäune sich ausstreckten. Wahrscheinlich wurde durch den Krieg das Aufstellen der Zäune hier verzögert, und auch die Straße sah wie ein Sturzacker aus.

Die Frau des Eisenbahners sagte: »Wir haben uns ein Leben lang ein Kind gewünscht, und jetzt haben wir also doch noch eines bekommen.« Daß Eugen damit gemeint war, erschien ihr kurios, doch war sie froh, weil er in den Trossinger Tagen jemand gefunden hatte, bei dem er zu Haus war. Und diese Kachelofenwärme einer Sympathie bedeutete in dieser miesen Gegenwart (sage es deutlich) den einzigen Besitz. Über Sonntag hast du deinen Sohn gesehen, und er ist dir fast noch abwesender vorgekommen als daheim. Der stand in der Dachstube des Siedlungshäuschens eine halbe Stunde früher auf, um in seinem orangefarbenen Mörike-Gedichtbändchen zu lesen, und sein Hauswirt, dieser Eisenbahner, sagte: »Dees ka i net verstanda. Do dät i liaber flacke bleibe.«

Von Trossingen kam er nach Sigmaringen, und Treutlein Hanni, die ihn dort besuchte und eine Woche lang in Sigmaringen blieb, beschrieb ihr alles so genau, daß es sie wärmte; denn jetzt war es in Frankreich losgegangen, und Eugens Chef beim Ersatzbataillon war im Zivilberuf Beamter der Gestapo. – »Seit heute morgen hören Sie dort drüben die Abschüsse unsrer Schweren«, sagte der zu seinen Leuten und zeigte in blauhügelige Ferne, als sie am Maschinengewehr Lauf- und Schloßwechsel übten. Wie genau Treutlein Hanni über Militärisches Bescheid wußte: geradezu bewundernswert. Die paßte auf, wenn

Eugen etwas sagte, und ihr schien er sogar über sein Waffenhandwerk etwas mitzuteilen.

Es gab also noch anderes für ihn als Lauf- und Schloßwechsel am Maschinengewehr in Rekordzeit machen müssen, das Sturmgepäck packen, den Brotbeutel waschen und sich mit kurz geschorenem Haar und tadellos rasiert dem Herrn Leutnant (von der Gestapo) zu präsentieren, der jedem dicht an das Kinn schaute und am liebsten mit den Fingern geprüft hätte, ob er keine stachligen Backen hatte; doch war es immer noch verboten, Untergebene anzufassen. Der schöne und große Leutnant, ein imposanter Mann, hatte sich als Putzer, Burschen oder Ordonnanz (sie wußte nicht genau, wie das heutzutage beim Barras hieß) einen Häßlichen ausgesucht, der Straßenarbeiter war und den er grob behandelte; das brauchte solch ein schöner Leutnant halt. Und Eugen wurde in die Schreibstube versetzt, um dort Rechnungsführer zu machen. Nach einer Woche hatte er genug davon (der kam doch mit den Zahlen nicht zurecht) und meldete sich wieder ab, sagte, er könne das nicht machen, und er wolle wieder zu den andern; obwohl während seiner einwöchigen Schreibstubenzeit der schöne Leutnant zu ihm sehr freundlich gewesen war und ihn behandelt hatte, als wäre er ihm gleichgestellt. Aber das magst du halt von einem, der bei der Gestapo ist, net leiden ... Weshalb er froh war, als ihn der vor den andern beschimpfte oder zusammenschiß, angeblich, weil sein Haar zu lang sei, in Wirklichkeit aber nur, weil er nicht mehr zu diesen Auserwählten in der Schreibstube hatte gehören wollen; oder jener Leutnant merkte Eugens Abneigung gegen einen, der arg schön und im Zivilberuf bei der Gestapo war. Nicht umsonst hatte der Feldwebel über ihn hinweggesehen und einen Uniformknopf auf und zu und wieder auf und wieder zugemacht, als er ihm gesagt hatte: »Ich will wieder zur Kompanie.« Der hatte schon gewußt, daß sich das schlecht für ihn auswirken konnte. Und Pongratz Rudi, der Kürschner, hatte ihn wissen lassen: »Daß du dort weggegangen bist, ich mein' jetzt: aus der Schreibstub'... das versteh ich nicht. Dort hättst du dich jedenfalls ausgeruht.«

Mit dem Leib schon; da hatte Pongratz Rudi recht, aber sonst nicht; die Seele kommt auch noch dazu; und deine Gedanken willst du für dich selber haben (gewissermaßen); in der Schreibstube hättst du mit deinen Gedanken dienen müssen. Mit denen aber dienst du nie... Du weißt, daß er dies denkt, du kennst ihn doch. Nicht umsonst kennst du dich in den Gedanken deines Sohnes aus.

Treutlein Hanni wohnte im Hotel, der Schreibstube gegenüber. Hinter der Schreibstube war ein Marstall des Fürsten von Sigmaringen, und das Pferd des Majors stand darin neben den Pferden des Fürsten. Solch einen fürstlichen Stall sehen, ein Sandsteingewölbe mit frisch aufgeschüttetem Stroh in den Boxen, glänzenden Pferdeleibern, alle tadellos gestriegelt, die Wärme des Stalls spüren, Pferdeschnauben und Flitzen eines gekämmten Schweifs hörcn, das war gewissermaßen ein Hauch schönen Lebens. Und alles, was sonst selbstverständlich war und für gewöhnlich kaum beachtet wurde, erhielt einen Glanz neben dem Dienst und Drill. So beschrieb Treutlein Hanni einen Abend im Quartier des Sölch Sepp, dieses ›Kuttelwaschers‹, der bei einer jungen Frau wohnte, einer, deren blaue Augen etwas hatten... also gewissermaßen eine Seltenheit; die Wärme halt, das, was man nicht beschreiben konnte. Ein dunkelblaues Seidenkleid hatte die angehabt, als die Soldaten Sonntag nachmittags bei ihr gewesen waren. Und Kuttelwascher empfing sie im Pullover, sagte zu Eugen: »Schliaf in d'Hausschlappen eini«, und jeder zog die Stiefel aus und machte sich's in Hausschlappen bequem oder ging strumpfsockig herum. Kuttelwascher zeigte aufs Klavier: »Und wann du spielen willst...«, doch konnte Eugen das halt leider nicht.

Merkst jetzt, daß es besser gewesen wär, wenn du bei mir Klavierspielen gelernt hättst? Du bist doch musikalischer als deine Schwester, dachte Frau Rapp. Über eine Fotografie, die Treutlein Hanni ins Kuvert gesteckt hatte, schmunzelte sie, weil Treutlein Hanni darauf deplaziert dreinschaute (recht verlegen halt) und Eugen den Mund schief zog; die andern aber lachten breit. An der Wand hing ein Brautbild, und am elegantesten sah dieser Linner aus, der Schneider mit dem roten Haar und dem schmalen Gesicht, gewissermaßen an einen feinen Engländer erinnernd, obwohl er bloß aus München war. Linner hatte eine Frau dabei, eine Breite mit ondulierten Locken, die mindestens zehn Jahre älter war als er. Recht linkisch stützte Eugen hinter Treutlein Hanni den Ellenbogen auf eine Stuhllehne. Kaffeetassen standen auf dem Tisch.

Aus dem Brief der Treutlein Hanni erfuhr Frau Rapp, daß Eugen bei einer älteren Witwe wohnte, was Treutlein Hanni sicher ganz besonders recht war, obwohl ... Nein, Angst zu haben, daß er nach einer anderen schaute, das brauchte sie nicht; dafür war Eugen viel zuwenig sinnlich, sozusagen; auch engte ihn der Militärdienst ein. Trotzdem war es, sogar für sie als Mutter, recht beruhigend, daß er bei einer älteren Witwe einlogiert war, die auch noch Treutlein Hanni ins Haus aufnahm. Sie wohnten in zwei Dachstuben, er herüben und sie drüben überm Gang. Abends kam er im Drillichkittel den Weg an den Gärten entlang, und sie schaute aus dem Fenster; sie winkte ihm. Doch brach sich bald danach die Frau das Handgelenk, als sie der Treutlein Hanni ein Handtuch über die Treppe bringen wollte, und Treutlein Hanni sagte immer wieder: »Hätt' ich mir doch das Handtuch selber g'holt.«

Aber solche Selbstbeschuldigungen nützten nichts. Es hatte sich so eingestellt, wie sich für ihren Sohn der Marsch nach Frankreich dann eingestellt hatte und sie nur selten etwas von ihm hörte. Einmal schrieb er aus Luxemburg, er habe sich mit dem Besitzer einer Buchhandlung und dessen Frau offen unterhalten können, ungezwungen sozusagen (da hat er also auf den Hitler g'schimpft). Und bald danach bekam sie den Brief einer Frau Haussemer d'Huart, die ihr von Eugen erzählte. Das war für Frau Rapp ein Geschenk. Und sie bedankte sich bei der Frau Haussemer, weil sie sich ihres Sohnes angenommen hatte, versuchte, sie merken zu lassen, daß ihr all dieses Neue fremd, ja widerwärtig sei und sie nicht daran denken wolle, wie Frau Haussemer sich fühle, wenn nun deutsche Truppen in Paris einzogen; denn das war jetzt geschehen.

An einem klaren heißen Tage fuhr sie mit Margret nach München. Jetzt war sie bei der Treutlein Hanni eingeladen. Und ein bißchen unbehaglich war's ihr schon (so neue Leute kennenlernen, und ob man sich mit denen auch verstand?), doch dachte sie, sich anders machen, als sie sei, das könne sie halt nicht. Und deshalb gehst du aufrecht in das Haus hinein, auch wenn du klein bist.

Außen war das Haus dem in Stuttgart ähnlich, aber innen ... sapperlot! Die Teppiche, die alten Möbel ... Das Gespräch ging leicht (du kannst reden, wie du denkst, und atmest auf).

Sie saßen in Treutlein Hannis Zimmer bei bemalten Tassen mit Goldrändern, und die Balkontür stand offen. Treutlein Hanni sagte, sie meine, es habe geläutet, und ging hinunter. Dann kam Eugen in Uniform herein, den Wäschebeutel in der Hand.

Sie erschrak, es kam ihr vor, als bilde sie sich alles ein. Dazu das helle Licht im Zimmer mit den Biedermeiermöbeln, den blumenbemalten Tassen, und daß ihr nun ihr Sohn die Hand gab, ein Mann mit einem wie gegerbten Gesicht, die Falten um den Mund scharf eingegraben, einer mit Nickelbrille ... Aber er war's. Er kam aus Schongau, im Seitenbau des Klosters hatte er auf dem Dachboden einen Strohsack; er wollte nicht in einem Privatquartier schlafen, weil er dort den Leuten alleweil vom Frankreichfeldzug hätte was erzählen müssen: »Ach, das mag ich nicht.« – »Und eigentlich paßt das zu ihm«, sagte Treutlein Hanni, und er erzählte von Schongaus moosbelegten Dächern, auf die er, wie als Bub in Künzelsau, hinausschauen könne, obwohl so etwas niemand interessierte. Denn sie wollten doch jetzt alle wissen, wie es ihm ergangen war.

»Lieber wär mir, wenn ich mich jetzt duschen dürfte. Und ich freu mich auf einen Kaffee mit recht viel Kuchen.«

Sie meinte, er habe sich den Soldatenton angewöhnt, doch als er später am Tisch saß, erschien er ihr wie früher. Zuweilen schaute er sich abwesend im Zimmer um und fing auch an, von Frankreich zu erzählen; zwar hätten sie nur einen Toten in der Kompanie gehabt, aber das Marschieren sei kein Schleckhafen gewesen. »Jeder hat eine dicke Staubschicht im Gesicht gehabt wie Puder mit Schweißrillen; eine Maske... Bloß noch Masken hab ich g'sehn.«

Treutlein Hanni fragte nach den andern, die in Trossingen und Sigmaringen dabeigewesen waren, doch hatte er von denen keinen mehr gesehen: »Wir sind auseinandergerissen worden. Die haben uns doch in La Malmaison an andre Kompanien aufgeteilt.« (Langsam kam er wieder hinein ins Vergangene.) »Daß es ungefähr sieben Wochen her ist: Eigentlich merkwürdig...« Und er erzählte vom Roderich Snekal aus Wien, der Jussy genannt wurde und der den Hitler und das Geschrei der Massen bei einer Kundgebung nachmachen konnte; und daß die Artillerie dreimal in einen Wald hineingeschossen hatte, worauf ein ganzes Regiment Franzosen herausgekommen war, die Offiziere allesamt in Simca-Wagen, hinten auf den leeren Sitzen Konservendosen, Zigarettenpäckchen. »Die waren schlau. Und beneidet habe ich sie arg.« Morgens um fünf war er in einen Wald hineingetappt, das Gewehr umgehängt und auf der rechten Schulter einen Munitionskasten fürs EmGe (so sagte er statt Maschinengewehr). Da waren um ihn an die dreißig die Hände hochstreckende und schreiende Franzosen: »Camarades, ne tirez pas!« – »Womit ich bloß hätt' schießen sollen, wenn ich das Gewehr doch umgehängt gehabt hab, das frag ich mich noch heute. Ja, ich hab enorme Heldentaten vollbracht. Wieder einmal ist es nur ein Schwindel g'wesen... Und ich hör noch das Trompetensignal über die Wälder bei Nancy kommen, immer näher ist's herangesickert, hat sich fortgepflanzt, und die Franzosen haben g'sagt: Das heißt ›Feuer einstellen!‹ Merkwürdig, so der klare Morgen überm Wald. Und den Hügel hinunter, auf einem schmalen Weg alles voll Franzosen, einer hinterm andern, ein Heerwurm und ein ganzes Regiment ... Und wir sind eine Kompanie gewesen.« Und er sagte, wenn die angegriffen hätten, dann säße er heut wahrscheinlich nicht hier. »Es soll aber ein großer Sieg sein, ein deutscher.«

Er schaute auf das Tischtuch. Margret sagte: »Dann ist es bei euch also auch nie kritisch worden?« – »Eigentlich nicht ... Es glückt dem Hitler immer wieder. Deprimierend halt ... Ich hab immer g'hofft, die Franzosen würden es dem Hitler endlich einmal zeigen. Freilich hätten sie's dann nicht dem, sondern nur uns gezeigt ... Und als wir an den riesigen Bunkern der Maginotlinie einfach vorbeimarschiert sind ...« Er zuckte mit den Schultern. Margret wollte wissen, wie das mit dem einzigen Toten passiert sei, den sie gehabt hätten, und er sagte: »Daß das Wetter auch so schön gewesen ist ... Grad, als hätt er's auch mit Spionage vorbereitet; denn die Franzosen hat er ja mit Spionage fertig'macht ... Ich werd nie vergessen, wie es geheißen hat, Paris sei heim ins Reich gekehrt ... Da sind wir in einem Wald gelegen ...« Das mit dem Toten aber hatte sich so abgespielt, als wär es nebenbei geschehen. Es hieß: »Gruppe Köbele sichert den Ortsausgang nach Westen«, und er ist also bei der Gruppe Köbele. Der Köbele war Maurer; er hatte sich die Ärmel hochgekrempelt, einen roten Schal um die Stirn gebunden und wie Eugen einen argen Durst gehabt, weil sie zuvor gesalzenen Schinken und Schokolade gefunden und beides gegessen hatten; dazu die Hitze ... Also, sie gehen an den Ortsausgang, stellen das EmGe neben dem Straßengraben ins staubige Gras und warten. Es geschieht nichts. Da sagt der Köbele: »Rapp, du kannst doch Französisch. Also, du klopfst drüben an dem Haus, vielleicht, daß wir was zum Saufen kriegen.« Sie lassen das Maschinengewehr und die Gewehre im Gras liegen, Eugen klopft gegenüber an einem weißen Haus mit zugeklappten Läden, und es wird aufgemacht. Es sind bloß zwei arg bleiche Mädchen drin. Schnabel Roland greift der einen an den Busen, Eugen sagt ihm, daß das schlecht sei, weil sie doch etwas zu trinken betteln wollten. Und sie bekommen Mineralwasser und Likör, einen Cassis aus schwarzen Johannisbeeren, sitzen in der kühlen Stube hinter verschlossenen Läden, und auf dem Kamin klingelt die Stutzuhr; trinken, und eines der Mädchen sagt, daß sie aus Nancy und hier bei einer Tante in den Ferien seien. Da schießt es draußen, die Mädchen greifen sich an den Mund, und die Soldaten laufen hinaus, über die Straße zum EmGe, zu den Gewehren, doch hat sich dann nichts mehr gezeigt. Oben im Dorf hatte es sich abgespielt, und andere haben nachher erzählt, ein Auto mit Franzosen sei hereingefahren, und die hätten geschossen, ein Stoßtrupp. Und dabei hatte es einen erwischt, obwohl der Lastwagen mit den Franzosen vom Mayer Johann mit einem EmGe abgeschossen worden war. Der Mayer Johann hatte sich hinter einen Brunnen aus Gußeisen gelegt und geschossen, und Staudigl sagte später, daß es lauter große und schöne Burschen gewesen seien, saubere Mannsbilder. Eugen aber sitzt im Straßengraben bei den andern und bewacht den Ortsausgang; guckt sich um und sieht dicht hinter sich neben einem Scheunentor ein weißes Taschentuch an einem Weidenstecken sich immer wieder auf und ab bewegen. Er sagt zum Köbele: »Da guck!« Sie stehen auf, schauen hinein in die Scheuer, und dann stehen dort auch wieder an die dreißig Franzosen beieinander, lächeln ängstlich und haben ihre Waffen sauber auf dem Boden ausgelegt; ein Gewehr neben dem andern, dazu Munitionskisten und Handgranaten und Pistolen; was man halt so bei sich hat. Alles fast idyllisch.

»Aber das ist doch net alles«, sagte Margret.

»Ja, du liebe Zeit, langt's dir no net?«
»Komm, erzähl weiter.«
Und unschlüssig erzählte er, aber nicht mehr von Gefechten oder wie man's heißen wollte; und eigentlich war es auch besser so. Aber wie sie einzogen in Landsberg, der Hauptmann mit dem dicken Kopf hoch auf dem Gaul, das war bemerkenswert. Es ging hinein in diese alte deutsche Stadt, grad wie im fünfzehnten Jahrhundert. Der Hauptmann war Zahnarzt in Landsberg und hieß Buback, obwohl es dort im fünfzehnten Jahrhundert keinen Zahnarzt gegeben hatte (»da hat das halt der Bader g'macht«). Heute aber war der Zahnarzt Hauptmann. Und sie marschierten hinein ins winkelige Landsberg, kamen vom Schwarzwald und noch weiter her, aus Frankreich; und im Schwarzwald waren Feriengäste vor den Häusern g'sessen; die Frauen hatten nach Kaffee gefragt, aber wer von diesen Soldaten hatte in Frankreich an so etwas gedacht? Ein paar natürlich schon. Und manche hatten auch anderes mitgenommen, aber Eugen war nicht mal der Kaffee eingefallen; der hatte bloß ein weißes Handtuch mit roten Streifen brauchen können; und einer hatte ihm eine Pistole, noch im Ölpapier, geschenkt. Am meisten hatte er sich über einen deutschen Schulmeister im Schwarzwald gefreut, weil der im Gärtchen eines Hauses unter dickem Strohdach gesessen war, in einem Buch gelesen und nicht einmal aufgeschaut hatte, als sie vorbeimarschiert waren: »Wahrscheinlich hat der über alles so wie ich gedacht. Oder er hat 'dacht: i guck euch net a, sonst werdet ihr bloß no meh eigebildet... Das hat mich g'freut.« Und die Pistole hatte er gegen eine französische Reithose eingetauscht, die ihm zu eng war. Und er erzählte wieder von Landsberg am Lech, wo die Einwohner Fahnen herausgehängt hatten; diese roten Lappen mit dem verbogenen Kreuz; wenn doch wenigstens eine Bayernfahne drunter gewesen wäre, eine mit weißblauem Rautenmuster... Und der große, breite Köbele wurde von einem Mädchen umarmt, wahrscheinlich von einem Bäsle, mit der er nichts

hatte; das merkte man doch gleich, aber trotzdem wurde der Köbele rot. Leute standen dicht beisammen auf dem Trottoir und hingen aus den Fenstern. Mädchen hoben ihre Zeigefinger, wenn Mayer Johann mit dem Band des Eisernen Kreuzes im Knopfloch an ihnen vorbeiging; und das Band war blutig rot. Im ersten Krieg war's nur schwarzweiß gewesen, beinahe wie ein Trauerband und deshalb ehrlicher; vornehmer vielleicht auch. Jetzt aber mußte alles rot sein, sonderbar. Doch hatte späterhin in Schongau einer von den Einwohnern gesagt, was sie denn wollten: *einen* Toten? Also das hätten sie damals am Kemmel jeden Tag gehabt.

Gut so, dachte Eugen, denn jetzt gebärdeten sich manche eingebildet, meinten, daß sie schwere Kämpfe überstanden hätten, oder redeten wenigstens so, wo doch alles manchmal lächerlich gewesen war. Die Übertreibung blühte in Wirtshäusern, aber die gehörte auch dazu. Weshalb Eugen der Steinhilber, dieser lustige Kerl (»so groß, wißt ihr, und schlank, mit einem feinen G'sicht«), am besten gefallen hatte, weil der jetzt davon sprach, wie ihn daheim (in Kempten) seine Stiefel furchtbar gedrückt hatten, als er einen Nikolaus gemacht hatte: »Deshalb hab ich sie ausgezogen und bin barfuß im Schnee nach Haus gelaufen. Was glaubt ihr, wie die Buben hinter mir dreingesprungen sind und gejohlt und gelacht haben!« Oder Welzmüller, der immer ohne Strümpfe marschiert war und bei jeder Rast die Stiefel von den nackten Füßen weggeschlenkert hatte; Welzmüller, ein Bau-Hilfsarbeiter und ein prächtiger Kerl. Steinhilber aber, der war in der Früh so gegen sechs, als Eugen vor dem Schongauer Kloster Wache schob, herbeigeschlichen und hatte gezwinkert: »Laß mi nei. I komm vom Mädle«, denn Steinhilber schwätzte Allgäuer Schwäbisch. Merkwürdig aber war der Schnabel Roland, der das Maschinengewehr getragen und sich von den andern ferngehalten hatte; weshalb die sich alle wunderten, als er dann Eugen allerlei erzählte, also beispielsweise, daß er überall herumvagabundiert war; halt als Landstreicher, der bis Sizilien gekommen war. Wenn ihm das Geld ausging, dann ließ er sich vom deutschen Konsulat nach Haus schicken. Auf dem Güterbahnhof in Wien aber war er einem Polizisten, der ihn begleiten mußte, zwischen den Waggons davongelaufen, denn dieser Polizist war dick gewesen.

Sie freute sich, weil er nun beim Erzählen etwas hereinbrachte, das zwar vergangen war, aber zur Gegenwart gehörte, etwas von draußen her, jenseits der Stube, in der man hockte. Hinter der Luxemburger Grenze war ihm jedes Haus sauberer erschienen und das Gras frischer; alles hatte appetitlicher geschmeckt. Eine Zigarette mit schwarzem Tabak zum Beispiel hieß ›Africaine‹ und schmeckte freilich rußig oder wie Kaffeesatz; aber etwas Besonderes war sie halt doch. Am Weg hatte er jede Illustrierte aufgehoben, weil in diesen Illustrierten Menschen fotografiert waren, die er beneidete. Einer namens Hicker, ein Schuhmacher, ein rechtschaffener Mann mit verkniffenem Mund, hatte ihn einmal an der Schulter gerissen, als er eine solche Illustrierte aufgehoben hatte. Der Hicker hatte g'sagt, Eugen blamiere die Wehrmacht, wenn er nach jedem bedruckten Fetzen französischen Papieres laufe (so ungefähr); denn dieser Hicker war ein bewußt deutscher Mann, der sich für Eugen schämte. – »Ich hab ihn fast verstehen können, aber widerlich ist er mir trotzdem g'wesen. Und wie!«

Frau Rapp wollte nun über Frau Haussemer in Luxemburg etwas hören, und er erzählte ihr's. Da hatte er sich vom Besitzer einer Buchhandlung den ›Henry Quatre‹ von Heinrich Mann geben lassen, bloß um mal hineinzugucken, denn kaufen konnte er sich das Buch nicht; und dann wär's auch zu dick gewesen fürs Gepäck. Aber offen reden mit dem Mann, der einen Zwicker trug, das hatte er trotzdem können, weil der Laden leer war. Seine Frau kam dazu und sagte, ob sie das Gespräch nicht in ihrer Wohnung fortführen wollten, und das war für Eugen ein großes Geschenk. In der Wohnung hatte Madame

Haussemer d'Huart einen Biedermeier-Sekretär. Und Eugen saß bequem und rauchte englische Zigaretten. Daß es ihm grauste vor dem Militär, gefiel den Haussemers, wahrscheinlich, weil sie gedacht hatten, solch einen gebe es unter den Deutschen nicht; sie hatten sich das überhaupt nicht mehr vorstellen können. Da war also einer anders als die andern, obwohl es unter den deutschen Soldaten solche wie den Eugen noch genug gab. Frau Haussemer hatte eine rosa und weiß gestreifte Wolljacke an, wie es sie in Deutschland nicht mehr gab. Um acht Uhr aber mußte er in der Turnhalle sein, wo sie auf Stroh schliefen. Doktor Haussemer begleitete ihn, schwitzte, weil's pressierte, und seine Glatze lief rot an. Eugen war's arg, daß der sich so abzappeln mußte, aber Doktor Haussemer wollte ihn zu der Turnhalle bringen und ließ sich unterwegs nicht überreden umzukehren.

Das war also damals gewesen, und jetzt war wieder eine andre Zeit. Eugen bekam ›Wirtschaftsurlaub‹, und wie er das geschaukelt hatte, das war eine andere Geschichte. – »Mit einem Schwindel halt. Ich hab gesagt, ich sei Schriftsteller. Da haben sie mich als Schriftsteller beurlaubt wie die Schuster, Schneider undsoweiter. Und der Jussy – er heißt Roderich Smekal und ist aus Wien – der hat zu mir gesagt: ›Sapperlot, was du als Schriftsteller der deutschen Wirtschaft nützen wirst...‹«

Die Schwierigkeiten hatten sich erst hintennach herausgestellt, weil er doch einen Stempel auf der Bescheinigung brauchte, daß er seine Arbeit (als Schriftsteller) wiederaufgenommen habe. Deshalb war er zur Polizeiwache gegangen und hatte zu dem Polizisten gesagt, daß er mit schwierigen Arbeiten beschäftigt sei, und hörte den anderen erwidern: »Das kann ich Ihnen nicht bescheinigen.« Seltsam, daß er schließlich doch den Stempel auf den Schein gehauen hatte, womit zunächst alles in Ordnung war. Doch dann bekam er eine Vorladung aufs Rathaus »zwecks Erhebung der Bürgersteuer« und fand sich zwischen gebückten Weiblein und dickhändigen Männern, deren Hemdkragen unterm Adamsapfel von einem roten Flaschengummi um den Kragenknopf zusammengehalten wurde, stotterte dem Beamten etwas vor, erklärte, daß er für seine gedruckten Gedichte nichts bekommen habe (»dees is zweng,« sagte der Beamte) und erwähnte, daß er Student sei; worauf sofort alles ganz anders war und der Mann sagte: »Dann schreiben'S das ans Bürgermeisteramt, und die Steuer wird abgesetzt.«

Ihr gefiel es, daß er sich so durchgewunden hatte, denn in einer Schwindelzeit mußte jeder irgendwie versuchen, sich hindurchzudrücken; lange würde ihm das sowieso nicht mehr gelingen. Womit du wieder einmal recht gehabt hast ... weil er jetzt schon wieder eingezogen worden ist.

Sie hatten ihn im März geholt, und Margret würde im nächsten Jahr ein Kind bekommen. Und die, die im Krieg ein Kind in die Welt setzten, waren arg mutige Menschen. Was hatten doch diese jungen Leute für eine Jugendzeit, obwohl es für dich damals auch nicht gerade sonnig gewesen ist. Zwar hast du deine Kinder vor dem Krieg bekommen, sie aber auch in einem Krieg aufziehen müssen; zum Glück freilich in keinem solchen wie dem jetzigen ... Und sie überlegte, woher es komme, daß jetzt die Kriege immer gemeiner wurden (das Ritterliche war ganz weggewischt), obwohl doch überall nur Rechtsanwälte, Schulmeister und Journalisten in den Regierungen saßen, allerdings auch Asoziale wie der Hitler. Aber wenn du einmal annimmst, früher hätten diese Adligen alles falsch gemacht, dann müßten sich doch jetzt all diese Volksvertreter da anstrengen, damit es nicht mehr so grausam kommt ... Und es schien fast, als könnten die Menschen gegen's Schicksal weder etwas machen noch etwas tun; aber in der Welt kam es doch darauf an, daß man entweder etwas machte oder etwas tat.

Wozu übrigens diese riesige Armee bereitgehalten wurde, während doch so gut wie nichts geschah? Bloß zur Besatzung konnte Hitler die vielen Soldaten nicht benutzen wollen ...

Aber du weißt nichts, du hast nur das Gefühl, daß es arg scheißlich kommt. Und das weiß dein Sohn auch.

Er kam aus Frankreich, als es Sommer war, und es hing ihm ein rötlicher Schnurrbart von der Oberlippe in die Mundwinkel herab. In Angers war er, eines übertretenen Fußes wegen, vier Wochen lang im Lazarett gelegen; der Assistenzarzt Schmidinger hatte zu ihm gesagt: »Um's vollends auszuheilen, sollten Sie einen Genesungsurlaub kriegen«; finster hatte der dreingeschaut, einen Knopf seiner Uniform immer wieder auf- und zugemacht und schließlich den Genesungsurlaub unterschrieben; so daß also ihr Sohn jetzt wieder hier war und ein bißchen ›knappte‹, also schwerfällig ging, was sich bei ihm gewissermaßen elegant ausnahm. (»I ond mei Knippedeknapp / Ganget spaziere«, hatte man in ihrer Kinderzeit gesungen.) Denn sobald er seine dunkelblaue Jacke und die helle Flanellhose anzog, veränderte er sich in jenen abwesenden jungen Herrn, den sie von früher in Erinnerung hatte und dem nun ein kümmerlich hängender Chinesenbart gewachsen war. Du bist gespannt, was Treutlein Hanni dazu sagen wird, denn eigentlich ... Also, kleidsam erschien ihr der Bart nicht; doch meinte er vielleicht, solch ein fransiges Etwas gäbe ihm gewissermaßen ein österreichisches Flair, was vielleicht nicht einmal ganz abwegig gedacht sein mochte, nur ... Der Bart erinnert dich an deine Jugendtage und sieht sehr jung aus ... aber vielleicht wird er sich im Lauf der Zeit entwickeln.

Sie wartete ab und ließ sich von Frankreich erzählen. Da war er nun also an der Loire, die nicht weit vom schwarzmassigen Schloß des Königs René verwilderte Ufer hatte, von denen es über eine römische Brücke nach Les Ponts de Cé hinüberging, was soviel wie ›Die Brücken Cäsars‹ hieß. Das mußten uralte Siedlungen sein, und vor den dunklen Mauern blühten Aprikosenbäumchen, rosa in der Weite dieser Landschaft, die sich grünsilbrig dehnte, wenn der Wind die Weidenzweige bog. Dort war es immer hell gewesen, eine milde Gegend, wo ein

Französisch gesprochen wurde ... »Also, ich sag' dir, da stehst du dumpf und stumpf daneben und schämst dich mindestens deines Akzents ...« Am anderen Ende der Römerbrücke wohnte ein pensionierter General, und seine Villa hatte krachende Dielenbretter und bis zur Decke vertäfelte Zimmer, dazu eine Haushälterin, so eine mollige mit Spitzenschürze. Der General war nicht mal reserviert gewesen, als Eugen gefragt hatte, ob er einen Major bei sich aufnehmen könne; zeigte ihm das Zimmer, sagte, leider gebe es darin kein Wasser, und er lächelte unter dem weißen Oberlippenbart, als ob er Eugen um seine Jugend beneide, während Eugen dachte: der hat's hinter sich. Unten am Fluß standen Häuschen, »weißt du, solche, in denen Leut' aus Angers über Sonntag gewohnt haben, und in denen sind wir einquartiert. Der Trompeter bläst zum Wecken. Und scheißlich, daß man denen ihre Häuschen weggenommen hat. Aber, wären wir doch ins kleine Liré gekommen ... Dort hat Joachim Du Bellay sein Schlößchen g'habt.« Und er erzählte von Joachim Du Bellay, der Sekretär beim Papst gewesen war, freilich vor fünfhundert Jahren. In Rom hatte sich der zurückgesehnt nach seiner Heimat mit den Schieferdächern; und »la douceur angevine« hatte ihm besser gefallen als die Meeresluft, und der zarte Schiefer war ihm viel lieber gewesen als der harte Marmor. – »Ich aber bin ausgerutscht auf einer solchen zarten Schieferplatte, als ich herunterg'sprungen bin von einem moosigen Mäuerle. Was Besseres hätt ich eigentlich nicht tun können, bloß hab' ich g'hofft, daß der Krieg jetzt für mich aus ist. Der Sanitäter, der mich auf seinem Fahrrad weggeschoben hat, der hat auch g'sagt: ›Rapp, i moan ollwei, für di is der Kriag aus.‹ Leider ist's bloß eine Bänderzerrung g'wesen, aber die war auch ganz schön ... Freilich, mehr hätt schon dabei rausspringen können.«

Sie verstand ihn, dachte aber, trotzdem sei ihr eine Bänderzerrung lieber als ein gebrochenes Fußgelenk. Und er fuhr nach München, kam mit einem Malakkastock, auf den er sich lässig stützte, und ohne Bart zurück und sagte, daß der Stock leider so gut wie überflüssig sei. An der linken Hand hatte er einen alten Silberring mit einer Gemme, in die ein Mädchenkopf geschnitten war. – »Ja, von der Treutlein Hanni«, sagte er.

Ihr Mann war in Nancy. Der hatte es abgelehnt, die Erschießung eines sogenannten Partisanen zu kommandieren, zu vollziehen oder abzunehmen. Eine geschickte Begründung war ihm dabei eingefallen, hatte er doch seinem General gesagt, was dieser Mann da getan habe, das hätte er auch getan, wenn in seiner Heimat der Feind stehe, obwohl er sich in Wirklichkeit vor der Exekution gefürchtet und gedacht hatte: du würdest dabei zusammenklappen... Sie wußte das (du weißt's, weil du ihn kennst, der fürchtet sich doch vor jeder Beerdigung).

Dann der Schlag mit Rußland. Jetzt ging es also Schlag auf Schlag. Jetzt kam's ins Rutschen. Und wie froh bist du, daß die Deinen alle anderswo sind als in Rußland... Und sie sagte sich die Orte auf: Nancy, Angers und Gilleleije, denn ihr Schwiegersohn Emil Reiser war in Dänemark und hatte es beneidenswert erwischt; und Krieg und Neid, die paßten gut zusammen. Und indes sie überlegte, was alles mit dem Krieg zusammenpasse (also beispielsweise das Verbrechen), sah sie durchs Fenster in den Garten, wo der Kinderwagen mit ihrer Enkelin lag, die wieder ihren Kopf so hin- und herwarf, als ob sie sich damit betäuben und hinwegschaukeln wolle in einen anderen Bezirk, wo der Krieg nicht eindringen konnte, wenigstens bei einem Säugling. Obwohl du gar nicht weißt, wie's in dem Mädchen aussieht. Und wenn ein Mensch sich schon als Pfätschekindle hinwegschaukeln wollte aus der Zeit, dann mußte er das Gefühl haben, daß ihm das Leben arg zuwider sei. Und sie erinnerte sich an den ersten Krieg, meinte, ihren Sohn zu sehen, wie er im Korbgeflecht des Stubenwagens lag und seine Finger ansah, die er gegens einfallende Licht hielt. Es erschien ihr so, als ob ihr Sohn damals nie unruhig gewesen wäre oder mindestens nach außen keine Unruhe habe erkennen lassen, wie er auch heute nichts von dem durchsickern ließ, was ihn erschreckte. Daß er aber nur Finsteres voraussah, wußte sie. Und manchmal sagte er, so finster, wie er sich's vorgestellt habe, sei es zwar bis jetzt noch nicht gekommen, aber ... Und sie sah ihn lächelnd an den Plafond schauen.

Und, wie gesagt, jetzt das mit Rußland.

Mehr, als sie selber wußte, hätte er ihr auch nicht sagen können, also ein Gefühl mitteilen, das aufs Sonnengeflecht drückte. (Dann hast du dieses Glasscherbengefühl im Bauch.) Er war jetzt unten, dicht an der spanischen Grenze, und der Ort hieß Saint-Palais.

Dann kam ihr Mann in Urlaub und erzählte, wie's dort war. Der hatte also den Eugen besucht. Seltsames Gefühl, das dir vorschwindelt, du könntest etwas sehen, das du nie gesehen hast und das nur aus den Wörtern und den Sätzen eines anderen heraufdringt und sich dir unsichtbar zeigt, gewissermaßen. Oder ohne, daß du's wirklich siehst, zeigt es sich dir, als wärst du selber dort gewesen.

Ein Ort also, kleiner als Künzelsau; dahinter die Pyrenäen, niedrig und verkarstet, kahl, und mittags in einem fast violetten Licht. Die Häuser mit beinahe flachen Ziegeldächern, solchen, wie sie schon die Römer gebaut hatten. Und die Hitze schlug herein, weshalb um Mittag alle Gassen durchglüht von Hitze schlummerten, als wär es Nacht. Die Fensterläden dicht verschlossen, streckte sich die Gasse, in der Eugen wohnte und wo weiter oben auf dem Wege zur Villa des Arztes ein Bambusgebüsch seine Schäfte, seine glatten grünen Stangen zeigte, unter denen sich das Licht anders dehnte, aber wie? Vielleicht konnte man ›trocken‹ sagen. – »Mäusle, am liebsten hätt' ich's g'malt«, sagte ihr Mann. Und dann also weiter oben die Arztvilla, ein Gebäude aus den neunziger Jahren und ein Garten wie verschlafen. – »Dort hat dann auch der Flügel nicht gefehlt, und die Samtdecke auf seinem schwarz lackierten Holz. Der

Eugen hat doch dort für mich Quartier g'macht g'habt. Er hat den Arzt gekannt, ist dort einmal eingeladen g'wesen; ist zu dem Arzt gegangen und hat zu ihm gesagt: ›Ich muß da ein Quartier suchen für einen Offizier...‹ Und dann hat die Frau zu ihm g'sagt: ›Jawohl, für Sie habe ich ein Zimmer‹. Denn, weißt, der hat nicht gewußt, für wen er das Quartier besorgen muß, und hat dann g'staunt, als ich's gewesen bin.«

Er freute sich, daß ihm's gelungen war, seinen Sohn zu überraschen. In Saint-Palais hatte der ein Zimmer im Haus eines Müllers, und dort standen zwei Ehebetten; im einen schlief Eugen, und das andere war leer; weshalb der Vater zum Sohn gesagt hatte: »Also, ich schlaf' lieber hier.« – »Wozu hätt ich auch den Leuten in der feinen Villa zur Last fallen sollen; s'ist mir doch beim Müller und beim Eugen viel gemütlicher gewesen. Und unser Eugen ist a liaber Kerle.« Dem Vater hatte es Eindruck gemacht, daß sein Sohn eine dicke Flasche Cognac bekommen hatte. Er war in das Geschäft bei dem Friseurladen gegangen, und der Besitzer hatte vor den Frauen, die dort herumstanden, auf ihn gedeutet und gesagt: »Jawohl, du bekommst eine Flasche!« Denn außer ihm wäre das hier wahrscheinlich nur wenigen geglückt. Frau Rapp aber wußte schon, warum: weil er jedem sagte, was er dachte (die andern konnten kein Französisch, und nur wenige Offiziere in Saint-Palais verstanden Französisch, weshalb also ihr Sohn dort fein heraus war). Und sie überlegte, ob er beispielsweise zu dem Arzt oder zum Bürgermeister gesagt hatte, er glaube nicht, daß Hitler diesen Krieg gewinnen werde. Das dürfe überhaupt nicht sein... Du traust's deinem Sohn zu und hoffst, daß er mit den Franzosen so geredet hat. Diese aber würden zu ihm sagen, sie glaubten, daß die Deutschen siegten. Und Eugen wunderte sich, als nach diesem Gespräch ein französischer Offizier ihn gegrüßt hatte, indem er an seinem Barett salutierte; so hatte ihr Mann es ihr erzählt.

Was aber nützte es, wenn Eugen seine Meinung ehrlich sagte?

Das brachte ihn nur in Gefahr, änderte aber nichts. Freilich, die Franzosen dachten: der ist anders als die andern ... und das war schon viel. Es machte einen guten Eindruck, und wenn er einmal nicht mehr drunten war in Saint-Palais, an der spanischen Grenze ... Aber, was denkst du da! Dein Sohn soll doch in Frankreich diesen Krieg abwarten dürfen ... Und sie erinnerte sich, daß in Rußland Schlimmeres geschah, vor dem sie ihren Sohn mit Gedanken bewahren und absichern wollte; was freilich nur Einbildung war, denn solche abergläubischen Gedanken halfen nichts. Und obwohl sie versuchte, sich davon abzubringen, hatte sie das Gefühl, als werde ihr Sohn so wie viele andere nach Rußland hineingezogen, weil es jetzt wahrscheinlich wieder einmal manchen Offizier gab, der, wie es zuweilen in der Zeitung hieß, »auf den Einsatz in Rußland brannte«. Solche wollten doch ›dabeisein‹ ... Und sonderbar: bereits einige Tage später schrieb ihr Sohn, sie hätten eine Wochenschau mit Bildern aus dem Rußlandkrieg gesehen (»so ein paar Landser drücken sich um ein Holzhaus mit Strohdach rum, und dann schießt irgend so ein Sturmgeschütz«) und neben ihm haute sich einer auf die Schenkel: »Kruzifix! Die erleben was in Rußland, und wir hocken hier!« Der Oberleutnant freilich (ein Sekretär der Münchener Stadtverwaltung) habe nur gesagt: »Merkwürdig, daß die nicht an Deckung und an Tarnung denken.« Und Frau Rapp dachte: gut, daß er einen Chef hat, für den Tarnung und Deckung wichtiger sind als so etwas wie Vorwärtsstürmen; obwohl solch einer immer nur das dachte, was angeordnet wurde; der duckte sich dann immer unter seinen Hauptfeldwebel, und dieser Hauptfeldwebel war ein Gefängnisbeamter; einer mit dem Blutorden der Partei, ein hagerer und langer Mensch, der immer nur in Reithosen mit Lederbesatz ging und eine Latrine für Unteroffiziere bauen ließ, weil er darauf bedacht war, alle Unteroffiziere beim Verrichten ihrer Notdurft von den Mannschaften getrennt zu halten.

Eugen mochte diesen Menschen nicht; übrigens kein Wunder, wenn er Blutordensträger der Partei war. Ihr Mann aber sah an dem nur seine tadellos sitzende Uniform und daß er als Oberfeldwebel das Eiserne Kreuz erster Klasse aus dem Ersten Weltkrieg hatte. – »Und er hat's Ekaeins!« sagte er zu ihr, die Mühe hatte, ein Lächeln zu verbeißen; und sie dachte, ihr Mann sei halt naiv und merke nichts. Solch einem Drahtigen in Reithosen und Reitstiefeln (obwohl er nie auf einem Gaul gesessen war) sah man doch schon von weitem den groben, den borniertern und den eiteln Gefängnisaufseher an.

»Daß der den Blutorden der Partei und das goldene Parteiabzeichen hat«, sagte sie und wollte fortfahren: ›das hat dich nicht geniert?‹, aber sie dachte: ›Vorsicht‹ und: ›So weit darfst du jetzt nicht gehen‹.

»Ja ... Aber, wie gesagt, er hat doch das Ekaeins aus dem Weltkrieg! Als Feldwebel! Stell dir das bloß vor!«

»Ich weiß, ich weiß ...« Und sie bat ihn, von Eugen zu erzählen, der den Bürgermeister, einen Notar mit Namen Gućrazacq, kannte. »Das ist ein baskischer Name.« Das Haus des Guérazacq war ungefähr dreihundert Jahre alt und so alt wie die andern Häuser in der Gasse mit dem Bambusgebüsch weiter oben auf der rechten Seite. Von außen sah es nüchtern aus und unterschied sich von den Nachbarn nur, weil es dreistöckig war. Hinterm Tor ging's in einen Hof hinein, und dort stand ein Brunnen, der ein Eisengitter hatte. Blumen drängten sich durchs Eisengitter, und samstags nach dem Putzen war der Fliesenboden nach jener Ecke unter den Arkaden feucht, dort, wo der Schatten lange blieb. Ein Dienstmädchen legte einen schwarzen Spitzenschal über den Kopf, weil es zur Beichte ging. Der Boden des Durchgangs zum Hof war mit ockergelben, gerippten Ziegeln belegt, wie Eugen sie aus der Wurstküche des Metzgers Schlör in Künzelsau kannte, sonst aber konnte das Haus mit keinem anderen verglichen werden, wo er gewesen war. Rechts unten ging's in die Anwaltskanzlei hinein; sie hatte sich seit achtzehnhundertfünfzehn kaum verändert. Der Schreibtisch und das Schreibzeug mit den Näpfen für Tinte und für Sand, mit den Löchern für die Federkiele und einem bronzenen Adler auf dem Deckel, paßte auch dazu, und in der Ecke stand ein hohes Schreibpult und davor der wachstuchbezogene Bock des Schreibers (der aber war in Deutschland als Kriegsgefangener). Dazu die vielen Zimmer mit den Mahagonimöbeln, und auf marmornen Kaminkonsolen klingelten verschnörkelte Pendülen.

Sie konnte sich's vorstellen, es vermischte sich mit den Erinnerungen an Zimmer in Schlössern, sagen wir also: in Ludwigsburg. Das hohe Zimmer des Kreisregierungssekretärs Feuerlein fiel ihr wieder ein, dazu der kleine Saal im Schloß Hermersberg, wo gipserne Hirschköpfe mit beinernen Geweihen und Glasaugen von der Wand herunterschauten; weshalb die Notariatskanzlei im Hause des Monsieur Guérazacq dazu paßte, der unten an der spanischen Grenze wie seine Vorfahren lebte, sich arrangierte mit der deutschen Besatzungstruppe, die auch einmal wieder verschwinden würde. »On doit être diplomat« war eine Redewendung des Monsieur Guérazacq, den Eugen ab und zu aufsuchen mußte, beispielsweise, wenn frischer Kies für den Schulhof gewünscht wurde, der jetzt ein Kasernenhof war, und über dessen Mauer der lange Oberfeldwebel Luibacher ab und zu in der Nacht kletterte, um festzustellen, ob die Posten auch wach waren. Der ärgerte die Postensteher, von denen einer sagte: »Wenn er bei mir über die Mauer klettert, brenn ich ihm eine nauf.« Er tat es freilich nie, aber der Wunsch machte sich Luft, »dem Lui« eine hinaufzubrennen.

Oder Eugen begleitete Leutnant Rembold, der im Zivilberuf Dentist war, als Dolmetscher zu Bürgermeister Guérazacq, vor dem er sich im Namen des Dentisten und im Namen der deutschen Besatzungstruppe über Glasscherben auf der Straße nach Hasparren beschweren mußte, weil selbige Glasscherben von Saboteuren verstreut worden seien; wenigstens glaubte der

Dentist, das hätten Saboteure angestellt. Und Monsieur Guérazacq schmunzelte und sagte, da werde man wahrscheinlich ein Mikroskop mitnehmen müssen, um die Glasscherben zu finden, worauf Eugen dem Dentisten übersetzte, daß der Bürgermeister ob dieser Sachlage entsetzt sei und stante pede eine Untersuchung dieses Falls einleiten werde; weshalb der Dentist (nebenbei Sturmführer der SA) sich muffigen Gesichts zufriedengestellt zeigte, soweit dies bei einem Dentisten, Leutnant und Sturmführer möglich war.

Doch all dies dachte sie sich nur hinzu, denn ihr Mann erzählte die Geschichte anders. Obwohl der auch nicht an eine Sabotage mit Glasscherben glaubte, sagte er von diesem Leutnant, der sei ein fähiger und von der Mannschaft geliebter Offizier. Und er schilderte ihr eine kolossale Neuerung der deutschen Armee, die dort unten in Südfrankreich ausprobiert wurde und die ›Radschlepp‹ hieß, ein Wort, unter dem sie sich erst etwas vorstellen konnte, als er sagte, da würden Seile an kleine Autos gehängt, und an den Seilen hielten sich auf Fahrrädern sitzende Soldaten fest. So wurden sie über die asphaltglatten Straßen Südfrankreichs gefahren, um die Beweglichkeit der Infanteriedivision zu erhöhen; denn diese war zu nichts andrem als zur Besetzung Spaniens bestimmt.

Er wurde also hinter einem Auto hergezogen und hielt sich an einem Seil fest. Wacklige Situation, doch konnte er radfahren, und wer auf dem Rad fuhr, der brauchte nicht zu gehen; obwohl diese gezogenen Radfahrer besonders in den Kurven ab und an hinausgeschleudert wurden. Sie mußten drum die Stahlhelme aufsetzen.

Dann die Nachricht, daß er und alle andern nach Rußland versetzt würden, weil der General ans Oberkommando der Wehrmacht geschrieben hatte, die Division wünsche einen Einsatz in Rußland. Und schließlich war der General schon über sechzig Jahre alt, und dieses Über-sechzig-Jahre-Sein verlockte ihn wahrscheinlich, noch einmal etwas andres anzuschauen als bloß Südfrankreich; denn schließlich war der General ein noch rüstiger Greis. Wäre er weniger rüstig und weniger alt gewesen, dann hätte er sich nicht mehr nach Rußland gesehnt, obwohl Eugen wieder mal das Wort des hageren Kameraden einfiel, der nach einer Wochenschau gerufen hatte: »Kruzifix, die erleben was in Rußland, und wir hocken hier herum!«

Da fuhr er auf dem Rad allein durch Saint-Palais, und Monsieur Guérazacq winkte ihm zu. Der kleine Herr mit dem arabischen Gesicht sagte, er habe ihn gesucht, und jetzt müsse er noch mit ihm kommen. So gingen sie zusammen und setzten sich dann in die Hinterstube des Restaurants neben dem Rathaus, wo Eugen alles trinken mußte, alles Herbe, Zartschmeckende mit Bodeng'fährtle, wie man daheim in Stuttgart sagte, alles Beißende und Süße, das der Süden Frankreichs anzubieten hatte; und alles auch noch in den leeren Magen. Aber es machte nichts, denn es war so, daß der Müller, der Friseur und der Schuhhändler Salvo in der Rue du Commandant Bourgeois beinahe Tränen in den Augen gehabt hatten, weil Eugen jetzt nach Rußland mußte. Zur Tochter von Monsieur Guérazacq, die in Paris Philosophie studierte, hatte er gesagt: »Je haïs Hitler«, und dieses hatte sich vielleicht herumgesprochen. Monsieur Guérazacq aber gab ihm seine Visitenkarte und sagte: »Parceque nous pensons le même.«

Ja, es war unangenehm, hier wegzumüssen, aber nachdenken nützte so gut wie nichts. Nun, da Ende Oktober die Panzerschrankhitze des Karstlandes endlich gemildert und die Luft klar wurde, mußten sie nach Rußland. Bequem wird es dort nicht zugehen. Aber die Bahnfahrt schiebt's hinaus, die dauert lange; und immerhin hast du wieder viel Zeit. Weil du nichts dagegen tun kannst und weil etwas anderes beginnt.

DRITTER TEIL

In der offenen Tür des Güterwaggons hatte Zwicknagel aus Schongau die Hemdsärmel aufgekrempelt und summte den Erzherzog-Johann-Jodler, wahrscheinlich, weil die Sonne so warm schien. Eugen aber wurde auf die Schreibstube des Bataillons zitiert, wo er einen Schriftsatz des Inhaltes an den Bürgermeister aufzusetzen hatte, daß der deutsche Kommandant verlange, unverzüglich fünfhundert Liter Petroleum bereitzustellen; und so tippte er auf der Schreibmaschine: »Les soldats allemands désirent cinq cent litres de pétrole.« Dies unterschrieb der Bataillonsfeldwebel, der ihn mit seinem löcherig verwüsteten Gesicht zu Monsieur Guérazacq begleitete. Doch Monsieur Guérazcq gab zu verstehen, daß er diesen Wunsch leider erst erfüllen könne, wenn er dafür eine Genehmigung des Präfekten in Biarritz habe; worauf der Feldwebel verlangte, daß Eugen schimpfe. Und Eugen sagte zu Monsieur Guérazacq, nun müsse er mit lauter Stimme reden, weil der adjutant chef mit dieser Auskunft nicht zufrieden sei. Doch nützte zum Glück auch das Laute nichts, weil Monsieur Guérazacq beide Hände ausstreckte und bedauernd wiederholte, dieses Gesuch könne kein anderer als der Präfekt in Biarritz ...

Und weil dafür nun keine Zeit mehr übrig war, weil man zum Bahnhof eilen und die fünfhundert Liter Petroleum in Frankreich lassen mußte, freute sich der Gefreite Eugen Rapp, der sich nicht denken konnte, wozu der Bataillonsfeldwebel so viel Petroleum brauchte; aber vielleicht meinte der, die ganze Division werde in Rußland mit Petroleumfunzeln ausgestattet.

Im Güterwaggon sah er Jussy wieder, diesen Langen mit den angegrauten Schläfenhaaren und der Glatze, der so jung wie er selbst war; Jussy aus Wien, der eigentlich Roderich Smekal hieß und Dolmetscher beim Regiment gewesen war; in Angers hatte er allerdings zu Eugen gesagt, ›Nähmaschine‹ heiße auf Französisch ›maschine à néer‹. Dazu Hochreither, der Unteroffizier und Lehrer an einem Landerziehungsheim war, Hochreither mit der großen Nase, den Oberfeldwebel Luibacher nicht weniger als den Jussy haßte und der sich mit Goeser gut verstand, diesem schwarzhaarigen und bleichen Goeser aus Berlin, dessen Vater sein kommunistisches Parteibuch unterm Bretterboden seines Schlafzimmers verborgen hatte. Und sie erinnerten sich, wie Hochreither am Flügel im Haus des Arztes Chopin gespielt und danach Eugen zu dem Arzt gesagt hatte: »Wir werden den Krieg verlieren, weil wir ihn nicht gewinnen dürfen, wissen Sie.« Doch deuteten sie dies jetzt in dem Güterwagen, der nach Osten rollte, bloß unter der Hand und auf französisch an und entsannen sich des zweifelnden oder ängstlichen Gesichts jenes Arztes, als Eugen so mit ihm geredet hatte.

Dann spiegelte sich Schloß Saumur noch einmal in der herbstklaren Loire. Er saß in der Waggontür und ließ die Beine hinausbaumeln. Ein Mädchen stand neben der Böschung, grinste und klatschte in die Hände. Die freute sich, weil viele Deutsche nach Rußland verfrachtet wurden, und ihm fiel's leicht, das zu verstehen. In Deutschland aber schoben sie die Waggontür zur Hälfte zu und zogen Mäntel an, denn jetzt wurde es neblig. Schnabel Roland, der als Vagabund in Sizilien gewesen war, hatte Steine neben sich und kritzelte seine Adresse immer wieder auf Papierfetzen, in die er Steine wickelte und sie winkenden Mädchen zuwarf, als Großstädte des Ruhrgebiets schwärzlich näher rückten, ihre Mauern heranschoben, hohe, fensterbestückte Häuser und staubige Fabrikhallenscheiben sehen ließen, feuerbeleuchtete Wolken drüber. – »Wenn der Kohlenpott einmal rebellisch wird ...«, sagte Goeser, obwohl der Kohlenpott schon längst hätte rebellisch werden sollen, aber trotzdem friedlich blieb; freilich, jetzt, im Krieg ...» Ausnahmesituation«, sagte Jussy, der seine Kappe über die Ohren gezogen hatte und unterm Mantel schlotterte, obwohl im Waggon ein Ofen brannte und die Temperatur auszuhalten war. Und du schläfst gut, obwohl du als Unterlage bloß deine Zeltbahn hast ... wahrscheinlich weil es sowieso gleichgültig war. In der Frühe aber stand, abseits von andern, ein Mädchen mit gelbem Judenstern neben dem rostigen Eisenträger einer Wartehalle mit der Tafel »Berlin-Moabit.«

Sie glich der Treutlein Hanni. Jussy sagte: »Oh, das jüdische Mädchen ...« Hochreither nickte und sah Eugen aus hellblauen Augen an. Goeser biß sich auf die Unterlippe. Die andern schauten geradeaus. Polen wurde nachts durchquert, und es schien, als wäre Polen verwischt worden. An der russischen Grenze stand ein grauhölzerner Wachtturm, und vielleicht war dies nicht Rußland, sondern immer noch das nebeldurchflogene Polen. Nein, hieß es dann, Polen hätten sie nicht durchquert, dafür aber Ostpreußen; und es gehe hoch hinauf nach Norden.

Es wirbelte schon Schnee. In Kraßnogwardeisk besuchte Hochreither mit einem Fallschirmjägerleutnant, in dessen Kompanie auch ein berühmter Boxer war (die Kompanie wurde abtransportiert nach Westen), eine russische Kirche und sprach mit einem Popen. Jetzt, sagte der Leutnant, hätten sie es doch (unter den Deutschen) besser als zuvor, worauf der Pope »Wer ist besser?« fragte.

Hochreither nickte Eugen wieder einmal zu, und es war schon im Zwielicht, als sie Kraßnogwardeisk (aber das hieß jetzt wieder Gatschina wie unterm Zaren) hinter sich gelassen hatten und in einer Allee marschierten, wo nebenan ein altes russisches Paar ging, der Mann im Pelz und eine Henkelpfeife rauchend. Es kamen Leute auf sie zu, Frauen und ein dicker Knabe mit Nickelbrille, die lachten und lachend vorbeigingen, als sähen sie die Deutschen nicht. In einem Baum hing ein Gehängter. Der Zugführer, ein gewisser Feldwebel Moosburger, fragte einen Bauern, der auf den Säcken seines Kuhfuhrwerkes saß, nach dem Weg, und der andere, ein junger Mann, zeigte nach links; auch der sah den Feldwebel gar nicht an. Und später saßen sie bei einem Russen, der Lehrer war, im engen Holzhaus, und der Russe, mager und mit einem Spitzbart, lächelte, und sie radebrechten miteinander, denn Hochreither hatte ein Wörterbuch dabei; davon blieb Eugen das Wort ›kak‹, das ›wie‹ bedeutete, auch dann noch in Erinnerung, als sie am andern Tage in einer Kaserne mit dicken schwarzen Eisenöfen lagen; Hochreither, der draußen herumgestrichen war, während Eugen sich bloß ausgestreckt hatte, erzählte, daß es hier in der Kaserne ein großes Theater gebe.

Eugen sah mit ihm ein Mädchen in einer Wattejacke zwei Eimer an einem Joch wie eine wandelnde Waage über den Hof schleppen, bis sie am Ende ihrer Reise und jetzt schon weit vorne, also an der Front (sapperlot, wie herrlich warm waren diese hohen schwarzen russischen Ofentürme in den Kasernenstuben gewesen), in einer Halle weiterstapften, wo Maschinen standen, in einen Unterstand hineinkrochen, der wie ein Maulwurfshaufen vor einer Backsteinmauer aufgeschüttet war, so daß innen die Backsteinmauer rot war, die Schlafkojen aber hölzern und strohsackbelegt, alles komfortabel. Es stand sogar ein Tisch da, dessen Platte mit grünem Linoleum ausgelegt war, und Eugen erinnerte sich, auf dem Marsche zu den Hallen ein ausgebranntes Barockschloß gesehen zu haben, vor dem vergoldete Tritonen riesengroß auf Muscheln bliesen; auch ein Park mußte nahebei gewesen sein; dazu alte Häuser; und draußen sollte sich das Meer ausstrecken, das Finnischer Meerbusen hieß.

Der kleine krummbeinige Brummer Lorenz schoß durch eines der offenen Tore, vor dem der Boden schneeweiß war, deutete hinaus und flüsterte: »Spanische Reiter.«

Mit Stacheldraht überzogene Holzgestelle wurden spanische Reiter genannt. Latrinen mußten gebaut und die Gräben vor dem backsteinroten Hallenbau verbreitert werden. Drüben streckte sich eine andere Halle, in der Goeser, Hochreither und Jussy waren. Goeser führte eine Gruppe, und Hochreither eine andere. Eugen gehörte zur Gruppe Schrepfer, und Schrepfer war ein Volksschullehrer, der sich ein Oberlippenbärtchen wachsen ließ. Der zog einen braunledernen Schafspelz aus dem Schnee, trennte die Ärmel ab und polsterte seine Lagerstatt damit aus; die Ärmel warf er weg. Eugen hob sie auf, schlüpfte mit den Füßen in die Ärmel und hatte so zwei dicke Beinwärmer bis übers Knie, wo sie als wollfransige Stulpen aus den Schäften seiner Knobelbecher schauten.

Wärme war jetzt wichtig, doch daß ihm beim Schlafen Erdkrümel in den Mund fielen, das bekümmerte ihn kaum; freilich, es war ein bißchen lästig, aber daß man deshalb hinten in Peterhof Kleiderkästen auseinandernahm und ihre Sperrholzwände in die Stellung trug, um sie an die Decke zu nageln, das hielt er für überflüssig. Merkwürdig, daß die andern jetzt auch sauberer als er waren, weil sie sich jede Woche ihre Wäsche in gesottenem Schnee kochten. Er wartete manchmal drei Wochen lang, bis er sich zu solch einer Prozedur entschloß. Die Läuse wurden sowieso nicht eingedämmt, und wer nach hinten geschickt wurde, um zu baden, mußte jedesmal mit einem andern in die Wanne steigen, weil es an Wannen mangelte. Doch daß beim Troß überhaupt Wannen existierten, durfte als Glücksfall bezeichnet werden.

Ansonsten kam es darauf an, sich möglichst wenig zu bewegen, obwohl die Unteroffiziere immer wieder für Bewegung sorgen wollten, ausgenommen freilich Hochreither und Goeser, die Eugen ab und zu in der anderen Halle traf, wo sie ein Zimmer mit steinernen Wänden sozusagen eingerichtet hatten; denn es stand ein massiver Eichentisch mit Wülsten an den Beinen, wenn man zur Tür hereinkam, linker Hand und vorn am Fenster. Es war ein weiß getünchtes, hohes und langes Zimmer, kahl bis auf den Tisch, Stühle und einen eisernen Ofen, den zuweilen einer heizte, der abstehende Ohren neben seinem wie verwischten Gesicht hatte und keinem in die Augen schaute, als ducke er sich hinter seinem wegrutschenden Blick; weshalb sich Eugen seinen Namen nur halb merken konnte und meinte, er heiße Beutler oder so. Und als Eugen sagte: »Also haben sich die Herren auch mit einem roten Halstuch eingedeckt?«, denn Jussy, Goeser und Hochreither trugen, wie er selber, ein Stück sowjetroten Tuches von der Wanddekoration im Parteihaus, legte Hochreither den Zeigefinger auf den Mund und drehte sich nach Beutler um, der vor dem Ofen kniete, frisches Holz einlegte und das Aschenblech herauszog.

Als er gegangen war, unterhielten sie sich wieder ungehindert, und Goeser wußte von einem russischen Flugblatt zu berichten, in dem gestanden hatte, wer ein rotes Halstuch trage, werde als Gefangener gut behandelt. Goeser zeigte den Brief eines Mädchens aus Saint-Palais vor, an das er regelmäßig schrieb, und Eugen fragte, ob das bei der Feldpostzensur noch nicht aufgefallen sei. – »Ich weiß es nicht«, antwortete Goeser und sah starr geradeaus. – »Also, ich würd dir raten, daß du dich ein bißchen mäßigst. In puncto Liebe selbstverständlich nicht, aber in puncto ... Du weißt es selber«, sagte Hochreither, worauf Goeser im Profil zu versteinern schien. – »Ja«, stieß er hervor, »man hat mich schon gewarnt.«

»Euer Tagesraum ist beneidenswert«, sagte Eugen und sah an die Decke; denn solch ein Zimmer, wo man bei Tag sitzen konnte, hieß hier Tagesraum, weil man zur Nacht im Bunker blieb. Auch gab es keine Winterausrüstung, während die Russen allesamt in Wattejacken und Filzstiefeln gingen. Weshalb zu hoffen war, daß die deutschen Soldaten wenigstens, wenn ihnen der russiche Winter ins Fleisch biß, daran erinnert wurden, wie gleichgültig sie alle ihrem heißgeliebten Führer waren.

»Wißt ihr, was ich immer tun möcht? Transparente an die Grabenwände spannen, auf denen steht: ›Daß wir hier arbeiten, verdanken wir unserem Führer‹«, sagte Eugen und wunderte sich, weil heute beinahe alle anderen ängstlich schwiegen. Und gestern hast du denen noch »Wenn wir den Krieg gewonnen hätten« aufgesagt. War etwas vorgefallen, oder hatte sich's sonstwie verändert?

Dann wurde Hochreither und Goeser vorgeworfen, sie hätten nicht bemerkt, daß nachts zwei junge Russen durch den Stacheldraht geschlüpft, an der Backsteinwand, auf die NEKURIT gemalt war, entlanggeschlichen und in die Halle eingedrungen waren, obwohl Hochreither in der Frühe ihre Fußstapfen vor dem offenen Tor entdeckt, mit seinen Leuten nach den Russen gesucht und sie dann im Dachgebälk gefunden hatte. Sie kletterten herab und gesellten sich zu Hochreithers Männern, als befänden sie sich unter Kameraden.

»Bemerkenswerte Burschen«, sagte Hochreither hernach. »Und neu eingekleidet sind sie auch gewesen.« Und er erzählte, wie er sie zum Bataillonsadjutanten hineingeführt hatte. Da blieb einer außen stehen, sah die Kiste neben der Tür an und las, was darauf stand: »Oberleutnant der Reserve Richard Behrens.«

Eugen sagte: »Es wird sich schlecht für uns auswirken, warte nur«, worauf Hochreither lächelte, wahrscheinlich, weil er dachte, solch eine Meinung sei gewissermaßen naheliegend.

Zunächst kam der Befehl, Überläufer oder Zivilisten, die herüberwollten, nicht mehr durchzulassen; es müsse geschossen werden. Und dann erschien der Oberst, ein dicker blonder Mann, der Augustin anbrüllte: »Raus aus deinem Beichtstuhl!« denn Augustin saß im Splitterschutz, der um den Tisch mit dem Maschinengewehr hinter der Schießscharte aufgebaut war und einem Beichtstuhl glich. Dann mußten alle Posten vor die Backsteinmauer treten, ungeschützt und für die Russen wie auf dem Servierbrett.

Einer, der Bauernknecht war und Gruber hieß, ging als erster hinaus, stellte sich auf und rief nach einer halben Stunde: »Sanitäter!« Er schlich mit einem Schulterschuß herein, legte sich auf die Bahre, sagte, es sei »wos eigens«, und er habe es gewußt: »I bin net lang in aner Stellung.« Und er schmunzelte, war froh, so weggekommen zu sein, und erging sich über diesen Krieg, den er einen alten Hut nannte. Aber, was habe er schon zu verlieren? Was er besitze, das könne er auf dem Bukkel davontragen ... Und Schnabel Roland, dieser Vagabund oder Landstreicher, der die meisten Feldpostpäckchen und jedes von einem anderen Mädchen bekam, erwischte es über der Schläfe, zum Glück nur als Streifschuß; aber auch er würde sich, zumindest an der Front, lange nicht mehr sehen lassen, das hast du im Gefühl ... Und nun sollte er selbst hinaus auf Posten gehen, auf dieses Servierbrett für schießende Russen.

Nein, er solle sich hinter die Luke mit dem Maschinengewehr, also wieder in den ›Beichtstuhl‹ stellen: der Befehl sei zurückgenommen worden, hieß es, und die Chance, mit einer Verwundung wegzukommen, war wieder mal verpaßt.

Zum Glück auch eine andre ›Chance‹, aber diese letzte wollte er zunächst noch hinausschieben; es konnte später trotzdem irgendwas Erfreuliches passieren ... Und er setzte sich beim Licht der niedern Kerze, deren Stearin in einem Pappenäpfchen schwamm, an den geputzten Tisch mit grünem Linoleumbelag, und einer sagte: »Jetzt kommt dem Rapp seine Stunde.« Sie waren froh, wenn sie sich niederlegen durften, Eugen aber blieb noch gern alleine wach und kritzelte mit Bleistift ins Notizbuch. Sitzen. Kritzeln. Zigaretten rauchen und allein sein. Beim Postenstehen bist du auch allein; und reden tust du mit dir selber ... Schießen war verboten worden, weil es an Munition mangelte. Und du hast hier in Rußland sowieso noch keinen Schuß losgelassen, weil du danach dein Gewehr putzen müßtest, und das wäre eine unnötige Mühe.

Irgendwie war es verwunderlich, daß man sich einfügte in

alle diese Sachen und Gelegenheiten. Und weshalb? Weil dir nichts andres übrigbleibt. Was hilft's, wenn du dir alles anschaust und dich frägst: wozu gab's eigentlich den Goethe und den Christus? Und er hörte einen verwundeten Russen im Stacheldraht wild schreien. Der war in einer Grube liegengeblieben, und sie erwischten ihn nicht mit den Gewehren, schossen deshalb mit dem Granatwerfer, bis er schwieg. Es schrie der Russe in dieser riesigen Nacht dort oben neben der grünen Fabrik, die bei Tageslicht wie verwest aussah, obwohl bei dreißig Kältegraden nichts verwesen konnte.

Hochreither guckte durch die Tür, während er kritzelte, winkte ihm und flüsterte: »Komm g'schwind heraus!«

Neben der schneeigen Bunkerwand sagte er schnell: »Verbrenn alle deine Notizen. Goeser ist verhaftet worden.«

Danach setzte Eugen sich wieder an den Tisch, kritzelte weiter und ging durch sein Gekritzel in die Stadt Wien hinein, wo er den Kaiser im dunkelblauen Uniformmantel aus der Hofburg kommen sah, während der Lakai die Kutschenthüre öffnete und, wie der Kutscher auf dem Bock, den Kopf senkte. Es war ein windiger und grauer Tag im März, und Eugen Rapp beschrieb im Unterstand am Rand des alten Teils von Peterhof und dem Englischen Schloß gegenüber, wie er den österreichischen Kaiser sah. Dann überlegte er, welche seiner Notizen er aus dem in Zeltleinwand gebundenen Notizbuch (tadellose Handarbeit; die Zeltleinwand hast du mit Leukoplast festgepappt) herausreißen solle, entschied sich für ein Schmähgedicht auf Feldwebel Moosburger und ließ das übrige so, wie es war; übrigens tat es ihm auch ums Schmähgedicht leid; doch weil Hochreither meinte, so etwas müsse verschwinden: also, bitte schön ... Du schiebst's ins Feuer und hast sonderbarerweise das Gefühl, als wärest du neugierig, ob etwas geschieht. Wie du dich wohl verhalten wirst bei solch einem Verhör, das auf dich wartet?

Trotzdem schwankte ihm etwas im Bauch, und das Sonnengeflecht schmerzte. Wenn die Polizisten seine bekritzelten Seiten lesen wollten, mußten sie entweder gute Augen haben oder eine Lupe nehmen. Und wie langweilig für solche Männer eine Lektüre sein mußte, die sich nur aus Harmlosem zusammensetzte, also beispielsweise dieser Kindheitsgeschichte aus Wien um neuzehnhundert, in der eine Dame mit ihrem Sohn in einer offenen Kalesche, die verblichene Polster hatte, zum Sommerrestaurant auf dem Konstantinshügel fuhr, selbstverständlich im Altweibersommer und bei Abendlicht; oder Mörike, wie er von der Fürstin Olga einen Orden ins Haus geschickt bekommen hatte und, seiner Tochter, dem Fannyle zulieb, im Schlafrock um den Tisch herumgetanzt war; und alles hast du hier in Rußland g'schrieben ... damit du deine Angst aushalten kannst. Aber die Angst ... mußt du halt übersehen. Und wieder dachte er: immer so tun, als ob nix wär.

Dann wurde dieser Heydrich in Prag umgebracht. Jetzt ging's also auch solchen an den Hals oder den Bauch (wo den die Bombe halt erwischt hat). Und es war wunderbar und ein Triumph. Du darfst aufatmen. Wenigstens den Heydrich hat's erwischt! Und er sagte zu Hochreither, der wieder einmal nachts hereinsah, während er neben der Kerze ins Notizbuch kritzelte: »Ce monsieur allemand à Prague ... den sind wir los. Total kaputt.«

Hinten dreht sich der bayerische Lehrer und Unteroffizier Schrepfer in seiner Koje. Hochreither deutete mit dem Kopf dorthin, doch hatte Eugen dieses Schrepfer wegen keine Sorge, weil der nicht Französisch konnte; allerdings war Schrepfer in der letzten Zeit, was seine Äußerungen gegenüber Eugen anging, ranzig und barsch geworden, weil Eugen lieber mit Hochreither als mit ihm sprach. Und heute hatte er von Treutlein Hanni ein Fläschchen selbstgebrannten Likör zugeschickt bekommen, das er Hochreither zeigte: »Morgen nachmittag leeren wir's bei dir«, als Schrepfer wach wurde und sich – ein bißchen allzu arg verschlafen (das spielt der gar net schlecht) – zu ihnen setzte und mit Hochreither lachte, während der erzählte, daß bei seiner Gruppe, der Kälte wegen, das Maschinengewehr nicht mehr gehe oder funktioniere. Und Schrepfer sagte: »Fritz, und bei uns gehen die Gwaar nimmer«, womit er die Gewehre meinte. »Nicht wahr, Rapp?« wandte er sich Eugen zu und der bestätigte es, obwohl es übertrieben war; denn nur dann und wann wurde bei vierzig Grad unter Null das Öl so dick, daß es die Gewehrschlösser lahmlegte, sozusagen.

Dahinter aber blieb ein unbehagliches Gefühl, weil Schrepfer sich auf einmal leutselig gab. Der war also ein falscher Fuffziger, und es kam darauf an, gewissermaßen mit Fingerspitzengefühl zu reden. Hochreither sagte zu Eugen: »Du sollst morgen vormittag um zwölf in die Schreibstube kommen« und hatte starre Augen. Der läßt dich merken, daß es heikel für dich werden kann, des Goeser wegen; doch du hast's erwartet ... Also Verhör durch den Lui. Wieder einmal sticht dir die Angst in den Bauch ... Und er nahm die Hände vom Tisch, weil diese Hände zitterten. Auch deine Backen werden kalt, wart nur.

Weiterhin die Schärfe dieser Nacht, in der nur Erstorbenes ausgelegt oder errichtet war, wie beispielsweise die Ruine des Englischen Schlosses oder jener sogenannte Wäschebunker, den die Russen mit grünlichen Stahlplatten, wahrscheinlich von einem havarierten Schiff, gepanzert hatten. Wäschebunker hieß er, weil daneben manchmal Wäsche flatterte, von der nun aber nichts zu sehen war, weil alles wie niedergewalzt ruhte und die Wölbungen der Unterstände an ein System fleißiger Erdtiere erinnerten, an Maulwurfshügel, welche rauchten, als ließen sie Dampf ab. Und er stand vorne in der Grube am bereiften Stacheldraht, während der Mond überm Englischen Schloß von Ästen rissig aussah.

Feldwebel Moosburger, der Zugführer, erschien. Rapp meldete: »Keine besonderen Vorkommnisse.« Moosburger sagte:

»Ja.« Jetzt stand er über ihm, die Fäuste in den Hüften. Der wartete noch etwas ab. Das Mondlicht machte die Gestalt im Schneehemd flaumig. Als ob unterm Schneehemd des Moosburger etwas einraste oder eine Kugel in den Lauf geschoben werde, freilich lautlos, denn so fühlte es sich an.

»Rapp, kommen Sie morgen, bevor Sie zur Schreibstube gehen, in den Zugsgefechtstand. Ich habe etwas mit Ihnen zu bereden.«

»Jawohl.«

Über Goeser und daß der verhaftet worden war, hatte außer Hochreither niemand etwas zu ihm gesagt. Vielleicht war es am Ende günstig, wenn er so tat, als ob er nichts bemerke und nichts wisse. Selbstverständlich hatte jeder, der mit ihm zur Gruppe Schrepfer zählte, von der Sache gehört; weshalb auch du dich hütest, davon anzufangen. Also redete vielleicht jetzt dann der Moosburger darüber, als Vorstufe des Verhörs in der Schreibstube, um das Heimtückische deutlicher zu machen. Die haben sich abgesprochen, sind gut aufeinander abgestimmt. Und du? Allein.

So geziemte sich's in Rußland, das ihm als schneewispernder Bezirk erschien, wo es trocken, kalt in Ritzen rieselte und durchdrang. Sickernder Schnee, stäubender Schnee, und Schnee, der ruhte, glänzte, glitzerte, die Schatten japanblau.

Zunächst zum Zugsgefechtstand, wo innen eine Bank aus Eichenholz so braun war wie die Vertäfelung der Wände; die hatten sich hier sauber eingerichtet. Hicker, der Vertraute von Moosburger, saß auf der Bank, nähte Silberlitzen an den Kragen einer neuen Jacke und schaute an Eugen vorbei. Moosburger stand von einer Liegestatt auf und kämmte sich; dann schnallte er sein Koppel mit der Pistole um und ging voraus; durch den Graben und dann links bei der Latrine, wo die Grabenhöhe einen Schneewulst hatte, und Moosburger, der seine Lider, der Helligkeit wegen, zusammenkniff, sagte zum Gefreiten Rapp: »Wissen Sie, daß das Sprechen fremder Sprachen in der Stellung verboten ist? Es ist gestern hereingekommen, daß Sie französisch gesprochen haben ... Ich verbiete Ihnen den Umgang mit Unteroffizier Hochreither. Fragen Sie nicht, weshalb.«

Moosburger ging weg. Eugen wartete und sah auf den blendenden Schnee. Dann ging er, ließ sich weitertreiben, wieder durch den Graben und hinein in das schneestille Peterhof mit seinen Häusern ohne Fenster und einem Bezirk, wo nur Kamine wie Baumstämme in die Höhe ragten. Die Kuppel einer Backsteinkathedrale war ein umgestülpter und rostiger Korb, durch den der scharfe blaue Himmel schaute. Im Schloßhof stand eine Barockfassade, und dahinter war Leere. Dem Meer zu stuften sich vereiste Wasserspiele als spiegelnde Terrassen unter vergoldeten Tritonen, die auf Muscheln bliesen. Grünliche Eisentüren mit der Aufschrift: »Zutritt für Wehrmacht streng verboten« versperrten die Kellergewölbe, und er wunderte sich über solche Wörter. Ein Steinhaus dicht daneben war intakt; es sollte ein Erholungsheim für Arbeiter gewesen sein, jetzt hauste der Troß einiger deutscher Kompanien in den untern Räumen.

Hier kam es darauf an, eine Gefahr vorauszuriechen und vorauszuspüren.

Mit einem Löffel wie ein Schaufelstiel rührte der Koch nacktarmig die Suppe um und sagte, so geschwitzt wie in diesem russischen Winter mit dreißig oder vierzig Kältegraden habe er noch nie. Eugen wunderte sich, daß der Koch jetzt mit ihm redete, ging zur Schreibstube nebenan und sah auf zwei Schreibtische, von denen einer frei von Papier war und sein Sessel leer. Der Hauptfeldwebel, dieser Gefängnisbeamte, der Luibacher hieß, zeigte sich nicht. Sein Schreiber, ein Postbeamter namens Bucher, legte Eugen einen bedruckten Zettel vor, auf dem stand, daß es für Soldaten der in Rußland eingesetzten Verbände keinen Studienurlaub gebe. – »Damit du siehst, daß wir nichts unterschlagen, das auf dich Bezug hat«, sagte Spindler, und Eugen erwiderte: »Jawohl.« Er wartete, bis Spindler sagte: »Du kannst jetzt gehen«, und also ging er wieder, erinnerte sich früherer Begegnungen mit diesem Spindler, sah sich neben ihm an einem hellen Sonntagvormittag in einem Wochenendhäuschen an der Loire mit dem Mann reden, dem das kleine Haus gehörte und der sagte, wenn hier alles so bleibe, wie es sei, werde er Bettwäsche bringen. Und am andern Tag bist du ins Ortslazarett Angers gekommen; ja, dieser wunderbar verrenkte und verzerrte Fuß, der dir vier Wochen Urlaub eingebracht hat... Der Saal ›Mon Profit‹ ist dort lang und breit gewesen... Und verwildert hatten sich die Flußauen unterhalb Angers gedehnt. Ein von Sumpfvögeln schnarrendes Gebiet, das Schilf über zwei Meter hoch; und das Erlen- und das Weidenbuschwerk wurde silbrig, wenn der Wind kam. Drüben die grünmoosige Römerbrücke, gebaut zu Caesars Zeiten, während du hier in Rußland die blendende Leere eines alten Ortes siehst ... Denn er ging nun wieder durch das alte Peterhof, wo der Wind einen dünn hängenden Draht bewegte, als ob ein meterlanges und stählernes Lasso ihn einfangen wollte. Hölzerne Leitungsmasten ragten aus Schneehaufen, und die Häuser schauten silbergrau oder hellbraun wie ein Tierfell herüber, manche rötlich und Fuchsfellen ähnlich.

Schnee hatte sich ins Haus geschlichen, trockener Schnee, während das scharfe Licht bis in die Winkel, in die Ecken leuchtete; unausweichliches Rußlandlicht, und Goeser war verhaftet worden, und es lauerte, es wartete, es blieb versteckt. Und er ging in einem leeren Haus herum und horchte. Ein Fenster stöhnte, ächzte und bewegte sich. Er fand dieses stöhnende Fenster und sah seinen Flügel an, einen neuen, glatten und hellbraunen Fensterflügel. Eine Scheibe hatte einen schrägen Riß. Und dahinter diese Stube, wo eine schwarzumrandete Hornbrille auf dem Schreibtisch lag, als säße ihr Besitzer nebenan. Eine Tasse hatte Spuren von vertrocknetem Tee. Er setzte sich an diesen Schreibtisch, wartete. Ein niederes Regal mit gedrechselten Stäben hatte Schneestaub, und die Bücher darauf fühlten sich kalt an. Seltsam, das kalte Buch, das ›Notre Cœur‹ hieß; oder die Fotografien im samtgebundenen Album, viele aus der Zeit, als die Samtkleider weitröckig gewesen waren; und hinten die nackte Momentaufnahme eines Mannes mit kahlgeschorenem Kopf. Daneben eine Prachtausgabe in gepreßtem Leinen, dunkelrot und goldbedruckt, obwohl bereits aus dem Jahr neuzehnhundertdreiundzwanzig; und darin die Geschichte der Partei, so abgebildet, als gehöre sie in die ›Gartenlaube‹ und habe sich im Siebziger Krieg abgespielt; viele Seiten, alle mit Fotografien in ovalen Rahmen eng bedruckt; die meisten dieser Köpfe mit roter Tinte, dünn, gerade und korrekt durchkreuzt; lauter tote, lauter liquidierte, lauter kaltgestellte, lauter ausgemerzte, ausgeschiedene Funktionäre der Partei. Und immer noch bewegte sich das Fenster lautlos, als wäre es geölt.

So tun, als ob nix wär. Den gutmütigen Kameraden spielen. Die halten dich für einen auskömmlichen Kerl, meinen aber, daß du ein bißchen verschroben bist, womit sie wahrscheinlich recht haben. Und er überlegte, weshalb sie – also Augustin, der Mechaniker, der Bauernsohn Stadler, der Bauernknecht Prinz, der reiche Brummer aus der Holledau, der viele Felder, Äcker, Haus und Hof, Vieh und was dazugehörte, erben würde und sich ausrechnete, wieviel zusammenkam, wenn er nach dem Krieg die Maria vom Nachbarhof nahm, dazu Alois Kecht, ein Zimmermann aus Ruhpolding, der immer alles bereit hatte, was vonnöten war, also beispielsweise eine Bürste zum Einfetten der Stiefel: weshalb also die alle dachten, daß Rapp Eugen zwar ein verträglicher, aber befremdlicher Bursche sei. Für die war es nur ein Gefühl. Und er wunderte sich wie schon oft darüber, daß er sich nirgends recht zu Hause fühlte, doch wer fühlte sich im Kriege schon zu Hause; und es könnte möglich sein, daß du sogar in Stuttgart und in München nicht daheim bist, sozusagen ... Und er dachte an Wien, wo er weder gewohnt noch gelebt hatte, das er sich aber nach Fotografien vorzustellen pflegte, und wo er sich jederzeit zurechtfand, allerdings nur in der Phantasie. Und mit dem Wien, das heute existierte, stimmte jenes eingebildete oder vorgestellte Wien nur, was die Häuser, die Luft und das Wetter anging, überein. Die Menschen aber ... Also, die denkst du dir aus ... Und er sah die grünlichen Mauern und das Spiegellicht nach außen aufgeklappter Fenster, das Pflaster, die Gaslampen aus der Kaiserzeit, diese gefächerten Glasdächer über den Hoteleingängen und wußte, daß nicht weit vom Palais Lobkowitz ein Kutscher seinen Standplatz hatte; das blieb bestehen, das war unverrückbar, und du kennst es wie den Kaiser, der im langen dunkelblauen Mantel, unter dem die Säbelspitze vorschaut, aus dem österreichischen Museum kommt, indes die Kutsche wartet und die Herren auf dem Trottoir die Hüte ziehen. Oder du wohnst um achtzehnhunderteinundneunzig in einer Villa, siehst von deinem Biedermeierschreibsekretär in eine helle, junidunstige Straße, wo eine schwarzgelbe Fahne sich bewegt, ein Einspänner vorübertrappelt, die Bäume vom Wind aufgeblättert werden, als ob sie atmeten, und du im übrigen mit deiner Mutter, deiner Schwester Margit und einem Dienstmädchen die sich ändernden Jahreszeiten anschaust und deinem Vater aus dem Wege gehst.

Die Schneeweite vor der Backsteinkathedrale Peterhofs, diesem beschädigten Kuppelbau, der mit gestapelten Broschüren vollgestopft war, weshalb auch Schritte benagelter Stiefel auf verstreutem Papier nur raschelten, die Schneeweite, und daß der Abschuß jenes französischen Mörsers, dieses Beutestückes, wieder einmal hinter der Kathedrale bellte, bis er schließlich dumpf und wuchtig bei den Russen einschlug, weil man meinte, daß es weiterhülfe, wenn die Häuser drüben hinterm Stacheldraht eingestampft würden: das war Gegenwart. Dir aber

kann es nichts anhaben, du bist in deinem eigenen Bezirk ...
Und er entsann sich, wie er drüben im Dach der Backsteinhalle
mit der Aufschrift NEKURIT gestanden war und die russische
Front sich drüben als zackige Häuserzeile ausgebreitet hatte
und zwischen Mauern einzelne Russen gelaufen waren. Auf
die hast du nicht geschossen und wirst niemals auf sie schießen; denn die dort haben dir doch nichts getan ... Gefährlich
waren nur die sogenannten ›Eigenen‹, diese Kameraden, die dafür gesorgt hatten, daß Goeser verhaftet worden war. Und du
und Hochreither, ihr werdet also auch noch mal drankommen.

Du erinnerst dich ans alte Wien. Und nachher gehst du zum
Hochreither.

Im Bunker sagte Augustin: »Ich hab' mir also eine von deinen
Zigaretten genommen.« – »Dafür sind sie da. Weshalb rauchst
du nicht mehr davon? Ich krieg genug geschickt. Mein Schwager hat doch ein Café in Stuttgart. Du brauchst dir nix dabei zu
denken, wenn du meine Zigaretten rauchst.« – »Ja, schon. Aber,
weißt du ...«

Merkwürdig, daß sie sich genierten. Oder hatte alles einen
andern Grund? Am Ende hatte Schrepfer sie vor ihm gewarnt.
Du kommst mit denen besser aus als mit dem Schrepfer, diesem Volksschullehrer; der hat dich beim Moosburger angezeigt,
weil du französisch g'schwätzt hast. Ob Schrepfer vielleicht
doch verstanden hat, daß du über den Heydrich gesagt hast,
dieses Schwein sei endlich weg? Oder bildeten sich die nur ein,
er glaube, daß man ihm verbieten könne, in der Stellung fremd-
ländisch zu reden?

Kecht wusch Teller. Er hatte diese weißen, irdenen, glasierten
Teller, wie sie Eugen von zu Hause vertraut waren (die stammten von seinen Großeltern), aus einem Peterhofer Haus herbei-
getragen, so daß nur noch die Suppenschüssel mit den Löwenköpfen als Henkel fehlte, um den Hausrat auch hier vollständig
zu machen. Aber wozu diese Mühe mit den Tellern? Freilich,

wenn man die benützte, blieben die Kochgeschirre sauber. Und abends wurde die Suppe in einem Kanister geholt, im selben Kanister, der morgens Kaffee enthielt. Und Eugen sah sich, den warmen Kanister auf dem Rücken, ins morgenfinstere Peterhof hineinstapfen, stolpern und in ein Schneeloch rutschen. Er spürte, daß seine Pfeife abgebrochen war, diese schwarze Pfeife, die bei Diehl in der Münchner Theatinerstraße zehn Mark gekostet hatte und ein massiver Kloben war, dessen Stiel er mit einer Patronenhülse flicken würde, falls er jemand finden sollte, der ihm eine Patronenhülse so durchfeilte, daß sie paßte. Und er sprach mit Kecht, der alles konnte, und Kecht sagte, ja, ihn interessiere das, und er wolle es sich überlegen.

»Wo ist der Schrepfer?«

»Wahrscheinlich auf dem Zugsgefechtstand.«

»Ich geh jetzt also zum Hochreither.«

»Is scho recht.«

Dieser Hochreithersche Bunker, recht behaglich und geräumig, sogar mit einem Fenster; ›Bunker mit Tageslicht‹ galt als besonders komfortabel. Und immer kam es auf den Unteroffizier an, ob die Lebensluft, sogar in solch einem Verlies, erträglich war (Schrepfer war halt gereizt, mißtrauisch). Und Hochreither winkte Eugen von der Bank aus zu. Im Arm eine Gitarre, einen rötlichen, schütteren, fransigen Spitzbart wie angeklebt am Kinn und auf der Oberlippe nur wenige Härchen (so wäre er auch dir gewachsen), griff Hochreither in die Saiten, und Sageder, ein Holzknecht aus dem Mühlviertel, oben an der tschechischen Grenze, wo sich die Kinskyschen Forste streckten, sang ein Lied, das aufhörte: »Dazu hat der Herrgott ja die Buam und Madeln g'macht.« Treutlein Hannis Likör ging von Mund zu Mund, und Hochreither sah das Etikett an, auf das Treutlein Hanni den Kopf eines Rehkitzes gezeichnet hatte.

Aber, sapperlot, er mußte doch Hochreither etwas sagen, das nichts für den Sageder war; also dann später. Und Sageder erzählte von einer Treibjagd beim Fürsten Kinsky, wo sie nachher immer so an langen Tischen gehockt waren, neben einem Feuer, und es hatte Speckseiten und Würst' und Bier gegeben, eine herrliche Zeit und mitten in dem dick verschneiten Wald.

Die Tür ging auf. Moosburger kam herein, gefolgt von Hicker, seinem Melder. Hochreither stand auf und sagte: »Gruppe Hochreither ohne besondere Vorkommnisse!« Eugen und Sageder waren stillgestanden. An Moosburgers Uniformkragen gleißten die neuen weißen Litzen, die Hicker ihm angenäht hatte; auch heute trug er keinen Mantel und war so scharf militärisch elegant wie auf dem Kasernenhof; dazu der hochgereckte Kopf. Der hatte nach Haus geschrieben, er müsse, der vielen Russenleichen wegen, täglich vor dem Graben Chlorkalk streuen lassen. Und jetzt war er süßlich liebenswürdig, was zu seinen grünlichen Augen und dem sommersprossigen Gesicht, das an ein Nagetier erinnerte, gut paßte. – »Fritz, wir müssen heute um halb fünf Uhr neue Befehle erörtern. Und bei dir muß im Graben Schnee geschaufelt werden«, sagte Moosburger, drehte sich um und ging.

Sageder sagte, das Schneeschaufeln mache er, und ging hinaus.

Danach blieb es still. In den Kojen lagen zwei; also konnte er es Hochreither hier auch nicht sagen. – »Kommst g'schwind mit raus? Ich muß jetzt fort.« Und sie traten vor den Bunker, wo Eugen sagte: »Der Moosburger hat mir den Umgang mit dir verboten und gesagt: ›Fragen Sie nicht, weshalb.‹ Und es sei verboten, in der Stellung fremde Sprachen zu sprechen. Der Schrepfer hat es ihm gemeldet.« Hochreither sagte: »So«, und Eugen sagte: »Und jetzt war er doch scheißfreundlich.« Hochreither nickte und sah zum Englischen Schloß hinüber.

»Abwarten halt.«

Und es rieselte und flog der Schnee. Wie oft hast du gedacht: es rieselt Schnee ... Und er schaute auf die Seite, ging allein in der leeren Straße, die ihm weit erschien, glatt gebügelt vom Wind, jetzt wieder nahe dieser Kathedrale mit der durchlöcherten Kuppel. Der Schnee, gelb behaucht vom Abend, war ausgelegt und flüsterte.

Er wartete, ob sich etwas ereigne, doch ereignete sich nichts. Um sich zu baden, ging er nach hinten zwischen Holzhäusern mit leeren Fensterlöchern, hatte den kahlen Park neben sich und kam dann wieder zu dem Wirtschaftsgebäude beim Schloß, wo der Troß untergebracht war und wo er sich mit Jussy, diesem Langen, der die Nase rümpfte, in einer Wanne voll heißem Wasser waschen durfte, wobei ihm Jussys kahler Kopf mit wenigen Härchen merkwürdig erschien und an Jussys rechter Hand ein goldener Ring glänzte. Er erinnerte sich, daß Augustin gesagt hatte, wenn der Smekal falle (denn Jussy hieß Smekal), dann nehme er ihm gleich den Ring ab; und Augustin, dessen Gesicht eingeschrumpft erschien, sog an einer Zigarette ... Jetzt aber dampften die Wannen, und jeder wusch sich, die Brust überzogen mit dem Schorf aufgekratzter Läusebisse.

Hernach ging er mit Jussy an der Fassade des Schlosses entlang, jetzt schon bei Nacht. Der Schnee schimmerte bläulich, und an der Ecke des ausgebrannten Schlosses hockte ein im Feuer eingeschrumpfter Mensch wie eine Puppe, ein ledernes Wesen, kleinköpfig, mit winzigen Händen und Stummelbeinen neben dem Gerippe eines Panzerwagens. Eine Katze huschte davon. Und die Riesenleiber zweier nackter Tritonengestalten, die vergoldet waren und auf Muscheln bliesen, ragten auf der Terrasse zum Meer in die Höhe, und das Meer lag draußen wie ein gefrorener Fisch.

Im Park wurde Holz gehackt, und jeder Schlag drang scharf herauf. Bäume knarrten, das Gewehrfeuer fing an, dies abendliche Brodeln, das die Zuckungen der Front verriet, das hektische Pulsieren eines unsichtbaren Leibes, der im Fieber lag. Himbeerrote Leuchtspurgeschosse irrten durchs Geäst, und sie gingen durch die unbewegte Baumversammlung, der's gleichgültig war, was sich ereignete, oder wie sich Gegenwärtiges mit Zukünftigem mischen werde, während es für Menschen schwierig war, dies hinzunehmen.

Steinerne Trümmer lagen im Schnee, ein Gebälkstück wurde von einem Pfeiler gestützt. Vor einem Säulenstumpf, der an Grabmäler erinnerte, standen Soldaten um ein Bündel, das von der Dämmerung verwischt zu werden schien. Und hinter Jussy drängte er sich dann zwischen die andern, sah ein Mädchen mit blondem Haar in wattegefütterter Jacke und Hose im Schnee liegen, und Hose und Jacke waren aufgerissen. Ein gedrungener Mensch, dem das Haar wie gefrorenes Stroh vom Schädel abstand, sagte: »Wir machen doch in dem gefrorenen Boden kein Grab. Da müßtest du ja einen Meißel nehmen.«

»Verbrennt sie auf einem Scheiterhaufen«, sagte Jussy, lachte leise und schien unbeteiligt, während die andern durcheinandersprachen.

Dann stand der Major unter ihnen, dieser Hagere, der Götzberger hieß, stützte sich auf seinen Stock und fragte: »Was habt ihr da?« Und der Gedrungene machte Meldung, verhaspelte sich und blieb stecken, worauf Jussy hinzufügte, man stehe hier, um eine weibliche Leiche zu betrachten.

Der Major fragte nach seinem Namen und seinem Beruf. Jussy antwortete, als träfe er den Major nicht in einem verwilderten Park vor einer toten Russin, sondern in einer Gesellschaft, wo man beieinandersteht, raucht und plaudert. Es war, als kenne er ihn seit längerer Zeit, und er fügte hinzu, einen Beruf habe er nie ausgeübt, wozu auch, man habe doch schon seit langem geahnt, daß ein Krieg kommen werde, und weshalb hätte man sich dann ›für so was‹ anstrengen sollen.

»Was machen Sie, wenn Sie den Krieg überleben sollten?« fragte der Major und erhielt zur Antwort: »Dann wird sich auch was finden.« Jussy nickte und wies mit der Hand, an der sein goldener Ring glänzte, auf das braune Bündel vor seinen Füßen: »Sie ist dieser Sorge ledig. Und dafür erlernt man einen Beruf.«

Nach einer Weile fragte der Major: »Wie ist sie hierhergekommen?«

»Übers gefrorene Meer. Vielleicht von Kronstadt. Sie hat sich im Stacheldraht verfangen, und einer hat geschossen.«

Jussy deutete dorthin, wo es zwischen schwarzen Stämmen bläulich schimmerte und spanische Reiter vom Zwielicht verwischt wurden.

Der Major holte eine Zigarette aus seinem Schafspelz, und Jussy gab ihm Feuer, sagte, Mediziner zündeten sich in der Leichenkammer auch gerne eine Zigarette an; dann fragte er, ob der Herr Major einmal zugesehen habe, wie Zigeuner tote Stammesgenossen verbrennen; in Ungarn habe er einer solchen Zeremonie beigewohnt: »Interessant. Allerdings wird dort die Leiche zuvor nicht entblößt, wie es hier geschehen ist«, worauf der Major fragte, ob er nicht meine, daß so etwas verständlich sei, weil die Mannschaft schon seit langem keinen Urlaub mehr bekommen habe. »Sie müssen sich an so etwas gewöhnen. Ihre Kameraden sind deshalb nicht schlecht.«

Dann ging der Major weg, und Jussy sagte leise: »Es ist mir also gelungen ... Weißt du, der Mann wird für mich wichtig sein. Übrigens auch für Hochreither, warte nur.« Und Jussy zwinkerte, stolperte hochgewachsen weiter, ein wenig vorgeneigt, das weiche, gepolsterte, runde Gesicht gerötet, der Kopf klein über der langen Gestalt, eine Figur wie kostümiert mit dem Gewehr, dem langen grünen Mantel.

Jussy, der war gut; wenn du von dem etwas hättest, kämst du leichter durch ... Aber als Wiener auf die Welt zu kommen, das passierte halt leider nur solchen Menschen, deren Eltern in Wien lebten. Und wiederum sah er Schloß Belvedere vor sich, wie er es noch nie gesehen hatte, aber einmal sehen würde, im schrägen Licht ... Und wieder kreuzten sich himbeerfarbene Leuchtspurkugeln im Geäst der Bäume, wie bei Belsazars Gastmahl diese Feuerschrift, gewissermaßen ... obwohl es jetzt mit so etwas wie ›Gastmahl‹ schlecht bestellt war. Da trinkst du, wenn es hochkommt, ein paar Schlückchen selbstgemachten Likörs von Treutlein Hanni, Hochreither klimpert auf der Gitarre, und Sageder singt dazu. Doch immerhin war es erfreulich, daß es in der Stellung hier bei Peterhof noch ruhig blieb, obwohl sie bei der sechsten Kompanie, eben dieser Ruhe wegen, einen Stoßtrupp gemacht hatten, und es war ein unsinniges Unternehmen. Da hatte doch dieser Oberleutnant gemeint, die Russen seien schwach, weil sie nur bei Nacht schossen, worauf Kecht gesagt hatte, er glaube, daß sie den russischen Kessel da aufrollen müßten. Du aber hast es anders im Gefühl ... Als ob es eine Ausstrahlung der Stärke gäbe, für die seltsamerweise manche unempfindlich waren, doch erklären konnte man es ihnen nicht; die merkten's erst, wenn sie mit Lungenschüssen hinter der Grünen Fabrik lagen, wie jener Oberleutnant von der Sechsten, der Dentist, derselbe, der in Saint-Palais sich bei dem Bürgermeister Guérazacq über verstreute Glassplitter beschwert und gemeint hatte, dies sei ein Sabotageakt.

»Weißt du, daß Goeser von dem mit dem Schleimsuppengesicht und den abstehenden Ohren angezeigt worden ist? Ja, dem, der immer den Ofen so fleißig geheizt hat, wenn wir in dem kahlen Zimmer beieinandergehockt sind. Nun, dann weißt du's jetzt ... Der hat es dem Lui hinterbracht. Und weißt auch, was der Goeser g'sagt hat? ›Wir werden unsere Seitengewehre auf den Tisch hauen und dem Hitler ein zweites Neunzehnhundertachtzehn bieten.‹ Aber das war freilich ein bißchen zuviel; so deutlich hätte er's gerade nicht zu sagen brauchen. Oder sind Sie anderer Meinung, Exzellenz?« Und Jussy deutete an, daß er den Kerlen alles sagen könne, weil er es anders mache als der arme Goeser: »Halt mit ein bißchen Schmonzes, weißt du. Rotz mußt du denen um die Backen schmieren, dann kannst du ihnen alles sagen.«

Den um die Backen zu schmierenden Rotz hatte Jussy von Eugen Rapp übernommen, und jetzt machte er auch seinen schwäbischen Tonfall nach. Während das Zwielicht verschwunden war, die Nacht sich ausgebreitet hatte, eine höhere und weitere, eine mächtigere Nacht, als sie zu Hause sichtbar wurde, eine mit Sternenschwärmen wie Insekten hinter dunklem Glas, fiel ihm wieder das Wort aus einem Theaterstück ein: »s'kann dir nix g'schehn«! Jawohl, es konnte ihm nix g'schehn, es gab sogar in Rußland als Soldat etwas, das nichts zu tun hatte mit Läusen und mit Uniformen, mit Mädchenleichen, denen die Kleider aufgerissen wurden, mit Schleimsuppengesichtern, wie der Jussy sagte. Und wiederum nahm er sich vor, es genau anzuschauen, was sich zeigte, und erinnerte sich der in nassen Schnee verpackten Tage im Dezember hier neben den Balkenmauern alter Holzhäuser in Peterhof, an diese nasse Dunkelheit, ein dämmeriges Tröpfeln und Einschneien, das nur um Mittag blinzelnd heller wurde, um gegen drei Uhr wieder abzusacken und dahinzudüstern. Das siehst du nur in diesem Rußland, es ist dieses Rußland so uralt, wie deine Heimat nie uralt sein kann, und warum? Nicht genau auszumachen ... Vielleicht, weil hier bei den Strohdächern und Holzhäusern eine ferne Zeit noch näher als zu Hause dazuliegen schien; also jene Zeit, da noch nichts aufgeschrieben worden war. Aber das ist auch bloß ein Gefühl.

Wieder waberte der Schnee. Es schien, als ob nun Rußland eine Mauer um sich ziehen wolle, eine Mauer aus leichtestem Stoff, aber so undurchdringlich, wie keine wirkliche und keine steinerne sich je hätte erweisen können. Dazu der Minen schießende französische Mörser mit seinen Einschlägen, die drüben die Gebäude einebnen sollten, aber beispielsweise an dem Wäschebunker mit den grünlichen Stahlplatten nichts veränderten: Dies alles paßte zu etwas Lautlosem, das vor der russischen Front undurchdringlich blieb (hinübergehen und die Hände in die Höhe strecken, wär nicht schlecht gewesen). Hochreither aber überlegte, ob es möglich wäre, übers gefrorene Meer nach Finnland zu gehen, und fing an, Brot zu sparen und zu rösten, als eiserne Ration. Und in der Nacht müsse man's machen (er sagte ›machen‹ und nicht ›tun‹), oder bei einem solchen Schneesturm, wie er jetzt draußen wachele ... Und Hochreither sah nur seines rötlichen und schütteren Barts wegen wie verwischt aus, als ob er hinter einer Schneewand stünde; also ›richtig‹ und ›ganz‹ war der nicht mehr da ... Der merkte jetzt zum ersten Male die Heimtücke, von der er umlauert wurde; denn früher hatte er sie nicht gespürt, früher, als Lehrer im Landerziehungsheim und als Student. Während du immer darauf eingestellt gewesen bist und es dich nicht arg wundert. Wie gesagt: So tun, als ob nix wär ... Und schließlich war auch nix; denn Leute wie dieser Luibacher, dieser Hauptfeldwebel mit dem Blutorden der Partei und einer jahrzehntelangen Praxis als Gefängniswärter ... Also, daß ein solcher hier versuchte, einen gegen den anderen auszuspielen und durch so etwas wie ›Vertrauensleute‹ jeden überwachen wollte, war sozusagen natürlich. Zu wundern oder gar zu grämen hätte sich Hochreither deshalb nicht brauchen, obwohl es allerdings verständlich war, wenn er sich grämte. Denk bloß dran, daß sich der gute Fritz Hochreither vor seiner Heirat vom Bataillonsarzt medizinische Ratschläge hat geben lassen ... Also, irgendwie gehörte so etwas dazu und paßte gut ins Bild.

»Du schaufelst den hinteren Graben aus«, sagte Schrepfer zu Rapp Eugen, der dachte, daß es sich also verdichte; denn jetzt den hinteren Graben ausschaufeln wollen, war soviel wie ... sagen wir mal: Schneeflocken zählen. Weshalb also Eugen nach hinten stapfte, sich an die weiche, die schneepolsterige Grabenwand lehnte und es zischen, wehen und wispern ließ. Ein guter Platz, wo man allein warten konnte. Und Schrepfer kam, schaute sich um, bemerkte Eugen, näherte sich und blieb in einem Abstand stehen, der einen halben Meter länger als Eugens Schaufel war. Jetzt schmunzelte Schrepfer, und Eugen sagte: »Ich schaufele, aber es weht wieder zu.« Darauf Schrepfer: »Wenn du deinen Likör mit einem andern trinken willst, kannst du den doch auch mit mir trinken.« Und Eugen: »Das ist eine gute Idee.«

In der Nacht traf er Hochreither. Diesmal standen sie nicht weit vom Wäschebunker, und Hochreither sagte: »Vielleicht hat sich der Schrepfer beim Moosburger über dich beschwert. ›Der bringt mir meine Gruppe durcheinander‹, kann er zu ihm gesagt haben.« – »Ich weiß, daß er sich davor fürchtet ... Die meinen nämlich alle, ich würd' aufschreiben, was hier so passiert. Und deshalb hat der Augustin heute zum Schrepfer g'sagt: Wir haben's schriftlich, was du hier tust, Schrepfer! Schriftlich!‹ Der ist denen halt zuwider, weil er meint, er sei was Besseres.«

Hochreithers spitzbärtiges Gesicht war in der Luft, welche jetzt wieder stillstand, unberührt vom Schnee, ein bleicher Gegenstand geworden, etwas wie aus Milchglas. Er sah nach drüben. Dann sagte er: »Mit dem Jussy bin ich morgen um elf beim Divisionsrichter. Er kommt zum Bataillon.« – »So.« – »Besser wär gewesen, wenn sie uns zur Division befohlen hätten.« – »Warum?« – »Dann wär doch ein ganzer Tag draufgegangen.« – »Ach so ...«, sagte Eugen. »Du hättest also gern was Neues g'sehn. Weißt du, ich dank' schön für das Neue. Bei uns sagt der Weinzierl immer: ›Wos Neis? I hob am Oltn no soo gnuag!‹ Eigentlich net schlecht, gelt?«

Hochreither erzählte später vom Gespräch mit diesem Richter, der gefragt habe, ob sie beide, Jussy und er, mit Goeser befreundet seien. – ›Jawohl, wir sind mit ihm befreundet.‹ – ›So ... Und ist Ihnen da an ihm nichts aufgefallen?‹ – ›Doch. Daß er ein gequälter Mensch ist.‹ – ›Sonst nichts?‹ – ›Nein, sonst nichts.‹ – ›Aber er hat doch mit einem französischen Mädchen Briefe gewechselt.‹ – ›Die Briefe dieses Mädchens hat er uns manchmal gezeigt.‹ – ›Was stand in diesen Briefen?‹ – ›Ich erinnere mich an eine Stelle, wo sie schreibt, er drücke sich wie ein Dichter aus.‹ – ›Sonst nichts?‹ – ›Nein, sonst nichts.‹

So mochte das Gespräch mit dem Divisionsrichter verlaufen sein; jedenfalls habe er, Hochreither, es nicht anders in Erinnerung. – »Und was für ein Mann war der Richter?« – »Ein sehr... ja, ein abgerückter Mann. So könnte man es vielleicht sagen.« Und er beschrieb das dichte graue Haar des Richters und wie er ihn angeschaut hatte, interessiert, nicht ohne Mitgefühl. »Es war ein feiner Mann«, sagte Hochreither. »Mir ist es vorgekommen, als hätt' sich der geschämt.« – »Schlechtes Gewissen konnte es auch sein. Und weil er denkt: du selber sitzt in der Etappe, und die sind vorne, und die mußt du jetzt verhören. Oder er ist im geheimen auf eurer und auf Goesers Seite und sagt zu sich: du Feigling.«

»So? Meinst du?« Es war, als ob den guten Fritz Hochreither wieder einmal etwas träfe, das er nicht zu denken gewagt hatte.

Die Gruppe Schrepfer, zu der Eugen gehörte, wurde nach rechts, also dorthin verschoben, wo man auf das Meer schaute und die Grüne Fabrik hinterm Stacheldraht nahe war. – »Da haben sie uns wieder mal in ein lichtloses Loch gesteckt«, sagte Augustin, als er in den stickigen Bunker trat; er war gealtert und mager geworden, hatte graue Fäden ins Haar bekommen. Schrepfer packte seinen Wäschebeutel und gab jedem die Hand, bevor er sich erleichtert davon machte; der ging zu einem Offizierslehrgang. Statt seiner war jetzt Gleichauf da, ein neugebackener Unteroffizier und Bauer aus dem Hessischen. Ein Wiener kam dazu, einer der sich ärgerte, weil hier nichts los war, und der sagte: »Wann's no amol richtig scheppern tat!« Er stammte aus einem Vorort. Seine Frau war Dienstmädchen bei einem Professor gewesen, und vor einem Jahr, um Weihnachten herum, als er auf Urlaub zu Haus gewesen war, hatten sie eine neue Wohnung in einem Mietshaus bekommen und dort in einer Schublade ein altes Bild gefunden; das war vom Professor gewesen, denn der hatte ihnen einige Möbel vermacht. Und sie hatten die Möbel brauchen können und Ehrfurcht empfunden vor diesem Professor ... Der Wiener hatte ein kleines Gesicht mit scharfen schwarzen Augen und einem verkniffenen Mund. Dazu als neuen Kameraden (das Wort magst du nicht) diesen Wimmer, dem Luibacher den Druckposten eines Soldatengräbergärtners beim Regiment zugeschanzt hatte, nachdem er Luibacher aus der Heimat einige Pfund Butter hatte schicken lassen, weil er der Meinung war, gut geschmiert sei gut gefahren; weshalb ihn alle andern in der Gruppe für einen schmierigen Kerl hielten.

Eugen hütete sich, ihnen zuzustimmen, weil er meinte, diesen Wimmer habe Luibacher hierhergeschickt, damit er ihn aushorche; der wartet doch bloß drauf, daß du etwas gegen den Hitler sagst ... Und er nickte Wimmer zu, dessen Gesicht durch einen stacheligen Schnauzbart verschärft wurde. Und Wimmer sagte: »Es sollen auch noch andere drankommen, nicht bloß dieser Goeser. Oder weißt du noch nicht, daß sie den Hochreither zur sechsten Kompanie versetzt haben?«

»Doch. Es ist mir bekannt. So etwas spricht sich rasch herum.«

»Und heute morgen haben sie den Smekal g'holt.«

»Aber der sitzt doch beim Bataillon in einem Zimmer.«

»Ja. In Untersuchungshaft.«

Wimmer wußte Bescheid. Andere erzählten, vorerst gehe es dem Jussy ausgezeichnet. Der brauche bloß sein Holz zu spalten für den Ofen; und manchmal komme halt so ein Gerichtsbeamter von der Division und frage ihn aus. »Jetzt hat er's freilich schön, aber was später ist, das weiß man nicht.« Und sie lächelten Eugen an.

Übrigens war Gleichauf, dieser neue Kapo, bei Feldwebel

Moosburger schlecht angeschrieben, obwohl er ein guter Schütze war und eine Taube mit einem Kopfschuß vom Baum holte. Er briet sich dieses Täubchen und aß es genießerisch, nachdem er sich bei den andern entschuldigt hatte: es lohne sich nicht, wenn er jedem etwas davon gebe. Danach schien sich Moosburgers Meinung über Gleichauf zu verbessern, aber nur weil Gleichauf einen Spähtrupp machen sollte. Und Gleichauf sagte: »Ich muß also durch die Grüne Fabrik und bis zu diesem Taubenhäuschen oder was das ist. Von euch braucht keiner mitzugehen, außer wenn er es freiwillig tut.«

Es gehörte sich, daß man mitmachte, und ein Spähtrupp gehörte zum Krieg; ob aber der Krieg zum Leben gehörte, das war nicht ganz sicher. Zu deinem Leben gehört er jedenfalls, und du brauchst dir so gut wie nichts zu überlegen ... Trotzdem überlegte er, was er zu dem Spähtrupp anziehen solle, jetzt, da es frühlingswarm war. Toilettsorgen hatte er zwar keine, sagte aber zu Kecht: »Du, ich muß mit denen da zum Taubenhäuschen rutschen und ziehe dafür Mantel und Pelzweste an.« – »No ja ... In Sibirien ist's kalt.«

Der verstand's, die andern aber lachten: »Wart nur, dir wird es schon warm werden.« Und Moosburger war der Meinung, das sei geradezu ein ganz lächerlich leichter Spähtrupp: »In der Grünen Fabrik ... Ach, dort bin ich schon oft gewesen!« Und er reckte den Kopf.

Im Zwielicht kletterten sie aus dem Graben. Feldwebel Seitz, klein und sauber, zeigte auf eine Tellermine, die mit einem roten Tuch bedeckt war. Und es ging leise zu, sie flüsterten, und schlichen sich in die Grüne Fabrik hinein, die von innen braun ausschaute und nach hinten offen war, dort, wo der Russengraben in einen Abhang eingewühlt sein sollte. Geweitet streckten sich im Widerschein der halben Nacht die Mauern und hatten hohe Fensterbögen, als ob die Grüne Fabrik die Augen aufreiße und staune, gewissermaßen.

Da kannst du dich noch an den Mauern entlangdrücken ...

Aber dann rutschte er auf weichem Boden, robbte. Unter seinen Händen krachte es und roch verwesungsscharf; dann sah er Brustkorbknochen und griff in Asche. Bleche klapperten, der Boden wurde schlammig, und er kam den anderen nicht nach. Aber es ging, und es ging zentimeterweise vorwärts, und er sah Gleichauf den Arm hochstrecken. Der war jetzt dicht beim Taubenhäuschen.

Es mußte so lange gekrochen werden, bis sich bei den Russen etwas rührte. Warum die jetzt nicht auf diese kriechenden Deutschen schossen, die vor ihnen auf freiem Feld ... Es krachte endlich ein einzelner Schuß, vielleicht aus einer Panzerabwehrkanone oder einem Infanteriegeschütz. Seltsam, daß kein Einschlag zu merken war.

Zurückkriechen, als schwämme er durch seinen Schweiß, durch Blech und Asche. Wieder einmal waren alle andern schneller. Und als letzter erreichte er diese Grüne Fabrik, die leer war, frei von Deutschen, frei von Russen. Er mußte schnaufen wie ein alter Mann. Und im Graben hatten sie weite Augen, als hätten sie nicht mehr erwartet, daß er es noch schaffen werde.

Er zog sich aus, wusch sich im Bächlein hinterm Bunker; alles an ihm war durchweicht. Der durchkrochene Weg mit Blech, Leichen und Asche hatte sich nur eklig angefühlt. Und gar nichts war dabei herausgekommen, nicht einmal, daß Gleichauf bei Moosburger von nun an besser angeschrieben war. Denn der sagte bereits am nächsten Tag zu ihm, er habe bei keiner Gruppe derart dreckige Hemden wie bei ihm gesehen; weshalb Eugen sein Hemd in einer Suppe aus zerschnittener Seife und Chlorkalk kochte, daß es hernach zwar Löcher hatte, aber so weiß strahlte wie kein anderes Hemd.

Sie schleppten dann hölzerne Roste in die Gräben und legten sie auf den schneeigen Boden. Aber wozu diese Roste? Vielleicht, um die Stellung elegant zu machen. Immer noch herrschte der Schnee, auch zu Anfang April, bis es über Nacht taute und die Roste in den Gräben schwammen und die Gräben zu Bächen wurden; und das Wasser stand glatt in den Gräben und war still. Und deshalb mußten sie aus den Gräben klettern, unter Bäumen gehen, mit Marmeladekübeln Wasser schöpfen; und kein Russe schoß, weil drüben hinter der Grünen Fabrik die Russen dasselbe taten wie die Deutschen: Stahlhelme an Stangen binden und damit Wasser herausschaufeln, abgerutschte Grabenwände mit Flechtwerk stützen und abwarten, bis das Wasser sich verlaufen hatte.

Und es verlief sich. Boden und Grabenwände wurden weich, und nun waren die Roste wertvoll, eine geschätzte Sache, die, als das Wetter trocken und warm wurde – unerwartet war es weichluftig geworden, und der Wind wehte aufs Meer –, wie Straßen gekehrt werden mußten, so verlangte es die Ordnung. Krächzende, flatternde Starenschwärme füllten die Krone eines Baumes vor spanischen Reitern und besuchten Tote, die nun sichtbar wurden und um ein Taubenhaus oder einen zerstörten Kiosk herumlagen, der aus leibergedüngter Erde ragte, einer von Trümmern wie gepflügten Stätte, hinter der das Meer seine gleichmütige, seine gerauhte, seine violettrieselnde Haut zeigte; in ihr eine Insel mit grünlichen Festungsmauern, schon weit draußen und zur Größe eines langen Schiffs aus Stein geschrumpft, hinter dem, dünn und dunkel, die Küste Finnlands einer Hecke glich, die er mit Hochreither und Jussy übers Eis hatte erreichen wollen. Aber wie? Bloß als Spaziergänger, zu Fuß; mit geröstetem Brot, mit einer Feldflasche voll Tee, mit einer Konservenbüchse als eiserner Fleischration. Also anders als du mit zehn Jahren meintest, daß du von zu Haus weggehen könntest, hast du dir's nicht vorgestellt und deshalb drauf verzichtet; auch Hochreither Fritz hat es nicht ernst genommen.

Oder wäre es ihnen geglückt, weil sie es sich wie Kinder vorgestellt hatten? Und er entsann sich dieser grauen, starren, festen Fläche, die noch vor vier Wochen ›Meer‹ geheißen hatte und auf der, wenn man durch das Fernglas schaute, zwischen jener fernen und rötlichen Kuppel über den Häusern, die zu Leningrad gehörten, und jenem Schiff aus Erde namens Kronstadt Lastwagen gefahren und Menschen gezogen waren, hin und her und wahrscheinlich auch zwischen Kronstadt und jenem ovalen Brückenkopf oder Kessel um den Hafen des neuen Peterhof, der drüben hinter Häusern liegen sollte und unsichtbar blieb. Weiter unten, am Strand, Leningrad zu, hatten sie einen Holzturm mit einem Häuschen auf der Spitze aufgerichtet, um bequem aufs Meer hinausschauen zu können; aber dieser Holzturm war von zwei Flugzeugen in Brand geschossen worden, nebenbei gewissermaßen.

»Rapp, komm raus. 's ist Besuch da!« rief Weinzierl in den Bunker, und draußen stand Jussy, groß, gut genährt und ausgeruht. – »Melde mich aus der Erholung gehorsamst zurück«, sagte er. – »Wie hast du das geschafft?« – »Es ging, mein Lieber. Spezimopperl haben's halt net mit mir machen können ... Also, vielleicht weißt du die Anklagepunkte noch nicht alle, als da sind: Wehrkraftzersetzung, homosexuelles Verhältnis mit einem Angehörigen der Regimentsmusik, Raub von Kunstwerken, die im Schloß Peterhof aufbewahrt worden sind ... Schau ihn dir an, diesen Verbrecher ... Und der Major hat zum Schluß zu mir g'sagt: Sie kommen jetzt wieder nach vorne. Wenn Ihnen irgendwer aufsitzen oder Sie sekkieren will, weil Sie vor Gericht gestanden haben, dann melden Sie das gleich.« Und er berichtete im einzelnen, welch herrliches chinesisches Porzellan er dort hinter den Panzertüren mit der Aufschrift »Zutritt für Wehrmacht streng verboten!« gefunden, geborgen und nach Hause geschickt habe. »Also, ich sag dir: auch der Talar oder Ornat eines Popen war darunter; von dem hab' ich das Mittelstück herausgetrennt, und später hat mir die Mama geschrieben, wie wundervoll sich das zu Hause auf dem Flügel macht. Ich kann mir's denken, ich seh's vor mir, wie es ausg'schaut hat... Und das haben die Schweine mir dann alles wieder g'nommen. Durch die Kriminalpolizei in Wien... Unvorstellbar, in welche Hände das jetzt kommt. Und wie sie's gerechtfertigt haben, wie scheinheilig! Die sagen einfach: Sie können sich Ihren Bunker mit Perserteppichen auslegen und Ihren Front-Kaffee aus signiertem China-Porzellan trinken, wann Sie wollen. Aber nach Hause schicken... das geht nicht. Weshalb sie mich dann trotzdem ungeschoren haben laufen lassen, bleibt mir freilich unerfindlich. Doch lassen wir das Rätsel ungelöst.« – »Wie war's dann mit deiner Wehrkraftzersetzung?« – »Tja, weißt... Also, ich mein', das hat der Major abgebogen. Erstens, weil er es sich nicht leisten kann, nach dem Goeser schon wieder einen Fall im Bataillon zu haben – du weißt, daß der fünf Jahre Zuchthaus mit Frontbewährung bekommen hat? – und dann wahrscheinlich, weil er Götzberger heißt. Mit dem Kardinal ist er verwandt. Und dazu gehört vielleicht auch, daß man ein aufrechter Mann bleibt; einer, der solche wie den Luibacher verachtet. Denn der kommt in die Heimat. Den schiebt er ab. Solch einen will er nicht hier haben... Und ich weiß auch, was der Lui zum Raunecker gesagt hat, denn der hat's mir natürlich gleich erzählt. ›Nehmen Sie sich ja vor dem in acht. Der wickelt Sie um den Finger...‹ Aber der Raunecker muß...« Und Jussy streckte den Daumen abwärts: »Er muß hinunter; er muß mir die Hände küssen, sozusagen... Mein Charme durchdringt die dickste Sturheit!«

Jussys pausbäckiges Bubengesicht strahlte. Sie standen dort, wo es um die Erdwand des Einschlupfs zum Bunker ging, der mit Rosten belegte Graben vorbeiführte, der Kanal als Einschnitt zum Meer führte und seine Böschungen jetzt schon grün waren, während oben Bäume sich bewegten; über Nacht waren die Blätter ausgeschlüpft. Aber das bewies noch gar nichts, wie Wimmer sagte, der es wissen mußte, weil er Gärtner war. Der wußte auch, daß es nichts bewies, wenn Jussy freigesprochen worden war, weil nach wie vor alle Briefe, die man nach

Haus schreibe, hinten gelesen würden. Und, wie gesagt, es kämen noch andere an die Reihe (er schaute Eugen an), und wie es noch mit dem Hochreither gehe, der zur sechsten Kompanie versetzt worden sei, das wisse man noch lange nicht.

Also, richtig schmierig ... Aber hier verachteten sie alle diesen Wimmer. Gut für dich ... Wer einen anderen ›hinhängte‹, den hätten sie am liebsten in die Latrine gestopft. Erfreulich auch, daß dieser Weinzierl mit ihm hier war, Weinzierl, ein Bankangestellter, der eine Kellnerin geheiratet hatte, von der sie erzählten: »Also, gevögelt hat die wie ... ein Maschinengewehr!« Und Stadler sagte zu Weinzierl, man heirate doch kein Handtuch ... Freilich, sie kannten sich aus Landsberg, und jedermann wußte alles, was der Nachbar tat. So auch von Weinzierl, der seiner Frau wegen Kummer hatte. Und jetzt schrieb ihm seine Nichte, daß seine Frau von der Bühnentreppe gestürzt sei und viel Blut verloren habe; es gehe ihr sehr schlecht. – »Wenigstens kriegst du deshalb Urlaub«, sagte Eugen und dachte: warum ist der so blöd gewesen und hat geheiratet ... Heiraten war doch Mist; wozu das auf sich nehmen, wenn man wußte, daß ein Krieg kam; aber Weinzierl hatte es wahrscheinlich nicht gewußt. Und er sagte zu Weinzierl: »Dann weißt du wahrscheinlich gar nicht, ob dein Bub von dir ist«, aber solch eine Bemerkung war gemein. Weinzierl erwiderte: »Das habe ich mir freilich auch schon oft gesagt, aber mein Bub hat diesen schwer gewölbten Hinterkopf wie ich.« Und er strich in der Luft über eine unsichtbare Kugel.

Dann sägten sie zusammen Holz. Es ging mühsam, der Klotz wurde buckelig und schief, und Weinzierl hielt ihn in der Hand: »Meine Herrschaften, hier sehen Sie Holz, akademisch geschnitten!« Und während die andern lachten, erinnerte sich Eugen an die Läuse zwischen Hemd und Haut, dachte, alles passe auch hier zusammen, und sah wieder, wie Köpf und Prinz vor einem halben Jahr auf dem Bunker in den Hallen ihre Hemden ausgezogen, sich gegenseitig die Hemden gezeigt und nachher gesagt hatten, es seien so graue und gelbliche Tiere drin, manche ganz dick und mit einem Punkt im durchsichtigen Leib; der Punkt aber sei nichts anderes als Blut, und dieses Blut hätten die Viecher ihnen ausgesaugt. – »Wir haben nicht g'wußt, was das ist. Und dann haben wir uns g'schämt! Aber ihr habt's ja alle auch.«

Noch immer lag dieser schweißige Dreck im Graben, dieses Schmierige, das zwar unsichtbar blieb, aber zuweilen aus dem Mund des Wimmer an die Oberfläche gluckste: »Da werden auch noch andere drankommen!« Daß du damit gemeint bist, weißt du längst.

Vor dem Stacheldraht, schräg unterm Graben, lag eine Mädchenleiche, zur Seite gedreht und im braunen Gesicht Zähne bleckend; neben ihr ein Sack, in dem sich eine Waschschüssel abzeichnete und der dem Mädchen noch über die Schulter hing.

Dieser Leiche schoß jetzt manchmal einer in den Hintern, meistens morgens, wenn das Licht von rückwärts kam und den Russen drüben ins Gesicht schien. Als ob sie sich vor denen schämten ... dachte Eugen Rapp; denn in der Frühe, wenn die Sonne schien, wurden die Russen vom Licht geblendet und konnten nichts von den Deutschen sehen. Und er sah den an, der aufs tote Mädchen geschossen hatte. Der schaute mit grinsend verzogenem Mund zu Boden, als ob es ihn befriedigt hätte, das zu tun. Oder es war der Leerlauf des Stellungskriegs, dieses Warten, daß etwas geschehen könnte, was die Männer zermürbte, weshalb sie nun auf Tote schossen oder sich befreien wollten. Während du froh bist, daß nichts geschieht, das immer gleiche Bäumerauschen und das unveränderliche Glitzern auf dem Meeresflächen-Ausschnitt mit Kronstädter Festungsmauern sich zusammenfindet in der hellen Luft des Frühlings, durch die Möwen schreien. Denn je trockener das Wetter und je vollkommener grün der Park hier wurde, desto intensiver schien sich eine Stille auszubreiten, in der nichts getan zu werden brauchte.

Hielt etwas den Atem an? War es den anderen unheimlich, wenn sich nur die Stare, die Möwen, das Meer und die Blätter regten? So mußte es sein. Und jeder fürchtete vielleicht, daß es nicht mehr lange so bleiben werde. Dir aber ist's gerade recht. Und er erinnerte sich jenes Wieners, der ausgerufen hatte: »Wann's doch endlich amol richtig scheppern dat!« Solche dachten also nie daran, daß Tote herumliegen würden, wenn es richtig scheppern täte, mindestens so viele Tote wie nun draußen zwischen Stacheldraht und Taubenhäuschen lagen, dort, dem Strande zu und neben der Grünen Fabrik.

Am Abhang waren Stufen in den gelb pulverigen Lößboden gegraben und mit Brettern verschalt worden. Eugen stieg dort hinauf. Oben zeigte ihm einer ein Fernrohr auf einem Stativ, und wenn er hineinschaute, zitterte darin das Abbild von Schiffsmasten, die drüben herausragten; hinter dem Hügel mit den zerschossenen Häusermauern und nicht weit von jener Stelle, wo er beim Postenstehen ab und zu einen Kopf mit Kappe hatte vorbeischweben sehen, mußte also der Hafen liegen. Ein sonderbarer Ausblick wie in einen anderen Bezirk jenseits von Trümmern und Kadavern. Dazu im Meer ein weißer Felsen, über dem sich Möwen regten.

Der General besuchte jetzt die Stellung, wahrscheinlich, weil es auf den Bretter-Rosten angenehm zu gehen war. Und sie kehrten die Roste und Weinzierl fragte: »Sollen wir vielleicht auch Blumen streuen?«

»Du gehst auf Tagesposten«, sagte Gleichauf und schickte Eugen hinaus, der sich in der Sappe an die erdetrockene Wand des Grabens lehnte und nach Westen schaute, während neben ihm das französische Maschinengewehr seinen starren Rahmen mit Messingpatronen glänzen ließ. Ein guter Platz, wo er die Sonne im Rücken hatte und allein unterm Starenkrächzen stand, unbelästigt von Geschwätz. Bis ihn dann einer ansprach.

Es war ein Leutnant, und er kannte ihn. Das war der Doktor Weller aus dem kunsthistorischen Institut der Universität München, damals und weitab. – »Sie ... in der Drecklinie. Wie fühlen Sie sich denn?« – »Im Moment eigentlich nicht schlecht. Freilich, man hat Läuse, aber wenn nichts geschieht, ist's mir am wohlsten, sozusagen.« – »Das kann ich mir denken.« Und Weller schmunzelte, als vergliche er den eleganten Studenten von damals mit dem Soldaten von heute und dachte: welch ein Gegensatz ... Aber das machte nichts. Und Weller, der mit dem General hierhergekommen war, wurde wieder weggerufen, hatte aber noch Zeit, zu bemerken, daß er dafür sorgen werde, daß Eugen hier wegkomme.

Freundlich gemeint; und wenn es möglich wäre: Gar net schlecht ... Obwohl du auch nicht weißt, was dich dann bei der Division erwartet; denn hier kennst du dich aus und läßt es weiterrutschen. Und zu dem Weiterrutschen-Lassen paßte es, daß der General zu einem, der die Bretter-Roste im Graben kehrte, gesagt hatte: »So sauber braucht's an der Front nicht zu sein.«

Herausgeschrien werden aus dem Bunker, das Wort: »Alarrm!« in den Ohren haben und die Kasernenhofstimme des Moosburger hören müssen, das war bis heut noch nicht passiert; doch jetzt passierte es, und zwar bei Nacht.

Sie stolperten hinaus – der Wiener mußte jetzt in seinem Element sein, weil's doch endlich ›scheppern tat‹ –, und du gehst als der letzte; zum Heldentod kommst du immer noch richtig ... Aber daß der Moosburger dich dabei in den Rücken boxt ... also, das ist nicht in Ordnung. Du erinnerst dich, daß die Ausbilder, damals in München, oft geschrien haben: ›Erlauben Sie, daß ich Sie anfasse?‹ Und jetzt boxt dich also der miese Kerl, weil er meint, er müsse dir zeigen, wie mutig man im Graben sein muß, und weil du eine Intelligenzbestie bist. Wart nur, ich werd's dir zeigen.

Sie stellten sich im Graben auf, schauten hinaus, und es war gar nichts da. Droben beim Raab freilich schrien sie, und es krachten Handgranaten. Dann ein dumpfer, schwerer Schlag oberhalb der Grünen Fabrik, und später sagte Weinzierl, dem Raab (einem Unteroffizier) seien beide Beine oberhalb des Knies weggerissen worden; und zwar beim Gegenstoß, der nur dem Raab die Beine gekostet hatte, weil eine deutsche Tretmine ihm unterm Fuß explodiert war; die Russen jedoch hatten sich zurückgezogen, also wahrscheinlich wieder in diese Grüne Fabrik. Die ragte vor, die stand nicht weit vom deutschen Graben, über dem sich Bäume reckten, deren Schatten in der Frühe die Grüne Fabrik berührten, dieses ausgebrannte und fleckige Mauerviereck zwischen hier und dort; besetzt von niemand, lediglich Durchgangsstation für Stoß- und Spähtrupps und, wie Weinzierl erzählte, zu Anfang des Winters von einer Russin bewohnt, die dort auf einem Matratzenlager schlief und von einem der sechsten Kompanie regelmäßig besucht, gevögelt und mit Brot abgespeist worden sein sollte.

»Wer war der Kerl?«

Weinzierl wußte den Namen nicht, sagte aber: »Ein Wiener aus dem Vorort Favoriten« und beschrieb ihn als einen kleinen Kerl, der Gelegenheitsarbeit gemacht habe, wahrscheinlich solche mit Weibern. In Baden bei Wien hatte er eine Saison lang mit zwei andern das Geschäft ›Warme treiben‹ ausgeübt, und das ging so: Er setzte sich abends in der Allee neben einen warmen Bruder, ließ sich von ihm anfassen, wartete, bis er in Jäst kam und schrie dann: »Was fällt Ihnen ein, mich zu belästigen!« Sein Spezi schlenderte herbei, fragte: »Brauchen Sie Hilfe?« und nun wurde der Warme weich gemacht. Er bettelte inständig, rückte entweder Geld oder ein silbernes Zigarettenetui 'raus, worauf sie ihm einen Tritt gaben und verschwanden. Oder der Wiener aus den Favoriten wurde zu einem ›reichen

Knopf‹ in eine Villa eingeladen, wo ihm beim Abendessen zwei Mädchen vorgestellt wurden: »Meine Freundinnen, bitte schön.« Und diese beiden führten ihn dann ins Schlafzimmer, wo, während er zwischen ihnen im Bett lag, ein Schieber an der Tür geöffnet wurde: »Ach so, zuaschaun möchst! Jo, dees därfst ...«, sagte der Wiener und machte seine Nummern mit den Mädchen.

Jussy kam dazu, und Jussy freute sich dieses Gesprächs im Graben unter lau bewegten Bäumen, erinnerte sich an Pariser Erlebnisse und war der Meinung, die ›anamitische Tour‹ sei am genußreichsten: »Das Weib in den Arsch gepufft und vorn gekitzelt«. Die seltsamste Variante aber hatte Schnabel Roland aus Berlin erzählt, wo er von einem alten Knacker in ein Klosett gebeten worden sei. Dort habe er über den hinunterpinkeln müssen, der Alte habe seinen Urin geschlürft und sich einen abgewichst.

Am nächsten Tage wartete er Moosburger ab, und dieser kam, als Eugen auf Tagesposten stand. – »Herr Feldwebel, ich möchte Sie etwas fragen«, sagte Eugen. – »Ja. Was gibt's?« – »Ich wollte fragen, ob Sie wissen, daß Mißhandlungen von Untergebenen an der Front verboten sind. Sie haben mich gestern in den Rücken geboxt.«

»Ach was ... Das darfst du nicht so auffassen! Da ist man doch nervös!« Und er griff ihm an die Schulter. Eugen sah Moosburgers Hand auf der Schulter an, trat einen Schritt zurück und sagte: »Wie Sie wissen, ist mein Vater Major. Und ich kenne die Wege, die für eine Beschwerde gangbar sind ... Im übrigen ...« Und er entsicherte sein Gewehr, wartete eine Weile, sah Moosburger an. Dann fragte er, indem er die Hand ausstreckte, ob der Herr Feldwebel das Zweigchen dort oben rechts außen sehe; legte an und schoß es herunter. Oder wie wäre es mit dem dort drüben, noch ein bißchen höher und gegen den blauen Himmel? Es fiel auch dieses Zweigchen, und

Moosburger ging weg, drehte sich an der Grabenecke noch einmal nach ihm um und hatte ein Gesicht wie eine gesprenkelte Eischale. Also war der bleich geworden zwischen seinen Sommersprossen, die auf schwäbisch ›Roßmucken‹ hießen.

Nachmittags sagte Gleichauf »Rapp, du wirst Scharfschütze. Du brauchst keinen Tagesposten mehr zu stehen und mußt dafür tagsüber mit dem Zielfernrohrgewehr durch den Graben gehen.«

Feine Sache. Du wirst nichts mehr arbeiten. Immer, wenn du Holz sägen oder irgendwo buddeln sollst, mußt du deiner Scharfschützenpflicht obliegen. Und der Moosburger ist degenmäßig. Der kuscht vor dir.

Es schien, als ob es sich jetzt lockere; die Gemeinheit schien zurückgedrängt oder mindestens aus der Distanz erträglicher zu werden. Und er stand seinen Posten in der Nacht, die keine Nacht mehr war, weil nun ein gelbes Schummerlicht, eine verblichene und ausgebleichte Helligkeit und Helle sie verdrängt hatte, als müsse der Tag seine winters verlorenen Stunden nun nachholen, den Frühling in den Sommer treiben, damit es vorwärtsgehe, eine rigorose Bestleistung zustande komme, auch in der Natur; und für Rußland eigentlich recht passend ... Ein solches Tempo hätte auf Männer wie Moosburger anspornend wirken müssen, doch blieb der sonderbarerweise schläfrig oder ängstlich abseits, wenn Eugen Rapp mit dem Zielfernrohrgewehr durch den Graben ging. Den könntest du gewissermaßen rasch wegputzen, auch ohne Zielfernrohr ... Daß dir der keinerlei Vorschriften macht oder verlangt, du solltest jeden Tag einen Russen wegputzen? Denn der bemängelte nicht mal, daß Eugen nie schoß, und sagte, nachdem er jedes Gewehr der Gruppe Gleichauf geprüft hatte, das des Rapp sei am sorgfältigsten gereinigt.

Du wirst noch zum vorbildlichen Soldaten, weil dein Zugführer vor dir Angst hat ... Und Eugen besuchte Fritz Hochreither droben in der Halle mit der Aufschrift NEKURIT, saß neben ihm im Tagesraum, den sie aus Barackenwänden errichtet hatten, und hörte ihm zu, wie er auf einem Harmonium spielte. Die Klänge einer Fuge von Bach, ein Choralvorspiel hielten sich in dem Tagesraum auf, und Eugen hatte sein Zielfernrohrgewehr im Schoß. Ab und zu wurde ein Ton fauchend weggeschluckt, dann fehlte im Harmonium ein Manual oder eine Pfeife war zerbrochen. Hochreither hatte sich seinen Bart abrasiert, sah aber trotzdem wie verwischt aus und sagte: »Wir erwarten ja alle dasselbe.« Es schien, als ob er etwas näherkommen fühlte, dessen er in den letzten Monaten gewahr geworden war, oder als beschäftigte ihn eine Arbeit, die von Erinnerungen genährt wurde. Deshalb sieht er so über dich hinweg. Auf dem Harmonium lagen beschriebene Blätter. Und wieder legten die Tonfolgen, die er spielte, ein Netz aus, das wie Licht war. Schließlich aber lächelte er nach der Seite, sah auf Eugens Scharfschützengewehr und sagte: »Ein Dichter, der so etwas bei sich hat ... Das kommt wahrscheinlich nur im Krieg vor, oder?«

Gleichauf sagte: »Rapp, du mußt dich beim Kompaniegefechtsstand melden. Umgeschnallt, mit Gewehr.« Und Gleichauf lächelte, als ob ihm Eugen nicht geheuer wäre und er mit ihm am liebsten gar nichts zu tun gehabt hätte. – »Hast du da vielleicht in einem Brief etwas geschrieben, das verboten ist?« fragte der, und Eugen sagte: »Nein.«

Jetzt wirst also auch du verhört. Und ob die wissen, daß du befreundet bist mit einer Halbjüdin? Bei dir käme in einem solchen Fall allerlei zusammen. Denk bloß dran, daß du im Haus der Treutlein Hanni seit Mai achtunddreißig polizeilich gemeldet bist. Und ihre Mutter ist jetzt gestorben. Bald wär sie nach Theresienstadt gekommen. Und du gehst zum Kompaniegefechtsstand und läßt dich halt verhaften. Ob sie dir auch, wie Jussy, eine drei Monate lange Untersuchungshaft zubilligen? Du aber kommst dann jedenfalls nicht so unberührt und elegant wie der Jussy heraus ... Scharf und genau und rücksichtslos hast du dir alles gar nicht klar gemacht, weil du halt weitertaumelst und ans alte Wien denkst, dich flüchtest in eine vergangene Zeit. Gut so, weil du's sonst nicht ertrügest ... Du ertrügest nicht die neue Zeit ohne Erinnerung an eine alte ... Und er stolperte auf dem Bretter-Rost im Graben zum Gefechtsstand des Moosburger, meldete sich ab und sah in Moosburgers Gesicht dasselbe ängstliche Lächeln wie damals im Graben. Und der fragte: »Wollen Sie sich beschweren?«

Nichts sagen. Ihn im Ungewissen lassen.

Der hatte also immer noch ein schwankendes Gewissen, weil er diesen Rapp in den Rücken geboxt hatte. Du hast dir's nicht gefallen lassen und dir des Moosburger Mißhandlungen verbeten, zwei Zweige von einem Baum geschossen, was gewirkt hat. Immerhin hat dich der zum Scharfschützen gemacht, damit du es bequemer als die andern hast und besänftigt wirst. Wie fürchtet sich der miese Bursche vor deiner Beschwerde beim Kompanieführer ... Während du in Wirklichkeit verhaftet wirst, gewisser wehrkraftzersetzender Äußerungen wegen, deren Wortlaut du nicht mehr weißt, die aber wahrscheinlich die Spitzel des Luibacher aufgeschrieben haben, obwohl der Oberfeldwebel Luibacher vom Major in die Heimat geschickt worden ist; oder Lui hat sich wieder in sein Landsberger Gefängnisbüro schicken lassen, weil ihn der Major dazu aufgefordert hat.

Unter seinen Stiefeln klapperte der Bretter-Rost. Da rief ihm einer zu: »Servus Rapp!« und es war der Zoglauer Michel, ein Zimmermann aus Regensburg. Dir tut's wohl, daß dir der Zoglauer Michel ›Servus‹ zuruft. – »Und grau bist auch g'worden«, rief Zoglauer, und Eugen erinnerte sich der grauen Haare, die er am Hinterkopf bekommen hatte. Nun, bei einem, der drauf wartete, verhaftet zu werden, war dies nicht verwunderlich; außerdem ist es dir gleichgültig, oder es hat dir gleichgültig zu sein. Du machst dir vor, daß dir's gleichgültig sei, und denkst an das Wort aus den ›Kreuzelschreibern‹: »'s kann dir nix g'schehn!«

Er kam in die Allee vor den schwarzen Holzhäusern, alle niedrig und mit geschnitzten Verzierungen, diesen leichten Girlanden aus der Zeit des Zaren. Dort stand der Kiosk, in dem der Sanitäter hauste, und daneben dieser Kompaniegefechtsstand, ein eleganter Bunker. Sie standen schon davor: der Oberleutnant mit zwei Meldern, die ihn überallhin begleiten mußten, und der Oberleutnant war ein Sekretär mit Brille im ängstlichen Gesicht; der schaute schnell beiseite, als sich Eugen bei ihm meldete. Der Sanitäter grinste: »Hast in deinen Briefen so was g'schrieben, was man halt nicht schreiben darf? Da sind nämlich Offiziere von der Division gemeldet, und die wollen dich sehen ...« Und sie standen, schauten die Straße bei den schwarzen Holzhäusern hinunter.

»Da. Sie kommen schon. Ach, herrje ... Jetzt holen sie den Rapp. Und der Major ist auch dabei.«

Von den Offizieren hatte einer breite rote Streifen an den Hosen; dazu dieser lange Major, und noch ein dritter ... Sie begrüßten den Oberleutnant; er sagte: »Das ist der Rapp.« Der mit den roten Streifen rauchte Pfeife und sah zu. Der Major und ein Hauptmann standen vor ihm. Der Hauptmann sagte: »Ich bin Eins Zee und suche einen Schreiber. Können Sie Karten zeichnen?«

»Ich habe es einmal nicht schlecht gekonnt. Ob ich es heut noch kann ...«

»Und Schreibmaschine schreiben?«

»Nicht besonders gut. Eigentlich schlecht.«

»Kennen Sie den Leutnant Doktor Weller?«

»Ja. Der war mein Assistent ... in München an der Universität«, sagte Eugen und merkte, daß es töricht war ›mein‹ Assistent zu sagen; als ob du dort einen Assistenten gehabt hättest, sapperlot ... Und der Hauptmann lächelte und fragte: »Was waren Sie denn dort in München?«

»Student.«

»Ach so ... Aber hören Sie mal zu: Die Hälfte der Chancen, mein Schreiber zu werden, die haben Sie jetzt schon ... Nun ja, es besteht die Möglichkeit, daß Sie zu mir kommen; zu mir versetzt werden, sozusagen ... Ich will mir nur noch einen anderen beim Füsilierbataillon anschauen. Der soll Karten zeichnen können.«

Der Major sagte: »Aber Rapp ... man muß sich doch auch was zutrauen ...« und lächelte ein bißchen.

Die Sache war erledigt. Er durfte weggehen. Und wie erleichtert du bist! Zu denen aber willst du nicht ... zu diesen feinen Herren. Und blamiert hast du dich auch, weil du gesagt hast, der Doktor Weller sei ›dein Assistent‹ gewesen. Richtig blamabel ... Halt aus deiner Verwirrung ist's herausgekommen. Schließlich hast du damit g'rechnet, daß sie dich verhaften ... Und jetzt sucht der »Eins Zee« bloß einen Kartenzeichner. Die sollen dich dort lassen, wo du bist. Es ist ja wurscht.

Freilich, es war wurscht, wo man im Kriege war; vor dem Tod weglaufen, wird dir auch als Schreiber bei dem »Eins Zee« nicht gelingen (wenn du nur wüßtest, was dieses Eins Zee bedeutet, obwohl es freilich auch egal ist). Aber freundlich war's gewesen, daß der Doktor Weller ihn für diesen Posten vorgeschlagen hatte. Daß es ein Druckposten gewesen wäre, das glaubst du jedenfalls nicht ... Und als er Gleichauf erzählte, was die Herren gewollt hatten, sagte der: »Ich kann nicht verstehen, daß du das abgelehnt hast. Bei denen wärst du doch weit hinten g'wesen und hättst dich ausgeruht.« Und Eugen sagte, er meine halt, daß im Krieg keiner davonlaufen könne; ob er vorn oder hinten sei, das sei egal.

Auch Sonnensperger, Kecht, Weinzierl, Augustin, Prinz, Stadler undsoweiter wunderten sich über diesen dummen Eugen Rapp. Und du selbst wunderst dich eigentlich auch, weil du doch lieber hinten wärest als in der ›Drecklinie‹ ... obwohl du in den Militärkanzleien mit dem Kopf hättest dabeisein müssen. Hier aber brauchen sie nur deinen Leib; du kannst dir denken, was du willst; sagen aber darfst du's nicht. Und was sich die vom Ausruhen beim Divisionsstab dachten, das war Einbildung. Du brauchst auch zu keinem Professor mehr ins Seminar zu gehen, das bist du als Soldat jedenfalls los.

Dann Abmarsch aus der Stellung, in die eine andre Division einrückte. Marschieren bis Kraßnogwardeisk, das jetzt wieder Gatschina hieß (wie unterm Zaren). Bevor der Zug hinausfuhr, schossen die Russen herein. Und der Major hatte in Peterhof eine Ansprache gehalten: »Ob's einem paßt oder nicht paßt, daß er hier sein muß, darauf kommt's nicht an ... Gewehre umhängen, marsch«, und Jussy hatte gelacht und gesagt: »Das hat er zu mir auch gesagt, als ich in der Untersuchungshaft, seligen Angedenkens ...«

Und sie stiegen in die Güterwagen und kamen nach Grigorowo. Von dort marschierten sie dann wieder, diesmal an einem heißen Tag. Auf der Straße knöcheltiefer schwarzer Staub, und der ist dir noch nie begegnet ... Der Staub wurde vom Wind weggerissen in die Felder, die mit Hafer bepflanzt waren. Das Land streckte sich in grünen Erdwogen, auf denen draußen eine weiße zweitürmige Kirche ruhte. Jussy legte sich auf die Straße und sagte, er könne nicht mehr weiter. Ein Unteroffizier ermunterte ihn wie ein Kind: »Ach, komm doch, Jussy«, aber Jussy wollte nicht mehr. Da ließen sie ihn auf einen Troßkarren klettern.

Eugen rasierte sich am Straßenrand und zerrieb Kölnisch Wasser auf den Backen. Jussy sagte: »Oh, ein Duft von Kultur!« Ein Mädchen mit nackten Beinen und nackten Armen trug Wasser vom Bach herüber. Der Koch erzählte, die habe sich vorhin sauber gewaschen, und er habe es gesehen. Der Oberleutnant lag in einem neuen Liegestuhl. Auf der anderen Straßenseite brannte abends ein Lagerfeuer, und Fritz Hochreither spielte Gitarre. Es hieß, man solle sich in Zelte legen, es war verboten, eines der beschädigten Häuser zu betreten, aber Eugen ging trotzdem hinein. Dort war genügend Platz, der Boden trocken, und daß es nach altem Fett roch, machte nichts aus.

Das war der letzte Ort vor der sumpfigen Wolchowgegend, und in die kam er andern Tags hinein. SS-Leute beaufsichtigten russische Gefangene und hatten fünfschwänzige Peitschen mit Stahlkugeln in der Hand. Eugen deutete darauf und fragte einen: »Damit schlagt ihr also zu?« Worauf der andere verlegen wurde und antwortete: »Das brauchen wir bloß so ...« Die Gefangenen zogen Panzer und Leichen aus dem Sumpf.

Weißer, glitschiger Boden. Und du mußt aufpassen, daß du auf keinen Toten trittst ... Kein Wunder, daß Feldwebel Wagner gesagt hatte, das ließe sich nicht mal mit Douaumont vergleichen, damals im Ersten Weltkrieg. Die Toten hatten grünlich gleißende Helme mit geschlossenem Visier bis übers Kinn, und diese Helme lösten sich immer wieder in brausende Fliegenschwärme auf.

In der Nacht ging man über gefällte Kiefern, unter denen Wasser glänzte. Eugen rutschte aus; das braune Wasser umarmte ihn bis zum Knie, und es wunderte ihn, daß er so rasch wieder trocken wurde, vielleicht von der Körperwärme. Sumpfgebüsch dröhnte von Granatwerferabschüssen, als ob Trommeln gerührt würden, die eine Botschaft weitergaben, und es war sonderbar, daß selten eine explodierte; russische Munitionsverschwendung also, denn fast alle Granaten wurden vom weichen Sumpf geschluckt.

Hier gab es niedere Unterschlupfe, kaum größer als Hundehütten, der Bataillonsgefechtstand war ein Blockhaus. Es sei verheerend wie's hier sei, sagten jetzt viele; die ›meuterten‹, wie schimpfen auf bayerisch hieß, und hockten im Regen vor einer Blockhütte, hinter deren Wand immer wieder einer »Schnauze!« schrie, ein Offizier wahrscheinlich. Doch hatte der den Bayern nichts zu sagen, weil er zur SS gehörte. Hier mußte eine SS-Division abgelöst werden, Leute in neuen Uniformen, von denen jeder Schokolade bei sich hatte; und unter denen herrschte ein strammer Ton.

Grüne Mückennetze wurden ausgegeben, und die mußten über den Stahlhelm gezogen werden; der Stahlhelmschild hielt sie vom Gesicht ab. Auch Handschuhe aus Leder oder dickem Stoff waren empfehlenswert, weil eine unbewegte Hand im Nu von Schnaken grau wurde. Der Kaffee wurde in gepreßten Würfeln ausgegeben und man nahm gekochtes, bräunliches Sumpfwasser dazu. Und Schokolade gab es auch, freilich nur vierzehn Tage lang. Und Thoma lachte immer noch, weil Eugen heute nacht mit offenem Mund geschlafen hatte und Regenwasser ihm in den Mund getropft war, ohne daß er wach geworden war.

Wolhynisches Fieber hieß die Krankheit, die sich hier manche zulegten, die keine gelben Tabletten schlucken wollten. Eine Art Malaria wurde von diesem Sumpf ausgebrütet, aber daß sie Eugen Rapp heimgesucht oder erwischt hätte, das ereignete sich leider nicht; weil du so brav deine Chinintabletten schluckst... Und wieder sagte Thoma, der an die vierzig Jahre alt und von Beruf Maurerpolier war: »Olsdann, dees hob i bis hait bloß beim Rapp gsehn, daß aner weiterruaßeln ko, wann ihm der Regen ins Mäu einilaaft.«

Sei froh, daß du durabel bist. Dein Leib hat bisher immer fest zu dir gehalten. Und wen hast du hier außer deinem Leib? Verlaß dich auf dich selber, mit dir selber kannst du rechnen.

Ein Buschwald, lauter Buchenbüsche und dazwischen Birken standen in torfigem Boden über braunen Tümpeln. So dehnte sich's hinaus. Über den Steg aus lang gestreckten Kiefernstämmen rutschte in der Frühe eine Schlange, wenn er Feuer für das Kaffeewasser machte und drüben Rauch bläulich, dünn und leicht zwischen Kiefernwedeln aufstieg, ein schwankender, verwischter Stab. Es regte sich nun nichts, weil auch die Russen Kaffee kochten und es drüben und herüben wenigstens für einen Augenblick dasselbe war. Eine Schnepfe setzte sich auf den Steg. Es hieß, hier herum seien Partisanen, und sie versuchten durchzuschlüpfen; also gut, sollten sie durchschlüpfen ... Und er hockte neben seinem Feuer, schaute dem Wasser zu, wie's an dem Kesselrand Bläschen zog, dachte, was die von Partisanen faselten, glaube er nicht; und Russen, die sich herumtrieben, seien bloß Versprengte, aber keine Partisanen. Saudomms Gschwätz mit euren Partisanen, alle Russen von der Wlassow-Armee habt ihr halt net fangen können ... Die wollten doch zurück zu ihren Leuten, kein Wunder, wenn sie nicht bei den Deutschen bleiben wollten; und es kam ihm so vor, als habe er einen braunen Männerkopf mit Kappe ganz nahe gesehen, gegenüber in dem Busch dort, der von Sonne hell war. Schnell hatte sich der wieder geduckt, obwohl's unnötig war, weil hier einer mit Namen Rapp Eugen am Feuer hockte. Jetzt brodelte das Wasser. Du bröselst den Kaffee hinein, und jetzt huscht der russische Kollege übern Steg ... Komm gut hinüber, ich wünsch dir, daß es klappt ... Der hatte sich die Stunde richtig ausgewählt.

Er wartete und horchte. Es regte sich nur dieser dünne Wald. Es wurde nicht geschossen. Also war der Russe durchgeschlüpft. Und er weckte die andern, sagte: »Kaffee fassen, meine Herren!« und sie klapperten mit Kochgeschirren. Hier gab es trockene Erdflecke, wo sie sitzen konnten. Kecht ging weg, kam nach einer Weile aus dem Gebüsch gelaufen und sagte aufgeregt, da drin säßen drei Weiber. Gleichauf rief: »Jeder holt sein Gewehr!« Eugen tappte in eine tiefe Pfütze, zog den Fuß heraus und sah dann drei, die sich beiseite drücken wollten, obwohl Gleichauf »Rucki wärch!« schrie. Weshalb die aber auch nicht schneller weggelaufen waren, nachdem sie Kecht gesehen hatten, kannst du nicht verstehen ... Und jetzt schoß Gleichauf. Ein Mädchen lag am Boden. Sie hatte eine dunkelblaue Wattejacke an und stöhnte. Gleichauf sagte: »Los, pack zu!« und Eugen spürte die Wärme ihrer Achselhöhle; sie taumelte, und Gleichauf drehte ihr den Zipfel ihrer Wattejacke um, wo im Futter drei blutige Kugeln steckten; die hatten sie von hinten her durchschlagen.

Sie stöhnte, taumelte und fiel ins Gras; sie lag und bekreuzigte sich, bewegte die Lippen im Gebet. Ein bleicher junger Mann hatte ein Funkgerät dabei; eine stämmige Frau ließ beide Arme herabhängen. Schon war der Melder Eisele zur Stelle, Eisele mit dem Sanitäter, der zu der Sterbenden ging. Als sich Eugen umdrehte, zog der Sanitäter die Pistole aus der Tasche. Später hieß es, beim Zugsgefechtstand seien der bleiche junge Mann mit dem Funkgerät und die stämmige Frau verprügelt worden; denen wollten sie's heimzahlen, weil in der Nacht zuvor einer aus dem Hinterhalt erschossen worden war und die Kugel sein silberglänzendes Sturmabzeichen durchschlagen hatte. Du aber verstehst nicht, warum ein Russe dein Feind sein soll, wenn er dir nichts getan hat ... Vielleicht war's dekadent gedacht, doch durfte er's hier denken; mitmachen aber mußte er. Drüben wand sich ein Fieseier Storch, dies langsame Flugzeug mit den weiten Schwingen, im russischen Feuer überm Wald, und drehte ab.

Es hieß, daß eine Winterstellung gebaut werden müsse und daß sie bis in den Herbst hinein Bau- und Waldarbeiter seien, denn wozu tauge schon die zweihundertundzwölfte Division als halt zum Stellungsbau? – »Mir ist's schon recht. Lieber eine Stellung bauen als angreifen müssen«, sagte Eugen, und die andern schwiegen, nickten ab und zu. Merkwürdig, daß es denen nie so paßte, wie es war; oder es war ihnen recht, nur mußten sie halt meutern oder masseln. – »Wir sind doch keine Forscher, die monatelang in Sümpfen hocken müssen«, sagte Unteroffizier Weber, der zu Hause einen Bulldogg fuhr. – »Ja, fest schimpfen, dann wird's besser«, sagte Eugen, und Weinzierl ließ die Meinung hören, zu Haus hätt's ihnen allen auch nie ganz gepaßt, denn irgend etwas sei doch immer falsch oder schlecht oder nicht ganz in Ordnung gewesen. Worauf sie schwiegen und vor sich hinschauten. Krieg war eine trübe Sache, und zu Hause war es auch oft trüb und schweißig; zwischendurch auch blutig, manchmal; weshalb es vielleicht darauf angekommen wäre, alles Trübe durchscheinend zu machen oder zu durchleuchten; doch um ihn zu durchleuchten, dafür erwies sich dieser Krieg als zu kompakt.

Vielleicht gelingt's dir trotzdem. Alles sehen, alles hören, alles spüren, alles riechen, was sich dir hier zeigt. Laß es in dich eindringen, nimm daran teil, dann wird es dir klar. Du bist jetzt hier hineingestellt; ausweichen kannst du nicht mehr. Freilich, mehr, als daß du es erträgst, bleibt dir nicht übrig. Zu den Russen laufen willst du nicht, weil du nicht glaubst, daß sie dich in die Arme schließen werden. Und was geschähe dann mit Treutlein Hanni? Mit deiner Mutter, die den Londoner Sender hört? Du weißt, daß der Name eines jeden Überläufers der politischen Polizei gemeldet wird; und die erfährt, wo du als Student gewohnt hast (bei den Treutleins) und wo deine Eltern wohnen. Sippenhaftung heißt man das. Ah, das ist also einer, der mit Juden und mit Halbjuden verkehrt... wird es dann heißen.

Er trat vor den Unterschlupf, dessen Dach mit einem umgedrehten Finnenschlitten gegen Regen abgedichtet war. Es wölbte sich die Unterseite dieses Akya wie ein Nachen aus dünnem Eschenholz, und Mondlicht gleißte auf der Nässe. Vom Buschwald eingeschlossen, rauchst du deine Pfeife. Kiefernstämme mit abgetretener Rinde streckten sich als blanker Steg, und darauf kamen Schritte näher.

Ein Mädchen stand vor ihm und streckte ihm die Hand entgegen. Er ergriff die Hand, und das Mädchen lächelte. Hinter ihr wartete ein Mann in Khakiuniform, und dann folgte der Melder Eisele mit seinem spitz gezogenen, sauren und geschrumpften Gesicht. – »Vorwärts... vorwärts...«, rief Eisele. Dann gingen die drei weiter.

Seltsame Begegnung. Und das Mädchen hatte ihn vielleicht für einen Offizier gehalten; der Mann hinter ihr aber, der in der engen Khakihose mit dem schmalen Munde, hatte gewußt, daß sie sich täuschte. Da gibt dir ein russisches Mädchen im Wolchowsumpf die Hand, als kenntet ihr euch längst. Freilich, eine Frau, die lächelte, und eine Frau hier in der Front, eine von der andern Seite und eine Gefangene, die dachte, daß ihr's hülfe, wenn sie freundlich sei; übrigens klug gedacht. Was nützte es, trübsinnig dazustehen, denn sie lebte, und also hoffte sie. Die sollte Glück haben, sie und der Offizier, der hinter ihr gegangen war. Du wünschst den Russen Glück.

Vielleicht, daß es einen Wert hatte, wenn er sich nicht zu etwas Feindseligem entschließen konnte. Es war ihm nicht gemäß. Dir fehlt der ursprüngliche Haß gegen den Feind, auch wenn er auf dich schießt; bis heute hast du Glück gehabt und niemand umgebracht; und hoffentlich mußt du das nie. Durch den Krieg kommen, ohne einen anderen zu töten, war ein Kunststück. Und ob's dir glückt?

Zum Waldarbeiter werden. Harz an den Händen haben. Den Geruch geschlagenen Holzes riechen. Es roch wie Schweiß und war doch Leichenduft. Und wenn du Rinde abschälst, ringelt sich hernach die Rinde ein. Auch grüne Birkenrinde brannte; sogar bei Regen ließ sich mit ihr Feuer machen; das hast du hier im Wolchowsumpf gelernt.

Ab und zu ließ sich ein Vogel hören; der hatte einen langgezogenen melancholischen Ruf (so wirkt er halt auf dich); und du würdest den Vogel gerne sehen, siehst ihn aber nie ... Er fand Himbeeren, aß sie mit einem Stückchen Schokolade. So hat's dir nur in der Kindheit geschmeckt.

Gleichauf sagte, er solle vorsichtig sein, bei ihm dort oben schieße ein Scharfschütz her. Und, in der Tat, es knallte neben seiner Schläfe, als er um die Ecke bog, wo die Tarnwand aus Birkenbäumchen dürr geworden war (eigentlich kein idyllisches

Geräusch). Doch daß er dann im Unterschlupf auf Tannenzweigen lag und der Maus zuschaute, wie sie vor ihm unters Teerpappedach kroch, daß auch einmal ein Wiesel seine weiße Kehle sehen ließ und, hochgereckt, mit erhobenen Pfoten vor ihm hockte, dies alles brachte etwas her, das wichtig war. Du möchtest ohne das nicht sein.

Er half jetzt Häuser bauen, Häuser aus Holz, und beneidete Thoma um seine sichere Hand; wie der mit dem Beil umging, an der Balkenwand hinaufkletterte und oben eine Kerbe hieb: Das hätte er gern auch gekonnt.

Fünfhundert Meter rückwärts, am Rand des Kiefernwaldes, wurde die Stellung gebaut. Sie schlugen das Buschwerk ab und machten daraus eine Flechtwerkmauer, daß es aussah wie zu Caesars Zeiten; in De Bello Gallico war hinten im Buch fast die gleiche Mauer abgebildet, wie sie jetzt aus dem Sumpf wuchs. Merkwürdig, daß sich seitdem nichts verändert zu haben schien trotz der Maschinen, die sie überall erfunden hatten. Es hieß, die Russen bauten jetzt die gleiche Mauer, aber sehen konnte man sie nicht; vielleicht, daß sie vom Fieseier Storch aus gesehen worden war; doch wer saß schon in einem Fieseier Storch; und Lust, darin zu sitzen, hast du keine.

Und alles war so genau ausgedacht, vermessen und geplant: die Balkenlänge, die Höhe der Blockhäuser und die Dicke der Flechtwerkmauer, die mit Baumstümpfen gefüllt wurde. Weil hier das Wasser dicht unter dem Boden floß, konnten sie sich nicht in die Erde graben. Und es war noch lang nicht fertig. Und ob es bis zum Winter fertig wurde? Freilich, in den Hundehütten würdet ihr den Winter nicht aushalten ... Und sonderbarerweise rührten sich die Russen nicht; als ob's so werden sollte, wie Augustin meinte, der zu sagen pflegte: »Wenn es so weitergeht, dann stehen wir noch in zehn Jahren Posten.« Nein, das gab es nicht.

Jetzt konnte Eugen nicht mehr mit Hochreither reden, weil

der in der sechsten Kompanie war; und zur sechsten Kompanie kam man nicht mehr, wenn man der fünften angehörte; obwohl die sechste Kompanie neben der fünften lag (so hieß das, aber liegen tat man selten) und ihr Abschnitt dicht neben Weinzierls und Eugens Unterschlupf begann, der in einer vorgeschobenen Ecke und ›dort oben‹ angesiedelt war, wie man hier sagte. Am Ende der Kompanie also, an ihrem oberen Zipfel, hausten diese zwei Nachlässigen, Abwesenden oder Gleichgültigen, diese ›Schlamper‹, wie man zu Hause gesagt hätte, von denen Weinzierl das Haar schwarz und wollig in die Stirne trug und ein schwerlippiges, finsteres Gesicht hatte, während Eugen sogar hier im Sumpfe darauf achtete, daß sein Haar glatt und tadellos zurückgebürstet und unmilitärisch lang blieb.

Die Stellung verlief in diesem Zipfel als ein stumpfer Winkel. Vor dem Unterschlupf wuchs nach drüben hin niederes Sumpfgras, und zwanzig Meter westwärts sah eine russische Hütte her, auch sie kaum höher als ein Tisch; sie schien leer, und ein grüner Zeltbahnzipfel hing an ihr herab. Vor dem Rapp-Weinzierlschen Unterschlupf, den Oberleutnant Maier als den ›Brückenkopf‹ seiner Kompanie bezeichnete (der Münchener Oberleutnant und Obersekretär Friedl hatte einem Zwölfender namens Maier Platz gemacht, also einem Berufssoldaten), war ein Granatloch, gefüllt mit braunem Wasser; ein Baumstumpf moderte darin. Dann wieder nur niedere Birken, alle blätterdünn und frisch vom Sommer, und die Unterschlupfe und die Sichtblenden der sechsten Kompanie blieben unsichtbar, während im Fernen gegen den östlichen Himmel ein Kiefernwald aufstieg und weiter draußen sich Gebüsch, Gestrüpp ausdehnte, verwildert und fernhin, als gäbe es dahinter nichts. Bei Ljubino Pole hast du Fritz Hochreither das Rohr eines Granatwerfers tragen sehen... Und er entsann sich dieses Augenblicks, da ihm Hochreither, der die Ärmel hochgekrempelt hatte, über einen Tümpel hinwegsteigend, groß und blond und mit einem wie abweisenden Gesicht erschienen war, als ob er ihn kaum wahrgenommen hätte und beschäftigt wäre, in etwas hineinzugehen, das ...

Er hörte einen dumpfen Krach und meinte, etwas habe eingeschlagen. Und weil Weinzierl Feuer machte und der Rauch gerade aufstieg, jetzt am Abend in windstiller Luft, schossen sie mit Granatwerfern her, doch wurden die Granaten allesamt vom Sumpf verschluckt; gezielt aber hatten die Russen gar nicht schlecht. Seit einem Monat schwiegen ihre Granatwerfer, diese Sumpfwaldtrommeln, von denen sie viele und schwere haben mußten. Und weil es jetzt leise zischte, mußten es kleine Geschosse sein, von so einem leichten Granatwerfer, wie Fritz Hochreither ihn getragen hatte.

Beim Essenfassen, dort, wo Jussy hauste, hörte er, daß Hochreither tot sei. Sie sagten: »Der Granatwerfer ist geplatzt. Ein Rohrkrepierer. Der Fritz hat doch den Granatwerfertrupp gehabt.« Und weil der Befehl gekommen war, sie sollten drei Schüsse hinüberschicken, der Zoglauer Michel aber beim Stellungsbau war (Ja, Zoglauer, ein Zimmermann, du siehst ihn vor dir), hatte Fritz zum Zapf Anton gesagt: »Komm, wir machen das geschwind.« Aber schon die erste war im Rohr krepiert und die Ladung Zapf und Hochreither in den Kopf gegangen. »Also, gespürt haben die nichts mehr.«

Nun war also auch Fritz verschwunden. Und du hast immer schon dieses Gefühl gehabt ... Ja, was für eins? Vielleicht ein sumpfiges. Nein, es war eher ein Gefühl vom Rücken her und daß einem nur die Eigenen gefährlich werden konnten. Die Russen aber tun dir nichts ... Denn immerhin war Goeser zu fünf oder sechs Jahren Zuchthaus (die genaue Ziffer weißt du nicht mehr) mit Frontbewährung verurteilt worden; und Hochreither war eine Rohrkrepiererladung ins Gesicht gegangen. Wann also wird's dich packen? Jetzt sind nur noch der Jussy und du übrig.

Vielleicht hatten die anderen erwartet, daß er zu Hochreithers Beerdigung gehen würde, doch fürchtete er sich davor (als würdest du dort angesteckt). Beschämend feige; was dich davon abhält, weißt du nicht.

Steinhilber schenkte ihm eine Fotografie des Grabes, auf dem zwei Birkenkreuze steckten, eines für Hochreither und das andere für Zapf. Auch Zapf konnte er sich noch vorstellen (der ist mit dir in Sigmaringen g'wesen) und erinnerte sich seiner als eines kleinen Mannes mit einem Sprachfehler; oder Zapf hatte nur undeutlich gesprochen; so mochte es auch sein. Und Steinhilber sagte, er sei gestern hinten beim Bataillon gewesen, und dort hätten Fritzens Stiefel aus dem Sumpfboden geschaut. Denn Steinhilber kannte Fritz Hochreithers Stiefel, weil er sie ihm damals in Schongau nach dem Frankreichfeldzug geputzt hatte und wußte, daß sie anders genäht waren als übliche Kommißstiefel. Steinhilber sah Eugens Koppelschloß an, eines aus grauem Eisen, das eine Krone hatte und auf dem ›In Treue fest‹ stand. Das stammte noch vom königlichen Heer, es war von damals, und er hatte es in Neuburg an der Donau gefaßt. Darüber sprach er mit Steinhilber und sagte zu ihm: »Weißt, was der Fritz deshalb einmal zu mir gesagt hat? ›Wenigstens lügst du nicht‹, hat er gesagt.« – »Ach so ... Weil auf unsern Koppelschlössern ›Gott mit uns‹ steht.« Und Steinhilber fügte hinzu, das sei echt Fritz.

Sie mußten beim Troß Granatwerfermunition abholen. Eugen ging hinter dem kleinen, krummbeinigen Brummer Lorenz als letzter über den Steg durchs Birkenwäldchen, das im Nachmittagslicht gelb erhellt war, eine Wölbung und ein Gang aus Blättern wie hineingegraben in das Grün. Dahinter öffnete sich dann der Wald, das Schmalspurgleis des ›Feurigen Elias‹ hatte dort die Endstation erreicht, und Blockhäuser standen beinander, manche aus schmalen Stangen zusammengebastelt und mit Teerpappe gedeckt. Wie sich's zusammenfügte, wie sie beieinanderstanden, diese Hütten hier im ewig Weiten, im hinausgewachsenen und weitreichenden Grün: das sah auch wieder uralt aus; anders waren auch die Hütten in der Vorzeit nicht gewesen, als mit bronzenen Schwertern gekämpft worden war.

Sie warteten auf den Feurigen Elias. Die Feldküche rauchte in einem bretternen Verschlag. Und Eugen sah das Mädchen wieder, diese schmale Russin mit dem schwarzen Haar, die ihm beim Unterschlupf zwischen tropfenden Büschen die Hand entgegengestreckt hatte. Nun nagelte sie einen Teerpappeflekken an ihre Hütte. Die war jetzt als ›Hilfswillige‹ beim Troß. Zitzelsberger, mit dem Eugen Schach spielte, wußte ihren Namen (Tamara) und erzählte, daß sie damit gerechnet habe, an einen Baum gebunden und vergewaltigt zu werden. Sie lächelte spöttisch, und wenn sie ging, nahm sie jeden Blick der Männer im Kopf und an der Haut wahr. Aus einer khakifarbenen Wolldecke hatte sie sich einen Rock geschneidert.

Zitzelsperger verlor seine Schachpartie. Eugen wunderte sich. Sonst hast du doch immer verloren (gegen deinen Vater jedenfalls). Nein, ganz richtig war das nicht; nur hatte dieser Vater sobald er matt gesetzt worden war, die Partie wiederhergestellt und die Figuren dorthin gesetzt, wo sie früher mal gestanden hatten, und dann gewonnen; schließlich gehörte dies dazu, ein Vater mußte nämlich gewinnen; du jedenfalls bist nicht am Gewinnen interessiert.

Dann der Feurige Elias, der hereinschnob und Granatwerfermunition brachte, obwohl du gehofft hast, daß er heute nicht mehr kommen würde. Jeder sollte jetzt zwei Kästen schleppen, doch nahm Eugen nur einen; das genügte auch. Und während er zurückging, sah er von dem ins Blättergrün eingegrabenen Weg nur einen Hauch, weil ihm der Kasten aus frischem gelbem Holz den Arm langzog, als läge er auf einer Folter. So wartete er wieder ab und an und war der letzte in dem hellen Blättergang. Vielleicht lag hier Hochreithers Grab, doch fand er nur das eines fremden Mannes.

Beim Bataillonsgefechtsstand stellten sie die Kisten ab. Eine Weile saßen sie vor dem aus Tannenästen gezimmerten Tisch, der im Boden steckte. Ein Granatwerfer stand darauf, das Rohr zerfetzt und zackig ausgebogen, ein stählerner Blumenkelch, weißglänzend, blank und böse sauber. Der hätte doch Blutspritzer haben sollen.

Der Wald wurde jetzt kalt. Sie gingen weiter, und noch unter Kiefern, aber nicht weit vom Buschwald lag ein in eine neue Uniform gepackter Rumpf; nicht weit davon ein Arm; und dann zwei Finger auf sauberen Tannennadeln. Zwicknagel sagte, daß ein Minenträgertrupp hier umgekommen sei, doch wisse niemand, wie es sich ereignet habe. Die Minen waren, eine nach der andern, beim Tragen explodiert; daher die Leichenteile. Und Zwicknagel sagte: »Das sollte eine Mutter sehen.«

Also, bitte, Vorsicht vor den deutschen Waffen. Eugen schärfte es sich wieder einmal ein. Er fand im Sumpf eine russische Maschinenpistole mit leerer Trommel, dachte, die sei ungefährlich, und ölte sie ein. Zoglauer Michel von der sechsten Kompanie hatte Patronen, die dazu paßten, und Eugen nahm sich eine Handvoll mit. Er steckte sie in seine Jackentasche, und sie fühlten sich darin wie Bohnen an. Weinzierl lächerte es, daß Eugen sich für ein solch rohes russisches Schießeisen interessierte, das nicht einmal brüniert war, obwohl es doch tadellos schoß; denn Eugen traf mit jedem Schuß die Mitte einer Leuchtpatronenhülse, die er in einen modrigen Baumstumpf gesteckt hatte.

Eine sichere Hand haben, darauf kam's beim Schießen an. Sonst aber war vielleicht so etwas wie ein sicheres Gefühl von Wichtigkeit, und dieses bildete sich langsam in Rußland. Allerdings hast du auch das Gefühl, gelenkt zu werden, aber von wem? Von deinem sicheren Gefühl kann es nicht kommen, und außerdem taumelst du bloß herum, oder du läßt dich schieben. Und dann erinnerte er sich an ein Wort seiner Mutter, die »Werfet euer Vertrauen nicht weg« gesagt hatte, und das war aus der Bibel.

Dann kam ein Brief von Herbert Wieland, der ihm mitteilte, daß er Unteroffizier geworden sei und gedenke, sich sein Soldatenleben hier im Korpslazarett entsprechend einzurichten; und er habe eben einen Aufsatz zum Geburtstag ›seines‹ Philosophen Jaspers abgeschlossen, der ganz aus der Situation heraus, in der er sich jetzt gerade befinde, geschrieben worden sei; weshalb angenommen werden konnte, Wieland denke dort hinten in Estland über die Grenzsituationen des Krieges in Rußland nach und bringe seine Gedanken zu Papier. Das machte der sicherlich ganz wunderbar, für Eugen aber war so etwas überflüssig, weil er sich durchwuzzeln mußte ohne einen Philosophen, und es ging auch so. Ein Schleckhafen war es freilich auch für Wieland nicht.

Ein bißchen Marc Aurel genügte, nur hatte Eugen seinen Marc Aurel nicht mal dabei; bloß Mörikes Gedichte und die Schreibmaschinenabschrift einer Geschichte, die ›Das Glück am Weg‹ hieß und nur eine Beschreibung war, wie ein eleganter Herr aus Wien eine Dame durch ein Fernglas drüben auf einer Jacht liegen sah; und langsam entschwand die Jacht, und am Bug stand ihr Name: La Fortune ... Du riechst den Duft des Strandes von Antibes, wo du nie warst ... Und es hätte ihm besser gefallen, in Antibes eine Dame durch ein Fernglas anzuschauen, als Balken für eine Winterstellung am Wolchow zu schleppen. Obwohl das Balkenschleppen wirklich und die Dame auf der Jacht ein Traumbild war, aber ohne Traum ... Nein, danke schön. Und ungefähr stand es doch so im Buch des Marc Aurel, daß auch die Schläfer Mitwirkende seien; oder: »Sie verachten einander und tun einander schön ... Sie wollen einander über sein und machen voreinander Bücklinge ...« Und alles konnte hier gesehen werden, was auch sonst zu sehen war; zum Beispiel, wie wenige Menschen auf die Universität gegangen waren; also diese Schicht war ungefähr so dünn wie die Haut auf der Milch. Eigentlich traurig, daß du dich bloß mit denen verstehst, die eine ähnliche Herkunft wie du haben. In die Herkunft bist du eingeschlossen, da hilft nichts; diese Mauer überspringst du nie.

Sie schrien dort unten, wo Jussy hauste. Äste krachten, und sie stampften durchs Gebüsch. Zwei schossen, und es war nicht weit von der Stelle, wo der russische Scharfschütze immer wieder hereinknallte. Zurückgekehrt vom Balkenschleppen fürs Holzhäuserbauen, lag er neben Weinzierl. Die Suppe hatten sie noch nicht geholt, als dieses Geschrei losging. Er packte sein Gewehr, er wollte sehen, was geschehen war, und es bitzelte ihn, zu wissen, warum die dort unten schrien. Beschämend, daß dich's bitzelt ... und er lachte über Weinzierl, der ihm nachrief: »Was laufst denn weg, wenn du net grufen wirst, du Simpel!« Die schrien jetzt »Rucki wärch!«, als er herbeikam, und er rief: »Macht doch kein Mist, i bin's doch bloß!«, als sie ihn zwischen den Büschen anfuhren: »Mensch, wir hätten dich fast abgeknallt! Do schaug hin!«

Ein Russe lag am Boden, und zwei andere standen dabei. Neben seinen Füßen deutete dieser stöhnende Russe im nassen Gras auf Eugens Gewehr, und dann an seine Schläfe. – »Schau, was der von dir will ... Der mit dem Bauchschuß«, sagte Augustin. Eugen tat, als wüßte er nicht, was der Russe meinte, stand da und schaute auf ihn nieder, als ein Unteroffizier seine Maschinenpistole durchlud, »ich weiß schon, was du willst«, sagte und ihm dreimal in die Schläfe schoß, die sich bläulich verfärbte. Nun prustete der Russe und drehte sich beiseite. Als müsse er sich übergeben, so hörte es sich an; in den Büchern aber stand zuweilen: er hauchte seine Seele aus. In Wirklichkeit war's also anders, du hast es gehört ... Weshalb sie aber diese Russen nicht hinüberlaufen lassen durch die dünne Front, verstehst du nicht. Und er sagte: »Also, ich meine, die hätten uns nichts getan.«

Die andern schwiegen. Wieder lag ein Toter da, und der mußte beerdigt werden, aber wie? Auf dieselbe Art wie Hochreither und Zapf, und nach einer Weile wurden seine Füße vom Wasser aus der Erde gedrückt. Und Eugen sah am andern Tage zwei Russen vom Troß, ›Hilfswillige‹, auf die Seite schauen, als sie gefragt wurden, ob sie nichts von den Kleidern dieses Toten nehmen wollten. Einer schüttelte sich, und beide rissen Gras ab, das sie in den Händen behielten, als sie dann zugriffen, um ihn wegzuschleifen. Später krachte eine Handgranate fast an derselben Stelle, wo der andere weggeschafft worden war. Diesmal hatte es einen hochgewachsenen und blonden Mann erwischt, von dem sie sagten, der sei ein versprengter Offizier gewesen, auch aus der Wlassow-Armee. Zu Eugen aber kam der Sanitäter und sagte: »Du und Weinzierl, ihr sollt den toten Kameraden da beerdigen.«

Er wunderte sich über das Wort ›Kamerad‹, das ihm diesmal gefiel. Sonst hörst du es nicht gerne ... Und er suchte mit Weinzierl einen Tümpel, der tief genug war, aber als sie ihn dann hineinwarfen, schwamm er an der Oberfläche. Also ihn beschweren, Äste herbeischleppen, einen Baumstumpf auf ihn wälzen, der ihn drunten hielt; doch immer wieder drängten die Füße herauf, und seine Stiefel schauten aus dem Wasser, als ob es Fritz Hochreither wäre. Da gingen sie beiseite und ließen alles liegen, wie es war.

Tote beschäftigten Lebende. An den Händen spürte er Baumrinde, am Gesicht zuweilen Blätter, und immer wieder war das Gewehr anzufassen oder das Kochgeschirr; zwischendurch der Bleistift, und er hatte was zu kritzeln, und zuweilen sogar Verse, die etwas verraten sollten. Nur dir gehören sie, rauh sollen sie sich auch anfühlen, und es muß dieser Moment hinein, hier unter dem Teerpappedach, wo die Maus Junge aufzieht. Weshalb du vom Regen schreibst: »Nun der Regen strömt und rinnt / Rauch ich meine Pfeife. / Keiner ist mir wohlgesinnt, / Was ich gut begreife ...«

Der Herbst hatte die Schnaken unters Laub verscheucht. Es ließ sich ertragen, nahe dem Herbstlaub zu sitzen und hinauszuschauen über eine Wasserlache mit moderigem Baumstumpf, hinter dem milchiger Himmel Wolkenfransen hatte, eine Szenerie, die schwieg. Daß du es merkst und allem nahe bist, daß du es anschaust, wirkt sich später aus, wenn du's wieder heraufholst. Es lagert sich allmählich in dir ab.

Aus dem Regen löste sich der durchscheinende Herbst, der Nachsommer. Wenn andere erfahren hätten, was er aufschrieb, hätten sie gegrinst. Zum Beispiel dieses Liebesgedicht ›Rote Schuhe‹. Da wurde in einen Menschenkopf eine Maschinenpistolensalve hineingejagt, der Menschenkopf lag neben seinen Füßen, er sah's von oben her und ganz nahe; und trotzdem schrieb er wenig später Verse, in denen nur ein heller Schein und Schimmer war.

Vielleicht verachtenswert. Du kannst dich nicht empören; doch was hätte es schon genützt, wenn du dich empört hättest. Oder es ist möglich, daß dich eine Schutzschicht auch von der Verzweiflung trennt ... Und die mit ihm hier im Sumpf waren, taten, was zu tun war. Es ergab sich und wurde hingenommen, wie beispielsweise dieses, daß die eigene Artillerie zu kurz schoß und eine Granate den Bunker zusammenpreßte, in dem Jussy lag. – »Smekal schwer verwundet. Kopfverletzung. Auf der Bahre hat er sich herumgeworfen und gewälzt. Er war so schwer. Der kommt nicht mehr davon.«

Eigene Artillerie hatte Jussy getötet, und es schien, als ob alles nach einem Plan vonstatten ginge, freilich einem unerbittlichen; als laufe es ab, ereigne sich und wälze sich nun ihm entgegen, der noch übrig war. Ob du den eigenen Waffen entgehen wirst?

Zur Entlausung gehen, sich in einem Finnenzelte waschen dürfen, das unterbrach den Tageslauf und war willkommen. Bedauerlich, daß der Wald trüb dahockte, naßkalt wartete und er schon wieder seinen Mantel anziehen mußte, dessen Tuch einen olivfarbenen Hauch hatte, ursprünglich ein tschechischer Militärmantel, khakifarben, und hernach auf deutsches Grün umgefärbt, den einer, der gern elegant daherkam, nicht hatte tragen wollen. Und du hast ihm damals deinen grünen 'geben, und er ist froh gewesen, jetzt so wie alle anderen daherzukommen, während du ... Also dir ist der gerade recht. Der Mantel war dicker und weicher als ein deutscher. Übrigens sonderbar, daß wieder einmal etwas an dich gekommen ist, das anders als bei allen andern ist ... Und er freute sich seines gefärbten Tschechenmantels ebenso wie seines Koppelschlosses mit der Krone und dem Spruch »In Treue fest« statt »Gott mit uns«. Dazu der alte silberne Ring mit der Mädchenkopf-Gemme, den dir Treutlein Hanni g'schenkt hat; den spürst du beim Einschlafen an der Backe.

Das Finnenzelt war aus Sperrholz und kreisrund. In seiner Mitte stand ein Ofen. Und vor dem Finnenzelt ragte dieser Entlausungskasten auf, in den die Uniformen gehängt und von unten her angeheizt wurden, damit die Läuse in den Kleidern von der Hitze platzten. Geniale Sache also, dieser läuseknackende Kasten hier im Föhrenwalde zwischen Bataillonsgefechtsstand und Troß, wo sie im Finnenzelte um den Ofen hockten und sich wuschen, während draußen die Läuse geröstet wurden, wobei der melancholische Weinzierl sagte, die Läuseeier würden in dem Kasten nicht geknackt, und alles sei bloß Schwindel, denn sonst könnten doch die Läuse nicht mehr wiederkommen: was zwar einleuchtete, aber auch nichts nützte. Und Weinzierl sah es ein, meinte aber, indem er eine wegwerfende Handbewegung machte, nützen täte sowieso im Kriege nichts; womit er recht hatte und worüber man sich im Finnenzelte einig war. Sie stellten wassergefüllte Marmeladekübel auf den Ofen und fingen mit dem Waschen an, als es draußen dreimal dumpf knallte. Man nahm's im Wasserspritzen und Einseifen wahr und ließ es knallen, weil's schon öfters geknallt hatte. Bis dann der Sanitäter die Tür aufriß und hereinschrie: »Sauerei! Der Entlausungskasten brennt! Da muß einer von euch Patronen in der Tasche gehabt haben!«

Sie schauten hinaus, und in der Tat, die Feuersäule war enorm. Die Sache halt abbrennen lassen, etwas anderes lohnte sich nicht. So daß nun also ein rauchender Aschehaufen draußen lag, da und dort mit ein paar Uniformfetzen durchsetzt und mitten drin der Ofen und das eiserne Gestell. Nackt standen sie davor und hatten ihre Stiefel, dazu das G'lump ihrer Gewehre, die Leibriemen, die Koppel hießen, und die Patronentaschen.

Der Sanitäter war zum Troß gelaufen. Er kam mit dem Zahlmeister zurück, der in den rauchenden Tuchfetzen herumstocherte und von einer Gerichtsverhandlung redete. – »Das wird für den, der schuldig ist, arg teuer kommen«, sagte der Zahlmeister und sah bekümmert und haßerfüllt drein: der machte jetzt die Stimmung mulmig. Jeder schaute, nackt im kalten Wald stehend, am Zahlmeister vorbei und schlich sich wieder in das warme Finnenzelt; wo er abwartete und alles eine saubere G'schicht nannte, die ihm wurscht sein könne . . .

»Los! Auf! Ihr geht zum Bataillon! Dort kriegt ihr andres Zeug!«

Und sie stolperten nackt in ihren Knobelbechern, die Gewehre umgehängt, die Koppel umgeschnallt, über den Steg. Du wunderst dich, weil's dich kaum friert . . . Beim Bataillon jedoch warteten die vom Gefechtsstand vor einem Häufchen Uniformen, johlten, gingen lachend in die Knie und winkten ihnen zu. Der Hauptmann kam aus seinem Häuschen, dieser kleine, der bereits in Sigmaringen die schwarzbraunen Augen aufgerissen hatte, was drohend und einschüchternd wirken sollte; dabei konnte er sich das Lächeln kaum verbeißen. Auf dich haben seine Kulleraugen noch nie Eindruck g'macht . . . Wenn er sie rollte, sah's halt komisch aus. Und während sich die andern Hosen, Jacken, Unterwäsche, Mäntel aus dem Haufen zerrten, erinnerte sich Eugen an Major Götzberger, diesen langen mit dem mageren Gesicht, der zum Korps versetzt worden war und etwas an sich gehabt oder auch ausgestrahlt hatte;

also wahrscheinlich Einsamkeit, und die war immer von Hochmut begleitet oder umgeben; Hochmut, in den sich Mitgefühl mischte, und diese Mischung paßte zur Einsamkeit.

Weinzierl stieß Eugen an: »Hol dir auch was, sonst kriegst bloß Mist!« Doch weshalb hätte er sich denn beeilen sollen? Je herabgekommener du als Soldat gekleidet bist, desto besser paßt's zu dir... Und er bückte sich, fand eine abgewetzte Hose und einen viel zu weiten Rock mit Silberlitzen (Sauerei... weil du die doch abtrennen mußt) und schließlich Jussys Mantel, der ihm bis zu den Knöcheln reichte und einen Blutflecken am Kragen hatte. Dieser Mantel aber war für ihn der richtige, gerade weil die andern unbehaglich auf ihn schauten: Der nimmt den Mantel eines Toten... dachten sie. Aber der Mantel schützt dich... Und er dachte an die russischen Maschinenpistolenpatronen, die ihm Zoglauer Michel von der Sechsten geschenkt und von denen er drei in seiner Jackentasche gehabt hatte; die waren im Entlausungskasten mit den Läusen geplatzt und hatten gezündet. Maulhalten, bitte schön. Dir fällt's ja leicht.

»Bist auch noch zum Unteroffizier befördert worden, Rapp«, sagten die andern, und er gab zurück: »Ja, das kann schnell gehen.« Achselklappen hast du keine, und mit den Litzen trennst du auch die Kragenspiegel ab. Den Pleitegeier aber traust du dir nicht wegzumachen, Feigling... Und er sah den Reichsadler mit dem Hakenkreuz an, dieses sogenannte Hoheitszeichen. Gewissermaßen kannst du also hier an der Front für dich selber bleiben; zumindest in Gedanken und im Hinterkopf.

Im Zwielicht sollten sie abrücken, sich absetzen in die neue Stellung, und die alten Unterschlupfe mußten eingerissen werden. Abreißen ging rascher als aufbauen. Du aber bist neugierig auf das Mäusenest unter der Dachpappe, das leer und mit einem Gespinst zernagten Papiers gefüllt war, eine Höhlung, nicht größer als eine Schlüsselbeingrube. Die Mäuse, die darin geboren worden waren, hatten sich längst zu Erwachsenen entwickelt und lebten anderswo, wahrscheinlich bereits in der neuen Stellung. Vom Unterschlupf blieben trockene Fichtenstangen und ein Fleck zerdrückten Grases übrig, das unter den Zeltplanen der Gefreiten Rapp und Weinzierl verdorrt oder gebleicht war.

Sie sammelten sich, standen oder hockten beisammen. Dann gingen sie einzeln zurück. Die lange Flechtwerkmauer hatte schräge Durchschlupfe, die verrammelt, mit Ästen und Baumstümpfen ausgefüllt wurden. Eugen schaute den Teil der Mauer an, von dem Jussy gesagt hatte, er habe ihn gebaut, und der ungefähr fünfzig Zentimeter hoch war. – »Ach, meine schönen Hände, die noch nie etwas Rechtes geschafft haben«, hörte er Jussy sagen, aber das war lange her, drei Wochen mindestens. Und du denkst jetzt: gut, daß der Jussy nie etwas Rechtes geschafft hat... Nun, da man ihn so bald und für immer abgeholt hatte, hätte es sich für ihn nicht gelohnt, wenn er was Rechtes... Aber lohnte es sich denn für die, die lange lebten? Auch ein Pfarrer oder ein Philosoph konnte darauf nur antworten, daß... Und schließlich konnte sich sowohl ein Pfarrer als auch ein Philosoph die Antwort auf eine solche Frage schenken... Und er erinnerte sich an den Unteroffizier, der in Berlin die Liesel besucht hatte, mit der Jussy befreundet gewesen war, eine Regierungsratstochter, die über Jussy alles hatte wissen wollen und gesagt hatte: »Ich möchte den Rapp kennenlernen. Der Jussy hat mir immer wieder von dem Rapp erzählt.«

Wie willst du ihr schreiben, ohne daß es sie quält? Das weißt du nicht. Was ihm der Unteroffizier (eine Schande, daß du seinen Namen nicht mehr weißt; aber er ist bald danach weggekommen, in die Heimat versetzt worden, weil er als Parteibeamter..., und derselbe ist's gewesen, der den verwundeten Russen mit einer Maschinenpistolensalve neben deinem Fuß getötet hat), also, was ihm der erzählt hatte, war beinahe schmeichelhaft. Denn Jussy hatte ihr gesagt, er bewundere diesen Rapp, der alles so gleichmütig hinnehme, die Läuse und die Arbeit beim Stellungsbau; ja, Rapp habe sogar geäußert, er stehe gerne Posten, weil er dann allein sei (›wenigstens muß ich dann mit niemand reden‹). Oder sein Kopfschütteln und sein Schweigen und die Art, wie er abwinkte, wenn eine Gemeinheit passiert war; oder wie er die anderen entschuldige und sage: »Mußt halt drüber hinwegsehen, Jussy.« Der könne sich fest abschließen, aber das wolle ihm, Jussy, nicht gelingen. Und Eugen wunderte sich, weil Jussy etwas an ihm bewundert hatte, das in Wirklichkeit gar nicht wie eine Schutzhülle um ihn stand oder was nur durch seine Geistesabwesenheit möglich wurde, diese Veranlagung, für die er nichts konnte. Du hast sie dir ja nicht errungen oder gar erobert; die gehört halt zu dir ... Und es schmerzte ihn jetzt, mit Jussy, der ihm meistens lustig, liebenswürdig und ein bißchen leichtsinnig erschienen war (weshalb du ihn beneidet hast) zu selten beisammen gewesen zu sein, ja ihn zuweilen spöttisch angeschaut zu haben. Und daß du ihn in Peterhof nie beim Bataillon besucht hast, als er dort in Untersuchungshaft gesessen ist: das jedenfalls ist eine deiner dicksten Feigheiten gewesen.

Nun, da sie in der neuen Stellung saßen, fror es ihn ab und zu, auch im geheizten Blockhaus; aber leider ging das Fieber wieder weg. Es wär ja toll, wenn du wenigstens mal ins Lazarett kämst!

Er meldete sich beim Sanitäter, der zu ihm sagte: »Also, Rapp, an mir soll es nicht liegen. Ich tue, was ich kann, damit du wegkommst. Aber wenn du schon in einer Woche wieder da bist, dann soll dich der Teufel holen. Du bist ja hier in Rußland noch nie krank gewesen.« – »Bin ganz deiner Meinung«, sagte Eugen.

Die Sache war natürlich nicht ganz koscher, und als er vor dem jungen Bataillonsarzt stand, fühlte er sich recht gesund. Der Sanitäter aber steckte ihm das Fieberthermometer in die

Achselhöhle, wartete eine Weile, zog's heraus, schaute darauf und sagte, indem er es rasch hinunterschüttelte: »Herr Unterarzt, der Patient hat achtunddreißig sieben.« Du wirst gefragt, ob du irgendwo Schmerzen habest, und du hast sie nicht mehr; zuvor jedoch – und daran erinnerst du dich – hast du so Schmerzen in den Gliedern gehabt; halt dieses abgeschlagene Gefühl... Und du redest also von ›wechselnden Schmerzen‹ hier im dunklen Blockhaus... Wobei der Arzt ihm auf den nackten Leib sah, die Stirne runzelte, sich ans Tischchen vor dem schmalen Fenster setzte, etwas auf eine Karte kritzelte und dem Sanitäter diese Karte gab, damit er sie Eugen an einer Schnur um den Hals hängen konnte. – »Olsdann Servus«, sagte der Sanitäter, ein Rotbackiger mit zarter Mädchenhaut, die in dieser düsteren Stube schimmerte.

Hinausgeschoben, fand er sich allein auf dem Steg aus Kiefernstämmen, wo er weiterstapfte, zum Troß kam, die braunen Hütten bei den Gleisen des ›Feurigen Elias‹ wiedersah, bei Feldwebel Graf, von dem Jussy gesagt hatte: »Der Lui hat ihn wie einen Sohn geliebt«, um eine Anweisung für Marschverpflegung bat, an Luibacher erinnert wurde, der nun glücklicherweise nicht mehr da war, und wieder ins nasse, nebelige, ebene Waldgebiet bei Ljubino Pole hineinging, weiter östlich in eine der Loren des ›Feurigen Elias‹ kletterte, sich nach Grigorowo verfrachten ließ und von dort aus Kraßnogwardeisk erreichte; in der Soldatenkantine, einer weiten Baracke, abseits hockte, sich sagen ließ, daß er nach Narwa weiterfahren müsse, und endlich wieder einmal Fieber spürte. Doch war bereits am andern Morgen dieses Fieber weg, und er fuhr ungemütlichen Gefühls in einem Güterwaggon Narwa zu, was eine verschlungene, langsame, umständliche Reise wiederum durch nasse Waldgebiete wurde, die ihm nicht lange genug hätte dauern können und wo er lustige und junge Burschen, solche, die höchstens zwanzigjährig waren (neun Jahre jünger als du, eine lange Zeit) um ihre eindeutige Krankheit (Gelbsucht) beneidete.

Die Burschen sagten, zuerst zeige sich die Gelbsucht in den Augen.

Dir aber fehlt nichts, doch fährst du jedenfalls nach Narwa, ins weit dahinten liegende Narwa, was zumindest eine Abwechslung bedeuten konnte. Und er wurde in die Turnhalle der Schule unterhalb der Burg hineingetrieben, stand zwischen vielen, und weiter vorn war ein Tisch aufgestellt. Darauf mußte sich jeder mit entblößtem Oberkörper legen, und darüber hing eine Birne an langer Schnur. Ein Arzt schrie: »Was fällt Ihnen ein? Sie sind gesund! Ist das Kriegsgericht hinter Ihnen her? Ich werde dafür sorgen, daß Sie als Simulant vor ein Kriegsgericht ... Der Nächste!«

Eugen war der Nächste und dachte: warte ab, was kommt ... Und er legte sich auf den Tisch, als ob an ihm ein Urteil vollstreckt würde.

Der Arzt beugte sich über ihn, sah den Ausschlag auf seiner Brust an und sagte: »Ja ... weg. Skabies.« Er machte eine wegwischende Geste. Da hast du also Skabies, weil dir die Brust von Läusestichen grindig ist ... Ein Sanitäter schrieb etwas auf einen Schreibblock. Und wenig später stellte Eugen fest, daß der, dem er sein Soldbuch geben mußte, ebenfalls Rapp hieß und schwäbisch sprach. Das ist doch jetzt ein Landsmann, und vielleicht seid ihr verwandt; aber du bringst die Frage nicht heraus, und er schweigt auch ... Im Krieg und in Rußland redete man wenig, denn wer wußte, was noch kam? Sein Vater aber hätte jetzt: »Grüß di Gott, Vetter!« zu dem anderen gesagt und wär mit ihm ein Herz und eine Seel' gewesen, während du ... Doch es war gleichgültig. Du hast Skabies und kommst in die ›Schmierbude‹, wo ihr euch mit Schwefelöl einsalbt, und das war auch nicht schlecht. So hätte es noch lange weitergehen können. Der Wolchowsumpf war weggeschoben, und Eugen ließ die Zeit ein bißchen weiterrutschen, schlief sich zunächst einmal aus.

Lediglich acht Tage werde diese schmierige Behandlung dauern, dann sei die Krätze weg, hörte er hier; und ihm fiel der Sanitäter ein, der zu ihm gesagt hatte, wenn er nach acht Tagen wiederkomme, solle ihn der Teufel holen ... Eine schlechte Aussicht also für den Gefreiten Eugen Rapp, der dann auch noch am Samstag Fieber hatte; weshalb der Sanitäter einen Arzt mit in die Stube brachte und drei Thermometer dabeihatte, zwei für Eugens Achselhöhlen und eins für seinen After. Während er gemessen wurde, hielt ihn der Sanitäter an den Armen fest, doch kam dann trotzdem achtunddreißig sieben raus. Finsteren Gesichts musterte ihn der Arzt, vor dem er nackt stand und fror und den er fragte, ob er nicht vielleicht gar Gelbsucht habe. »Mein Urin sieht wie Tomatensaft aus, gewissermaßen. Braunrot, wissen Sie ... Und in den Augen sieht man's auch. Das Weiße ist doch gelblich.« Da lächelte der Arzt und murmelte, bei der Beleuchtung, unterm elektrischen Licht, da sehe man so etwas nicht. »Sie haben ja auch auf der Haut einen gelblichen Schimmer ...« Und er schickte ihn sofort ins Bett. Der Sanitäter sagte, Gelbsucht mit Fieber sei gefährlich. Und vielleicht kam es vom Sumpfwasser, mit dem sie Kaffee gekocht hatten, denn das Sumpfwasser war braunrot gewesen wie jetzt sein Urin. Und Gelbsucht sollte, falls sie nicht gefährlich wurde, eine recht bequeme Krankheit sein und mindestens vier Wochen dauern. Weshalb dich also jedenfalls der Sanitäter dort vorn im Wolchowsumpf noch nicht zum Teufel schicken kann, wenn du dich in vier Wochen wieder bei ihm meldest.

Eine dir gemäße Krankheit, jedenfalls im Krieg. Du bleibst im Bett, ißt vegetarisch, wartest auf den Riegel Schokolade, um ihn unters Kopfkissen zu schieben, damit du Treutlein Hanni ein Geschenk mitbringen kannst, falls du ... Denn es war möglich, daß sogar noch ein Genesungsurlaub bei der G'schicht heraussprang. Und im obern Klassenzimmer, wo jetzt Betten standen, gab es zwei Krankheits-Kollegen, von denen einer aus

Ostpreußen stammte. Der hatte eine Drogerie und war schon an die vierzig, ein gewissenhafter und penibler Mann, der wußte, was er als Drogist seinen Kunden schuldig war, denn es ging nicht, daß es im Laden stank. – »Da geht man dann also geschwind hinaus, wenn's einen drängt«, erklärte er und war der Meinung, seine Blase müsse bis zum Morgen ›halten‹. »Das habe ich mir anerzogen«, sagte er. Von allen Militärkapellen der Welt waren zweifellos die Königsberger die besten, denn die »hatten die Pauken«. Und bei dem Wort »Pauken« reckte er den Zeigefinger und sah an den Plafond. Seine Verlobte war ein Mädchen mit langen und dicken Zöpfen, die auf einer Fotografie die Läden eines Dachfensters aufmachte; ihr Haus hatte ein spitzes Dach, das bis zum ersten Stock herunterreichte, wurde von einem Gärtlein umschlossen und schien ein liebes, übrigens altmodisches und idyllisches Gedicht zu illustrieren. Das Bild sah wie ein Wunschtraum aus, ein Fantasiegebilde, eine Fata Morgana, die einem Soldaten am Wolchowsumpf erschien, indes er mit Sumpfwasser Kaffee kochte.

Auch deine Heimatstadt erscheint dir hier in Narwa ... Ein Schwabe mit breitem Mund und kräftigem Gebiß erzählte so von Stuttgart, wie Eugen es nicht konnte. Der wußte, was für Fremde in Stuttgart merkwürdig war, also zum Beispiel, daß dort immer noch Weinberge bis zum Bahnhof und bis zu den Gäubahn-Gleisen herabreichten. Dort stehe noch ein einstökkiges Weingärtner- oder Wengerterhaus in einem Obstgarten und habe viele Leitern unterm vorragenden Dach. Und man bedenke: In einer hochmodernen Industriestadt, wo der Daimler, der Benz und der Bosch etwas hingestellt hätten, das weltberühmt sei! Ha no, das soll uns mal ein Preiß nachmache! Zu Fuß könne dort jeder nach Prag gehen, weil ein Stadtteil ›Prag‹ heiße. Samstag abends aber verfüge man sich ins ›Tabaris‹, denn so heiße eine exklusive Bar. Weshalb man also sagen könne, daß es etwas Besonderes sei, wenn man aus Stuttgart stamme.

A Heimatg'schmäckle hier in Narwa ... Und du kriegst Genesungsurlaub, mußt aber am Heiligen Abend zurückfahren. Gut, dir macht es nichts aus, oder du redest dir ein, daß dir's nichts ausmache. Bis zum Heiligen Abend war es noch weit, und wer wußte heute, was bis Weihnachten geschah; nur wär's halt gut, wenn dir einer dein Haar abschneiden könnte ... Doch die Sanitäter schüttelten die Köpfe und zuckten mit den Schultern: Nein, Haarschneider gäbe es hier keinen.

Dann fährst du also mit der Mähne heim. Laß sie dir auf den Mantelkragen hängen, der immer noch blutfleckig ist. Aus Rußland und vom Wolchow kannst du nicht verwildert und nicht abgewetzt genug nach Hause kommen; sollen die sich wundern, sollen sie doch, des Soldaten mit der Brille und der Mähne wegen dicke Augen kriegen.

Sein Mantel war so lang, daß er die Schöße raffen mußte, wenn er eine Treppe hinaufging, wie in Wirballen, wo er entlaust wurde, obwohl er dies nicht nötig hatte. In spätestens acht Wochen aber werden dich wieder die Läuse beißen, und vielleicht kommst du jetzt jahrzehntelang einmal im Jahr immer wieder zur Entlausung nach Wirballen ... Doch dies war eine Vorstellung, die ihn schlapp machte, während er den Wäschebeutel und einen vollgestopften Karton schleppte (auch darin war schmutzige Wäsche), die Mantelschöße raffte, in einen Dritter-Klasse-Wagen stieg, wo im Abteil, ihm gegenüber, ein auffallend sauberer SS-Mann saß.

»Daß die euch so in die Heimat fahren lassen ... Bei uns gibt's immer wieder neue Sachen«, sagte der.

»Ach so.«

»Und war denn bei euch kein Friseur?«

»Nein. Es hat auch an der Zeit gefehlt. Ich meine: zum Haarschneiden ...« Und Eugen erzählte, wie zu ihnen der General gekommen war und einen gefragt hatte: ›Was sind Sie von Beruf?‹ – ›Haarzurichter, Herr General.‹ Worauf der General sich zu seiner Begleitung umgewendet und gesagt hatte:

›Meine Herren, da sehen Sie, welch feines Sprachgefühl dieser einfache Mann hat. Statt ‚Friseur' gebrauchte er das schöne deutsche Wort ‚Haarzurichter'. Und wo sind Sie als Haarzurichter tätig?‹ – ›In der Pinselfabrik z'Nürnberg, Herr General.‹

Der andere lachte. Du aber hast's von deinem Vater g'hört; der weiß es aus dem ersten Krieg. Und dieser junge deutsche Mann von der SS, der Blonde, Tadellose, der von seiner Waffengattung so begeistert war, der ... Er ist dir halt unsympathisch, freilich nur wegen der Uniform.

Wegen eines solchen trägst du deine Mähne; der soll sich über deine Mähne wundern ... Und er stolperte in Berlin aus dem Zug, schleppte sein Gewehr, den Wäschebeutel und den Karton über den Bahnsteig und sah einen Marineoffizier im dunkelblauen Mantel ihm entgegenkommen; sein Mützenschild war mit Gold verziert. Und Eugen grüßte ihn, indem er den Kopf warf, so zackig, als ihm dies möglich war. Da kam dann der andere auf ihn zu, blieb vor ihm stehen, legte ihm die Hand auf die Schulter und sagte: »Du, Soldat, du mußt dir das Haar schneiden lassen. Woher kommst du denn?« – »Vom Wolchow.« – »Hat es dort bei euch keinen Friseur gegeben?« – »Doch. Bloß hat es uns an Zeit gefehlt.« Und der Offizier nickte, schaute auf die Seite, schwieg eine Weile und sagte dann: »Ach so.«

Ein rücksichtsvoller und freundlicher Mann. Und du wirst deinen Aufenthalt benützen müssen, um einen Friseur zu suchen ... Weshalb er dann in eine nasse, alte Straße ging, wo Trottoirs und Häuser olivfarben waren. Wie ihn die Leute dort anschauten, daran merkte er, daß er sonderbar auf sie wirken mußte, fast abstoßend und nicht ganz geheuer, vielleicht wie ein Penner oder Tippelbruder, der zu allem hin auch noch in Uniform war; einer, der mit umgehängtem Gewehr daherkam, in allzu langem und zu weitem Mantel, das Krätzchen auf dem dicken Haar; und schließlich hast du auch keinen mageren Schädel ... Weshalb er sich in einem Schaufenster betrachtete;

der verwilderte Geselle mit der Nickelbrille, den er darin wie verwischt bemerkte, kam ihm sympathisch vor und er meinte, das Regenwetter passe auch dazu. Die Wehrmacht blamieren: gar net schlecht ... Und wenn du so als Zivilist daherkämst, würde dir auch keiner einen neuen Mantel schenken ... Seltsames Gefühl, so angeekelt und befremdet angeschaut zu werden.

Ein Friseur hatte eine schmale Bude, und in ihr machte sich ein Pole mürrischen Gesichtes an die Arbeit, riß Eugen am Haar und ließ abgeschnittene Locken fliegen. Du paßt auf, daß er dir nicht allzuviel wegschneidet – »Oben, bitte schön, nicht so arg kurz« – weil du der Treutlein Hanni den vertrauten Eugen Rapp vorführen willst, den eleganten also, falls derselbe noch herauszupräparieren ist aus dem Kriegsknecht, der allerdings immer noch so empfindlich wie der Zivilist von früher ist. Merkwürdig, daß sich daran nichts geändert hatte, eigentümlich, daß er immer noch zurückschaute aufs kaiserliche Wien, während ihn ein dienstverpflichteter Pole im November neunzehnhundertzweiundvierzig unter der Schere hatte und es sogar in einem Friseurladen muffig roch. Die sandige, grünliche Seife fiel ihm ein, dazu ihr süßlicher Geruch.

Obwohl er diesem Polen das Doppelte dessen gab, was er verlangte, blieb der Mann so finster wie zuvor; übrigens kein Wunder. Wenn du dich in den hineindenkst und dir vorstellst, du stündest an seiner Stelle, brächtest du auch nur eine mürrische Miene raus ... Und er fuhr nach Stuttgart und erinnerte sich, daß er so weit nie herumgekommen war, wie jetzt im Krieg ... würdest aber gern darauf verzichten.

Erst in Stuttgart fing der Urlaub an, zunächst mit einem Bad im elterlichen Badezimmer, wo die Dampfheizung so warm war, als ob es nie nötig gewesen wäre, dumpfige Unterstände und Blockhäuser mit Birkenholz zu heizen. Die Mutter hatte eine Flasche Portugal-Haarwasser für ihn aufgespart, und abends kamen Paukenschläge der Schicksalssymphonie aus dem Lautsprecher, bevor es hieß: »Hier ist London mit den Abendnachrichten in deutscher Sprache.« Das Gartentor war abgeschlossen, und bis zum Nachbarn waren es fünf Meter; und ihr seid auch allein im Häusle.

»In was für Lumpen sie dich hierhergeschickt haben«, sagte die Mutter. – »Das kann mir doch bloß recht sein. Und wenn du erst mein Haar gesehen hättest...«

Das Militärische war damit abgetan. Die Uniform hatte er weggelegt, und daß hier und bei seiner Schwester Margret alles noch so war, wie er es kannte, die Stadt sich fast unverletzt zeigte, durfte ihm vier Wochen lang genügen. Seltsam, daß du im Urlaub keine Zeile aufschreibst... Und er entsann sich, wie er draußen jede freie Stunde nützte, um zu kritzeln; sogar Verse hast du dort gemacht. Wer weiß, vielleicht gefallen sie sogar dem Stefan Bitter... Und er erfuhr, daß der Schriftsteller nicht mehr in der Weißenhof-Siedlung wohnte. Er war nach Degerloch umgezogen, hatte drüben auf der anderen Talseite und wiederum auf der Höhe ein Haus gemietet und sollte so etwas wie Presseoffizier beim Generalkommando und Hauptmann geworden sein. Und Eugen hatte Bitters Stimme im Gedächtnis, wußte, wie er ihn über die Pfeife hinweg angesehen hatte, dunkeläugig und durch eine Brille, deren Gläser seine Augen größer machten.

So dachte er an Gegenwärtiges, als wäre nichts gewesen. Die Peterhofer Stellung und der Wolchowsumpf lagen hinter einer Mauer und waren verwischt, unwirklich, weggedrängt. Gut, daß es so war. Und seltsam, daß er weder den Schriftsteller Bitter um seine Beschäftigung beim Generalkommando noch seinen Schwager beneidete, der jetzt wieder in der Funker-Kaserne in Fellbach Dienst tat. Und du merkst auch, daß solch einer geschickter ist als du... Der kannte die Löcher, die Schlupfwinkel und die Ausweichmöglichkeiten; und das Wort ›Ausweichmöglichkeiten‹ kennst du erst, seit du beim Militär bist. Du bemerkst sie aber nicht, wahrscheinlich weil du viel zu selten an sie denkst. Wozu willst du sie auch bemerken, mit dir geschieht doch etwas, woran du nichts ändern kannst.

Weshalb es also richtig war, in München Treutlein Hanni aufzusuchen, die noch ihren Doktor hatte machen können, aber wie? Gerade noch vor Torschluß. – »Und eigentlich möcht' ich dir gratulieren, weil du es so schnell geschafft hast. Und auch so viel Glück gehabt hast, gelt?« sagte er zu ihr in der Münchener Fürstenstraße vor den leeren Schaufenstern der Konditorei Erbshäuser, wo das Palais Leuchtenberg schräg gegenüber seine grünlichen Mauern sehen ließ.

»Glück g'habt ... Da hast recht«, sagte Treutlein Hanni. Sie erzählte, wie es gewesen war, und ihm kam's vor, als sei alles nach einem Plan verlaufen. Durchschauen freilich tust du den Plan nicht. Nur dem Gefühl nach kannst du sagen, daß es einen Sinn haben müsse, wie's mit ihr gegangen war. Ein Freund ihres Vaters hatte geschrieben, vom ersten Juli an dürften Halbjuden nicht mehr promovieren, und sie war zum Professor gegangen, dessen Volkswagen mit einem Hakenkreuzwimpel beflaggt war. – »Ich habe Ihnen einen Teil meiner Arbeit abgeliefert; aber es hat keinen Sinn mehr, wenn Sie sich damit beschäftigen, weil mein Vater erfahren hat, daß Halbjuden vom ersten Juli an nicht mehr promovieren dürfen«, hatte sie zu ihm gesagt. Und der Professor ließ sie wissen, es sei ihm nicht bekannt gewesen, daß dies auf sie zutraf; doch ihre Arbeit habe ihm gefallen, und in vierzehn Tagen könne sie zur Prüfung kommen. – »Was glaubst du, wie ich da aufs Mündliche geschafft hab! Wozu die andern sich ein halbes Jahr Zeit lassen, hab ich ... Aber du weißt es ja.« – »Aber 'gangen ist's. Ein Wunder, daß du's g'schafft hast, sapperlot ... Und wie hast denn die Anstellung beim Weinmüller bekommen?« – »Durch die Stina.« – »Das ist halt eine patente Person, aber kein Wunder.« – »Warum?« – »Weil die auch schwäbisch schwätzt.« Und er sah wieder, wie Stina ihre Pistole zwischen rosa Schlüpfern hervorholte, damit er sich gegen den Hackl wehren konnte;

denn der hatte ihm doch ein Duell angedroht... Und jetzt war Stina zu Herrn Weinmüller gegangen, hatte zu ihm g'sagt: ›Ich weiß für Sie eine, aber die hat einen Fehler. Sie ist Halb-Arierin...‹ Gut, daß sie ›Halb-Arierin‹ und nicht ›Halbjüdin‹ oder gar ›Mischling ersten Grades‹ gesagt hatte. Weinmüller aber, obwohl alter Parteigenosse und mit vielen hohen SS-Führern befreundet, sagte, das mache bei ihm gar nichts aus. Und so war sie bei Weinmüller und hatte Glück.

»Ich mein', daß es kein Wunder ist, wenn er dich leiden kann«, sagte Eugen, und sie gingen zu dem Palais Leuchtenberg.

Alte Gewölbe, angefüllt mit wertvollem Mobiliar. Ein Schreibtisch hätte Metternich gehören können. An ihm saß eine Dame oder feine Frau mit einem Hauch ›Vergangenheit‹, ein bißchen undurchsichtig, gleichsam von nebliger Eleganz umschleiert. Kein Wunder, daß sich nach ihr oft ein Herr erkundigte, wenn er ein Möbelstück anschaute und versonnen sagte: »Ja, das würde auf die Wernburg passen«; denn diese Wernburg war eines seiner Lieblingsschlösser. Und der ältere Herr wurde manchmal sogar ein bißchen rot und schaute auf die Seite, was bei einem solchen eigentlich verwunderte. – »Da könnt ich also dem vielleicht zur linken Hand angetraut werden«, sagte die Dame zur Treutlein Hanni und schaute lächelnd von unten herauf. Seltsam, daß hier noch so etwas wie ›Lebensart‹ lebendig war, während in Peterhof oder am Wolchow andre Bräuche herrschten. Und du hast dieses Peterhof und den Wolchow im Kopf, während du in dunkelblauer Jacke, Portugal-Haarwasser auf der Kopfhaut, dastehst und über etwas nachdenkst, womit du sympathisierst, obwohl du weißt, daß es nicht mehr hereinpaßt... Aber zu einem Antiquitätenladen im Palais Leuchtenberg machte es sich gut. Und die Dame erzählte von ihrem Vater, einem emeritierten Universitäts-Gelehrten, der habe sie zuweilen die Treppe im Ritz hinaufgetragen, allerdings vor fünfzehn Jahren, in Paris.

»Aha« und ein Lächeln. Eugen kam sich linkisch vor; und dann natürlich auch arg schüchtern; aber das war in Ordnung, wenn man vom Wolchow kam; oder es gehört zu dir und ist halt so ... Eine grauhaarige Frau schmunzelte mütterlich und sagte zur Treutlein Hanni: »Kindchen, du wirst es bekommen.« Es ging da um ein Schreibzeug mit grünen Empiregirlanden, von dem Eugen jetzt nichts hören sollte. Ein junger Mann, so jung wie er, hatte das Glück, lungenkrank zu sein, und verdiente sich sein Studium im Antiquitätenladen; das war einer, der alles Zeitgemäße haßte. Und all dies war ein fester Rückhalt für die Treutlein Hanni. So fanden sich seltsamerweise wieder Ähnliche zusammen; solche in der gleichen Gemütslage, sozusagen. Und Eugen entsann sich eines Gefreiten, der zur Frontbewährung in der Peterhofer Stellung vor dem Englischen Schloß morgens eingetroffen war und abends beim Postenstehen einen Kopfschuß bekommen hatte. – »Der hat sich schon bewährt«, hatte es dann geheißen. Wie oft bist du Posten gestanden, und bis heute ist dir nichts passiert.

Eine Sekretärin lachte, redete bayrisch und ließ dabei die Schreibmaschine klappern; das war die mit den zahllosen Liebhabern. Schau, wie sich's durcheinandermischt, nebeneinander da ist ... Die Mutter der Treutlein Hanni war mühsam gestorben. Und als sie tot war, wollte sie, die Katholikin jüdischer Abkunft, niemand beerdigen. Der zuständige Pfarrer wich vorsichtig aus, aber ein kleiner alter Kollege machte es dann trotzdem. Auf dem Friedhofsamt hieß es, vielleicht müsse man sie später exhumieren. Und ein schmiedeisernes Bauernkreuz hatte die Treutlein Hanni bei einem Steinmetzen in der Ungererstraße aufgetrieben. Immer wieder fügte es sich also doch zusammen. Die Risse und die Sprünge, die abgeschlagenen Ecken an alten Schreibzeugen oder Vasen, wurden sorgfältig gekittet, damit's nach außen glatt und sauber aussah. Ein Kenner freilich merkte, wie es sich verhielt; obwohl du dich nicht als Kenner bezeichnen möchtest.

Sie gingen zu dritt zum Essen in den Palmengarten des Café Luitpold, und der Palmengarten mit seinen Säulen unter einem Glasdach war wie um achtzehnhunderteinundneunzig. So etwas hielt sich länger als die Menschen. Dauerhafte Sache also, und der Krieg verhinderte, daß so etwas verändert wurde; denn jetzt lohnte es sich nicht, etwas zu renovieren, weil der Palmengarten vom Krieg zerstampft werden konnte. Es blieb noch, wie es war, gewissermaßen am äußersten Rand.

Sie saßen in weiten Sesseln. Das vom befrackten Kellner servierte Essen hieß Stammgericht und war ein Pichelsteiner ohne Fleisch; so etwas gab es hier noch ohne Lebensmittelmarken. Und die Dame mit dem leisen und singenden Tonfall sagte: »Bitte, wieder den Kaffee, den Sie uns immer bringen.« Und der Kaffee in irdenen Kaffeetassen war dann Cognac, und Eugen sagte dies auffallend laut. »Pscht!« machte Treutlein Hanni, und er war halt wieder mal naiv, sträflich und gottsjämmerlich einfältig und blamierte sich. Weshalb er dann, seiner Blamage wegen, auch rot wurde und die gelben Säulen bei der Palme unterm Milchglasdache in rötlichem Schimmer sah, also verklärt.

München hatte Trottoirs mit Pflützen, und so gehörte es zu München. Wenn er hier ging und an den Wolchow dachte, nun wiederum in dünnen Schuhen, merkte er, daß er inzwischen manches verlernt hatte, beispielsweise das Gespräch. Treutlein Hanni konnte es, im Versteigerungshaus Weinmüller blieb sie in der Übung und erzählte vom plastischen Bilde eines Satyrs, bei dem man ›es‹ deutlich gesehen und das eine alte Dame mit der Bemerkung angeboten hatte, dem Reinen sei alles rein. In der Kunst ließ also Treutlein Hanni auch so etwas gelten, und sie hatte recht; weil es in Wirklichkeit nicht so toll schön oder begeisternd war, als wenn man es sich nur wünschte; obwohl ... gewiß und außerdem ... Aber sie wünschte es sich ja in Wirklichkeit auch nicht und wahrscheinlich aus Angst nicht. Angst aber war bei einer ›Halbjüdin‹ verständlich. Und du selber? Also jetzt bist du in Urlaub; da solltest du vielleicht wie die andern Soldaten sein ... Bloß war er halt kein solcher, der nach Satyrfreuden gierte, sozusagen; und wozu auch. Im Zurückschauen wurde Peterhof, der Wolchow und was noch auf ihn wartete so riesig wie es in Wirklichkeit war. Nur mit angehaltenem Atem war es vielleicht durchzustehen, und was dahinter wartete ...

Treutlein Hanni schien etwas zu merken. In der Ludwigstraße, zwischen einem Blumengeschäft und der Buchhandlung Lehmkuhl, sprach sie von der ›Congregation Hitler-Stich‹, abgekürzt CHSt, und daß er für dieselbe jenes Freiheitslied geschrieben habe, das aufhörte: »An dem Kirchturmknopfe / Hängen wir ihn auf, / Daß von seinem Kopfe / Tropft des Blutes Lauf.« Worauf er sagte: »Ja, schon ... Aber dem Hitler hat's bis heute wenig ausgemacht, wahrscheinlich, weil diese Congregation so wenig Mitglieder gehabt hat. Also, ich meine: Über vier sind wir da nie hinausgekommen.« Und sie dachten, außer an sich selber, an Herbert Wieland und Helga Wendlinger. Wieland war im Korpslazarett bei Wilna (auch keine erfreuliche Gegend), »und Helga: Zu der gucken wir in Stuttgart mal hinein«.

Jetzt hieß Helga Frau Wieland. Die beiden waren kühn gewesen: »Im Krieg heiraten: Dazu kann man halt bloß ›sapperlot‹ oder ›heidenei‹ sagen.« Und er entsann sich, daß Landgerichtsrat Wendlinger seinen Schwiegersohn vor der Hochzeit beiseitegenommen und zu ihm gesagt hatte, also mit Kindern sei es jetzt im Krieg nichts; das komme nicht in Frage. Ein richtiges Gespräch von Mann zu Mann sei das gewesen, hatte Wieland hinzugefügt und Eugen angelacht.

»Weißt du noch die Strophe, die Helga mal gesagt hat?« fragte Eugen, und Treutlein Hanni sagte: »Mein Auge blitzt, mein Herze klopft, / Mein Mund singt ein Tedeum: / Ich sah den Führer ausgestopft / Im Britischen Museum.«

Darauf mußt du vorerst noch geduldig warten.

Weil Treutlein Hanni ihn an die Congregation Hitler-Stich (CHSt) erinnert hatte, fiel ihm Jussy (aus Wien) wieder ein, jener Doktor Roderich Smekal, welcher der Wehrkraftzersetzung, des Raubs von Kunstschätzen, des homosexuellen Verhältnisses zu einem Angehörigen der Regimentsmusik sowie der widerrechtlichen Führung eines akademischen Grades (Doktortitel) angeklagt gewesen und zum Glück freigesprochen worden war. So etwas konnte halt nur einem Wiener glücken. Du aber, obwohl schwerfällig und abwesend, merkst seltsamerweise trotzdem, wie es läuft; vergessen kannst du nur, was dich nicht angerührt hat, und leider rührt dich halt so gut (oder so schlecht) wie alles an ... Und er redete in Gedanken mit Jussy, sah ihn im langen Mantel, demselben, den er jetzt mit einem Blutflekken am Kragen zu Haus liegen hatte, weil Jussy tot und irgendwo bei Grigorowo mit verletztem Schädel begraben worden war, während Eugen ihn im Wolchowsumpfe reden hörte: »Da schau her, was ich vom Schuschnigg hab!« Und Jussy klappte seine Brieftasche auf, und darin lag ein silbernes Krukenkreuz an rotweißrotem Band. Wofür er dies bekommen hatte, das wußte er freilich nicht zu sagen; oder er sagte: »Wofür man halt so was bekommt ...« und lachte. Ein heiterer Mensch, der Jussy, und ein liebenswerter. Irgendwann einmal wollte der in England seinen Bachelor of Arts gemacht haben, und das sei leicht gegangen ... »Da bin ich halt mal Sonntag nachmittags bei meinem Freund eingeladen gewesen, und wir haben uns gut unterhalten. Und ein großartiges Diplom hängt noch zu Haus in meiner Bude, von oben bis unten ganz lateinisch.« Du hörst ihn lachen; ernst gemeint war wohl so gut wie nichts gewesen, was der Jussy gesagt hatte, und daß es stimmte, das hatte er nie behauptet. Du aber hast ihn im Verdacht, daß alles tatsächlich gestimmt hat. In Jussys Soldbuch stand als Beruf ›Büroangestellter‹, und er sagte, das komme daher, weil ... »Also, dir ist bekannt, daß ein Krieg herrscht, der noch dauert. Und dieses Krieges wegen hab ich im neununddreißiger Jahr gedacht: laß dich in der Fabrik deines Onkels, wo dein Vater Prokurist ist, halt pro forma und zwecks Tarnung engagieren, vielleicht, daß sie dich uk stellen, weißt. No und daher der ›Büroangestellte‹ hier in meinem Soldbuch.« Und er zeigte ihm eine Fotografie, auf der Jussy groß und strahlenden Gesichts in einer Jacke dastand, die dunkelblau und daumenbreit weiß gestreift war; und hinter ihm dieses dunstige Budapest an einem Vormittag im Sommer.

»Weißt du, er hat so gern gelebt, der Jussy«, sagte er zur Treutlein Hanni.

Nach Stuttgart fahren und in Stuttgart bleiben bis der Urlaub aus war. Treutlein Hanni bekam acht Tage frei. Am Tag bevor sie mit ihm wegfuhr, sah er sie durchs Fenster der Kunsthandlung mit einer Lupe ein altes Bild anschauen; sie hatte einen grauen Arbeitsmantel an. Ihm kam es vor, als ob sie froh sei, diese Arbeit jetzt machen zu dürfen, und mit der Arbeit hatte sie auch Glück. Da saß also eine Halbjüdin im Geschäft eines alten Parteigenossen, und der alte Parteigenosse protegierte sie; denn immer wieder mußten Arbeitskräfte aus der Kunsthandlung abgestellt werden, Treutlein Hanni aber ließ er da. Kein Wunder, daß der Versteigerungshaus-Besitzer, der so alt wie Eugens Vater war, die Treutlein Hanni gern hatte.

Jetzt brauchst du wenigstens noch nicht um Treutlein Hanni Angst zu haben.

Im elterlichen Hause war noch alles so, wie er es kannte. Der Krieg wurde fortgeschoben, mit Gedanken, mit Beschäftigungen und mit Freundlichkeit. Und weil doch jede Stunde vom Krieg (aber auch vom Urlaub) wegfloß, tat er so, als ob nix wär und niemanden etwas geschehen könnte. Und er erinnerte sich, daß im nachhinein, wenn er an die Zeit zu Haus dachte, nur ein Gefühl zurückblieb, viele Geschehnisse aber entweder verwischt oder hinweggeschmolzen worden waren, wahrscheinlich von einer groben Hand oder von der Hitze seiner Angst.

Vom Urlaub im vergangenen Jahr sah er nur den Augenblick, als er auf dem Odeonsplatz mit einem Malakkastock übers Trottoir ging und einem Studenten begegnete, der, eines operierten Gehirntumors wegen, eine silberne Schädeldecke hatte und zu ihm sagte, dieser Stock stehe ihm gut. Einen Augenblick lang hat es dir geschmeichelt, bis du wieder an das Andere gedacht hast, das dich in der Uniform erwartet... Zuvor aber hatte im Zug einer, dem das Parteiabzeichen an der Jacke glänzte, mit ihm ins Gespräch kommen wollen, weil er eine elegante französische Zeitschrift las. Der hatte diese Eleganz bespöttelt, weil die Franzosen jetzt noch übers Billardspielen schrieben, während doch die Wirklichkeit des Krieges... »Also, diese Wirklichkeit verlangt das Sture«, sagte der. Und du hast ihn wissen lassen, daß dir die Franzosen so gefallen, weil sie etwas Wurschtiges an sich haben, als ob sie sich niemals drausbringen ließen. Ein fransiger und rötlicher Chinesenbart war ihm damals von der Oberlippe heruntergehangen. Treutlein Hanni aber hatte verlangt, daß er ihn sofort wegrasiere.

»Der Bart war ja auch furchtbar«, sagte Treutlein Hanni. »Und den Mantel vom Jussy, und überhaupt dein ganzes Militärzeug, das soll dir der Emil in Stuttgart umtauschen; der ist doch in der Funkerkaserne und ruht sich aus. Also, damit kannst du nicht mehr herumlaufen!«

»Ach, am Wolchow schaut dich keiner genau an. Oder es ist mir gleichgültig, wenn es einer tut. So etwas blamiert doch bloß den Hitler.«

Sie sah geradeaus, als dächte sie, nun habe er eigentlich recht; obwohl auch das Rechthaben nur für einen Augenblick ausreichte; so lange halt, bis das Gefühl des Rechthabens verschwunden war.

Sie gingen an eisernen Geländern entlang den Zickzackweg abwärts, und fast waagrechtes Licht drang weiß über die Hügel. Kahle Bäume schraffierten den Asphalt. Die Wälder sahen violett und tintig aus; die verwischte Stadt hatte da und dort ein Dächerglänzen. Und der angehaltene Atem, das Abwarten, und daß nichts passierte ... Aber das galt nur für ihn, der sich nicht einmal wie auf Besuch vorkam. Er streckte sozusagen nur den Kopf aus seinem Wolchowsumpf heraus. Und ihm fiel ein, daß er dort gedacht hatte: Streckenwärter an der transsibirischen Bahn werden, wär net schlecht. Du hast dann einen Hund und eine Flinte; die Flinte, um dir Menschen vom Leib zu halten, den Hund, damit du etwas Lebendiges hast ... Und er meinte, so alt zu werden, das sei richtig. Oder nütze es vielleicht etwas, mit irgend jemand verbunden zu sein? Da du den Irgend jemand doch verlieren kannst.

Tintenfarbige Hügel und warme Luft Anfang Dezember, die begünstigten solche Gedanken; auch gehörte er nirgends dazu. Da ging er jetzt mit Treutlein Hanni zur Helga Wendlinger, die seit kurzem Wieland hieß und mit seinem Freund Herbert verheiratet war. Weshalb die geheiratet hatten, obwohl Wieland bloß Student und Unteroffizier bei der Sanität war? Wohl des festen Bodens wegen, von dem sie hofften, daß er sich ihnen unter die Füße schöbe, wenn sie verheiratet seien. Und er sah sein eigenes Gesicht im bräunlichen Wasser des Wolchowsumpfes, als ob er wie Hochreither oder Jussy darin läge. Und er stellte sich das Gespräch mit Helga Wendlinger und mit Treutlein Hanni vor (so etwas kannst du gut vorausberechnen), und das Gespräch würde nur eine dünne Wand dazwischenschieben können, eine Wand aus Einbildungen und aus Wünschen, sozusagen.

»Ha, Grüß Gott! Da seid ihr also!«

Helga machte die weiße Glastür ihrer elterlichen Wohnung auf und hatte ein frisches Gesicht und feste große Hände; eine Schlanke, eine Blonde, die aussah, als ob sie aus Norwegen wäre. Da saßen sie nun unter Urgroßväter-Möbeln; eine Causeuse war mit hellgelber Seide bespannt, und Eugen sagte, die erinnere ihn fast an Oscar Wilde. »Ich als Sumpfkrieger ...«, fügte er hinzu.

Gesparter Kaffee und Apfelkuchen mit Zuckerguß. Und jetzt begann dieses Gespräch, das er erwartet hatte.

»Also, wenn du mit Brüning hereinkämest«, sagte Treutlein Hanni, »es wäre wie Onkel mit Nichte.« – »Ja, den schau ich oft und gerne an, und knistern würd' es bei mir im verborgenen.« – »Wenn man verheiratet ist, knistert's meistens nicht mehr«, sagte Eugen. – »Für mich ist der Coudenhove-Kalergi einfach so ... Der küßt dir im äußersten Fall bloß die Hand. Also, daß du von dem in die Mäntel einer Garderobe hineingedrückt würdest: Das gäb es mit dem nie!« sagte Treutlein Hanni. Und das Spiel »Wen man mit wem verkuppeln könnte« war wieder in Gang gekommen. Helga gestand, daß sie gerne die Nichte des massiven und schnaubenden Schauspielers Heinrich George wäre, wobei Eugen meinte, das hieße ein Nilpferd mit einer Antilope kreuzen. »Da sähe ich dich lieber mit dem Walter Rehm«, sagte er und meinte einen Münchener Privatdozenten der Germanistik, den Helga nicht kannte. Treutlein Hanni beschrieb ihn als schmalgesichtigen Mann mit zusammengepreßten Lippen, der wahrscheinlich rötliche Brusthaare habe. – »Bin dagegen«, sagte Helga, »danke schön. Wie stellst du dir denn bloß meinen Geschmack vor?« – »Sie meint, daß du vielleicht statt Herbert mal was andres haben möchtest. Der hat einen dunkeln Naturpullover auf der Brust ... falls ich mich vom Baden im Rhein bei Worms vor fünf Jahren noch richtig erinnere. Oder haben sich seine Brusthaare inzwischen verfärbt?« – »Neinnein!« Und Helga wehrte energisch ab, verwahrte sich gegen die Zumutung, Männer mit messerrückenschmalen Mündern zwecks Liebesgebrauchs anzunehmen. – »Wie die's bloß machen? Ich meine: beim Küssen, wie?« sagte sie. »Da kannst du doch grad so schlecht eine Ritze in einer Tür nehmen. Herzlichen Dank.« Und sie kamen auf ein Mädchen in Treutlein Hannis Münchener Firma zu sprechen, die ›weiche Männer‹ nicht ertragen konnte und deshalb mit SS-Männern ... »Also auch Modell Holzritze, sozusagen ... Die

Geschmäcker sind verschieden, meine Damen. Auf daß dir's weit nei graust. Aber dem Fräulein graust es nicht.«

Sie sprachen über den Dozenten Lachenmayer, der Treutlein Hanni halt arg ›knaudelig‹ erschien, womit sie seine verknautschten Kleidungsstücke und seine wie wegrutschende Art zu gehen meinte; worauf sie sich dem Spiel überließen, Menschen zu ›katalogisieren‹. Dabei kam es drauf an, für jeden eine Blumenart oder einen Edelstein zu finden, der zu ihm paßte; auch Musikinstrumente waren beliebt, alles gewisser komischer Effekte wegen. So bekam eine Kunsthistorikerin: Hortensie mit (falschem) Rubin, dazu Damast aus Kunstseide, ein Bild des Malers Feuerbach und als Instrument: Harfe. Oder sie überlegten sich, wie es wirke, wenn Treutlein Hanni mit Herbert gekoppelt würde, und Helga sagte, das sähe aus wie Schauspielerin mit Regisseur; und es war liebenswürdig, weil Treutlein Hanni einmal hatte Schauspielerin werden wollen; und rücksichtsvoll war es auch, weil das Wort ›Regisseur‹ nur ein Arbeitsverhältnis gelten ließ (sozusagen). Wenn aber Treutlein Hanni mit Eugen auftauche, denke jedermann, das sei ein eng liiertes Künstlerpaar aus Paris.

»Heidenei! Und dabei stammt mei Mutter doch aus Gablenberg!« Und er sang nach der Melodie des Liedes / ›Mei Muaterl wor a Wienerin‹: »Mei Muater isch aus Gableberg, / Drom han i Wien so gern.«

Ja, das alte Wien... Da tat er auf dem Papier, als ob er Wiener und selbstverständlich einer sei, dem das Lernen auf der Universität so leichtfiel wie seine Liebesg'schichten; und es war unverbrüchlich, daß er später Legationsrat an der österreichischen Gesandtschaft in Paris wurde; alles freilich, sagen wir mal Anno achtzehnhundertsiebenundachtzig; denn heute sah es bekanntlich auch in Wien anders aus. Denk bloß dran, was dir in Heidelberg der Doktor Wachstuch erzählt hat; das von den Wohnungen in Floridsdorf, die mit Artillerie beschossen worden sind. Anständigerweise hatten sie vorher den Sprengsatz aus den Granaten herausgenommen; Tote und Löcher in den Mauern aber hatte es trotzdem gegeben. Und Schuschnigg hatte nichts ausrichten können, obwohl er vielleicht gedacht hatte: die Leute wollen Uniformen haben, also gibst du ihnen welche; Fahnen und ein Symbol gehörten auch dazu, also rotweißrote und das Krukenkreuz. Junge Leute wollten schießen und Handgranaten schmeißen, also durften sie auch das (irgendwo auf einem Exerzierplatz halt). Und weil auch eine Parole dazugehörte, riefen sie: »Rotweißrot bis in den Tod!« Und jedenfalls war einer dafür in den Tod gegangen: Kanzler Dollfuß. Aber vielleicht ließ sich doch etwas Anständiges damit erreichen, obwohl sechzig Prozent der Österreicher für den Anschluß und für Hitler waren. Und Herr von Schuschnigg hatte alles ganz genau gewußt.

Und du, der Eugen Rapp, der Kriegsknecht, der Sumpfkrieger? Du und die halbjüdische (oder halbarische) Treutlein Hanni, dieser ›Mischling ersten Grades‹, die von einem alten Nazi sozusagen beschützt wurde? Bis jetzt habt ihr jedenfalls Glück gehabt.

Im Gespräch und im Zusammensitzen stärkten sich Treutlein Hanni, Helga und Eugen gegenseitig. Sie waren ja so gut oder so schlecht wie gar nichts; außer Treutlein Hanni, denn die hatte einen Beruf. Im Gespräch werteten sie sich gegenseitig auf und sahen sich als ›eng liiertes Künstlerpaar aus Paris‹, während Eugen in eine Gefreitenuniform mit Jussys blutfleckigem Mantel schlüpfen mußte... Alles war bloß vorläufig, provisorisch, ein Unterschlupf im Sumpf. Und du bist gar nichts, du mußt dich bloß durch einen finsteren Gang zwängen, und wie du dann herauskommst... warte nur. Als verwöhntes Bürgersöhnchen im Wien der Jahrhundertwende jedenfalls nicht... Doch, auch dies wird dir gelingen, freilich nur auf dem Papier... Womit du dich sozusagen bescheidest.

Die Treutlein Hanni hatte ihren Vater. An dich kann sie sich nicht halten, weil du immer weg bist. Und er sah das Gesicht des Vaters Treutlein wieder einmal vor sich, diesen Kaiserkopf; spätrömisch, ungefähr zwischen Trajan und Marc Aurel, der Mund messerrückenschmal. Und unerschütterlich in seinem Glauben, daß der Hitler unterginge. Weißt du noch, wie du aus dem Frankreichfeldzug heimgekommen bist? Ratlos und verzweifelt. Und kein Wunder, daß du ratlos und verzweifelt warst, weil du's gesehen hattest (dreimal hat die Artillerie in einen Wald hineingeschossen, und ein ganzes Regiment Franzosen ist herausgekommen). – »Der Hitler schmeißt ein paar Bomben auf England, und dann bekommt er auch noch England«, hast du damals gesagt. Vater Treutlein aber hat bloß den Kopf geschüttelt und »Nein. Nie« gesagt. Sein Gesicht ist wie vermauert g'wesen. Und du entsinnst dich noch des festen, unerbittlich abgewendeten Gesichts.

Treutlein Hanni fuhr von Stuttgart weg. Abschied war immer schlecht, und übermorgen war sein Urlaub zu Ende. Noch einmal auf nasse Trottoirplatten sehen ...

Hinter der Kolonnade des Königsbaus fiel ihm dessen ehemaliger Hausmeister ein, der zuvor Lakai im Neuen Schloß gewesen war. Sein Sohn hatte es zum Bahnmeister gebracht, einen delikaten Lebensstil mit Frühschoppen und warmem Käsebrot, mit Spitzbart, Zwicker und einem Stock mit Silberkrücke geschätzt und die Schwester von Eugens Vater zur Frau genommen. Das war der Onkel Carl gewesen, dessen Schwester als Hofdame bei der Krönung des Zaren in Sankt Petersburg dabeigewesen war. Im Hotel Marquardt hatte Eugens Urgroßmutter Gänseleber abgeliefert und für eine jede ein Goldstück bekommen. So hätte es bleiben sollen, wenigstens so lang er lebte. Es war Unsinn, alles immer wieder umzukrempeln, obwohl wahrscheinlich immer wieder alles umgekrempelt werden mußte, und weshalb? Wäre doch endlich einmal der Hitler umgekrempelt, eingestampft oder ausgestopft worden ... Doch darauf kannst du wahrscheinlich noch lange warten... Und er sah am letzten Abend vor der Abfahrt seine Hände an, saß auf dem Sofa und sprach mit seiner Mutter, die ihn groß anschaute.

Da bemerkte er den Christbaum. Sie hatte ihn aufgestellt, geschmückt und unter ihm Geschenke ausgelegt. – »Ach, das ist wunderbar. Und die Kerzen zünden wir auch an ... Ja, ich hab's nicht gesehen.« – »Eigentlich schrecklich, wenn die Zeit so ist, daß man bloß vor sich hinschaut und das sieht, was einen halt erwartet«, sagte sie, und er antwortete mit einer wegwerfenden Handbewegung, schließlich sei er's ja gewohnt. Worauf sie beieinandersaßen, seine Schwester Margret noch von drüben herüberkam und Renate mitbrachte, die jetzt schon zweijährig war. – »Du möchtest auch nicht mehr so klein sein, gelt?« fragte seine Schwester, und er sagte: »Mir würd's grausen«, obwohl solch ein Kind nicht Soldat sein mußte.

Dann Abreise am andern Tag, jetzt wieder in rauhem Gewande und bepackt mit den Patronentaschen, der Gasmaske. Sein Schwager Emil Reiser hatte ihm neue Kleider besorgt, die stärch und nirgendwo dabeigewesen waren. Vielleicht war es günstig, daß er ohne den Blutflecken eines Gefallenen am Kragen dorthin ging, wo's gallertig oder faulig wurde (und Erlösung gab es keine). Ein Gefühl wie von etwas Fauligem hatte er neben sich, wenn er an Rußland und die Wolchow-Stellung dachte, wo die aus Jussys Gruppe öfter gesagt hatten, der Tote, den Eugen mit Weinzierl beerdigt habe, stänke durchs Gebüsch. Doch dieser Bezirk lag nun vor der Flechtwerkmauer, und wenn er sich vorstellte, wie eingeschneit dort alles war, dann meinte er, daß Schnee und Frost die Stellung saubermachten.

Schnee und Regen wurden durcheinandergewirbelt, und seine Stiefeleisen knallten auf dem kahlen Bahnsteig. Und sonderbar, daß er nun ein Abteil für sich allein hatte (was dir recht ist). Da fuhren also jetzt nur wenige zur Front, und er war unter diesen wenigen und sah ins Sudelwetter, sah auf schwarze Wellblechdächer und auf Dampf. Wie sich die Städte glichen, wie die Siedlungen zusammenrückten, alle unter einem niederen Himmel, diesem Wolkendeckel, schmutzig wie ein Löschblatt aus der Kinderzeit. Hohe grünliche Mauern stützten eine Straße, und die Gebäude darüber waren backsteinstumpf. Es dunkelte am Vormittag, und auf einem Bahnsteig brannten neben einer Holzbaracke Kerzenlichter.

Er stieg aus, ging wieder auf nassem Beton, bekam Punsch ins Kochgeschirr gefüllt und drückte sich mit einer Handvoll Zigaretten in den Wagen. Dann reichte ihm durchs Fenster eine grauhaarige Frau einen Karton mit grün angestrichenen Brettchen, die er zu einem Weihnachtsbäumchen hätte zusammenstecken können, das kaum höher als seine Hand gewesen wäre, doch hatte er jetzt keine Lust dazu. Die Mutter hatte zu Hause das gleiche Bäumchen, und es stammte aus dem ersten Krieg; eines, dessen Ecken von herabgebrannten Kerzenlichtern verkohlt waren. Weshalb also behauptet werden konnte, die Zeit zwischen den Kriegen sei von hölzernen und grün angestrichenen Weihnachtsbäumchen sozusagen überwunden worden. Und wenn die Menschen lang genug aus sauberen Tellern gegessen hatten, wollten sie mal wieder aus einem Blechkübel essen, auch wenn derselbe nur ein Kochgeschirr im Krieg war; als ob es ihnen sonst zu langweilig gewesen wäre. Und, wie gesagt, Erlösung gab es keine.

Jetzt sangen draußen helle Mädchenstimmen. Der Zug ruckte, ratterte und stieß und schlug. Zu eilig... allzu eilig. Schneeig rückte schon der Osten näher, doch war noch Deutschland da mit seinem Weihnachtsliedersingen, fast als sähe er es auf dem Bild einer vergilbten illustrierten Zeitung, weit ab in jenen Tagen, da sein Vater jung gewesen war.

Er kam nach Narwa, wo er als einziger ausstieg, den leeren, weiten Marktplatz und darüber ein Schloß sah. Der Hügel, auf dem das Schloß stand, war in der klaren Mondkälte höher als er meinte, ihn in Erinnerung zu haben. Aber, was hieß hier hoch und höher, hier war jeder sanfte Hügel schon ein Berg. Und nicht weit davon die Krankensammelstelle Narwa Ost in einem Schulhaus, wo alle schliefen. Beneidenswert sorglose Sanitäter hier in Narwa, von denen keiner wachzubleiben brauchte; und sie ließen sogar die Haustür offen. Weshalb er dachte: wecke niemand auf... Und er versuchte, sich im Vorplatz auf einem Bänkchen aus Bambusrohr auszustrecken, was ihm gelang. Später aber wunderten sich die Sanitäter, weil einer rücksichtsvoll gewesen war und niemand geweckt hatte. Nützen tat die Rücksicht freilich nichts, denn die behielten ihn keinen Tag länger da als nötig war. Einer jammerte, weil er nun wieder nach vorn mußte; und seine Jammerei ist dir halt widerlich. Was half's dem schon, wenn er jetzt jammerte, doch vielleicht ahnte der jetzt seinen Tod.

Dann der Bahnhof von Kraßnogwardeisk, was ›Der Rotgardist‹ bedeutete. Vor einem Jahre hatte hier ein Leutnant zu einem Popen gesagt, seit die Deutschen in Rußland seien, habe er es doch wahrscheinlich besser, oder nicht? Worauf der Pope gefragt hatte: »Wer ist besser?«

Also Kraßnogwardeisk. Die Mäntel vieler Kinder waren an den Ärmeln ausgefranst, hingen über die Finger, so daß es schien, als hätten sie Armstümpfe. Sie fuhren Gepäck auf ihren Schlitten und wollten dafür Brot. Aber was nützte ihm der Schlitten eines Russenkindes, er hatte doch nur einen Wäschebeutel und mußte sein Gewehr selbst tragen; und was wäre gewesen, wenn er einem Russenkinde sein Gewehr mit Patronen im Magazin und die Gasmaske auf den Schlitten geladen hätte? Ein Vorgesetzter hätte ihn dann angepfiffen. Und er schenkte einem Buben einen durchsichtigen Beutel Pfeffernüsse, die er auf der Fahrt bekommen hatte.

Dann brannten Kerzen auf Tischen in einer Baracke, in der alles altmodisch aussah, doch Kerzen gehörten zum Winter hier in Rußland, wo Petroleumfunzeln selten waren. Das Kerzenlicht war orangefarben, und in der Zimmermitte saß ein langgesichtiger älterer Mann mit grauem Schnauzbart und einem Goldknopf im Ohrläppchen, griff in zwei Kartons und gab jedem, der an ihm vorbeiging, Zigaretten und Gebäck. In einer niederen Stube, wo Kerzenflammen vom Luftzuge bewegt wurden, gingen Offiziere einer spanischen Legion vorbei. Doch ›Legion‹ war nicht ganz das richtige Wort; es hieß doch anders, aber wie? Ja, Blaue Division ... Diese Spanier waren wilde Burschen an der Front, hier hinten aber und im winterlichen Rußland gingen die seltsam gekleidet, altmodisch mit schwarzen Lacktschakos, langen Säbeln und olivfarbenen Uniformen, an denen Goldknöpfe glänzten. Eigenartig, diese fremdländischen Herren unter lauter Grünen, unter Männern, deren schwere Stiefel ihre Schritte unbeholfen machten, während jene dünnsohlige Schuhe trugen und in den Uniformen, die sie für den Urlaub angezogen hatten, so geschmeidig gingen, als wären sie bereits in ihrer Heimat und nicht mehr im dämmerigen Kraßnogwardeisk. Spanier der Blauen Division lagen auch im Wolchowsumpf und nicht weit von Ljubino Pole. Und er entsann sich, daß Hochreither erzählt hatte, die Spanier nähmen auf einen Spähtrupp bloß Haumesser mit und brächten dann ein russisches Maschinengewehr und drei Gefangene zurück.

Später ging er mit zwei anderen zwischen niederen Holzhäusern, entsann sich einer von Schnee durchrieselten Allee, wo hier vor einem Jahr ein bärtiger Mann im Pelz gegangen war und Pfeife geraucht hatte, während nun ein Hagerer in weißem Lammfellmantel und Reitstiefeln in einem Haus verschwand. Eine Tür stand offen, über Stufen ließ ein Grammofon mit geschweiftem Trichter heisere Stimmen hören, und eine grauhaarige Frau, deren Kopf dem einer großen Katze glich, nahm zwischen vermummten Männern einen Schluck aus einer dünnwandigen Tasse.

Am andern Tage duckte sich im scharfen Schneelicht dieses Grigorowo, und du findest dort das breite Holzhaus mit den beiden dunkelrot lackierten Löwen rechts und links vom Gartentor wieder. So hoch verschneit war diese lange leere Straße, an der das Holzhaus stand. Zäune aus Ästen steckten tief im Schnee, als hätte sich ein Brauch erhalten aus den Zeiten, da weitab im Westen jener Caesar in Germanien ... Und in dem Haus mit dunkelroten Löwen an der leeren Straße, welche Birken säumten, saß Eugen auf einem Strohsack und schnitt sich eine Scheibe Rauchfleisch (Marschverpflegung) ab. Ein Mädchen sagte: »Oh, Germania groß ... Germania reich!«, denn sie gehörte zum Soldatenheim im Löwenhaus, an das er später in der Stellung, wo er in Filzstiefeln wie in Hausschuhen ging, wie an eine alte Wohnung zurückdachte. Hier hatte sich ein andrer Kompaniechef eingefunden, einer von Jussys Freunden, der jetzt Leutnantsachselstücke hatte, zu Eugen du sagte und verwundert schaute, als er vor ihm stillstand. Und es schien, als wäre mit dem neuen Kompaniechef auch die Luft wärmer geworden. Im Blockhaus aber begrüßte ihn Gruber: »Jo, Servus, Rapp! Bist a no do? Jo, wos is dees ... Aber s'ist wos Eigens: I bin net lang in aner Stellung ...« Und sie lachten, hier im neuen, nach frischem Holz riechenden Blockhaus, wo er beim Schlafen den silbernen Ring verbog, den ihm die Treutlein Hanni geschenkt hatte; er paßte jetzt beinahe besser als zuvor. Und der Wiener aus dem Vorort Favoriten, der zu Hochreither gesagt hatte, so wie er, Hochreither, früher gelebt habe, hätte er nicht leben können, freute sich am harten und trockenen Brennholz und erzählte, seinen Vater habe solch ein gutes Brennholz immer ganz besonders g'freut; wobei sich die stechenden Glitzeraugen dieses Mannes ins Sanfte veränderten.

Nebenan in einem Blockhaus, das zur Hälfte in der Erde steckte und einen Holzrost mit Wasser darunter hatte, schöpfte Eugen mit einem Marmeladekübel Wasser, während Zwicknagel bei ihm stand, Zwicknagel, der wiederum von seinen beiden gefallenen Brüdern erzählte und daß ein Gesuch seiner Mutter abgelehnt worden sei. Eugen fiel ein, daß Zwicknagels Mutter gebeten hatte, ihren Sohn hinter die Front zu versetzen, weil nur zwei ihrer Söhne noch am Leben seien. Ein weichherziger und ängstlicher Mann, der Zwicknagel, von dem die andern sagten, daß er zu oft jammere. Und jetzt beklagte er, daß er hier in dem feuchten Bunker sitzen müsse, auf den die Russen mit einer Panzerabwehrkanone geschossen hätten, doch habe das Geschoß zum Glück irgendwo hinten eingeschlagen. Er zeigte Eugen das Loch in der Flechtwerkmauer und sagte: »Da siehst du, daß das alles keinen Wert hat.«

Eugen nickte. Was sollte er schon sagen. Er dachte daran, daß er es bedauert hatte, nicht mehr bei Gleichauf, Weinzierl, Kecht, Prinz undsoweiter eingeteilt worden zu sein, bis er erfuhr, soeben sei Prinz, als er auf Posten ging, von einem Scharfschützen erschossen worden.

Dir ist es so recht, wie es sich ergibt; du läßt dich dorthin schieben, wohin du geschoben wirst ... Und er unterhielt sich mit Gruber Franz, der die Kochgeschirre zusammensuchte, wieder einmal lachend sagte: »Was mir gehört, dös kann i aufem Buckel davontragen« und hinzufügte, es sei etwas eigenes, aber lange sei er nie in einer Stellung. »Wart nur, Rapp, i komm scho wieder von euch weg.« Und Eugen nickte ihm zu, denn gönnen tat er es dem Gruber, wenn er von hier wegkam, obwohl er froh war, den neben sich zu haben. Und Gruber ging weg, schlurfte in seinen Filzstiefeln den Schneeweg zwischen kahlem Gebüsch weiter, lachte noch einmal zurück und kam nicht wieder. Die Russen hatten mit der Ratsch-Bum-Kanone zur Feldküche geschossen, die um Mittag in die Stellung fuhr, und wieder hatte Gruber Franz seinen Splitter im Oberschenkel, weshalb er sich schmunzelnd auf der Bahre streckte und nach hinten tragen ließ.

Keine besonderen Vorkommnisse also. Nur schade, daß der Leutnant, dieser lustige Journalist, als Kompanieführer abkommandiert wurde. Ein Oberleutnant und Studienrat löste ihn ab.

Dann mußten sie die Stellung verlassen. Es hieß, bei Leningrad sei Timoschenko durchgebrochen, und dort würden sie hineingestopft. Übrigens sei es auch mit Stalingrad vorbei, aber damit hinge dies hier nicht zusammen, weil Stalingrad ganz unten, Leningrad aber ganz oben liege.

Wahrscheinlich hing trotzdem alles zusammen. Und sie wurden weggefahren, übrigens in neuen Autos, was ein schlechtes Zeichen war. So komfortabel waren sie bis heute noch niemals transportiert worden, und dies gefiel dem Eugen nicht. Und er hatte ein Gefühl von Eiseskälte, als sie im überheizten Güterwaggon fuhren und Staudigl aus München sagte, ihm sei es vor dem Krieg so gut gegangen, daß er sich überlegt habe, ob er nicht ein kleines Auto kaufen solle; er habe nur noch Akkordarbeit gemacht, und da sei recht viel ›Pulver‹ hergegangen; er rieb Daumen und Zeigefinger aneinander. Ein Feldwebel, der keine Funktion hatte, und von dem viele sagten, das sei kein Mannsbild, wurde ausgelacht, als er zu schreien anfing. Sie sangen: »Lustig sammer und g'sund sammer aa / Und an guaten Schlund hammer aa!« und Staudigl sang weiter: »Und der Toni aa!« weil der Feldwebel Toni hieß. So zwickten sie den auf. Leutnant Ringelmann, ein Student, sang einen Schlager, in dem ein südamerikanischer Mädchenname vorkam, sah vor dem Einschlafen eine Fotografie an und sagte, nach dem Kriege gebe es ein Braunes Haus und eine Gauleitung der NSDAP in Moskau. Feldwebel Toni lag beim Ofen im Kohlestaub, weil's ihn sonst fror. Und wieder schnappte ihm die Stimme über, als er brüllen wollte.

Dann Unterkunft in einer Baracke, wo sie eine leere Teertonne zu einem Ofen machten und eine Bühne mit grünem Vorhang da war. Staudigl sprang wie ein Mädchen aus einer Revue beinewerfend durch den Vorhangschlitz. Und bald danach wurde Weinzierl zum Sanitäter ernannt, weil er gesagt hatte, er habe einen Sanitätskurs mitgemacht.

Dann aber hießt es: »Alarm!« und sie wurden wieder in neuen

Autos weggefahren. Dann mußten sie aussteigen und zu Fuß weiterstapfen. Auf der vereisten Rollbahn trotteten sie vorwärts, Eugen zog einen Finnenschlitten mit einem Maschinengewehr, Munitionskästen und Handgranaten. Und immer wieder rutschte dieser Finnenschlitten an die Straßenkante. Ein totes Pferd lag in einer vereisten Blutlache, Spanier schlichen vorbei, und viele hatten nur noch Unterhosen an, Decken umgehängt und Seitengewehre aufgepflanzt, weshalb diese Seitengewehre seltsam in den grauen Morgen stachen; viele aber hatten schon keine Gewehre mehr.

Staudigl rief: »Frische Truppen kemman!« Eugen rief: »Ausgeruhte!«, und Staudigl lachte über die Schulter. Unter rosigem Himmel standen zwei grünliche Zwiebeltürme, und neben einer Tarnwand flatterte eine Rotkreuzflagge. »Hauptverbandplatz« stand an einem silbergrauen Holzhaus, und sie sagten, der Ort heiße Ssablino.

Sie schleppten Granatwerfermunition, und auch Oberst Buback half dabei; der hatte in Frankreich die fünfte Kompanie geführt, bei der Eugen war, und kommandierte jetzt das Regiment; einer mit einer schweren und dicken Unterschrift, die Eugen jetzt vor sich sah, während der Oberst im kurzen braunen Russenpelz Kisten mit Granatwerfermunition schleppte. Einer, der einen Durchschuß am Oberarm bekam, wurde beneidet; der hatte es gut, und Eugen dachte: warum dir so was nie passiert? In einem Kiefernwäldchen gruben sie sich in den Schnee und spannten Zelte auf. Das hieß ›Bereitstellung‹. Einer, der im Güterwaggon, als sie Schnaps bekommen hatten, lustig, ja geradezu aufgekratzt gewesen war, sagte: »Da kommt keiner mehr raus.« Staudigl hatte dunkle, geweitete Augen und erwiderte, das könne man nicht wissen. Weinzierl sagte, er glaube, daß der Krieg für ihn in diesem Jahr zu Ende gehe; ob er aber für alle zu End gehe, das wisse er nicht. »Jedenfalls für mich«, fügte er hinzu und schaute auf den wässerigen, knöcheltiefen Schnee unter den Kiefern; wer mit dem Spaten darin grub, kam auf braunes Sumpfwasser. Dicht hinter ihnen schossen Infanteriegeschütze, und Staudigl, der sagte, das sei schlecht für sie, sollte recht bekommen, weil es bald danach drüben heulte, Feuer wie umgekehrte Tropfen aufwärts stieg und niedersank, wie es sich für die Stalinorgel gehörte. Sie warfen sich in den Schnee, als es schon platzte, splitterte und krachte, doch immer wieder hoben sich die Feuertropfen, Feuerzungen. Eugen spürte Hitze am linken Arm, dachte: ein Granatsplitter also, wundervoll ... und sah zwei zerrupfte Löcher in seinem weißen Winterbekleidungsärmel; schob ihn schnell zurück und schaute nach. Da war es aber nur ein Kratzer wie von einer Dornranke, und er dachte: wieder nichts ... Andere schrien nach dem Sanitäter (die hatten's besser), und neben Eugen nickte der Feldwebel Toni im Schnee dreimal mit dem Kopf und sank zusammen. Zwar hatte der kein größeres Loch in der Mütze als Eugen im Ärmel, aber tot war er auf jeden Fall.

Mit Stadler trug und schleifte er den toten Toni zu den andern Toten links vom Knüppeldamm. Oberst Buback kam dazu, rauchte eine Zigarre und fragte, ob das der Feldwebel Toni sei. »Ist der gefallen?« fragte er, und Eugen sagte: »Ja.« Hernach erzählte Stadler, daß der Buback zu ihm gesagt habe: »Fallen ist das Beste, was der tun konnte.«

Im halbdunklen Tauwetter gingen sie am frühen Morgen über den Knüppeldamm. Weinzierl fehlte. Gedämpft riefen sie nach Weinzierl, ärgerten sich, weil sie meinten, der hätte sich gedrückt; denn besser haben sollte es der auch nicht; schließlich war er Sanitäter, und als solchen würde man den Weinzierl brauchen, das auf jeden Fall. Der Oberleutnant sprach mit den Zugführern und sagte: »Was ist, wenn die Russen mehr sind als bloß ein Stützpunkt?« Da tauchte Weinzierl wieder auf und sagte: »Man wird doch auch noch scheißen dürfen«.

Dann tappten sie weiter. Grasbüschel schauten verdorrt aus dem Schnee. Es klapperte und rasselte ein Panzer, ein sogenanntes Sturmgeschütz, als ob ein geharnischter Riese näherstampfe, jetzt im Nebelzwielicht, das sich lockerte und lüpfte, löste und wässerig wurde. Und mitten drin das Grausen und die Abschüsse des Panzers und irgend etwas, das so knallend dröhnte, als ob man unter einer Riesenglocke säße, allmählich in hellerem, milchigem Licht und so, daß er den Stadler vor niederen Tännlein knien sah. Die Kanone des Sturmgeschützes zuckte beim Schießen rückwärts und kam wieder aus dem Panzerklotz hervor, als wäre sie ein Stachel. Feldwebel Reistle sagte: »Dort läuft einer!« und Eugen schoß, ohne etwas zu sehen; es hieß auch, daß der zweite Zug von links angreifen müsse, und wer wußte, ob es nicht solche vom zweiten Zug ... »Jetzt ist er weg«, sagte Reistle. Dann schrie er: »Dort, der ... Er läuft gegen den Panzer!« Eugen stapfte weiter. Vor ihm liefen Russen aus einem lehmigen Loch weg, und er sprang in ihr lehmiges Loch hinein. Schon war es voll mit anderen. Neben ihm schoß einer, die Augen unterm Stahlhelm geweitet. Der schoß mit Leuchtspur, und sofort knallte es neben den Ohren. Eugen schrie: »Du mit deiner Leuchtspur!« Und der andere sagte: »Hob i do Leuchtspur drin ...« Neben Eugen hing Feldwebel Reistle stöhnend übers Erdloch. Er versuchte, ihn hereinzuziehen, aber dieser lange Mensch war zu schwer für ihn; weshalb er also hinaus mußte aus dem Loch; obwohl es schad ist, weil du so tief und geschützt drinhockst; den Reistle aber kannst du nicht liegen lassen.

Er stand allein, und vor ihm stöhnte Reistle; der hatte einen Bauchschuß. Der Sanitäter kam mit seinem Finnenschlitten, und sie wälzten Reistle auf den Finnenschlitten. Das Sturmgeschütz rasselte nach rückwärts, und einer rief an ihm hinauf: »Du Panzer, nimm einen Verwundeten von uns mit!« Dann stemmten zwei einen hinauf, der schlaff war, und legten ihn unter die Kanone über den Raupenketten. Reistle aber, den konnten sie nicht hinaufladen, den mit seinem Bauchschuß; der murmelte jetzt wie im Traum: »I wann wieder gsund bin ... I gib's euch zruck«, und es war merkwürdig, daß der daran dachte, es den Russen heimzuzahlen. – »Bring den Reistle zum Verbandplatz«, sagte der Sanitäter.

Es war hier leer geworden, schweigsam, fast als wäre er allein. So zog er also den Reistle zurück. Der Bataillonsarzt stand in der Tür eines Unterschlupfs, die Spritze in der Hand: »Geh weg! Die schießen her!« Es krachte, und neben ihm hatte der Schnee zwei schwarze Flecken (wieder hat's dich nicht erwischt). Der Arzt stach Reistle die Spritze in den Oberschenkel. Einer kam und sagte: »Ich begleite dich ... Das ist doch furchtbar.« Der ging nebenher und sagte beim Hauptverbandplatz zu Reistle: »Gib mir deine Filzstiefel. Du brauchst sie ja jetzt nicht mehr«, denn Reistle hatte solche mit Ledersohlen. Die zog er ihm aus und wickelte ihn dann in eine Decke ein, während Eugen wieder nach vorn ging, wo er Raunecker traf, der zu ihm sagte: »Du lebst auch noch?« Raunecker führte jetzt die Kompanie. Zwischen Tannen lag ein langer blonder Russe, ein anderer hing im Geäst mit gespreizten Armen und aufgerissenem Leib, vielleicht von einer Sturmgeschützgranate, ein vom Zerfetzen verdoppelter Mensch mit gespreizten Gliedern wie ein blutiges Wappentier. Ein anderer hockte hinterm Maschinengewehr, und an seiner Stirn war etwas angefroren, das wie gelbliches Gekröse aussah und herausgequollenes Gehirn war. Raunecker sagte: »Los, auf geht's!« – »Was ist denn?« fragte Augustin (den gab es auch noch). – »Was wird schon sein? Angreifen müssen wir halt wieder.«

Sie gingen schräg nach rechts hinüber, und wieder war der Boden eben, schneeig mit Grasbüscheln. Raunecker schoß im Vorwärtsgehen mit seiner Maschinenpistole, und Eugen wunderte sich, weil er nie sah, auf wen die andern schossen; denn er sah keine Russen. Dann ruhte neben ihm ein Mann in einem Schneehemd, den Arm aufgestützt, die Augen hinter einer schwarzen Hornbrille wie im Schlaf geschlossen; der mit seinem verklärten G'sicht... Da war also ein toter Russe sozusagen seine Brustwehr. Aber nie merkst du genau, was los ist... Dann sich eingraben in einer Bodenerhebung mit Gesträuch. Der Spaten drang nur durch den Schnee. Augustin hieb Zweige ab und legte sie in seine Schneemulde. Ein Feldwebel von den schweren Maschinengewehren fuhr Eugen an: »Los! Schieß!« und zeigte nach drüben. Da kroch ein verwundeter Russe mühsam an solch einer Bodenwelle aufwärts, wie hier eine war. – »Ich schieß doch auf keinen Verwundeten«, sagte Eugen. – »Da kann man schießen wie auf dem Schießstand, und er tut's nicht!« schrie der andere, als ein Maschinengewehr anfing, und der Russe drüben liegenblieb.

Es war Nacht geworden, und er war erschöpft. Ablösung kam, estnische Soldaten, estnische SS, alle in neuen Mänteln. Aufstehen und in eine andere Stellung gehen, jetzt wieder den Knüppeldamm entlang. In eine wässerige Eisfläche schien der Mond, und draußen war die Nacht verschwommen. Hier absichern also. Das Wasser gefror ihm unterm Filzschuh, und es blieb ein Filzstück auf dem Eise kleben. Ihm hing jetzt die bestrumpfte Ferse aus dem Filzschuh, aber daß er eine Erfrierung bekommen hätte: Nichts davon.

Wieder hereingeholt und noch einmal abgelöst werden. Am Knüppeldamm lagen die Toten, einer bei dem andern. Dort lächelte der Kleine wie verschmitzt, der im Eisenbahnwaggon gesagt hatte, es sei ihm jetzt alles egal. Sonst aber war kaum einer kenntlich, außer vielleicht diesem Oberleutnant, aber nur, weil sein Offizierskragen aus der weißen Winterjacke schaute.

Da gingen sie an den Toten vorbei und fragten einander: »Kecht? Staudigl? Weinzierl? Weinzierl hat der eigene Panzer erwischt: Vom Luftdruck den Kopf abgerissen...« Und sie sagten, so sei es vielen ergangen, zum Beispiel Stadler. Diese wenigen, die jetzt zurück ins Föhrenwäldchen schlichen, um sich in den Zelten auszustrecken und zu schlafen.

Im Aufwachen hörte er, wie sie sich draußen unterhielten. Weber sagte: »Wenn ein Infanterist ein Loch sieht, springt er hinein.« Und Augustin: »Habt ihr ihn gesehen, wie er ausg'schaut hat? Der war ja fertig.« Es kam ihm vor, als sprächen sie von ihm und meinten, er habe sich nicht so tapfer wie sie selbst verhalten. Und tapfer bist du nicht gewesen, das auf jeden Fall. Du bist hinter den andern hergetappt, bist mitgelaufen, grad als taumeltest du weiter. Jetzt sprachen sie von dem, der Reistle die Filzstiefel mit den Ledersohlen abgebettelt hatte, und sagten, der habe vor Angst geschlottert und sich hinten herumgedrückt, sei aber trotzdem gefallen. – »Da seht ihr, daß es gar nichts nützt, was einer macht«, sagte Weber, und Eugen erinnerte sich, daß Feldwebel Reistle beim Angriff nach Weber gerufen, ihn aber nirgendwo gefunden hatte; zum Glück war er dann später wiederaufgetaucht, denn jetzt lebte er noch.

Eugen kroch aus seinem Zelt und stellte sich zu ihnen. Weber sagte: »Rapp, jetzt kannst du die eisernen Bestände von allen Verwundeten und Toten fressen.« Er lachte. Eugen verstand nicht, was der meinte. Ach so, der dachte an die eisernen Rationen, die von den Verwundeten und Toten in den Zelten zurückgelassen worden waren; sonderbar. Dann sagten sie, der Arzt schreibe jeden krank, wegen Erfrierungen oder so. Dann könnten sie sich hinten in Ssablino ein bißchen ausruhen. Und sie meldeten sich allesamt zum Arzt und kamen nicht mehr wieder.

Eugen blieb mit Mayer Joseph, der zu Hause Laienbruder eines Klosters war, bei Feldwebel Raunecker. – »Mir fehlt ja nichts. Ich hab mir nicht einmal die Füß erfroren«, sagte er, und Raunecker lächelte. Es kam Eugen vor, als wundere sich der, weil er nicht mit den anderen nach Ssablino wollte; aber was wäre schon in Ssablino besser gewesen als hier vorne? Jedenfalls weißt du, wie's hier ist. Und die Situation bei einer zerschlagenen Kompanie, von der nur noch wenige übrig waren – vielleicht zwanzig – die hatte wenigstens den Vorteil, daß man fast allein war. Ein Zug der Kompanie sei in Reserve belassen und der Sechsten zugeteilt worden, sagte Raunecker. Darauf Eugen: »Dann sind wir die einzigen, die übriggeblieben sind? Hoffentlich lassen sie uns hier im Föhrenwäldchen.« Und wieder lächelte Raunecker, schaute vor sich hin und schüttelte den Kopf.

Es wurde trocken, klar und kalt. Er hatte hier nicht mehr zu tun, als den Ofen im Zelt warm zu halten. Gut, daß ihr einen Ofen bekommen habt... Und er schaute Mayer Joseph an, der kaum den Mund aufmachte, Holz herbeischaffte und Holz spaltete, Essen holte und wie ein Diener war. – »Bleib nur liegen«, sagte er in der Früh zu Eugen, »ich hol schon den Kaffee.« Es schien, als ob der gar nicht wollte, daß ihm Eugen half. Zuweilen ging er mit Raunecker in die Stellung, und dann war Eugen allein im Föhrenwäldchen, wo immer noch die Zelte der Verwundeten und Toten ausgespannt und mit den Sachen der Verwundeten und Toten gefüllt waren, Kochgeschirren, Sturmgepäck und Knobelbechern, Decken undsoweiter. Dies alles wuchs jetzt mit dem Föhrenwald zusammen und bekam einen Belag von Schnee, eine dünne Schicht wie Staub. Merkwürdig ... (und daß dir hier so oft das Wort ›merkwürdig‹ in den Sinn kommt).

Still war's, und Raunecker fragte, wenn er vom Bataillon zurückkam: »Du bist also wieder mal den ganzen Tag allein gewesen?« – »Ja. Warum?« sagte Eugen, und Raunecker schaute ihn befremdet an; der überlegte sich wahrscheinlich, ob es dem Rapp hier nicht manchmal unheimlich werde, sagte aber nichts. Und einmal wurde es ihm auch unheimlich, und er duckte sich, als er allein durchs schneetrockene Gebüsch des Föhrenwäldchens strich und meinte, es habe in der Luft gezischt; wie von einer Granatwerfergranate ... Aber dann war's nur eine trockene Ranke, die ihn am Ärmel gestreift hatte, hier in der scharf durchleuchteten Stille, wo die Sonne im Schnee blendete.

So still war's hier. Jetzt hättest du viel Zeit zum Schreiben, zum Ins-Notizbuch-Kritzeln; und gestört würdest du auch nicht ... Aber er schrieb nichts, streifte nur herum, lag beim Ofen am Zelteingang und rauchte Pfeife. War vielleicht die Erfahrung dieser vergangenen Tage schuld daran, daß er nichts schrieb? Weshalb es also eine grausige Erfahrung war. Doch was nützte es, sich alles klarzumachen? Am Ende machst du dir sowieso alles allzu klar ... Und er brachte mit Mayer Joseph die Decken, Stiefel, Kochgeschirre der Verwundeten und Toten zum Bataillonsgefechtsstand; sie legten alles vor eine schwarzgraue Balkenwand. Später sagte Mayer Joseph, da hätten also diese andern die Habseligkeiten der Verwundeten und Toten durchwühlt und alles weggenommen, was sie brauchen konnten. Mayer Joseph hielt dies für gemein, womit er wahrscheinlich recht hatte, nur konnte Eugen nicht verstehen, daß sich Mayer Joseph deshalb wunderte oder aufregte; so paßte es doch zu den Menschen. Die Verwundeten und Toten brauchten dieses Zeug jedenfalls nicht mehr und mochten froh sein, weil sie's nicht mehr brauchten. Obwohl's dir grausen würd', wenn du dich mit der Seife eines Toten waschen müßtest.

Solche Gefühle waren vielleicht überflüssig. Und er entsann sich beim Zelteingang neben dem Ofen, indes er Pfeife rauchte und braunes Gebüsch den Schnee mit blauen, dünn schwankenden Schatten streichelte, der Gespräche mit Treutlein Hanni, mit Herbert und Helga Wieland. Wieland hatte gesagt, sie müßten jetzt im Krieg jedes Beisammensein ins ›Buch der schönen Stunden‹ schreiben. Da schrieben sie dann, einer hinterm andern, ein paar Sätze hinein; was sie miteinander gegessen und geredet hatten, beispielsweise jene Verse vom Britischen Museum, wo der ›Führer‹ ausgestopft zu sehen gewesen sei, weshalb dem Verseschreiber das Auge geblitzt, das Herz geklopft und er ein Tedeum gesungen habe.

Ein Wunschtraum also. Und er schrieb, neben Raunecker sitzend, auf einen Meldeblock Sätze, die ihm Raunecker diktierte;

darin wurden beinahe alle, also auch der Gefreite Rapp, fürs Eiserne Kreuz zweiter Klasse vorgeschlagen. »Das bekommt jeder, der noch übrig ist. Und für mich springt das Ekaeins heraus«, sagte Raunecker.

Laß dir nicht anmerken, daß du ein Grinsen verbeißen mußt. Sapperlot, was bist du für ein mutiger Soldat gewesen, wenn du liest, was Raunecker über dich diktiert hat ... Jetzt fragte der auch noch: »Ist es so recht?« und du wirst verlegen ... Er brachte aber dann ein kräftiges: »Ha no! Und ob!« heraus und dachte: halt dein Maul. Laß alles laufen, wie es will. Nur im Krieg nichts ändern wollen ... Wenn das Ekazwei-Band blutrot in deinem Knopfloch leuchtet, nimmt sich mancher Offizier und Unteroffizier vor dir zusammen.

Sie marschierten nach Ssablino. Dort wirst du dich erst einmal waschen. Sie wurden hier herausgezogen, und Raunecker sagte, bald gehe es wieder weiter und in eine andere Scheiße hinein; schließlich habe sich das Bataillon bewährt. Verhindern kannst du nichts, aber du kannst dir selbst zuschauen und aufpassen, wie du dich in dem, was kommt, verhältst. Auf sich selber neugierig sein war vielleicht interessant, obwohl du auf dies Interessante gern verzichten würdest.

In Ssablino fand er Augustin in einem Zimmer mit zwei altmodischen Bauernbetten, die weißlich graue Bettkissen hatten. – »Da habt ihr's also schön gehabt«, sagte Eugen und merkte, was ihm entgangen war. Es war dumm gewesen, vorn zu bleiben. Und er mußte sich beeilen, in die Entlausung zu kommen, wo es nur noch laues Wasser gab. Er hatte eine Teerseife von Treutlein Hanni, und damit wusch er sich das Haar. Und er erzählte dem Sanitäter, daß ein Granatsplitter der Stalinorgel seinen linken Ärmel durchschlagen und ihn am Arm geritzt habe, worauf der andere »Mensch, Rapp, meld's! Dann kriegst du das Verwundetenabzeichen« zu ihm sagte und hinzufügte: »Wenn du wüßtest, was da für ein Schmuh gemacht wird!«

Dann hockte er bei der Feldküche. Der Koch sagte: »Jo, wos, der Rapp! Du bist jo ollwei vorne 'blieben! Mensch, Rapp!« Und als Eugen beiseite schaute, weil er sich über sich selber ärgerte (du Esel bist vorne g'wesen, und die haben hier hinten das schönste Leben g'habt), sagte der Koch: »Aber jetzt ist der Rapp kriegsmüde!« Die andern lachten, und er dachte, die hätten recht, wenn sie sich jetzt über ihn lustig machten. Und sie wurden zum Oberleutnant Mühlbauer gerufen, der hinter der Feldküche neben einer Blockhausmauer stand und zwei Kochgeschirre voll Eiserner Kreuze mit roten Bändern neben sich auf einem Stuhl stehen hatte. Er las Namen aus einer Liste vor, in der auch ›Rapp, Eugen‹ vorkam. Jeder trat vor, bekam sein Kreuz und trat wieder zurück. Zitzelsperger hängte sich das seine an die weiße Winterbekleidungsjacke, wo es leuchtete und baumelte, während Zitzelsperger strahlte. Eugen schob seines in die Tasche.

Sie gaben ihm also das Ekazwei, weil er übriggeblieben war; den Toten freilich hätte es nichts mehr genützt.

Er merkte, daß alles, was hier (auf Erden) war, nur den Lebenden etwas nützte; auch Friedhöfe gab es nur für Lebende und der Erinnerung zulieb. Und als Soldat bist du ganz dicht beim Blut, bei der Verwesung, beim Schmutz und bei den Läusen; in einer trüben Sauce sozusagen. Und Sauberes gibt es nur noch in der Einbildung.

Wieder abtransportiert werden, diesmal in die Nähe des Ladogasees. Und sumpfig war die Gegend auch, nur merkte man es jetzt noch nicht, weil Winter herrschte. Im Frühjahr aber wird es hier noch ärger sein, darauf kannst du Gift nehmen, obwohl Gift zu nehmen hier unnötig oder überflüssig war. Und er erinnerte sich einer Zeile, die Treutlein Hanni in das ›Buch der schönen Stunden‹ geschrieben hatte und die lautete: »Wie figura zeigt, wurde viel gelacht. Trotzdem: Was ist besser – Morphium oder Phanodorma?« Kein Wunder, daß die an Morphium und Phanodorma dachte, weil sie Halbjüdin war, obwohl zu Hause jetzt die Bomben ... Aber zu Hause war es noch erträglich; und immerhin und sonderbarerweise erträgst du sogar dies, was hier geboten wird ... Und er stapfte weiter, zog den Finnenschlitten, diesen Nachen mit dem Maschinengewehr, den Munitionskästen und den Handgranaten, so wie er es als einer gewohnt war, der mittappte, hinter den anderen hertaumelte, stolperte und abwesend war im Geheul vor dem Angriff, als Preßluftgranaten von schweren Werfern schreiend über ihn hinweggeschleudert wurden, was nicht einmal zum Kopfschütteln Zeit ließ. Sie sagten, die Preßluftgranaten zerrissen den Russen die Lungen, das sei eine neue, tolle Waffe, und ob er gesehen habe, daß die Bedienung in einem Bunker sitze, wenn sie abgefeuert würden. Schließlich sei's oft vorgekommen, daß diese Granaten beim Abschießen krepiert seien und die ganze Batterie weggefegt hätten. Ein übertriebener Schwindel, die nahmen das Maul voll, obwohl in Rußland keiner das Maul vollzunehmen pflegte und es also stimmen mochte, was sie sagten.

Dann also vorwärts, während die Werfergranaten heulten und jeder schwieg. Oder brüllte trotzdem jemand ein Kommando? Jedenfalls, wenn du's nicht mehr ertragen kannst, dann stirbst du. Solange du aber noch hier gehst und deinen Finnenschlitten ziehst, bist du dabei und stapfst und taumelst, merkst sogar ganz nebulos, daß du noch lebst.

Einer riß ihn an der Schulter auf die Seite, brüllte: »Mensch, hörst du denn nichts! Der Panzer kann nicht bremsen!«

Zurückschauen, den Finnenschlitten auf die Seite reißen. Der Panzer fuhr über den Rand des Finnenschlittens, daß er splitterte und Handgranaten wie Erbsen beiseite spritzten. Und schon warfen sich ein paar auf den Boden, weil sie meinten, daß die Handgranaten platzten (wäre schlecht gewesen). Du aber bist ein Esel, weil du den Panzer nicht gehört hast. Der hätt dich in den Schnee gewalzt.

Weitertaumeln also. Es war noch nicht soweit ... Und er wurde gefragt, was er denn für ein Mensch sei, weil er nicht einmal den Panzer gehört habe. – »Was willst denn auch hören? Besser ist, du hörst gar nicht mehr hin«, sagte er zu Zitzelsperger und Steinhilber, und Steinhilber lachte: »Eugen, also wir haben hinter dir bloß g'staunt!« Und es war dieser Steinhilber aus Kempten, der schwäbisch redete. – »Meinst du vielleicht, ich hätt etwas versäumt, weil ich den Panzer nicht gehört hab?« Und Steinhilber sagte: »Das Leben hättst du schon versäumen können, mein' ich«, womit er allerdings recht hatte.

Sie warteten dann wieder in einer Bereitstellung und rauchten Zigaretten. – »Übrigens soll ich dir jetzt sagen, daß du beim Kompanietrupp bist. Als Melder. Ich bin auch dabei.« Und sie erinnerten sich an den sogenannten Frankreichfeldzug, der fast nichts anderes gewesen war als ein Manöver. Und wieder war er in Gedanken bei Thélod auf dem Hügel im Juni. Ein kleiner französischer Oberst war mit Zwicker, Spazierstock und einem Köfferchen aus dem Wald gekommen und schaute schließlich neben einem langen Kerl im klaren Morgenlicht am Hang hinab, wo sich ein brauner Heerwurm abwärts gewälzt hatte. Der Hochgewachsene sagte zum kleinen Oberst: »Voyez, tout le régiment«, Eugen aber hatte sich gewundert, daß diese Franzosen sogar Jagdgewehre bei sich gehabt hatten. Ein elegantes Heer ... während hier die Russen ... Hier kam es nicht vor, daß die Artillerie dreimal in einen Wald hineinschoß und danach weiße Fahnen am Waldrand wehten; weshalb du dich damals über diese Franzosen arg geärgert hast.

»Komm, Eugen, wir müssen jetzt zum Oberleutnant.«

Der Oberleutnant stand neben dem Bunker der schweren Werferbatterie. – »So«, sagte er zu Eugen, »und was sind Sie von Beruf?« – »Student.« – »Das ist gut. Weil Sie mir dann die Skizzen zeichnen können. Man muß doch manchmal Skizzen fürs Bataillon machen.«

Schon wieder war ein anderer Kompanieführer da, und Eugen kam es vor, als habe der Mann Angst (mindestens so viel wie du). – »Also, vorerst sind wir noch Reserve«, sagte der, griff sich an die Schläfe und hatte blutige Fingerspitzen. – »Ach«, sagte der, »ein Streifschuß. Deswegen geh' ich nicht ins Lazarett.« Ein rotes Rinnsal sickerte über seine Wange. Der Sanitäter pappte Leukoplast darauf und sagte: »Eine leichte Sache ist das nicht. Ich würd' vorsichtig sein an Ihrer Stelle«, doch der Oberleutnant machte eine wegwischende Geste. Unsicher ging er weiter, sagte: »Hinlegen ... kommt, legt euch hin ... die schießen mit Artillerie.« Dann fuhr er zusammen, als wieder eine Serie der Werfergranaten heulte. – »Diese Eselspritsche!« sagte er und lachte, als schäme er sich des Zusammenzuckens.

Hinlegen hier im Wald. Steinhilber lachte, als er vor Eugen lag, und wahrscheinlich war's ein überreiztes Lachen. Kein Wunder, wenn einen das Werfergeheul immer wieder schüttelte. Ein Melder sagte zum Oberleutnant: »Ja, jetzt müssen Sie auch ...« Er nickte dem liegenden Offizier zu, und was er sagte, hörte sich rücksichtsvoll oder bedauernd an. Da hatte der Offizier Angst, der Melder könnte seine Angst verstehen, und so ging denn dieser Oberleutnant mit dem Melder zum Hauptverbandplatz. Eugen und Steinhilber und sonst noch ein paar, die zur Reserve zählten, wurden zusammengekehrt, um jetzt auch vorne hineingestopft zu werden, sozusagen. Und sie stolperten nach vorne in ein kahlgeschossenes Gebiet, wo sonderbarerweise gar nichts los war oder es ihnen so vorkam, als wäre nichts los. Freilich, das Gebiet sah umgeackert und wie vom Grund her durcheinandergeworfen aus, war auch bevölkert mit Gestalten, die da um ein Maschinengewehr beieinanderhockten, dort neben einem Geschütz lehnten, wie schlafend oder wie hingeweht an eine Holzwand, alle in bräunlichen Uniformen, manche mit Pelzmützen. Es hieß, das sei die Wirkung der Preßluftgranaten, die habe vielen die Lunge zerrissen, und ein Kleiner, Achtzehnjähriger (so jung waren jetzt viele, und du kennst kaum noch einen in der Kompanie), der redete, als ob er vom Räuberlesspielen käme, erzählte, wie er dahin, dorthin geschossen habe und wie leicht es gewesen sei, weil er eine Pistole ... Und andere sagten: »Euch wird das nicht angerechnet auf die Nahkampfspange, ihr seid mit dem Oberleutnant hinten g'hockt.« Eugen dachte: glücklicherweise ... und sagte: »Ja. Ich muß nicht von allem etwas haben.«

Es wurde dunkel – wie schnell heute das Zwielicht hergekommen war – und es hieß: »Vorsicht, wenn ihr über die Straße springt; dort schießen sie noch her.« Die Straße lief gerade und auf einem Damm durchs Sumpfgebiet, so viel konnten sie sehen, bevor es finster wurde. Und drüben und herüben von der Straße duckten sich braune Hütten, die so aussahen, als wären sie zweitausend Jahre stehngeblieben; aber nur in die auf der drüberen Seite, also hinterm Straßendamm, dürfe man hineinhocken, denn herüben seien wahrscheinlich noch Russen drin. – »Glaubst du's?« fragte Steinhilber, und Eugen sagte: »Saudomms G'schwätz.« Sie drückten sich in eine enge Bude hinein, zwanzig Kerle mindestens. Und Zugführer war ein Neuer, von dem sie nicht einmal den Namen wußten. Gerade, daß sie hocken konnten; mehr gelang nicht, und Steinhilber sagte: »Du, wir gehen drüben in einen der leeren Bunker. 's wird scho kei Ruß drenhocka.«

Warum sollten sie es auch nicht tun? Und Steinhilber sagte, hier seien sie jedenfalls für sich allein; das war richtig, und nur darauf kam es an. Es wurde jetzt nicht mehr geschossen, und wenigstens war es fürs erste still; sich ausstrecken und schlafen war am besten, obwohl ... Also, wenn du es genau bedenkst, dann mußt du sagen: du leistest dir einen Seitensprung; Entfernung von der Truppe aber können sie dir hoffentlich nicht ankreiden oder ins Wachs drücken.

Sie fanden ein leeres Blockhaus, neben dem drei nackte Tote übereinander gestapelt lagen, als ob sie Balken wären. Innen waren Holzpritschen, alle aus nachgiebigen Baumstangen, und russische Telefone; dazu ein Beutel, prall gefüllt mit Machorka, der unter der Decke hing, und von dem sich Eugen eine Portion in die Pfeife stopfte, bevor er sich ausstreckte.

Sie schliefen unbelästigt. Am andern Morgen konnten sie nicht zu den andern gehen, die jenseits des Straßendamms hausten. Dabei vermißten sie so gut wie nichts, weil sie zu essen hatten (Büchsenfleisch und Brot); und sonnig war es auch. Die Erschöpfung nach dem Angriff ließ die Russen und die Deutschen schweigen, denn jetzt mußten sich beide neu einrichten, eine nachwirkende Beschäftigung. Und wieder wurde nicht geschossen, weil jeder in die Stellung des andern hineinsehen konnte; weshalb zu hoffen war, daß es eine Zeitlang so bleiben würde. Jedenfalls blieb es heute so, und sie beide, er und der Steinhilber, hockten vor der Blockhütte in der Sonne. Das Wasser eines Granattrichters hatte eine Haut aus Eis, und die zerging allmählich, während Eugen sich Machorka in die Pfeife stopfte, rauchend dahockte, auf zerfetzte Stangen des Sumpfwaldes schaute, drüben eine braune Wand aus Bäumen den gleißenden Horizont begrenzte und neben ihm die drei ausgezogenen Toten in der Sonne tauten, was zu riechen war. Einer hatte an der Hüfte einen hellroten Blutflecken, und es sah wie Gefrierfleisch aus mit naß glänzender Haut. Daß du es siehst und riechst und den Machorka rauchst, der einem von den dreien da gehört hat ... Sonderbar.

Sich von der Sonne wärmen lassen. Mit Steinhilber schwätzen, der ihn fragte: »Ob wir beide mal alte Soldaten werden?« – »Das ist etwas für nach dem Krieg, falls wir noch übrig sind.« – »Ja, aber hier ... bist du eigentlich immer nur der letzte Dreck.« – »Ich sag' ja: Nach dem Krieg verwandelt sich der letzte Dreck in schieres Gold.« – »Aha, Rente auf Lebenszeit ... Meinst du es so?« Und Steinhilber blinzelte. – »Das schiere Gold ist von mir sozusagen idealistisch gemeint. Stell dir bloß vor, was wir für kluge Kerle sind, wenn wir uns mal an unsere

Erfahrungen im Krieg erinnern werden und dieselben überwunden haben. Schaffen mußt du freilich trotzdem.« – »Ja, immer geht's wie früher weiter.« – »Die drei da müssen sich nicht mehr drum kümmern. Aber beneiden tun wir sie halt trotzdem nicht«, sagte Eugen und zeigte mit der Pfeifenspitze nach den Leichen. Steinhilber sagte: »Also, ist's schon besser, wenn du etwas schaffst.«

Das abgeklärte Gespräch paßte zu zwei derart alten Soldaten wie Rapp Eugen und Steinhilber Georg, von denen der erste in drei Tagen dreißig und der zweite im Laufe des Sommers einundzwanzig Jahre alt zu werden hoffte, obwohl sie jetzt an Geburtstage nur verschwommen dachten, die Geburtstage (sozusagen) unten lagen, ungefähr dort, wo im Granattrichter die Eishaut schmolz und, als es dämmerte, wieder gerann und fester wurde. Dann schnelle Dunkelheit. Eugen sagte: »Komm, wir holen jetzt unser Essen«, und sie nahmen ihre Kochgeschirre. Gingen vor die Tür und wurden angebrüllt: »Stoi! Halt!« und gleich darauf: »Mensch, was seid ihr für Esel! Da schaut her!« Und einer, der noch mit gefälltem Gewehr vor ihm stand, zeigte auf die gelbe Lunte einer Sprengladung, die ein Feuerwerker in der Hand hielt. – »Ich hab's schon fertig gemacht: Da, schau her! Gerade hab ich sie in den Bunker hineinschmeißen wollen.« Und er erzählte, daß die anderen hier hätten reden hören und deshalb gemeint hätten, daß es Russen seien, die noch in dem unzerstörten Bunker auf der andern Straßenseite säßen; weshalb der Feuerwerker diesen Bunker hatte sprengen sollen. Und er schüttelte den Kopf und sagte: »Wie kann man bloß!«

Merkwürdig, daß dir's nicht einmal taumelig wird ... Und er dachte, daß er weder vorher etwas gespürt noch eine Stimme gehört habe, die ihm zugeraunt hatte: Geh hier raus. Nur gedacht hatte: jetzt holen wir das Essen. Trotzdem aber war er knapp vom Tod errettet worden, sozusagen. – »Wieder einmal hat es nicht sein sollen«, sagte er zu Steinhilber. Und sie lachten, holten sich das Essen und wurden von den andern so betrachtet, als wären sie ihnen nicht geheuer. Aber da kam einer, den er zwar von früher kannte, dessen Namen er aber vergessen hatte, obwohl er mit ihm einen Nachmittag und dort hinten im Wald, wo die schweren Werfer geheult hatten, als Kompaniemelder im Schnee gelegen war, und der sagte zu Steinhilber und zu ihm: »Ihr beide kommt wieder zur Kompanie.« Es hörte sich bedauernd an, als dächte der: ich kann da auch nichts machen ... denn Kompaniemelder zu sein galt als ein leichter Posten; leichter jedenfalls als Schütze (Arsch) in einer Gruppe. Und wahrscheinlich stimmte dies.

Es war trotzdem gleichgültig; ja, er meinte sogar, daß es besser sei. Dann war er jedenfalls von diesen Offizieren weg. Immer um den Kompanieführer herumscharwenzeln zu müssen, war sozusagen nicht sein Stil. Offiziere sollten von ihm weit weg bleiben. Und er erinnerte sich, daß in Peterhof einer aus Bamberg gesagt hatte, alle Dienstgrade solle man eingraben bis zum Kopf und dann zuscheißen, was freilich ein bißchen extrem gedacht war, obwohl ... Und er grinste für sich, löffelte den Eintopf neben Steinhilber, sagte: »Das ist also die Strafe dafür, daß sie uns eine Nacht und einen Tag lang für Russen gehalten und in die Luft haben sprengen wollen«, und dachte wieder an Hochreither und Jussy, die von eigenen Waffen getötet worden waren. Wie gesagt, du nimmst dich vor den Eigenen in acht, verstanden? Und er hörte, daß Moosburger wieder hier sei, dieser rotschopfige Feldwebel mit den grünlichen Augen, der ihm in Peterhof den Umgang mit Hochreither verboten hatte. Vom Wolchowsumpf war er, des ›Wolhynischen Fiebers‹ wegen, weggekommen und hatte sich bis jetzt in der Heimat herumgedrückt. Auf den bist du nicht scharf. Ein Glück also, daß du vom Kompanietrupp weg bist.

Und es richtete sich ein, es ergab sich, wie es sich bis heut immer ergeben hatte, also mit Postenstehen undsoweiter. Du kennst's genau, es hat sich eingespielt ... Und es kam auch fast etwas wie Erleichterung hinzu, weil er jetzt zu den Übriggebliebenen zählte. Ein Abstand wurde spürbar, als ob sie sich jetzt vor ihm in acht nähmen oder ihn beachteten. Vielleicht hing es sogar mit dem Eisernen Kreuz zusammen, das war auch möglich.

Drüben fuhr ein Zug, winzig am Horizont, die Lokomotive dampfte. Zuweilen schoß Artillerie auf ihn, doch beirrte ihn dies nicht. Einer hatte eine rote, zerfetzte Matratze vor seinem Unterstand in die Sonne gelegt, als der Wald blätterhell und der Boden lehmig verschmiert hersah, hier im zerstampften Zwikkel beim Ladogasee, wo wieder Gras wucherte, als ob es sich beeile, die Verwüstung auszulöschen und eine Schicht zu bilden, in die allmählich alles einsank. Und so weiter.

Der Wiener aus dem Vorort Favoriten (immer noch nicht weißt du seinen Namen) sagte: »Waaßt, i geh jetzt ins Lazarett. Und i komm nimmer ... Mit mir ist nix mehr los. Beim letzten Urlaub hob i sowieso halt bloß no a Mol können. I hob glei obgschossn, und nocha wor's scho aus. Also, serwas, i moch's nimmer lang.« Er schnaufte und ging mühsam; sein Gesicht sah wie eingeschrumpft aus, »ein Schneemann ohne Backen«, wie Sageder sagte, der hinzufügte: »Der is verbraucht. Wenn einer so wie der gelebt hat, ist's kein Wunder: Syphilis.« Und Eugen dachte, er spüre überhaupt so etwas wie allgemeine Erschöpfung, nicht was ihn, sondern was den Krieg betreffe; denn irgend etwas hatte nachgelassen, und das freute ihn. Die Unteroffiziere und die Offiziere redeten gedämpfter. Und selten wurde etwas angeordnet, das unsinnig war. An einen Stoßtrupp oder einen Spähtrupp dachte niemand mehr. Vielleicht versteckte jeder nur seine Angst oder war erlahmt und die Vernichtungswut des Krieges hatte nachgelassen, um sich später wieder zu verkrampfen.

»Rapp zum Kompaniegefechtsstand. Du bist zum Troß der sechsten Kompanie versetzt«, hieß es, und er meinte sich einzubilden, was er da hörte; doch es verhielt sich so. Und er ging rückwärts, kam ins Waldgebiet, während es regnete, fand neben Wiesenflecken Blockhütten, traf Zoglauer Michel, der mit einer Eisenstange ein Geschoß aus einem Gewehrlauf klopfte, weil er Waffenunteroffizier der sechsten Kompanie war; stand vor Feldwebel Graf, den Luibacher als seinen Nachfolger bestimmt hatte und der es auch geworden war. Jetzt schrieb ihm Graf seine Versetzung zur sechsten Kompanie ins Soldbuch, lachte und sagte: »Das verdankst du mir. Der Kahler Willi von der Sechsten hat zu mir gesagt: ›Wenn ich nur einen Schreiber hätte ...‹ und ich habe zum Kahler gesagt: ›Ich habe einen.‹ Und so ist's dann gegangen.«

»Danke schön. Das hätt ich nicht erwartet.«

Kahler Willi war aus Augsburg und Kaufmann von Beruf, ein blasser Mann, der von früh bis spät an der Schreibmaschine saß. Der Koch sagte: »Da hör ich nachts um neun Uhr noch die Schreibmaschine klappern.« Eugen aber meinte, daß er nicht mehr Schreibmaschine schreiben könne und war überrascht, als es sich dann mit der Zeit einspielte, daß er dazugehörte, während Kahler alles arg gewissenhaft erledigte und viel zu lange brauchte. Eugen sagte zu ihm: »Wahrscheinlich heißt's bei Ihnen im Geschäft: Geh doch zum Kahler Willi und laß dir sagen, wie er's macht.« Das freute den, und er sagte nach einer Weile: »Sag doch du zu mir.«

Vor dem Blockhaus lag ein Gefallener, wässerig gedunsen unter seiner Uniform; auch fehlte ihm der Kopf. Kahler öffnete ihm die Jacke, fingerte die Erkennungsmarke vom gallertig gewordenen Rumpf, zerbrach sie und nahm die Hälfte des ovalen Blechstücks in die Kanzlei; denn so mußte man es machen, wenn ein Toter dalag. Kahler zeigte Eugen, welche Vermerke in die Stammrolle eingetragen werden mußten, und daß also dieser Mann namens Mägdefrau Toni, aus Waldkirchen gebürtig und landwirtschaftlicher Arbeiter von Beruf, bei der Bereinigung einer Einbruchstelle südlich Posselok sieben für Großdeutschland gefallen sei. Merkwürdig, diese Bezeichnung ›Posselok sieben‹, als ob es sich um einen Gerichtspflock bei einer Hinrichtung handele. Hernach schrieb Kahler mit Stahlfeder und violetter Tinte einen Kondolenzbrief aus einem Buch ab. Eugen brachte den Brief in die Stellung. Der neue Kompanieführer war zwanzig Jahre alt und hieß Kinkel, ein Kleiner und Beweglicher mit feinen Händen und schmalem Gesicht, der über seiner Pritsche das Bild eines liegenden Mädchens festgeklebt hatte, im Liegen seine Unterschrift hinwarf und sagte: »Rapp, es wird sich mit der Zeit schon arrangieren lassen; das Kriegsende nämlich.« – »Positiv oder negativ?« fragte Eugen. – »Mein Herr, es kommt nichts anderes in Frage als ein positives Ende; wobei sich jeder unter ›positiv‹ das denken kann, was er sich wünscht.« – »Ziemlich ambivalente Antwort«, sagte Eugen, worauf Leutnant Kinkel mit der Liebenswürdigkeit eines Herrn erklärte, Ambivalenz sei einem Sumpfkrieger für Großdeutschland gewissermaßen auf den Leib geschneidert.

Kinkel war also ironisch überlegen, was zu diesem veränderten Gefühl im Kriege paßte, das wohl nur Nachlassen der Anspannung verriet. Und Eugen dachte, wenn der treu zu seinem sogenannten Führer stehe, dann heiße er Gustav. Und Kinkel verabschiedete sich mit einem: »Wünsche angenehme Sumpfgelegenheiten, Exzellenz«, was Eugen vorkam, als ob es Jussy gesagt hätte. Dazu die Schlucke feinen französischen Cognacs, die ihn Kinkel aus seinem Aluminiumfeldbecher hatte trinken lassen: All dies machte die Stimmung leichter, obwohl man doch in Rußland war; als sei Herr Kinkel gar nicht richtig da, oder er habe etwas, auf das er sich sogar hier in Rußland verlassen konnte und das ihn stärkte. Denn dieser Kinkel tat, als sei's ihm möglich, schwebend durch die Zeit zu kommen.

Beim Troß dienten Russen als Pferdeknechte, und von ihnen trug Pawlenko eine blaue Jacke und eine Schirmmütze. Waldschmidt, dieser kleine Rechnungsführer mit den verkniffenen Lippen, sagte, der Pawlenko wolle seine Schirmmütze nicht hergeben, was gefährlich für die Disziplin unter den Hilfswilligen sei. Pawlenko hatte ein feistes, massiges Gesicht, war Arbeiter in Leningrad gewesen und konnte Deutsch, als ob er's in der Schule gelernt hätte.

Das Radio hier im Blockhaus lief mit Musik aus Leningrad. Pawlenko stand davor und lächelte. Eugen fragte, was das Mädchen singe, und er sagte: »Nach der Arbeit ... man geht ins Café, man tanzt ... Und so ... wie es schön ist am Feierabend.«

Pawlenkos Lächeln ging geschwind vorbei, Pawlenko wiegte sich, als ob er tanze. Dann horchte er, als ein Sprecher etwas vorlas; worauf Pawlenko schmunzelte: »Oh ... ein Kommunist!« Nikolai, der in einer Fabrik in Tula (»weit hinten ... Sibirien«, sagte Pawlenko) Filzstiefel gewalkt hatte und vormachte, wie schnell das gehen mußte, schürte den Ofen und stopfte seine Pfeife mit Eugens Tabak. Er stand neben Pawlenko, und die schrägen Ritzen seiner Augen zitterten. Pawlenko zischte ihn an, und Nikolai trabte hinaus.

»Magst du den Nikolai nicht?«

»Der ... Asiat!« sagte Pawlenko, sah auf die Seite und zuckte mit der Schulter, als schüttelte er etwas ab.

Es gehörten noch Sergej und ›der Kommissar‹ dazu, der kein Kommissar war, aber so aussah, wie ein Landser meinte, daß ein Kommissar aussehen müsse, also stämmig und groben Gesichts, das Haar schwarz und der ganze Mann enorm strapazierfähig. Der lachte, schrie nach den Gäulen, warf sich auf den hochräderigen Feldküche-Karren, schnalzte und war immer dabei, wenn es irgendwo etwas zu werkeln gab; der packte zu (anders als du). Und du schenkst ihm deine Schnapsportion, denn was willst du mit dem lettischen Schnaps.

Dann dieser blonde lange Sergej, der nichts redete, bloß lächelte und nichts verstand. Erst mal abwarten, dachte wahrscheinlich der Sergej, weil ihm die Lust zum Schaffen (besonders im Krieg) schnell wegschmolz (da kannst du mitfühlen). Und wenn du ehrlich bist: Außer dem Zoglauer Michel gefallen dir hier die Russen am besten ... Aber das war falsch gedacht und stimmte nicht. Mindestens der Kahler Willi (dein Bürochef), der gefällt dir auch noch.

Waldschmidt, dieser kleine mit dem verkniffenen Mund, der Rechnungsführer, war beinahe noch ein Bub und stramm wie von der Hitlerjugend. Weil er erst einundzwanzig war, hatte er ein schlechtes Gewissen, denn eigentlich gehörte solch ein junger Bursch nach vorne.

»Warum läßt du dem Pawlenko nicht seinen blauen Kittel und die Schildmütz? Ich meine: wenn der doch an dem Zeug hängt ... Laß ihm doch wenigstens die Schildmütz«, sagte Eugen, und Waldschmidt reckte die Schultern: »Also, ich will, daß unsere Hilfswilligen tadellos daherkommen! Sauber! Und außerdem sind sie jetzt bei der deutschen Wehrmacht. Die dürfen doch unsere Wehrmacht nicht blamieren!« Und er nahm Pawlenko die blaue Jacke und seine Schildmütze weg und steckte ihn in diese grüne deutsche Einheitskleidung, die womöglich aus schlechterem Stoff als die russische war. Pawlenko sah über Waldschmidt hinweg; an Kahler Willi schaute er vorbei (unsicher eigentlich). Und über dich lächelt er manchmal.

»Der Pawlenko bringt unsre Hilfswilligen durcheinander«, sagte Waldschmidt und erzählte, daß Nikolai gesagt habe: »Pawlenko nix karascho.« Für Kahler Willi aber war dies eine peinliche, eine unangenehme G'schicht, besonders weil sich auch der Koch über Pawlenko beschwert hatte. Sogar der Zahlmeister mischte sich ein. Waldschmidt stand so arg stramm, wenn der Zahlmeister kam, und zu Eugen sagte Waldschmidt: »Bei mir muß alles tadellos sein! Ganz ausgezeichnet!« Und er strahlte unterm blonden Haar, ballte die Faust, stieß seine kleine Faust nach unten.

Also einer, der für Ordnung sorgen wollte; der Kahler Willi einredete, er müsse das mit dem Pawlenko melden. Und dann meldete es Kahler Willi, worauf vom Divisionsstab ein Offizier der Wlassow-Truppe kam und wie ein frisch gefangener Russe angezogen war. Der blieb drei Tage da, schlief bei den Hilfswilligen und sagte später, Pawlenko hetze die anderen auf; er sei überdies ein Kommunist. Wundert's euch? dachte Eugen und schaute Waldschmidt an, der ohne seine Hitlerjugend-Erziehung auch nicht so stramm gewesen wäre, wie er war, obwohl bei dem die Strammheit kindlich wirkte. Kahler Willi aber mußte Pawlenko ins Gefangenenlager bringen, ließ sich für diesen Spaziergang von Zoglauer Michel eine Pistole geben und erzählte abends, Pawlenko habe auf dem Weg ziemlich belämmert dreingeschaut und gewußt, wohin es ging; er habe Pawlenko auch immer vorausgehen lassen.

Kahler Willi ging ins Lazarett und ließ sich von dort wieder zurückfahren, weil er Phimose hatte; danach sagte er, dies sei eine belanglose und nebensächliche Operation gewesen. Trotzdem mußte er auf der Pritsche liegenbleiben. Dann war die Sache ausgeheilt, er durfte sich jetzt auf seine Frau freuen, und Eugen meinte, daß Kahler eine saubere Etagenwohnung in einem Neubau und nur neue Möbel habe; so stellte er es sich wenigstens vor, denn so paßte es zu Kahler Willi. Er fragte ihn danach und hörte, daß es ungefähr so sei. Dabei schaute Kahler, dessen Vater Gärtner war, an Eugen vorbei, also ob es ihm angenehm wäre, wenn sich Eugen seine Wohnung so vorstellte.
Dann kam Hollrieder aus dem Lazarett zurück, Hollrieder, der Unteroffizier wie Kahler Willi war und von ihm freundlich, ja erleichtert begrüßt wurde, weil sich Hollrieder in der Schreibstube auskannte und Kahler Willi vertreten würde, wenn er in Urlaub fuhr. Hollrieder rutschte die Hornbrille auf der Nase vor; er sagte: »Kannst di drauf verlassen, Willi, do feit si nix«, worauf ihn Kahler (»zum Eingewöhnen ... und ich will mal

sehen, ob er's schafft, weil er den Mund gern voll nimmt«) die monatliche Meldung an das Bataillon ausknobeln ließ, die ihm selbst immer arges Kopfzerbrechen gemacht hatte, da die Kopfstärke der Kompanie kompliziert aufgeschlüsselt werden mußte. Ein gewisser Major Maier, der ›Zwei A‹ im Divisionsstab war, hatte sich die Sache ausgedacht, von der Hollrieder sagte, das sei eine Spielerei und her damit... Nach einer halben Stunde gab er Kahler einen beschriebenen Zettel: »Do host dein Schmarrn« und ging zum Koch.

Kahler prüfte jede Zahl, die Hollrieder errechnet hatte, und sagte, nach oben lächelnd: »Also ... es stimmt! Stell dir bloß vor, es stimmt tadellos! Also, der muß den Spieß machen, wenn ich in Urlaub bin!« Und Hollrieder, ein Zwanzigjähriger wie Waldschmidt, fand das so selbstverständlich, daß er »no ollsdann« sagte und es sei jo olles eh kein Hexenwerk beim Barras. Und er schaute Eugen durch die vorgerutschte Hornbrille an und fragte, ob man bei ihm in Württemberg nicht ›Hexenwerk‹ zu einer solchen Sache sage. Jawohl, man sagte es.

Hexenwerk also war hier keines zu vollbringen. Sehr erfreulich. Und seltsam, daß alles ineinanderfloß, als wär es rauchig oder neblig, also unwahrscheinlich. Und lange währte es auch schon, immerhin zwei Monate lang; bis es sich dann einmal wieder verändert, warte nur ... Und er blätterte im orangefarben gebundenen Mörike-Gedichtband, ließ Kahler Willis Urlaub vorbeigehen, fuhr selbst in Urlaub. Schlief auf der letzten Station der Frontleitstelle Wirballen in einer Holzkuhle wie in einem Trog oder einem Nachen (so hatten die hier ihre Schlafstellen gemacht); sah, wie ein Leutnant einem Landser ein unterarmlanges Messer aus dem Stiefelschaft zog und grinste. Als ob es sich eingespielt hätte für ewige Zeit, so floß der Urlauberstrom durch Wirballen und es sei alles ohne Ende und der Krieg ein Wirbel, in dem sich ein Totenknäuel zusammenballte... Warte nur. Und wenn Zarah Leander im Radio sang, pflegte Hollrieder zu sagen: »Zarah Leander... tu' d'Füß auseinander.«

Wieder auftauchen zu Hause, also in Stuttgart, wo der Bahnhof sonderbarerweise immer noch unverletzt war und die Calwer Straße ihre schiefen Giebel zeigte, die Ziegel moosig braun, was für einen Krieger und Holzhüttenbewohner, der aus Zeitlosem zurückkam, recht erfreulich war. Wie du es draußen hast, kann es immer gewesen sein, während du es hier mit Alterspatina belegt hast... Seine Stiefeleisen klangen auf dem Trottoir, Sonne war mittagweiß und gleißte, und er begegnete auf dem Weg zur Rotebühlkaserne, wo er sich der Lebensmittelmarken wegen melden mußte, einem Kollegen seines Vaters und Assessor, der jetzt Feldwebel war. Er hatte es gemütlich (irgendwo in Frankreich). Du aber, ein Kriegsknecht aus dem Osten südlich des Ladogasees... Weshalb sich der andere zu schämen schien, weil er's bequemer hatte. Aber so ging's halt zu, im Kriege und auch sonst, und besser war's jedenfalls so, wie es der hatte. Du gönnst es dem... Und Eugen fielen, während er mit Gasmaske und Gewehr weiterstapfte, Witze ein, die der Assessor vor neun Jahren erzählt hatte, drüben im Seitenflügel des Neuen Schlosses, wo er Göring mit der Stinkenden Hoffart, Hitler aber mit dem Edelweiß verglichen hatte. Kein Wunder, daß einem, der Hitler für ein edles Weiß zu halten schien, im Kriege dieses Hitler ein behagliches Los gleichsam als Belohnung zugefallen war; obwohl sich der Assessor vielleicht auch vorsichtig geäußert hatte, in Form eines Witzes, und dahinter verbarg er gewissermaßen seinen Vorbehalt. Jedenfalls weißt du nicht, wie es bei dem ist, und brauchst's auch nicht zu wissen... Und er stand stramm vor ihm und grüßte ihn, den Feldwebel, wie es vorgeschrieben war.

Droben am Weißenhof traf er seinen Vater hinterm Gartentor. Der Vater war abgemagert und trug Uniform. Der freute sich also an Führers Rock (wie kann man bloß im Urlaub Uniform anziehen) und sagte, daß er entlassen und zum Oberstleutnant befördert worden sei. – »Ach so ... Und du bist magerer geworden?« – »Ja. Abgesponnen ...« – »Und wann fängst du als Lehrer wieder an?« – »Wenn sie mich holen, vorher net ... Aber du hast ja das Eiserne Kreuz! Für was hast du es denn bekommen?« – »Ach, weißt du ... Fürs Überleben halt.«

Eindeutiges Gespräch zwischen Vater und Sohn im dritten Kriegsjahr; genau gesagt: am fünfzehnten Mai Anno dreiundvierzig ... Und du nimmst alles arg verschwommen auf. Als ob das Haus, die Stube unterm Dach, wo seine Bücher standen und der Schreibtisch von der Mutter blank gewischt war, aus grauem Stoff seien; also ungefähr wie Wespennester; so dieses Weiche, das an den Fingerspitzen wie ein Pulver oder wie Asche samtig war. Auch daß er wieder mit dem Zug wegfahren mußte, diesmal nach Ulm, wo Wieland und Helga Wendlinger auf Treutlein Hanni und ihn warteten. Doch Wieland nannte es ein prächtiges Zusammentreffen, hier im Turmzimmer der Villa Schaffnerstraße acht. Der freute sich also, ihn nach siebenundzwanzig Monaten wiederzusehen, und du freust dich auch. Wieland war der Gewandtere (das weißt du ja schon lange) und merkte wahrscheinlich auch mehr als dieser geistesabwesende Rapp in seiner dunkelblauen Jacke und hellgrauen Hose (gewissermaßen elegant). Du aber kannst nichts mehr spöttisch oder fröhlich sehen, und warum? Vielleicht, weil du in die Mühle hineingezogen worden bist ... Ihm kam es vor, als ob die beiden andern – Herbert und Helga, denn Treutlein Hanni mußte in München bleiben, ihres Geschäftes wegen – näher an den alten Möbeln und an der Gans seien, die in der Glasveranda gegessen wurde. Wielands Mutter, Wielands Bruder, Wielands Tante saßen zwischen ihnen, und eine alte Uhr schlug hell und klingelnd; draußen der verwilderte Garten mit Pavillon, der niemals benutzt wurde.

Helga und Herbert Wieland erzählten vom Hotel ›Bayerischer Hof‹ in München, wo sie im Zimmer Numero vierhundertundzwei gewohnt hatten, wahrscheinlich, um sich noch einmal einzubilden, es gäbe heutzutage Leute, die zu den Zimmern des ›Bayerischen Hofes‹ paßten, und sie selbst gehörten zu den Auserwählten; während doch all dies Elegante abstarb oder zerstört wurde. Wahrscheinlich stand die Zerstörung dicht bevor, sie wartete sozusagen im Nebenzimmer. Und Helga, die gern saftig schwätzte, eine, die durabel aussah und manches nicht so genau wissen wollte, wie Eugen es an die Wand malte – »ach was, weiter geht es immer, und mir ist es wurscht; ich leb doch jetzt!« sagte sie und schickte ihren Worten einen kräftigen Lacher nach –, die konnte Eugens belastendes Geschwätz nicht so recht leiden, das spürte er. Wenn Helga sagte: »Den Kemach, das Gesocks, die Eintopfg'sichter, die möcht ich zuscheißen«, erinnerte er sich, daß das Wort ›Kemach‹ (für menschliche Mittelware) von Treutlein Hanni stammte. Und es ist noch nicht lange her, daß du da zugestimmt hättst, aber jetzt ... und heute ... Es hatte sich verschoben, das Bild war wie eine verwackelte Fotografie; weil du halt nicht mehr so fest dastehst wie die Helga ... Und er sah die Toten am Knüppeldamm bei Ssablino liegen, und er sah Hochreithers Stiefel aus Hochreithers Grab im Wolchowsumpf heraufgedrückt werden, obwohl er diese Stiefel nicht selber gesehen hatte (der Steinhilber hat's dir erzählt). Und dir wären diese Toten, wenn du sie als Leute auf der Straße hättest gehen sehen, auch als ›Kemach‹ vorgekommen; jetzt aber kennst du diesen ›Kemach‹, diese Leute; lebst mit ihnen und merkst, daß jeder eine Verletzung hat aus Schmerzen und aus Angst.

Doch war es beneidenswert, daß Helga und Herbert immer noch vom Kemach reden konnten (für dich gibt's keine ›gewöhnlichen Leute‹, keinen ›Kemach‹ mehr). Und er dachte: eigentlich schade ... und lachte mit Wieland und Helga, geborenen Wendlinger, die von einem Mann sagten, der humpele plump daher und sei ihr so widerwärtig, daß sie ihn am liebsten einstampfen ließe. Weil es sich bei dem aber um einen von der geistreichen Sorte handelte, stimmte Eugen bei (wenn er ein

Zimmermann oder ein Bauernknecht gewesen wäre, hättest du geschwiegen). Leute wie der waren zwar dagegen, duckten sich aber, schimpften hinter vorgehaltener Hand, taten nichts und blieben in der Heimat oder irgendwo auf allerlei Druckposten, jedenfalls weit hinten, während Bauernknechte, Zimmerleute, niedere Beamte sterben und verrecken mußten. Und wie wenigen Studenten bist du vorn begegnet. Laß dir's nicht anmerken, daß du dies jetzt weißt.

Am andern Tag fuhr er zur Treutlein Hanni und hörte ihren Vater sagen, besser sei es natürlich schon, wenn er Offizier würde. »Und jetzt, wo Sie doch das Ekazwei und das Sturmabzeichen haben ... Als Offizier sind Sie herausgehoben aus der Masse und haben ganz andere Möglichkeiten.«

Eugen sagte: »Ha freilich«, und wunderte sich. Also erschien sogar dem Vater Treutlein der Stand des Offiziers erstrebenswert (wie deinem Vater). Warum der nicht daran dachte, daß er als Offizier die Bauernknechte, Arbeiter, die Zimmerleute undsoweiter in den Tod zu führen hatte? Das willst du jedenfalls nicht ... »Nach jedem Angriff sind bei uns die Offiziere bei den Toten g'legen«, sagte er. – »So?« Vater Treutlein saß im Sessel und hatte einen messerrückenschmalen Mund. Der mit seinem Gesicht wie einer vom Bauernadel: Eigentlich großartig ... Du aber wirst nie Offizier. Jetzt, wo du Schreiber beim Troß bist ... Und Treutlein Hanni gab ihm recht.

Vater Treutlein kam auf ein anderes Thema und erzählte, daß im Schweizer Sender Herr von Salis gesagt habe – »also objektiv, ihr wißt ja, wie er immer ist« – sie fabrizierten jetzt in den Konzentrationslagern aus Menschen Seife. »Das kann ich nun trotz allem nicht ganz glauben«, fügte er hinzu, worauf Eugen wieder seinen Spruch: »Denen trau ich alles zu« verlauten ließ, Treutlein Hanni aber durch die offene Balkontür zum Nachbarhaus schaute, wo ein Bildhauer bronzierte Hitlerbüsten zum Trocknen hinausgestellt hatte. Später erzählte sie, jetzt seien ihre Verwandten Ada und Olga Reé in Berlin auch abgeholt worden, und hinter Riga habe man die beiden zum letztenmal gesehen.

Urlaub haben: Grad, als kämst du zwischendurch in einen Traumbezirk ... Und ihn verwunderte es, daß bis heute nie ein Bombenangriff in den Urlaub hineingeplatzt war. Als ob man dir einen gewissen Zwischenraum zubilligte; und du kannst im Zwischenraum deinen Traum ausdehnen. Freilich, es wird alles in die Tiefe rutschen, oder beinah alles ... Und er ging durch die Leopoldstraße so wie früher und auch im selben Anzug. Akazien waren grün, Vorgärten machten die Mietshäuser jung, und daß sie geschwärzt waren, also patinabelegt, war nach seinem Geschmack. Und er sah einen, den er aus Heidelberg kannte und den er damals nur am Rande wahrgenommen hatte; eigentlich beschämend, doch so war es halt. Ein Student wie du, und einer, der wie Treutlein Hanni ... Ja, halbjüdisch. Und er bemerkte, daß der andere aufschaute, als er sagte, daß er in Rußland sei. – »Seien Sie doch froh, weil Sie nicht mitzumachen brauchen«, sagte Eugen, und der andere wiederholte: »Froh?« Der sah ihn traurig an.

Es schien, als ob ihn der beneide. Zum ersten Mal war ihm einer begegnet, der ihn beneidete, weil er den grünen Rock anziehen mußte und in Rußland war.

Andern Tages trafen Helga und Herbert Wieland ein, die jetzt verheiratet waren (das machst du dir nie klar). Eugen sagte, hier könnten sie ihre Schuhe ausziehen und auf den Boden spucken. – »Das tun wir nicht. Aber die Hemmung ist keine moralische«, sagte Wieland, worauf gelacht wurde, was Herbert eine »selbviertes Symgelächter« nannte. Die Wand in Treutlein Hannis Zimmer hatte überstrichene Risse (Bombenangriff), und alle drei mokierten sich über Eugen, weil er wieder den Saum seines Taschentuchs anschaute, bevor er sich schneuzte. Dies hatte er als Kind von seiner Großmutter Elise Krumm gelernt, weil die ihm erzählt hatte: »Ich hab es in der Kirche bei unserem Pfarrer g'sehn. Immer ist der mit dem Fingernagel am Saum entlanggefahren und hat sich bloß nach innen g'schneuzt.« Er erzählte es den andern. Wieland sagte: »Aha, ein Mann der Hygiene! Ich will's von jetzt an auch so machen.« Treutlein Hanni trug blaue Hausschuhe, die Eugen bei Monsieur Salvo in Saint-Palais gekauft hatte. – »Ja,« sagte er, »damals ...« und erinnerte sich eines schönen Mädchens, das ihm dort des öfteren zugelächelt und, als er an einem hellen Vormittag (in Saint-Palais waren so gut wie alle Vormittage hell gewesen) über die breite, alte Treppe des Rathauses gegangen war, auf einem Fenstersims eine Katze gestreichelt hatte. Zu diesem Mädchen hast du »Ich beneide diese Katze« sagen wollen, bloß ist dir das französische Wort für ›beneiden‹ halt nicht eingefallen (ums Verrecken nicht).

Wieland hatte etwas Prächtiges geschrieben, eine Zukunftsvision sozusagen, und er las sie vor. Darin wurden Wünsche erfüllt, und es spielte in München. Weil ihm die stumpfsinnigen Menschen auf die Nerven gingen, stellte er sich vor, wie's wäre, wenn die, welche ihm sympathisch waren, davonflögen oder davongetragen würden in ein entrücktes Eiland. Also Helga, Treutlein Hanni, Wieland und Eugen Rapp. In der Teestube des Hotels Bayerischer Hof versammelten sie sich bei blau an- und abschwellenden Sirenentönen, unterhielten sich über Musikinstrumente, die zu ihnen paßten, und gaben Eugen ›Bratsche‹. Dazu bemerkte Wieland, Flöte sei für Eugen zu verspielt, Klavier allzu zerstreuend, Geige aber vielleicht etwas zu hoch im Ton. Worauf Eugen – alles nur auf dem Papierblatt, aus dem Wieland vorlas – zunächst indigniert dreinschaute, »dann aber die Zumutung annahm«. Ihm also freundschaftlich eins auszuwischen, das hatte sich Wieland nicht verkneifen können. Aber du lachst und wartest, wie es weitergeht.

Ein Philosoph kam mit einer Lektorin in die Teestube und

ließ ein großes weißes Taschentuch lappig aus seiner Brusttasche hängen. – »Das Taschentuch so zu tragen, finde ich ungeheuer scheußlich«, sagte Treutlein Hanni, worauf ein Kunstkritiker zwar humpelnden, aber ausholenden Schritts hereinkam und von Wieland dem Diener mit den Worten überstellt wurde: »Stampf ihn ein!«

Hernach ging's ab. Die Teestube des Hotels Bayerischer Hof hob sich vom Boden, drüben zerstampften die Türme der Frauenkirche mit den Kuppeln nach unten alle, die als Träger schwarzer und abortfarbener Uniformen zu den ›Signierten‹ gerechnet wurden. Der Chor der Michelskirche schwebte nahe vorbei, und ein Privatdozent, der Lachenmayer hieß und mit dem Wieland befreundet war, winkte heraus. Treutlein Hanni sagte: »Ich finde, er sieht heut nicht so knaudelig aus.«

Eugen sagte: »Bravo!«, nannte Wielands ›Blauen Alarm‹ eine hoch beneidenswerte Sache und war in Gedanken schon wieder in Rußland, am Ladogasee und bei Posselok sieben, was auf deutsch ›Arbeitersiedlung‹ hieß.

Diese Gegend sah er dann nicht wieder. Auf der Frontleitstelle Wirballen schickten sie ihn in ein anderes Gebiet, das Malukssa-Sumpf hieß. Und wieder dachte er: du wirst zum Experten für Sümpfe.

Die Blockhütten des Trosses standen auf sandigem Boden unter rotstämmigen Kiefern und waren mit frischen Schindeln ausgeschalt, als ob sie innen einen weißen Panzer hätten. Man hörte Ratten trippeln, doch die Ratten störten nicht. Zoglauer Michel machte eine Rattenfalle, die am nächsten Morgen bumste und plumpste und herumgeworfen wurde, weil die Katze des Zahlmeisters Bock darin gefangensaß.

»Im Bataillonsbefehl steht, daß du zum Divisionsstab abkommandiert bist.«

»Wozu?«

»Ja, das wirst du doch besser als wir wissen.«

»Ich? Michel, ich hab keine Ahnung!« Und Eugen lachte durch die Nase. »Ich geh saumäßig ungern weg. Hoffentlich dauert es bloß kurz. Abkommandiert heißt ja noch nicht versetzt.«

»Wie er die Unterschiede allmählich heraushat ...«, sagte Zoglauer Michel, der aus Regensburg war und fein schmunzelte.

Dann fragten sie, wie es in der Heimat sei. Er sagte, von den Bomben merke man in München fast noch nichts, und in Stuttgart auch nicht. Ulm sei so wie früher, eine alte Stadt mit Höfen, um die Holzgalerien herumführten; an der Donau sei Ulm dicht besetzt mit krummen Fischerhäuschen. – »Wißt ihr, am liebsten wär ich halt in einer kleinen alten Stadt. Oder noch lieber: in einem Dorf. Was meinst denn, Michel, als was könnt man mich in einem Dorf im Bayerischen Wald brauchen?«

»Du warst a guater Gmoaschreiber.«

Eigentlich net schlecht: Gemeindeschreiber sein, von den Leuten (sozusagen) alles wissen. Dir würd es jedenfalls genügen. Und er stellte sich vor oder wünschte sich, daß ihn die Dörfler leiden mochten, weil sie ihn brauchten; im übrigen würden sie ihn für einen spinneten Kerl halten, der gutmütig ist und den man als einen komischen Menschen duldet. – »Und da soll ich also zur Division. Auf daß dir's weit nei graust ... Wenn ich mir vorstell, daß ich dort dann jeden Tag den Major Maier sehn muß oder unsern General ... Gelt, auch wir haben jetzt einen Preußen? Da kannst bloß hoffen, daß der bei uns auch keinen Zentner Salz fressen wird.«

Sie lachten. Kahler Willi sagte: »An deiner Stell' würd ich mich freuen. Du kommst doch jetzt nach oben.«

»Aber mei Ruah han i dort net.«

Im Krieg deine Ruh haben: das dürfte ziemlich schwierig sein. Immerhin hatte es sich hier beim Kahler Willi und beim Zoglauer Michel eingespielt, obwohl der Rechnungsführer Waldschmidt alle Wäschebeutel durchwühlt und auch Eugens Pelzweste weggeworfen hatte, was eine Frechheit war. Die Pelzweste hat dir doch deine Mutter g'schickt; die geht den Kerl nix an ... Und er freute sich, als in der Kompanie auch sonst noch über Waldschmidt geschimpft wurde. Trotzdem sagte er zu diesen Schimpfern, schließlich sei's ja Wurst. »Der Waldschmidt muß halt zeigen, daß er auch wer ist. Und wenn er so was macht, dann hält ihn der Zahlmeister für einen ordnungsliebenden Soldaten. Weil halt der Waldschmidt beim Zahlmeister gern gut angeschrieben ist. Und das wärt ihr an seiner Stelle auch.«

So redete er, und sie schauten auf die Seite. Dann mußte er zum Divisionsstab gehen, der hinterm Malukssa-Sumpf war, dort, wo das Land sandige und flache Mulden zwischen Büschen hatte, wie einer sagte, der ihn im Lastauto mitnahm; der deutete auf Kiefern, hinter denen ein Gutshof lag mit hölzernen Häusern aus der Zarenzeit.

Im Hof spielte eine Militärkapelle wie auf dem Marktplatz einer Garnison im fernen Deutschland. Ländliche Garnison in Rußland, wo Offiziere um blasende Soldaten herumstanden, lauter feine Herren in gebügelten Uniformen und gewichsten Stiefeln (du schleichst an ihnen vorbei). Und er stieg eine steile Holztreppe an einem zweistöckigen Haus hinauf, das breite Fensterscheiben hatte und wo im ersten Stock das Zimmer mit dem Schreibtisch des Feldwebels Friesenegger weit war. Und Friesenegger, ein kleiner Mann, hockte gekrümmt da, als Eugen sich bei ihm meldete. Dann stand Friesenegger wie verlegen auf, er hatte eine Reithose mit lederbesetztem Hintern an, wahrscheinlich, weil er auf dem Schreibtischstuhl seine Hosen ganz besonders rasch abwetzte.

Indem er auf das rote Ekazwei-Band und aufs Sturmabzeichen schaute, das Eugen an seiner Uniform hatte (und den Gefrierfleischorden hast du auch noch), sagte Friesenegger, daß er schon immer viel für »diese Kameraden von der Front« übrig gehabt habe. Und dann: »Sie machen also die Frontbuchhandlung.«

Einer mit hagerem Gesicht, das langgezogen aussah und rötliche Haut hatte (wobei dir der Hals eines Truthahns einfällt), gehörte auch in das Büro; er hieß Hornung und war Fahrer und Bursche des Hauptmanns Ruß. Ruß hatte ein Oberst der Polizei geheißen, der mit Eugens Eltern befreundet gewesen war, vor vielen Jahren und weit dort hinten in Württemberg. Der Fahrer Hornung aber sagte wie nebenbei zu ihm, daß er nicht immer stillstehen und Manderln zu machen brauche, wenn ein Offizier in d' Stuben hereinkomme, denn hier kämen alleweil solche herein.

Jetzt kannte er also bereits den Hauptmann Ruß, einen mit Hakennase, und begegnete dem Leutnant Harald Weller wieder, der ihn seinerzeit in München als Assistent des Professors oft ermuntert und ihn hatte spüren lassen, daß auch Kunstgeschichte kein Hexenwerk sei. Wie der – wann war das bloß gewesen? – von der ausgezeichneten Analyse des Herrn Rapp geredet hatte, das hatte Eugen gut getan. Und mit feuchten Lippen sprudelte Weller in vertrautem Tonfall los: »Sie werden die Geschichte mit der Frontbuchhandlung im Handumdrehen schaffen. Schauen Sie nicht so erschrocken drein, das ist doch selbstverständlich. Und wie geht's Fräulein Treutlein? Haben Sie Nachricht? Solang sie beim Weinmüller ist, kann ihr nichts passieren... Also, passen Sie auf!« Und er erklärte ihm, daß Eugen zu den Regimentsstäben fahren müsse (du weißt nicht, wie viele das sind). »Das sagt Ihnen der Fahrer. Zunächst auf jeden Fall zur Auslieferungsstelle. Dort fassen Sie die Bücher. Lassen Sie sich nicht allzuviel Mist aufschwatzen, obwohl Sie selbstverständlich auch den Mist mitnehmen müssen. Sie kommen nicht darum herum. Und jeder darf nur ein Buch kaufen, merken Sie sich das. Es muß für viele reichen. Aber, wie gesagt, vorerst holen Sie mal erst den ganzen Kram.«

An der Wand hing eine Karte, in die dicke rote Blasen gemalt waren. Weller sagte, das sei ›Die Feindlage‹ (schon wieder etwas, das du nicht verstehst). Und Eugen sagte, so etwas sei doch interessant. – »Interessant?« sagte Weller, der aufgestanden war, Karten zusammenraffte und Eugen winkte: »Ich muß zum General. Der tägliche Vortrag – Sie verstehen.« Und er stürmte ins Nebenzimmer, wo er einem Schreiber ein Blatt aus der Maschine zog, es stehend überlas, sich setzte und hineinzukritzeln, durchzustreichen anfing. – »So, jetzt ist's gut!« Und schon war Harald Weller krachend aufgestanden, während der Schreiber sagte: »Herr Leutnant, das muß noch einmal abgeschrieben werden. Diese vielen Korrekturen ... Für den General muß es ...« – »Unsinn. Das ist ausgezeichnet. Das nimmt der so, wie ich's ihm bringe. Der kann froh sein, wenn er's so schnell kriegt.« Laut stolpernd ging er weg.

Hauptmann Ruß (mit Hakennase und frischem Gesicht) kam und fragte: »Ist der Lauscher schon gekommen?« Und wieder lächelte er recht nachsichtig, als er Eugen stillstehen sah. Später sagte Hornung, auf diesen Lauscher sei der Ruß immer besonders scharf. Hornung nahm zwei hohe Kannen und ging weg. Eugen fragte den Zeichner Klement, einen Muskulösen mit dicken Brillengläsern, nach dem ›Lauscher‹ und erfuhr, das sei der Bericht des Lauschtrupps, der vorne sitze und russische Telefongespräche abhöre: »Da ist der von gestern. Der liegt noch herum.« Und Eugen sah drei Seiten mit Sätzen aus einem langen Gespräch, Dialoge in einer Erzählung: »Nichts Besonderes. Ein Fritz hat herausgeschaut ... Die Granatwerfermunition nach vorne.« Friesenegger kam und schaute bitter drein. Dann nahm Klement den Lauscher weg, weil der ›geheim‹ war. Und Eggerbauer durfte nie erfahren, daß Eugen Einblick genommen hatte in etwas ›Geheimes‹. – »Sie sind immer noch da«, bemerkte Friesenegger und schickte Eugen in den Hof, wo der Frontbuchhandlung-Lastwagen wartete und Hornung zwei gefüllte Kannen schleppte, stehenblieb und sagte: »Wirst di aa no eigwöhnen, wos?« Der hatte einen richtigen Holzfällerkopf. Und Hornung erzählte vom Hauptmann Ruß, den er einen stinkreichen Kunden nannte, der Anno neununddreißig aus Amerika zurückgekommen sei, seine Frau, eine Amerikanerin, drüben gelassen und eine Villa am Starnberger See habe: »Solch einer schafft es immer, waaßt.« In Amerika hatte Ruß für Hitler Propaganda gemacht, wäre in einer Versammlung fast zusammengeschlagen worden, und geschadet hätt es dem eigentlich nicht ... Und drüben habe der Beziehungen bis hoch hinauf; ja, bis zu Roosevelt ... »'s ist schon so, auch wenn du's net glaabst. Und der muaß olles ausprobiern. Zum Beispiel die Winterbekleidung für euch vorne ...« Und Hornung erzählte, daß Ruß gemeint hatte, das sei was zum Skifahren, und dann war ihm die Winterbekleidung natürlich viel zu heiß; weshalb sie Hornung von heute auf morgen wieder hatte wegtun müssen.

Ein rastloser Mann also, dieser Hauptmann Ruß, aber so paßte es zum Divisionsstab.

Das weite Zimmer im ersten Stock des Holzhauses, wo der Schreibtisch des Feldwebels Friesenegger so stand, daß er jeden sehen konnte, der hereinkam oder hinausging, während die Tische des Zeichners und des Sekretärs den Fenstern zugewendet standen und die Schreibmaschine auf einem Extratischchen unterm Radioapparat aufgebaut war; dazu die Feldbetten, die (wie in der Kaserne) Fallen genannt wurden und Strohsäcke hatten: Dies alles paßte in das Bild, das Eugen sich vom Divisionsstab gemacht hatte, bevor er hergekommen war. Schade, daß du immer alles vorher weißt und es voraussiehst ... Und dieser Friesenegger hatte also Angst, er könne seinen Posten hier verlieren und hinausgeschickt werden an die Front; nur deshalb sagte er, daß er die Leute an der Front so schätze.

Neben dem Lastwagen stand der Fahrer, ein älterer gnomischer Mensch, das Gesicht runzlig; auch einer, der sich schon seit langem hier gehalten hatte und deshalb unterwürfig war; und eigensinnig auch.

Der lächelte und sagte: »So, jetzt schieben wir eine ruhige

Kugel.« Er machte die hintere Tür des schwarz gestrichenen Lastwagens auf und kletterte in den Sperrholzkasten, den sie auf den Lastwagen montiert hatten. Innen waren Regal und Truhen aus weißem Holz. – »Olsdann, woaßt scho: Loß dir Zeit. Der Krieg dauert eh lang gnua«, sagte der Fahrer. Das war ein erfreuliches Wort; du aber traust dem Frieden nicht; schließlich kann sich alles sehr schnell ändern.

Über lehmige Straßen schaukelten sie ins nächste Dorf, wo auf dem Boden eines langen Zimmerschlauches Bücher gestapelt waren, daß man zwischen ihnen ging wie zwischen kniehohen Säulenstümpfen. In Regalen stand bessere Ware, darunter DER NACHSOMMER als Pappband mit Leinenrücken. Das würde wahrscheinlich der Schlager werden, weil das Buch solide aussah, fest gebunden war; und wenn sie darin lasen, kam es ihnen langweilig vor; oder es gefiel hier zwischen Läusen, Schmutz und Tod, weil es eine Welt darstellte, die gereinigt war; dann hatte wenigstens im Kopf der eine und der andere eine klare Gegend, die es nirgends gab, also auch nicht zu Hause. Er sagte zum Buchhändler: »Davon nehm' ich viel.« – »Das glaub' ich gern. Ich kann dir davon aber nur fünfzig Stück geben. Mehr hab ich nicht für eine Division.« – »Sagen wir also: Achtzig.« – »Fünfzig hab ich gesagt. Und dann mußt du noch hundertfünfzig ›Güldenschuh‹ mitnehmen.« Der ›Güldenschuh‹ war grau geheftet und hatte Bilder von Landsknechten aus dem fünfzehnten Jahrhundert außen drauf. – »So viel willst mir davon aufhalsen? Du, das geht nicht. Wenn ich das bring', halten mich die von der Division für einen Trottel; oder sie grinsen bloß. Und die im Graben reißen mir bloß den NACHSOMMER raus und lassen den Mist liegen.«

Der Buchhändler, ein Kleiner und Hellblonder, verwahrte sich gegen das Wort ›Mist‹, und Eugen sagte: »Mir kannst nix vormache.« Danach wurde die Unterhaltung stachelig. Es hieß: »Wenn du ›Das Schmunzelbuch‹ nicht willst ... gut, dann behalte ich es da.« Also, Obacht geben, dein Geschmack ist anders als der massenhafte, und dieser Buchhändler weiß, was die Leute wollen ... Weshalb Eugen auch einen erklecklichen Schub von ›Adrian der Tulpendieb‹ für den Lastwagen draußen auf die Seite schaffte und sagte, ›Herrn Schmidt sein Dackel Haidjer‹, das in Pappe gebunden war und ein lustiges Bild außen drauf hatte, sei eine »dolle Sach'«. ›Die Mutter‹ aber war fürs empfindsame Landserherz gerade das richtige; außerdem von einem Grafen g'schrieben (so was zog immer). Und schließlich gehst du mit dem blonden Buchhändler konform, und ihr beide arrangiert euch halt.

Der Fahrer hockte jetzt am Fenster, rauchte eine Zigarette und trank Tee aus seinem Kochgeschirr. – »Als ihr euch g'stritten habt, ist's interessanter g'wesen. Weil da jeder Seines hat durchdrucken wollen. Jeder von sei'm Platz aus halt ... I hob gern zug'horcht. Spannend wor's, aber jetzt ... No jo. Olsdann gemma?«

Zurück zum Stab, wo Hauptmann Ruß zufrieden war und sagte: »Die besseren Bücher müssen für die Offiziere bleiben.«

Weil du auch dies erwartet hast, ist dir's gleichgültig. Blieb nur die Sache mit den Preisen ... Du läßt es drauf ankommen, ob du sie im Kopf behalten kannst. Aber ganz Wurst darf es dir nicht sein, weil nachher das Geld dasein muß. Die Landschaft schob sich vor dem Wagenfenster weiter, Sandwellen und Sandmulden, Flächen, die zu schwimmen schienen unterm Grün der Kiefern mit den orangeroten Stämmen. Daß du bei dieser Herumrutscherei nichts mehr in dein Notizbuch kritzeln kannst (Wien, wo die Kuppel der Karlskirche schimmerte und beim Schwarzenbergplatz das schnörkelige, gußeiserne Pissoir nicht weit vom Hochstrahlbrunnen wartete; doch heut stand es wahrscheinlich nicht mehr), das ist dein unterdrückter oder weggewischter Kummer, der in dir verwest ... Er wunderte sich, weil er eifrig war und arg aufpaßte, daß ihm keiner zuviel mitnahm, sich auch bemühte, diese Bücher loszuwerden, die er als ›Mist‹ bezeichnete und sonderbarerweise auch von seinen Kunden als Mist erkannt wurden, weil es schwierig war, ihnen etwas davon aufzuschwatzen (›Güldenschuh‹ zum Beispiel) und sich grämte, weil er einem der Artilleristen bloß ein Buch über Herrn Schmidt sein Dackel Haidjer geben konnte, während der auch noch die Fortsetzung des Dackelbuches haben wollte. Der Oberst der Versorgungstruppe, einer mit langem Gebirglerschädel, von dem alle sagten, das sei ein wunderbarer Mann, schickte Eugen aus seinem Bunker hinaus, damit er noch einmal hereinkomme und mit Stiefelgeknall vor ihm strammstehe, weil es so der Brauch sei. Da hast du dich also in dem getäuscht; glaub' nie mehr, was die Landser sagen, sei vor allen Offizieren so, wie sie's von Untergebenen gewohnt sind (zackig halt); sonst fühlen sich die doch mißachtet. Aber dann sagte der Oberst: »Wissen'S, wegen mir ist's net. Bloß, wenn Sie der Major Maier erwischt. Der scheißt Sie greislich z'amm«, womit sich dieser Oberst doch als erfreulicher Mann erwies, der den NACHSOMMER kaufte, sich über die Dackel-Haidjer-Geschichten freute (»Schaun'S, dös is a Sach, die is ganz noch mei'm Gusto«) und noch fünf Mark extra dazulegte »damit hernach Ihre Rechnung stimmt«. Der Fahrer aber schimpfte, weil Eugen seinem ›Haufen‹ – er gehörte zur Versorgungstruppe – nichts Gescheites verkauft habe. Da sei er ja blamiert mit ihm, weil er zu seinen Kameraden gesagt habe: »Wann i mit de Biacher kimm, do kennt's kaafe, wos eich g'freit!« Und jetzt habe er nur noch ›Güldenschuh‹. Worauf ihm Eugen zwei NACHSOMMER und fünf ›Adrian der Tulpendieb‹ gab, was aber nicht besonders ins Gewicht fiel, weil ein Schwabe sagte, mit einem solchen »lommeligen Fetzen« könne er ihm doch nicht imponieren. Ein anderer, der Drucker von Beruf war, wunderte sich, weil der Satzspiegel im NACHSOMMER sozusagen flattere.

Als er zum Stab zurückkam, erzählte Hornung, Major Maier sei nachts zu den Kraftfahrern geritten, habe sie aufstehen und

Freiübungen mit dem Gewehr, also ›Gewehrpumpen‹, machen lassen.

Hauptmann Ruß fragte: »Ist das Geld da?« Jawohl, es war vorhanden. Und noch vierhundert Mark dazu. – »Die haben mir doch immer mehr gegeben«, sagte er zu Ruß, und Ruß schmunzelte und schaute an Eugen vorbei. Dann sagte er: »Das ist sehr gut, weil wir dann dieses Geld verwenden können, um den Leuten vorne wieder einmal etwas zu vermitteln«, während der Fahrer (später) sagte, Eugen sei »eigentlich deppert«, weil er das überschüssige Geld nicht behalten habe.

Er übergab Bruchmann das Geld, der hier Schreiber und zu Hause Bankbeamter war, weshalb er sich (beim Gelde) wieder einmal wohlig fühlen durfte, die Münzen aufeinanderlegte und zu fingerlangen Walzen rollte, die Scheine flink durch seine Fingerspitzen laufen ließ und bündelte. Dabei plauderte er und erzählte, daß er in seinem Heimatort als der mißratene Sohn des Pfarrers Bruchmann gegolten und alles durchprobiert habe, also beispielsweise den Karreefick. Eugen erschien es unwahrscheinlich, weil Bruchmann (mit Brille) einen gesammelten und strengen, einen korrekten Eindruck, ungefähr wie ein Vikar machte; doch hatte der eine beißende Schärfe, die sich in Bemerkungen über Friesenegger ausgoß, den er als klerikalen Giftzwerg bezeichnete; aber kein Wunder, denn Eugen wisse hoffentlich, daß er in diesem Friesenegger einen Klosterbruder vor sich habe. – »Vorsicht mit Frommen, kann ich da nur sagen«, flocht Bruchmann ein, worauf Eugen vom Mayer Joseph erzählte, der damals bei Ssablino Holz gemacht, Tote weggetragen, mit Schneewasser das Hemd des Zugführers Raunekker gewaschen oder Meldungen zum Bataillon getragen und jeden so angeschaut hatte, als ob er etwas hinter ihm bemerke, nach dem er sich richte. Übrigens ein Laienbruder ... Früher, in seiner Kindheit, habe ihm sein Vater, Zeichenlehrer und Oberstleutnant a. D., erzählt, daß die Leute seines Heimatorts von jedem, der in die Betstunde der Pietisten ging, gesagt hätten: ›Nimm dich in acht vor ihm, er geht in d'Stund.‹ Er aber denke immer an den Mayer Joseph bei Ssablino, wenn einer über einen Klosterbruder schimpfe.

Bruchmann nickte und bündelte Geld. Sonderbar, daß die hier böse aufeinander waren, einander belauerten, obwohl sie es ruhig hatten. Aus schlechtem Gewissen und weil es dazugehörte, mußten sie einander quälen wie damals in Peterhof, wo sie Goeser fünf Jahre Zuchthaus mit Frontbewährung aufgebrummt und auch Jussy hatten hineintunken wollen, doch dies war ihnen nicht gelungen. Und alles hatte der Luibacher angezettelt, dieser Gefängniswächter, der mit dem Blutorden der Partei. Ob sich auch bald beim Kahler Willi, also beim Troß der sechsten Kompanie, wo du herkommst, die Schmiere einschleicht, auf der jeder ausrutscht? Weil es nie lang erträglich bleiben darf, sondern sich ins Schmierige, Ärgerliche, Ekelhafte, Mißtrauische ändern muß.

Der Fahrer des Frontbuchhandlung-Lastwagens erschien, dieser kleine und gnomische Mann mit weißen Fäden im schwarzen Haar und dem wie ausgehöhlten Gesicht. Der lächelte, gab ihm die Hand und sagte: »Ich bin froh, weil ich hier wieder rauskomm. Das hier ist nichts für mich.« Eugen nickte abwesend, weil er vorerst noch hierbleiben mußte und die andern meinten, hier sei es für ihn schöner als bei seiner Kompanie. Und zu tun hast du hier nichts, aber ins Notizbuch kritzeln kannst du auch nicht; weshalb es halt beim Kahler Willi besser wäre.

Ruß' Lächeln, als er gehört hatte, das Geld sei da, blieb Eugen im Gedächtnis; Ruß war froh und atmete auf. Und du gingest am liebsten gleich wieder zurück zum Kahler Willi ... aber davon war noch nicht die Rede. Vielleicht dachten Ruß und Weller, Eugen solle hier beim Divisionsstab ein paar nette Tage haben. Und so holte er manchmal Wasser in zwei hohen Kannen, damit er sich nicht überflüssig vorkam. Abends zeigte Hauptmann Ruß einen Farbfilm aus Amerika; den hatte er vor dem Krieg aufgenommen, und deshalb zuckten und zappelten Leute mit gelben Gesichtern in giftgrünen Parklandschaften, wo zuweilen Blumenarrangements rot waren, wie hineingepatzt. Ältliche Frauen saßen in weißen Korbsesseln und wedelten plötzlich mit den Händen. Ruß sagte: »Da habe ich gesagt, sie sollten sich bewegen, weil ich doch den Film drin hatte.« Und eigentlich war es langweilig, aber Eugen sagte trotzdem, es sei interessant und schön gewesen.

Leutnant Weller war anderer Meinung. – »Ganz abscheulich«, sagte der. »Das scheußliche Inkarnat! Und als wär dort in Amerika alles grün und rot verschmiert gewesen.«

Nun ja, wahrscheinlich hatte Weller recht; objektiv mochte es stimmen, sozusagen. Und schließlich ist es sowieso egal.

»Sie fahren zur Propagandakompanie in Kraßnogwardeisk«, sagte Ruß zu ihm. »Dort lassen Sie sich das Filmvorführgerät geben, und das bringen Sie ins Divisionserholungsheim. Dort bleiben Sie drei Tage und tun nichts.« Und Eugen fuhr nach Kraßnogwardeisk, fand dort hinter grauen Holzhäusern mit Blechdächern das Schild »Prop. Komp.« und kam in ein Zimmer mit massivem Schreibtisch, hinter dem ein eleganter Offizier aufstand, der schmale Silberlitzen auf den Schultern hatte. Er begrüßte Eugen, der strammstand, als wäre er mit ihm seit vielen Jahren eng befreundet, sagte: »Lieber Kamerad« und: »Laß dir zuerst mal dein Quartier anweisen. Und heute abend bist du unser Gast. Wir machen dir zu Ehren einen bunten Abend... Also, jetzt iß mal tüchtig, und leg dich noch ein bißchen hin.«

Eugen war recht verblüfft. So etwas hast du nicht erwartet... Und er saß mit anderen in einer gemütlichen Stube auf einer Lagerstatt, und einer sagte immer wieder: »Jetzt wird's ganz furchtbar. Da kann man doch nur noch rasch abhauen, oder was meinst du? Du bist doch vorne und bist als Infanterist doch immer das Objekt, auf das geschossen wird?«

»Ja, schon. Aber daran würdest du dich auch gewöhnen, wenn du vorne wärst. Eigentlich ist solch ein Krieg meistens langweilig, weißt du ... Wenn der so wäre wie im Kino, dann hätten sich alle Armeen in drei Tagen bis auf den letzten Schwanz zerhackt, zerbröselt oder was du willst.«

Da lachten sie, und er wunderte sich, weil er nun diese Propagandaleute aufmuntern mußte. Und abends wurde er wieder als »Unser lieber Kamerad von der Front« begrüßt, »für den wir diesen bunten Abend arrangiert haben«. So sprach der Offizier mit den schmalen Silberlitzen. Und Eugen erinnerte sich an einen hohen Bücherschrank mit geschliffenen Scheiben, den der Mann in seinem Zimmer hatte; dicke, rotleinene Schwarten standen darin, wahrscheinlich irgendwas vom Hitler und vom Goebbels; denn diese beiden hatten ja auch Bücher geschrieben.

Und was die sich hier vorzutragen trauten: eigentlich enorm ... Freilich, es war gereimt, und sie hatten es selbst gemacht, weshalb es rasch wieder verflog, aber frech und mutig war es trotzdem; und gar nicht »aufbauend« im Sinne unseres »heißgeliebten Führers«. Ob die denn gar keine Rücksicht zu nehmen brauchten und einander trauen konnten? Sonderbar ...

Dann fuhr er ins Fronterholungsheim in Estland, wurde dort von einem Feldwebel und einem Hauptmann als ein Glücksbringer begrüßt, und der Feldwebel streichelte das Filmvorführgerät. Beim Essen gingen hübsche blonde Mädchen durch den Saal und stellten, liebevoll lächelnd, große Schüsseln auf den Tisch. Der Hauptmann saß neben einer appetitlichen Dame, und dreißig Jahre jünger als er war sie mindestens. – »Na ja«, sagten die andern, »er ist halt votzennärrisch«, und Eugen erfuhr, der sei ein Lehrer aus der Umgebung von Neuburg an der Donau.

Der Feldwebel, der hier so etwas wie Herbergsvater war, trug ein gereimtes Bestiarium vor, von dem besonders diese Verse auf den Barsch bejubelt wurden: »Auf Teiches Grunde sagt der Barsch: / Die ganze Welt leckt mich am Arsch.« Und danach flimmerte ein Film mit der Schauspielerin Jenny Jugo vorbei, die ein ganz gemeines Aas sein und jeden Kollegen hinhängen oder verkaufen sollte, während sie hier eine liebenswürdige Kleinstadt-Französin spielte.

Und Eugen ging im Park herum, setzte sich mit Mörikes Gedichten in eine stille Ecke und wurde später von einem blonden Mädchen angetippt, die vor ihm davonlief, als sollte er sie fangen. Er tat es auch, gab aber dann die sogenannte Jagd im Hause auf, weil sie dort irgendwo unten im Souterrain verschwunden war. Und er redete mit dem Divisionsfotografen, einem großen und blonden Mann, der blinzelnd sagte, er könne es gar nicht verputzen, wenn ihn eine nicht »drüberlassen« wolle; dann solle die ihn doch schon gar nicht zu sich hereinkommen lassen.

Nun waren auch die drei Tage um, er fuhr wieder zur Division zurück, wo der Hauptmann fragte, wie es ihm in Estland gefallen habe. Und Eugen antwortete: »wunderbar«, ein Wort, das Hauptmann Ruß schmunzelnd wiederholte, wahrscheinlich, weil er dachte, es beziehe sich auf diese estländischen Helferinnen im Fronterholungsheim.

Dann kam er wieder zum Kahler Willi, der »Servus, Rapp« zu ihm sagte. Zoglauer Michel erzählte, Willi habe oft gesagt: »Wenn doch der Rapp wieder da wär!« Und Kahler Willi sagte, sie hätten einen neuen Kompaniechef, einen »Omag«, was »Offizier mit Arbeitergesicht« bedeute. »Du wirst ihn auch noch kennenlernen«, sagte Kahler und erinnerte ihn an Leutnant Kinkel, diesen jungen, der so geredet hatte, als wäre er mit Eugen zu München im Café Stefanie gesessen, obwohl Eugen im Café Stefanie immer allein gewesen war. Der Kinkel aber ... »Der Kinkel ist zum Korps versetzt worden. Weißt du, weil doch sein Vater General ist«, sagte Willi. – »Oder weil ein solcher halt nicht hierherpaßt. Der ist wahrscheinlich zu fein fürs Frontgeschäft ... Aber auch beim Divisionsstab hab ich Kerle g'sehn ... Also, weißt, da ist's mir bei dir immer noch am wohlsten«, sagte Eugen. Für einen Kinkel rumpelte es hier zu oft von Stiefeltritten. Hier war der Omag am richtigen Platz und hatte zum Hartl Sympathie gefaßt, einem Schreiber der Münchener Stadtverwaltung, zu dem Omag gesagt hatte: »Hartl, Sie sind zum Troß *versetzt!*« Denn Hartl – und er erzählte dies freimütig – war, wenn Omag eintrat, als Melder im Kompanie-Gefechtsstand immer zusammengezuckt und aufgesprungen, hatte geschrien: »Gefreiter Hartl beim Wäschewaschen! Gefreiter Hartl beim Zeichnen einer Geländeskizze!« undsoweiter. Das hatte dem Omag gefallen.

Jetzt wurde Rapp Eugen vorgeschickt zum Omag, und Eugen knallte mit den Absätzen wie Hartl, als er den Omag in einem rotgewürfelten Hemd auf einer Bank sitzen sah, wo er seine gewaschenen Socken inspizierte, einem bleichen und spitzgesichtigen Burschen, der Dunz hieß, die Faust im Socken ballend, ein Sockenloch zeigte und unter die Nase hielt und schrie: »Wos is nocha dös, ha?!« Immer noch stand Rapp Eugen angewurzelt und die Hand an der Mütze bei der Tür, bis Omag beschied: »Gengan'S zuawi!« auf einen Hocker deutete, sein breites und rotes Gesicht über aufgeklappte Wehrpässe und Stammrollenauszüge duckte, den klobigen Zeigefinger auf einen Tippfehler legte, wieder: »Wos is nocha dös, ha?!« sagte und entschied: »So unterschreib i dös net, ham's g'hört? Und morgen kemman'S wieda, ham's verstanden?« Vor einem Brief des Kahler Willi an die Mutter eines Gefallenen, einem sorgfältig und mit violetter Tinte geschriebenen Dokument, stutzte er, sagte: »Lesen'S dös vor«, und horchte mit offenem Mund, während Eugen las. Dann schrieb er langsam seinen Namen mit kindlicher Schrift darunter, wollte vom Papierkram »nix mehr seng« und sagte: »Mochen'S, doß außi kemman!« Aber auch Omags Augen hafteten noch eine Weile an Eugens Ordensschmuck, von dem Omag nur den Gefrierfleischorden hatte, wahrscheinlich, weil er lange Zeit in der Heimat gewesen war, um sich zum Leutnant ausbilden zu lassen.

Hernach kam Omag noch einmal zum Troß, steckte überall den dicken Kopf hinein, sah nach, ob alles klappte, wurde unterwürfig angebrüllt und brüllte zurück, sah nach seinem Knecht, dem Hartl, ließ sich vom Hartl, den Zoglauer Michel einen »Schloamschaißer« nannte, über die Verhältnisse beim Troß berichten und verschwand.

Da hatten sie den also auch schon wieder abgeschoben. Und seltsam, daß auch Bauern, Arbeiter und Handwerker einen wie den Omag widerwärtig fanden, ihn Omag, also ›Offizier mit Arbeitergesicht‹ hießen, was ihnen doch eigentlich hätte recht sein müssen. Also wollten auch Arbeiter undsoweiter Offiziere mit andern Gesichtern um sich sehen, wahrscheinlich solchen, die sie von Lehrern und Pfarrern kannten, denn nur zu solchen hatten sie Vertrauen; so gehörte es sich halt; und lediglich vor denen standen sie gern still. Ein anderer erschien ihnen komisch oder gar verachtenswürdig, solch einer war doch kein ›hamischer Mann‹ für sie. Der Omag wolle bloß mehr sein und sei nicht wer, sagte Zoglauer Michel. Hartl aber hatte einen ranzigen Körpergeruch und sagte, seine Schwester stinke ebenso, doch habe sie einen gefunden, der auch stinke, und seitdem sei sie glücklich verheiratet, worüber gelacht wurde, obwohl später keiner das gelblich fettige Gesicht des Hartl beim Troß vermißte, als Hartl zur Versorgungskompanie versetzt worden war und in Kahler Willis Blockhaus wieder die alte Eintracht herrschte. Doch es schien, als müsse es sich ändern, weil es hier zu gemütlich war. Du verstehst dich allzu gut mit Kahler Willi, dachte Eugen, wenn er im Blockhaus aufwachte, Nikolai aus Tula im Ofen rumorte, die ersten Scheite knisterten und krachten und sie noch in den Fallen lagen, im Oktoberlicht, das durchs niedere Fenster fiel, Nikolai sein Pfeifchen blinzelnd qualmen ließ, der Tabakrauchduft die Nasen der Schlafenden kitzelte, indes die Ofenwärme sich breitmachte und zuerst in den oberen Kojen unterm gelb verfärbten Holz der Schindeln wärmte, hinter denen Ratten trippelten, was leise kratzte.

Es gab hier keine Blätter, nur braunrote Kiefernnadeln, und also schaute Eugen auf braunrote Kiefernnadeln, als er zum Bataillonsgefechtsstand ging, wohin er heute um halb elf befohlen worden war. Oberleutnant Behrens empfing ihn lächelnd. Der war zu Hause Journalist, ein hellblonder, rundgesichtiger Mann, der auch Jussy gekannt hatte. Nun saß er in der hellen warmen Stube, wo es nach frischem Holz roch, und fragte: »Sagen Sie, warum werden Sie eigentlich nicht Offizier? Sie, mit Universitätsbildung?«

Eugen sagte, das sei so eine Sache ... »Also, ehrlich gesagt: weil ich keine Führereigenschaften habe, und zum Offizier braucht man doch solche. Die aber sind bei mir in den vier Jahren, die der Krieg bisher gedauert hat, nicht sichtbar g'worden. Ich nehme deshalb an, sie werden sich in den dreißig Jahren, die der Krieg vielleicht noch dauern könnte, auch nicht zeigen.«

Behrens hob die Augenbrauen, schaute vom Tisch auf, blinzelte, verzog den Mund. Eugen kam es vor, als zucke Behrens' linke Gesichtshälfte. Und Behrens ging zur Tür, schaute hinaus und setzte sich wieder. Eugen sagte: »Ich hab auch eine viel zu hohe Meinung oder Achtung vor den Aufgaben eines Offiziers. Diese Aufgaben werd' ich nie erfüllen können.« – »Ach, Rapp, das schaffen Sie doch leicht ... Schließlich sind Sie schon lang genug dabei.« – »Das ist's ja grad, Herr Oberleutnant. Weil ich so lang dabei bin, fürcht' ich mich vor den Aufgaben eines Offiziers. Da muß ich dann beim Angriff sagen: ›Sie gehen jetzt hier vor ...‹ Und was ist, wenn der Mann dann fällt? Dann bin ich schuldig. Das kann ich einfach nicht ertragen. Arbeiter, Bauern, kleine Angestellte in den Tod schicken für eine Sache, die ...«

Er erschrak und schwieg. Behrens sah auf seine Hände und bewegte den Kopf langsam nach der Ofenecke. Dann fragte er: »Und daß Sie mindestens für ein halbes Jahr in die Heimat kommen, ich meine: zu Ausbildungszwecken ... ist das vielleicht nichts?« – »Doch ... schon ... Aber ob ich in die Heimat komme, ist nicht sicher. Und, wie gesagt, ich kann es einfach nicht.«

»Ja, ich weiß schon ...«, und wieder lächelte der Oberleutnant, nickte, schaute auf die Seite. Eine Weile war es still. Und Eugen überlegte, was Behrens an sich habe, das ihm vertraut vorkam oder irgendwie sympathisch war. Ob der vielleicht dasselbe denkt wie du?

»Ist gut. Sie können gehen.«

Und er ging vom Bataillonsstab weg, sah wiederum braunrote Kiefernnadeln, einen verfilzten Belag zwischen Wurzeln, welche Knochen glichen, sah das niedere Blockhaus der siebten Kompanie, vor der sich einer, der eine schwarze Hornbrille trug und Lehrer sein sollte, den Oberkörper wusch, dachte sich aus, wie der zu Hause lebe, und sah das Kupferzeller Schulhaus wieder, das an der Gaisbacher Steige erhöht dagestanden war und wo er vor nun über zwanzig Jahren mit dem Vater einen Lehrer namens Braun besucht hatte. Erinnerte sich des Seminargartens in Künzelsau mit seiner Mauer unter der Morsbacher Straße. Weiß gebleichte Schneckenhäuser, die nicht größer als sein Daumennagel waren, lagen in lockerer schwarzer Erde. Er sah die Wiese hinter dem Jasmingebüsch und weiter vorne eine backsteinrote Schuhfabrik; sah drüben unterhalb von Garnberg den Talhang mit Steinriegeln am Rand der Gärten und Weinberge; denn immer war ein heller, heißer Nachmittag im Sommer da, wenn er an seine Kindheit dachte. Vom Fluß schaute ein grüner Wasserflecken her, als ob's ein Auge wäre, weil das Ufer von dichtem Weiden- oder Erlenbuschwerk glitzernd verdeckt wurde. Sanfte Blätterbewegung. Und der Finger eines Windes.

»Servus, Rapp. Sehen tust du niemand, wenn du allein daherkommst?«

Es war Schnabel Roland, der mit dem verwegenen Landstreichergesicht, der mit den frechen Backen; und derselbe, der in Peterhof (auch schon zwei Jahre her) einen Streifschuß am Kopf bekommen hatte, weil sie vor den Kraftfahrzeughallen Posten stehen und sich den Russen sozusagen auf dem Servierbrett hatten präsentieren müssen... Und unerwartet zuckte sie wieder herein, die Angst von damals, daß er nach dem Schnabel Roland auch hinaus auf das Servierbrett müsse. Aber dann war der Befehl zurückgenommen worden.

Jawohl, den hatte es damals am Kopf erwischt; und nun erzählte er, was in der Zwischenzeit gewesen war, und daß er sich nicht länger habe in der Heimat halten können, obwohl er im Lazarett alle drei Monate die Einrichtung zerschlagen habe, damit sie ihn für verrückt hielten; dann aber... »Ich habe nicht gemerkt, daß die Wände durchsichtig gewesen sind. Und dort bin ich dann beobachtet worden. Da haben sie's gemerkt und mich wieder hierhergeschickt.« Und Schnabel fragte, wie's hier gehe und was hier eigentlich los sei. »Und wann glaubst du, daß der Krieg zu Ende ist?«

»In einem halben Jahr vielleicht. Weißt du, die Russen... Also, die... kommen heuer noch bis nach Ostpreußen.«

»So.« Schnabels Lausbubengesicht verzog sich und wurde wieder glatt in abwesendem Schmunzeln. Er sah auf den rotbraunen Tannennadelboden. »Na, is ja gut«, sagte er dann, nickte Eugen zu und ging weiter mit Gewehr und Sturmgepäck, wobei sein Gewehrschloß an der Gasmaskenbüchse klapperte.

Wieder machte Eugen sein Schreibtischgeschäft; es läpperte sich hin, und er war froh, daß es sich hinläpperte, denn jeder Tag, an dem sich nichts zu rühren schien, rutschte vom Kriege weg, löschte aus und konnte ihn nicht mehr behelligen. Der Koch machte sich einen Spaß daraus, ihm sein Kochgeschirr bis zum Rande voll zu schöpfen, ermunterte ihn, viel zu essen, freute sich, weil Eugen runder wurde und zulegte; begrüßte ihn mit »Herr Präses« und »Hochwürden« und hoffte, daß er bald »a sackrisch fette Wampen« kriege. Dir soll's recht sein, zulegen für das, was auf dich wartet: gar net schlecht ... sagte er zu sich selber und sah, als er im Sonntagmorgenlicht von der Latrine kam, Hauptmann Ruß unter den Kiefern vor Kahler Willis Blockhaus stehen. Er stand stramm, Hauptmann Ruß lächelte, schaute sich um, sagte frischen Gesichts: »Hier sind Sie also bei den Ihren ... Und weg wollen Sie von hier nicht ... Aber ich merke schon: Sie müssen an die Arbeit gehen. Schicken Sie mir doch mal Ihren Feldwebel heraus.«

Kahler Willi sagte: »Von der Division?« und schnallte schnell sein Koppel um; der hatte wieder ein Gesicht, als dächte er: du wirst's ertragen müssen ... sah wie Mayer Joseph damals bei Ssablino drein; denn Kahler Willi war nie das, was man ›gefestigt‹ oder ›in sich ruhend‹ hieß (übrigens ein gutes Zeichen).

Dann ging der draußen neben Hauptmann Ruß; sie redeten, und später sagte Kahler Willi, es handle sich um Frontbetreuung; die wollten Schauspieler herschicken: »Mit unsern Russen müssen wir ein Blockhaus bauen, wo viele hineingehen, eins mit einer Bühne.« Und er besprach die Sache mit Zoglauer Michel, der bekanntlich Zimmermann war, und schon am Nachmittag wurde gegraben, was im Sandboden leicht ging. Pferde schleiften Baumstämme her, und wieder wuchs ein Holzhaus auf, das Schindeldach mit Tannenreisern abgedeckt und so urtümlich, wie die Holzhäuser hier seit eh und je gewesen waren; und sie paßten in den Wald, als ob sie hier gewachsen wären. Der ›Kommissar‹ ging hinterm Pferd und stemmte Balken, lachte breit; Nikolai war verschlafen bei der Sache, Sergej nagelte Schindeln auf die Innenwände, alle stellten etwas hin, und bald stand's da; es wurde gemacht, und sie konnten etwas machen. Zoglauer Michel wußte, wie man Holz anpackte, du aber weißt bloß Zeug, das mit Papier zu tun hat und nie fertig wird. Das Haus stand da, und jeder konnte hineingehen. Es nützte den Schauspielern und denen, die den Schauspielern zuhörten, dem plappernden Alten beispielsweise, der auf der Bühne als ›Chef bei die Wasserwerke‹ so schön sächsisch schwatzte, daß alle lachend mit den Stiefeln stampften, weil es ihnen arg gefallen hatte. Zwei Damen waren auch dabei, doch blieben sie wie verwischt im Hintergrund, weil sie fast gleich ausschauten, obwohl die eine der anderen nicht mal ähnlich war. Der ›Chef bei die Wasserwerke‹, der sabbernd und betrunken schwankte, hatte dichtes eisenfarbenes Haar über der Stirn und war von Dresden in den Maluksa-Sumpf gefahren worden, obwohl er dies nicht gewollt hatte; oder er hatte sich hierher gemeldet, weil er zu Hause dienstverpflichtet worden wäre, eventuell in einer Munitionsfabrik. Seine Frau war auch dabei, eine Kleine mit Entenmund und Knuppelnase, die zu seiner Rolle paßte und ihn ermahnte: »Alfred, wir müssen doch sparen!«

Eugen hörte dieses: »Wir müssen doch sparen!« nach der Vorstellung, als er mit Kahler Willi, Waldschmidt und Zoglauer Michel zu den Schauspielern ging, die in einem Blockhaus beim Bataillonsgefechtsstand saßen, Kerzen brennen hatten und Briefe schrieben. Kahler Willi lud die beiden Damen ein, in seine Schreibstube zu kommen, und sie gingen mit. In Feldbechern wurde ihnen dort litauischer Schnaps vorgesetzt, der Eugen zuwider war; und er erinnerte sich, daß er seine Portion dem ›Kommissar‹ geschenkt hatte. Die Mädchen aber schluckten dieses Zeug und freuten sich, beinahe wie der ›Kommissar‹. Und Kahler Willi ließ jetzt einen andern Kahler Willi sehen, als ihn Eugen kannte; einen, der dicht bei einer Dame hockte (du kannst die beiden Damen immer noch nicht richtig auseinanderhalten, denn beide sind gleich mollig) und fragte, ob es nicht anregend wirke, wenn man – »wie in Ihrem Beruf« – immer viele Männer um sich habe. – »Meinen Sie: auf die Gestaltungskraft?« – »Wenn Sie's so nennen wollen ...« – »Da denke ich doch meistens an Bezugsscheine für Seidenstrümpfe.« Und sie legte ihre Beine übereinander, lachte, wollte sich zurücklehnen und erschrak, weil der Hocker keine Lehne hatte. Kahler Willi stützte sie; sie lachte. Er meinte wohl, ihr Lachen habe animiert geklungen, und deutete auf den Feldbecher, der vor ihr stand; und ihm zuliebe nahm sie einen Schluck. Die andre hatte ihren Hocker einen halben Schritt zurückgeschoben, dorthin, wo das Kerzenlicht nur noch schummerig war. – »Elsa, wirst du mir 'ne Karte schicken, wenn du tatsächlich im Hotel Adlon wohnst?« sagte die, die vorne saß, zu der im Hintergrund. – »Ja. Natürlich.« Und Kahler Willi fragte, ob sie Löcher in den Strümpfen habe. – »In jedem eines, das so groß wie meine Faust ist. Oben, zum Hineinschlüpfen nämlich.« – »Was schlüpft denn dort hinein?« – »Nur meine Beine.«

Die konnte also hinausgeben. Kahler Willi erzählte von den weiblichen Hilfswilligen, die früher hier beim Troß gewesen seien; und er sagte: »Hübsche Russinnen, so magere, schwarzhaarige«, und Eugen erinnerte sich an einen Bataillonsbefehl, in dem es geheißen hatte, es sei verboten, sich tagsüber in der Unterkunft der weiblichen Hilfswilligen aufzuhalten, sah das massige Gesicht des Obersten Buback neben diesem Bataillonsbefehl, der hinter der Tür im Gang an die Wand geheftet war, und hörte Buback sagen: »Was für ein Schmarrn. Nachts dürfen's d'Russenweiber vögeln, so lang's wolln!« Und vor drei Jahren hatte Buback in Frankreich ein Gewehr hochgehoben und gerufen, er habe dort drüben am Ortsausgang einen verwundet ... Obwohl doch damals kaum einer geschossen hatte, rief Buback dies im Vormittagslicht, während sie durch Haferfelder gingen und Buback Hauptmann war. Jetzt war er Oberst und als Kommandeur des Regiments dreihundertsechzehn ein tatkräftiger Soldat, der bei Eugen das Buch »Gärten und Straßen« neben der Schreibmaschine liegen sah und fragte: »Leihen Sie mir es?« Und der Gefreite durfte nicht nein sagen, und der

Oberst nahm dieses Buch mit. Und du hast darin alle Stellen angestrichen, die auf etwas hindeuten, das sich heut verstecken muß. Wohl bekomm's, Buback.

Wahrscheinlich merkte Buback nicht, wie diese Stellen gemeint waren, und es nützte sowieso nichts, wenn einer bloß andeutete, was er gegen den Hitler im Sinn hatte, weil es nur die merkten, die dasselbe wie der Schreiber dachten; oder sie dachten es nicht einmal, weil es doch nur ein Gefühl war; und es tat wohl, wenn ein Gefühl bestätigt wurde durch Gelesenes. Mehr aber kam dabei nicht heraus, weil es hier um warme Sokken, um Feuer im Ofen, um ein Dach überm Kopf und um die Hoffnung ging, vielleicht hindurchzukommen.

Zoglauer Michel wußte, daß die Russen hier bei ihnen nachts spazierengingen, und es sei kein Wunder. – »Geh mal mit dem Willi durch die Stellung, dann merkst du schon, weshalb sie's können.«

Interessieren tut's dich nicht, weil du dir's gut vorstellen kannst. Aber du gehst mit Kahler Willi gerne durch die Stellung. Abwechslungsreich wird es nicht für dich sein, weil du so etwas kennst, obwohl ... Bis er dann merkte, daß es ihn gewissermaßen anzog, wieder einmal dort zu gehen, wo er lange Zeit gewesen war und dazugehört hatte. Jetzt siehst du's vielleicht anders; und er sah es wirklich anders, es gehörte zu ihm, dies war eingegraben, wohl für immer, und mit ›immer‹ meinst du deine Lebenszeit. Als ob du zurückkehrtest in einen Bezirk, wo du zu Haus gewesen bist und deshalb die hellgraue Grabenbiegung kennst. Dort hatten sie für die Stahlhelme und die Gasmasken eine Nische in die Grabenwand gegraben, und der Bunker lag versteckt. Wie lange sie hier gingen, ohne einem Posten zu begegnen (also hundertfünfzig Meter mindestens). Immer wieder streckte sich der Graben, als ob er ein trockenes und enges Bachbett wäre, und nur selten stand einmal ein Posten da. Die Streifen durch die Gräben mußten Troßsoldaten machen, und du wunderst dich, wie vorsichtig der Kahler Willi ist. – »Rapp, schau net so oft 'naus«, sagte der und sorgte sich also um ihn. Und wiederum die Weite unter Sternen. Fußhohe Schellen waren in der Grabenwand versteckt, und diese Schellen schepperten, wenn einer mit dem Fuß dran stieß. Obacht vor den Schellen, Obacht vor den Alarmdrähten, über die die Russen stolpern sollten, wenn sie hereinkamen. Und weiter unten wieder Stege über Sumpflachen, Gebüsch, das nahe heranrückte, und dessen Blätter schwarzsilberig glänzten.

Er begegnete Zwicknagel, der ihm so gerade ins Gesicht sah wie damals in Ssablino. Zwicknagel hatte viele Auszeichnungen, Nahkampfspange, Sturmabzeichen, Gefrierfleischorden undsoweiter; merkwürdig, daß sie dem nicht auch das Eiserne Kreuz gegeben hatten, obwohl er doch auch übriggeblieben war. Und wieder redete Zwicknagel sumpfig melancholisch, und so gehörte es zu diesem schwerleibigen Mann. Früher hatte es geheißen, Zwicknagel drücke sich zu oft; beim Angriff sei er zwischendurch immer woanders, als wo er sein sollte; doch machte er es richtig, denn wer sich im Krieg drückte, war bewundernswert, gewissermaßen.

Einverständnis mit Zwicknagel, während man sich sah im Dämmerlicht der Nacht und jeder vom anderen wußte, daß er es für unsinnig hielt, hier mitzumachen. Denn wozu machst du hier mit? Damit sie hinten ungestört Menschen zu Seife machen können und den Seifemachern nichts passiert ... Hier im lautlosen Sumpf bei Malukssa in Rußland, wo er Zwicknagel die Hand gab, fiel ihm nur ein, daß Treutlein Hanni gesagt hatte, in den polnischen Kazets machten sie aus Menschen Seife; so sei es im Schweizer Sender gekommen, aber glauben könne sie das nicht.

Schnee fiel und blieb liegen. Die Ratten gruben Gräben durch den Schnee, ein verschlungenes Labyrinth, in dessen Furchen es schwarz huschte, wenn er mit Sergej oder Nikolai zwischen den Blockhäusern des Trosses Wache stand und Nikolai und Sergej schweigend bei ihm waren. Zoglauer Michel meinte, wenn's so weitergehe, seien beim Troß nur noch Russen und der Spieß zu finden; dann werde dem Spieß ein EmGee bewilligt, damit er sich gegen die Russen wehren könne. Und jeder, der es hörte, gab Zoglauer Michel recht.

Du schweigst und schaust beiseite. Der Koch erzählte, daß er oft gefragt werde, ob er etwas ins Essen schütte, das die Geschlechtskraft hemme, weil in der Stellung keiner aufregende Gedanken habe. – »Und wir beim Troß haben sie auch nicht«, sagte Waldschmidt, und jeder stimmte bei. Eugen sagte: »Ja, uns ist der Pfipfes gnomme«, und erklärte das Wort ›Pfipfes‹, das soviel wie Lebensmut bedeute. Und Kahler Willi sagte, beim Bataillon habe man ihn wissen lassen, er müsse sich daran gewöhnen, daß der Rapp nicht immer bei ihm bleiben werde. Es bahne sich da etwas an.

Sicherlich vom Divisionsstab. Womöglich kommst du jetzt zum Divisionsstab, willst aber nicht hier weg ... Der Leutnant Harald Weller war sein guter Engel, und der wußte schon, was für ihn richtig war.

Als ob die Zeit ausliefe, die Zeit beim Kahler Willi, beim Zoglauer Michel und beim Waldschmidt ... Und er erfuhr, daß Schnabel Roland übergelaufen war, das Griffstück vom Maschinengewehr und die Leuchtpistole mitgenommen hatte, damit ihm keiner nachschießen konnte. Russisch habe der übrigens auch gelernt, und am Tag, da er verschwunden sei, habe er sein russisches Wörterbuch weggeworfen und gesagt, das tauge nichts. Du aber hast jetzt ein Gefühl ... Also, wenn aus der G'schicht nur nichts Unangenehmes für dich rauskommt.

Ab sofort war der Obergefreite Eugen Rapp der 6./I. R. 316 zum Divisionsstab versetzt; so stand es im Bataillonsbefehl. Er aber wollte nicht vom Kahler Willi, vom Zoglauer Michel und vom Waldschmidt weg, weil es ihm vor der Luft im Divisionsstab grauste. Tu nichts dagegen, laß es laufen, wie es laufen will ... Und er entsann sich der Feindlagekarte im Büro des Leutnants Harald Weller (deines guten Engels), meinte, daß der Weller mehr wisse, als was sonst gewußt werden dürfe, und daß die Lage allmählich eine prekäre sei trotz dieser Ruhe hier am Rande des Malukssa-Sumpfes. Du hast doch selbst die roten Blasen mit den Nummern der russischen Divisionen in der Feindlagekarte gesehen, und wer weiß, ob sie sich nicht inzwischen vermehrt haben ... Nicht umsonst gingen immer wieder Russen hier in der Stellung spazieren, wie Zoglauer Michel sagte, und solche ›Spaziergänge‹, die bedeuteten etwas; abtasten, wo die Front brüchig oder durchlässig war, darauf kam es den Russen an. Und wenn bloß alle fünfzig Meter Posten standen, durften die Russen diese Front für eine löcherige Mauer halten; falls es nicht allzu optimistisch gedacht war, wenn einer hier noch eine Mauer sehen wollte.

Es geschehen lassen, weil dir, wie bekannt, nichts andres übrigbleibt. Und nicht lange nach dem Besuch in der Stellung machte er sich zum Divisionsstab auf, der jetzt noch weiter hinten lag als früher. Sie sagten, daß es fünfzig Kilometer seien, und das mochte übertrieben sein, aber merkwürdig war es jedenfalls. Dir darf's gleichgültig sein, dachte er und wunderte sich über die neuen Blockhäuser mit elektrischem Licht, die am Rand eines eisigen Bachs standen. Er fand Feldwebel Friesenegger, der seinem Schreiber Bruchmann adieu sagte, wobei Bruchmann strammstand und die ausgestreckte Hand des Friesenegger übersah. Bruchmann ging als Schreiber zu einem Bataillon, und Eugen durchfuhr es: jetzt meinen alle, du hättest den Bruchmann weggedrückt ... Es war in der Neujahrsnacht, und der Zeichner Klement sagte später: »Wir können's schon verstehen, daß du nicht von deiner Kompanie weggewollt hast.«

Die wußten also, was er zu Kahler Willi gesagt hatte, doch war dies nicht verwunderlich; wenigstens über Weihnachten hatte er dort bleiben wollen, und das war ihm zugebilligt worden. Er hatte Waldschmidt auf der Geige Weihnachtslieder kratzen hören, und sie waren mit den Russen und den Fahrern beisammengesessen; wieder hatte er dem ›Kommissar‹ seine Schnapsportion geschenkt. Und ein Fahrer hatte ausgerufen: »Is doch egal, wann d' Russen kemman! Sog mer halt ›Heil Moskau!‹«

Es rutschte also schon. Im neuen Blockhaus des Divisionsstabes wurde alles Rutschende verdeckt. Friesenegger legte seinen Arm um Hornung, und Hornung lehnte sich zurück: »Wie hammer's denn?« Der sagte zu Friesenegger du. Und du sollst dich hier ›wie zu Hause‹ fühlen.

Er fragte nach Leutnant Weller und Hauptmann Ruß. – »Die sind nicht mehr da. Die haben sich versetzen lassen. Zum Korps.« Mit ›Korps‹ war ein Armeekorps dieser Heeresgruppe Nord gemeint, das Generalfeldmarschall von Manstein kommandieren sollte. Hornung sagte: »Der Manstein führt die deutschen Soldaten nach Hause ...« und wischte sich ein Grinsen von den Lippen, als bereue er, was ihm da entschlüpft war. Der aber braucht doch kein Blatt vor den Mund zu nehmen, dachte Eugen, denn ihm kam es vor, als säße Hornung hier von allen noch am festesten auf seinem Posten. Der konnte sich so etwas leisten. Einen Putzer, einen Burschen, einen Fahrer braucht man immer; alle andern aber sind entbehrlich (und du bist es auch).

Halt's Maul und krümme dich, füge dich ein ... Er hatte das Gefühl, Sand zwischen Hemd und Haut zu haben; damit schlief es sich schlecht. Und andern Tages mußte er sich bei Herrn Major Maier melden, der ihn anschaute: »Ah, das Ekazwei ... Und das Sturmabzeichen hat er auch.« Der leckte sich die Lippen, der war ein hagerer und langer Kerl mit magern Händen, die sich geschmeidig regten und die er knacken ließ. Geduckt saßen im Bunker seine Schreiber, jeder hatte hinter seinem Platz ein Spind, auf dem Stahlhelm und Tornister wie in der Kaserne lagen. Der Raum war düster und sauber bis in jeden Winkel. Ein Bub, einer mit Milchgesicht, der achtzehn Jahre alt war, hatte unter den Augen tiefe Schatten und rührte sich nicht. Es hieß, der Maier habe den fertiggemacht.

Es übersehen und nichts davon wissen. – »Ja ... Angriff«, sagte Klement und deutete auf die Feindlagekarte. »Da siehst du's. Oh, der Angriff kommt!« Eugen sagte: »Ach was!« und warf die Hand beiseite, worauf Klement lächelte. Der wußte es besser, und du weißt es auch, nur mußt du jetzt so tun, als ob du es nicht wüßtest; schlauer ist das vielleicht schon ... Die anderen mußten bewundert werden. Es war notwendig, denen Achtung zu bezeigen, was ihm leichtfiel, weil für ihn die Menschen hier zum Fürchten waren. Aber Oberleutnant Kibler, der statt Hauptmann Ruß dieser Abteilung vorstand, der war ein prächtiger Mann ... Nur sonderbar, daß dich der Friesenegger fast so gut wie gar nichts tun läßt. Nicht einmal den Wehrmachtsbericht darfst du auf der Schreibmaschine tippen.

Klement trug dicke Augengläser und war aus Böhmen. Er erzählte, wie begeistert sie gewesen seien, als die deutsche Wehrmacht bei ihnen einmarschiert war: »Da bin ich beim Friseur gesessen, und ein Kradmelder ist hereingekommen. Zwei Mäntel hat der ausgezogen, einen Gummimantel und einen aus Wollstoff. Sapperlot, was ist das für eine Armee, haben wir gedacht.« – »Und ist's dann später bei euch besser g'worden?« – »Ach was, wir haben einfach das Gefühl gehabt: Jetzt sind wir frei!« – »Inwiefern eigentlich? Ich meine: Hat sich dieses Gefühl denn gelohnt?« – »Ja. Mein Bruder ist dann nicht mehr arbeitslos gewesen. Früher ist immer ein Tschech' genommen worden, bevor ein Deutscher drankam.« – »Und ihr habt ja auch einen Führer ... Henlein oder wie der g'heißen hat? Und der hat wahrscheinlich den Tschechen sozusagen eingeheizt. Kein Wunder, daß die Angst vor euch bekommen haben.« –

»Ach, das verstehst du nicht. Das sind doch einfach Lebensrechte.«

Vorsicht also auch vor dem. Beiseiteschauen. Doch dann erzählte Klement von seiner Großmutter, einer namens Kuttelwascher, die eine wundervoll weiß gewaschene Ziege in einem Gärtchen am Rand der Altstadt hatte, dort, wo alte und vergraste Wälle kleine Häuser trugen und die Kindheit des Klement noch wie vor hundert Jahren gewesen war. Und deine Kindheit hat sich von der des Klement eigentlich kaum unterschieden.

Beim Eins A war Kröger als Sekretär beschäftigt. Der zeigte ihm Aufnahmen von zwei mageren Händen, die einen Kelch in die Höhe hielten und einem namens Kunstfuß zugehörten, der in Augsburg tätig war. Kröger zeigte Briefe dieses Kunstfuß, alle auf blauem Papier und wie mit einer Mönchshandschrift aus alter Zeit sorgfältig klein geschrieben; das mutete merkwürdig an. Kröger regte die Finger beim Reden, hatte, wenn er aufstand und herumging, geschmeidige Hüften, lachte, war entsetzt über einen langen Divisionsbefehl, den er dann auf der Schreibmaschine mit allen Fingern zu tippen anfing; zwischendurch plauderte er (von Schwabing, und ob Eugen einen namens Popitz gekannt habe, solch einen Kleinen mit gekräuseltem, weißblondem Haar und einer Russenbluse, die eine rote Bordüre gehabt habe), bearbeitete dann die Tasten, griff sich ins Haar und jammerte, dieser scheußlichen Arbeit wegen.

Der erinnert dich an Jussy... Kröger griff in eine Schublade hinein, zog, während die andere Hand die Schreibmaschine klappern ließ, eine Fotografie heraus, auf der eine junge Dame im Mantel ein Täschchen vor den Schoß hielt und unter rasierten Brauen großäugig herausschaute. Aber die kennst du doch, und woher eigentlich? War sie vielleicht ein Münchener Gesicht? Ach so... Und er sagte zu Kröger: »So etwas steht dir also... Du bist gut!« – »Tja, so bin ich«, sagte Kröger und drehte die Hand nach oben. Der ging also gern in Frauenkleidern.

Du weißt Bescheid, aber lustig ist die Sache nicht. Zumindest für dich ist sie nicht lustig, eher kurios. Trotzdem kannst du dich mit Kröger unterhalten, denn eure Sympathie ist ähnlich ausgerichtet, impressionistisch sozusagen; andeutungsweise kannst du dich mit ihm verständigen; grob und deutlich braucht es nicht zu sein.

Bald danach hieß es: »Rapp, zum O eins!« Mit O eins war der erste Ordonnanzoffizier gemeint, und am Tischchen im niederen Blockhaus saß ein junger Herr in violetter Wattejacke (Kunstseide). Der redete laut, sagte, daß er Nazi gewesen sei, und hatte die Fotografie eines schönen Mädchens mit dünner und langhängender Goldkette in einem Nickelrähmchen vor sich stehen. – »Meine Frau«, sagte er und deutete darauf, als stelle er sie vor.

Eugen brachte nichts Rechtes heraus. Was sollte er jetzt sagen? Der junge Herr, der Schmöller hieß, sah nach reichen Eltern aus. Dem Mädchen im Nickelrahmen könntest du eventuell die Schleppe tragen; oder dich in Livree vor ihr verneigen, das natürlich auch (neben einer hohen weißen Türe mit Goldleisten): »Frau Gräfin, die Herren warten . . .« So ungefähr, nur kannst du's halt nicht, du mit deinen zusammengewachsenen Lippen. Und Schmöller sagte, er und der andere Ordonnanzoffizier verneigten sich jeden Morgen vor dem Bild und wünschten der Dame einen guten Morgen. Auf einem Faschingsfest in Schwabing hatten sie sich kennengelernt und vierzehn Tage später geheiratet. Seine Frau war jetzt auf dem Gutshof seiner Eltern, wo nur noch Polen arbeiteten. »Und wenn es einmal soweit ist . . . Also, ich hab' zu ihr gesagt: Laß dich lieber vergewaltigen.« – »Ja, so kann es schon kommen.«

Schmöller lachte und erzählte von einem beim Stabsquartier, der immer fein sein wollte, ohne Kölnisches Wasser nicht leben konnte, in München Schreiber bei der Stadtverwaltung war und zu ihm gesagt hatte: »Ihre Frau und Sie, Herr Leutnant . . . Wenn ich mir vorstelle, wie Sie beide die Treppe in der Staatsoper herunterkommen, und ich stehe unten... Also, dann denke ich: Einmal ein Schmöller sein!«

Sie amüsierten sich. Eugen lachte und dachte: verstehen kannst du den Stadtschreiber trotzdem, bloß läßt du's nicht heraus... Und wenn er seine Vorstellungen, die er vor dem Bild des schönen Mädchens hatte, mit denen des Münchener Stadtschreibers verglich, mußte er denken, sie unterschieden sich eigentlich kaum. Was willst du neben einem solchen jungen Mann... Der war in einem Landerziehungsheim mit lauter Adeligen aufgewachsen.

Immerhin, du lernst etwas Neues kennen, sozusagen eine neue Gesellschafts-Sphäre. Er dachte an Alberto, der in Heidelberg von ›Großbürgern‹ geredet hatte. Zu solchen also gehörte dieser Leutnant. Das hast du bisher nur in Büchern g'lesen. Ein ritterlicher junger Herr, der seine Kavalierstour absolvierte und zu den Diplomaten paßte; solch einem trügest du gerne die Mappe nach, freilich nicht als Soldat. Wer, wie er, aus dem Landerziehungsheim kam, dem fiel auch der Krieg leicht. Du aber rutschst am Boden. Und er beobachtete, wie Major Maier lächelte, wenn Schmöller ihn anstrahlte, ein großer breitschultriger Kerl, dessen Uniform gebügelt glänzte und wie ein Frack saß, obwohl er sich nicht um sie kümmerte.

Verglichen mit ihm, war General Doktor Kraus, ein Wiener, nahezu auffallend zivilistisch; wie man halt aussah, wenn man unterm Kaiser Franz Joseph Offizier geworden war und in den zwanziger Jahren seinen juristischen Doktor gemacht hatte. Der war nach diesem Preußen, der Peymann geheißen hatte, hergekommen. Und seltsam mutete es an, daß auf einen strengen, verschlossenen Vorgesetzten ein milder gefolgt war; einer, der nichts aus sich machte, wahrscheinlich ein Melancholiker. Professor hätte der sein können. Und Eugen horchte, was über ihn geredet wurde, wunderte sich, daß sie jetzt von einem solchen als dem ›Papa‹ sprachen, der nichts vorstelle und halt als

General ... Nun ja, über den müsse man ein bißchen lächeln. Aber, was wollt ihr denn: Zuvor habt ihr den Peymann g'habt und ihn einen Metzger geheißen, weil er für einen Stoßtrupp eine Kompanie geopfert hat. Der war beschimpft worden, sie hatten ihn mit »Mörder« und »du Saubär« tituliert, als er nach dem mißglückten Angriff an die Front gegangen war. Jetzt aber zuckte man über den Doktor Kraus die Schultern.

Unerwartet zogen sie aus den Blockhäusern weg; es hieß: »Jetzt geht's nach vorne.« Und sie kamen in ein Schloß im Wald, das Lissino Corpus, also Fuchsbau hieß, wie der Dolmetscher sagte. Seine Treppen waren mit deutschen Uniformjacken bedeckt, als hätten sich hier viele ausgezogen; oder es war ein Depot gewesen, dieses sandsteinerne, grünliche, düstere Schloß im verschneiten Wald, vor dem nun die Feldküche rauchte und jeder herumhockte, zuhörte, wenn der NSFO (Nationalsozialistischer Führungsoffizier, und bei den Russen heißt das Kommissar) seine Erlebnisse als Freikorpskämpfer, damals in Oberschlesien zum besten gab, während die Fensterscheiben von Granatengedröhn zitterten. Es schien, als seien es noch eigene Kanonen, die schossen. Der NSFO erzählte, damals sei in den polnischen Nestern der jüdische Kneipenwirt vor dem Haus gestanden und habe gesagt: »Hier gut fick-fick.« Und sie seien hineingerumpelt ins Café, und wenn es voll gewesen sei, dann habe einer eine Leuchtkugel unter die Tische geschossen. Im Nu waren die Leute draußen. Sie aber holten sich die Mädchen. Ein Neger war bei ihnen, und weil es mit dem keine machen wollte, er aber auf eine arg scharf war, zogen sie das Mädchen aus, hoben es empor, während fünf andere herumstanden und mit gezogenen Seitengewehren die schreienden Weiber abhielten, der Neger aber zu der Nackten emporkletterte und über den Köpfen seiner Kameraden das erledigte, was er sich wünschte.

Nachdem er's erzählt hatte, sah der Mann Eugen an, als ob er herausbringen wolle, was der denke. Der Führungsoffizier stand auf und winkte dem jungen Dolmetscher (es war auch noch ein alter da, der von Gunten hieß und im ersten Krieg zaristischer Offizier gewesen war). Der Führungsoffizier zog seine Winterkleidung an, diese weiße Jacke mit Pumphose, die unterm Leinenstoff eingenähte Decken hatte; der Dolmetscher nahm seinen grünen Mantel um. Hornung sagte später, die müßten Wege erkunden, es sei auch an der Zeit, denn bald werde man aus dem Fuchsbau herausmüssen, lange könnten sie sich hier nicht halten. Der Führungsoffizier und der Dolmetscher kamen im Dunkelwerden zurück, und das Zwielicht düsterte im hohen Wald früher als draußen. Der alte und dicke Herr von Gunten hockte abseits, und weshalb der hier war, wußte keiner. Hornung erzählte, Gunten schaue, wenn er allein sei, Fotografien seiner nackten Frau an und lecke sich dabei die Lippen. Eugen kam es vor, als ob er der einzige sei, der Hornungs Erzählungen lausche. Den anderen stand nicht der Sinn danach, weil die nur noch nach draußen horchten, wo Granaten platzten, allerdings nur leichte. Der Führungsoffizier fragte Eugen, ob er seine Winterbekleidungshose haben wolle, denn die sei ihm zu warm. Und Eugen bedankte sich, nahm das Geschenk des Führungsoffiziers gern an und schlüpfte andern Tags hinein, denn jetzt hieß es: »Wir hauen ab.« Kröger klappte den Deckel seiner Gasmaskenbüchse auf und schob ein sorgfältig zusammengefaltetes Handtuch zwischen Seife, Zahn- und Nagelbürste und ein grünes Kölnisch-Wasser-Fläschchen; die Gasmaske hatte er weggeworfen. Der Koch stand neben der Feldküche, ein hochgewachsenes Mannsbild mit krummer und fleischiger Nase, ein richtiger ›Lackel‹, wie man auf bayerisch sagte; und der Koch jammerte: »I hob a solche guate Suppen 'kocht! Nehmt's doch mei Suppen mit, sonst fressen's d'Russen!«, denn er mußte die Feldküche mit seiner dampfenden Suppe stehenlassen. Ein Panjepferdchen zog einen Schlitten, dessen Kufen wie Hörner aufgebogen waren, und das Panjepferdchen zockelte los, und neben ihm ging dieser lange Koch.

Der Schlitten hatte einen dicken Butterballen und Konservenbüchsen unter einer Zeltbahn aufgepackt.

Granateinschläge und Urrä-Geschrei; es näherte sich im kahlen Wald. Leutnant Schmöller ging herum und schrie: »Ja, du legst dich dahin! Ja, du legst dich dorthin!« Doch dann standen alle wieder auf. Der Führungsoffizier sagte: »Also, ich weiß einen Weg, da kommen wir anstandslos 'raus.« In einer weißen Winterjacke erschien der General, und das Rot und Gold seines Kragens leuchtete. Oberstleutnant Baresel umklammerte einen Karabiner und hörte, die Lippen im bleichen Gesicht schmal gepreßt, schweigend zu. Dann rief er: »Vorwärts, Kameraden!« Der Koch zog die Zeltbahn vom Butterballen, sagte: »Nehmt's euch, wos ihr wollt!« und Eugen hieb mit seinem Seitengewehr ein kinderkopfgroßes Stück heraus, das er sich ins Kochgeschirr stopfte.

Der Koch ließ seinen Schlitten auf der Straße stehen. Eugen wunderte sich, weil der Gaul nicht allein weitertrottete; solch einem Gaul hätte doch niemand was getan ... Jetzt stapften sie im Walde weiter, Baresel rief wiederum: »Vorwärts, Kameraden!« und stürmte, den Karabiner in der Faust, voran. Wenn du's genau anschaust, kommt dir die Lage heikel vor, weil scharf geschossen wird, weil du dich hinschmeißen und vorwärts stampfen mußt. Und auf den General sollte er auch aufpassen, wie Oberleutnant Kibler gesagt hatte; aber der ging doch wie auf einem Spaziergang durch den beschneiten Wald. Ein toter Russe lag unter einem Baumstumpf. Verwundete schrien: »Nehmt mich mit!« Es schossen solche, die bis heut noch niemals bei einem Gefecht dabeigewesen waren. Drüben auf der Straße standen Männer in weißen Mänteln, und Eugen fragte den General, ob das eigene oder Russen seien. – »Ich meine schon, es seien Russen. Schießen Sie nur hin. Sie können es aber auch bleiben lassen«, antwortete der General, während Werfergranaten in den Bäumen platzten.

Dann standen sie auf der Straße, die gerade weiterführte, während vorne, wo der Wald aufhörte, eine Kanone wartete, ein langes Ding auf einem Raupenschlepper. Sie winkten mit den Stahlhelmen, und Baresel, der durch sein Fernglas schaute, sagte, ja, das seien eigene. Sie gingen dem Geschütz entgegen, das an einem Motorschlepper hing, und der General zwängte sich neben Baresel ins Führerhäuschen. Man hatte es eilig, wegzukommen, und Eugen kletterte zu den andern hinauf, doch scheuchten sie ihn weg: »Sitz nicht auf den Granaten, die sind scharf!« Du aber bleibst jetzt trotzdem oben, dachte er, indes das Geschütz weiterruckte, ein auf Raupen mahlender Kasten, der schon nach einer kurzen Strecke stehenblieb. Weshalb er meinte, daß er zu Fuß besser vorwärts komme. Allein weiterstapfend, wie's ihm zukam, hatte er das Geschütz hinter sich, während der Himmel weißlich, grau und bräunlich trübe war. Mühsam schleppte er sich weiter (warum eigentlich, die Straße war doch glatt gewalzt) und überlegte, warum die anderen geschossen hatten, warum Baresel »Vorwärts, Kameraden!« und »Mir nach!« gerufen hatte. Das war doch unnötig gewesen. Und er hörte im nächsten Dorf, wie einer immer wieder »Das haben wir durchgestanden« sagte, und erfuhr, daß auch der Intendant gefangen worden sei, der Stabsarzt zum Sanitäter gesagt habe, er müsse in Lissino Korpus bleiben und den Russen die Verwundeten im Sanitätswagen übergeben; die aber seien dann von denen, einer nach dem anderen, erschossen worden. Und Eugen fragte: »Woher weißt du denn das alles?«, worauf der andere zurückgab: »Mensch, hast du's denn nicht selber g'merkt? Du bist doch auch dabeigewesen!« Und es erschien ihm wieder einmal sonderbar, daß jeder, der in so etwas verwickelt wurde, etwas anderes sah und erfuhr.

Für ihn aber war's nicht so wild gewesen. Eigentlich nicht schlecht, du darfst zufrieden sein, weil es sich in dir zurechtrückt, mindestens im nachhinein ... Und er erinnerte sich, daß Bucher einmal gesagt hatte ... Und jetzt fällt dir also Bucher ein, der in der Schreibstube in Saint-Palais neben dir g'sessen ist und g'sagt hat: »Du mußt immer etwas auf deinem Tisch liegen haben, damit es ausschaut, als hättest du etwas zu tun« . . . daß also dieser Bucher (zu Hause war er Postbeamter) einmal gesagt hatte: »Wenn etwas nicht mehr zum Aushalten ist, dann stirbst du.« Recht hatte der gehabt, die andern aber übertrieben immer.

Er hörte, was der Führungsoffizier erzählte: »Also, ich und der Dolmetscher, wir sind ungeschoren durchgekommen. Uns ist nichts passiert . . . Wir haben ja die Wege g'wußt. Da haben sie uns die Wege erkunden lassen, und nachher hat's geheißen: Wir schlagen uns an der Straße durch.« Der Mann schüttelte den Kopf. Ob es der General so gewollt hatte, der wie auf einem Spaziergange durch den Wald geschlendert war und vor sich hingesehen hatte, als ob er dächte, es sei entweder überflüssig oder gleichgültig; vielleicht wäre es dem lieber gewesen, in Gefangenschaft zu kommen oder zu fallen; jedenfalls nahm der alles auf sich nach diesem Mißgeschick. Aber das Mißgeschick gehörte doch dazu, war unausweichlich, und dies dachte wohl der General, der auch nicht von innen her bei der Sache war, gewissermaßen. Und er sah den General bei Kerzenlicht in einer mit Offizieren vollgestopften Stube sitzen und durch eine schwarz umränderte Hornbrille auf ihn schauen, als er sich, neben der Tür stehend, meldete und Oberleutnant Kibler sagte: »Ja, es ist in Ordnung. Gehen Sie zu den andern.«

Also schaute wieder einmal jeder auf sich selbst; schauen, wie du durchkommst . . . um etwas anderes brauchst du dich nicht zu kümmern. Obwohl es ihm dann andern Tages nicht pressierte, als sich viele hinter einem Schlepper drängten, einem Raupenfahrzeug mit Anhänger, als müßten sie es stürmen; bis Leutnant Schmöller brüllend dastand, alle herunterscheuchte und einzelne auswählte. Auch zu Eugen sagte er: »Sie . . . los, rauf!« Zwar hatte er gezögert, denn dieser Rapp war nicht so wichtig, daß er jetzt schon hätte weggefahren werden müssen, aber Schmöller bestimmte es halt so. Wenn du den nicht kennen würdest ... Obwohl allerdings alles recht chaotisch war und schnell gehen mußte; und es schien, als hätte er schon wieder einmal Glück gehabt. Gedrängt an die Kante einer niederen Anhängerflanke, wo er sich im Fahren mühsam festhielt, ging's durch eine nebelige, kalte, eine von Bäumen da und dort struppige Gegend, die eng erschien, einen in nassen Flächen überschaubaren Bezirk, oval und tellerähnlich. Immer wieder schob sich ein derart ovaler und schneeiger Erde-Teller in die Weite, bis ein Bahnhof seine Schienenschneise ausstreckte, Geleise, die von Osten hereinkamen und nach Westen hinausführten und auf denen die Wagenschlange eines Zuges wartete, in die sich jeder hineindrängte, wahrscheinlich, weil er meinte, damit hätte er's geschafft.

»Den Krieg gewinnen und die Partei verschwinden lassen«, sagte Hornung, als sie wieder hinten in einem Bauernhaus beisammenhockten. Und Eugen sagte: »Das gibt es nicht, denn so bequem wird es uns nicht gemacht.«

Verwunderlich, daß sich ein solches Gespräch jetzt ergab. Die Niederlage lockerte die Zunge. Hornung erzählte, das Holzkasperlgesicht grinsend verzogen, wie er hinten herumgefahren war und nichts von der ganzen Chose gemerkt hatte. Der Wagenpark mußte unverletzt erhalten bleiben, damit der Divisionsstab funktionsfähig blieb; so konnte man es auch rechtfertigen. Und es hieß, Oberstleutnant Baresel und Major Maier bekämen für den Durchbruch bei Lissino Korpus das Deutsche Kreuz in Gold, also diesen Ordensstern, der rechts unten überm Blinddarm zu tragen war und ein dickes Hakenkreuz im zackigen Schilde führte.

Das Bauernhaus, wo sie einquartiert waren, hatte Öldrucke an den Wänden, Öldrucke, die ans Dürrmenzer Schlafzimmer hinter Großvaters Schreibsekretär erinnerten, wo nun auch längst andere Leute wohnten. Neben Eugen hing die Winterbekleidungshose des Nationalsozialistischen Führungsoffiziers an der getäfelten Wand, und der Führungsoffizier fragte Eugen, ob er sie wiederhaben könne, weil er auf dem Motorrad herumfahren müsse und seine Reithose ihm dabei zu kalt sei. Der Mann mußte Reden halten, Truppenbetreuung hieß man das. Und Eugen wunderte sich, weil ihm dieser Führungsoffizier nicht als ein widerlicher Kerl erschien, obwohl er in Lissino Korpus Erinnerungen an sein Freikorpskämpferleben erzählt hatte; übrigens widerwärtige Erinnerungen. Doch jetzt bedankte er sich, weil ihm Eugen seine dicke Winterhose zurückgab. Und immer schaut der einen halben Zentimeter an deinen Augen vorbei, wenn er mit dir schwätzt; als ob's dem nicht wohl sei. Oder glaubte der nicht mehr an seine Parteisprüche, die er auf seinen Vorträgen loslassen mußte? Der schien etwas zu spüren und strengte sich an, beliebt zu sein. Zu Hause war er Gauredner gewesen. Nun merkte er, daß jeder ihn am liebsten draußen gehabt hätte. Die Offiziere gingen vorsichtig mit ihm um und schwiegen. Oberleutnant Kibler beispielsweise lächelte gequält, wenn der Führungsoffizier wieder einmal da war. Und Kibler, der hochgewachsene Mann, der eine Zigarette nach der andern rauchte, ging umher, als wär er eingezwängt. Der schrieb seine Berichte von der ersten bis zur letzten Zeile mit Bleistift auf, diktierte kein Wort in die Schreibmaschine; auch ein Vorsichtiger.

Hornung, der Kiblers Mutter in München besucht hatte, sagte, das sei eine liebe und ängstliche alte Frau, die gesagt habe: »Ach, mein Ernstel ... Der hat immer bloß geschafft.« Und Friesenegger schimpfte über den Rapp beim Oberleutnant; recht machen könne Rapp dem Friesenegger nichts, und vorher sei es mit dem Bruchmann ebenso gewesen.

Du aber tust, als merktest du von allem nichts, weil du dich krümmst und klein machst. Mäuse müssen dicht am Boden bleiben. Beneidenswert war nur der Kartenzeichner Klement, der seine Briefe in Kinderschrift kritzelte und seine Divisionsblasen so dick und deutlich in die Karten malte, daß der General (ein neuer mit rot schillerndem Gesicht, der Sedlak hieß und aus Ostpreußen stammte) sich darüber freute, weil er auf diesen Karten sofort sah, was los war; denn Sedlak wollte handfeste Nachrichten haben und nicht hören, daß es vielleicht anders sei. Und der bewohnte jetzt ein einzelnes und nagelneues Häuschen abseits von strohgedeckten Bauernhäusern, und sein Bursche hatte dünnsohlige Schuhe, die er in der Frühe anzog, wenn er seinen General nicht wecken durfte durch Getrampel mit Knobelbechern. Hinterm Fenster des Generalshäuschens stand eine französische Cognacflasche. Der General wurde zum Manstein oder zum Model befohlen (wie der Armeekommandeur heißt, das brauchst du nicht zu wissen) und murmelte, bevor er wegfuhr: »Sieben Sturmgeschütze in Reparatur, elf einsatzfähig ...«, weil er sich Zahlen schlecht merken konnte. Und Klement wußte lächelnd zu berichten, daß Major Maier in der Sauna zu ihm gesagt hatte: »Sie haben einen herrlich durchtrainierten Körper. Sind Sie Fußballspieler?« Und Klement freute sich, weil er in der Tat gerne Fußball gespielt hatte.

Später sagte er, der Feldgendarm erzähle immer gewaltige Sachen, und Eugen dachte, deshalb gehe er dem lieber aus dem Weg. Und als er dann wieder auftauchte und diesmal weder Klement noch Hornung oder Friesenegger da war, knöpfte sich der Feldgendarm, der übrigens Feldwebel war, Eugen Rapp vor und sagte, jetzt habe er gerade einen tollen Fall gehabt, einen von diesen Geschwister-Scholl-Studentenbuben nämlich; und man habe schon zuvor zu ihm gesagt: Nimm dich in acht! Weshalb er seine Pistole sofort locker gemacht habe. Und er habe den Kerl in der Stellung abgeholt und ihn dann immer vor sich hergehn lassen, er natürlich die Pistole in der Hand. Und man habe diesen Burschen eingesperrt, aber der sei unten durchgekrochen, habe sich hindurchgewühlt. Und wie er das dann bemerkt habe: Also, nix wie druffgeballert, wumm und wumm. »Wie zäh aber so einer sein kann, davon hast du keine Ahnung, und man soll's nicht glauben!« Dreimal habe er dem eine hinaufbrennen müssen, bis der liegengeblieben sei. Und Eugen wunderte sich dieses eleganten Feldgendarmen wegen und erinnerte sich seiner Mutter, die ihm ein schreibmaschinegeschriebenes Blatt mit der Überschrift »Die weiße Rose« gezeigt hatte. Das war als Drucksache im Briefkasten gelegen. Und weshalb seine Mutter es bekommen hatte, adressiert an seinen Vater? Ein Zufall wohl ... Und ihm fiel ein, daß er seiner Mutter geraten hatte, das Blatt zu verbrennen. Es war nach der Geschichte mit Goeser und Jussy gewesen, als Goeser sechs Jahre Zuchthaus hinaufgebrummt worden waren, während Jussy noch einmal davongekommen war.

Wieder kamen sie in ein anderes Dorf, und in einem Haus war noch eine Bauernfrau. Als Eugen mit ihr in der sonnenhellen Stube allein blieb, sagte sie: »Ihr weggehen und ... Bude anzünden.« Sie lachte und fuhr mit einem Arm durch die Luft. Eugen schaute auf den Zimmerboden und schüttelte den Kopf. Nun wußten die Russen also schon von dem Befehl ›Verbrannte Erde‹. Du hast noch nichts davon gesehen, aber warte nur.

Die Frau brachte ihm eine Tasse Milch, die von Rahm flokkig war. Am Tassenrand klebten Heufasern, und er wischte die Heufasern weg; dann trank er rasch und tapfer. Ein Bottich stand neben dem Kachelofen; darauf lag ein nacktes Mädchen, das stumpfen Blickes auf ihn schaute. Die Frau redete mit diesem Mädchen, das sich nicht bewegte, einen Arm herunterhängen ließ, als ob es leblos wäre; mit erloschenen Augen lag es da. Und immer noch sprach die Frau, griff nach den nackten Mädchenbeinen, zog den Leib herab, preßte die Schöne an sich; denn die war schön und blond, das Gesicht breit, stumpfnäsig, aber ohne Mienenspiel; eine Gemütlose oder Gemütskranke, eine Achtzehnjährige, die sich abgestumpft hatte (aber wie es wirklich ist, das weißt du nicht).

Die Frau stellte das Mädchen vor den Kachelofen, als ob sie

eine Puppe aus feinhäutigem weißem Fleisch wäre, eine mit schlenkernden Armen, die sie ihr ins Kleid stopfte, wobei sie zu Eugen herüberlächelte.

Er ging hinaus, wartete auf die andern. Sie kamen dann mit dem Lastwagen. Er nahm die Schreibmaschine. Hornung packte bei den Leitzordnern zu, hob im Zimmer den Deckel eines Bottichs auf, in dem es gärig schwamm, eine Soße mit Krautköpfen. Dann wälzte er den Bottich vor die Türe, wo ein bärtig lächelnder Russe, ein rotbackiger und breiter Mann, mit dem Dolmetscher redete. Der Mann war vertrieben worden und erzählte, alle aus dem Dorfe lagerten im Wald, aber sie hätten keine Schüssel; und er bitte um eine Schüssel, und wenn er sie bekäme, werde er sie heute abend wieder zurückbringen. Hornung gab ihm eine und sagte, wenn er die behalte, sei es auch egal.

In der Nacht stand Eugen auf der schneeharten Straße Posten. Der Himmel hatte ringsum Feuerflecken; nach Westen zu war eine schmale Lücke dunkel, und durch diese mußten sie hinauskommen; anderswo war kein Loch offen. Doch Genaues weißt du nicht, es ist dir auch gleichgültig, denn du wirst beim Divisionsstab weiterhin durch den Krieg gehen als Schlafwandler und als einer, der nebenhertaumelt (am besten ist's, wenn du nichts weißt). Und er dachte an den Bahndamm bei Krasnogwardeisk, wo ein alter Russe in einer Kartoffelmiete gehockt war. Der Dolmetscher hatte ihn gefragt, ob er sich noch den Zaren denken könne. Ja, den hatte er hier aus einem langen Zug steigen sehen. Ihm selber aber war's immer gleichmäßig schlecht gegangen, unterm Zaren ebenso wie unterm Stalin; und daß es ihm jetzt besser gehe, werde sich auch der Herr Offizier wahrscheinlich nicht einbilden.

Kibler, der ihm zuhörte, erzählte dann von einem Telefongespräch, das der Lauschtrupp abgefangen und in dem ein russischer General gemeldet hatte, er sitze in einer Sauna, denn ringsherum sei alles abgebrannt. Dann sagte Hornung, der alte

Russe stehe draußen und habe die Schüssel sauber ausgewischt zurückgebracht. Und Hornung begann, von Kibler, vom jungen und vom alten Dolmetscher, von Friesenegger, Klement und Rapp Tabak und Zigaretten einzusammeln und brachte sie dem Russen vor die Tür.

Mehr merkst du nicht; was hast du schon von Rußland anderes gesehen als Sumpfwälder und Zerstörung. An der Zerstörung aber bist auch du schuldig geworden, gleichgültig, ob du in Rußland etwas oder nichts zerstört hast.

Das Mit-sich-selber-Reden war vernünftig, weil sonst nichts übrigblieb in diesem abgedichteten und seltsam wattehaften Fortgeschobenwerden, wo unerwartet so etwas wie Frühling eindrang, eine Luft auf nasser Erde, die ein Russe neben dem Haus pflügte, in dem ein deutscher Oberleutnant namens Kibler, dieser Münchener Amtsgerichtsrat, mit einigen Soldaten hauste. Der Russe trug einen Pelzmantel auf der nackten Haut; er war ein kleiner und magerer Mann, der seinen Pflug in eine neue Furche warf. Kibler sagte: »Wer wohl seine Kartoschka essen wird?« Denn dieser Russe legte jetzt Kartoffeln in die Erde. Hornung hängte Kiblers Decken hinterm Hause in die Sonne, und die Holzwand der leeren Ställe, die sich duckten, sah wie ein Tierfell aus. Dahinter schimmerte die kahle Weite, vor der es klug war, sich ganz flach zu machen.

Es gehört dazu, daß du dich flach machst. Diese Zeit war eine flach machende Zeit, und sonderbar sah jeder aus, der sich in einer solchen reckte, groß hinstellte wie beispielsweise Major Maier, dieser lange schmale Kerl mit großer Nase und nervös zuckenden Händen, während der breite Baresel bloß ein bißchen auf die Seite grinste, Pfeife rauchte, im Befehlswagen am Fenster saß und seine Frau auf einem Bildchen ansah, eine mit großem Mund, eine in einem Gärtnerschurz, die Rettiche aus kargem Boden zog und einen dieser schwarzen Rettiche in der Faust hielt; sie schaute gebückt von der Seite her, anders als die Margret Schmöller, auf deren Seidenkleid ein Halsgehänge glänzte, als wär es der Orden vom Goldenen Vlies. Schmöller sagte, es sei ein Familienschmuck, und deutete auf Eugens silbernen Ring mit dem Mädchenkopf: »Und der da?« Treutlein Hanni hatte ihn zwar im Versteigerungshaus Weinmüller erworben, und er stammte vom Maler Defregger, aber Eugen sagte: »Von meinem Urgroßvater. Wissen Sie, der war der Sohn eines Dekans, freilich ein unehelicher.« Und er erzählte, daß der Dekan den Urgroßvater von einer Dienstmagd bekommen habe: »Also nicht so ganz arg fein.« Und Schmöller meinte, es sei sowieso alles ein Riesenschmarren, dieser ganze Zauber mit alter Kultur und so ... »Was hilft uns die? Die hilft uns gar nichts, jetzt, in unsrer Barbarei.« Und Schmöller lachte, ein blonder großer Junge mit hoher und glatter Stirn und wie zerrupftem Haar, von dem Baresel sagte, nachts nisteten Mäuse drin. Neben ihm aber lächelte der Schwabe Eugen Rapp hinter seiner Brille und zog die Schulter hoch. Wie war das doch gewesen, damals in Wien, als er mit seiner Schwester Margit in die Tanzstunde gegangen war, also ungefähr um achtzehnhundertdreiundsiebzig? Da hatte doch der Tanzlehrer einen Stock mit Elfenbeinknopf gehabt. Und Herr von Grillparzer, der Hofrath, war in den Matschakerhof gegangen, hatte auf die Speisekarte hingedeutet und das Wort »weich« gesagt; der Herr von Grillparzer hatte die Jenny Lind gekannt, eine dänische Sängerin, deren Bild in seiner dämmerigen Stube hing; war es ein Stahlstich oder eine Lithographie gewesen?

»Rapp zum Stabsquartier!« Ein Melder war hereingerumpelt, und mit dem ging er zu Oberleutnant Betz, der ein Telegramm in der Hand hielt und sagte: »Sie haben Bombenschaden B. Bei Bombenschaden B gibt's keinen Urlaub. Aber Sie stehen sowieso bald zum Urlaub heran.«

Also auf den Urlaub warten. Vorher aber wurde er noch einmal aus der Schreibstube herausgebrüllt, und diesmal vom Feldwebel Hubert, dem Spieß des Stabsquartiers. Er stolperte mit dem Gewehr hinaus, weil Partisanen da sein sollten, warf sich auf den Boden, wartete darauf, daß er die Partisanen sah. Und, in der Tat, drüben am Wald liefen drei in braunen Mänteln, hochgewachsene Kerle. Sie streckten die Arme in die Höhe. Sonst geschah nichts. Der Partisanenhäuptling wurde in das Dorf geführt, er hatte eine Lammfellmütze auf, die mit einem Kreuz aus schmalen roten Stoffbändern verziert war; einer, der verächtlich schaute, als ihm Kibler eine Zigarette anbot. Dann sagte er einige Sätze zum Dolmetscher und lehnte sich auf dem Stuhl zurück, dessen Lehne krachte.

Später sagte Kibler: »Ob das überhaupt ein Partisanenführer g'wesen is? Schließlich kann's auch ein Versprengter sein, einer von einem Stoßtrupp. Die Russen können ja durchstoßen, wohin sie wollen. Und sie kommen bis zum Divisionsstab, wie figura zeigt.« Worauf er anfing, vom Obersten Buback zu erzählen, der zu ihm gesagt hatte: »Mit mir redet keiner mehr, bloß weil ich schon so lang bei der SA bin.« Und wieder grinste Kibler, sagte zu Eugen: »Sie fahren ja in Urlaub. Und vielleicht brauchen Sie nimmer zurückzufahren, wer weiß ...« Und Kibler blinzelte ihm zu, grimassierte und ging mit Storchenschritt aus der Stube, um dem General über den ›Partisanenführer‹ zu berichten, den Eugen bewunderte, beneidete, obwohl sie sagten, der werde erschossen. Und Hornung verzog seine Holzkasperlvisage zu einer Fratze, sagte, solch ein Partisan, das sei einfach ein Feind, und für solch einen gebe es nur ...

»Nun ja ...« sagte Kibler abends, als Eugen ihm den Wehrmachtsbericht in die Stube brachte, »So wie der Hornung reagiert ... Also, dabei brauchen Sie sich nichts zu denken. Wenn Sie aber so was wie Gewissensbisse haben sollten ... Also, das zahlt sich heut nimmer aus.«

Der Partisanenführer und seine drei Genossen wurden zum Korps geschickt, weil Kibler meinte, ob es Partisanen seien, das sei ungewiß. Wieder erzählte es Hornung, der mehr als alle andern wußte und es gern gesehen hätte, wenn der dicke alte Dolmetscher und Sonderführer, dieser Herr von Gunten, von den Russen geschnappt worden wäre, weil der im alten Krieg doch bei den Russen g'wesen sei, als Offizier beim Zaren nämlich. – »Dort wird der stückerlweis durch d'Fleischhackmaschin' trieben«, sagte Hornung und ließ Eugen wissen, übrigens sei Major Maier auf alle überflüssigen Schreiber scharf; die wolle er aus dem Divisionsstab draußen haben.

Dann kommst du halt wieder zu denen, die du kennst. Was Neues konnte ihm dort nicht begegnen. Er kannte doch die Chose, und hier war's auch kein Schleckhafen. Zu wissen, daß er nicht mehr lang hierhergehörte, hatte etwas für sich, weil es dann nicht mehr drauf ankam. Und wieder einmal merkte er, wie er durch die Zeit weiterglitt, fast so, als ob er Luft geworden wäre ('s kann dir nix g'schehn).

Er stand also beim Divisionsstab sozusagen wackelig da; bloß bist du bisher niemals anders als wackelig dagestanden ... Und er ließ sich wackelig in Urlaub fahren, machte eine Reise, für die nun wieder einmal die Gasmaske vorgeschrieben war, und ließ die Gasmaske im Gepäcknetz eines Schnellzugabteils liegen, als er in Ostpreußen umstieg. Hockte dann in einem Viehwaggon zwischen den andern, sah sich nach einer Gasmaske um, erspähte eine in der hinteren Wagenecke, nahm sie, als der Zug hielt, mit, stieg aus und kletterte dann weiter vorn in einen anderen Waggon. So half sich jeder Landser, immer wieder wurden Gasmasken verloren und anderswo mitgenommen, aber schäbig kommst du dir halt trotzdem vor.

Du freust dich auf die Treutlein Hanni. Ihn wieder einmal weggeschoben haben, diesen ausgedörrten, schweißigen Bezirk der Frontkanzleien, wo jeder ›Kamerad‹ dem anderen auflauerte, das machte den Kopf sauber. Und um die Treutlein Hanni hast du Angst.

Daheim erschien wieder mal alles zum Glück unverändert;

doch kam zuweilen ein Mädchen aus Lemberg ins Haus, eine, die drüben in der Bäckerei beschäftigt war, mit der Mutter den Londoner Sender hörte, putzte und Eugens Decken im Garten ausklopfte. SS-Männer hatten sie aus dem Schulzimmer zum Bahnhof geführt, nachdem auf der Straße Juden erschossen worden waren und ihr Blut übers Trottoir geflossen war. Eine Achtzehnjährige, diese Franka Makowiecka, die all dies mit angesehen hatte und deshalb sagte: »Ich habe so viel übergelebt.« Wenn Russen hierherkämen, ginge sie vors Haus und sage: »Alles gehört mir! Ihr geht hier weg!«

Eine Kleine, die schwarzhaarig war, um die Augen Treutlein Hanni glich und einmal unterm Rock eine armlange Wurst hervorzog; die hatte sie in einer Metzgerei mitgenommen, wo sie auch arbeiten mußte. Und sie wunderte sich, weil sie jetzt Wörter und Ausdrücke sagte, deren sie sich als Kind ihrer Eltern, damals in Lemberg, geschämt hätte. Ihr Vater hatte ihr ein Glasröhrchen mit Gift gegeben, das sie, im Rocksaum eingenäht, bei sich hatte.

Er sah, wie sie die Stiege wischte, seine Wolldecke ausklopfte; sah ihr Gesicht neben der Standuhr, als im Lautsprecher der Drahtfunk piepte. Bald danach schwollen Sirenentöne an und ab. Und er hockte im Keller neben den Steinstufen, lehnte sich an die Mauer mit den Wasserrohren und mußte, während in der Ferne Säcke voll Glassplitter zu platzen schienen, beide Fäuste in die Taschen bohren, damit niemand sein Zittern bemerkte. Jetzt schauten Vater, Mutter und Franka zu ihm her, und die Mutter sagte, ach, das sei noch gar nix. »Geh mal hinaus und horch, ob oben die Uhr schlägt.« Und, in der Tat, sie schlug.

Gutes Zeichen: die schlagende Uhr, die oben weiterging und auf ihrem Platz hinter der Tür stand, ungerührt, ein Apparat aus Rädern, Walzen und zwei durchlaufenden Ketten, an denen messingummantelte Bleigewichte hingen, die der Vater sonntags immer hochzog, wobei ein zirpendes Geräusch entstand:

zwei blanke und schwere Stotzen, welche graviert waren und unterm Sonnengesicht des Zifferblattes glänzten, als stünde ein gezähmtes Tier im schlanken hohen Kasten da und habe Glasscheiben am Bauch. Die Uhr gehörte in das Haus und regte sich, als ob sie ein Herz wäre. Und die Schläge, die Regungen des Herzens hier im Hause, gaben denen, die im Keller saßen und ängstlich nach oben horchten, das Gefühl, daß es sich ertragen und aushalten ließ, solange die Uhr oben noch lebendig war. Der lange, der gerade durchdringende Ton des Entwarnungssignales aber führte jeden wie an einem hellgrünen Geländer in die Höhe; an ihm wurde jeder, der gekrümmt im Keller gehockt hatte, hinaufgehoben in die Helligkeit des oberen Bezirks, wo Augustlicht in die Zimmer drang und im Garten Ahorn und Esche sich bewegten, so wie Bäume immer da sein würden, hoch erhoben mit den Armen ihrer Äste. Draußen bei Ssablino, bei Posselock sieben, bei Lissino Korpus kannst du immer ein bißchen gewellten Boden finden um dich festzudrücken und dir einzubilden, du könntest wegschlüpfen, ausweichen dem Zugriff; und du hast nichts neben dir oder um dich, das an dich gewachsen ist wie deine Eltern. Und ohne daß du's merken läßt, beneidest du die Franka, die allein ist und nichts hat, obwohl ... Und ihm fiel ein, was Margret erzählt hatte. Da war sie mit Franka und der Mutter nach Künzelsau gekommen. Auf dem Bahnhof hatte Franka einen französischen Kriegsgefangenen gesehen, und sofort waren die zwei beieinander, und es fing dieses durchdringende, von Gelächter geschüttelte Gerede an, als ob sich die Gliedmaßen Frankas und des Kriegsgefangenen verliebt verlängerten, denn Sexuelles ziehe Franka fort, und eigentlich sei es kein Wunder; was habe die denn auch schon anderes, um sich über ihr tristes Dasein wegzutäuschen; nichts natürlich. »Und 's Kendermache: Eugen, dees ist a Saugaude. Aber hintenach ...« Und Margret hatte gelacht und ins Weinglas geguckt, als ob sich ihre Wohnung drüben nicht verflüchtigt habe, nicht weggefressen worden wäre; denn dieses Haus schräg gegenüber sah wie ausgefressen aus.

Die Augen aufgerissen, daß sie weit und blau erschienen, sagte die Mutter: »Und die Juden haben sie g'holt. Die haben sich in der Gartenschau sammeln müssen. Die sind dort bewacht und auf Lastwägen fortgefahren worden. Da drunten vor unserem Haus sind sie vorbeigegangen, einer hinterm andern. Du weißt doch, daß die mit der Straßenbahn nicht haben fahren dürfen?« Und sie erzählte von einem Kind, das habe seine Puppe in den Arm gekrampft, und mit der Puppe sei es dort hinaufgegangen: »Du weißt schon, an der Kirch' vorbei! Und die Kirch' hat ihm auch nichts g'nützt, die hat ihm auch net g'holfen. Und ich denk', daß ich selber daran schuld bin. Warum hab ich nicht wenigstens das Kind ins Haus genommen?! Aber vielleicht hätt's nicht mal wegwollen von den Eltern, doch ist das ein fauler Trost.«

Seine Schwester hatte ihr Kind dabei. Die Kleine lief zum Tisch, wo ein Brief lag, deutete auf die rote Marke mit dem Hitlerkopf und sagte: »Böser Mann.« Die Mutter sagte, die Renate habe sie einmal gefragt, wer das denn auf der Marke sei, und sie habe zu ihr »das ist ein böser Mann« gesagt; seitdem also ...

Ihm fiel ein, daß seine Mutter geschrieben hatte, wenn sie abends allein sei, mache sie in allen Zimmern das Licht an. Jetzt war der Vater wieder da, aber nur in den Ferien; sie hatten ja die Schule auf das Land (nach Göppingen) verlagert. Vom Londoner Sender wußte man den Namen Auschwitz und was dort geschah. Es wird sich an uns allen rächen, warte nur; und wenn du an die Treutlein Hanni denkst ...

Daß man sich überhaupt noch in ein Kino traute und daß es immer weiterging; daß Treutlein Hanni kommen und mit ihm im Straßenbahnwagen der Linie zehn zum Weißenhof hinauffahren konnte, als ob sie beide gestern noch in der Münchener Universität gesessen wären, das war immerhin erstaunlich. Trotzdem sah alles aus, als ob von ihm eine Staubschicht nicht abzuwischen sei.

»Für Morgen sind wir bei der Helga eingeladen«, sagte Eugen, denn er hatte Helga angerufen und zu ihr gesagt, daß die Treutlein Hanni kommen werde. Und so gingen sie am nächsten Tage nachmittags den Zickzackweg hinunter und sahen unter kahlen Kugelahornbäumen auf die Stadt, die im Regenlicht schieferig erschien. Und sie hatten das Gefühl, als ob alles in der Schwebe hinge und ihnen der Boden weggezogen worden wäre. Trotzdem gingen sie wie in alten Zeiten zum Sonntagnachmittagsbesuch hinunter. Übrigens das Gescheiteste, was ihr jetzt tun könnt.

Bei Helga war das Linerl, eine aus Salzburg und so frisch und nett im Dirndl, wie sich Eugen und Treutlein Hanni, die früher einmal Schloß Leopoldskron gesehen hatten (damals im Juni neununddreißig), eine aus Österreich vorstellten. Jetzt kam die Erinnerung wieder her, und die Wiesen bei Leopoldskron waren hoch und hatten Blumen; also vor dem ersten Schnitt. Treutlein Hanni hatte sich damals ins Gras gelegt, und später waren sie in Salzburg neben einer gewachsenen Mauer g'sessen und hatten Wein getrunken. Die Wirtschaft war in den Felsen hineingebaut gewesen, daran erinnerten sie sich, und Eugen dachte: das wär ein solider Luftschutzkeller ... kein ermunternder Gedanke freilich, aber einer, der halt jetzt dazugehörte. (Was nützte es jedoch, immer an die Luftschutzkellergegenwart zu denken?) Und er schrieb später, nachdem Linerl weggegangen war, in das ›Buch der schönen Stunden‹, für das Helga diese gottesglatte Zeichnung gemacht hatte, auf der vier Stühle um einen runden Tisch mit vielen leeren Weinflaschen und vier Weingläsern standen: »Um neunzehnhundert hätte man das Linerl auf den Fiakerball schicken müssen.« Die Stuhllehnen auf der gottesglatten Zeichnung waren wie die Anfangsbuchstaben ihrer Vornamen gebogen. Leider fehlte heute Herbert Wieland, aber der hatte es auch nicht schlecht, weil er, einer Verwundung wegen, nach Bückeburg ins Reservelazarett gekommen war und dort bei der Sanitätsmannschaft das Kriegsende abwarten wollte; hoffentlich würde es ihm glükken. »Genieße den Krieg, der Friede wird furchtbar«, hatte er Helga geschrieben, die sagte, dieses Bückeburg sei ein Idyll. Und wer wollte nicht froh sein, wenn er hörte, es gäbe sogar heutzutage irgendwo noch ein Idyll; weil das Idyllische nur von denen geschätzt wurde, die an einem rutschenden Abgrund saßen und sich einreden mußten, eigentlich sei alles halb so schlimm. Du willst halt überleben. Und scheißlich ist es sowieso. Und die Treutlein Hanni, Helga, Herbert und er selber, die mußten durchkommen. Und Treutlein Hanni erzählte, als sie vorgestern am ausgebrannten Café Franzmann in München vorbeigegangen sei, habe es dicht hinter ihr gerumpelt und gestäubt, weil die Fassade des Franzmann einstürzte; eine Sekunde später, und es hätte sie erwischt.

Merkwürdig, solch ein Gefühl, nur gerade noch davongekommen zu sein, und wenn man's genau ansah, war am wichtigsten doch nur dieses Gefühl. Solch ein Gefühl bestimmte alles, und das Ganze wurde auch nur von diesem Gefühl gelenkt: du mußt durchkommen. Erklären, auseinanderhalten und zerlegen, vielleicht wissenschaftlich, brachte niemand fertig; oder er brachte es mit einem Geschwätz fertig, das als scharfsinnig bezeichnet wurde; nach dem Geschwätz aber blieb nur dies eine übrig: das Gefühl.

Er fuhr wieder nach Rußland. Im Dorf Waschkowo ging er zu Oberleutnant Kibler hinein und meldete sich zurück. Es war ein heller und ein klarer Tag. Kibler führte ihn zu den Schreibern; sie redeten ein bißchen, und Kibler sagte: »Er weiß ja noch gar nicht, daß er im Flugblatt steht. Friesenegger, suchen Sie es ihm doch mal heraus.«

Der Feldwebel klappte einen Leitzordner auf, blätterte darin und legte den geöffneten Leitzordner Oberleutnant Kibler vor; dann trat er einen Schritt zurück.

Eugen stand neben Kibler, und sie betrachteten dieses lila Blättchen, das kaum länger als eine Hand war. Darin stand: »Kameraden der 212. Infanterie Division, fragt eure Vorgesetzten, warum der Unteroffizier Goeser der 5./I. R. 316 erschossen worden ist. Auch der Gefreite Smekal der fünften Kompanie wurde erschossen.« Dann die Aufforderung zum Überlaufen, bis es hieß: »Der Gefreite Rapp der 6./I. R. 316 sagt folgendes aus: ›Die Russen werden bis nach Ostpreußen vordringen. Der Krieg wird in einem halben Jahr zu Ende sein.‹ Der Gefreite Rapp hat recht.«

›Der Gefreite Rapp hat recht‹ war fett gedruckt. Und alles hatte Schnabel Roland drüben erzählt, dieser vor einem halben Jahr übergelaufene Schnabel; und aufgeschnitten hatte er natürlich auch, denn Goeser war zu sechs Jahren Zuchthaus verurteilt und Smekal durch einen Volltreffer der eigenen Artillerie im Bunker schwer verwundet worden; auf dem Transport war er gestorben. Das aber, was über Eugen drinstand, stimmte. Stimmt genau ... dachte er, und eigentlich war es eine Gemeinheit, daß der Schnabel alles drüben brühwarm erzählt hatte, was er ihm damals gesagt hatte ... Damals zwischen dem Bataillonsgefechtsstand und dem Blockhaus des Kahler Willi ... Mulmig ist dir diese G'schicht gleich vorgekommen, als du gehört hast: Der Schnabel ist übergelaufen. Wenn für dich nur nichts Dummes dabei rauskommt, hast du gedacht. Und er erinnerte sich, daß die andern erzählt hatten, Schnabel habe die Leuchtpistole und das Griffstück vom Maschinengewehr mitgenommen. Und was war jetzt? Wahrscheinlich Endstation, weil du im russischen Flugblatt stehst.

Kibler klappte den Aktendeckel zu, sagte: »Kommen Sie mal, Rapp«, und nahm ihn in die andre Stube mit. Dort zündete er eine Zigarette an. Eugen gab ihm Feuer. Und langsam ließ Kibler den Rauch hervorsprudeln, schaute an die Decke und begann: »Sie sind ja jetzt nicht mehr bei der sechsten Kompanie. Das kann also auch ein anderer Rapp sein. Oder die haben Kom-

panielisten erwischt und irgendwas zusammenphantasiert...«
Er sah beiseite, rauchte grimassierend, ging ans Fenster, winkte Eugen und redete weiter, als ob er mit sich selber spräche: »Also, heikel ist die G'schicht natürlich schon... Wir müssen über jeden, der im Flugblatt steht, berichten... Ans Korps zum Beispiel... Bloß ist ja, wie gesagt, in diesem Fall alles zusammeng'schwindelt. Verstanden? Sie sind nicht mehr bei der sechsten Kompanie... Lassen'S halt die Flugblätter verschwinden, wenn wieder einmal welche kommen. Sie müssen bloß aufpassen. Freilich, 's kann auch sein, daß damit jetzt dann Schluß ist.« Und noch einmal sagte er: »Sie sind ja nicht mehr bei der sechsten Kompanie.«

Es schien, als ob's vergessen werde, zumindest hier beim Divisionsstab. Er saß am Fenster, schaute die Post durch, suchte das Flugblatt und fand keines. Und Friesenegger fuhr in Urlaub, was sehr wichtig war. Eugen wünschte dem Herrn Feldwebel schöne Tage in der Heimat.

Damals herrschte im nördlichen Rußland helles und heißes Wetter. Nachts kamen Meldungen der Regimenter, und Eugen saß am Telefon und rauchte Zigaretten; wobei er merkte, daß er durch die Lunge rauchte, woran eventuell der Nachtdienst schuld war; oder jenes Flugblatt.

Vormittags dann die Arbeit am Tisch neben dem Fenster. Der junge Dolmetscher, ein schmaler und blonder Mann, lehnte sich im Stuhl zurück und schaute an die Decke; dann sagte er, der Name Waschkowo bedeute auf deutsch soviel wie Wanzendorf. Das Fenster neben Eugens Tisch hatte doppelte Scheiben zwischen denen staubige Watte mit farbigen Glaskugeln belegt war, und vor dem Fenster machte scharfes Licht die Dorfstraße weiß, obwohl sie gelblich war, trocken und festgestampft, mit feinen Farbschleiern am Rand, wo Zäune aus Ästen schwarz erschienen wie die Strohdächer, die sich aneinanderreihten, als ob es Tiere wären, jedes in seinem Fell.

Der Himmel aber sah kaum bläulich aus, weil das Licht so hell war.

Es ratterte, im Gegenlicht schwankte ein Doppeldecker und erinnerte an eine Kaffeemühle; er tauchte herab, von ihm flatterten Papierblätter fort, manche wie Fledermäuse. Und dann ein zweiter Doppeldecker, vielleicht derselbe, der schon einmal die Kurve überm Wanzendorfe gedreht hatte und nun wiederkam, diesmal ein bißchen höher, und der weiter drüben dickere Sachen fallen ließ, beinahe wie Bomben oder Kisten, weshalb Eugen am Fenster den Kopf einzog, obwohl es wieder ruhig war.

Oberleutnant Kibler kam herein, schaute sich um und sagte: »Das ist hereingeweht worden. Auch wieder so ein Liebesbrief von ihrem Schnabel Roland.« Und schmunzelnd stand er neben ihm, der nun mit Kibler allein in der Stube war. Bald aber schleppte Klement ein schweres Paket herein, das mit Draht verschnürt war, und Leibetseder, Koch, König und Leonhard brachten Flugblätter, die sie aufgelesen hatten; es war nur dieses Flugblatt, das dem Gefreiten Rapp der sechsten Kompanie des Infanterie-Regiments dreihundertsechzehn auf lila Papier bestätigte, daß er recht hatte.

»Schaffen Sie es weg«, sagte Kibler, und Eugen wußte nicht, wie er das machen sollte. Verbrennen war unmöglich, weil Sommer- und Kachelofenhitze unerträglich gewesen wären; weshalb er das Paket, dessen Draht ihm in die Hand schnitt, vor die Türe schleifte, auch die andern Blätter herbeiholte und sich auf die kurze Treppe setzte, die in die Scheune hinabführte, wo das Heu lag; und dieses Heu war für ihn wichtig. Denn was fing ein Schreiber mit Heu an, wenn er den Befehl auszuführen hatte, Feindpropaganda haufenweise zu vernichten? Er wühlte eine Höhlung in die lockerfädigen Grasballen, aus denen Mükken flogen, warf das bedruckte Papier hinein und legte wiederum viel Heu darauf; wobei er sein Herz zu überhören versuchte, das schwerfällig schlug. Dann wischte er sich das Gesicht ab.

Danach zogen sie weiter, anderswohin, noch tiefer rückwärts. Friesenegger war aus dem Urlaub zurückgekommen und paßte in lederbesetzten Reithosen auf, daß die Leitzordner und die Kiste mit dem Schiebedeckel hinausgetragen wurden, denn die Kiste mit dem Schiebedeckel enthielt sein Eßgeschirr; auch Hornungs und Klements Teller lagen drin, während Eugen immer noch wie damals in Frankreich aus seinem Kochgeschirr aß.

Es ging zur Welikaja, einem flachen, rasch fließenden Fluß, der im Licht kalter Abende violett glänzte. Hier war, wie am Rande des Malukssa-Sumpfes, der Boden sandig, und Kiefern wuchsen am Hang eines Hügels, einer lang sich dehnenden Woge aus Erde, stiegen den Hügel hinauf, verbreiterten sich, wuchsen in die Weite. Zwischen ihnen wurde Sandboden ausgehoben, und dort sollte später einmal das Haus des Generals stehen, der jetzt am Welikajaufer in einer Baracke wohnte, was für einen General nicht standesgemäß war. Aber der General, dieser neue aus Ostpreußen mit dem schillernden Gesicht (rötlich und violett) gehörte nicht zu denen, welche komfortabel wohnen mußten, doch wenn die andern meinten, er solle es bequemer haben, sträubte er sich nicht.

Der General, Sedlak mit Namen, bekam an der Welikaja das Ritterkreuz; und es erschienen Herren in grauen Mercedeswägen, die rote Streifen an den Hosen hatten und elastisch gingen; einer von ihnen hängte Sedlak das Ritterkreuz um. Der General griff lächelnd an die Mütze und streckte den Arm hoch, weil immerhin jetzt auch in der Armee mit erhobenem Arme gegrüßt werden mußte. So war es von Hitler befohlen worden, und der General entsann sich dessen, als er das Ritterkreuz am Halse hängen hatte. Die Stabswache war angetreten, Eugen stand unter den Soldaten still, als diese Zeremonie ablief, und wurde danach zum Erdeschaufeln oben am Hang befohlen, wo er neben einem von der Divisionsmusik den Boden aufgrub. – »Gib mir deinen Spaten, Rapp«, sagte ein anderer, der mit seiner Spitzhacke im Sande nicht zurechtkam. Der Musiker drehte sich um: »Rapp? Hast du den Smekal gekannt?« – »Den Jussy? Ja, den kenn ich schon seit Frankreich.« – »Das ist ein lieber Mensch gewesen. Ja, der hat noch etwas gehabt, weißt du, etwas, das ... Aber: Du stehst doch im Flugblatt? Und darin steht doch auch der Jussy ... Da war doch irgend etwas, damals in Peterhof ...«

Der andere verzog den Mund, als fürchte er sich jetzt oder als ob's ihm nicht geheuer sei. Vielleicht, daß der sich wunderte, weil dieser Rapp, der doch im Flugblatt stand, neben ihm eine Schaufel in der Hand hatte. Und dir wackeln die Knie und du schaust weg.

Auch der Musiker, ein Mann mit feinhäutigem Gesicht und hellem Haar, einer, der eine neue Uniform anhatte, schaute geradeaus, weil drüben, wo die Sandgrube fürs Generalshaus an die Straßenböschung grenzte, Mädchen hereinkamen, die Pickel und Schaufeln trugen und von einem ergrauten Wachtmeister befehligt wurden. Die kamen jeden Tag hierher, sie schaufelten mit den Schreibern des Divisionsstabes, und heute winkte jene mit dem breiten Gesicht Eugen zu. Gestern hatten sie von ihr gesagt, die sehe doch wie ein Flintenweib aus. Sie hatte, als sie winkte, einen rosa Hauch bis unters Haar, stolperte herüber und streckte Eugen die Hand hin. Er ergriff die Hand (das wischt die Sache mit dem Flugblatt beinahe ganz weg) und sah auf ihren Schaufelstiel, in den sie »Germanski Kultura Scheiße« gekratzt hatte. Gestern hatte sie es ihm gezeigt, und er hatte gelacht. In kyrillischen Buchstaben waren diese Wörter in den Schaufelstiel gegraben.

Was merkte schon ein Russenmädchen, dem befohlen wurde, für einen deutschen General den Boden ihrer Heimat aufzugraben, anderes von der deutschen Kultur, als daß dieselbe Scheiße war? Besonders jetzt ... Die spürte, daß Eugen mitfühlen konnte, und deshalb war sie rot geworden. Oder merkst du vielleicht als Soldat etwas anderes von der Germanski Kultura?

Andern Tags, an einem Sonntag, kamen keine Russinnen

hierher, auch die Divisionsmusiker waren befreit von Schaufelarbeit, und Eugen ging mit Leutnant Schmöller oben auf dem Hügel unter den Kiefern umher, setzte sich neben ihn auf einen Granitblock, der wie ein Findling dalag, und las ihm aus seinem in grün geflecktes Zeltbahnleinen gebundenen Notizbuch vor, einem Büchlein in Duodezformat, dessen Blätter eng und winzig mit Bleistift bekritzelt waren und worin ein gewisser Stephan neben seiner Mutter am Mahagoni-Schreibsekretär saß, einen wie eine Gänsefeder gemachten Federhalter aus Bronze in der Hand hielt und einen Liebesbrief an ein Mädchen namens Hedy schrieb. Seine Mutter diktierte ihm den Brief, denn mit der Mutter verstand er sich wunderbar; fast, daß man hätte sagen können, dieser Stephan schwärme für dieselbe, wenn er nicht in Wien gelebt hätte und Österreicher gewesen wäre; denn dies, daß er Österreicher war (freilich kein heutiger Österreicher, sondern einer, der unterm Kaiser Franz Joseph lebte), machte die Sache mit seiner Sympathie für die Mutter nicht besonders schwierig, sondern heiter; obwohl die Heiterkeit in der Geschichte eine dünne Haut war, die hätte zerreißen können, wäre man nicht zwischen achtzehnhundertsiebzig und neunzehnhundert in Wien jung gewesen. Denn nur aus diesem Grunde zerriß die Haut der Heiterkeit nicht. Daß Stephan und seine Mutter keine Geldsorgen hatten, kam noch hinzu. Reich aber waren diese Leute nicht, auch lebte die Mutter vom Vater getrennt; ja, es konnte sogar sein, daß sie geschieden worden war, weshalb die Heiterkeit nur als Hauch fühlbar wurde; ob sie aber, die im katholischen Glauben lebte, geschieden werden konnte, das erwies sich mindestens als unwahrscheinlich, und Eugen würde es sich noch mal überlegen müssen, denn dies hing in der Schwebe. Jedenfalls machte er diese Geschichte, die Schmöller einen Roman nannte, und wenn er die Geschichte machte, wurde er weggeschoben, beispielsweise von dem zentnerschweren Flugblatt.

»Ja, ich mache das da«, sagte Eugen, und sie redeten über das, was Menschen machten, was sie früher gemacht hatten: Häuser, Kirchen, Möbel, Bilder, Gedankengebäude und Gedichte. Wenn einer ein Faß machte oder ein Türschloß, einen Löffel, dann war's gut. Was sie aber taten, diese Menschen, das war meistens nur abscheulich.

Schmöller dachte nach und sagte: »Ja, es stimmt. Ist das von Ihnen? Dieser Gedanke.«

»Es ist mir halt so eingefallen, wissen Sie. Und stimmen tut es auch bloß halb«, antwortete Eugen, worauf Schmöller erzählte, zunächst habe er gedacht, am Rapp Eugen sei nicht viel dran. Halt ein schüchterner Mensch.

Er schwieg, und Oberleutnant Kibler ging vorbei, der später sagte, da sei er also heut, droben im Wald, einem männlichen Liebespaar begegnet.

»Morgen fahren Sie mit dem Lkw nach Ostpreußen. Akten müssen nach hinten geschafft werden, und Sie sind Beifahrer«, sagte Oberleutnant Kibler und flüsterte ihm zu: »Rapp, nichts wie fort! Weg vom Major Maier und vom Flugblatt! Hom'S verstondn?«

»Jawoll, Herr Oberleutnant.«

Also hatte er mit seinen Vorgesetzten Glück. Neben einem rundköpfigen Mann, der mit nackten Füßen auf die Pedale trat, saß er im Lastwagen, und es ging gen Westen. Automobile stauten sich, langsam mahlten viele Wägen im gelblichen Staub, als wäre die Blechschlange festgeklebt. Doch unerwartet eilte alles weiter, weil Granaten platzten, und der Fahrer sagte: »Bloß herschiaßn brauchen's, dann ist schon Luft!« Und Eugen wunderte sich, daß er nichts von platzenden Granaten gehört hatte; nur dann und wann gingen in einem Rübenfeld Erdspringbrunnen hoch. Seltsamerweise stand im Haferfeld einer in gelblich verwaschener Sommerbluse, die russisch aussah, aber wer wollte das jetzt wissen; ein anderer, der ebenso gekleidet war, ging dicht neben der Straße und schaute vor sich nieder.

»Rapp, schieß!« rief ihm der Fahrer zu, und Eugen sagte: »Du bist gut!« Und stäubend ging es in ein mittagsheißes Dorf hinein, wo sich schwarze Strohdächer über graue Häuserwände duckten, alles leer blieb, nicht einmal ein Huhn beiseite wischte, aber ein Glotzen und ein Lauern spürbar wurde, so, als wolle sich das Dorf auslöschen, wegschlüpfen und die Lastwägen zu sich ins Düstere ziehen, das hinter verkrüppelten Zäunen wartete, gerade weil es scharfer Mittag und wolkenlos hell war.

Neben einem Bahndamm standen Italiener, und ein deutscher Feldwebel ging von einem zum andern, sagte immer wieder, sie würden bald mit dem Zug weggeholt; also, bitte, keine Angst. Einer umarmte Eugen, nannte seinen Namen (Mario) und ließ ihn aus seiner Feldflasche trinken; der hatte eine süß prickelnde Limonade drin und war im vergangenen Jahr in Italien gefangen worden, damals mit den Badoglio-Truppen. Und Eugen meinte, dies sei zu der Zeit geschehen, als er bei den Regimentsstäben und bei der Division Bücher verkauft und Klement ein Lied aus dem Ersten Weltkrieg gesummt hatte: »Italia, Italia ... Deine Feigheit kostet Blut.« Du aber hast dich über die ›Feigheit‹ der Italiener damals bloß gefreut.

Braun und flach duckte sich eine Bahnhofsbaracke, der Abendhimmel bleichte aus, und drüben, unter einem sanften Hügel, wälzte sich ein dicker gelber Rauch aus einem Strohdach, als kröchen daraus Würmer. – »Komm, Rapp, steig ein«, sagte der Fahrer, und wieder schnurrten sie davon, denn schon roch es brenzlig, nicht nur vom gelben Rauch im Strohdach. Die Italiener hätten die Lastwägen stürmen wollen, ob er davon nichts gemerkt habe? fragte der Fahrer, und Eugen sagte: »Nein.« – »Mensch, Rapp, so wie du möcht' ich auch mal sein!« Und der Fahrer lachte, kurbelte sich weiter durchs geduckte Land, und vielleicht war's Polen, wer wollte das wissen. Dich interessiert es nicht, für dich ist es nur wichtig, daß es weitergeht; »so ewig weiterfahren, das gefällt mir«, sagte er, und der andre erwiderte: »Dir schon. Ich aber bin müd, daß du's waaßt!« Und Rapp wußte es, er bewunderte den Fahrer, ließ sich von ihm die Handgriffe und Fußtritte zeigen, die er machte, um das Auto voranzutreiben, und sagte: »Das lern' ich nie!« Er merkte, wie der andere sich freute. Der erzählte, daß er nun bereits zehn Jahre fahre, und Kunststück sei es keins; wenn einer eine große Kundschaft habe, könne er es »net derlaafe«. Und der Fahrer wollte zu Hause Vertreter für Futterkalk gewesen sein, was du gern glaubst. Jedenfalls stellst du dich gut mit ihm.

Übernachten in einem lettischen Dorf. Sie schauten das Quartier an. Der Bauer erzählte von einem Partisanen, der vorgestern dagewesen war: »Partisan hereinkommen und ...« Der Bauer machte das finstere Gesicht des Partisanen nach und zeigte, wie er Decken vom Bett weggerissen und ihm sein letztes Schwein genommen habe. Der Fahrer lachte und sagte: »Olsdann waaßt: I schlof im Wogn!« Der hatte sich in seinem Fahrzeug eine Koje mit Steppdecke und Bettrost eingebaut, was beneidenswert aussah. In der Tat, Chauffeur sollte man sein.

Aber dir ist es gleichgültig; dich werden sie schon nicht umbringen; du legst dich halt ins Heu ... Und er schaute das Dorf an, das sich von einem russischen nur darin unterschied, daß es unverletzt war. Dick bepackte und geschwärzte Strohdächer berührten fast den Boden. Die knöcheltief staubige Straße mit blühenden Gärtchen sah urtümlich aus, als führe sie durch eine Gegend des Vergangenen, wo sie vergessen und auf die Seite geschoben worden war. Fahrzeuge aus Blech, die gläserne Augen hatten, fuhren ohne Pferde in sie hinein. Abseits stand eine Wehrmachtsbaracke; in ihr wühlten neben den Soldaten auch lettische Bäuerinnen, obwohl außer leeren Blechkanistern nichts darin zu finden war. Von den Bewohnern waren nur ab und an Frauen sichtbar. Und dann verschwanden auch die Frauen, und es kam drauf an, selbst zu verschwinden; übrigens schnell, so daß er nur noch hörte: »Also, ihr nehmt vier Benzinkanister und schmeißt sie in die Baracke. Aufpassen, daß es euch nicht erwischt, wenn ihr's anzündet.«

Eugen fragte, ob sie auch das Dorf niederbrennen wollten, und erfuhr, es würden nur Wehrmachtsbaracken angezündet. – »Und wenn das Feuer weiterfrißt?« Der Feldwebel, mit dem er sprach, ließ eine Schulter zucken und sah weg.

Sie fuhren weiter. An einer Straße, als sie die Jacken ausgezogen hatten und in der Sommerhitze an der Böschung saßen, sah er Steinhilber wieder, diesen hübschen Kerl aus Kempten, dessen Gesicht kantig und wie zergerbt geworden war. – »Ja, Servus, Rapp! Aber a bißle magerer bist worde«, sagte Steinhilber, und Eugen fragte, was mit den andern sei, also mit Bucher, der Rechnungsführer bei der fünften Kompanie geworden war und bei Malukssa ein Blockhäuschen für sich allein gehabt hatte: »Weißt du, um das hab ich ihn immer arg beneidet. Der war doch dort für sich und unabhängig.« Gewiß, nur hatte es den Bucher in dem Blockhäuschen erwischt. »Bombenvolltreffer«, sagte Steinhilber. Und Kahler Willi mußte gefangen worden sein: »Freilich, der hätt' durchkommen können, wenn er nicht zu lang geblieben wäre, weißt. Wär er doch vorher abgehauen, wie wir auch. Und der Waldschmidt ... Ja, der Waldschmidt hat, als der Major Maier gekommen ist, sich hingestellt und gebrüllt: ›Troß der sechsten Kompanie angetreten!‹ Wie er's immer gemacht hat. Und da hat der Maier gestaunt und gesagt: ›Ja, was ist denn das?‹ und ihn gefragt, seit wann er Rechnungsführer und wie alt er sei. Und dann hat er ihn nach vorn in die Stellung g'schickt. Na, und dort ... Also, wir wissen von dem nichts mehr.«

Sie erinnerten sich, wie sie Machorka neben drei nackten und toten Russen geraucht hatten, abends vom Feuerwerker fast in die Luft gesprengt worden wären, und sagten, eigentlich sei es merkwürdig, daß von ihnen noch was übrig sei; wobei Eugen wieder daran dachte, daß einer der Russen eine breite rote Wunde an der Hüfte gehabt hatte und daß alle drei gefroren gewesen und von der Mittagswärme aufgetaut worden waren, weshalb ein süßlicher Geruch sich ausgedehnt hatte, als wieder das Geschrei: »Weiter geht's!« zu hören war, und er »Servus, Steinhilber« und der andere »Servus, Rapp« sagte. Und er saß beim Fahrer, der sich ärgerte, weil ihn Eugen nicht ablösen konnte: »Was hab' ich schon von dir, wenn du nicht fahren kannst?!« – »Nichts«, antwortete Eugen, zündete eine Zigarette an und steckte sie dem andern in den Mund; damit der merkte, er sei um sein Wohl besorgt. Bis sie dann abends in einen Ort kamen, wo ein Feldgendarm aus einer Baracke schaute und erzählte, es sei ein Attentat auf Hitler gemacht worden: »Der Führer aber, der ist unverletzt.«

Also, das war unwahrscheinlich. So etwas gab's doch nicht. – »Tatsächlich?!« fuhr es Eugen heraus, und sofort nahm er sein Erstaunen und diese heiße Freude weg; so was darfst du dir nicht anmerken lassen ... Daß die Augen des andern wieder weiter wurden, war ein gutes Zeichen; der konnte ja auch meinen, Eugen freue sich, weil Hitler unverletzt ... Und da war also diesem Hitler tatsächlich von einem Adeligen ... Aber sie wußten nichts Genaues. In der Baracke drang aus einem Lautsprecher Hitlers Stimme: »Damit das deutsche Volk meine Stimme hört«. Nun war endlich einmal was passiert, aber freilich ganz mißglückt. Also sollte es mit diesem Hitler noch nicht aus sein. Weshalb es also möglich war, daß ein Plan existierte, der erfüllt werden mußte, etwas Unerbittliches, Vorherbestimmtes oder so ... Anders kannst du's jedenfalls nicht sehen. Und erklärbar war es nicht.

Ein Mädchen saß in einer zweirädrigen Kutsche und sagte, sie sei Schriftstellerin. – »Worüber haben Sie geschrieben?« fragte Eugen, und sie antwortete: »Über Sonne, Mond und Sterne.« Das war eine Polin, eine mit schnellem Mundwerk, einer Schlappergosche, sozusagen. Sie saß in den abgewetzten Lederpolstern, drehte sich um und schnalzte, wobei das Pferd anzog und auf dem abwärts gebogenen, schmalen und weißen Wege in der Abendklarheit zwischen satten Wiesen (›masten Wiesen‹, sagte man zu Hause) in die weite Gegend fuhr, in die gestreckten Wälder, die fernhin dunkelblau waren und unterm Schein der Wolken, einem Lichthauch, ungerührt dalagen. Das Land schaute gleichgültig aus, gleichgültig und riesig schön, und weil es so gleichgültig war mit klaren Farben, täuschte es eine andere Sphäre vor. Ob alles immer nur erträglich wurde durch solch eine Täuschung?

Da kamen sie nun nach Ostpreußen, und der Ort hieß Ragnit. Er sah davon nur einen weitläufigen Bauernhof, in dem sich eine Wiese zwischen den Stallungen dehnte. Auf dem Scheunendach stand ein Storch zwischen zwei Jungen. Die Fenster der Glasveranda am langgestreckten Haus waren staubig, und die Türe klirrte. Soldaten lagerten auf grauen oder braunen Decken, und der Fahrer lachte neben einer mit bauschiger Frisur, die sagte: »Man hat nun also jahrelang gedarbt.«

Der Heuboden hatte Löcher, damit das Heu durchlüftet wurde, und der Bauer, dieser kleine und magere Mann, dessen Zwicker zitterte und der im schwarzen Anzug herumging, sagte, man werde hinunterfallen, wenn man dort schlafe. Weshalb sich Eugen einen Platz am Rande suchte und allein war, wie es ihm gefiel. Gutes Gefühl und gute Täuschung, auf dem Heuboden allein zu liegen, Tee zu trinken und hinauszuhorchen zum klappernden Storch, während das Heu schräg angeschienen wurde, ein helles Gewebe neben roten Backsteinmauern. Wie lustig die anderen waren; hoffentlich geschah hier lange nichts. Die anderen sollten beschäftigt bleiben mit den Mädchen, während du herumgehst, zuschaust, nichts tust ... Wie gern sich jeder hineinziehen ließ in diese Lässigkeit, die hier im Gutshof allenthalben wartete, im Gutshof mit dem Tümpel hinterm Herrenhause, einem verwilderten Garten bei der Glasveranda, wo Bilder von Soldaten aus dem ersten Kriege hingen, solche mit grauen Leinenüberzügen über spitzen Helmen, solche, die lachten. Von der Glasveranda ging's in den weiten Salon hinein, dessen geschweifte Möbel rote Samtpolster hatten, und neben denen eine Standuhr gravitätisch ging und schlug. So kühl, als ob seit sechzig Jahren nichts anders geworden wäre, streckte sich dieser Salon; und in den obern Zimmern glänzten Mahagonimöbel aus der Zeit um neunzehnhundertzehn, auch sie so fest in ihren Ecken oder unter ihren Fenstern, als ob der Bauer Lührs, dieser Magere mit dem zitternden Zwicker, vor einer Woche geheiratet hätte, obwohl er über sechzig Jahre alt und kahl war.

Das Heu wurde in den Hof gefahren, und Soldaten luden es ab. Jetzt waren auch die von der Divisionsmusik gekommen, und zu denen gehörte der mit den Rehaugen, ein Saxophon- und Flötenbläser, der immer in feinen Hotels musiziert und dessen Frau keinen Luxus entbehrt hatte, weil sie die Erster-Klasse-Etablissements gewöhnt war. Ein Trompetenbläser pflegte in bairischen Schwänken als hochgewachsener Bauernknecht sein Hakennasenprofil dumm hinauszustrecken, damit die Landser trampelten und bravo schrien, denn die Musikkapelle betreute die Truppe und mußte deren Stimmung sozusagen heben. Und sonderbar, daß du erst jetzt etwas von dieser Divisionsmusik bemerkst ... Jussy sollte mit einem der Musiker gut befreundet gewesen sein, und dem bist du an der Welikaja auch begegnet; und schnell drückte er die Erinnerung ans Flugblatt weg, denn dieser Musiker, der hatte doch gewußt, daß er mit Jussy im Flugblatt gestanden war; und die Russen haben dir bestätigt, daß du recht hast; helfen tut's dir freilich nichts.

Dann wurde der Schlagzeuger im Kornfeld beim Liebesspiel mit einer Bauernmagd erwischt, und bereits strafften sich die Zügel wieder, als der Zahlmeister erschien und ein Oberleutnant diesen Troß regierte. – »Sie müssen Schreibstubendienst machen, Rapp. Ich brauche einen Schreiber«, sagte der.

Die Schreibstube war in der Glasveranda bei den Korbsesseln. Eugen schlief auf dem Korbsofa. Russinnen vom Troß sollten dem Bauernführer überstellt werden, und Rapp Eugen mußte sie in eine Liste schreiben.

Er saß am Tisch und wartete hinter der Schreibmaschine, während es ihm vor den russischen Namen graute, die schwierig zu schreiben waren. Eine Frau im grauen Kopftuch kam herein und hatte ihre Tochter bei sich, ein zwölfjähriges Kind; danach die andern, die er kaum anschaute, weil er nur ihr ›Dokument‹, einen grauen Ausweis, sah und die Namen herausbuchstabierte. Wie seine Großmutter hatte ihm die Frau im Kopftuch zugelächelt, wobei ihr das Gebiß heruntergeklappt war. Dann hatte er alle auf der Liste, er schob die Schreibmaschine weg, stand auf und sah eine Schwarzhaarige neben der Tür zur Glasveranda, eine in weißer Bluse, dunkelblauem Rock und jung. – »Ich kann nicht Bauernarbeit«, sagte sie, kam näher, und er fragte nach ihrem Namen.

Also Lasowskaja und mit Vornamen Tamara; eine kleine, die mager war, eine mit brünetter Haut, bräunlichen Schatten auf den Lidern. – »Meine Mutter ist bei Divisionslazarett. Ich möchte sein, wo Mutter ist.« Er fragte, weshalb sie hierhergeschickt worden sei, und sie antwortete: »Wegen einer Liebesgeschichte.« Der Zahlmeister kam dazu, Eugen erzählte, was »mit der da« sei, und der Zahlmeister schaute auf den Boden. Nach einer Weile sagte er: »Ja ... Also, wir schicken sie wieder nach vorne. Zu ihrer Mutter.« Und zu Tamara: »Mädchen ... wir sind doch keine Russen!« Dann winkte er Eugen herbei und flüsterte: »Aber, sie wird mir vielleicht meine Wäsche waschen können, wie?«

Sie wusch die Hemden des Zahlmeisters in der grausteinernen Waschküche des Gutshofs. Abends saß sie in der Glasveranda. Tamara war hier schnell bekannt geworden. Die Töchter des Herrn Lührs sagten, sie sei wunderschön. Ein Rothaariger, der in München studiert hatte, sagte: »Diese Frau ... sie läßt mich nicht in Ruhe.«

Am nächsten Morgen kletterte sie zu ihm und anderen Soldaten auf einen Lastwagen hinauf und saß unter den Grünen in ihrer weißen Bluse mit der orangeroten Stickerei; sie hatte einen blauseidenen Rock an. – »So fällt sie zu arg auf. Der Feldgendarm läßt sie nicht durch. Hängt ihr doch eine Zeltbahn um!« rief Eugen hinauf, und der rothaarige Student, der bei ihr saß, gab ihr die seine.

Schön und gut, daß dies gelungen war. Und weiteres hast du noch nicht zu tun. Im Gutshof konzertierte die Divisionsmusik, die Mägde und Töchter des Lührs standen herum, der Chef des Füsilierbataillons, der heute von der Front zurückgekommen war und in einem der oberen Zimmer des Herrenhauses schlafen sollte, plauderte mit der älteren und blonden Tochter, die, weil sie im Teich gebadet hatte, einen nassen hellblauen Badeanzug in der Hand hielt. Später saßen beide in der dunkeln Glasveranda auf dem Korbsofa, und ihre Zigaretten glühten. Dort bist du unerwünscht ... Und er setzte sich in die Laube oben vor der Küche, wo es nach Holunderblüten roch und ein mageres Mädchen heftig lachte, wahrscheinlich des Schlagzeugers wegen, der sagte, daß er gerne reiten würde, und nachmachte, wie er die Zügel hielt und vorwärts trabte. Das Mädchen schmiegte sich an ihn. Der Fahrer, mit dem Eugen hergekommen war, sagte, er wisse nicht mehr, wo er übernachtet habe, irgendwo dort hinten, bei seinem Liebling halt. Und Eugen hörte ein anderes Mädchen von ihrer Arbeit als Schneiderin in einer Uniformfabrik erzählen, und der Saxophonbläser mit den Rehaugen bat sie, ihm eine Badehose anzumessen.

Die Glasveranda war leer. Eugen legte eine Decke und einen Mantel auf das Korbsofa und wollte sich ausstrecken, als ein Mädchen dastand und »Du mir helfen« sagte. »Ich auch möchte wieder zu Kompanie. Tamara auch gekommen ist zu Kompanie.« – »Wo ist deine Kompanie?« – »Nicht weit ... Du mitkommen. Du mich bringen zu Kompanie.«

Es hatte sich also herumgesprochen. Und jetzt mußt du der da helfen ... Aber, was war, wenn's nachher hieß: Hören Sie mal: Wollen Sie der deutschen Landwirtschaft Arbeitskräfte entziehen, wie?! Obwohl etwas riskieren, etwas auf deine Kappe nehmen auch zum Krieg gehört ... Und er ging mit dem Russenmädchen vor die Glasveranda, wartete und hatte ein labberiges Gefühl. Feigling, tu es trotzdem ... Und er ging mit ihr ohne Jacke und im grünen Hemd in die Nacht, fragte: »Wo Kompanie?« und stolperte hinter und neben ihr auf einem Feldweg, wo ab und an schwarze Erdbrocken glänzten. Nur Flecken des holperigen Weges waren flaumig und verwischt zu sehen, und Kornfelder hauchten Wärme aus, als stünden überall glühende Öfen.

Er wartete, schaute sich um, sagte: »Nix Häuser ...« Sie nickte und ließ einen Seufzer hören. Kein Wunder, daß sie, die immer wieder sagte: »Koch bei Kompanie karascho«, bekümmert war, wenn auch er diesen Koch nicht für sie finden konnte. – »Wärst du doch gleich bei Koch von Kompanie geblieben«, sagte er. Sie verstand nichts. Er horchte, es kam ihm vor, als ob er angerufen worden wäre, irgendeiner in der Nacht dieses »Hallo Kamerad!« von sich gegeben hätte, das ihm widerwärtig war. Jetzt fiel ihm ein, daß ihm das Russenmädchen in der Glasveranda die Hand entgegengestreckt und gelächelt hatte, und er erinnerte sich einer zweiten, die in einem polnischen Dorf – vor drei Tagen mußte es gewesen sein – erzählt hatte, alle Mädchen kämen jetzt in Züge, um nach Deutschland gefahren zu werden, und das sei schrecklich; worauf einer von denen, die herumgestanden waren und dem Gespräch zugehört hatten, ihr klarmachen wollte, Deutschland sei ein schönes Land ... Und du hast zu ihm g'sagt, das könne er doch der nicht sagen, weil hier ihre Heimat sei. Und du bist nah daran gewesen, ihr zu raten, in den Wald zu gehen, dort fände sie noch andere, die sich versteckten; aber darauf mußte sie selbst kommen.

»Hallo, Kamerad! Was tun Sie hier? Ich bin Kreisbauernführer. Zeigen Sie Ihr Soldbuch!«
»Das habe ich nicht bei mir.«
»Aha ... das haben Sie nicht bei sich ... Dann kommen Sie nur beide mal gleich mit. Dort ist mein Hof. Gehen Sie vor mir her ... All diese Soldaten, die jetzt hier sind, das ist eine verkommene Bande. Und Sie ... Gehen Sie vor mir her, hab ich gesagt!«
Dem sagst du nie, daß sie gewollt hat, du sollst sie wie die Tamara nach vorn schicken ... Wenn der meinte, daß er mit ihr habe schmusen wollen, war es für sie besser; allerdings, die war halt eine Russin, und eine solche wurde vom Herrn Bauernführer wahrscheinlich für artfremd gehalten. Und im Weiterstolpern fragte er, was sie gewesen sei, damals, zu Hause, vor dem Krieg, und erfuhr: »Lehrerin.«
Dann kamen sie zum Hof, wo es eine steile Treppe aufwärts ging. In einem weiten Zimmer, das Teppiche und alte Möbel hatte, strickte eine Frau bei der Lampe; ein Kind lächelte ihm zu; das Kind wurde hinausgeschickt. Der Bauernführer sagte: »So, was ist los mit Ihnen? Erzählen Sie schon, los!« Das Russenmädchen sagte: »Dokument?« und wies den grauen Ausweis vor. – »Ach so ... aha! Jetzt wird's noch schöner!« Höhnisch schaute ihn der an. Und du sagst: »Die sucht doch ihre Einheit. Wenn Sie wissen wollen, wer ich bin, dann rufen Sie den Oberleutnant Hartl bei Lührs an. Der weiß Bescheid. Auch den Zahlmeister können Sie fragen.« – »Bei Lührs? Sind Sie bei Lührs?« Es schien, als ob es ihm schwerfalle, dies zu glauben. – »Jawohl.« Und der Herr Bauernführer drehte die Zählscheibe des Telefons, als wäre er enttäuscht oder beschämt. Ganz langsam wendet es sich nun zu deinen Gunsten, eine Luftveränderung und Sinnesänderung des Bauernführers. Und vielleicht war es für den sogar peinlich, denn stumpfsinnig sah er nicht aus; eher ein bißchen schneidig verkrampft; offiziersähnlich und hochmütig, wie einer, welcher meinte, die Mannschaft sei

ein trüber Haufen. Und weil du auch zur Mannschaft g'hörst, er aber jetzt schon merkt, daß du ein bißchen anders bist ... Und Eugen hörte, wie er den Oberleutnant fragte, ob ihm ein Obergefreiter namens Rapp bekannt sei. – »Was? Als Schreiber? Und der ist in Ordnung? Ja, er kommt sofort zurück ... Der ist mit einer Russin hier.« Und langsam legte er den Hörer auf. – »Ist schon gut. Gehen Sie. Und Sie müssen wissen: Dieses Land hier steht in einem schweren Abwehrkampf. Wir gehören jetzt zur Front. Man wird mißtrauisch ... Und sagen Sie ihr, daß sie sich nicht mehr entfernen darf von ihrem Arbeitsplatz. Verstanden?«

Du gehst, ohne dich umzudrehen. Du übersiehst die Hand, die er dir geben will. Und beim Hinuntergehn über die Treppe hörst du noch einmal: »Sie müssen das verstehen!« Und wieder einmal wundert's dich, daß ein Weg, den du zurückgehst, kürzer ist als einer, den du zum erstenmal gehst.

Wo der dunkle Weg aufhörte und die Straße weiß war, stand ein Häuslein mit Holztreppe. Das Mädchen setzte sich und flüsterte: »Großer Kopf ... dort?« und deutete in die Richtung, woher sie gekommen waren. Er sagte: »Ja.« Sie hockte da, das Kinn in die Hand gestützt. Wahrscheinlich traute sie sich nicht, zu klopfen; und kein Wunder, wenn sie aus dieser niederen Kate wegwollte; vielleicht wurde sie dort schlecht behandelt. Lieber an der Front sein als bei diesen Deutschen ... dachte sie und konnte es nicht sagen.

Er ging zum Lührsschen Hof. In Hausschuhen stand der Oberleutnant vor der Glasveranda. – »Der hat natürlich g'meint, Sie wollten mit der flirten. Jetzt legen Sie sich hin.«

Jemand helfen wollen war also verkehrt, unsinnig; sie dachten doch nur Mieses; außerdem lief alles ungerührt dahin, eine Maschinerie, der es gleichgültig war, was sich entwickelte; als ob es irgendwo abgespult würde.

Noch war es hier im Gutshof Lührs zu Ragnit in Ostpreußen ruhig, doch würde es bald wieder einmal anders sein. Die blonde, massive Lührs-Tochter sagte zu ihm: »Schlafen Sie doch oben. Dort ist ein Bett frei. Weshalb sollen Sie denn immer in der Glasveranda liegen?« und führte ihn hinauf, wo ihre Schwester, diese Brünette, immer wieder sagte: »Was, hier... in diesem Zimmer soll er schlafen? Neben meinem Zimmer?« – »Aber du schließt doch deine Tür ab!« Und die Blonde lachte, patschte ihrer Schwester auf den Rücken, tätschelte sie, lachte laut.

Das Bett fühlte sich leicht, elastisch und bequem gefedert an, doch hätte er, des Geschwätzes dieser jungen Frauen wegen, gern darauf verzichtet. Aber er schlief gut. Schon beim Dunkelwerden lag dieser Gutshof in tiefem Schlaf.

In der Frühe brummte ein Lastauto. Hernach kam dieser Führungsoffizier herein und wollte in sein Bett, weil er die Nacht über gefahren war. So räumst du für den Führungsoffizier das Bett und merkst: am schlausten ist es, dort zu bleiben, wohin du gehörst, also ins Heu oder aufs Korbsofa. Nur schade, daß der Heuboden bis unters Dach vollgehäuft war, doch behagte ihm auch dieses Korbsofa, das er bald danach endgültig verließ, weil er mit dem Lastwagen abberufen wurde und nach einer Tagesfahrt wieder vorn ankam; seltsamerweise immer noch in russischem Gebiet, wo er zu Oberleutnant Kibler in die Stube trat, stillstand und sagte: »Obergefreiter Rapp aus der Heimat zurück.« Kibler lächelte. In der Schreibstube sagte Hornung: »Dich hat also der Ortsbauernführer mit einer Russin erwischt? Aber einem Soldaten hat nur ein Soldat etwas zu sagen, keiner von der Partei.« Und Eugen merkte, daß es besser war, wenn er die andern glauben ließ, er habe es in Ragnit mit einer Russin gehabt, als wenn er sagte, wie es wirklich gewesen war. Es machte auf sie Eindruck, und sie konnten sich etwas ausdenken.

Der Führungsoffizier bemerkte: »Dort bei den Lührs... Eine toll erotische Atmosphäre mit den vielen Frauen, oder nicht?«

Und er erinnerte Eugen daran, wie rührend verliebt dort der Oberleutnant gewesen sei und wie er in der dunkeln Glasveranda mit der blonden Lührs-Tochter Zigaretten geraucht habe.

Es war ihm widerwärtig, so etwas breitgeschwätzt zu hören (auf schwäbisch hieß des ›ausgedappt‹), doch gehörte dies zum Krieg; und du hättest dich allmählich dran gewöhnen können ... Doch schien es fast, als ob er gegen derlei nicht abgestumpft würde. Und er entsann sich der aufgerissenen Menschenleiber, die wie Kadaver geschlachteter Tiere in den Gebüschen bei Ssablino gehangen waren, dachte an die Toten, die neben einem Knüppeldamm beisammenlagen, sah drei nackte Russen vor der Hütte bei Posselock sieben (»Bereinigung einer Einbruchsteile westlich Posselock sieben« hatte er später in viele Stammrollen schreiben müssen) von der Sonne aufgetaut werden, meinte ihren Geruch zu spüren und konnte, weil er dicht dabeigewesen war und statt Ekel Erstaunen mit einem Gefühl der Größe empfunden zu haben glaubte, derlei Gerede über ›Erotisches‹ nicht ohne angewidert zu sein hören.

Es waren für ihn Briefe angekommen, und seine Mutter beschrieb, wie es jetzt in Stuttgart aussah. Das Café mit der Wohnung seiner Schwester war, der hineingefallenen Benzinkanister wegen, ausgebrannt; sie besaß nur noch die Möbel, die im Keller standen. Ringsum klaffte es von Bombentrichtern, und es gab weder Gas noch Wasser. Das Häusle selber aber war bloß gestreift worden, denn an ihm fehlten nur alle Dachziegel und die Badezimmerecke; freilich steckte ein Blindgänger vor der Gartenmauer im Trottoir. Die Eltern hatten das Haus räumen müssen und waren nach Künzelsau gefahren, wo seine Schwester im Haus des Chauffeurs Walter droben am Zollstock wohnte.

Da erwies sich Künzelsau also noch immer als Ausweichquartier oder als eine Art Idylle; wenigstens gab es noch einen solchen Bezirk. Und der Treutlein Hanni, wie ist's der ergangen? Die Mutter schrieb, daß sie gerettet sei und daß in München Chaos herrsche. Da hatten also die zu Hause Erschreckendes ertragen müssen, während du ... mit deinen läppischen Tagen in Ostpreußen, ach du liebe Zeit; und vielleicht sollte man sich auch einmal am Leben freuen, sozusagen. Kurios ... Und es fiel also einmal dahin, einmal dorthin, sozusagen, ganz egal, ob Krieg ist oder Friede; weshalb also der Krieg nichts andres war als alles andre auch? Ein Mischmasch und ein Eintopf? Sozusagen ja, aber halt doch nicht ganz ... Treutlein Hanni war gerettet worden. Die hatte ihren Vater, und der war stark. Merkwürdig, daß die Alten stärker als die Jungen waren; da kannst du also hoffen, daß du, wenn du alt bist, stärker wirst, gewissermaßen ... Und wieder kam Ssablino her, die Bereitstellung im Föhrenwäldchen, als es neben dir den Feldwebel erwischt hat; wie du damals solch eine Pfarrhausidylle wie beim Mörike gern gegen das Krachen der Granaten einer Stalinorgel ausgewechselt hättest, weißt du noch? Dort hat dir damals (in Gedanken halt) solch eine empfindliche alte Jungfer mit Brille einen Guglhupf in die Gartenlaube neben den Kaffee gestellt, und es war heller Juni statt des schneeschmierigen Rußlandwinters.

Das Licht war hell, und die Luft wehte leicht. Daß sich alles unerbittlich abspielte, wirkte sich merkwürdig aus. In der Stuttgarter Birkenwaldstraße war die Villa neben der Brenzstaffel ein Schutthaufen, der Konsumladen ausgebrannt, der Robert-Haug-Weg von Bomben zerwühlt; unten, wo die Haltestelle Im Kaisemer hieß, hatte das Haus des Oberbürgermeisters Lautenschlager sich verflüchtigt; der Aufgang zur Rothschen Villa war von Steinbrocken versperrt. Und du als Soldat meinst, nur du hättest es scheußlich. Und warum meinte jeder, er habe es schlimmer als der andere? Und wenn er's überstanden hatte, brüstete er sich. Auch du gehörst zu denen. Unbill, die zurücklag, wollte keiner missen. Weshalb wohl? Die Zeit, in der nichts geschieht, wär dir am liebsten ... Und gut, daß du beim Oberleutnant Kibler und beim Hornung bist; ohne die wärst du längst wieder vorn im Dreck. Hornung sagte zu Kibler, der Rapp könne es dem Friesenegger nie recht machen, und Kibler schob den Rapp nach hinten ab, wenn Major Maier den Divisionsstab reduzieren und solche Schreiber wie Rapp Eugen wieder zur Front schicken wollte. Aber, wenn du doch von Treutlein Hanni wieder was erfahren würdest ... Daß sie lebt, steht jedenfalls im Brief der Mutter. Und der Vater, der jetzt einundsechzig ist; gut, daß der Vater wieder zu Haus sein konnte; der war bis Norwegen hinaufgekommen (auch kein Schleckhafen); aber der freute sich, weil sie ihn mit dem Titel eines Oberstleutnants entlassen hatten; denn dieser Titel tat ihm wohl, obwohl er von dem gar nichts hatte. Darüber aber kannst du jetzt nicht lachen.

Die Mutter schrieb von Treutlein Hanni, daß sie bei einem Angriff nach Schwabing hinausgeradelt war, durch diese leere Leopold- und Ludwigstraße, während die Sirenen heulten. Dann kam ihr Brief, den sie im Splittergraben neben dem Vater geschrieben hatte. Der Splittergraben war in die Spielwiese der Schwabinger Volksschule gegraben, und Ukrainerinnen beteten dort bei brennenden Kerzenlichtern; die Kerzen aber mußten gelöscht werden, weil sie die Luft verbrauchten. Ein russisches Mädchen, eine solche, die »wunderschön« war, wie Treutlein Hanni schrieb, sollte es den Ukrainerinnen sagen, und Vater Treutlein redete deshalb mit dem russischen Mädchen; doch merkwürdig: die wollte das nicht tun, und als sie's ihnen dann doch sagte, tat sie es von oben her und barsch. Die verachtete also die Ukrainerinnen. Vater Treutlein verließ den Splittergraben, um nachzuschauen, wie es draußen aussah. Und dann waren je ein Bombentrichter vor und ein anderer hinterm Haus. Vorne war die Badezimmerwand verschwunden, und es qualmte aus den Fenstern. Feuerwehrleute sagten, es habe keinen Sinn mehr, dort zu spritzen, weil in diesem Hause die Fehlböden brannten. Vater Treutlein stöhnte, einer Rauchvergiftung wegen, und wurde weiß vor Überanstrengung; kaum, daß er noch hinuntergehen konnte. Bis dann der Doktor Usener, den weder sie noch ihr Vater näher kannten, einen Stahlhelm auf dem Kopf, dastand, ins Haus hineinging, ein Beil nahm, die Spritze und den Wasserkübel holte, die Decke aufhackte, hineinspritzte, unbewegten Gesichts zu Werke ging und das Haus rettete. »Dem haben wir es zu verdanken, daß wir noch ein Dach überm Kopf haben, und sogar ein eigenes«, schrieb Treutlein Hanni, die jetzt mit ihrem Vater in einem Souterrain-Zimmer hauste und vor das Klosett im Badezimmer eine Zeltbahn gehängt hatte. In der Straße wohnte auch noch ein jüdischer Mann, dessen christliche Frau gestorben war. Und weil der niemand hatte, wusch ihm das Dienstmädchen aus einem andern Haus ein Hemd; und um dieses Hemdes willen wurde das Dienstmädchen vom Ortsgruppenleiter verhört, der Treutlein Hanni und ihren Vater bis heute nicht behelligt hatte, und weshalb? Sie konnten es sich nicht erklären. Fast war es so, als ob sie ein schlechtes Gewissen hätten, weil sie ungeschoren blieben, während dieses Dienstmädchen angezeigt worden war. Vielleicht aber war es so, daß Vater Treutlein, dieser Mann mit dem kühnen Gesicht, der beim Bombenangriff vor den Splittergraben trat und zu den Leuten sagte, es sei nicht so schlimm, und Grund, sich aufzuregen, gebe es jedenfalls keinen: daß dieser Mann Achtung verbreitete, weil etwas von ihm ausging (Furchtlosigkeit).

All dies durchdrang die Junigerüche einer Lastwagenfahrt nach Paupis in Litauen, wohin der Divisionsstab wiederum zurückwich und wo sich Heuduft mit Benzindunst mischte, weil ein Kanister umgefallen war. Vorsicht also, damit das Haus nicht Feuer fing; Sand darauf schütten, mit Erde vermischten Sand vom Gartenboden draußen, wo die, die früher hier im Hause gewohnt hatten, mit einem Leiterwagen und in schwarzen Kleidern nach einer Beerdigung vorfuhren. Sie schaufelten am Zaun ein Loch, das so tief und so lang wie ein Grab war, holten eine Truhe und fünf Gläser voll Honig heraus, und lachten hinauf zu den Fenstern, wo die Soldaten herausschauten. Der alte und dicke Dolmetscher von Gunten leckte sich die Lippen, ging hinunter und versuchte, ihnen Honig abzuschwatzen. Die aber grinsten bloß, wuchteten die Truhe auf den Leiterwagen und fuhren weg.

So war es gut: Sich nicht einschüchtern und von niemandem beschwatzen lassen. Oberleutnant Kibler wußte, daß Graf Stauffenberg Hitler eine Zeitbombe in einer Aktenmappe vor die Füße gestellt hatte (woher der so genau Bescheid weiß?). Und Kibler sagte: »Das sind die neuen Helden. Denen ihre Namen werden später auf den Straßenschildern stehen.«

Der dachte also bereits weit voraus. Du aber denkst ans alte Wien unterm Franz Joseph, der ins Burgtheater fuhr, um seine Freundin Kathi Schratt in einem Salonstück zu sehen; oder in Böhmen eine Parade abnahm, weil die Manöver jetzt zu Ende gingen. Der Kaiser saß in einer offenen Kalesche, er hatte einen grünen Federbusch auf seinem Helm und war in großer Uniform; er fuhr durch Czernowitz. Dort kam ein Rabbiner mit der Thora-Rolle ihm entgegen, ein zufälliges Zusammentreffen. Der Kaiser aber ließ anhalten, ging auf den Rabbiner zu, kniete nieder und küßte die Thora-Rolle, bevor er weiterfuhr.

So etwas hat es damals gegeben; du weißt es, und daß du's weißt, nützt dir so gut wie nichts. Nein, sag das nicht; es nützt dir viel ... Und Eugen hörte, wie Hornung erzählte, dem Partisanen, der draußen im Garten verhört werde, kröchen Läuse aus dem Hosenlatz, weshalb Kibler ihn aufgefordert habe, den Stuhl für diesen Mann drei Meter von ihm wegzurücken; übrigens eine verständliche Anordnung. Der alte und dicke Dolmetscher von Gunten übersetzte, was der Mann sagte, und Friesenegger schrieb es auf. Das Nachbarhaus sah grau verwittert her, drüben bewegte sich der Wald, und vor dem gekrümmten Menschen mit der speckigen Kappe saßen drei Männer in sauberen grünen Uniformen. Hornung wußte, daß der Mann gesagt hatte, er könne die Herren zum Partisanenlager im Wald führen, und morgen werde das Füsilierbataillon gegen das Lager eingesetzt. »Der Partisan hat Angst, daß er derschossen wird; aber derschossen wird er sowieso.« Und Hornung grinste.

Kibler ließ Eugen kommen, zündete sich eine Zigarette an und sagte: »Sie bringen den Mann zum Füsilierbataillon, Rapp. Dort liefern Sie ihn ab. Lassen Sie sich Marschverpflegung geben ... Kommen Sie her, ich erkläre Ihnen jetzt den Weg.« Und er zeigte Eugen auf der Karte, wie der Weg, eine Straße mittlerer Größe (Kibler sagte »Vizinalstraße«), sich durch den Wald wand und dort, wo das Gelände offen wurde, beim Füsilierbataillon herauskam.

Ein Auftrag für einen wie den Eugen Rapp, ein Tagesspaziergang, auf dem nur dieser litauische Mann bei ihm sein würde, der deinetwegen davonlaufen kann, und hoffentlich ist der so g'scheit und läuft davon. Er nahm sich vor, den Mann merken zu lassen, was er für eine Chance hatte, dachte, eigentlich sei das leicht zu merken, wenn er mit ihm allein durch den dicken Wald ging. Wenn er läuft, wartest du, bis er weg ist, und dann schießt du in die Luft. Dein Gewehr putzt du nicht; du bringst es ungeputzt zum Leutnant Kibler, damit der sehen kann, daß du geschossen hast.

So ging er also neben diesem Mann auf einer weißsandigen Straße, und es war heiß und still. Seltsam, daß du keinen Vogel hörst, aber im August singen die nimmer. Trotzdem hätte ein Bussard schreien können, aber nur Tannendickicht schob sich her, und der Mann wiederholte jammernd einen Satz, der ihm wie: »Ju sostrelje mi« im Ohr klang. Eugen schüttelte den Kopf, winkte ab, machte eine wegwerfende Geste, deutete auf seine Stirne und zeigte in den Wald hinein, aufs dunkle und niedere Tannendickicht linker Hand, das wieder hinter hohen Föhren anfing. – »Kerle, hau ab!« schrie er ihn an, aber der andre zeigte auf Eugens Gewehr und jammerte: »Ju sostrelje mi!«

Also, gut. Damit du merkst, daß i di net derschiaßa will, hock i mi jetzt dort drübe na ... Und er setzte sich auf die Böschung, holte seine Marschverpflegung aus dem Brotbeutel, biß in ein belegtes Brot und streckte dem Mann sein zweites Brot hin. Der aber nahm nichts von ihm an. Vielleicht meinte der, es sei vergiftet; doch auch, nachdem er selbst hineingebissen hatte, nahm er es nicht. »Du bist a Seckel«, sagte Eugen, hob die Feldflasche, nahm drei lange Schlucke und hoffte, daß er jetzt vielleicht draufkommen werde, was zu tun sei. Aber nein, der jammerte schon wieder: »Ju sostrelje mi!«

Im Weitergehen wurde der Wald licht. Dann kamen sie zu einem Gehöft mit niederen Ställen und Remisen um einen Hof, der eine zertretene Wiese war, wo gelber Boden bloßlag und der Mann sich vor eine Holzwand stellen sollte. Er tat es und breitete die Arme aus, als erwarte er die Schüsse. Die Soldaten schüttelten die Köpfe, sagten: »Nix ...« und: »Du essen!« Sie gaben ihm eine Blechbüchse voll Suppe, auch Eugen solle sich was geben lassen, für einen sei doch immer noch was da. Und er ging hinter den Verschlag, vor dem jetzt der litauische Mann hockte und seine Suppe aus der Blechbüchse trank; wenigstens dazu hatte er sich jetzt entschlossen. Und Eugen wartete mit seinem Kochgeschirrdeckel hinter den andern bei der Feldküche, wo der Koch im ärmellosen Trikothemd die Kelle in den Kessel tauchte, als Eugen an der Reihe war. Der Koch sah auf, bekam weite Augen und rief: »Ja, Rapp, wir glauben alle, du seist beim Russ'!«

Auch der wußte es aus dem Flugblatt. Und er entsann sich dieses Mannes, der jetzt beim Füsilierbataillon Koch war, erinnerte sich seiner noch von Sigmaringen her, damals vor vier Jahren, als der Frankreichfeldzug noch nicht angefangen hatte und er mit dem Koch beim Ersatzbataillon gewesen war. Da mußte also dieses Flugblatt mit seinem Namen überall bekannt sein ... Weshalb ihm einfiel, daß einer namens Waidelich vor fünfzehn Jahren, wenn von Manövern erzählt worden war, immer einen Major zitiert hatte, der jede Lagebesprechung im Manöver mit dem Satz begonnen hatte, die Lage sei eine prekäre. Und weil jetzt wieder einmal die Manöver in Krieg ausgeartet waren, mußte die Lage für einen namens Rapp als eindeutig prekär bezeichnet werden; weshalb er dachte, es sei besser, wenn er von hier weggehe. Und er löffelte seine Suppe neben einem Brennesselbusch, blinzelte ins Licht, wusch sein Geschirr in einem Bächlein und schlich links hinaus zur Straße, wo er mit sich selber redete, immer wieder »schleich di« sagte und seine Gedanken laufen ließ. Elender Mist, das Ganze, und wie er durchkommen wolle, wenn nun schon der Koch beim Füsilierbataillon wisse, daß er gesagt hatte: Die Russen werden bis nach Ostpreußen vordringen, der Krieg wird in einem halben Jahr zu Ende sein. »Der Gefreite Rapp hat recht!« rief er in den Wald bei Paupis in Litauen hinein, lachte, daß es hallte, nannte die Lage wiederum eine prekäre, gedachte jenes Kollegen seines Vaters, der Waidelich geheißen hatte und ein kleiner, glatzköpfiger und fröhlicher Mann gewesen war, ein begeisterter ›Straussianer‹, der keine Aufführung des ›Rosenkavalier‹ versäumt und für Hindemiths Opern eine Schwäche hatte, vom eigensinnigen Hinterkopf des Komponisten Hindemith und einem Waschbrett erzählte, das im Orchester mit einem Handtuch bearbeitet worden war, um einen düster brummenden und rumpelnden Ton herauszubringen.

Denselben düster brummenden und rumpelnden Ton, den du jetzt im Kopf hast ... Und er duckte sich, schlich beiseite und überlegte, ob es ihm gelingen werde, sich stillschweigend hindurchzuwinden.

In Paupis war die Sanitätskompanie nicht weit vom Divisionsstab. Dort traf er dann Tamara, redete mit ihr, als sie einer grauhaarigen Frau eine Matratze ausklopfen half. Die Frau war mager und hatte eine lange Nase, große Augen, dichte schwarze Brauen, und ihr Lächeln kam ihm wie eine Grimasse vor. Tamara sagte: »Ja ... das ist Mutter«, und Eugen spürte eine rauhe Hand an seinen Fingern. Drüben saß der dicke Herr von Gunten auf einem Faltstuhl vor dem Haus und rief: »Rapp geht auf Freiersfüßen!«, während er mit einem Sanitäter ins Gespräch kam, der erzählte, die Tamara sei nicht immer so die Richtige; wenn sie arbeiten solle, ziehe sie manchmal die Nase hoch, oder sie sage: »Das tue ich nicht«, und vielleicht komme sich die ein bißchen zu schön vor. Und als Eugen zurückging zum grauen Holzhaus, vor dem immer noch der dicke Dolmetscher von Gunten saß, rief der schon wieder: »Rapp geht auf Freiersfüßen!«

Wenig später aber – und da waren sie schon wieder anderswo – sagte Leutnant Schmöller, die Sanitätskompanie komme nach Norwegen. Und über Tamara sagte er: »Die geht unter.« Und noch ein wenig später wandte er sich an den gepflegten Kröger, der die Hand beiseite bog, als Schmöller nebenbei sagte, die Tamara sei ihm – strenggenommen – ordinär erschienen oder mindestens gewöhnlich, sozusagen.

»Nun ja«, sagte Eugen, »strenggenommen haben Sie wahrscheinlich recht. Im Kriege freilich ... Ja, im Kriege ... Und bei einer, die unter Soldaten lebt ... Na also.«

Oberleutnant Kibler blinzelte Eugen zu, bevor er aus dem Zimmer ging und sagte: »Für Sie hab ich was. Wenn ich vom Eins A zurück bin, kemman'S zu mir.« Der Koch, ein breitschulteriger, hochgewachsener Kerl, ein Lackl, dessen fleischig gebogene Nase hervorragte und der ein brünettes, fettig glänzendes Gesicht hatte, hielt Kibler eine Pfanne voll brutzelnder Schweinsnieren vors Gesicht und sagte, die habe er extra für ihn gebraten; so etwas lohne sich zu essen, das sei wunderbar, denn im Schweinsnierln brotn mache es ihm keiner nach. – »I mog doch kaane Innereien«, sagte Kibler, der sich an den Hinterkopf griff und den Zeigefinger hob, unterm Arm Akten für den Eins A. Der erste Generalstabsoffizier, jener Baresel, dem die kurze

Pfeife nie ausging, wartete auf den Vortrag des Oberleutnants Kibler, der unter der niedern Türe, seiner Länge wegen, den Kopf einzog, bis er dann endlich hinauskam und draußen über den Sandboden eilte, am krummen Zaun vorbei, ins schindelgraue Nachbarhaus. Du schaust ihm nach; den Kibler mit dem weit ausgreifenden, staksenden Storchengang, den würdest du am liebsten mit Zigaretten aufwiegen und ihm diese Zigaretten schenken; denn ohne diesen Kibler wärest du längst ... wo? Vielleicht dort schräg überm Kamin vom Nachbarhaus, falls du dich nach dem Tod in einen Geist verwandelst.

»So, Rapp, jetzt kemman wir zwoa hintereinander, bitt schön«, sagte Kibler, als er wieder da war und Eugen zu sich winkte. Er setzte sich in einen Korbsessel, streckte die Beine unterm Schreibtisch aus und eröffnete Eugen, daß er wieder einmal etwas für ihn habe: »Sie fahren mit dem Befehlswagen nach Palkino, weil sich im Raum Palkino die Division sammelt. Wir werden nämlich rausgezogen und frisch aufg'füllt. In Polen füllen's uns dann später auf, aber z'erst miaßn wir uns sammeln. Wos glaaben'S, wos wir für a gräuslich zammg'hauter Haufen san! Also, größer als ein Regiment sind wir jetzt nimmer ... Is scho guat, Rapp. Gehn'S und mochen'S Ihr Gschäft guat. Mochan'S mer koa Schand net!«

Du als Oberschnapser in einem Befehlswagen mit Telefon und gepolsterten Bänken ... Es wunderte ihn, daß sie ihm zutrauten, neben dem ersten Ordonnanzoffizier als Schreiber zu fungieren, und es graute ihm vor dieser Arbeit, weil er dachte ... Aber was er dachte, wurde weggeschoben, und so hatte er denn eine von Klement mit dicken Blasen bemalte Karte neben sich und saß in Palkino am Telefon. In Klements Blasen waren Nummern eingezeichnet, und diese Nummern gehörten jetzt deutschen Regimentern. Du begegnest der Nummer dreihundertsechzehn (dein altes Regiment) und weist dem zweiten Bataillon ein polnisches Nest zu, von dem du nur den Namen Krassny Lug kennst; hoffentlich war das zweite Bataillon mit Krassny

Lug zufrieden. Jedenfalls warf hier kein russisches Flugzeug Flugblätter ab, die dem Gefreiten Eugen Rapp von der fünften/I. R. dreisechzehn bescheinigten, daß er recht hatte. Dies war am wichtigsten. Und es schnarrte das Feldtelefon im sonnedurchglühten Befehlswagen, und einmal war ein Offizier so freundlich, daß es Eugen merkwürdig erschien; wie konnte einer, der am Telefon nur »Obergefreiter Rapp« hörte, zu ihm liebenswürdig sein, auch wenn er sagte, Petschur sei viel zu klein für seine Einheit, doch Irboska wäre ein geradezu ideales Quartier. – »Geben Sie uns doch Irboska«, bat der Offizier, als könnte Eugen Dörfer mir nichts dir nichts einmal dem und dann wieder jenem schenken. Aber, gut, du nimmst's auf deine Kappe; weil er so nett ist, kriegt er sein Irboska. Mal sehen, ob es ging... Und Eugen meldete dem Oberleutnant, daß Irboska vom ersten Bataillon dreisechzehn belegt sei, weil Petschur nur drei Häuser habe; womit der Oberleutnant einverstanden war und Eugen wissen ließ, daß es darauf ankomme, von Fall zu Fall eigene Initiative zu entwickeln, und Eugen habe dies vollbracht.

»Herr Oberleutnant, darf ich in den See hinterm Wagen hineinschlüpfen? Ich bin ganz durchgeschwitzt.«

»Bitt schön, gerne.«

Und er badete im Dorftümpel von Palkino, seifte sich ab und stieg nackt ans Ufer, wo ein Mädchen ihm zunickte. Sie ging in die Sauna, an deren Türe später ein Train-Schreiber mit beiden Fäusten trommelte, russische Wörter rief, Eugen zublinzelte und auf die Antwort des russischen Mädchens wartete; aber die sagte nichts, oder sie sagte es so leise, daß Eugen nichts hören konnte.

Später dann Schieratz in Polen, wo er Steinhäuser sah, in einem Kanzleihaus mit hohen Zimmern auf gelbem Linoleum ging und lieber wieder knarrende Dielen unterm Fuß, ein Strohdach über sich gehabt und sonnenwarme Holzwände gerochen hätte wie in Rußland. Zum ersten Male merkte er, daß Rußland in ihn eingedrungen war und zu seinem Gehirn und Blut gehörte (sozusagen). Wie aber Rußland war, das hätte er nicht sagen können. Eine Treppe führte in die Scheune, und vor der Scheune waren Heufasern verstreut; Ställe, gezimmert aus schmalen Fichtenstämmen, ließen einen Weg frei in die Haferfelder, wo weiße Wolken aus den Haferähren wuchsen. Sonderbar, diese Wolken dicht über den Ähren dort in Rußland ... Und er merkte, daß er jetzt an Rußland dachte, als ob er nie mehr dorthin käme, wo's ihm vorgekommen war, als ob dort etwas seit dreitausend Jahren gleichgeblieben wäre, beispielsweise die mit Stroh gedeckten Holzhütten ... Aber nicht nur die. In Rußland blieb die Grundsubstanz gewissermaßen dicht und fest. Was aber war ›die Grundsubstanz‹? Ach, laß es doch.

»Sie schreiben uns jetzt etwas über die Zeit dort in Rußland und auch über Frankreich. ›Fünf Jahre im Westen und im Osten‹ soll die Broschüre heißen«, sagte Kibler.

»Jawohl, Herr Oberleutnant. Aber wäre es nicht besser, wenn wir schrieben: ›Fünf Jahre zwischen West und Ost‹?«

»Warum denn?«

»Weil wir doch jetzt wieder nach dem Westen kommen.«

»Woher wissen Sie das?«

»Ich weiß es halt. Es ist aber bloß ein Gefühl.«

»Das ist abwegig, Rapp. Das glaub ich nie.«

»So? Ich meine schon, daß es so sein wird.«

»Ach, bloß weil Sie's sich wünschen.«

Kibler konnte recht haben, und schließlich war es auch egal. Du aber mußt dich ans Geschäft machen ... Und er schrieb, kam ins Vergangene hinein, als ob es hier in der Schieratzer Kanzleistube hinterm Schrank mit den Mänteln begänne, und hatte es eine Woche später fertig (gelernt ist gelernt; auch kam es ja beim Barras nicht so genau darauf an.) Und du schreibst's so, wie du's gesehen hast, ohne Zinnober. Da kommt kein Wort hinein von ›Leiden, die wir auf uns nehmen, um die Heimat zu schützen‹ oder so. Und du tust, als ob's den Hitler überhaupt nicht gäbe; und schreibst hinein, wie öde so ein Krieg ist; aber er gehört zu deinem Leben ... Gedruckt kann das nie werden. Da wird der Kibler schon etwas zu hören kriegen von den Zensurbeamten, wart nur ... Und er wunderte sich, daß Kibler zu ihm sagte, sie fänden es alle großartig, was er geschrieben habe; sogar der Major Maier sei dafür. Und Kibler nahm es in den Urlaub mit. – »Ich geh' in München zu den Propagandahengsten und leg' es denen vor.« Er grimassierte, zog die Augenbrauen hoch, ließ Zigarettenrauch ausströmen, und Eugen dachte: daraus wird natürlich nichts.

Friesenegger schaute von der Seite und sagte: »Rapp, Sie gehen in die Küche. Dort brauchen sie Kartoffelschäler.« Und Eugen setzte sich im Freien, wie er das von früher kannte, unter andere, zog das Messer seines Großvaters aus der Tasche und fing zu schälen an, merkte, daß die Klinge im Gelenk wakkelte, und dachte: den Krieg als Kartoffelschäler beenden dürfen, wäre eine Gunst des Schicksals ... Im Schatten des Septembertages ließ es sich aushalten, und ihm kam's vor, als ob der Herbst hier früher eindringe, denn jetzt zeigte sich schon dieses zitterige Abschiedslicht auf nassem Boden an einer gemauerten Wand.

Der General erschien, stellte sich zu den Kartoffelschälern und schmunzelte rötlich schillernden Gesichtes in die Runde. – »Wenn ihr da so beisammenhockt, dann singt doch wenigstens ein Lied. Los – zwei – drei – ein Lied!« sagte der General, worauf sie »Oh, du schöner grüner Westerwald« losschmetterten, der General zuhörte und hernach auf Eugen zeigte: »Wie der aussieht ... mit der Brille! Und das Ekazwei hat er auch noch!« Er schüttelte den Kopf und ging.

Der konnte also keine Brillenträger leiden; und daß du einem General sympathisch bist, hast du noch nie erwartet ... Oberleutnant Kibler aber war aus dem Urlaub zurückgekommen und erzählte von einem Offizier der Münchener Zensurbehörde, dem er Eugens Manuskript ›Fünf Jahre zwischen West und Ost‹ vorgelegt hatte. Der habe zunächst weg- und dann an die Decke gesehen: »Tja ... das ist eine Arbeit, wie sie erst *nach* dem Krieg gedruckt wird.« Und Kibler machte nach, wie der gelächelt und nach oben geschaut hatte. – »Aber, Sie werden lachen, Rapp, der Presseoffizier, der hier zuständig ist«, und Kibler ließ seinen Arm kreisen, »der hat mir den Stempel draufg'haut.« Und er zeigte Eugen die letzte Seite seines Manuskripts, auf der so etwas wie: »Freigegeben« dick zu lesen stand; darunter der Name der Behörde und, in einem eckigen Stempel, eine Unterschrift.

Friesenegger schrieb das Ganze auf Matritzen ab, und Eugen diktierte es ihm. Dabei sagte Friesenegger: »Sie brauchen nicht so leis zu wispern, Rapp. Es ist doch kein Geheimnis.« Und Friesenegger grinste, wahrscheinlich, weil er neidisch war. Auf der ersten Seite war der Vermerk zu lesen: »Als Manuskript vervielfältigt. Nur zum persönlichen Gebrauch des Empfängers bestimmt.« Der Name des Empfängers mußte in jedes Exemplar geschrieben werden. Strenge Kontrolle ... und nur an Offiziere wurde es verschickt, von denen einer Oberleutnant Kibler fragte, weshalb darin der Name Hitlers nicht genannt sei. Und warum nie gesagt werde, weshalb wir all das auf uns nehmen. So wie es hier stehe, verrate es nur eine fatalistische und nihilistische Gesinnung. Und Eugen sagte: »Der Mann hat recht. Oder sehen Sie es anders an?«

Hornung grinste hinter Kibler, und Eugen wunderte sich, daß der als Kraftwagenfahrer Wörter wie ›fatalistisch‹ verstand; aber vielleicht hatte Kibler ihm bereits von alledem erzählt.

»Rapp, Sie fahren nach Tubaczin zum Leutnant Schmöller und schauen sich seine Frau an; 's lohnt sich. Übernachten können'S auch dort.«

Ein Kübelwagen mit Blechsitzen wartete, und es ging Eugen viel zu schnell. Tubaczin war ein Schloß. Das Herrenhaus mit breitem Giebel war eine feine Heimstatt, die zu Schmöller paßte; er tat, als sei er hier zu Haus. Er ging mit Eugen über die gebogene Treppe in den ersten Stock hinauf, öffnete eine hohe weiße Tür; unter einer gelben Lampe saßen Zahlmeister und Offiziere, von denen hatte jeder seine Frau dabei. Die Luft war schlecht.

Eugen stand still, die Herren schauten weg, und dann kam eine auf ihn zu – ja, sapperlot! Eine Große, der schwarzbraunes Haar auf beide Schultern hing und deren Kleid tief ausgeschnitten war; übrigens ein dunkles, strenges Kleid mit weitem Rock. Dazu eine hohe, rasch laufende Stimme und ein Gesicht: also ziemlich klassisch. Eine, bei der dir die Luft wegbleibt ... Und als Kriegsknecht vor ihr stehen zu müssen, machte ihn unsicher.

Sie stand vor einem ovalen Spiegel, er sah sich darin und kam sich viel zu jung vor. Sie schaute her, als habe sie schon lang auf ihn gewartet, und sagte: »Herr Rapp!« Sie tat, als wäre es etwas Besonderes, daß er so hieß. Ihre hohe Stimme schwindelte ihm etwas vor; das Gesicht mit dunkeln Augen schaute unbewegt herüber und stellte sich mit dem Leib zur Schau, als ob diese Diana (so wurde sie genannt, obwohl sie Margret hieß) auf zweideutige Wörter warte.

Sie sagte: »Jetzt kommen auch Halbjuden ins Lager«, und wieder schaute sie so pfeilgerade her, als wolle sie ihn treffen. Unten im Schlafzimmer rechter Hand neben dem Tor sagte Schmöller: »Lesen Sie aus Ihrem Roman vor«, und Eugen erschien es kühn, seine Wiener Geschichte einen Roman zu nennen; doch paßte es zu den großzügigen Bewegungen dieser Diana, die neben einem Schrank den nackten Arm hochstreckte und an den obern Balken des hohen weißen Türrahmens hinaufgriff. So stand sie da und sah von oben her, setzte sich neben Eugen, schob ihren Rocksaum höher und wartete dicht neben ihm. Die weiß, daß du eine Halbjüdin kennst und im elterlichen Haus des Mädchens gewohnt hast, bis sie dich geholt haben in den Krieg; und immer noch bist du dort bei der Polizei gemeldet... Und sie wollte, daß er vorlas, als ob sie ihm auflauerte und hernach wieder etwas Verletzendes oder Erschreckendes sagen würde, aber schließlich war's ja Wurst. Und er las von Erfahrungen eines jungen Mannes im entschwundenen, zu nichts zerflossenen Wien der Jahrhundertwende und merkte, daß sein Gelesenes den beiden skurril vorkam, befremdend oder kurios (das mindestens). Aber sie hörten es sich an, hier in diesem polnischen Gutshof, einem Herrenhaus mit eleganten Möbeln der zwanziger Jahre (die beiden Betten waren arg zerwühlt), während der Schreiber Hitlers Hoheitsadler (den Pleitegeier, die Reichskrähe) auf der grünen Uniform trug. Dieser Dame lag nun etwas auf der Zunge (wart' nur, bis sie's ausspuckt). Und wieder las er seine Schilderungen von Gefühlen, Lichtreflexen, die ihr doch zuwider sein, sie ärgern mußten (es lag in der Luft).

Mit Lesen aufhören; sie anschauen. Sie sagte: »So«, und erzählte von der Eisenbahnfahrt in diesen Osten: »Bei uns sind die Städte doch alle durchsichtig. Da schauen Sie nur durch Fassaden. Stuttgart beispielsweise ... Ich habe dort bloß ein Gerippe aus rostigen Eisenträgern am Bahnhof gesehen. Und an den Hängen hinauf: alles löcherig, durchsichtig, wie gesagt. Man sieht ja nach den Bombenangriffen so weit. Man sieht hindurch.« Sie lachte. »Je weiter Sie nach Osten kommen, desto unverletzter ist dann alles. Eigentlich grotesk... Heut aber müßte einer *das* beschreiben. So, wie's ist.«

Sie schob den Unterkiefer vor. Ihre Lippen waren feucht geworden. Sie strich sich mit der Zungenspitze immerzu über die Lippen. Also fast ein bißchen schlangenhaft, als züngle sie, obwohl natürlich Schlange ... Schlange war sie keine, bloß eine Verwöhnte; die hat es immer leicht gehabt und schaut von oben her. Und wieder dachte er: ein steinernes Gesicht... Vielleicht eine Beneidenswerte, weil nichts in ihr angerührt wird (hochmütig halt); falls alles nicht ein kalter Lack war, den die Erziehung draufgepinselt hatte. Darunter lag vielleicht ein liebes Mädchen, so wie viele. Eine, die angeschwärmt wurde. Sie sagte, wenn jemand snobistisch sei, müsse man ›gegensnoben‹, und erzählte, ihr Vater (er verwaltete als General in Frankreich eine Militärprovinz oder wie so etwas heut heißen mochte) habe im Zug einem Neugierigen mitgeteilt, er rupfe sich alle Haare am Hintern aus und mache draus Zahnbürsten; das sei sein Beruf. Sie wohnte auf dem Gutshof ihres Schwiegervaters, wo nur noch polnische und russische Arbeiter waren. »Wenn dort der Krieg ausgeht, vergewaltigen die mich. Und er« – mit dem Kopf deutete sie jetzt auf ihren Mann – »rät mir, ich solle mir's gefallen lassen.«

Von einem Mädchen hast du so etwas noch nie gehört. Neuer Umgangston ... dachte er. Und dieser neue Umgangston gehörte zu denen, die immer den Kopf oben hatten, weil sie reich waren. Bewundernswert ... Und so jemand beneidest du; nur ist es dir eigentlich ungemäß. Ihm schien's, als ob er sich da niemals hineinfinden werde. Sonderbar auf jeden Fall, und ziemlich quälend, weil die Dame gesagt hatte, jetzt kämen auch Halbjuden ins KZ. Wie ein Pflasterstein war es in ihn hineingeschmissen worden, obwohl er immer schon damit gerechnet hatte, das werde mal passieren; aber es nützte nichts, wenn er's nur dachte, sich vorstellte. Erst, wenn es geschah oder, wie jetzt, nahe war in dem Gesicht der schönen Dame, spürte er in seinen Bauch die Schärfe hineinschneiden; denn, daß es nicht mehr lange auf sich warten ließ, war offensichtlich.

Die Dame schaute her, als ob sie beobachte, was er denke; und ein bißchen daran weiden tut sie sich wahrscheinlich auch ... Die trug teure Kleider, und ein alter, kunstvoll getriebener Anhänger hing ihr zwischen den Brüsten, denn bei ihr bemerkte man die Brüste. Und er entsann sich, daß ihm Kröger erzählt hatte, derselbe, der beim ersten Generalstabsoffizier Baresel Schreiberdienste tat, er telefoniere gerne mit der Frau des Leutnants Schmöller; da laufe das Gespräch von selbst.

Bei deinem Gespräch aber knackt es im Getriebe, als ob Räder kaputt wären.

Er mußte in Tubaczin übernachten. Weder Decken noch einen Mantel hatte er mitgenommen und lag bei den Fahrern auf einer bretterdünnen Strohschicht; so schlief er denn so gut wie nicht, freilich kaum des harten Liegeplatzes, sondern seiner Gedanken wegen, die von Konzentrationslagern für Halbjuden nicht loskamen. Rasieren und waschen durfte er sich dann in Schmöllers Zimmer, wo er aus seinem Brotbeutel eine mit Kaffeebohnen gefüllte Büchse holte, die er seit Frankreich bei sich hatte; weshalb dieselben drei Jahre alt und wahrscheinlich längst ausgeduftet waren; doch sagte ein gewisser Jäckle, der für den Leutnant zu sorgen hatte, das mache nichts, er bringe schon den richtigen Geschmack heraus. Und Jäckle brachte eine hohe, weiße und heiße Kaffeekanne, aus der es duftete, als vor den Fenstern der General schrie: »Müder Laden! Faule Bande! Ihr verkommt! Da hocken sie herum und stauben mal ihre Gewehre ab!«

Schmöller ging hinaus, Diana verschloß hinter ihm die Tür. Eugen prüfte einen Kleiderschrank, um dort hineinzukriechen, falls der General erscheinen sollte. So standen sie beisammen, indes im Vestibül Absätze knallten, Schmöllers Stimme brüllend hallte und der General besänftigt redete, lachte und Schmöller wie einen alten Freund begrüßte; denn sobald ein Vorgesetzter polterte, wurde Schmöller vorgeschickt, der mit blitzenden Augen strammstand und seinen Leib in vorbildlicher Uniform aufpflanzte; das stimmte jeden milder. Er ließ die Ausstrahlung seiner Figur auf Vorgesetzte wirken, und die Vorgesetzten fühlten sich geehrt. Unbequem aber war es trotzdem für den Obergefreiten Rapp, und Diana führte sich so auf, als ob sie ängstlich wäre, während es ihr doch bloß Spaß bereitet hätte, wenn der General wie ein schnaubender Eber ins Zimmer hereingebrochen wäre, um Eugen anzubrüllen.

Nein, vor der schönen Dame hätte er niemals gebrüllt. Und

Eugen erschien diese Diana ein zweites Mal aus einem Brief der Treutlein Hanni, allerdings erst vierzehn Tage später, als sie schon im Westen (bei Trier) lagen und Kibler sagte: »Rapp, Sie habn's gewußt, daß wir rauskommen aus Rußland. Und woher eigentlich?« – »Halt aus dem hohlen Bauch, Herr Oberleutnant.«

Diana aber hatte Treutlein Hanni besucht, die erschrocken war ob einer derart »fulminanten, strahlenden Person.« Treutlein Hanni kam sich neben ihr klein vor, häßlich und knechtisch verkleidet, weil Diana zu den Glücklichen gehöre, wie Treutlein Hanni an Eugen schrieb. Weshalb aber war eine solche glücklich? Doch nur, weil sie abseits und der Boden unter ihr immer unbewegt blieb, wie sie es zeitlebens gewohnt war. Auf Treutlein Hanni aber, die in einer Ruine lebte, wo, wenn's regnete, das Wasser fußhoch stand, wartete etwas anderes. Übrigens hatte es sich jetzt auch eingestellt. Und Eugen sah die dunkeln Augen der Dame Diana wiederum herschauen, als sie erzählt hatte, Halbjuden kämen auch ins Lager. Die hatte seine Angst beinahe gierig aufgenommen, fast wie einen Kitzel, ein erregendes Ereignis, weil sie nicht davon betroffen war. Oder tust du ihr jetzt Unrecht? Und er erfuhr aus einem andern Brief, Diana sei bei Treutlein Hanni im Trambahndepot erschienen und habe ihr einen Pullover und wollene Socken gebracht; denn Treutlein Hanni wusch jetzt mit anderen halbjüdischen Mädchen Wägen der Münchener Straßenbahn. Zwangsarbeit hieß man das. Die Gestapo hatte sich eingeschaltet und die Halbjüdinnen herbeordert, ihnen die Wahl gelassen zwischen Straßenkehren und Trambahnen waschen. Jetzt hatte Treutlein Hanni geschwollene Füße und schwarzrissige Hände. »Wenn du mich wiedersiehst, wirst du mich nicht mehr anschaun wollen«, hatte sie geschrieben. Ach, du liebe Zeit ... Diana aber hatte keine schwarzrissigen Hände, schrieb ihm aber trotzdem einen Brief, und der war anders. Es schien fast so, als ob sie die Treutlein Hanni beneide; oder meinte, daß die mehr sei als sie selbst.

Und sie erzählte in dem Brief, wie Treutlein Hanni in einem Trainingsanzug auf dem Dach eines Straßenbahnwagens herumgeturnt sei. »Das ist nur gut für eine Frau, wenn sie sich bewegt; sonst geht sie nur wie ein Pfannkuchen auseinander«, schrieb Diana. Und er dachte: eigentlich rührend, daß sie sich bemühte, so etwas wie diese Zwangsarbeit gewissermaßen aufzuhellen. Du aber merkst schon, wie's dort wirklich aussieht. Und daß es nun zusammenstürzte und vernichtet wurde, radikal, mit amerikanischen, mit englischen Bomben; auf daß gar nichts mehr übrigbleibe von der alten und von der neuen Zeit; auf daß es klaftertief hinuntersause.

Unsinn. Die Erinnerung galt doch fürs ganze Leben. Immer blieben die alten und ewigen Gesetze da, schoben sich zwischen ausgefressene Häuser und machten die Waage gerade. Treutlein Hanni hatte eine ›Gleichgültigkeit‹, von der die andern Mädchen im Trambahndepot sagten, daß sie mit ihr alles hinzunehmen scheine. Gleichgültigkeit freilich war ein falsches Wort; Gleichmut hätte es heißen sollen. Ach, du liebe Zeit, der Gleichmut... Der wurde doch immer von neuem wackelig; nur merken lassen tun wir's nicht, gelt, Treutlein Hanni?

Sie schrieb, daß die Gesellschaft im Trambahndepot eine gute sei. Eine Fotografin gehörte dazu, die in Berlin viele Berühmtheiten geknipst hatte; dazu eine Pianistin, eine Malerin, eine Lektorin. Beim Lesen machte es ihm den Bauch schwer und drückte ins Genick, weil er scharf heraussp ürte, wie sie ihm die Sorgen ihretwegen leichter machen und wegwischen wollte; denn sie schrieb immer wieder, um sie brauche er sich nicht zu sorgen. Er aber dachte: um wen sonst? Wenn's jetzt, in diesem Augenblick, für sie erträglich war, dann konnte es im nächsten doch schon wieder anders werden; die konnten ja auch die Halbjuden im Depot zusammentreiben und auf Lastwagen wegtransportieren, vielleicht in einen Steinbruch, um sie zu erschießen; auch in die Isarauen oder in eine Ruine, Platz dafür gab es genug. Und Bomben wurden auf alle herabgelassen. Sie schrieb, eine englische Bombe sei so stark wie drei amerikanische. Der Aufseher (der mit dem Blutorden der Partei) zitierte Treutlein Hanni zu sich und befahl ihr, die Aufschrift einer Dose mit Corned Beef aus New York zu übersetzen; der hatte wohl gemeint, es seien vergiftete Eier drin. Und nun ging also der Aufseher mit der Corned-Beef-Büchse in seine Kabine und aß das Corned Beef ohne Angst; das Corned Beef, das ein Bombenschütze abgeworfen hatte und das einem Blutordensträger zugefallen war. Der Besitzer des Kunstversteigerungshauses aber, bei dem Treutlein Hanni angestellt gewesen war, der hatte fast geweint, als er erfahren hatte, daß die Treutlein Hanni geholt worden war. »Ja, daß es so was gibt...«, hatte der gesagt, den Kopf geschüttelt und mit seinen Stammtischbrüdern, lauter hohen SS-Führern, über diesen Fall gesprochen. Genützt hatte es freilich nichts, weil jetzt nichts mehr zu machen war.

Wie's weitergehen würde? Nur das Nächste sehen und das Ferne nicht beachten? Es blieb ihm ja auch hier in Trier neben einer Villa an der Mosel oberhalb der Römerbrücke nichts anderes übrig, weil er nach einem Abszeß am rechten Hinterbakken, einem Karbunkel, dessen Loch so breit gewesen war, daß er zwei Finger hätte hineinstecken können, Gelenkrheumatismus bekam und Nachmittage lang neben dem Ofen lag wie ein krummer Hund. Der Stabsarzt lieferte Tabletten, sagte, wenn er ihn jetzt in ein Lazarett wegschicke, komme er nie mehr zum Stab zurück, sondern werde in die Front hineingestopft. Das hörte sich einsichtsvoll an.

Mit Oberleutnant Kibler war dieser Stabsarzt nebenan in einer Villa einquartiert, einem eleganten Hause, das einem Weinfabrikanten gehörte; der wohnte hier mit seiner Nichte und einem Dienstmädchen, beide gewissermaßen appetitanregend und die Nichte vom nixenhaften Typ, eine Bewegliche und Helle, über die Hornung, der Fahrer und Bursche Oberleutnant Kiblers, zu vermelden wußte, daß sie abends dünnbekleidet vor den Herren Steptänze zu Grammophonmusik vorführe.

»A Matz a dreckete«, sagte Hornung und fügte hinzu, als sie gestern zusammen Sekt getrunken hätten, sei Kibler dem Fabrikanten mit gezogener Pistole über die Treppe nachgerannt.

Kibler aber ging's nicht um die Nichte, sondern ums Dienstmädchen, das sich nun für Kibler entschieden und vom Weinfabrikanten gelöst hatte; weshalb sie im Zimmer des Oberleutnants bleiben mußte, wo sie Eugen, träumerisch am Fenster lehnend, fand. Sie steckte ein Papierblatt weg, auf das sie etwas gekritzelt hatte, und Eugen sagte: »Oh, Sie schreiben? Habe ich Sie gestört?« – »Ach nein . . .« Und sie wies eine Zeichnung vor, auf der sie versucht hatte, das andere Ufer festzuhalten, und die ihm wie von einem Kind gemacht erschien.

Weshalb also behauptet werden konnte, dieses Fräulein versuche sich in gewisse Fertigkeiten einzuüben, die einer Dame angemessen waren, weil Kibler daran dachte, sie zu seiner Frau zu machen. Doch Hornung meinte, ach, der Kibler habe noch nie eine Frau besessen, und diese passe nicht für ihn, weil er doch später Leut' zu sich einladen müsse, unter denen sich ein solches Madel niemals zurechtfinden werde; und für den Kibler sei es eine Schand'. Die blamiere ihn doch bloß, und aus Bayern sei sie auch nicht. Bayern aber nannte Hornung ›Das Paradies der Welt‹ und war ganz sicher, daß es die Amerikaner schonen würden, weil sie früher nicht umsonst immer von neuem nach Bayern gekommen seien.

Erfreulich, wie Hornung Bescheid wußte. Auch Feldwebel Friesenegger kannte er genau, Friesenegger, der, wann's ihm möglich war, in ein verhutzeltes Häuschen weiter oben ging, wo eine glatthäutige, rotbackige und hellhaarige Frau wohnte, die seine Wäsche wusch, einmal auch in die Schreibstube hereinsah und laut redete, wobei sie nackte Arme zeigte. Friesenegger, so sagte Hornung, müsse, wie Kibler, noch ganz schnell möglichst alles haben, und da sehe man's halt, daß es nicht gut sei, wenn die Leute im Kloster aufwüchsen. Beim Kibler sei es auch nicht anders g'wesen als wie im Kloster, obwohl der immer bloß daheim gehockt sei. Friesenegger werde an die Front geschickt, denn Kibler müsse einen Schreiber abgeben, und weil Rapp Eugen schon früher lange genug an der Front gewesen sei, behalte er den Rapp.

Mein lieber Mann, was hast du für ein Glück! Aber die Treutlein Hanni ...

Raus aus Trier und in den Moselwald, wo sie dann wieder in einem Holzbunker hockten, der sich von keinem in Rußland unterschied. Hornung holte von einem Eisenbahnwaggon auf dem Trierer Bahnhof langfransigen, goldgelben Tabak, der an abgeschnittenes Frauenhaar erinnerte und, in die Pfeife gestopft und angezündet, enorm ausländisch duftete. So einer wie der Hornung hatte halt den richtigen Griff, das ließ sich nicht verhehlen. Kleine Weinflaschen, zierliche und dunkelgrüne, die Köpfe aus dunklem Siegellack mit einem eingepreßten Wappen hatten, enthielten einen Wein, der, auch aus einem Aluminiumfeldbecher geschlürft, nach Spitzenklasse duftete und schmeckte. Wo er den wohl gefunden haben mochte? Wahrscheinlich auch auf dem zerbombten Trierer Bahnhof. Und Eugen entsann sich einer Erzählung seines Vaters aus dem ersten Krieg – der Vater hatte in Bourlon unterm Boden einer Fabrik reihenweise Wein gefunden und als herrenloses Gut geborgen –, hob seinen Feldbecher, prostete Hornung zu, sagte: »Jedes herrenlose Gut soll leben! Bei uns läuft's durch die besten Hälse!« Er zwinkerte dem Dolmetscher aus Friesland zu, den er bei sich ›Fischauge‹ nannte, weil der aus einem mageren Kopf mit glattem dünnem, fast farblosem Haar rötlich und kleinäugig schaute; es schien, als ob ihm seine Augen seitlich säßen, also auf den Schläfen. Sein Dolmetschergeschäft war dieser hagere, hochgewachsene Mensch seit langer Zeit gewohnt, hatte allerlei hohe Stäbe kennengelernt, auch den des Oberbefehlshabers West, war viele Jahre in Amerika gewesen und schien auf Abruf da zu sein. Mit jedem redete er auf die gleiche Weise, trocken. Ein Zuhörer, dieser Fischauge, der, oben in der Koje liegend, mit einem Gefangenen redete, ihn fragte, ob er in Billings/Montana auch das Stadtmuseum kenne, wo seinerzeit immer ein ausgestopfter Luchs durchs Fenster geschaut habe. Der Gefangene sprang auf, als sei er einem Geist begegnet, und Fischauge sagte: »Sit down«, stieg herab aus seiner Falle, nahm vom Gefangenen aus Billings eine Zigarette und ließ sich von Billings erzählen, wo es für die junge Frau eines Soldaten arg langweilig sei, weshalb sie meistens schlafe oder Hühnchen esse. Der Gefangene zeigte Briefe her, und Fischauge erfuhr, was der andere wußte; es war nicht viel, und Fischauge wußte es längst. Nach dem Mann aus Montana erschien Finkbeiner, den sich auch der General anschaute. Und Finkbeiner (aus Philadelphia) streckte die Beine aus, schob einen Arm durch die Rückenlehne seines Stuhls, kaute und sagte in zerknautschtem Schwäbisch: »Ha jo, i ben aus Stuagert.« Ein Landsmann also, der Anno neunzehnhundertsechsundzwanzig als Dreizehnjähriger mit seinen Eltern aus der Seestraße in Stuttgart ausgewandert war und vom General gefragt wurde: »Da kämpfst du dann also gegen dein Volk? Ist dir denn das gleichgültig?« – »Ha freilich«, antwortete Finkbeiner, »i ben doch jetzt Amerikaner.« Der General lachte, und Eugen freute sich, weil Finkbeiner mit übergeschlagenen Beinen und halb hinuntergerutscht sitzen blieb und hinzufügte: »Ond jetzt ben i a Gfangener ond komm ins Lager ond woiß scho, was i do dann tua. Mir halt en ruhige Tag mache.« Und zum General sagte er: »Aber du bist jo a Preiß.«

Finkbeiner ließ seine Jacke liegen, und Eugen schlüpfte in Finkbeiners Jacke. Kröger, der Schreiber beim Eins A war, lachte und sagte zu Eugen, er sei ja jetzt schon ein ganzer Amerikaner. Und flüsternd fügte er hinzu: »Wenn ich zu denen komme, sage ich: I have great balls! Dann gibt es für mich keine Rücksicht mehr.« Und er bog seine langgliederigen Finger, als ob er eine Dame wäre, drehte sich, als säße er auf einem Sofa und wisperte: »Nehmen Sie doch, bitte, noch ein wenig von der Torte,

Milly ... Und wissen Sie schon, daß mir Albrecht gestern bis in die Küche nachgegangen ist? Oh, wie war er lüstern!« Und Kröger drehte sich auf seinem Hocker, wedelte mit den Händen, kicherte, bedeckte sein Gesicht und linste durch die Finger. »Meine Else aber ... stellen Sie sich vor, was die will: Sozialpflegerin werden ... Ich verstehe das Kind nicht. Während Erich ... Wissen Sie, daß Erich ... Also, er schafft sich eine an, und dann schafft er sie wieder ab; aber erst, seit ihm die Moni weggeblieben ist. Ja, einfach weggeblieben ... So daß er abwechselnd im Bett der Moni und in seinem eigenen hat schlafen können.«

Theaterszenen, die mit solchen der Wirklichkeit wechseln. Und wirklich war, daß der General im Dunkelwerden unter Tannen des Moseltales Eugen zu sich winkte, der in khakifarbener Amerikanerjacke vor ihm stand, ihn fragte, was er von Beruf sei: Also Schriftsteller vielleicht? Nun ja, das lasse man noch in der Ferne warten. Und der General verzog seine Lippen zu dem gleichen Schmunzeln, das Eugen von seinem Vater kannte; als ob es ihm nicht ganz geheuer sei, wenn einer zuschaute und aufschrieb, was er sah. Vielleicht, daß solch ein Schreiberling mehr sah als die normalen Menschen ... Oder er hält dich für einen kuriosen Burschen, einen, dem man Narrenfreiheit lassen muß; dann hast du hier gewissermaßen eine Position außerhalb der Gewalt. Die hätten dich schon lange vors Kriegsgericht bringen können, allein des Flugblatts wegen; und auch noch wegen anderem, du weißt ... Nun aber trauen sie sich nicht mehr. Man weiß ja nie, wie es sich auswirkt, wenn ... Und Eugen sagte zu Hornung: »In vier Wochen ist es aus.« – »So schnell geht das Kriegverlieren nicht.« – »Reden wir in Gefangenschaft darüber«, sagte Eugen, worauf Hornung grinsend anmerkte, daß sich beim Kibler zwei von der Gestapo angemeldet hätten und heute nachmittag bei ihm erscheinen würden.

Wieder dieses knieweiche Gefühl. Kibler kam mit den beiden in den Bunker, sagte: »Gehen Sie mal alle raus«, und als sie draußen neben der Holzbeige im Windschatten einer gelben Böschung standen, über die Grasfransen hingen, grinste Hornung zwischen Klement und einem Telefonisten namens Drossel: »Jetzt holen Sie den Rapp!« Drossel war zu Haus hauptberuflicher Hitlerjugendführer und hatte Eugen wissen lassen, er könne zwischen einem BMW und einem Mercedes wählen; die stünden zu seiner Verfügung.

Eugen fragte Kibler, was die beiden gewollt hätten. – »Ach, die schalten sich nur ein, weil wir einen Parlamentär hinüberschicken wollen ... Aber nicht deshalb, was Sie jetzt denken. Die Amis beschießen eine Kreuzung, neben der ein Lazarett steht. Darum geht es ... Und dann haben die beiden auch versucht, uns einen ›Spezialisten‹ aufzuschwatzen. Aber den wollen wir nicht.«

Eugen überlegte, ob er fragen solle, was ein solcher denn hier zu tun hätte, dachte aber: lieber nicht ... Es genügte, daß die beiden nicht nach ihm gefragt hatten, denn Hornungs Drauflosreden war heikel gewesen. So offen sagen: ›Jetzt holen sie den Rapp‹ war entweder naiv oder auch diabolisch; wahrscheinlich aber hatte sich in Hornungs Hirn beides gemischt; so konnte man es auch auffassen ... Gut, daß du es dir klarmachst, obwohl die Amerikaner in Trier waren und Kibler meinte, die Nichte des Weinfabrikanten, bei dem sie gewohnt hätten, steppte jetzt vor einem Captain; außerdem wäre ein Leutnant vor einer Woche ins Haus des Weinhändlers gegangen, das offen und leer dagestanden wäre, bis er im Schlafzimmer den Weinhändler mit der Nichte im Bett liegend vorgefunden hatte; doch hätten sie sich alle drei freundlich begrüßt und die Begegnung ausgiebig gefeiert.

Hornung wußte zu berichten, daß Friesenegger tot sei. Da habe einer nach ihm gefragt und zur Antwort bekommen, der sei doch soeben gefallen; beim Beobachten im Wald, wo eigentlich nichts los gewesen sei. Vielleicht im Zwielicht ein paar Schüsse, die niemand beachtet habe; einer davon aber ...

Danach erschien der ›Spezialist‹, ein Oberleutnant, der stutzte, als er Eugen in der Khakijacke am Tisch sitzen sah. – »Bist du schon drüben? habe ich gedacht«, sagte der Mann und erzählte von einem Sondertrupp, dem er angehörte und der in amerikanischer Uniform hinter den Linien des Feindes zu arbeiten habe: »Und da müssen dann immer ein paar schöne Schweinereien mit hinein. Zum Beispiel Minen, die erst drei Tage später in einem Schrank losgehen.«

Es hörte sich recht aufschneiderisch an. Und daß die jetzt noch solche Stückchen machten, das klang kurios. Die Sache mit dem Parlamentär aber, die hatte sich wirklich abgespielt, und Fischauge war als Dolmetscher dabeigewesen. Der amerikanische General hatte »enorm verrunzelt« ausgesehen (so Fischauge), sich rittlings auf einen Stuhl gesetzt und die Arme auf der Lehne verschränkt. – »Was wollen Sie: Die Kreuzung gehört zu ihrem wichtigsten Nachschubweg ... Und ich weiß auch nicht, ob wahr ist, was Sie sagen. Da muß einer von uns hin und es sich anschauen«, hatte der Amerikaner wissen lassen, und Fischauge meinte: »Warum der so ein Gedöhns gemacht hat ... Es kommt doch wirklich nicht mehr darauf an.« Und er sah blinzelnd her, erzählte von einem deutschen Major, demselben, der die Verhandlungen geführt und den Landsern eingeschärft hatte: ›Wenn ich nachher mit einem Ami vorbeikomme, grüßt ihr zackig!‹ Und wie stolz sei der gewesen, als es in den Gräben von zusammenklappenden Absätzen nur so geklappert habe. »Der hat gemeint, so etwas mache auf Amerikaner Eindruck. Und er glaubt, die klappernden Absätze seien schuld daran, daß die Amerikaner seitdem nicht mehr auf die Kreuzung schießen.«

Drossel, der Telefonist und Hitlerjugendführer, sagte zu Eugen: »Wahrscheinlich hat es dich am meisten interessiert, daß der Amigeneral rittlings auf dem Stuhl gesessen ist.« – »Ja. Weil ein Deutscher bei so einer Unterredung nie derart salopp dasitzen würde, was ich bedaure; denn ich hab halt eine Schwäche fürs Saloppe«, sagte Eugen, und das war eine Antwort, nach der Hornung polternd lachte und sagte, wenn Eugen dem Drossel hinausgebe, sei's, wie wenn einer mit der Pak hinschießt, was übertrieben war.

Wieder fiel ihm Friesenegger ein und wie der ihn beschimpft hatte; wo das gewesen war, wußte er nicht mehr, aber jedenfalls anderswo als in Trier. Du hast nichts anderes getan als Geld gezählt, das für verkaufte Bücher von der Front gekommen ist, und Friesenegger hat dich wild beschimpft, angeblich weil er's nicht ertragen konnte, wie langsam du die Scheine ausgebreitet und die Pfennigstücke aufeinandergelegt hast (so hat's dein Großvater damals in Dürrmenz auch gemacht, als er Geld aus dem Opferstock gezählt hat). Vielleicht hatte Friesenegger an Bruchmann denken müssen, diesen Bankbeamten, den er gehaßt hatte; und so wie früher Bruchmann hatte er nun auch den Rapp gehaßt, und warum eigentlich? Wahrscheinlich, weil er wußte, daß er an die Front geschickt werden sollte, da hatte also auch noch anderes hineingespielt. Dir würd es nichts ausmachen, du weißt doch, wie's dort ist. Aber verstehen kannst du trotzdem diesen Friesenegger.

Wie's ihm gleichgültig war... Nein, gleichgültig war es ihm nicht. Du redest dir bloß ein, es sei dir eigentlich egal; du läßt es halt ablaufen. Lang läuft es sowieso nicht mehr. Im Lauf der Zeit war der Motor defekt geworden, klapperte und spuckte. So kam es Hornung vor, diesem Kraftwagenfahrer, der dann, als sie wieder einmal nach vorn fuhren, weil's der General so haben wollte, von Auf-dem-letzten-Loch-Pfeifen redete und sagte, nun sehe es so aus, wie Rapp prophezeit habe, daß es kommen werde; und die Offensive da sei doch ein Schmarren: »Der Ami läßt uns halt fünf Kilometer eini und mocht hinten zu.«

Man hockte im Keller einer altersgrauen Mühle, und es schoß

herein, krachte ringsum. Wie auf einer Bühne saß der General im Keller, einen Schreiber neben sich, und Kerzenlichter flimmerten vor einer nassen Wand. Bazookamunition, braune Panzergranaten füllten den hinteren Raum des Kellers, als ob sie ausgeschüttet worden wären, ein dicker Haufen, und der General fand es lustig. – »Ich sitze auf lauter Granaten, und wenn eine reinfährt, geh ich in die Luft«, sagte er ins Telefon und lachte. Eine Scheune war mit Kisten vollgepfropft, in denen stearingetränkte Kartons voll Zigaretten, Tabak, Kaffee und Zwieback lagen. Wasser konnte nicht eindringen, aber aufgerissen wurden sie und erwiesen sich als brauchbar.

Baresel wurde nachts im Bett von einem Granatsplitter, der die Wand durchschlagen hatte, so verwundet, daß der Divisionsstab in der Frühe wieder wegzog. Neues Quartier, diesmal in einem Dorf, wo Oberleutnant Kibler Eugen kommen ließ und sagte, jetzt könne er ihn nicht mehr halten, denn alle Schreiber müßten weg; er behalte nur den Klement, weil er sein Zeug zwar selber schreiben, die Karten aber nicht zeichnen könne; und dafür brauche er den Klement. Und Eugen wurde zum Füsilierbataillon versetzt, was ihm zweideutig in den Ohren klang, weil ihm das Wort ›füsilieren‹ einfiel und er an Paupis dachte, wo der Koch des Füsilierbataillons zu ihm gesagt hatte: »Rapp, wir meinen alle, du seist beim Russ'!« Es konnte aber sein, daß der statt ›Russ'‹ auch ›Iwan‹ gesagt hatte, nur kam es jetzt nicht mehr drauf an... Und als er wegmarschierte, begegnete er dem Kunstmaler Glaser, der zuvor Offiziersköpfe beim Divisionsstab in Kohlezeichnungen festgehalten hatte. – »Servus, Rapp«, sagte der, und Eugen sagte: »Servus, Glaser«, und sie lachten und bestätigten einander, daß sie froh seien, jetzt vom Divisionsstab wegzukommen. Es ging auch schon wieder zurück, Zurückmarschieren war die erfreulichste Arbeit, die Soldaten wie Glaser und Rapp im Krieg taten, und sie bedauerten nur, daß sie nicht zusammen zurückgehen durften, dem Rhein und der Heimat entgegen, obwohl sie doch schon hier im Moseltal in der Heimat waren; denn für die zwei begannen Heimat und zu Hause erst dort, wo jeder seine Uniform ausziehen und sich an Staffelei und Schreibtisch setzen durfte.

Er entsann sich beim Marschieren seiner Begegnungen mit Glaser und sah ihn, damals in Schieratz, vor dem Reißbrett sitzen. Glaser zeichnete Eugen mit Kohle auf ein bläuliches Blatt, schaute ihn mit zugekniffenen Augen überm Reißbrett an, und Hornung sah Glaser von hinten bei der Arbeit zu. – »Der Rapp, wie er leibt und lebt«, sagte Hornung, und als die Zeichnung fertig war und Glaser mit einem gewinkelten Röhrchen Fixativ draufspritzte, sah Eugen sich als einen, der zurückgelehnt, wie halb hinuntergerutscht dasaß und abwesend durch die Brille schaute. Ein wahres Bild, es ließ sich nicht verhehlen, daß es sich um den Studenten Eugen Rapp handelte, und wer es anschaute, dachte, das sei halt so ein sonderbarer, g'spässiger und verquerer oder verschlafener junger Mann, allerdings einer, der nachdachte, einer, dem zu vieles auf die Nerven ging, in dem es gewissermaßen knisterte und der sich deshalb zurücklehnte, abwesend, in sich versunken dasaß und so tat, als wäre er hochmütig. Aber du bist auch hochmütig, und jetzt denkst du wieder: interessant, wie du dich verhalten wirst, weil es sich wieder mal verändert hat. Du läßt etwas Neues in dich sickern, wartest ab, und vielleicht macht's dich anders. Du weißt ja, wie es zugeht an der Front, und irgendwie kommst du auch durch. Merkwürdig, daß du so was im Gefühl hast, obwohl es falsch sein kann; eine Einbildung (du weißt au net, wie's nausgeht). Und er marschierte, und es kam ihm alles so wie früher vor, nicht nur, weil der Bataillonsführer Keilhosen anhatte und eine Kappe mit Edelweiß trug, ein Mann, geschmeidig und brünett, dem er zum ersten Male in La Malmaison begegnet war, damals an der belgischen Grenze; der war im Frankreichfeldzug mit dabeigewesen.

Jetzt stand der Bataillonsführer vor dem Fachwerk-Rathaus eines Dorfes an der Mosel und wies Quartiere zu. Das Himmelsblau war wie angelaufenes Glas. Es blühten die Weißdornhecken, es mischte sich der deutsche Frühling vorsichtig unter die Büsche; kahle Büsche waren unterlegt mit frischem Gras. Ein schwarzerdiges Gärtchen zeigte schmale Pflaumenbäume, hinter den Zäunen waren Wiesen bis zum Fluß gestreckt, und drüben stiegen graue, krumme Weinbergmauern bis zum Kamm; dort sollten die Amerikaner sein. Es ging dort oben ab und an einer in Khakiuniform, aber zum Glück warteten die und wußten, sie bekämen alles sowieso.

Ein Mädchen sah hinauf und sagte: »Oh, das hätte jetzt schon alles gemacht werden sollen«, und meinte die Weinberge; obwohl sie seufzte, schien es fast, als läge diese Weinbergarbeit, die sie wahrscheinlich von frühauf gemacht hatte, für sie heute in der Ferne, weiter zurück und höher abseits, als die Weinberge überm Flusse hinaufstiegen; oder sie habe das vergessen und es fiele ihr für einen Augenblick im Traume ein. Nun schossen die Amerikaner her. Sie gingen in das Haus. Als drei Granaten geplatzt waren, schauten sie nach, ob am Haus oder in der Nähe etwas passiert sei, doch zeigte sich dann nur auf der anderen Gassenseite ein Dach beschädigt, und das Mädchen lachte: »Ausgerechnet die älteste Bude haben sie erwischt!« Ein engbrüstiges Häuschen, dessen Verputz da und dort wie Schorf abgeblättert war, ließ zwischen schwärzlichen Sparren und moosigen Ziegeln ein Loch sehen. In der Stube aber wurde grünlicher Wein ausgeschenkt. Der Bauer, ein kleiner und gnomiger Mann, sagte, er wisse schon, wie's sei, und vor den Amis fürchte er sich nicht, weil er Anno achtzehn in amerikanische Gefangenschaft gekommen sei. »Und du kommst auch noch dorthin«, sagte er und lachte, worauf Eugen »Hoffentlich bald« murmelte. Die Töchter des Weinbauern wollten das Pfänderspiel »Kirschen pflücken« machen, und Eugen war der erste, der von einer grazilen Dunkelhaarigen sein Pfand einlösen sollte. – »Wir müssen uns jetzt küssen«, sagte die und hob den Zeigefinger; darauf machten sie es flüchtig und wie symbolisch.

Für einen Augenblick wurde das Gelächter derer, die zuschauten, weggewischt, und das Spiel ging weiter. (Ob die gemerkt hatten, daß in diesem Augenblick die Treutlein Hanni hersah?) Einer aus Ostpreußen, wendig, schmal und Kaufmann von Beruf, legte der von Eugen geküßten Weingärtnerstochter den Arm um den Hals, drehte sich zur Seite und führte den Kameraden einen lang gedehnten und ausführlichen Kuß vor, so daß sie sagten, der sei meisterhaft gelungen. Dann streckte die mit dem breiten Gesicht die Hand aus und rief: »Ich hab schon vorher g'sagt, daß der Eugen was Besseres ist! Ich hab's ihm angesehen!« Und Eugen wunderte sich, weil für die hier Student sein etwas Besseres war. Du hast nur noch den Ring der Treutlein Hanni (den silbernen mit dunkelgelbem Stein, in den ein Mädchenkopf geschnitten ist); nein, auch noch Briefe, Fotografien, Notizbücher. Und er las in ihren Briefen, in denen immer wieder stand, er solle sich doch um sie keine Sorgen machen und sehen, daß er diesen Gelenkrheumatismus loswerde. Der aber war unbedeutend gewesen und verschwunden. Treutlein Hanni aber war von der Gestapo zu Zwangsarbeit geholt worden. Die Mutter hatte ihn wissen lassen, seine Schwester Margret wohne in Oppenweiler bei Familie Buck, sie selber aber habe seinen Wintermantel, seine Anzüge und seine Wäsche im Keller und im Bügelzimmer aufbewahrt. Der Vater bedankte sich für ein Päckchen mit Tabak, das er ihm aus Schieratz geschickt hatte; auch schon lange her, und wie hatte sich sein Vater g'freut! ... was sich Eugen bald danach beim Marschieren verwischte, weil sie aus dem Moseldorf wegmußten und in seinen Gedanken immer nur die Angst um Treutlein Hanni auftauchte. Es war, als sähe er in das Depot hinein, wo sie zwei Trainingsanzüge übereinander angezogen hatte und, einen Schrubber in der Hand, auf dem Dach eines Trambahnwagens stand. Und er erinnerte sich eines Briefs, in dem sie schrieb, als sie von der Gestapo zur Zwangsarbeit geholt worden sei, habe sie viele Beileidsbriefe wie zu ihrer Beerdigung bekommen. Es gab auch solche, die sie wissen ließen, daß sie bei ihnen unterkriechen könne, wenn es brenzlig werde. Die schöne Diana Schmöller hatte ihr warme Socken und einen dicken Pullover gebracht, eine Freundin wollte sich freiwillig zu derselben Arbeit melden, die sie mit den anderen halbjüdischen Mädchen im Depot tun mußte, doch hatte sie's ihr ausgeredet; es wäre ja sowieso nicht gegangen. Und wozu auch, schließlich müsse sie selbst damit fertig werden. Unter denen, die mit ihr im Depot schafften, sagte eine, sie, die Treutlein Hanni, sei nach außen so fest abgeschlossen, daß ihr nichts etwas anhaben könne. Wenn sie dann auch noch schrieb, das sei wahrscheinlich ein Zeichen für Hochmut, so hätte sie doch froh sein können, jetzt hochmütig zu sein. Der Hochmut half ihr weiter. Vielleicht, daß Eugen auch für hochmütig gehalten wurde, obwohl er doch so gut wie keine Gelegenheit hatte, seinen Hochmut auszuspielen oder für sich auszunützen, weil die Gesichter seiner Vorgesetzten steinern verschlossen blieben, abweisende Mienen, die Befehle sagten, wie jetzt diesen: »Sie gehen zur fünften Kompanie und sagen, sie sollen abrücken.« Weshalb er also sein Gewehr von der Wand nahm und auf einer Straße ging, die anstieg und eine Kehre machte. An einer Telegrafenstange klebte ein Zettel, der nicht größer als eine Kinderhand war, und darauf stand: »Wir werden sie mit unseren Händen erwürgen, wenn wir keine Waffen haben!«

Es schien ihm so, als ob er sich nun selber sähe, etwa in einem Stahlstich auf stockfleckigem Papier, weil doch der Himmel weißlich war und Regenwolken hatte. Die Erinnerung an Treutlein Hanni war mit ihm verwachsen, und er spürte ihren Silberring am Finger, sah verschlungene Zierate neben dem Karneol mit dem eingeschnittenen Mädchenkopf und beim Aufschauen Dächer eines Dorfs an abschüssiger Straße, wo sich Regenlicht hereinschob. Er trat in einen Flur, traf in der Küche einen Mann mit entblößtem Oberkörper vor einem hölzernen Schaff, worin Wasser dampfte, sagte ihm, daß die Kompanie abrücken solle und sah in ein gleichgültiges Gesicht. Der andre nickte, und Eugen meldete sich wieder ab. Kein Wort von diesem Mann, der sich waschen wollte. Eine dicke Frau schaute aus einem Fenster, sagte, er solle weitergehen, denn es werde hergeschossen. – »Dort drüben ... sehen Sie?« sagte die Frau und zeigte in das geweitete Tal, auf dessen anderer Seite, die flach anstieg, Panzerwägen sich bewegten, sonderbarerweise solche, die ihm gelb erschienen, obwohl sie doch denselben grünlichen Tarnanstrich wie die deutschen Panzer hatten; aber deutsche konnten es nicht sein, denn solche gab's hier nicht mehr. Weshalb er sich umwandte (umständlich und schwerfällig, dachte er) und oben am Wald einem Unteroffizier begegnete, den er von früher kannte. Der Mann schaute ihn an (verstört und furchtsam und als merke der jetzt deinen Haß von früher). Aber dann redete der nur davon, daß sie beide auch noch gefangen würden, als wäre das ein schlimmes Schicksal (du aber wärst am liebsten gestern schon gefangen worden). – »Servus, Lutz«, sagte er zu dem und lachte, worauf der andre sich abwandte, ein in fünf Jahren merklich gealterter Mann, vielleicht, weil nun etwas zu Ende ging, auf das er gehofft hatte, während du nur gehofft hast, daß es zu Ende geht.

Später, im Zwielicht dann, wieder in den Wald gehen, nun mit zwei Meldern und einem Leutnant, der Bataillonsführer geworden war. Mit denen saß er in einer Jagdhütte, und der Leutnant sagte, nach dem Krieg trete er in die Holzhandlung seines Schwiegervaters ein; die liege in Augsburg gleich beim Bahnhof. Früher hatte ein Offizier so etwas nie gesagt (der Mann war Lehrer). Gutes Zeichen. Und Eugen ging mit ihm zum Waldrand, wo eine Wiese so frisch grün war, wie er seit langem keine mehr gesehen hatte, und der Leutnant gab ihm sein Fernglas. Da sah er dann, wie sich ein Panzer drüben weiterschob. Der würde heute nicht mehr hierherkommen. Und sie gingen zur Jagdhütte zurück, der Leutnant rief »Hallo, Stechfliege!« ins Telefon hinein und legte den Hörer weg. – »Die sind nicht mehr da.«

Schweigen vor brennenden Kerzen. Dann machte der Leutnant die Tür auf, blieb im finstern Wald stehen, horchte. So still war es bisher im Krieg noch nie gewesen, und es schien, als ob sich nun nichts mehr ereignen wollte. – »Sie suchen jetzt zu zweit die dritte Kompanie«, sagte der Leutnant. Sie sollte ein paar Schritte östlich liegen, dort, wo sich Maschendraht um eine Schonung zöge. Der Leutnant und der andere, der mit ihm gehen sollte, schienen sich der Schonung zu erinnern, während er... Doch es genügte, daß der andre den Weg wußte; sie würden leicht hinfinden. Und der Leutnant fügte hinzu, dafür brauche er kein Gewehr mitzunehmen. Der andere hatte eine Pistole bei sich, weil er Maschinengewehrschütze gewesen war; bequeme Sache, solch eine Pistole, und seltsam, daß der Leutnant von ihm, Eugen Rapp, nicht verlangte, sein Gewehr mitzunehmen.

Im Wald hatten sich sogar die Bäume schwarz versteckt, denn er sah nichts; weshalb er wahrscheinlich nie mehr zurückfinden würde zu dem Leutnant, der zu seiner Braut nach Augsburg kommen wollte. Und sie tappten weiter, suchten eine Weile, fanden nichts und blieben stehen. Weshalb weitergehen, wenn man sich verlaufen konnte (zu riskant). Und warum die Verbindung zur dritten Kompanie aufnehmen, wenn die wahrscheinlich wer weiß wo war? Also sitzenbleiben, abwarten im Wald? Auch nicht das Richtige. Doch vielleicht hatte dieser andere bloß Angst. Der konnte nicht mal dazu überredet werden, wieder zur Jagdhütte umzukehren, obwohl dies kein Kunststück gewesen wäre. Und wieder wunderte er sich, weil er im finstern Wald nur bedauerte, nicht schlafen zu können dieses anderen wegen. Allein zu sein wäre besser gewesen, das auf jeden Fall.

Sie hörten Schritte. Eugen flüsterte: »Jetzt geht der Leutnant weg«, und fing leise zu rufen an, als ihn der andre in die Seite pufften: »Mensch, halt dein Maul!« – »Ach was, der Ami ist doch ganz weit drüben«, sagte er und wurde noch einmal gepufft.

Na also. Nichts zu tun war angenehm, obwohl ... Aber den Bataillonsstab mußt du trotzdem suchen, da hilft alles nichts. Oder sollte es so kommen, daß er bequem hineinging zu den Amis? Das wär net schlecht gewesen. Besser aber: Hierbleiben, sich ausruhen (die Jagdhütte war jetzt wahrscheinlich leer) und warten, bis ein Ami die Tür aufklinkte. Den andern dazu überreden, dürfte schwierig werden, weil der sich doch einbildete, er werde noch nach Hause kommen. Freilich, gesagt hatte er nichts, aber so etwas brauchte nicht gesagt zu werden, weil sich das jeder wünschte. Sagen tust du's nicht, weil du nicht weißt, was der andere denkt. Und vor den Eigenen auf der Hut sein: Verstanden? Weshalb er sich also ausstreckte auf brüchigem Laub, die Kappe in den Nacken schob und froh war, weil das Wetter sich mild anließ.

Wie der aufatmete, als es hell wurde, wie er: »endlich!« und bald danach »jetzt haben wir aber eine Zigarette verdient!« sagte, schien zu verraten, daß der mit der Pistole ungefährlich war. Ohne Waffe ging der nicht in einen fremden Wald hinaus, obwohl er nie geschossen hätte, wenn es darauf angekommen wäre. Und sie fanden ein Bahngleis, gingen neben den Schwellen auf der Böschung und wurden mit »Parole!« angebrüllt.

Da lagen dann zwei, die Gewehre im Anschlag, und der, der links lag, stand gemächlich auf, erzählte, daß sie hier diese Bahn halten sollten, aber sich überlegt hätten, wie das mit dem Überlaufen sei: »Halt auch so eine Sach'. Und soll man überlaufen, soll man net?« sagte der Allgäuer, und Eugen sagte: »Ich warte es ab.« Sie lachten, nannten das Ganze einen Zirkus, einen Schwindel und: »Sinn hat's natürlich keinen mehr.« Es habe nie einen gehabt, dachte Eugen und wußte, daß er sich selber auch zum Schwindel rechnen durfte. Aber er freute sich, weil hier nirgends ein Kapo oder ein Offizier zu sehen war und nun im vorsichtigen Morgenlicht (zwar fahl, aber doch klar, der Himmel ausgefegt und eigentlich ein gutes, Wetter um davonzulaufen) etwas wie Freiheit spürbar wurde, allerdings nur momentan und bloß ein Hauch.

Er warf die Zigarette weg; auf den leeren Magen schmeckte jede Zigarette schlecht; und sonderbar: ein unbekümmertes Gefühl hast du halt trotzdem, während du weiterschlampst in deinem grünen Mantel und die Hände in die Taschen steckst.

»Mensch, Rapp, du hast ja kein Gewehr! Wir sollen jeden festnehmen, der kein Gewehr hat! Besorge dir so schnell wie möglich ein Gewehr!« sagte vor einem Dorf im Tal ein Feldwebel zu ihm, den er vom Divisionsstab kannte; auch sein Name fiel ihm wieder ein. Besser wäre sein Gewehr gewesen; wenn er das wiedergehabt hätte, würde sich sein Gemüt eingependelt haben, jetzt, gegen Mittag, immer noch ohne einen Löffel Essen; auch Dörrgemüse wäre ihm erwünscht gewesen. Die Straßen waren verstopft mit hochrädrigen Troßfahrzeugen, deren Gäule schlapp dastanden, ausgezehrt. Aber das Dorf im hellen Mittag (Vorfrühling), das Kirchturmuhrzifferblatt glänzend über braunen Dächern, das Gras hinter schwärzlichen Zäunen und Baumstämmen neu herausgekommen (alte Qualität, die bleibt sich immer gleich), und daß er Mörikes Gedichte im Brotbeutel hatte, das paßte trotzdem alles gut zusammen, weil niemand ihm etwas befahl. Den Bataillonsstab freilich, den mußte er leider trotzdem suchen.

Schwierige Herumfragerei, über der er fast vergessen hätte, daß er sich nach einem Gewehr umschauen mußte. Und er hoffte, daß nicht weit vom Rathaus, wo eine Feldküche qualmte und nach den Scheunen zu auch noch Hühner über trockenen Lehmboden huschten, eventuell das Gewehr eines Kochs innen beim Heu lehnen könnte. Aber er wurde fortgescheucht, als er hineinschauen wollte, und ein Huhn rannte vor ihm flatternd um den abgewetzten Eckstein.

Gewehrsorgen, Nahrungssorgen, und daß es so hell war, dies

alles wollte nicht zusammenpassen, bis er meinte, daß es sich von selber geben werde; mit der Zeit, im Lauf des Tages. Gewissermaßen hast du kein schlechtes Gefühl. Es kam ihm dann sogar noch ein Schlag Suppe zu, die er auf dem Rand eines Brunnens löffelte und hernach sein Kochgeschirr auswusch. Er sah Gewehre im Gang einer Schule vor den Klassenzimmern lehnen, alle in einem hölzernen Ständer; nahm sich eins, ging die Treppe hinunter, dachte, es sei nicht das Richtige, ein geklautes Gewehr zu tragen, und schlich sich schnell wieder hinauf, wo er es in den Ständer stellte. Es kam auch einer aus einer Kanzlei und fuhr ihn an: »Was hast du hier zu suchen?!« Nichts, bloß ein Gewehr wieder hinstellen, hätte er beinahe geantwortet und merkte, wie schlapp er geworden war; gerade noch hast du dein Maul halten können. Und wieder traf er den mit der Pistole (den wärst du lieber los). Also weiter nach dem Bataillonsstab suchen (au net schlecht). Schon kam es feucht aus Wiesen, Kälte schlich sich an Gesicht und Hände, und wenn er ein Gewehr gehabt hätte, wäre sein Lauf jetzt beschlagen worden. Er erinnerte sich des kalten Gewehrlaufs an den Fingerspitzen (wie lange schon hast du das im Gefühl?) und sah flache Abhänge bläulich werden, als neben ihm der Leutnant herkam und sagte: »Mensch, Rapp, dein Gewehr drückt mir den ganzen Tag die Schulter schief.«

Genaues gab es nicht zu hören. Keine Anordnungen waren zu befolgen, weshalb er sozusagen schwebte oder Luft unter den Sohlen hatte. Ihm kam in den Sinn, daß er im Jahre einundvierzig, damals im Spielkasino von Dinard, wo die Kompanie unter farbigen Fische-Fresken kampiert hatte, ein Transparent gesehen hatte, auf dem in gotischen Buchstaben der Satz gestanden war: »Wir müssen noch viel genauer werden!«, eine Mahnung, die jetzt nicht mehr galt oder vergessen worden war.

Du freust dich dessen. Und er vermißte weder seinen Leutnant noch den mit der Pistole, der ihn einen Tag lang begleitet hatte; nun hatten ihn beide im Stich gelassen, weil sie immer weiterhasten mußten, sich auch nachts keine Ruhe gönnen wollten und meinten, daß sie über den Rhein kämen; und vielleicht kamen sie auch übern Rhein hinüber, aber was dort dann passierte, hatten sie auch nicht im voraus in der Tasche. Und wenn er daran dachte, daß der Divisionszahlmeister immer wieder vom Divisionsstab weggegangen war und beispielsweise für den General ein Paar mit Pelz gefütterte Schaftstiefel aufgegabelt hatte (um einen Grund für eine Reise in die Heimat war der nie verlegen), daß dieser Zahlmeister trotzdem beim Großangriff auf Dresden, dem er im Volkswagen hatte entwischen wollen, in eben diesem Volkswagen verbrannt war.

Dann setzte er sich heimlich hinten auf einen Troßkarren und meinte, der Russe auf dem Bock habe ihn nicht bemerkt, als der schon mit der Peitsche rückwärts fitzte; da muß dich also einer von den Marschierenden verraten haben. Artilleristen, die lange Kanonen auf schweren Lafetten mit Gummirädern fuhren und norwegische Zigaretten, französischen Cognac dabeihatten und ihn einluden, mitzuhalten (»Setz dich, Kamerad, greif zu!«), bedauerten, daß ihre Feldküche ihm nichts zu essen geben könne, denn darauf wär's ihm angekommen. Und als er fragte, ob sie ihn mitnähmen, wurde er zum Kommandeur am Nebentisch geschickt, stand linkisch stramm und hörte, daß sie's gerne täten, aber leider strikten Befehl hätten, niemand aufsitzen zu lassen.

Nun gut. Du hast es wenigstens versucht. Nun tust du, was dir paßt. Nach Hause kommst du nicht mehr... Und er ging wieder in den Wald, weil der Wald besser als freies Gelände war, wo Jabos schwärmten und heruntertippten aus der scharfen Himmelsbläue. Einmal schoß einer nur auf ihn, der sich an einen Bahndamm preßte, während neben ihm die Erde spritzte.

Wieder hatte er trockenes Laub unter den Stiefeln, dann Wiesengras. Einer sagte: »Wenn du hier verwundet wirst...«, und es war jener knitze Obergefreite Jäckle, der in Tubaczin Kaffee aus Eugens im Frankreichfeldzug eingeheimsten Bohnen gemacht hatte. Ja, hier verwundet werden, dann war's aus. Panzermotoren jaulten hinter Bäumen, aber niemand hatte die Panzer gesehen, weil jeder ostwärts stolperte; gescheiter wär gewesen, auf die jaulenden Panzer zu warten. Sie machten ihm halt nicht die Freude, ihn bequem und nebenbei einzukassieren, auch wenn er langsam ging und sich niedersetzte. Auf einem Waldweg schrie ein Offizier, alle Versprengten hätten sich bei ihm zu sammeln, weshalb es wichtig war, zwischen kratzenden Tannenästen wegzuschleichen. Und er setzte sich auf eine Protze, die ein Gaul durch einen Hohlweg zog. Es ging hinunter; hin- und hergeschmissen auf der schwankenden Protze fuhren sie ins Tal, und er war zu erschöpft, um jetzt die Bremse festzukurbeln; doch griff dann ein anderer zu. Ein Jabo tauchte oben tiefer und schoß in diesen Hohlweg. Also kletterte er von der Protze möglichst schnell herab, um unter Apfelbäumen einer Wiesenmulde ein bißchen gedeckt zu sein; nötig freilich war dies nicht (so kommt es dir wenigstens vor). Zwar schossen die Jabos immer wieder und stießen tief herab, aber nirgendwo wurde einer verwundet, wahrscheinlich weil sie die deutsche Soldatenherde nur wie Wachhunde zusammentrieben. Auf Verwundete und Tote legten die jetzt keinen Wert, und schließlich lohnte es sich nicht mehr; Verwundete und Tote hätten nur unnötige Mühe gemacht; weshalb du also recht gemächlich weiterschlampen oder dich ausruhen könntest, bis die Amerikaner endlich da sind ... Im Freien schlafen aber war nicht ganz das Richtige, und zu essen gab es nichts; weshalb du nach einer Jagdhütte suchen wirst, obwohl Jagdhütten zu finden aussichtslos war. Chaotisch alles, nicht besonders elegant oder erfreulich, und daß die Leute in den Dörfern mürrisch und mißtrauisch schauten, brauchte weder Eugen noch sonst irgend jemand zu verwundern.

Sie fürchteten, daß gekämpft würde und ihre Häuser zerstört würden, doch geschah so etwas jetzt nicht mehr; das konnten sie ihm glauben. Und sie schauten aus den Augenwinkeln, musterten ihn, als suchten sie an seiner Uniform ein Zeichen, das ihn verraten sollte (als Verräter beispielsweise); denn er bot amerikanische Zigaretten an, zeigte Stannioltütchen mit Pulverkaffee vor und sagte, den brauche man nur in heißes Wasser hineinzuwerfen, dann sei er fertig. All dies hatte er vor drei Monaten in einer Mühle vorgefunden, die von den Amerikanern nach der Ardennenoffensive geräumt worden war.

Eine Frau sagte: »Ihre Zigaretten brauch' ich nicht. Den Kaffee aber können Sie dalassen. Um halb eins ist das Essen fertig.« Und nach einer Weile sagte sie: »Wenn Sie überhaupt ein Deutscher sind.«

»Doch. Ich bin's«, antwortete er ihr und dachte: leider ... Setzte sich vor einem morschen Gartenzaun in die Sonne, kratzte mit dem Daumennagel Moosbelag vom Holz und wartete, bis es halb ein Uhr schlug. Dann saß er am Ende eines langen Tisches unter Alten und Kindern, elf Personen, die kaum miteinander sprachen und von der Seite auf ihn schauten. Es gab Sauerkraut und Kartoffeln, und ihm kam es vor, als ob das Fleisch gegessen wurde, wenn er fort war. Und er lachte, sagte, es schmeckte ihm wunderbar, und ging hernach schnell weg; verließ den Ort mit den muffigen Bauern, ging unter Apfelbäumen einer weißsandigen Straße in der Sonne, sah einen Steinhaufen, wie er ihn aus seiner Kindheit von der Straße Forchtenberg zu kannte, und erinnerte sich eines Steinklopfers, der mit weißstruppigem Bart und dunkler Brille auf einem ledernen Kissen gesessen war. Er hörte seinen Vater sagen, das, was der sei, könne er immer noch werden; denn damals hast du entweder Schäfer oder Steinklopfer werden wollen ... Und was bist du geworden? Halt Soldat. Bald wirst du deinen Beruf wechseln, Kriegsgefangener werden (dazu reicht es immer noch). Essen erbetteln müssen war schwieriger, als er sich's gedacht hatte. Vom klaren Frühlingswetter merkte er die scharfe Helligkeit, aber keine Wärme (merkwürdig, daß du jetzt nicht schwitzt). Es kam ihm vor, als wäre er fünf Jahre lang wie jetzt gegangen: Dahintrottend unter andern, von denen er nichts wußte, ein Weitergehen in die leere Zukunft und gewissermaßen ihm gemäß. Er fragte einen Kleinen, warum sie denn alle so eilfertig fortmarschierten, grad, als dürften sie ja nicht versäumen, zu einer bestimmten Stunde irgendwo zu sein, während in Wirklichkeit... »Wir müssen uns absetzen, wir müssen den Rhein erreichen«, sagte der, und als Eugen »Wozu?« fragte, schaute ihn der entsetzt an.

Im nächsten Ort ließ er die andern weitertrappeln, ging in ein altes und hohes Haus hinein, stieg über ausgewetzte Treppen bis zum dritten Stock hinauf und fand in einer Küche einen alten Mann auf einem Stuhl vornüberkippend schlafen, indes drei Kerzen auf dem Ofen brannten. Eine Tür flog auf und zu, Mädchengekicher wehte her, und gelber Schein drang aus der wippenden Tür ohne Schloß. Die sangen drinnen, und er dachte: dort paßt du nicht hinein, suchte einen Platz zum Schlafen und fand in einer Waschküche neben einem Fahrrad Bretter liegen, die er nebeneinanderlegte und auf denen er sich dann ausstreckte, nur in den Mantel eingewickelt. Dort schlief er tief, erwachte, als es hell war, und traf oben eine Person in grünfransigem Schlafrock, die dem Alten auf dem Stuhl eine dickwandige Tasse voll Kaffee zuschob. Immer noch schüttelte der Mann den Kopf, als wundere er sich; vielleicht über die Zeit, die seit seiner Kindheit vergangen war.

Eugen schaute aus dem Fenster, weil ihm einfiel, daß das Haus hier oben über die Straße zu hängen schien, fand die Erinnerung bestätigt und sah im gereinigten Licht die Straße unten, als schwebe er über ihr. Immer noch klapperte und rappelte, ächzte und knarrte auf ihr der Heerbann weiter, Soldatenhaufen und Troßkarren wie am vergangenen Abend, und der Alte, der Schwarzbrot in die Kaffeetasse tunkte, sagte, die Brücke bei Remagen hätten die Amerikaner.

Später ging er im Tal weiter, denn wozu sich durch den Wald schlagen, wenn die Amerikaner doch recht bald herunterkamen. Und im Wald schießt dich am Ende einer aus Versehen ab. Wie schade, daß das Wetter nun dauerhaft trocken, hell und warm war (weil du doch sozusagen gar nichts davon hast). Aber schnell änderte er diese Meinung, als er sich Regen und Wind vorstellte und wie der Regen den Mantel durchtränkt hätte. Glück hast du, weil es schönes Wetter ist, merk dir das ... Und er begann so etwas wie Gleichmut zu spüren, dachte, daß dieser Gleichmut vom leeren Magen komme, und wunderte sich, weil ihm dieser leere Magen nicht weh tat. So ging er durch das Tal, kam in einen Bauernhof am Wald und stand dort in der Sonne bei solchen, die nun auch nicht wußten, was zu tun war; sah einen im Heu liegen und erinnerte sich seines harten Lagers im Souterrain neben einem Fahrrad (hier wäre es besser gewesen), als ein Mädchen aus dem Haus gelaufen kam, die Hand ausstreckte und rief: »Lauft schnell fort! Die Amerikaner kommen schon den Wald herunter!« Da drehte er sich weg, schaute in die Scheune mit dem Heu, machte einen Schritt aufs offene Scheunentor zu und sah vor sich einen Leutnant, der, mit einer Pistole fuchtelnd, »ihr geht mit mir zum Bach hinunter!« daherschnauzte und Eugen in die Hüfte stieß (wegdrücken kannst du dich jetzt nicht mehr). Und so rannten sie zum Bach, drückten sich dicht am Wasser auf den Boden, weil es schon knallte und der Grasrand der Bachböschung zerfetzt wurde. Der Leutnant duckte sich, watete im Wasser weiter bis zu einer schwarzen Scheune, wo er seine Stiefel ausleerte und verschwand. Dann im Liegen das Gewehr in den Bach werfen, aus den Patronentaschen die Patronen reißen. Und er sah, daß die in den Taschen rechts vom Koppelschloß grünspanig waren, weil er sie fünf Jahre bei sich hatte. Und er dachte an das weiße saubere Handtuch mit roten Streifen, das er in Frankreich mitgenommen (Kriegsbeute also) und seit langem nicht mehr benutzt hatte; denn es sollte weiß bleiben, damit man's weithin sah, wenn er es schwenkte. Bloß jetzt aufstehen, wenn sie schossen: ziemlich idiotisch.

Ein blanker Sherman-Panzer schwenkte in die Wiese, schoß, und eine Handbreit über Eugen spritzte es aus dem Weidenstamm, hinter dem er lag. Im letzten Moment also gehst du drauf ... Und bereits schoß ein Neger, vor dem Panzer stehend, und neben Eugen stöhnte einer, dem graues Haar unter der Mütze vorsah. Nun war es egal. Also aufspringen, das weiße Handtuch schwenken, dem Panzer entgegenlaufen. Der machte seinen Deckel auf, ein bleicher Mann mit dünner Goldbrille erschien, und Eugen rief ihm zu, von ihnen seien zwei verwundet. Der mit der Goldbrille winkte, und sie holten die Verwundeten (zwei linke Armschüsse, gar net schlecht); stapften über die Wiese wieder in den Hof, wo ein Arzt eine Spritze in der Hand hielt und andere Verwundete an der Mauer in der Sonne lagen, einer davon mit verdrehten Augen und blutigen Schläfen.

Sie mußten antreten und die Hände hinterm Kopf verschränken. Sie wurden fotografiert. Ein Amerikaner fragte, weshalb sie zum Bach gelaufen seien, und er antwortete: »Weil wir dumm sind.« Ein anderer wollte eine Pistole haben, doch konnte er ihm keine geben. Ein kleiner schwarzhaariger Sergeant griff nach seinem Sturmabzeichen und wollte es wegreißen; da wurde der vom Hauptmann angeschrien, und er nahm seine Hand weg. Das Sturmabzeichen war nun also etwas wert. Einer fragte nach seiner Füllfeder, und er nahm sie aus der obern Jackentasche; als sie der andere aufschraubte, war die Feder abgebrochen und die Tinte floß. Ob er eine Uhr habe? Nein, er habe keine; nie hatte er im Krieg eine Uhr gehabt. Und er zog die Handschuhe aus und zeigte seine Hände. Der Ring steckte im grünwollenen Handschuh. Er verteilte Zwanzigmarkscheine an Amerikaner, denn dieses Geld war doch jetzt nichts mehr wert. Und wieder kam der Hauptmann, winkte, schüttelte den Kopf. Da wollten sie dann nichts mehr haben. Es hieß: »Messer abliefern!« und er gab das Messer seines Großvaters her, dessen Klinge wackelte. Ein Panzer nahm die Ecke eines Hauses mit, daß der Stein bröckelte. Im warmen Staub roch der Tabakrauch der Amerikaner süß. Ein Sanitätswagen stand da, und die Verwundeten wurden verladen. Wie Peitschen oder metallene Fühler schwankten Antennen über Jeeps. Troßkarren kamen hinter Pferden angewackelt, und voraus ging ein gnomischer Mann, der ein Bettlaken schwenkte; er sagte, vom Hügel drüben auf dem andern Ufer habe SS in sie hineingeschossen. Ein deutscher Offizier fragte einen Amerikaner: »Do you have horses?« – »No.« – »But we have many horses.«

Der durfte wenigstens noch auf die vielen Pferde stolz sein. Und worauf bist du stolz? Während er die Hände überm Kopf verschränkte und die Fotoapparate der Amerikaner klickten, schaute drüben in dem einstöckigen Häuschen, dessen Sandsteinecke ein Panzer weggerissen hatte, eine grauhaarige Frau heraus. Die stützte das Kinn in die Hand. Einer rief hinauf: »Gelt, do schaugst, Muaterl?« – »Ja, Gefangensein ist hart«, antwortete die, und Eugen hätte gern gewußt, wie viele jetzt dieses alte Muaterl beneideten (wahrscheinlich alle). Und daß es dumm von ihm gewesen war, nicht Offizier geworden zu sein, das merkte er, als es Nacht wurde, die Offiziere aus den andern herausgeholt und ins Häuschen des alten Muaterls hineingeführt, die andern aber (du gehörst auch zu denen) auf einer Wiese zusammengetrieben wurden. An den Ecken der Wiese stellten sie vier Panzer auf, und hinter ihren Maschinengewehren hockten Neger. Einer sagte zu einem Weißen: »Jetzt hineinschießen ... brrr ... brr ...« und lachte. Zu Eugen sagte einer, der beiseite lächelte und sich vorneigte: »Hast du dir schon überlegt, wie man ... Aber man kann es nicht. Oder vielleicht könnte man es schon ...« Der überlegte, wie er davonlaufen, sich fortstehlen könnte. Und Eugen wunderte sich, als er merkte, daß auch er daran gedacht hatte. Zuvor hast du dir nur gewünscht, daß du gefangen wirst ... Und ihm fiel der Leutnant ein, der durch den Bach gewatet und sich hinter einer Scheune weggeschlichen hatte (eigentlich beneidenswert). Aber ob der durchgekommen war? Recht unwahrscheinlich ... Die Brücke bei Remagen hatten doch schon die Amerikaner. Und du wärst zu erschöpft gewesen.

Süßer Zigarettenrauchgeruch, und wie leicht die Amerikaner auf den Gummisohlen gingen. Er sah es wieder, als es dann hell wurde. Auf der nassen Wiese hatte er nicht schlafen können. Jetzt hieß es: »Antreten im Hof.« In einem Zelt stand eine Feldküche, und ihre Gasflammen brannten bläulich auf dem Rost. Er konnte hineinschauen, und dann ging es weiter, einer hinterm andern und voraus ein Lastwagen mit Maschinengewehr und hinterdrein ein zweiter. Neben dem Maschinengewehr stand der Captain, ein breiter Kerl mit dicker Zigarre. Du gehst als letzter mit offenem Mantel; gut, daß du jetzt die Hände in die Taschen stecken darfst. Als Gefangener konnte er sich diese Freiheit herausnehmen, ohne angeschnauzt zu werden. Im Gleichschritt brauchte er auch nicht zu gehen. Dazu ein heller Morgen über einem lieblichen Tal. Die andern schrien, winkten, weil drüben am Hang zwei Soldaten liefen; aber die liefen weiter, kamen nicht herüber, eine Dummheit. Da schoß ein Maschinengewehr, daß es vor ihren Füßen spritzte. Wieder winken, wieder schreien, doch waren die zwei stur. Wieder Schüsse, und der hintere der beiden fiel auf sein Gesicht. Der andere kam mit hochgehobenen Armen her und sagte, daß der, den es erwischt habe, fünf Kilometer von hier zu Haus sei. Und wieder ging es weiter, und die andern redeten über den Vorfall und meinten, die Amerikaner hätten sich doch anständig benommen: »Erst, als die weiterg'laufen sind, haben sie hingehalten.« Merkwürdig aber war, daß die zwei beim Tageslicht aufrecht gegangen waren; wären sie doch hinter einem Busch gelegen, dann hätte sie niemand bemerkt.

In Lastwägen einsteigen und gefahren werden. Eugen stand am Führerhäuschen (ein guter Platz). Eine dunkle Hand streckte sich neben ihm herauf, und diese Hand hielt eine Orange. Er griff diese Orange und winkte nach unten, wo der schwarzhäutige Fahrer saß.

Dann in einem kleinen Bahnhof ausgeladen werden, wo sie über Signaldrähte springen mußten und gefilmt wurden. Es ging im Zug nach Kaiserslautern, wo Wiesen, welche jetzt ›Gelände‹ genannt wurden, mit einer grün wimmelnden Menge von Gefangenen bedeckt waren.

Eugen fand einen Platz an einer trockenen Böschung. Er hatte eine warme Kuhle, in der es sich weich hockte.

Also, in der Sonne sitzen, hinausschauen. Wie gleichgültig nun alles wurde, was ihn selbst betraf. Und daß es ihm nahezu wohltat, wenn er daran dachte, daß ihm vorerst nichts mehr befohlen wurde; dazu mildes, beständiges Wetter, au net schlecht. Himmelsgeschenk, gewissermaßen. Und in der weiten Mulde wurden von Lastwägen Kisten abgeladen, und die Menge strömte durch die Kette einzelner Gefangener wie durch die Zacken eines Rechens. Jeder, der hindurchgegangen war, bekam ein Paket mit Keks und Drops. Auch Eugen ließ sich so durchkämmen und aß Keks in seiner Kuhle, lutschte Drops, sah wie ein Captain seine Zigarre vom einen Mundwinkel zum andern rollen ließ und gefangene Offiziere fragte: »Also, meine Herren, wie heißt Ihre Einheit und wo ist sie stationiert?« Er hatte Formulare auf einem Pappedeckel festgeklemmt und hielt einen Bleistift in der Hand. Die Offiziere schauten einander an, als verstünden sie ihn nicht. Einer sagte, sie seien nur verpflichtet, über das zu sprechen, was im Soldbuch stehe.

Charakterfeste Männer also. Seltsam, daß die noch halsstarrig waren. Du wünschst dir jetzt nur, tief zu schlafen. Und er schlief.

Es schien, als wäre er jetzt zu einer Sache geworden, einer billigen, die es haufenweise gab. Und zuvor bist du auch nicht mehr gewesen. Drüben in der Sonne und links von seiner Kuhle, in der er sich ausstreckte, hielt ein Lastwagen auf dem zerwühlten Weg. Es kletterten ein paar hinauf. Amerikaner trieben sie zusammen, weil die meisten nicht mitwollten; lieber lagen sie hier auf der Wiese, vielleicht, weil es immer noch schlechter kommen konnte.

Eugen ging hinüber, stieg auf den Lastwagen und ließ sich fahren. Wenigstens ging es jetzt wieder in Neues hinein. Du überläßt dich ihm.

Zum Bahnhof transportiert, außerhalb, abseits, zwischen Gleisen vor einem Güterzug ausgeladen und aufgefordert werden, einzusteigen, die Tür sofort zu schließen. Rasch füllten sich die anderen Waggons; durch die Wände war es zu hören. Die Wägen ruckten, ratterten und klapperten der Nacht entgegen, die kalt geworden war. Draußen streckte sich der Himmel, dicht bewölkt.

In der Frühe dann aussteigen, auf dem Schotter eines Nebengleises das Wasser abschlagen, einen Amerikaner mit Maschinenpistole neben sich stehen und zu Boden schauen sehen: Dies war es, was sich jetzt ereignete. Und vor der Böschung lag die Gegend weit, ohne ein Dach. Nur Felder, in der Ferne Pappeln und lila Wälderflächen unter wie zerrupften Wolken, einer Kette dünner Wolken im glasigen Blau, während es dröhnte und dunkle Bomber von Westen, Norden und Süden heranflogen, sich vereinigten und zu einem metallenen Dach wurden, das sich ostwärts schob.

Im Weiterfahren krachten Steine an die Güterwägen. Der Zug hielt zwischen Äckern. Drüben standen grüne Zelte auf scharfkantigem Steinpflaster. Ein Platz hatte festgestampften und mit Kies belegten Boden. Auf Faltstühlen saßen einzelne Amerikaner, vor denen sie anstehen mußten, und Eugen gab sein Soldbuch einem, der sich zurücklehnte, Handschuhe aus gelbem Leder anhatte, im Soldbuch blätterte und, während er nach oben schaute, fragte: »Wo haben Sie studiert?« Eugen sagte es. – »Glauben Sie nicht mehr an den Führer?« – »An den habe ich nie geglaubt«, antwortete er ihm, worauf der andere ihn anschrie, das sei eine Lüge: »Und Lügen sind hier nicht erlaubt! Machen Sie, daß Sie wegkommen!«

Der Mann weiß nichts von dir. Ein Deutscher bist du und nicht mehr ... Und ihm kam es vor, als ob er all dies längst erwartet hätte.

Er sah auf scharfkantigen Kalksteinboden und wurde am Ärmel gezupft. Der ›Kommissar‹ stand da, jener Russe vom Troß der sechsten Kompanie. Und er erinnerte sich, diesem breitköpfigen Mann mit dem dichten und schwarzen Haar im Malukssa-Sumpf seine Ration Schnaps geschenkt zu haben; und einmal hatte der im Rausch eine Nacht im Schnee verschlafen. Jetzt lachte er und griff ihm an die Schulter. Das genügte.

Wieder weiterfahren, diesmal nach Cherbourg. Dort hockte jeder dicht neben dem anderen im Freien, und Eugen beneidete zwei, weil sie für sich auf dem schmalen Zwischenraum zwischen Zeltwand und Maschendraht in der Sonne hockten. Der eine trennte sich die Kragenspiegel mit einer Rasierklinge ab und sagte: »Jetzt bin ich kein Soldat mehr, jetzt bin ich Kriegsgefangener.« Weil Roosevelt gestorben war, wogte Wagnermusik aus Lautsprechern in der klaren Luft. Nachts knatterten Maschinenpistolen von Holztürmen. »Dämmerung senkt sich über das Reich«, begann der Heeresbericht der Amerikaner, der in Maschinenschrift neben dem Lagereingang ausgehängt war.

Er wusch sich unter einem Wasserhahn, sah zu, wie die andern Siebzehn und vier spielten, hörte Geldscheine rascheln, lieferte einem Amerikaner sechshundert Mark ab und erhielt eine Quittung. Neben ihm tippte sich einer an die Stirn. Ein anderer lachte und sagte, daß er vor dem Krieg oft auf Traberpferde gesetzt und viel gewonnen habe. Beneidenwerter Bursche, sozusagen ein Vitaler, der wußte, wie man sich verhalten mußte und durchschlängeln konnte, wenn man nur aufpaßte und auf seinen Vorteil sah. »Das geht dir noch ein bißchen ab, aber du lernst es auch«, sagte dieser Schmunzler, und Eugen überlegte, weshalb ihn auch der Krieg nicht anders gemacht hatte, als er war, und warum er nicht wenigstens ein bißchen raffiniert geworden sei, kam aber nicht dahinter; ließ es drum auf sich beruhen und hörte dem Rennplatzkenner zu, wie der von seiner Zeit damals in München bei den alten Kämpfern sprach: »Von denen will ich nichts mehr wissen.« Und er zeigte eine Fotografie, auf der er im braunen Hemd mit drei Sternen am Kragen zwischen Männern mit breiten Brustkörben und breiten Gesichtern in ähnlichen Kostümen stand. Und weil Eugen gerne Zigaretten gehabt hätte, fragte er den, wie er's anstellen solle, daß er die bekomme. – »Glaubst du, es gibt mir einer Zigaretten für mein Sturmabzeichen?« fragte er und hörte: »Gehst halt heut abend an den Zaun. Dort kommt immer ein Neger hin, der nimmt gern Souvenirs. Probier's bei dem.«

Der Neger, groß und schwer, ein massiger Mann, nahm das Sturmabzeichen und steckte ein Päckchen durch den Maschendraht, auf dem ›Old Gold‹ stand. Von einer Maschinenpistole, die vom Holzturm aus geschossen hatte, war einer im Schlaf verwundet worden, und nun trugen sie ihn aus dem Zelt. Andern Tages sammelten sie sich auf einem Platz, wo Leibriemen und Brotbeutel auf einen rasch wachsenden Haufen flogen. Eugen sah noch einmal sein Koppelschloß an, in das eine Krone und der Spruch »In Treue fest« eingeprägt war; es war aus grauem Blech gemacht, glänzte nicht und hatte keinen Adler, über dem ›Gott mit uns‹ stand. Hochreither hatte es in Rußland angesehen und gesagt: »Wenigstens lügst du nicht.«

Ein Koppelschloß von früher, und du weißt noch, wie du's im Frühjahr vierzig in Neuburg an der Donau gefaßt hast. Eigentlich schade, wenn du's wegwirfst; aber warum nicht?

Unter den anderen marschierte er zum Hafen, und dort wartete das Schiff. Es war am zwanzigsten April. Einer hatte einen blonden Vollbart, kraus und rötlich. Ein Amerikaner deutete auf ihn und rief: »Superman!«, als man auf einer schrägen Treppe ins Schiff kletterte und wartete, bis es dann ablegte; manche waren auch beklommen. Eugen verstand sie nicht, weil er jetzt von Europa wegkam, graues Wetter besänftigend wirkte und das Meer glatt war, fast wie auf einer Fahrt über den Bodensee.

Dann warteten sie auf dem Meer. Der Geleitzug sammelte sich. Es hieß, man stehe jetzt vor England. Die Küste drüben war ein schmaler grüner Streifen wie vor einer Gartenmauer, und ihr Grün hatte silberiges Licht. Es näherten sich andre Schiffe, schoben sich heran und blieben stehen; und hinter ihnen immer nur die grüne Ferne Englands, zu der du nie hinüberkommen wirst. Die Ferne ruhte und war eine Mauer, bräunlich, weißlich, eine Mauer, welche Zacken, Zinnen hatte, eine Stadtmauer, Festungsmauer ungefähr, die immer noch blieb und von der Türme aufs Meer schauten, nun nicht mehr dunstig und auch ohne Grün, während man fuhr. Lila wurde das Meer, rötlich und hell an einem frischen Morgen, als Wolken in der Ferne ruhten, zerrissene, aufgelockerte Wolken und Kränze von Wolken über Wasser, das sich dunkelblau verändert hatte, während immer noch die alte Mauer in der Ferne sichtbar war, bräunlich und geschwärzt, wie sie nun aussah. Es war, als ragten Forts aus ihr heraus, Bastionen, Festungsgürtel, obwohl das Schiff nach Westen sich entfernte, Wasser an den Eisenflanken schäumte, Wogen warf, Delphine neben sich wie schwarzgrüne Geschosse, fleischerne Projektile, die durch Wogen stießen und sich für Momente sehen ließen, gestreckt und naß und im Licht unerwartet gleißend, Flossen wie gespreizte Blätter auf dem Rücken.

Und immer noch die Mauer in der Ferne, als ob man sich vom Lande nicht entfernte, trotz der raschen Fahrt; weshalb Eugen einen Sergeanten fragte, ob er einmal durch sein Fernglas schauen dürfe. Es wurde ihm erlaubt, und er sah, daß die Mauer Schiffe waren; ringsum war das Meer bedeckt mit Schiffen, und sie vereinigten sich in der Ferne zu einer Mauer.

In rot gestreifter Jacke saß Kapitän Redmond da, die Arme auf der Stuhllehne verschränkt, und rauchte Pfeife, während einer nach dem anderen vorbeiging und sich Essen in seine Konservenbüchse kippen ließ, der Kapitän herschaute, als ob er sich einen aussuchte oder Leute einer fremden Völkerschaft besichtigte, vielleicht derselben, der seine Großväter vor Jahrzehnten noch angehört hatten, also etwa Anno achtzehnhundertfünfzig. Und Eugen redete mit dem Greifswalder, einem großen und breiten Mann, der eine Joppe aus dickem dunkelblauem Stoff anhatte, beneidete den Greifswalder um diese Joppe, weil er darin wie einer aussah, der nirgends hingehörte; denn so war es jetzt richtig. Theologe war dieser Greifswalder, einer, der langsam und schwer über die Eisentreppe ging, die nachgiebig geworden schien von der bewegten See.

Er trat durch eine Luke in graumilchiger Luft aufs Deck. Viele knieten dort am Boden, klopften Rost ab, während andere im Pissoir mit Drähten die Löcher der Rohre reinigten, aus denen Wasser spritzte, weil es dafür eine Extraportion Essen gab. Dir aber gefällt's, nichts zu tun. Und wieder fiel ihm der Amerikaner mit den gelben Handschuhen ein, der zu ihm gesagt hatte, es sei eine Lüge, wenn er behaupte, niemals an den Führer geglaubt zu haben. Weshalb du also auch nur zum großen Haufen gehörst, dazugerechnet wirst wie jeder andere, und wundern tut es dich so gut wie kaum. (Gib zu, daß du verletzt bist.) Doch es kam darauf an, von der Verletzung nichts zu zeigen, weshalb er dann dem Greifswalder ein Bild der Treutlein Hanni zeigte. Auch der andere ließ ihn Bilder sehen. Aufnahmen seines Vaters, des Dekans, und seiner Schwester, Sozialbeamtin von Beruf, die alle ernst aussahen; auch Treutlein Hanni lächelte auf keinem Bild.

Während er auf Eisenplanken lag und spürte, wie sich das Schiff regte, hob und senkte, stieg ein Flugzeug vom grauen Flugzeugträger auf. Patrouillenboote schlüpften durch ein Meer, das gallertig geworden schien, so fahl und glasig streckte es sich jetzt, und einer erzählte, deutsche U-Boote seien gemeldet worden. Ein anderer, dessen Brillengläser an den Rändern scharf geschliffen glänzten, wünschte sich, daß das Schiff torpediert und von »den Unsern« befreit würde. Eugen schaute auf die Seite, der Greifswalder sah ihn unbewegten Gesichts an, und ein Amerikaner hielt Eugen an der Hand fest; sagte: »Oh, nice ring!«, worauf Eugen bemerkte: »From my bride. She is jewish.« Und der Amerikaner trat einen Schritt zurück, und Eugen steckte den Ring in die Tasche. Vielleicht, daß die Amerikaner jetzt in München waren. Doch was sich in der Zwischenzeit ereignet hatte ...

Einer trug schon eine Khakijacke und hatte sich mit Bleistift AUSTRIA auf den Ärmel gemalt, dort, wo die Amerikaner ihr Divisionszeichen trugen. Eugen fragte ihn, woher er sei, und erfuhr: »Aus Wien.« – »Amerikanischer Sektor?« fragte er weiter und hörte: »Naa, russischer«, aber das sei ihm egal, denn er komme mit jedem aus, und schließlich wisse Eugen selber, daß sich jeder halt durchwuzzeln müsse.

Einer war Bankbeamter in Prag gewesen und hatte die Taschen voll Geld; mit glücklicher Hand spielte er Siebzehn und vier. Eugen fiel ein, daß er Zwanzigmarkscheine an Amerikaner verteilt hatte, damals im Moseltal. Das Geld war doch jetzt nichts mehr wert ... Der Bankbeamte aber lächelte mit schmalem geschärftem Gesicht, ein Dunkelhäutiger, der sich auskannte. Wie Eugen, so ging auch dieser Bankbeamte aus

Prag mit offener Uniformjacke und hatte die Hände in den Taschen (Wenn du alles so wie der hinnähmest, kämst du leichter durch). Und der Greifswalder sagte über ihn: »Ein Einzelgänger. Vierzig ist der und noch Junggeselle.«

»Man sollte die Amerikaner täuschen; ihnen das geben, was sie haben wollen... Weißt du, ich denke mir: Mit einem Autograph von Hitler wär bei denen viel zu machen. Schreib doch einen Brief des Hitler. Den leg ich dann dem Kapitän vor, und er gibt uns einen schönen Batzen Geld. Der lädt uns auch zum Essen ein. Wir haben ausgesorgt.«

»Nein... Das kann ich doch nicht schreiben: Diese Schrift des Hitler so nachmachen...« Und es kam ihm vor, als ob er dann selbst schuldig würde, schriftlich sozusagen; aber schuldig war er sowieso, und als Soldat bist du am Hitler schuldig, weshalb es also nicht mehr darauf ankam und er jedenfalls versuchen konnte, was der Bankbeamte aus Prag von ihm haben wollte; wobei er wieder den Amerikaner, dort in dem französischen Lager sagen hörte, es sei eine Lüge, wenn Eugen behaupte, niemals an Hitler geglaubt zu haben, weil sich, wenn die Treutlein Hanni tot war, alles, was er unterm Hitler gedacht hatte, als ein unnötiger Schmutz erwiesen hätte, und es weggerutscht war in den ganzen Schlamm aus Leichen. Trotzdem hoffte er, daß sie lebte. Und er schaute den Greifswalder an, der dabeistand und langsam den Kopf bewegte und »Nein« sagte. Er aber machte es dann doch, dachte, wenn er schriebe, was der Hitler geschrieben haben könnte, so wäre dies eventuell ebenso nichtig wie seine (Eugens) Vergangenheit vor diesem grauen Meer auf einem Schiff. Und er erinnerte sich des Antiquars Herzer, damals in Heidelberg, desselben, welcher auf den Brettern seiner an die Heilig-Geist-Kirche gelehnten Bude einen Brief des Hitler in einem Holzrähmchen zum Verkauf ausgestellt und feilgeboten hatte (für fünfunddreißig Mark); weshalb er schrieb: »Herzlichen Dank für die guten Kirschen – Adolf Hitler, Heidelberg, 27. April 1927« und meinte, wenigstens ein derart banales Skriptum spräche für sich. Er gab es dem Bankbeamten, der hintergründig lächelte, es forttrug, sich im eisernen Schiffsbauch davonmachte, während es ringsum wimmelte von vielerlei Gefangenen, einem grünlichen Menschenwirrsal, zu dem auch du gehörst und unter dem's gleichgültig war, was der einzelne dachte. Unterschiede wurden keine mehr gemacht, und wenn solch einer wie er meinte, daß er sich hinter seiner Stirn wegstehlen könne, dann täuschte er sich nur. Obwohl es trotzdem möglich war, in Gedanken wegzutreten, und er sein Notizbuch aus der Tasche zog und schreibend abseits hockte, sich ins Wien um achtzehnhundertneunzig wegstahl, durch eine Gasse der Innenstadt ging, wo Milchglaskugellampen im Nachmittagslicht spiegelten und Fenster nach außen offenstanden, eine kleine Frau mit Henkelkorb und Kopftuch vorbeihumpelte und einer namens Eugen dem weißbärtigen Kaiser zu begegnen hoffte, demselben Kaiser, der...

Aber er wußte nichts vom Kaiser, oder vielleicht weißt du vom Kaiser nur etwas aus der Phantasie, während du Hitler zu spüren bekommen und des Hitlers Handschrift nachgemacht hast; die Quittung dafür wird dir jetzt serviert... Obwohl doch schließlich alles ganz und gar gleichgültig war und er vom Bankbeamten aus Prag, diesem Junggesellen, hörte, daß der Kapitän das Autograph des Hitler angesehen, genickt, »yes« gesagt und es wieder zurückgegeben habe. – »Weißt du, das ist nichts für Amerikaner. Jetzt sehe ich es ein. Für die ist das halt bloß ein Papierfetzen und sonst nichts.« Und er meinte, wenn er denen einen Ehrendolch anbieten könnte, so ein langes Messer mit spürbarem Hakenkreuz am Knauf, das der Kapitän in die Hand nehmen und an seiner Kajütenwand aufhängen könne, dann hätte er bestimmt Erfolg: »Und jedem, der hereinkommt, kann er's zeigen, stell dir vor!«

Eugen nickte. Und froh bist du, weil es mißlungen ist. Ha, wunderbar! Und er zerriß das Blatt und ließ die Schnitzel ins Meer fliegen; legte sich in seine Koje, die oberste von fünfen, zu der er auf Socken, die Stiefel in der Hand, hinaufzuklettern hatte und die unter der Decke lag, wo eine Birne in einem Drahtkörbchen brannte, und diese Birne saß ihm dicht über dem Kopf, weshalb er liegend schreiben oder lesen konnte. Ein Glück, daß er die oberste Koje genommen hatte, in der keiner liegen wollte. Die meinten halt, wenn das Schiff schlingere, dann würden sie oben hinausgeschleudert. Die Koje war ein guter Ausguck, fast ein Hochsitz, auf dem er andere betrachten und belauschen konnte. Unten links (schräg gegenüber) hatte sich einer ausgestreckt, der nur zum Essenholen aufstand, sonst aber jammernd in seiner Koje lag: »Wann wir wieder heimkommen werden ...« Schlaff und mit hängenden Lidern lag er unten und erzählte, zu Haus habe er nach dem Aufwachen zuerst einmal sein ›Aufhupferle‹ g'macht; worauf einer zu Eugen sagte: »Aufhupferle ... wenn ich schon so was hör!« Die andern versuchten dem Ängstlichen zuzureden, doch es nützte nichts. Der wollte weinen und sich grämen. Daneben fragte einer: »Bist du auch Bauer?« und fügte hinzu: »Ja, die Bauern kennt man gleich, die dummen Bauern ...« Und er schmunzelte sich eins. – »Meine Äcker liegen ums Haus rum. Mit zwei Kühen kann ich alles ganz bequem ausfahren«, sagte ein kleiner, und der mit dem pfiffigen Gesicht sagte, daß er Einsiedler sei, weil weit und breit um seinen Hof bloß die eigenen Felder lägen. Wo er daheim war, gab's viel Obstbau, und er spritzte alle seine Bäume; man mache sich kein Bild, wie sich das dann auf den Ertrag auswirke: »Zwei bis dreitausend Mark mehr im Jahr springen dabei mindestens heraus.« Der Kleine aber spritzte nicht, weil, wenn er spritze, und der Nachbar spritze nicht, er von seinen gespritzten Bäumen auch nicht mehr bekomme als sein Nachbar; weshalb also die Meinungen in diesem Punkte auseinandergingen. Aber die Melasse, dieser Sirup aus Zuckerrüben, den Kübel zu sechzig oder siebzig Mark, an die Pferde verfüttert, das machte sich bezahlt und war genauso wichtig wie die Ölkuchen fürs Mastvieh, denn das gab Speck. Oder hochwertige Zuckerrübenschnitzel unters Saufutter gemischt; aber es mußten hochwertige sein, und eine Mehrausgabe von einsfünfzig machte sich bezahlt. Fürs Dreschen aber eine große Dreschmaschine vom neuesten Typ nehmen! »Und reichst du wirklich mit einem Morgen Kartoffeln? No ja, wenn du bloß eine alte Mutter und eine Schwester hast: Also für die langt's ... Ja, die zu Haus, die müssen jetzt schon selber sehen, wie sie durchkommen, gelt?« Und gute Nacht.

Vor dem Pissoir rieb sich ein Schauspielschüler Crème auf beide Augenlider. Das Pissoir wurde von einem stumpigen Schwaben bewacht, der es sauberhielt und nur so viele hineinließ, wie drin Platz hatten. Eugen sagte zu ihm: »Wart nur, unser Leben lang werden wir in Ruinen hausen. Du kannst Gift darauf nehmen.« – »Ach, saudomms G'schwätz! In zehn Jahr siehst nix mehr vom Krieg!« rief der, sah ins Pissoir hinein und sagte: »So, jetzt hot's Platz. Jetzt kannst schiffa«, während draußen der Sturm sauste und das Schiff im aufgewühlten Wasserboden stampfte. Über der Mastspitze stand für einen Augenblick ein beweglicher grauer Rand; dann drückte er von unten her und hob den Boden mächtig.

Eugen wartete darauf, seekrank zu werden, doch änderte sich nichts. Eine Stimme rief in den Schiffsbauch hinein: »Hitler is dead!« Und viele, die auf dem Stahlboden lagen, johlten wie nach einer Führerrede.

Trocken und mild war die Luft, als ob sie stille stünde, und eine Möwe wurde neben dem Mast weggeweht. New York zeigte sich dunstig an einem warmen Morgen. Er sah die Seeseite der Stadt mit hellem, wie schaumigem Grün und hohen Häusersilhouetten. Glocken läuteten, und Schiffssirenen stöhnten; Nebelhörner muhten, ein mächtiger Jubel (deinetwegen kann's nicht sein). Und er fragte den Sergeant, was es bedeute, und der sagte: »War is over. War in Europe.«

Dann liefen sie vom Schiff herunter. Soldaten schlenkerten

dunkelrot lackierte Holzknüppel mit geriffelten Griffen und riefen: »Let's go! Let's go! Make snell!« Sie kamen in eine leere Halle, wo Männer hinter Filmapparaten warteten, und die Filmapparate sahen wie ein schwarzes Nest aus. Zwei Deutsche wurden ausgesucht, ein Weißhaariger in schlaffer Uniform und ein Siebzehnjähriger; sie mußten vortreten und antworten, weil sie gefragt wurden, während Scheinwerfer strahlten und Apparate surrten. Dann lief Eugen nackt durch ein Holzhaus und hatte eine Blechmarke mit einer Schnur am Handgelenk; er bekam Seife und ein Handtuch; er duschte sich und zog wieder die Uniform an. In Barkassen ging's über den Hudson. Drüben stand ein Zug, lauter Personenwagen, aber niemand traute sich hinein, denn bisher war man Viehwaggons gewohnt.

Der Zug hatte ledergepolsterte Sitze, und für drei Mann waren vier Plätze frei. Der Zug raste und stieß durch Wälder, wo dicke Stämme schräg zwischen den steilen lehnten. Es ging über den Mississippi, der wie ein Mecrarm gleißte. Urwald rührte an den Horizont, du siehst die Urwaldweite durch die Fensterscheibe eines Zuges in Amerika. Autos vermehrten sich auf Betonbändern; so kündigte sich immer eine Stadt an. Eine hieß Cincinnati, eine andere Philadelphia; sein Großvater war hier gewesen, und jetzt dachte er: wäre der doch hiergeblieben. Holzhäuser standen da, schindelgrau und silberig, als horchten sie in sich hinein oder wären vergessen worden. Das war ein seltsames Altsilber neben Urwald und Beton, Fabrikdampf und geblähten Kesseln, Silos, Speichern, Schloten. Durchs verschlossene Fenster drang Blütengeruch, intensiv im Räderrauschen, und auf einer Lokomotive war in erhabenen Goldlettern ›Southern Pacific Railway Company‹ zu lesen, ein Name, der ihm märchenhaft erschien, unwirklich wie der Name Santa Fé.

Die Wüste breitete sich aus, und jemand sagte, jetzt seien sie in Arizona. Von der Stadt Florence siehst du nichts. Nur Wüstensand war da, und er ging zwischen gelben Leinenplanen, in einer Gasse, wo zwei Deutsche mit Haarschneidemaschinen warteten. Der auf der linken Seite schor ihm das Haar bis auf die Kopfhaut ab, seine Frisur aber glänzte blond. Von einem Soldaten wurden ihm seine Notizbücher, Briefe und Fotografien, ja auch Mörikes Gedichte abgenommen. Er bat ihn, daß er ihm seine Gedichte überlasse, worauf der andere lachte, fragte, ob er das denn läse, und zum Himmel aufsah, als ließe er sich inspirieren. Eugen behielt sein leeres Notizbuch und einen Bleistiftstummel.

Vor der Baracke warteten zwei Sanitäter, jeder mit einer Spritze. Eugen bekam eine Spritze in den linken Arm und eine in die Brust; ging in einen Saal hinein, wo an den Wänden Kämmerchen wie Beichtstühle aufgestellt waren, und trat vor einen solchen Beichtstuhl. Dahinter saß ein Soldat, der ihn leise fragte, was er von den Juden denke. Er antwortete, sie seien Menschen wie wir alle andern auch, und bat ihn, seine Briefe und Fotografien durchzusehen, die ihm zuvor abgenommen worden waren; dann wisse er Bescheid. Dabei wurde er heiser, seine Augen brannten und er dachte, vielleicht komme es vom Klima. Der Soldat kritzelte etwas auf einen Zettel und gab ihn ihm; auf dem Zettel stand »n. n.« Andere hatten Zettel mit »n.« und »a. n.«; »n. n.« bedeutete »no nazi«, »a. n.« Antinazi.

Das Lager hatte Holzbaracken, weiße Matratzen und grüne Steppdecken. Ein Gasofen schaltete sich automatisch ein, wenn es kalt wurde. Er ging am Stacheldraht entlang, immer hin und zurück, und andere fragten ihn: »Was denkst du denn, wenn du so gehst?« Hinterm Stacheldraht lag Wüste mit Kakteen. Der Boden war von Kaninchen durchwühlt, die er laufen sah. Weiter unten hatte ein Strauch zitronengelbe Blüten, und das Bassin einer Badeanstalt war weiß und blau. Kahle, rot glühende Berge schauten her, und er überlegte, ob Treutlein Hanni zu Haus irgendwo weggeworfen liege und sich nicht rühre. Am Ende waren die Amerikaner doch zu spät gekommen, und sie war auf einem Lastwagen weggefahren worden. So drehte sich eine schwarze Gebetsmühle hinter seiner Schädeldecke, und er schaute auf den Stacheldraht, auf wühlende Kaninchen und auf Sand. Kakteen streckten ihre Arme. Er setzte sich in den Schatten und schrieb ins leere Notizbuch: »Nun fing meine Mutter an zu spielen ...« Und es sauste, flüsterte und zischte der Sandsturm und machte die Luft milchig. Sand knirschte im Mund. Der Barackenboden hatte eine graue Haut aus Sand. Er wurde ausgefragt; ein Amerikaner schrieb alles, was er sagte, auf eine Karteikarte. – »Bis 38 war ich in Augsburg«, sagte er und fragte, wie es jetzt »zu Hause« sei. Von vorn und von der Seite wurde er fotografiert, und eine fremde Hand drehte seinen Kopf; seine Fingerspitzen schwärzten sich mit Stempelfarbe und wurden auf Papier gepreßt; dann schickte man ihn wieder weg.

Hinter Maschendraht sah er einen gebräunten jungen Mann seinen prallen Seesack in den Sand stellen. Der rief einem anderen zu: »Was bist du?« Selbst schrie er: »Nazi!« ballte die Faust und lachte. Am nächsten Morgen machte der Turnübungen und hatte eine rote Badehose an. Die, mit denen Eugen hergekommen war, hatten, wie er selber, keine Badehosen.

Er zog rissige Schuhe mit Gummisohlen an, denn seine Schuhe waren durchgelaufen. Jener, der lange Zeit in Prag gewesen war, kam ans Tor und steckte ihm ein Päckchen hellen, dünn bröselnden Tabak zu, den sie ›Arizonastaub‹ hießen. Mit Maispapier, das braun gefleckt war wie die Schale eines Vogeleis, drehte er sich eine Zigarette. Einer, der in der Bekleidungskammer Dienst tat, fragte ihn, was man in Raucherkreisen spreche, und bot ihm ein neues Paar Schuhe für den Tabak an. Eugen grinste.

Er ließ es geschehen, er nahm es auf sich. Was blieb ihm schon anderes übrig. Neue Schuhe brauchte er keine, der Tabak war ihm wichtiger. Bald wurden sie nach Montana abtransportiert, und das war wieder eine weite Reise. In Billings lagen sie in gelben Zelten dicht beim Bahnhof. Sie wurden hinausgefahren in die Felder und hackten Zuckerrübenpflanzen aus; jede Pflanze mußte von der andern so weit entfernt sein wie ein Schuh lang ist. Wenn er in den Himmel schaute, zuckten darin Rübenblätter. An einem schwülen Mittag sah ein Mann durch dünnrandige Augengläser und rechnete vor, wieviel sie zu arbeiten hätten; er sagte, er könne dies feststellen, er sei Ingenieur. Mexikanische Arbeiter winkten ihnen zu. Zwischen Scheiben weißen Wattebrotes lagen Scheiben Ei; das mußte bis zum Abend reichen. Es gab Wasser aus Milchkannen, die die Farmer neben ihre Äcker stellten. Vom Rübenhacken schwoll ihm die Hand an; er wurde lahm, jeder Schritt schmerzte. Er legte sich auf einer heißen Wiese unter den Lastwagen, denn sonst war nirgends Schatten. Ein Bewacher hielt die Maschinenpistole in der Hüfte fest und sagte auf deutsch: »Trinken Sie nicht zuviel Wasser, sonst müssen Sie zu sehr schwitzen.« Er war korrekt und eisig kalt, doch wunderte dies den Gefangenen Rapp nicht. Einer flüsterte ihm zu: »Den kenne ich. Das ist der Sohn vom Ofen-Hirsch aus Mannheim.« Beim Zurückfahren ins Lager leuchtete die Lichtreklame des ›Chinese Coffee Room‹, und am Bahnhof roch es nach verbranntem Fleisch und Gas. Farmer gingen in breiten Hüten; Autos fuhren langsam am Stacheldraht vorbei; geschminkte Mädchen schlenderten vorüber. Zwei von ihnen stießen sich an, kicherten und liefen weg, als Eugen auch hier wieder einmal abends unterm Wachtturm hin und her ging. – »Die schauen uns an und denken: Nazis hinter Stacheldraht ... Man muß die mal gesehen haben«, sagte einer, der Student wie Eugen war. Ein anderer zog sonntags immer seine Uniform mit allen Orden an; er hatte sie behalten dürfen, während Eugen froh war, die seine los zu sein. Aufs helle Khakihemd waren vorne und hinten die Buchstaben PW mit schwarzer Farbe aufgemalt; auch seine Hose hatte auf den Oberschenkeln ein P und ein W.

Er kam ins Krankenzelt. Neben ihm lag einer, der heiser

sprach; der war etwa vierzig, einer aus Berlin. Eugen fragte: »Bei den Amis?« – »Nein, bei den Russen. Ich gehe gern zu ihnen. Abgesehen davon, daß es mein Glaubensbekenntnis ist.« Als Kommunist war er zehn Jahre im KZ und später in einem Strafbataillon gewesen. Im KZ hatte er eine schwere Angina gehabt; einer seiner Mitgefangenen hatte ihn mit einem Taschenmesser operiert, sonst wäre er erstickt. Er sagte: »In meinem Soldbuch haben die Amis gesehen, was ich für ein Vogel bin ... Oh, die hatten dafür keine große Sympathie.« Sein Gesicht blieb unbewegt, als spräche er teilnahmslos. Dem machte es Eindruck, daß hier jeder Arbeiter ein Auto hatte. – »Wie wir das machen sollen bei unseren engen Straßen? Wo kriegen wir da die Parkplätze her?« sagte er. Er war Journalist und glaubte, wie ein roter Faden müsse die sozialistische Lehre durch die Zeitung laufen. Beim Sprechen hob er die Hand und legte Daumen und Zeigefinger aneinander.

Noch einmal in den Zug, diesmal nach Kalifornien. Eugen war im Küchenwagen als Dolmetscher. Die Gelenke schmerzten. Er legte sich auf den Boden im Waggon. Jetzt hätte er viel essen können, nur schmeckte ihm halt nichts. Hitze schlug durch die Waggontür, draußen lag Land mit Orangenbäumen, und er übersetzte, damit der deutsche Koch wußte, was er kochen sollte. Die Amerikaner schossen aus dem Wagen, und einer drückte Eugen die Maschinenpistole in die Hand, damit er auch einmal schieße, doch er wollte nicht. Es kam ihm vor, als wären die beleidigt.

Im Zug nannten ihn die Amerikaner Joe. Einmal hielten sie neben eleganten Wägen, und Leute schauten drüben aus dem Fenster, ein grauhaariges Paar, das den Dolmetscher sehen wollte. So stellte er sich denn in die Waggontür, ein Abgemagerter mit geschorenem Kopf, der nichts zu sagen wußte. Der Zug ruckte weiter und hielt wieder. In einem Abteil schlief ein Mädchen, und die Sonne schien zu ihr hinein. Da johlten die Amerikaner.

Sie fuhr auf und ließ die Jalousie herunterfallen, daß ihr Bild ausgestrichen wurde von den Schattenschraffuren der Jalousie. Das war ein winziges Ereignis außerhalb, drüben im anderen Zug, und es kam ihm vor, als sähe er es durch einen Kamin.

In Fort Ord war das Lager beim Militärhospital aufgebaut. Es waren schon andere dort, solche vom Afrikakorps. Von denen sprach ihn einer mit ›Kamerad‹ an, und das gefiel ihm nicht. Wer im Eßsaal auf der linken Seite saß, war ein Feind derer, die rechts saßen, und umgekehrt. Also setzte er sich halt zu denen auf der linken Seite. Auch bei der ›Zählung‹ wurde so verfahren. Abends verprügelten sie einander, und er lag krumm in seiner Koje. Er meldete sich zum Arzt und ging an Fotografien vorbei, die vom Boden bis zur Decke reichten; schwarze Leichenberge aus Konzentrationslagern waren dort zu sehen.

Der Arzt schickte ihn ins Lazarett; ein Soldat begleitete ihn. Er entschuldigte sich, weil er langsam ging. Er bekam ein Zimmer neben dem Bad, aß nichts und wurde auch nachts gemessen. Er schluckte täglich viermal zehn Tabletten. Es wurde besser, und der Arzt bat ihn, die Krankenpapiere auszufüllen, untersuchte den Kranken an seinem Bett und diktierte, was er schreiben sollte; bald wußte er es selber. – »Ich werde dafür sorgen, daß Sie nach Haus kommen«, sagte der Arzt.

Für die Lagerzeitung schrieb der Gefangene Rapp einen Aufsatz über Thomas Mann. Ein Sanitäter erzählte, die hätten das nicht drucken wollen, aber der Amerikaner habe befohlen, daß es gedruckt werde. Die Bombe war in Hiroshima abgeworfen worden. Einer aus Karlsruhe, beleibt und über vierzig Jahre alt, sagte: »Das bedeutet den Untergang der Welt.« Mittwochs und sonntags gab es Truthahn oder Hühner; zum Frühstück standen porridge, ham and eggs, Dosenmilch und frische Milch, Kaffee, Tee, Butter, Marmelade, Honig und Fruchtsalat auf dem Tisch. Die Luft atmete sich leicht, und das Licht sah wie ausgebleicht aus. Zuweilen regnete es mittags, und der Sand im

Geviert der niedern Lazarettbaracken wurde für Minuten dunkel. Ein Amerikaner sprang drüben am Gitter hoch, krallte sich in den Maschendraht, trommelte mit den Fäusten auf den Boden, brüllte und stöhnte; er war im Dschungelkrieg dabeigewesen. Einer, der Dekorationsmaler war, bekam von einem amerikanischen Offizier Farben, Pinsel und ein Stück Leinwand geschenkt; er sollte ihn und seine Familie nach zwei Fotografien malen. Der Amerikaner wünschte sich, seine Frau und ihr Baby sollten über ihm in einer Wolke schweben, daß es aussähe, als dächte er an sie. Der Maler malte dieses Bild, der Offizier kam, lehnte es an die Wand, nickte, nahm es vom Boden auf, ließ sich Farben und Pinsel zurückgeben und ging, das Bild unter dem Arm, aus der Stube. Im Rollstuhl wurde Eugen Rapp durch gelbe Gänge zum Herzspezialisten gefahren, wo ein Oberst in Khakiuniform hinter ihm ins Wartezimmer trat und wartete, während er zum Arzt hineinging. Er dachte: wie sich wohl ein deutscher Offizier in einem solchen Augenblick verhalten hätte ... und war froh, Kriegsgefangener zu sein.

Drei Monate gingen vorbei; dann wurde er im Auto weggefahren; es ging nach San Franzisko. Sie waren zu fünft, und zwei von ihnen waren Amerikaner, die unterwegs anhielten und Zigaretten und Bier brachten. Sie freuten sich darüber. Im Bahnhof wartete der First Class Train mit roten gelenkigen Wagen, die aussahen, als wären sie ineinandergewachsen. Über einen Säulenstumpf aus Messing stieg man ein. Auf dem Korridor ging es sich weich. Im Abteil standen auf einem Teppich Lehnsessel und ein Tisch. Die Toilette war eine blanke Kabine. Auf einem Nickeltablett brachte ein Dunkelhäutiger das Essen aus dem Speisewagen und zog am Abend frische Leintücher über die Betten, die hinter einem umgeklappten Sofa aus der Wand gezogen wurden. Die Amerikaner schliefen auf dem Boden; sie fuhren in Urlaub und brachten die Gefangenen nach Tennessee; einer war Farmersohn und erzählte, bei ihnen wohne eine Deutsche, und das sei eine gute Frau. Vor dem Fenster schäumte der Salzsee. Der Schlafwagenkellner sagte: »I am a writer« und zeigte eine illustrierte Zeitung, wo er in weißer Jacke abgebildet war bei seiner Arbeit hier im eleganten Zug.

Dann ein anderes Lazarett, und bald darauf wieder ein neuer Zug; er hielt hinter New York. Eine Fläche, mit roten Steinhäusern besetzt, wuchs zum Rand der grauen Ferne. Es näherte sich schon dieses nach Leichen riechende Europa, und Eugen spürte an der Hand seinen silbernen Ring. Ein Schlesier sagte, er sei freiwillig in den Krieg gegangen, und der Krieg sei ein Opfer, das er Deutschland gebracht habe. Eugen sah den Zettel vor sich, der vor einem Jahr im Moseltal an eine Telegrafenstange geklebt gewesen war, und auf dem gestanden hatte: »Wir werden sie mit unseren Händen erwürgen, wenn wir keine Waffen haben.«

Er ging in Le Havre vom Schiff. Einer hielt ihn fest und sagte: »Oh, nice ring!« Dann stieß er Eugens Hand beiseite: »Broken stone!«

Briefe von
Hermann und Hanne Lenz
1937-1945

Ausgewählt von Peter Hamm

Stuttgart, 26. Dez. 1937.
Liebes Fräulein Trautwein,
ich bin erst donnerstags von München weggefahren. Mein Zug war mit Skifahrern vollgestopft, im Gang mußte man über Koffer und Skistöcke hinwegklettern und ich fand mir noch in einem Nichtraucher-Abteil ein enges Plätzchen zwischen zwei geschminkten Damen; die haben mir nicht sehr gefallen. Ich bin deshalb bald wieder auf den Gang hinausgegangen, habe mich zum Speisewagen durchgedrückt und dort Kaffee getrunken. Ich wollte dort in der »Corona« lesen, die ich mir vor meiner Abfahrt gekauft hatte, aber weil so viele Leute um mich herumsaßen und es auch zu laut war, ging es nicht.
Sie haben währenddem vielleicht in einem Manuskript von mir gelesen oder im Seminar gesessen, in einer Bücherburg an Ihrem Platz am Fenster, und wie Herr Kühnemann Zeichnungen angestarrt. – Ist das eine Beleidigung? – Aber, ich denke mir, daß Sie die Feiertage arbeitsam im Seminar verbringen, während ich in meinem Zimmer herumgehe, eine Zigarette rauche, ein Buch aus meinem Regal ziehe und mich damit an's Fenster stelle; oder ich sitze am Schreibtisch und träume vor mich hin.
Ich denke dann in der Vergangenheit herum. Eine junge Dame fällt mir ein, sie hat hellgraue, dunkel umschattete Augen, schwarzes Haar und einen weichen Mund: ein Profil, von dem ich immer denke, daß es so etwa der Tonio Kröger besessen haben mag. Die junge Dame trägt einen schwarz-weißgestreiften Mantel, einen dunkelblauen Hut und geht die Leopoldstraße hinter dem Siegestor hinauf, dort, wo die hohen Pappeln stehen; ein junger Mann darf auch noch nebenher mitlaufen, doch wird von ihm jetzt nicht gesprochen. Er ist auch bloß ein junger Dichter und die Dame hält ihn in geziemender Entfernung.
Es ist ein klarer Wintertag Mitte Dezember, der Schnee schmilzt

auf dem Trottoir und spiegelt wie Perlmutter den hellblauen Himmel wider, die zarten Schatten der entlaubten Pappeln sind über den Weg gelegt. Die beiden jungen Leute plaudern lustig, ja, es scheint, als könne ihr der junge Mann mit seiner Art, die Dinge mit wehmütiger Ironie zu betrachten, eine kleine Freude machen. Oder nicht? Aber ja, die Dame hört soweit ganz gern zu.

Dann gehen sie in die Buchhandlung Lehmkuhl, wo sich die Dame die Gedichte ihres schüchternen Begleiters geben läßt, denn der junge Dichter ist bereits gedruckt. Es entspannt sich dann ein edler Wettstreit über die fünfzig Pfennig, die das Heftchen kostet, der Dichter sagt: »Ach was, Sie sollen doch für mich kein Geld ausgeben!« Doch die junge Dame stampft energisch mit dem Absatz auf, zieht einen roten Geldbeutel aus der Mappe, reißt ihn auf (denn er hat Reißverschluß) und zahlt. Dann verlassen sie die Buchhandlung.

Draußen sagt der unscheinbare junge Mann: »Nein, das passiert doch selten, daß man den Dichter gleich mitbringt, wenn man ein Buch kauft« und die junge Dame nickt; sie hält es für gar nichts Besonderes, findet es im Gegenteil ganz in der Ordnung, nimmt es überlegen hin ... Nun ja, sie ist halt auch die große Dame und ihr Begleiter ein bescheidener junger Mann.

Er darf sie dann noch bis nach Haus begleiten, bis an den Anfang der Mannheimerstraße; dort zieht er seinen Hut und sagt Adieu ... Und so ist es am nächsten Tag und auch am übernächsten, es bildet sich da sozusagen eine Tradition heraus. Der Bub darf beinah jeden Tag die Dame heimbegleiten.

Er lädt sie dann sogar einmal zu sich zum Kaffee ein.

Da sitzen sie in seiner altmodischen Stube, die Dame blättert lässig in den Manuskripten, die der junge Dichter aus seinem Schreibtisch geholt hat, und findet seine Arbeit so im Ganzen recht anständig; darüber ist er sehr erfreut. Dann plaudert sie vom Arbeitsdienst und erzählt, wie sie Mist aufgeladen hat; man stelle sich vor: ihre zarten Finger haben den Griff einer

Mistgabel umspannt, der bescheidene Dichter neben ihr auf dem Sopha kann es eigentlich kaum glauben ...
So träume ich hier in meiner Stuttgarter Stube. Vielleicht kennen Sie die zwei Personen, denen ich hier am Schreibtisch manchmal zuschaue, an einem kalten grauen Nachmittag, wenn es draußen regnet. Es ist gemütlich warm im Zimmer, Hofmannsthal schaut von der Wand auf mich herunter und unterm Schreiben oder Lesen sehe ich durch das Atelierfenster auf dem Bild von Jakob Alt die sanften Hügel um Wien vor mir liegen. Es ist schon hübsch, ich fühle mich hier wohl, aber wenn ich mit Ihnen zwischendurch ein wenig plaudern könnte, würde mir alles noch mehr gefallen. Wir würden dann in meinen Büchern herumwühlen. Sie finden immer wieder etwas, was Sie <u>noch</u> mehr interessierte und so ginge dann der Nachmittag vorbei. Abends müßten wir natürlich in's Theater; oder wir würden bei der Lampe um den Schreibtisch sitzen, Sie dürften in meinem bequemen Schreibtischstuhl Platz nehmen und ich würde Ihnen gegenüber sitzen.
Statt dessen vergleichen Sie eifrig Lippmann Nummer so und so viel mit Winkler Nummer so und so viel. Ich sehe Sie genau vor mir, wie Sie mit gerunzelten Brauen im Institut sitzen, alles ist mäuschenstill, nur das Geräusch des tickenden Uhrzeigers, welcher vorwärtsrückt, ist ab und zu zu hören; oder Herr Dozent Doktor Keller rasselt mit dem Schlüsselbund hinter der Tür zum Assistentenzimmer und geht mit geschäftigen wichtigen Schritten durch das Seminar, den Kopf im Nacken vorgebeugt, so gleichsam schnüffelnd ... Denn mir kommt's immer vor, als habe Dozent Doktor Keller immer etwas zu beriechen.
Nein, ich will nicht boshaft sein und Ihnen die große Verehrung schmälern, die Sie für Herrn Dozent Keller hegen; er ist im Grunde doch ein lieber Mann und, mit Herrn Kühnemann verglichen, eine fast mondäne Erscheinung. Hab ich nicht recht? Ich sehe, wie Sie mir mit Ihren Augen zublinzeln – und mir

Recht geben müssen. Und dabei denke ich, daß es künftig einfach nicht mehr vorzukommen hat, daß diese Augen Bindehautentzündung kriegen und von einer scheußlichen blauen Brille verdeckt werden.
[...]
Mit herzlichen Grüßen
Ihr ergebener
Hermann Lenz.
Für die Bücher werde ich natürlich horrende Preise verlangen! Ich habe zwei für Sie auftreiben können (Schnitzler, Casanovas Heimfahrt und Traum und Schicksal für 2 M 50). Die andern kommen aus meinem Besitz. Ich weiß auch, daß ich eine große Schuld auf mich lade, indem ich Sie so mit jüdischem Literatengeist verseuche, aber Sie wollten es ja nicht anders! Lesen Sie also nur »Casanovas Heimfahrt«, diese mit elektrisch zuckender Spannung geladene Novelle, die mit der Müdigkeit des Alternden getränkt ist. Und dann müssen Sie in dem Band »Dämmerseelen« die Erzählung »Das Neue Lied« lesen! Man spürt darin die ganze Traurigkeit eines späten Frühlingsabends mit seinem bezaubernden Duft von violettem Flieder und Jasmin, mit seinen Drehorgelliedern in alten Höfen und dem weichen milden Hauch des Abendwindes, der über die Dächer weht. Und dann natürlich »Spiel im Morgengrauen« mit seiner matten, gleichsam staubgetränkten Atmosphäre, welche immer wieder fasciniert.
Am schönsten aber ist für mich »Unordnung und frühes Leid« von Thomas Mann; sie steht in dem alten Heft der »Neuen Rundschau«, das ich auch noch in das Paket lege. Jetzt sage ich aber noch nichts darüber, sondern freue mich nur auf die Stunde, wo Sie mir davon erzählen.
Ich grüß' Sie also nochmals herzlich
als Ihr HLenz.

München, den 31. XII. 37.

Lieber Herr Lenz!

Da die Universität heute Nachmittag geschlossen ist und ich demnach verhindert bin, Lippmann No soundsoviel mit Winkler Nummer so zu vergleichen, kann ich mich mit einem kunsthistorisch einwandfreien Gewissen hinsetzen und meine ganz bescheidene, sehr prosaische und stilistisch nur an Lippmann und Flechsig geschulte Antwort auf Ihre Novelle schreiben. Ich werde den Brief gleich wegtragen, wenn ich fortgehe um den Wein und die Zitronen für den Silvesterpunsch zu kaufen und so wird er Sie vielleicht noch morgen erreichen und Ihnen nicht allzu verspätet ein gutes Neues Jahr wünschen.

Mir geht es jetzt verhältnismässig gut. An besagtem Mittwoch, an dem Sie also nicht fuhren, hat es mich nämlich endgültig auf die Nase geworfen. Mein Katarrh hatte die Freundlichkeit sich in die Stirnhöhle zurückzuziehen, allwo er ganz fürchterlich tobte und mir scheussliche Kopfschmerzen machte. Natürlich musste ich mich zu Bett legen und konnte die ganzen Feiertage nicht aus dem Hause gehen. Da ich auch nicht lesen konnte, war die Angelegenheit ziemlich trostlos. Doch hat sich der Schnupfen dann allmählich, auf freundliches Zureden des Arztes und die mannigfaltigsten Medizinen und Bestrahlungen hin, eines besseren besonnen und ist abgezogen.

Nun verbringe ich also meine Tage im Seminar. Leider muss ich Ihre Illusionen etwas zerstören. Ich sitze nicht hinter einem Bücherberg an meinem Platz am Fenster, sondern bin mit einem noch grösseren Bücherberg auf den Platz von Frl. Bentinger – einer wunderbaren dort stehenden Tischlampe zuliebe – umgezogen. Auch knarren nicht Herrn Dozenten Dr. Kellers gelbe Schuhe in der heiligen Stille (er ist nämlich nicht hier), sondern nur die quietschenden Skistiefel von Herrn von Zech, und zuweilen wird das hastige, ungeheuer arbeitsame Blättern von Herrn Bellmann [?] vernehmbar.

Meine Abende sind meistens durch das Lesen Ihrer Manu-

scripte ausgefüllt und so werde ich, wie ich glaube, wohl keine Zeit in diesen Ferien haben, mich der verwerflichen, zersetzenden Lektüre zu widmen, mit der Sie mich durch Ihr Riesenpaket versorgt haben. Ich danke Ihnen vielmals dafür.
Was ich ausser Hermann Lenz »Gesammelten Werken« z. Zt. lese, ist nur Eugen Gottlob Winkler, den ich zu Weihnachten bekommen habe. Ich finde ihn noch viel besser, als ich es früher tat. Wir müssen einmal darüber reden. Dann habe ich mir natürlich auch die »Corona« gekauft. Ich habe mich schwer geärgert, als ich in Ihrem Brief las, dass Sie sie auch schon haben, denn ich hatte mir gedacht, diesmal sei ich in dem edlen Wettstreit voraus und hätte sie eher entdeckt. Der Briefband von Hofmannsthal ist inzwischen, allen Ihren Prophezeiungen zum Trotz, eingetroffen und gleichzeitig ein sehr verlockender Prospekt von Bermann-Fischer. Es sind eine Masse von Bildern vielversprechender junger Autoren drinnen, nur musste ich leider Ihre Photographie noch vermissen. Zum neuen Jahr wünsche ich Ihnen deshalb vor allem, dass das beim nächsten Weihnachtsprospekt nicht mehr passiert, ja sogar, dass Bermann-Fischer Ihnen 100 000 Mark Vorschuss auf einen grossen geplanten Roman gibt, und Sie sich daher ebenfalls eine Villa am Gardasee kaufen können. Sie werden dann vielleicht ab und zu sich von Ihrem ungeheuer eleganten Chauffeur im weissen Mantel bei meiner Villa vorfahren lassen und mir mit vornehm näselnder Stimme ein paar Abschnitte aus Ihrem neuen Werke vorlesen. Aber vielleicht ist Ihnen dann auch eine Villa am Gardasee zu schlecht und Sie kaufen sich lieber einen sehr alten, sehr verstaubten Palazzo in Venedig, unmittelbar neben dem, in dem d'Annunzio und die Duse gelebt haben, verlassen Ihr Haus nur in Mondscheinnächten und fahren in einen weiten schwarzen Mantel gehüllt durch die einsamen Kanäle.
Noch mehr Schönes kann ich Ihnen wirklich nicht mehr wünschen.
Herzliche Grüsse
Ihre Hanne Trautwein.

Stuttgart, 15. April 38.

Liebe Hanne,

gestern haben mich die Leute im Schnellzug bestimmt für einen wundersamen Kauz gehalten. Ich bin nämlich beinah die ganze Zeit in meiner Ecke im Abteil gesessen, hab wahrscheinlich düster dreingeschaut, grantig und wüst. Im Thomas Mann (»Leiden und Größe«) habe ich geblättert, draußen flog die grau verhängte ebene Landschaft vorbei; und beinah war es wie der Anfang von einem Roman aus dem zaristischen Rußland, wo ein Agent im schwarzen Hemd, verbraucht, verlebt, von Opium und gefährlichen Mädchen ausgesogen, mit zitternder knochiger Hand an seinem Anzug prüft und prüft, ob die geheimen Dokumente noch in seiner Tasche sind; seine Augen funkeln grau und aufgeregt hinter der scharfen Brille. Doch dann wird er ruhig, lehnt sich einen Augenblick müde zurück und schließt die Augen ...

Nun, so gefährlich war es nicht, denn es fuhr bloß Hermann Lenz nach Stuttgart. Ich habe immerzu gedacht, wie Du jetzt wohl beim Chef im Kolleg sitzt, wie die Leut im Seminar sich wundern, weil Du so allein herumläufst oder mit einem andern Herrn als dem Hermann Lenz. Tust Du's wirklich? Verlustierst Du Dich im »Arkadia« oder im »Regina« oder in der »Bohème-Diele«? Dort taucht dann vielleicht einmal aus dem Rauch und Sektdunst des Lokals, mitten im matten und erschlaffenden Genäsel eines Saxophons das Bild eines sehr simplen Jungen vor Dir auf, den Du vor langen Jahren mal gekannt hast; Dir fällt dann gerade noch ein, daß er zuweilen selbstgestrickte Strümpf' getragen hat ...

Halt, eine derart grobe Ironie ist nicht sehr nett? Ich mach' aber doch auch bloß Spaß und möcht' gern wissen wie Dir's geht. Hast heute ordentlich gegessen, bist nicht so herumgehetzt im Haus, die Trepp hinunter und hinauf, dann gleich wieder hinunter und fort auf die Trambahn und so wild wie möglich in das öde Institut gestürzt? Hast auch den Keller gefragt, ob Du nicht Dein Referat an jemand anderen abgeben könntest? – Ach ich weiß, Du hast's ja nicht getan. Du quälst Dich lieber ab, findest keine Zeit mehr zum Mohnweckerl und Wacholderschinken-Essen, sondern wirst selber zum Andachtsbild. Aber ganz bestimmt nicht zu einem, das sich dem Beschauer zuwendet, sondern im Gegenteil: den Rücken mußt Du mir zuwenden, weil Du nicht gestört sein willst in Deiner gelehrten Konzentration.

Ja, so wird es werden. Ich werd' nichts von Dir haben, auch die Schreibereien und die Photos, die ich Dir mitbringe, wirst Du nicht anschauen, vor lauter »Andachtsbild«. Im Schreibtisch aber hab ich manches Blatt gefunden, das Dir noch unbekannt ist, in meinem Tagebuch vom Jahre 1929 habe ich geblättert und Sehnsucht empfunden nach der harmonischen Lebensstimmung jener Zeit. Ich weiß, auch damals habe ich mir eine solche Atmosphäre mit Mühe geschaffen, aber trotzdem ging es leichter als es heute manchmal geht; eigentlich ist's wie die Stimmung über einer herbstlichen Landschaft wenn ich daran denke.

Samstag, 16. April

So weit kam ich gestern mit dem Brief. Dann bin ich aufgestanden vom Schreibtisch und ein wenig in die Stadt geschlendert. Eine Zigarette rauchend, hab ich mir den blauen Himmel angeschaut, die zarten Wolken und das junge Grün. Die Leut hab ich gar nicht betrachtet, sondern nur die weißblühenden Apfelbäume unter unserem südlich-warmen Himmel, den Ausblick auf die matten blauen Berge über die die Wolkenschatten streiften. Und unten in der Stadt war es schön still, auf dem alten Schloßplatz standen viele Autos wie verschlafen, und gurrende Tauben trippelten dazwischen über's Pflaster. Im Rosengarten hinterm Schloß bin ich gewesen, dort, wo früher der König spazieren ging; heut gehen manchmal Herren in braunen Uniformen über den gerechten Kies. Aber das ist doch im Verhältnis

zu München seltener der Fall, hier merkt man eigentlich fast nichts von der modernen Zeit, und man kann herumlaufen und sich denken: Du lebst jetzt um 1900. Bis man dann zufällig in den Schloßhof tritt und vor einer riesigen roten Festtribüne steht mit Gold und Tannengrün und einem mächtigen Spruchband: »Ein Volk Ein Reich Ein Führer!«
Aber man kann ja darüber wegsehen in den blauen Himmel.
Du solltest schon einmal für ein paar Tage hiersein, ich würde Dir dann diese nette Stadt hier zeigen, die gewiß nichts Besonderes ist, die ich aber gernhabe. Du würdest bei uns wohnen, wenn Dir's in unserem einfachen Haus gefällt; nach dem Essen würden wir in meinen Büchern blättern, während der warme Duft des Gartens in die Stube weht.
Nein, ich darf nicht denken wie es werden würde, sonst komme ich mir hier zu allein vor. Weißt Du noch, wie Du am Dienstag nach der Chef-Übung gesagt hast: »Ach, das ist doch aber nett, wie er (der Chef, Prof. Jantzen nämlich) alles geordnet hat in seinem Kopf, net wahr?« Das hat mir dann den Chef, das Institut, die Kunstgeschichte wieder erträglich gemacht, obwohl ich doch am gernsten oft von allem davonlaufen würde. Ich dank Dir schön, daß Du mir alles so schön machst. Daß Du mit mir auf den Bahnhof gegangen bist, dafür möchte' ich mich auch nochmals bedanken; ich sehe Dich ja immer vor mir stehen mit Deinem traurigen Augen und dem Taschentuch, mit dem Du ja dann nicht gewinkt hast. Ich hab Dich noch lang stehen sehen, während der Zug hinausfuhr, wie Du Deine Hand geschwenkt und Dich dann plötzlich abgewendet hast. Immer habe ich gelächelt, verbindlich und lustig, obwohl mir's nicht so zu Mute war.
Weißt Du, daß Du mir hier sehr abgehst? Du vermißt mich sicher nicht in München, Du verlustierst Dich auch ohne mich; oder nicht? –
Also schaff' mir nicht zu viel: Das Institut kann auch mal ohne Dich auskommen und Hugo von Hofmannsthal und Thomas

Mann wollen auch einmal etwas von Dir haben! Ich streich Dir in Gedanken über's Haar und grüße Dich herzlich
Dein
Hermann

Grüße bitte Deine Eltern auch herzlich von mir. Ich freue mich sehr, bis ich bei Euch wohnen kann und habe mir schon Bilder hergerichtet, die ich gern im Zimmer unterm Dach in München, Mannheimerstr. 5 aufhängen würde. – Wie nett, wie freundlich, denke ich immer, ist doch Deine Mutter zu mir gewesen, wie hat sie uns doch manchen Abend schön gemacht!

8. VII. 38.

Lieber Hermann.
[...]
¼ nach 8 h
Manchmal kommt mirs vor, als hätte sich eine ganz dünne, gitterartige Wand geschoben zwischen die Zeit vor Deiner Abfahrt und diese Tage, so dass alles, was dahinter liegt, all die feinen Stunden, die wir zusammen erlebt haben, wie durch Nebel, grau und verhängt und sehr mühsam nur, gesehen werden. Freilich, wenn man das Auge ganz nah an das Gitter bringt und durch ein einzelnes Loch hindurchschaut, dann sieht man alles wunderbar leuchtend und schön dahinterliegen und ganz nah vor seinem Auge, wenn man aber müde ist und gequält von diesem ganzen sinnlosen Tun um einen herum, so liegt alles unendlich weit hinter einem zurück und man sehnt sich darnach, wie nach etwas, was man nie wieder wird bekommen können.

———

Du musst nicht immer sagen, dass Dich Dein früheres »unnütz verschwendetes Leben« reut. Du hast Dein Leben garnicht anders hinbringen können, wie Du es getan hast, es war alles nötig, damit Du so geworden bist, wie Du bist, und wenn Du jetzt etwas machen kannst, was mehr wert und anders ist als alles, was Du früher gemacht hast, so nur deswegen, weil Du durch alle diese Entwicklungsstadien Deines Arbeitens hindurchgegangen bist.

9. VII. 38
½ 1 h

[...]

Seit heute nacht regnete es in Strömen. Die Dekorationen hängen alle matt, fleckig und zum Teil zerrissen an den Häusern. In manchen Strassen hat es alles weggeweht. Jetzt hat es aber aufgehört zu regnen und sie scheinen wieder einmal Glück zu haben. Man kann sich, wenn man es nicht mit eigenen Augen gesehen hat, kaum vorstellen, mit welchem [?]Luxus alles ausgestattet ist. Von den Strassen der ganzen Stadt bis fast zur Franz Josephstr. sieht man rein garnichts mehr. Alle Häuser sind von oben bis unten mit farbigem Tuch bespannt, jede Strasse in einer anderen Farbe, darauf Gold und Silbergirlanden. Überall sind Tribünen errichtet, am Odeonsplatz (<u>unserem</u> Odeonsplatz) ist ein riesiger Baldachin aufgebaut aus Brokatstoff mit Goldtrotteln [sic], für »ihn«. Von internationaler Luft ist garnichts mehr zu spüren. Von Leuten jenseits der Grenzen sieht man nur schreiende Italiener in Scharen. Was man sonst sieht, ist Pack, Pack und wieder Pack, fette Spiesser, verschwitzte BDM Mädchen in grossen Horden, prall ausgefüllte [?] Bekleidungsstücke. Man sieht kaum ein gutes Gesicht mehr, auch nicht in der Altdorfer Ausstellung, zu der der Eintritt jetzt frei ist, und wo infolgedessen der Pöbel regiert.
[...]

½ 9

[Das Zimmer«] ist in München, im Juli 1938, und sogar am Vorabend des Tages der deutschen Kunst, die Leute fangen an, ihre Lichter herauszustellen und ihre blutigroten Fahnen, sie sind, wie es so schön in der Zeitung heisst, in einem »gewaltigen Festestaumel« und können es kaum erwarten, dass sie morgen die rotausgeschlagene Ludwigstrasse, die wie ein Weg zur Guillotine wirkt, hinuntergehen dürfen und am Odeonsplatz, unter dem goldstrotzenden Baldachin den lieben Gott in eigener Person sehen.
Ich bin sehr müde und komme mir sehr alleine und fremd vor. Es wäre so schön, wenn wir zusammen diese Tage überstehen könnten, auf weiten Umwegen zum Hause von Thomas Mann gingen, von netten Dingen plauderten und uns benähmen, als ob dieser ganze Wahnsinn garnicht bestünde.
[...]

Mittwoch, 20. Juli 38
¾ 8 Uhr abds.

Liebe Hanne,
freut's Dich, wenn Du zum Geburtstag Beer-Hofmann, der Graf von Charolais und Goncourt, Tagebuch geschenkt bekommst? – Ich kenne von den beiden nur das letztere, aber dies habe ich mit fast schmerzender Sehnsucht nach jener Zeit gelesen, deren zauberhaften Glanz daraus entgegenleuchtet. Es ist der letzte Schimmer der Kultur des achtzehnten Jahrhunderts, der auf diesen Seiten liegt. Wie sehnt man sich danach, auch so zu leben wie Edmond de Goncourt, sich mit Menschen wie George Sand und Turgenjew zu unterhalten, mit gleichgesinnten Menschen, deren höchste Lust es ist über Dichtung zu plaudern, aber so wie es den interessiert, der selbst welche macht; ja, man wird sehr neidig auf den Herrn de Goncourt. Wen hat er gekannt, die George Sand, von der er schreibt »sie hat die Kind-

lichkeit einer Frau des vergangenen Jahrhunderts«. Ist das nicht entzückend? Und wiegt es nicht das ganze Schreiben von gelehrten ungepflegten Männern über's 19. Jahrhundert auf, das ganze tölpelhafte Reden deutscher Sauerkrautgesichter? Was macht doch die Beobachtung von Goncourt eine ganze Biographie Turgenjews vollkommen überflüssig, wenn er die Gebärde beschreibt, die jener macht beim Erzählen vom alten Rußland und der Lust die er empfindet, die Sehnsucht nach dem geistigen Rausch wenn er dort winters arbeiten wird? Ja, wir können uns mit so jemand nicht unterhalten, Hanne, wir wünschen uns bloß sehnsüchtig die Bienenzucht in einem entlegenen Winkel auf der Erde...
Lies es beim Kaffee in Holland, Hanne, dort kannst Du Dir am Wasser einbilden, diese Zeit und diese Menschen lebten noch.

Montag 1. August 38
¼ nach 2 Uhr mittags.

Liebe Hanne, gestern ist etwas passiert. –
Ich komme vom Spaziergang heim und wie ich in unsere Straße einbiege begegnet mir eine Familie aus der Nachbarschaft; die Frau sagt: »Ach Herr Lenz, bei Ihnen hat ein netter Herr geläutet, lang ist er vor Ihrem Gartentor gestanden und ich hab gar net gewußt, schlafen Sie jetzt oder was ist... Ein netter blonder Herr war es.« »So... das ist sehr schade«, sagte ich, »ich danke Ihnen, daß Sie mir's mitgeteilt haben« und ging unserem Hause zu.
Daheim sagte die Schwester: »Du, da hat ein Mensch geläutet, ein furchtbarer Kerl... So tiefliegende blaue Augen hatte er und einen sengenden Blick. Ungebildet sah er aus, ich hab gedacht, der will doch bestimmt nicht zu Dir.« Ich fragte sie dann genau aus, sie sagte: »Oder hast Du doch jemand im Sinne, jemanden, der's sein könnte?« Aber ich lenkte ab. Ließ mir nur

den Menschen ganz genau beschreiben und vertiefte mich genau in die Charakteristik, die sie von ihm gab: immer kam darin der stechende Blick vor, die tiefliegenden Augen; und der fast erschreckende Eindruck, das Unheimliche, das von ihm auf sie übergegangen war, schien deutlich aus ihren Worten zu sprechen. Mir aber schien diese Beschreibung immer mehr auf Strauß [Franz Josef Strauß, in *Neue Zeit* als Hackl auftretend, gehörte zum engen Freundeskreis von Hanne Trautwein.] zu passen.

Damit war das Stichwort für völlige Desperation, für tiefstes inneres Schwanken, für Unterhöhlung jeder Sicherheit gegeben. Ich seh ihn schon zu mir kommen und die ganze scheußliche Atmosphäre von ungeläutertem Haß und Verdächtigung, von erpresserischen Andeutungen bis hierher nach Stuttgart geschleppt. Und das Ganze schien mir symptomatisch für diese Zeit zu sein, ich spürte wie mit einem alles unterhöhlt war, sah schon mein Zimmer ausgeplündert und die Bilder fortgeschleppt. Ja, so wirkte es auf mich, denn in der Einsamkeit wirkt alles sonderbar gespenstisch.

Ich machte deshalb um mich zu beruhigen die Pistole meines Vaters fertig. Und als es heute früh um acht Uhr läutete und ein junger Mensch hemdsärmelig drunten stand, schlüpfte ich rasch in meinen braunen Kittel, steckte die Pistole in die Rocktasche und ging so zum Gartentor. »Guten Tag«, sagte ich dann, »was wünschen Sie?« – »Ach«, erklärte er in gebrochenem Deutsch »ich möchte Sie bloß fragen, ob das Zimmer das Sie zu vermieten haben noch frei ist ... ich war nämlich schon gestern einmal da ...« »Ja, das Zimmer ist leider schon lang vermietet ... auf unbestimmte Zeit.« Dann zog er ab. –
Das war also das zerrüttende Erlebnis von gestern Abend. Heut ist es schön, ich schreibe dies im Garten unter den hohen Bäumen und sehe manchmal den Schwalben hoch oben im blauen Himmel zu. Ich frage mich, wo Du jetzt wohl sein magst und freue mich auf <u>Frankfurt</u>, wohin ich doch mit dem <u>Zug</u> fahren

werde. Ja, wenn Du hier wärest, es ist jetzt so herrlich still im Garten. Ringsum sind die Leut mit ihren Kindern allesamt in Ferien gereist, ich würde Dir Kaffee machen einen herrlich starken, denn jetzt habe ich's heraus, was bei meiner Methode falsch war: unsere Kaffeemühle, die elektrisch geht, hat immer viel zu grob gemahlen. In einer alten, die man mit der Hand bedient wird der Kaffee staubfein gemahlen und schmeckt herrlich. Komm recht bald, dann kriegst auch viel davon!

———

Den Brief werfe ich wahrscheinlich schon heute ein. Ich spür's, Du möchtest etwas von mir wissen ... oder ist's nicht so? – Also leb recht wohl! Ich möchte Dir so gerne jetzt ein paar Stunden geschwind schön machen. Aber 's geht halt nicht und darum grüße ich Dich halt mit vielen Wünschen herzlich
Dein Hermann

24. Juni 40
Lieber reizender K[...],
auf französischem Briefpapier schreibe ich Dir in einem Wald. Ich habe Deine letzten Briefe erhalten und trage sie im Rock immer mit mir herum, denn sie ersetzen mir die feine K[...]-hand ein klein wenig; sie machen mir's leicht, alles hinzunehmen, was ich erleben muß.
Ich glaube, daß wir von jetzt ab Ruhe haben werden. Hoffe es wenigstens. Die letzten Tage waren ziemlich abwechslungsreich und strapaziös. Wir sind durch Nancy marschiert und haben dann die Wälder und Ortschaften der Umgebung durchstreift. Ganze Regimenter Infanterie und Artillerie haben sich uns ergeben und ich hatte Gelegenheit, die Franzosen sogar kurz zu sprechen. Dabei habe ich ganz Interessantes erlebt. Auch einen nächtlichen Spähtrupp habe ich mitgemacht und einen Angriff auf einen Wald morgens gegen halb vier Uhr. Dabei haben

Maschinengewehre geschossen, Kugeln sind durch die Luft geschwirrt und das Ganze war richtig kriegsmäßig. Ich muß Dir auch davon einmal erzählen.
Hier im Wald fand ich dann eine ledergebundene Ausgabe von Rabelais œuvres complètes und Ronsard. Darin lese ich jetzt oft, ich merke daß ich ganz gut mit meinem Schulfranzösisch durchkomme, auch in der Unterhaltung hat's immer gereicht. Nur bin ich eben durch den Krieg etwas betäubt.
Lieber K[...], Du schreibst immer so reizend und ich kann Dir nicht mit gleicher Münze zurückzahlen, denn ich bin noch immer müde. Aber spürst Du nicht trotzdem, daß ich Dich arg gern habe und immer an Dich denke? Nimm doch bitte die Zeit nicht schwer. Schau, es ist doch schon so oft passiert, daß Kriege gewesen sind und der frühere Sieger dann später der Besiegte war. Das Leben aber blieb immer dasselbe. Das unterjochte Volk lebt immer weiter, das ist für mich ein großer Trost. Und ich hoffe deshalb, daß die Leute, die jetzt dann mit der kultivierten westlichen Sphäre in Berührung kommen davon verfeinert werden mögen wie vor langer Zeit die Goten von der römischen Kultur verfeinert worden sind. Glaubst Du nicht, daß das möglich ist?
[...]
[H. L.]

Schreibe bitte an meine Mutter daß es mir gut geht.

17. Okt. 1940
8 Uhr 10 Minuten abds.
Guten Abend lieber reizender K[...],
ich hab Dir was Nettes zu erzählen, das mit Deinem Besuch in der gewaltigen neuen Kunstausstellung zusammenhängt und das Dich vielleicht ein bisserl erheitert.

Vor ein paar Tagen war die Frau eines Kunstmalers, der Walz heißt, die Frau heißt also auch Frau Walz bei uns und nähte ein paar Sachen für meine Mutter. Man sprach nun halt auch so von der Zeit und eines Tages brachte die Frau Walz ein paar Nummern der Zeitschrift ›Kunst im Deutschen Reich‹ und einige Zeitungsausschnitte über die Leistungen deutscher Künstler mit und wir sprachen über Herrn Padua, den man weil er doch à la Leibl ölt den »Unterleibl« nennt, während das Bild der Dorfschönen, der ganz im Stile von Sepp Hilz malt und wo im Hintergrund eine Katze um den Pfosten des offenen Bettes streicht (es kann auch sein, das Bild ist von Hilz persönlich) »Leda mit dem Kater« von ein paar Kollegen gekannt worden ist. Das Bild von Hilz aber, Ländliche Schönheit oder wie es hieß und das eine ausgezogene Dorfmaid von ziemlich städtisch gepflegter Hautfarbe darstellte, ist vom Führer mit 33 000 Mark angekauft worden; der Sepp Hilz wollte gar nicht so viel dafür aber unser Führer sagte: Sie wissen ja gar nicht was für ein Meisterwerk Sie geschaffen haben und zahlte also 33tausend Eier auf den Tisch des Hauses, so daß der brave Sepp aus Hinterdupfing oder wo er her ist, sich einen Bauernhof hat kaufen können. Ja, da sieht man eben, der Führer ist nicht nur Freiherr, Redner, Vegetarier und Limonadetrinker sondern auch Mäzen, der ab und zu, scheint's, Plastiken zusammenschlagen soll, so daß die Frau T. entsetzt zum Vorstand des Kunststalles läuft und sagt: er hat nun wieder mal ...
[...]
[H.L.]

29. 3. 41.
Lieber reizender K[...],
wieder hab' ich einen feinen Brief von Dir und ein Päckchen mit Plätzerln und Rhabarbermarmelade; das Päckchen liegt unter meiner Bettstatt, oder vielmehr unter meinem Lager, das wie

die Verwirklichung eines realistischen Details aus einer Dostojewskischen Novelle aussieht, ein Strohsack nämlich bloß mit einer Decke drauf. Nachts habe ich dann noch den Mantel zum Zudecken und am Fußende meinen Rock; aber ich schlafe recht gut drin denn der Mensch gewöhnt sich ja schnell an jeden Zustand.

Ich glaube, mein letzter Brief hat Dir von meiner Versetzung in die Schreibstube erzählt, das ist inzwischen auch wieder geändert worden. ich bin wieder Fußtruppler, mache strengen Dienst mit und höre die schrecklichen Stimmen meiner Peiniger mit Gelassenheit an, wenn auch manchmal mit gespielter oder schwer erzwungener. Man gewinnt halt wenn man die Menschen so nahe und so deutlich kennen lernt immer mehr eine verachtende Meinung über sie, sie sind bloß niedrige und stumpfe Hunde, die sich herumbeißen. Mein Trost sind dann immer die K[...]-Briefe, die reizenden, und das schöne Frankreich, wo jede Gartenmauer einen zarten Reiz auf das Gemüt ausübt und die Menschen selber in ihrer höflichen Art mit dem Charme ihres Wesens einen oft traurig gestimmten deutschen Soldaten erheitern. Denn die Franzosen sind trotz allem fröhlicher als wir, sie sind auch gar nicht stumpf. Ihnen zuzusehen erweckt eine Sehnsucht nach leichtem Leben, die Dinge leichter hinzunehmen als wir's tun, lieber K[...] –

[...] Ganz nahe bei mir – ich sehe immer wenn ich auf Wache am Strand stehe und über die Bucht hinübersehe, kann ich die alte Stadt sehen in der Chateaubriand geboren, der frz. Dichter und Politiker. Ich bin zwei mal dort gewesen und durch die alten engen Gassen gegangen, die einen seltsamen Reiz haben und wo man das französische Wesen deutlich spürt. Ungemein lebhaft geht's darin zu, Frauen sitzen an der Straße und halten Muscheln feil und die Polizisten in Dunkelblau mit silbern bordierten Käppis sehen manchmal aus wie [XXX]häuptlinge oder wilde Seeräuber, modern abgemildert. –

29. Okt. 41

Lieber reizender K[...],

auf ein neues Briefpapier, das wir heute bekommen haben, möchte ich Dir gleich einen Dankbrief schreiben für die vielen lieben Briefe, die mir jetzt alle nachgeschickt worden sind. Packerln allerdings hat mich noch keines vom K[...] erreicht, das ist recht traurig. Aber ich glaub, bald wird's besser sein. Die Mitteilung über die Urlaubsmöglichkeit danke ich Dir herzlich, bloß zweifle ich arg dran ob ich Glück habe. Denn weißt Du, als Intellektueller wirst Du von den Niedrigen mit einer wahren Lust hintergangen, vielmehr legen sie's dauernd darauf an. Ich dachte übrigens, daß die Intrigenwirtschaft in dieser Kompanie mit dem Augenblick, da es zum Einsatz geht, zum Mindesten abgemildert werden würde, habe mich aber darin gründlich getäuscht. Du glaubst nicht, mit was für Menschen man zusammensein muß. Das ist vielleicht das Bedrückendste am Krieg, abgesehen von den niederen Lebensbedingungen, an die man sich zur Not gewöhnen kann. Alles ist Schwindel wie ich jetzt sehe, das ganze Getu der »Dichter« der Kriegskameradschaft, das Geschwätz der ›Idealisten‹, die den Krieg als große Zeit gepriesen haben. Ich zweifelte immer noch daran weil ich sagte: am Ende ist's doch nicht so wie Du's siehst, aber jetzt sehe ich klar. Wie schlecht, wie angefault, wie völlig ohne edlen Sinn ist diese Zeit, deren ›Ideale‹ bloß niedrigen Schlächtergehirnen entsprungen sind. Was sehe ich hier? Bloß uniformierte Oberinspektoren, im tiefsten feige, voll Freude, endlich einmal obenauf zu sein u. eine Rolle spielen zu dürfen; bloß schweinische Peiniger und dumpfes Herdenvieh über dem die Peitsche saust, das aber nichts andres verdient als diese Peitsche. Wo gibt's in dieser Zeit wirkliche Größe? Nirgends. Ich bin zu spät auf die Welt gekommen.

Was mir in dieser Situation bleibt, das ist die Erinnerung an schöne Tage, die kurzen Augenblicke wo man an vergangene Zeiten denken kann, aus denen ein lieber Hauch, eine zarte

Empfindung herüberweht. Was hätte Mörike gemacht wenn er als Infanterist im heutigen Rußland hätte dienen müssen? Oder Brentano? Oder Hofmannsthal?
Das sind aber müßige Überlegungen. Ich muß jetzt wieder dankbar dafür sein, daß wir an einem verhältnismäßig ruhigen Frontabschnitt liegen, wo nachts bloß ab und zu ein toller Feuerzauber stattfindet und die Geschoßgarben in die Luft prasseln; wir sitzen auch in den großen Pferde- und Wagenhallen einer ehemaligen Kadettenanstalt, so daß uns kaum etwas passieren kann. Verluste hatten wir bisher keine, bloß ein paar sind leicht verwundet worden. Du siehst also, lieber K[...], daß Du Dich gar nicht um mich zu sorgen brauchst.
Daß Du so schöne Konzerte wie den Chopin-Abend hören kannst hat mich arg für Dich gefreut, weil ich weiß wie notwendig es für den K[...] ist, daß er sich in dieser trüben Zeit ab und zu ein bißchen zerstreut. Gelt, Du bist so lieb und tust das oft? Ich bin Dir gar nicht neidig drum, das wär ja lächerlich. Aber in dem Stück von Billinger wär ich gern mit Dir gewesen. Überhaupt, glaubst Du nicht, daß der Billinger sich so ganz im Stillen ein bißchen an Arthur Schnitzler schult? Ich glaube das Atmosphärische, auf dem hauptsächlich der Nachdruck in seinen Sachen liegt, ist ähnlich herausgearbeitet wie z. B. in »Einsamer Weg«.
So, das wär mein blöder Erguß für heute; er gibt das Bild eines geistig abgestumpften Bunkersoldaten, der sich selten waschen, rasieren u. die Zähne putzen kann, der bloß mit recht stupiden Menschen zusammen ist. Lesen tu ich bloß in Mörikes Gedichten und in einem Roman von Maupassant »Fort comme la mort«, der in den Pariser Künstlerkreisen des alten Kaiserreichs spielt.
Leb wohl lieber reizender K[...], auf Wiedersehen!
Es grüßt Dich herzlich
Dein S[...]

5.9.42

Lieber reizender K[...],
gleich der erste Brief, den ich auf Deinem rippigen ›gezweigten‹ Papier schreibe, geht an Dich. Ich danke Dir herzlich für Deine reizende Sendung; auch die Lebkuchen und die belgischen Zigaretten sind gekommen, dafür dank ich Dir auch recht herzlich; Du kannst Dir sicher denken wie begehrt so ein lieber Gruß hier in der Einöde ist. [...]
Du schreibst, daß es Dich schlaucht wenn diese Leute so leben als gäb es keinen Wolchow, kein Sewastopol, keine Ströme von Blut. Aber das darf Dich nicht bekümmern. Weißt, lieber K[...], ich hab jetzt halt das Pech, nicht zu den Begünstigten zu gehören, denn wäre ich daheim, ich würde auch so leben, als gäb es keinen Krieg. Warum sollen die's denn also nicht tun, wenn sie Glück haben? Ich hab es nicht, oder hab es doch, wie man will. Damit abfinden muß ich mich halt, es hilft mir nichts. Ich warte bloß darauf und bin gespannt wie »geläutert durch die Feuer dieser Zeit« ich aus dem allem später hervorgehen werde, ich muß ja fast ein Vogel Phönix werden wenn ich heimkomm, ein seelischer Adonis. Bis jetzt merk ich noch nichts davon. Man soll ja durch das Kriegserlebnis hart werden, was mir schon sehr viele Leute gewünscht haben, so z. B. mein Lateinlehrer in der Schule, der einmal vor der Klasse gesagt hat: »Lenz, Sie sind sich zu weich.« Nun ja, jetzt geh ich in diese Kriegsschule und vielleicht erhärtet sie mein Wesen, was nach Meinung der Bürger ja ein ungeheurer Vorteil sein soll.
Gesundheitlich bin ich ja, scheint's, sehr hart, härter wie als die Bauernlackl um mich herum, denn ich komm nicht in's Lazarett, mir fehlt nichts, während die andern Sumpffieber und Malaria bekommen, daß es sich in unsrer Kompaniestärke deutlich ausweist: jetzt sind ca 70 Leute von hier weggekommen, alle ruhrverdächtig oder mit den oben angeführten Seuchen behaftet. Fröhlich ziehen sie von hier fort, von jedem beglückwünscht, denn wenn sie Glück haben winkt ihnen ein Heimat-

lazarett, Genesungsurlaub undsoweiter. Für mich gibt's das anscheinend aber nicht, aber ich will nicht klagen, denn man weiß ja gar nicht wofür es gut ist.
[...]
S[...]

11. 8. 43.

Lieber reizender K[...],
von Narwa aus, auf der Rückfahrt von Estland, wo ich ganze vier Tage war, schicke ich Dir einen herzlichen Gruß. Ich war in den letzten Tagen in Gedanken fast jede Minute bei Dir weil ich Zeit zum Nachdenken hatte und immer allein war. Ich bin in unserem Erholungsheim immer allein spazieren gegangen, vormittags und nachmittags, habe viel gegessen und viel geträumt. Mörikes Gedichte waren immer in meiner Rocktasche und in meinem Kopf die schmerzlichen Trennungsgefühle, die das Herz schwer machten.
Es war wohltuend, in einer kultivierten Landschaft herumzugehen, die Ähren anzuschauen und die silbergrauen Dächer der schindelgedeckten Holzhäuser einzelner verstreuter Höfe. Meine Kindheit ist mir eingefallen und die Stunden, wo wir darüber zusammen gesprochen haben, wo Du mir auch von der Zeit erzähltest, da Du noch ein Klein-K[...] in Freising warst. Am schönsten aber war's in Reval. Da habe ich die alte Zeit sehr nah gespürt, nachmittags auf dem Domberg wo nur Barock- und mittelalterliche Häuser stehen und wo ich zwischen überwachsenen Trümmern der alten Burg saß, ganz für mich und den Schmetterlingen zuschaute. Später fand ich eine Bank unter alten Bäumen, wo ich Hofmannsthals Aufsatz über Jean Paul und die Einleitung zu den ›Deutschen Erzählern‹ las, endlich wieder einmal ungestört von äußeren lärmenden Eindrükken; ich fand in einem Antiquariat einen Insel-Almanach von 1914 und darin standen die Aufsätze. Tauben kamen herange-

trippelt, rotfüßig, draußen lagen die alten Dächer in der Sommerluft und ich hatte Sehnsucht, mit dem K[...] hier zu sitzen, Dir ein kleines barockes Turmlogis auf der Schloßmauer zu zeigen, das ganz umschlossen war von einem üppig blühenden Blumengarten und wo alte Möbel in weißen Überzügen hinter wackligen Glasfenstern standen wie ein Stück vergessene Großmütterzeit... Ach K[...], wie schlimm ist doch die Gegenwart für uns viel zu spät Geborene!
[...] Und dann heißt es, man könne sich für's Wintersemester einschreiben lassen, auch wenn man noch in Rußland wäre. Würdest Du das auch für mich tun? Mein Studienbuch liegt in Stuttgart in meiner Kassette im Keller und die Schlüssel dazu auf meinem Schreibtisch. Aber vielleicht braucht man das nicht einmal, wenigstens zum Immatrikulieren. Ich würde dann versuchen, Studienurlaub zu bekommen und meinen Doktor fertigzumachen beim und mit Hilfe des K[...]. Das Immatrikulieren soll aber auf alle Fälle schon im Voraus möglich sein, geht hier die Sage.
Ja, es ist arg viel, was ich diesmal vom K[...] für Wünsche habe.
Wie geht's Dir denn? Ach Gott, bin ich auf einen Gruß von Dir gierig, der sicher bei meiner Kompanie liegt. Ich weiß nicht, in der letzten Zeit ist mir der Krieg und das Getrenntsein von Dir und meiner Mutter, dem Margretle und dem Margretle oft arg auf's Herz gefallen. Glaubst Du denn, daß es noch lange so weitergeht?
Ich grüß Dich halt recht herzlich, Dich und Deinen Vater und bin
Dein altes
S[...]
S[...]
S[...] im tristen, scheußlichen Wehrmachtswartsaal in Narwa gemacht.

20. 4. 44.

Liebes, reizendes S[...]!

Mein Vater sagte gestern abend: »Weisst Du, es ist genau so, wie wenn jemand gestorben ist, man kann es garnicht glauben und wahr haben und meint immer, man müsse auf einmal aufwachen und alles sei bloss geträumt.« Ja, so ist es, denn München, unser liebes München ist gestorben, man kann es nicht anders bezeichnen.

Der Angriff in der Nacht vorgestern war unbeschreiblich furchtbar. Der Himmel und alles ringsum war taghell, erst von den »Christbäumen«, den Leuchtschirmen der Engländer und dann von den Bränden. Es war furchtbar und kaum zu ertragen, aber trotzdem war es beinahe ein nichts gegen das nachher, gegen das, dass man mit eigenen Augen die Vernichtung sehen muss und alles, was einem lieb und teuer war, die Strassen und Kirchen der Stadt, in Ruinen dasteht.

Wie ich am gestrigen Morgen zum ersten Mal hineinkam, sah man nicht viel. Ich wollte das Rütli aus der brennenden Fürstenstrasse holen und fuhr mit dem Rad durch die von Glasscherben übersäten Strassen. Von der Theresienstrasse ab etwa sah man kaum noch die Hand vor den Augen vor Rauch. Alles war in eine trübe, rötlich graue Wolke gehüllt in der man zukkende Flammen sah und die löschenden Feuerwehrleute mit ihren Gasmasken wie Taucher auf dem Meeresgrund wirkten. Man sah nichts mehr von der Stadt. An einstürzenden Fassaden und qualmenden Häusern vorbei hab ich mir dann den Weg gebahnt zur Fürstenstrasse. Beim Weinmüller schlugen die Flammen prasselnd aus allen Fenstern – es ist nun endgültig vorbei damit. Das Rütli fand ich in ihrem Haus, das oben brannte und der Qualm vom brennenden Hinterhaus erfüllte alle Räume bei ihr. Sie hatte eine leichte Rauchvergiftung und ich hab' sie dann mit hinaus zu uns genommen, in mühsamer Pilgerschaft, wo sie sich hat ausruhen können.

Heute früh war ich dann noch einmal in der Stadt. Nicht aus

Neugierde, nein, aber man will doch wissen, was mit der Stadt, die man gern hatte, geschehen ist, so wie man auch nach einem Menschen guckt, an dem man hängt.
Was soll ich Dir erzählen? Man kann in diesem Fall nicht sagen und aufzählen, was passiert ist, man kann nur sagen, was ist übrig geblieben, und das ist nicht viel, nein garnicht viel. Alle die Strassen, durch die wir früher einmal – es kommt mir jetzt unendlich lange her – zusammen gegangen sind, im Sommer etwa, alle die lieben alten Strassen sind nur noch rauchende Ruinenfelder. Nur die Fassaden stehen noch, und auch die sind vielfach schon am Einstürzen. Ach, der Odeonsplatz ist hin, mit dem Odeon und den ganzen Arkaden, die Residenz ein einziger Trümmerhaufen und die Theatinerstrasse, die Promenadestrasse, die Du so gerne mochtest mit ihren alten Palais, ist fast völlig ausgebrannt, genau so wie die Kaufinger- und Neuhauserstrasse und die alten Gassen südlich davon, und der Viktualienmarkt und das Rathaus. Der Turm der Peterskirche ist eingestürzt, der »Alte Peter«, auf den es das nette Lied gibt, und die Asamkirche, die Heiliggeistkirche, der Bürgersaal, die Karmeliterkirche, der ganze Promenadeplatz, alles, alles ist hin. Aus dem Chor der Michaelskirche schlugen die Rauchwolken, wie ich es sah, hat es mir fast das Herz abgedrückt. Aber man konnte noch hineingehen in die Kirche, ich tat es, zusammen mit vielen Leuten. Der ganze hohe Raum war von dichten grauen Schwaden erfüllt, durch die die Ministranten und Klosterfrauen und Pater rannten und Leuchter und beweglichen Sach' forttrugen. In einer Seitenkapelle, wo ein Gnadenbild der Maria steht, knieten die Leute, eine einzige Kerze brannte da, klein und still, ein merkwürdiger Anblick in dem qualmenden Raum, bei all den prasselnden Flammen ringsum. Ja, es ist wirklich nicht viel, was von München übrig geblieben ist. Es wurden in der Hauptsache Brandbomben geworfen, viele Hunderttausende sollen es gewesen sein und bei der Enge der Stadt und dem furchtbaren Sturm, der sich erhob, war kein

Aufhalten mehr. Auch die anderen Viertel, Au, Giesing, Bogenhausen u. s. w. sind furchtbar getroffen. Nur Schwabing ist glaube ich das einzige, was übrig geblieben ist, wie ich wieder hinausfuhr, die Leopoldstrasse hinunter, da hab' ich mich immer nur bloss wundern können, dass es so etwas noch gibt auf der Welt, ganze Häuser und grüne Bäume. –

Eines aber muss ich Dir doch auch noch erzählen. Ich war die ganze Zeit gestern in einer merkwürdigen Unruhe um das Haus vom Thomas [Mann]. Und so habe ich mich am Abend auf das Rad gesetzt und bin hinübergefahren. Wie ich über die Brücke kam, sah man kaum etwas von der Isar. So dicht hatte sich der Rauch darüber gelegt. Und dann, ja dann fuhr ich die Allee hinunter, an qualmenden Villen vorbei. – Ach Gott, mein Gefühl hatte mich nicht betrogen. Das Haus vom Thomas ist jetzt auch zerstört. Eine Sprengbombe ging etwa in 10 m Entfernung nieder, ein großer Trichter war auf der Strasse und die Bäume, die Alleebäume aus »Herr und Hund« waren zerfetzt. Der Zaun ist weggerissen, die Terrasse zerstört und der Seitenflügel, das Dach kaputt und drinnen ist alles ein einziger Trümmerhaufen. Nur der Baumstumpf in der Mauer, dieser liebevoll geschonte Baumstumpf steht noch da, als einziges Zeichen und als Erinnerung an früher.

Ich glaube, dies zu sehen, war das ärgste für mich. Die Sinnlosigkeit von allem ist mir noch nie so zum Bewusstsein gekommen, wie da, die Sinnlosigkeit und all das Hoffnungslose dieser Zeit. Und ich war sehr traurig, wie ich heimgefahren bin, in der Dämmerung, die noch immer rot war, vom Brand der Stadt, und mit Augen, die wund waren und schmerzten, von all dem Rauch.

Sei froh, liebes S[...], dass Du das nicht hast mitmachen brauchen. Sei froh, dass alle Zerstörung, die um Dich ist, ein Land betrifft, das Dir fremd ist, und dass Du nicht zusehen musst, wie all das zerstört wird, woran Du seit der Kindheit hängst, was Du gekannt hast bei jeder Spiegelung der Luft, mit allen

seinen heimlichen Reizen und all den Erinnerungen, die daran hingen.
Leb wohl, denk manchmal an den K[...], der Dich herzlich grüsst und sigillt.
Auf Wiedersehen
S[...]
Dein K[...]

5. 5. 44.
Lieber reizender K[...],
gestern kam Dein arg trauriger Nachruf auf's tote München und das Haus von Thomas [Mann], das eine Art Verkörperung unserer Lebenskultur war und ein tröstlicher Gruß aus früheren Zeiten [...]. Ich bin in Gedanken oft in früheren Tagen herumgewandert, in der angenehmen Zeit nach dem 11 Uhr-Kolleg beim Schlendern durch die Schelling- und Türkenstraße, zum [X]ettomann und in's Stefanie oder Dirks. Das Stefanie war eben doch das liebste weil dort kein Radio grölte. Das Essen beim Gustl Annast war immer sehr fein, man mußte dort bloß nicht dicht am Fenster sitzen weil dort die Sonne zu grell war ... Ja so hab ich geträumt. Auch in der ›Erika‹ bin ich gesessen mit dem lieben, reizenden K[...] und immer hab ich an's Essen im Annast mit Dir gedacht an jenem Montag Mittag als ich am Tag zuvor die 50 Mark gewonnen hatte und wir uns noch etwas Hübsches leisteten bevor wir in die Staatsbibliothek gingen. Dort habe ich wohl manche ein bisserl gequälte Stunde verbracht wenn es notwendig gewesen wäre, für die Doktorarbeit was zu tun während im Inneren etwas ganz Anderes hervordrängte. Gibt [es] eigentlich das Dirks jetzt auch nimmer?
Nein, wir müssen alles halt ertragen, jetzt auch den Verlust der äußeren Kulisse einer Kultur, die schon länger als 5 Jahre tot ist. Vielleicht gibt's einmal doch wieder ein Aufatmen, allerdings

nach manchem Grauenhaften, das noch auf uns wartet. Ich erinner' mich jetzt immer wieder an die schwer lastenden Träume Hofmannsthals in seinen späten Jahren wo er das 20. Jahrhundert mit ahnenden Sinnen voraussah. ich halte mich aber trotzdem noch immer an's Ewige, an die Verbundenheit mit Dir und den lieben Menschen im Elternhaus, an das Unverwesliche der Vergangenheit, das vielleicht doch noch einmal wieder auflebt.
Lieber K[...], glaub' auch das Unverwesliche, bitte. Ich bin ja meistens von Zweifeln niedergedrückt, aber wer weiß, vielleicht reinigt jetzt diese Zeit die Menschen doch ein wenig. Darauf hoff ich im Stillen und halt das Innere durch einen träumerischen und schläfrigen Nebel vor dem Zerstörerischen geschützt so gut es geht.
Auf Wiedersehen! Ich möcht Dir jetzt viel Tröstliches sagen können und Dich sigillen als
Dein altes S[...]

16. Nov. 1944.
L. r. S[...]!
Ich sitze in der Kantine unseres Trambahndepots und bin, um mit Dir zu reden, »stark knechtisch verkleidet«. Ich hab' zwei Trainingsanzüge an und darüber noch einen Monteuranzug und Holzschuhe und um den Kopf einen dicken wollenen Schal, denn es ist saukalt, wenn man 10 Stunden jeden Tag so gut wie im Freien arbeitet. Meine Hände sind schwarz und haben tiefe Rillen, aber all das ist nicht so schlimm, ich werd' es schon aushalten. Freilich am End' bin ich immer so müd wie ein ausgespannter Droschkengaul.
Jetzt grad war wieder ein schwerer Fliegerangriff und weils keinen Strom hat, können wir nicht arbeiten, drum sitz ich da und kann Dir schreiben.
Aber Angst habe ich arge um Dich, denn nun hab' ich schon

wieder lang nichts von Dir gehört, woran liegt das wohl. Ach S[...], bitte schreib doch oft, denn wenn ich zu allem anderen auch noch Sorge um Dich haben muss, dann weiss ich nicht, wie ichs aushalten soll.

Die Arbeit ist, abgesehen von der Länge, nicht so schlimm, ich hab' ja früher schon derlei getan. Sonst aber ist's kein Schleckhafen und vieles trägt dazu bei, dass das Selbstbewusstsein nicht gerade gehoben wird.

Nur die Gesellschaft ist das einzig angenehme, die ist ausgesprochen gut. Eine Pianistin ist dabei, die recht gut aussieht und ein ganz gelungenes Weibsbild, eine Photographin, schon etwas älter, die eine richtig Schwabinger Type ist, mit Herrenschnitt und einem systemzeitlichen Gesicht und einem schrecklich guten Humor, was sehr viel wert ist. Dann aber ist unter anderem auch ein nettes Mädchen da, die im Beckverlag war, ein bisschen intellektualistisch ist aber komischerweise den Harald Keller gut kennt. Sie hat einen Freund, der mit diesem zusammen beim Divisionsstab war (jetzt ist er entlassen wegen Krankheit), er heisst Dr. Massmann, kennst Du ihn? Gestern abend war sie beim Keller und als sie von mir erzählte, hat er ihr Dein Heftchen gezeigt »Zwischen West und Ost«, ist das nicht komisch, wie klein die Welt ist!

So ist es ganz nett schwätzen bei der Arbeit und überhaupt ist's garnicht so schlimm, wie ich mirs vorgestellt hab und wenns nichts ärgeres kommt, will ich sehr froh und ganz zufrieden sein. Was tuts, dass man auch einmal ganz primitiv zu leben kennen lernt, als der niederste aller Arbeiter herumläuft und ganz in das Dunkle hinuntersteigt. Denn dunkel und traurig ist sehr viel, was ich da höre, so viel in diesen wenigen Tagen, wie andere ihr Lebtag nicht erfahren. Es ist halt eine ganz andere Welt, wie auf einem anderen Stern kommts mir manchmal vor und alles, was von aussen zu mir dringt, aus der Welt der »Glücklichen«, kommt mir fremd und sonderbar vor. Aber sicher kennst Du diesen Zustand auch. Leb wohl, liebes S[...],

sorg Dich nicht um mich, es ist unnötig, aber <u>schreib bitte bald</u>
K[...]

16. 8. 45.

Liebes reizendes S[...]!

Jetzt ist's viele Monate her, dass ich nicht mehr an Dich geschrieben hab' und oft hab' ich gedacht, ich bräuchte es überhaupt nicht mehr tun, denn eines Tages stündest Du wirklich da und gingest nicht mehr fort. Nun aber sitz ich in Deiner Stube und Du bist immer noch nicht da und ehe ich wieder fortfahr', will ich Dir wenigstens einen Gruss hinterlassen, damit Du gleich ein Willkommenszeichen vom K[...] hast, wenn Du heimkommst.

Deine Stube hab' ich eingerichtet, so gut es ging. Die Bücher haben wir raufgeholt aus dem feuchten Keller und ich hab' sie einigermassen geordnet und in die Regale getan. Wie sie früher gestanden sind, hab' ich natürlich bei den meisten nicht mehr gewusst. Du musst das eben selber richten, wie Du's haben willst. Was ich tun konnte, war bloss die Vorordnung, damit nicht alles wie Kraut und Rüben durcheinander ist – so wie's im Keller lag – und dann hab' ich versucht nach einem gewissen System es in die Regale zu pressen – schauderhaft viel Sach' ist es, man weiss garnicht, wie man es alles unterbringen soll. Das System hab' ich auf beiliegendem Plan verzeichnet, damit Du alles findest. Lediglich den St. George hab' ich wie früher neben den Hofmannsthal gestellt, obwohl er da nicht hingehört, weil er ja kein Österreicher ist. Hoffentlich verfluchst Du mich nicht so arg, wie ich mir manchmal während des Einräumens vorgestellt hab', aber irgendwie musste das Sach' schliesslich aufgestellt werden, damit es untergebracht war und damit das Zimmer einen ordentlichen Eindruck macht. Du kannst ja alles wieder herausschmeissen, wenns Dir Spass macht, und nach Deinem System einordnen. Die Bilder hab' ich auch nicht alle aufgemacht, nur ein paar, damit es wohnlicher ausschaut.

Ich hab's arg genossen, wieder eine Zeit hier oben hausen zu dürfen und die freundliche Luft zu atmen, die hier in Deinem Zimmer immer ist und den Hauch Deines Wesens zu spüren, der aus all den kleinen Dingen mich anweht, aus einem winzigen Fetzen Papier, von Deiner Hand beschrieben, so gut wie aus dem alten Tintenfass und der Rose im alten Porzellanväschen.

Ich hab' sie arg wohltuend empfunden, die Stille Deines Zimmers, dieses Beruhigende, Friedliche, das auf mich überströmte und sich wohltuend auf mich legte nach alle der Unruhe, den Qualen und dem schrecklichen Umgetriebensein des letzten Jahres, dieses Jahres, das so lang und grauenvoll für mich gewesen ist, wie keines von allen, die ich hab' durchleben müssen und wo wir so lange und furchtbar voneinander getrennt gewesen sind.

Wie sehr hab' ich gehofft, Dich hier zu sehen. Wie sehr hab' ich gehofft, Dich endlich wieder zu finden, denn erst, wenn ich Dein Gesicht wieder anschauen kann und Deine liebe Hand halten, erst dann wird der Krieg und wird diese ganze schauderhafte Leidenszeit für mich zu Ende sein.

Jetzt hats noch nicht sein dürfen – leider – und so muss ich also weiter warten und sehr viel Geduld haben, Gott gebs, dass es mir nicht zu schwer fällt. Viel ist passiert, seit wir uns das letzte Mal gesehen haben. Ums hier, jetzt, zu erzählen, ist's viel zu viel und auch später mag man vielleicht garnicht mehr darüber reden, mag das Schlimme nicht wieder aufwühlen.

Zwei Sachen, die ich geschrieben hab', leg ich Dir in diesen Brief. Vielleicht ist alles wesentliche dieser Zeit darin, es kommt mir manchmal so vor und vielleicht hast Du einmal Zeit, sie zu lesen. Ich hab' ja ein paar Dinge gemacht, die Du noch nicht kennst, diese zwei leg' ich hierher, weil sie eigens für Dich geschrieben sind. Das eine, die »Hexe« schon lange, im Februar, zu Deinem Geburtstag und ich hab' sie Dir nie schicken können, eine ganz harmlose, einfache Geschichte, ohne Anspruch, bloss eine Erinnerung an die Kindheit, an deren zarte Reinheit ich immer mit einer grossen Sehnsucht zurückdenk', wo einen aber auch damals schon das Fremde, Unheimliche schaudernd streifte.

Das andere, das »Nachtkarussell« kannst Du vielleicht nach der Kindergeschichte lesen. Ich habs vor ein paar Wochen erst gemacht, als eine Art Gegenstück zum »Traum vom kommenden Zeitalter«, das Dir doch gefallen hat. Grausig ist's und bizarr aber so war eben auch die Zeit, die ich versucht habe damit darzustellen und ein klein wenig auch damit abzuwälzen von mir, damit nicht alles mehr so drückend schwer auf meiner Seele liegt. Wenn Du begreifst, was ich damit gemeint hab', und wenns Dir gefällt, wär' ich arg glücklich. –

Wenn Du wieder daheim bist, denkst Du dann an mich? Natürlich kannst Du Dich erst ausruhen und lange und ordentlich restaurieren. Aber gelt, dann kommst Du nach München. Gelt Du tust [sic], wenns auch ein wenig umständlich und strapaziös ist.

Weisst, auf das schreiben kann man sich jetzt nicht verlassen, darauf, dass Du einfach nur schreibst, ich bin da, K[...], komm' her. Und dann kann ich auch in München schlecht weg, mit meinem Vater ists oft sehr schwierig jetzt und drum kann ich Dich bloss bitten, herzukommen, gelt, Du tust's bald!

Also für heut auf Wiedersehen!

Hoffentlich dauerts nicht mehr so lang.

Es grüßt und sigillt Dich herzlichst

Dein alter (wirklich sehr alter) K[...]

Editorische Notiz

Bei den hier erstmals veröffentlichten Briefen, die Hanne Trautwein (ab 1946 Hanne Lenz) und Hermann Lenz wechselten, handelt es sich um eine Auswahl aus der umfangreichen handschriftlichen Korrespondenz, die sich im Nachlaß der beiden in der Bayrischen Staatsbibliothek München befindet. Die Beispiele aus dem umfangreichen, annähernd 2000 Blatt umfassenden Briefwechsel (transkribiert von Michael Schwidtal) dokumentieren in Ausschnitten die Erlebnisse von Hanne und Hermann Lenz zwischen 1937 und 1945, die dem 1975 veröffentlichten Roman *Neue Zeit* zugrunde liegen.

Hanne Trautwein, aus einer jüdischen Familie stammend, lernte Hermann Lenz als Studentin in München kennen. Lenz mußte als Soldat den »Frankreichfeldzug« mitmachen, bevor er nach Rußland abkommandiert wurde.

Eine detaillierte Kommentierung muß einer Edition des gesamten Briefwechsels vorbehalten bleiben.

Inhalt

Hermann Lenz
Neue Zeit
Roman 5

Briefe von Hermann und Hanne Lenz 1937-1945
Ausgewählt von Peter Hamm 395
Editorische Notiz 429